AF178433

Seit der 32-jährige Mike Brink sich beim Football schwer verletzte und ein Schädelhirntrauma erlitt, besitzt er eine geistige Superkraft: Er durchschaut logische Muster wie kein anderer, die schwierigsten Rätsel löst er in Sekundenbruchteilen. Eine einzigartige Fähigkeit, die ihn aber auch zu einem einsamen Menschen gemacht hat. Das ändert sich, als eine Gefängnispsychologin ihn aufgrund seiner Begabung um Hilfe bittet und ihn zu ihrer Patientin Jess Price führt, einer jungen Frau, die wegen des Mordes an ihrem Freund zu dreißig Jahren Gefängnis verurteilt wurde und seit der Tat beharrlich schweigt. Jess malt ihm ein rätselhaftes Kreisdiagramm auf, das Mike sofort fasziniert; ganz genauso aber fasziniert ihn die stumme Jess selbst. Schnell wird ihm klar, dass sie befürchtet, verfolgt zu werden, und dass diese Furcht alles andere als reine Paranoia ist. Schon bald befindet sich Mike in einem Wettlauf gegen die Zeit in einem Labyrinth an Rätseln, in dessen Mitte ein jahrhundertealtes, weltumspannendes Mysterium lauert.

Danielle Anne Trussoni, geboren 1973, ist eine US-amerikanische Schriftstellerin und Journalistin. Sie hat Geschichte und englische Literatur studiert und schreibt unter anderem für die *New York Times Book Review*, das *New York Times Magazine* und das *Telegraph Magazine*. Ihr Roman *Falling Through the Earth: A Memoir* stand 2006 auf der Liste der zehn besten Bücher der New York Times. Sie lebt in New York.

Jürgen Bürger ist Übersetzer und Verleger, der sich für den Erhalt alter Krimis engagiert. Er hat u. a. Werke von Stephen King, Norman Mailer und Thomas Adcock ins Deutsche übertragen.

Kathrin Bielfeldt ist Übersetzerin und Autorin. Sie hat u. a. Bücher von Piper Kerman, James Sallis, Philip K. Dick, Eve Harris und Pete Townshend ins Deutsche übertragen.

DANIELLE TRUSSONI

INGENIUM

THRILLER

DAS ERSTE RÄTSEL

Aus dem amerikanischen Englisch
von Kathrin Bielfeldt
und Jürgen Bürger

HOFFMANN UND CAMPE

Die Originalausgabe erschien 2023 unter dem Titel *The Puzzle Master* bei
Penguin Random House, New York.

1. Auflage 2024
Copyright © 2023 Danielle Trussoni. All rights reserved
Für die deutschsprachige Ausgabe
Copyright © 2023 Hoffmann und Campe Verlag, Hamburg
www.hoffmann-und-campe.de
Dieses Werk wurde vermittelt durch die
Literarische Agentur Thomas Schlück GmbH, 30161 Hannover.
Umschlaggestaltung: © wilhelm typo grafisch
Umschlagabbildung: © Vladimir Arndt / Shutterstock und Dimitrius Lazarou
Satz: Dörlemann Satz, Lemförde
Gesetzt aus der Minion
Druck und Bindung: GGP Media GmbH, Pößneck
Printed in Germany
ISBN 978-3-455-01816-5

Die automatisierte Analyse des Werkes, um daraus Informationen
insbesondere über Muster, Trends und Korrelationen gemäß § 44b UrhG
(»Text und Data Mining«) zu gewinnen, ist untersagt.

Ein Unternehmen der
GANSKE VERLAGSGRUPPE

Im Gedenken an James Alan McPherson
(1943 – 2016), der mich lehrte, das Schreiben
als eine Art Spiel zu betrachten.

»Das höchste Wesen ist dasjenige,
das alle möglichen Spiele geschaffen und gelöst hat.«

– Gottfried Wilhelm Leibniz

Das erworbene Savant-Syndrom (auch: Inselbegabung) ist ein seltenes, aber reales medizinisches Phänomen, bei dem ein Mensch nach einem Schädelhirntrauma außergewöhnliche kognitive Fähigkeiten erlangt. Es gibt weltweit weniger als fünfzig dokumentierte Fälle des erworbenen Savant-Syndroms.

ERSTES RÄTSEL

DAS GOTTESRÄTSEL

1

24. Dezember 1909
Paris, Frankreich

Wenn Du dies liest, werde ich viel Kummer bereitet haben, und dafür bitte ich Dich um Vergebung. Wie Du weißt, mein Kind, bin ich ein heimgesuchter Mann, und obwohl der Preis hoch war, habe ich endlich Frieden mit meinen Dämonen geschlossen. Ich schreibe dies nicht als Entschuldigung für meine Taten. Ich weiß nur zu gut, dass es dafür keine Vergebung gibt – weder in den Augen Gottes noch in denen der Menschen. Vielmehr schreibe ich diesen Bericht über meine Entdeckung aus der Not heraus. Es ist meine letzte Chance, die unglaublichen Ereignisse aufzuzeichnen, die schrecklichen und wunderbaren Ereignisse, die mein Leben verändert haben und die, solltest Du Dich auf die Geheimnisse einlassen, von denen ich hier berichte, auch Dein Leben verändern werden.

Was, fragst Du, ist der Grund für solche Qualen? Ich werde es Dir verraten, aber sei gewarnt: Wer die Wahrheit einmal kennt, vergisst sie nicht so leicht. Sie hat mich in jeder Minute eines jeden Tages verfolgt. Es kam gar nicht infrage, sie zu ignorieren. Ich wurde von ihrem Geheimnis angezogen wie eine Motte, die um eine Flamme kreist – *In girum imus nocte et consumimur igni*. Und obwohl ich froh bin, dass ich überlebt habe, um die Wahrheit aufzuzeichnen, kann ich selbst jetzt, wo ich am Rande des Abgrunds stehe, nicht anders, als bei dem Gedanken zu erschaudern, Dir ein so gefährliches Geheimnis anzuvertrauen.

Ich habe gelitten, aber es ist das Leiden eines Mannes, der sich seine eigene Folterkammer erschaffen hat. Ich glaubte, ich könnte wissen, was nicht gewusst werden sollte. Ich wollte Dinge sehen, geheime Dinge, und so lüftete ich den Schleier zwischen dem Menschlichen und dem Göttlichen und blickte direkt in die Augen Gottes. Das ist das Wesen des Rätsels: abwechselnd Schmerz und Vergnügen zu bieten. Und auch wenn die Wahrheit, die ich jetzt enthüllen werde, Dich vielleicht schockiert – sollte sie Dir einen Funken Hoffnung geben, so hat diese, meine letzte Mitteilung, alles erreicht, was es zu erreichen gilt.

2

Mike Brink bog auf eine Landstraße ein, fuhr durch einen dichten Nadelwald und hielt vor dem hohen Metalltor des Gefängnisses. Seine Hündin, eine einjährige Dackeldame namens Conundrum, kurz Connie, schlief auf dem Boden des Pick-up, im Schatten gut getarnt. Sie lag so still da, dass der Wachmann sie gar nicht sah, als er auf Mikes Wagen zutrat und hineinlinste. Er glich lediglich Mikes Führerschein mit einer Liste ab und winkte ihn dann zu einem imposanten Backsteingebäude hinüber, das besser zu einem Horrorfilm zu passen schien als zu diesem strahlenden Sommertag.

Mike hatte eine Verabredung mit Dr. Thessaly Moses, der leitenden Psychologin der New York State Correctional Facility, einem reinen Frauengefängnis mit geringer Sicherheitsstufe, das am Rande der kleinen Ortschaft Ray Brook gelegen war, im Bundesstaat New York. Sie hatte ihn letzte Woche angerufen und ihn um einen Besuch im Gefängnis gebeten. Eine der Gefangenen habe ein verwirrendes Bilderrätsel gezeichnet, das sie nicht zu deuten vermochte. Vielleicht könne er ihr dabei behilflich sein? Mike kannte solche Anfragen. Seit das *Time Magazine* ihn zum talentiertesten Enträtsler der Welt erkoren hatte, wurde der Zweiunddreißigjährige regelmäßig mit Rätseln bombardiert. Die meisten löste er innerhalb weniger Minuten. Doch der Beschreibung von Dr. Moses nach zu urteilen, war dieses Rätsel tatsächlich außergewöhnlich, anders als alle, die er je zuvor gesehen hatte. Als er sie bat, ihm per Mail ein Foto davon zu schicken, sagte sie, das könne sie nicht riskieren. Die Akten der Gefangenen seien vertraulich. »Ich sollte das eigentlich gar nicht mit Ihnen besprechen«, sagte sie. »Doch es handelt sich um eine sehr spezielle Patientin, die mir auf gewisse Weise ans Herz gewachsen ist.« Und so willigte Mike trotz Deadlines und knapp dreihundert Meilen Fahrtweg ein, es sich anzusehen. Rätsel waren seine Leidenschaft, durch sie ergab die Welt für ihn einen Sinn, und dies war eines, dem er nicht widerstehen konnte.

Das Gefängnis hatte etwas Unheilvolles mit seinen hohen Türmchen und schmalen dunklen Fenstern. Während seiner Recherchen hatte Mike erfahren, dass es 1903 als Sanatorium zur Behandlung von Tuberkulose erbaut worden war. Die saubere Luft, die erhöhte Lage und die endlosen Wälder waren ein wesentlicher Bestandteil der Kur. Wenn das Institut zu so etwas wie Ruhm gelangt war, dann aufgrund seiner Erwähnung in Sylvia Plaths *Die Glasglocke*. Plath hatte ihren Freund besucht, als der sich dort von einer Tuberkulose erholte, und es dann für ihren Roman genutzt. Inzwischen beherbergte das Sanatorium Hunderte weibliche Häftlinge. Vom Parkplatz aus sah Mike einen Hof, der von Maschendrahtzaun umgeben war, gekrönt von NATO-Draht, und dahinter einen modernen Anbau aus Betonstein, dessen Strenge in einem überraschenden Kontrast zu den gotischen Ausschweifungen des ursprünglichen Gebäudes stand. All das war umgeben von einem schier endlosen Meer an dichten Nadelwäldern, die eine natürliche Barriere zwischen den Häftlingen und dem Rest der Welt bildeten. Selbst wenn eine Gefangene es über den Zaun schaffen sollte, selbst wenn sie sich aus den Schlingen des Stacheldrahts befreien könnte, befände sie sich doch im Nirgendwo.

Mike parkte im Schatten, goss für Connie Wasser in eine Schale, kraulte sie hinter ihren langen, weichen Ohren, steckte einen tragbaren Ventilator in den Zigarettenanzünder und ließ das Fenster einen Spalt weit offen, damit sie es gut hatte. Normalerweise ließ er sie nicht allein, doch er würde nicht lange weg sein, und die Bergluft war kühl, ganz anders als die schwüle Hitze Manhattans. »Bin gleich zurück«, sagte er und ging zum Gefängnis hinüber.

Am Haupteingang blieb er an der Sicherheitsschleuse stehen, ließ seine Schultertasche in eine Kunststoffwanne gleiten, zeigte dem Wärter seinen Führerschein und den Covid-Impfausweis und trat durch einen Metalldetektor. Er hatte vorher die Genehmigung erhalten, seine Tasche mitzubringen, in der sich sein Laptop, sein Handy, ein Notizbuch und ein Stift befanden, und war sehr erleichtert, dass die Wachen nicht versuchten, sie ihm abzunehmen. Auf der anderen Seite stand wartend eine Frau in einem lockeren marineblauen Kleid. Sie war groß, dünn, hatte dunkelbraune Augen, dunkle Haut und das Haar zu einem Bob geschnitten. Sie stellte sich als Dr. Thessaly Moses vor, die leitende Psychologin.

Er selbst brauchte sich nicht vorzustellen. Sie hatte ihn mit Sicherheit gegoogelt. Dennoch starrte sie ihn einen Tick zu lange an, und er wusste, dass sein Aussehen sie überraschte. Er war eins fünfundachtzig, athletisch, schlank, aber auch muskulös und (wie ihm gesagt wurde) gut aussehend, entsprach also überhaupt nicht der Vorstellung, die sich Leute von einem »Rätselfreak« (wie seine Mutter ihn manchmal witzelnd nannte) machten. Er trug seine geliebten roten Converse-All-Stars, eine schwarze Levi's und ein Sportsakko über einem T-Shirt, auf dem »Somebody Do Something« stand.

Abgesehen von Fotos hätte eine Google-Suche nach Mike Brink auch einen Videoclip-Treffer von seinem Auftritt in der *Late Show with Stephen Colbert* ergeben, der 2020 während des Lockdowns per Zoom-Zuschaltung stattgefunden hatte. Mike hatte Colbert auf eine Tour durch seine Rätselbibliothek mitgenommen und einen seiner japanischen Geheimniskästen geöffnet, was die Inspiration zu einem Witz über Sushi lieferte. Zudem gab es eine Wikipedia-Seite mit einem Link zur *New York Times*, für die er regelmäßig Rätsel entwickelte, einer Liste von Rätselwettbewerben, die er gewonnen hatte, und einem Link zu einem *Vanity Fair*-Artikel, in dem seine Lebensgeschichte nachgezeichnet wurde: eine gewöhnliche Kindheit im Mittleren Westen, der tragische Unfall, der sein Gehirn verändert hatte, und die wundersame Gabe, die im Anschluss daran zutage getreten war.

»Danke, dass Sie es so schnell möglich gemacht haben«, sagte Dr. Moses. »Ich wäre gerne in die Stadt gekommen, aber ich kann meine Patientinnen nicht allein lassen.«

»Sie haben meine Neugierde eindeutig geweckt«, erwiderte er. »Ihrer Beschreibung nach scheint das Rätsel recht ungewöhnlich zu sein.«

»Um ehrlich zu sein, finde ich absolut keinen Zugang dazu«, sagte sie. »Aber wenn irgendwer Licht ins Dunkel bringen kann, dann Sie.«

Ihr Vertrauen in seine Fähigkeiten beunruhigte ihn. Bei seinem wachsenden Ruhm als Rätsellöser nahmen die Menschen oft an, er würde übernatürliche Kräfte besitzen. Nicht nur die Fähigkeit, Pi bis auf fünfzehntausend Nachkommastellen aufzusagen, oder das Talent, ein äußerst schwieriges Kreuzworträtsel zu erschaffen, sondern das Vermögen, die Zukunft vorherzusagen. Doch er besaß weder übernatürliche Kräfte, noch konnte er Unmögliches bewirken. Er war ein ganz normaler Typ mit einer singulären Gabe, einer »Insel der Genialität«, wie sein Arzt es nannte. Er konnte es lediglich versuchen, mehr nicht.

»Haben Sie es bei sich?«, fragte er, als er die Mappe unter ihrem Arm bemerkte.

»Wenn Sie mir bitte folgen würden, dann können wir uns ungestört unterhalten«, sagte Dr. Moses.

Obwohl er wusste, dass das Gefängnis nach einem anderen Plan gebaut worden war als moderne Einrichtungen, hatte er unbewusst doch erwartet, Betonzellen und vergitterte Fenster zu sehen, so wie er es aus Filmen kannte. Stattdessen führte ihn Dr. Moses einen ruhigen, beinahe anheimelnden Flur entlang, der zwar den Notwendigkeiten einer Anstalt entsprach – die Fenster waren verstärkt –, aber dennoch menschlich wirkte. Neben den Metalldetektoren standen Topfpflanzen, an den Wänden hingen Bilder, und der Boden war mit Teppich ausgelegt. Auf der Basis des Tuberkulose-Sanatoriums war hier eine moderne Haftanstalt entstanden, so wie man aus einer alten Kirche vielleicht ein Zen-Meditationszentrum machen würde: Die Symbole und das Dekor hatten sich verändert, doch die grundlegende Struktur war die gleiche geblieben.

Thessaly Moses führte ihn in ihr helles, schickes Büro und schloss die Tür hinter ihm. Mike sah sich um: ein makelloser Schreibtisch, nach Farben sortierte Heftmappen in einem Regal, ein Desktop-Computer von Apple, alles vollkommen uninteressant – bis sein Blick auf einen Zauberwürfel fiel, der auf der Fensterbank lag. Es war ein neueres Modell, die einzelnen Würfelchen waren aus Plastik anstatt mit Aufklebern versehen, eine Mischung aus Blau, Grün, Gelb, Orange, Rot und Weiß. Die Würfelchen waren auf eine Art durcheinander, der Mike die regelmäßigen Lösungsversuche sofort ansah; die Wochen, vielleicht auch Monate des Drehens und Wendens, die jemand – vermutlich Thessaly Moses – damit gekämpft hatte, die sechs Farben in die richtige Ordnung zu bekommen. Er trommelte mit den Fingern gegen seinen Oberschenkel, eine nervöse Energie erfasste ihn. Allein den Würfel in diesem Zustand der Unordnung zu sehen erfüllte ihn mit dem überwältigenden Verlangen, ihn zu richten.

Dr. Moses bemerkte sein Interesse und wog den Würfel in ihrer Hand. »Den habe ich letztes Jahr auf einer Party gewonnen«, sagte sie. »Ich hatte auf den Magic 8 Ball gehofft. Ich versuche immer wieder, diesen Würfel zu lösen, aber es ist aussichtslos. Um ehrlich zu sein, weiß ich gar nicht, warum ich es mache. Was bringt es, seine Zeit mit nutzlosen Aufgaben zu vergeuden?«

Während Dr. Moses den Würfel vor sich hin- und herdrehte, wertete Mike jede Seite aus. *Drei Schritte nach vorn im Uhrzeigersinn, zwei Schritte zurück gegen den Uhrzeigersinn, ein Schritt nach rechts, fünf Schritte nach links …* Im Geiste sah er die Bewegungen deutlich vor sich, die zu einer perfekten Ordnung gleicher Farben auf sechs Seiten führten.

Er zwang sich, nicht länger auf den Würfel zu starren, und blickte stattdessen der Psychologin in die Augen. »Es gibt dreiundvierzig Trillionen mögliche Kombinationen, aber nur eine Lösung.« Er sah, dass er ihr Interesse geweckt hatte. »Möchten Sie etwas so Einzigartiges nicht erleben?«

»Hier«, sagte sie und warf ihm den Würfel zu.

Er fing ihn mit der linken Hand, warf einen kurzen Blick auf jede Seite, sodass sich die Farbblöcke in seinem Kopf ordneten, und löste den Würfel in zwanzig Schritten und geschätzten fünfzehn Sekunden. Das war keine Bestleistung – Mats Valk, der Weltmeister im Speedcubing, schaffte es in 5,5 Sekunden –, aber es war dennoch recht gut. Als er den Würfel wieder in Thessaly Moses' Hand legte, schoss ihm das Adrenalin durch die Adern. Das, genau das hier, war der Grund, aus dem er Rätsel löste: das Gefühl, dass alles im Universum einen Sinn ergab. Es war, als würde man den Touchdown zum Sieg werfen oder einen Marathon beenden. »Ich habe ein Talent für nutzlose Aufgaben«, sagte er.

Sie starrte ihn an, die Augen weit aufgerissen vor Staunen. »Sieht so aus«, sagte sie, nahm den Würfel und strich mit einem Finger über die Farbfelder, über die perfekte Ordnung des Würfels, bevor sie ihn wieder auf den Schreibtisch legte. Sie hob an, Mike etwas zu fragen, zögerte einen Moment und sagte schließlich: »Ich bin mir sicher, das werden Sie ständig gefragt, und verzeihen Sie mir meine Neugierde, aber wie um alles in der Welt haben Sie das eben gemacht?«

Ja, diese Frage war ihm tatsächlich schon tausendmal in der einen oder anderen Version gestellt worden. Was genau verbarg sich hinter dieser Fähigkeit, Rätsel zu lösen? War es Instinkt? Intuition? Begabung? Magie? Hatte er eine Art Computer im Gehirn, der die Antworten ausspuckte? Hatte er sich Tausende von Lösungen zu Tausenden von Rätseln gemerkt? Worin bestand der *Trick*? Doch die simple Wahrheit war, dass er nicht wusste, wie es passierte. Er konnte es nicht erklären. Sein Hirn tat es ohne seine Erlaubnis, so wie sein Herz Blut pumpte. Es hängte sich – manchmal, ohne dass es ihm bewusst war – an Muster und Sequenzen und füllte seinen Kopf mit einer Flut von Zahlen und Bildern. Wenn er ein Rätsel lösen wollte, reichte schon allein die Visualisierung, um die Lösung abzurufen. Manchmal, wenn er Nachkommastellen von Pi aufsagte, die Zahlen bis in die Tausende auflistete, erschien eine Textur in seinem Kopf, ein Gewebe von Fäden, das ihn vorwärts leitete, so wie es auch eben passiert war, als er den Zauberwürfel gelöst hatte. Einige Ärzte glaubten, dass diese Vermischung von Sinnen, diese Synästhesie, die Antwort seines Gehirns auf die Verletzung war und der Schlüssel zu seinen Fähigkeiten. Aber er war sich da nicht so sicher. Meistens war es wie das Öffnen einer Tür: Die Informationen rauschten einfach herein.

Dr. Moses bedeutete ihm, es sich in der Sitzecke ihres Büros auf einem kleinen Sofa gemütlich zu machen, und nahm dann ihm gegenüber Platz. Als sie beide saßen, begegnete sie seinem Blick mit der achtsamen Aufmerksamkeit, die geübte Therapeutinnen und Therapeuten auszeichnete. Er hatte ihn nach seinem Unfall oft genug gesehen, um zu wissen, was ihn begleiten würde: ein mitfühlender Tonfall und der Versuch, eine emotionale Verbindung aufzubauen. Er hasste die Heuchelei, die dem meist zugrunde lag, die fehlende Authentizität, doch Thessaly Moses schien ehrlich interessiert zu sein. Sie hatte ihn aus einem bestimmten Grund hergeholt.

Sie nahm ein Blatt Papier aus ihrer Mappe und reichte es ihm. »Das ist die Zeichnung«, sagte sie. »Ich bin gespannt zu erfahren, was es Ihrer Meinung nach bedeutet.«

3

Das Papier war dünn und leicht, beinahe transparent. Als er es auf-
faltete, sah er einen großen, mit schwarzer Tinte gemalten Kreis. Aus
dem Kreis schossen Strahlen, wie eine Sonne, und um den äußeren
Rand lag ein Ring mit den Zahlen 1 bis 72. Genau in der Mitte, mit
großen, kräftigen Strichen gezeichnet, stand eine Reihe von hebräischen Buchstaben. Mühelos und ohne wirklich zu bemerken, was er
tat, begann er den Kreis auseinanderzunehmen. Sein Geist suchte
nach Mustern und nach der speziellen Ordnung, die ein Rätsel von
allem anderen auf dem Planeten unterschied: seine Symmetrie und
Eleganz, die versteckten Schätze, seine Notwendigkeit, gelöst zu werden. Das passierte immer, wenn ihm ein erstaunliches oder ungewöhnliches Muster über den Weg lief. Dann begann etwas in ihm zu
knistern und Funken zu sprühen, Neugier flammte auf, und er war
hilflos einem Verlangen ausgesetzt, dessen er sich nicht erwehren
konnte.

Doch dieses Rätsel – wenn es überhaupt ein Rätsel war – war nicht
vollständig, denn nur zehn Prozent der Quadrate waren mit Zahlen
oder Symbolen gefüllt, und das Mysterium dieses Fehlens lockte und
verspottete ihn. *Was entging ihm? Was hatten die leeren Stellen zu
bedeuten?* Er legte das Papier auf den Couchtisch. »Etwas in der Art
habe ich noch nie gesehen.«

»Aber Sie können mir doch sagen, was es ist, oder?«

Sein Blick glitt über die hebräischen Buchstaben und den Strudel
an Zahlen. Es war eindeutig der Anfang von etwas … aber von was?
»Es ist ein bisschen wenig, um damit zu arbeiten. Es gibt kein deut-

liches Muster, keine offensichtlichen Sequenzen, nichts, bei dem ich ansetzen könnte.«

Dr. Moses machte ein langes Gesicht. Es war genau, wie er gedacht hatte: Sie hatte erwartet, dass er einen Zauberstab schwang und die Wahrheit hinter der Illusion enthüllte. »Aber das ist unmöglich.« Sie drehte das Blatt um, sodass zwei handgeschriebene Worte sichtbar wurden: *Mike Brink.* »Sie hat mir gesagt, ich solle Sie finden. Sie müssen doch in der Lage sein, mir etwas darüber zu sagen?«

»*Wer* hat Ihnen gesagt, dass Sie mich finden sollen?«

»Haben Sie schon mal von Jess Price gehört?«

Er wollte den Namen schon verwerfen, als ihm das Bild eines Zeitungsartikels in den Kopf kam. Er sah das Schwarz-Weiß-Foto einer Frau, die Hände hinter dem Rücken fixiert, darüber eine Schlagzeile: *Gefeierte Autorin Jess Price wegen Mordes verhaftet.* Ja, er hatte schon mal von Jess Price gehört. Ihre Geschichte war vor ein paar Jahren durch die Presse gegangen. Sie war beschuldigt worden, in einer Villa in Upstate New York einen Mann ermordet zu haben. Nach ihrer Festnahme hatte sie sich geweigert, mit irgendjemandem zu sprechen – ob mit der Polizei, ihren Anwälten oder der Presse –, und war wegen Totschlags verurteilt worden, ohne ein einziges Wort zu ihrer Verteidigung gesagt zu haben. »Sie meinen die Schriftstellerin Jess Price?«

»Nun, sie hat schon eine ganze Weile nichts mehr geschrieben«, sagte Dr. Moses. »Sie ist bereits seit fast fünf Jahren hier und hat nicht ein einziges Mal mit mir kommuniziert … Bis letzte Woche, als sie den Kreis malte und mir sagte, ich solle das Bild Ihnen geben.«

»Warum mir?«, fragte er, obwohl es nicht schwer zu erraten war.

»Jess Price kennt Ihre Talente. Und obwohl ich nicht weiß, warum sie diesen Kreis gezeichnet hat, glaube ich, dass er der Schlüssel sein könnte, um endlich die rätselhafteste, frustrierendste Patientin zu verstehen, die mir je begegnet ist. Ich versuche seit Jahren, an sie heranzukommen, ich würde alles dafür tun, aber ehrlich gesagt zweifle ich so langsam an meinen Fähigkeiten. Und nun fragt sie nach Ihnen.«

Er sah wieder auf den Kreis und spürte den intensiven Drang, sich hineinfallen zu lassen, ihn zu enthüllen, so wie ein Lichtstrahl eine im Schatten liegende Ecke enthüllt. Stattdessen schob er ihn beiseite. »Ein Rätsel lösen zu wollen ist eine Sache«, sagte er. »Aber in etwas wie das hier hineingezogen zu werden? Lieber nicht.«

Dr. Moses sah ihn einen Moment lang an, dann öffnete sie die Mappe und legte sie vor ihn. »Das ist die Akte von Jess Price«, sagte sie. »Werfen Sie einen Blick hinein. Vielleicht gibt es da drinnen etwas, das erklärt, warum sie nach Ihnen gefragt hat.«

Die Mappe beinhaltete einen Stapel maschinengeschriebener klinischer Berichte, jeder mit einer Unterschrift am unteren Rand, ein Bündel Fotos und ein paar Zeitungsausschnitte. Ein Blatt rutschte heraus und fiel auf den Tisch. Es war die Fotokopie eines Artikels aus einer Zeitung im Hudson Valley. Die Story wurde ergänzt durch ein Foto des Sedge House, einer Villa am Hudson River, wo ein fünfundzwanzig Jahre alter Mann namens Noah Cooke brutal ermordet worden war. Daneben sah er das Foto, welches nach der Festnahme von Jess Price aufgenommen worden war und das er vor fünf Jahren gesehen hatte, mit der dicken Schlagzeile darüber. Er sah es sich genau an und verglich es mit seinen Erinnerungen. Es war identisch: Jess Price, in Handschellen, wurde in ein Gerichtsgebäude geführt.

Zusätzlich zu den Zeitungsartikeln gab es ein Porträtfoto von ihr – sehr wahrscheinlich ihr Autorenfoto – und ein paar Schnappschüsse aus den sozialen Medien. Er sah darauf eine Frau mit weit auseinanderstehenden blauen Augen, einem blonden Pixi-Haarschnitt und klaren, elfenhaften Gesichtszügen. Schwer vorstellbar, dass diese Frau in der Lage sein sollte, jemandem wehzutun, geschweige denn einen Menschen zu töten.

»Sie sieht gar nicht«, beinahe wäre ihm *verrückt* herausgerutscht, doch er hielt sich gerade noch zurück, »labil aus.«

»Allen Berichten zufolge war sie das auch nicht. Vor der Mordnacht war sie eine ausgeglichene junge Frau, die ein relativ normales Leben führte. Inzwischen leidet sie unter einer ganzen Reihe psychischer Störungen, von denen ich keine voll diagnostizieren konnte. Sie scheint aurale Halluzinationen zu haben und meint Dinge zu hören, die nicht da sind. Sie leidet unter akuten Angststörungen, die zu Selbstverletzungen führen – sie kratzt sich die Arme auf, weigert sich zu essen, reißt sich die Haare aus. Letzte Woche hat sie an ihren Fingernägeln gekaut, bis sie blutig waren.«

»Und sie kommuniziert in keiner Weise mit Ihnen?« Er fragte sich, wie Jess Price funktionieren konnte, ohne je ihren Bedürfnissen Ausdruck zu verleihen.

Dr. Moses öffnete einen braunen Umschlag, der ein großes Notizbuch enthielt. »Am Anfang meiner Zeit mit ihr habe ich Jess das hier gegeben. Ich nahm an, es würde dabei helfen, die Mauer einzureißen, die sie um sich herum aufgebaut hatte. Schreiben kann ein ausgezeichnetes therapeutisches Mittel sein. Ihr vorheriger Therapeut, Dr. Ernest Raythe, hat Notizen hinterlassen, in denen er behauptet, mit einem ähnlichen Ansatz einigen Erfolg erzielt zu haben. Doch das Ergebnis war anders, als ich erwartet hatte …« Sie schlug das Notizbuch auf. Es war angefüllt mit Zahlen und Formen, Rastern und Wortlisten, Seiten um Seiten ausgeschnittener und aufgeklebter Rätsel aus Zeitschriften. »Sie lebt in einem Rätsel.«

Mike nahm das Notizbuch und sah es sich näher an. Es waren *seine* Rätsel, Hunderte davon, alle ausgefüllt in blauer Tinte.

»Sehen Sie«, sagte Dr. Moses und begegnete seinem Blick, »Ihre Ratespiele sind das Einzige, was sie interessiert.«

»Rätsel«, korrigierte er und spürte, wie etwas seine Brust verengte. »Ich entwickle Rätsel, keine Ratespiele.«

Sie blickte ihn amüsiert an, so wie man ein Kind belächelt. »Was ist der Unterschied?«

»Rätsel bestehen aus Mustern. Sie sind dafür bestimmt, gelöst zu werden. Es gibt immer eine vorherbestimmte Ordnung und eine eindeutige Antwort. Mit Können und Durchhaltevermögen wird man ein Rätsel immer lösen. Spiele werden gewonnen, durch Glück oder andere willkürliche Umstände. Der Zufall ist hier immer mit von der Partie. Sie können alles Talent und Durchhaltevermögen der Welt haben und doch nie ein Spiel gewinnen. Das ist ein großer Unterschied.«

Dr. Moses sah ihn einen Moment lang ruhig an, bevor sie erwiderte: »Ja, also dann sind Ihre *Rätsel* für Jess zu einer Art Besessenheit geworden. Sie hat alles gelöst, was Sie je veröffentlicht haben, und sitzt jede Woche über Ihrem Rätsel im *Sunday Times Magazine*. Wenn sie daran arbeitet, wirkt sie fast zufrieden. Dabei kommt sie aus sich heraus. Es ist keine Übertreibung, wenn ich behaupte, dass Ihre Rätsel Jess Price das Leben gerettet haben.«

Er hatte seine Werke nie als etwas anderes gesehen als eine herausfordernde Ablenkung, eine nette Art und Weise, seinen Sonntagmorgen gemütlich zu verbringen – Kaffee, Bagels und ein Brink-Rätsel. Natürlich entwickelte er Rätsel mit der Vorstellung, dass dadurch eine Verbindung zu jemandem entstünde, doch diese Person war immer gesichtslos gewesen, abstrakt. Und hier war nun Jess Price, eine reale Person, deren Foto vor ihm lag. Dass seine Rätsel für diese Frau so wichtig waren, dass sie ihr Leben gerettet hatten, triggerte bei ihm ein starkes Verantwortungsgefühl. »Ich freue mich zu hören, dass sie ihr geholfen haben«, sagte er schließlich.

»Genau genommen helfen sie *nach wie vor*«, erwiderte Dr. Moses mit zunehmender Wärme in der Stimme. »Ihre Unfähigkeit, sich auszudrücken, schadet ihr sehr und sperrt sie möglicherweise mehr ein, als es ihre Gefängniszelle tut. Ihre Rätsel haben ihr etwas gegeben, woran sie sich festhalten kann. Sie haben ihr erlaubt, mit der Welt zu interagieren. Und, schauen Sie, ihr erster Versuch, mit jemandem zu kommunizieren, war mit Ihnen.« Dr. Moses schloss das Notizbuch und steckte es zurück in den Umschlag. »Was mich zu einem weiteren Grund bringt, aus dem ich Sie hergebeten habe. Ich habe gehofft, Sie würden in Betracht ziehen, sich mit ihr zu treffen.«

»Sie zu treffen?«, sagte er perplex. »Sie meinen *jetzt*?«

»Es wäre nur ein kurzes Treffen«, sagte sie. »Aber eines, das sich enorm positiv auf ihre Genesung auswirken könnte.«

»Hören Sie«, sagte er, »ich verstehe, dass Ihnen das wichtig ist, und ich würde ja auch gern helfen, aber ich kann nicht bleiben. Es ist ein weiter Weg zurück in die Stadt. Ich muss meinem Redakteur morgen ein Rätsel abliefern, und nach dem Wochenende ist ein weiteres fällig. Außerdem wartet im Wagen mein Hund auf mich.«

»Sie könnten sie jetzt sofort treffen«, sagte sie. »Es würde höchstens eine Viertelstunde dauern. Genau genommen ist bereits alles arrangiert. Sie haben sogar schon eine Besuchserlaubnis.« Sie zog einen Ausweis aus der Tasche ihres Kleides und reichte ihn ihm. »Und ich habe für Sie einen ruhigen Ort vorbereitet, an dem Sie sich unterhalten können. Bitte, denken Sie darüber nach. Sie würden nicht nur Ihren größten Fan kennenlernen, Sie erfahren möglicherweise auch etwas über diese Zeichnung.«

Der Kreis machte ihn neugierig, und er verspürte einen starken inneren Drang, ihn zu verstehen, dennoch warnte ihn etwas, sich darauf einzulassen. »Ich weiß nicht«, sagte er. »Ich bin mir nicht sicher, wie ich da hilfreich sein sollte.«

»Mr Brink, ich habe noch nie jemanden gebeten, eine meiner Patientinnen kennenzulernen«, sagte sie. »Aber Jess Price ist nicht einfach nur eine weitere Patientin. Irgendetwas Seltsames geht hier vor sich. Etwas, das ich nicht erklären kann. Wenn ich mit ihr zusammen bin, gibt es Momente, in denen ich … Ich weiß nicht, wie ich es genau ausdrücken soll. Angst habe. Mehr als nur Angst. Panik. Als befände ich mich in der Gegenwart von etwas, das größer ist als ich. Etwas Gefährlichem. Die Zeichnung könnte uns erklären, warum das so ist.«

Er warf einen kurzen Blick auf das Papier und war hin- und hergerissen. Er könnte nein sagen und wäre zum Abendessen wieder in seinem Loft. Oder er könnte bleiben, Jess Price kennenlernen und eines der seltsamsten Rätsel lösen, das ihm je begegnet war.

Dr. Moses bemerkte sein Zögern und drängte weiter. »Ich verstehe, dass ich da viel von Ihnen verlange. Die Wahrscheinlichkeit, dass Sie überhaupt raus nach Ray Brook kommen und dann auch noch einer Frau helfen, die Sie noch nie gesehen haben … sie war von Anfang an gering. Aber Sie sind die einzige Chance, die ihr noch bleibt.«

Bei dem Wort *Chance* verschlug es ihm kurz die Sprache. Er wusste besser als jeder andere, was es bedeutete, wenn die Chancen gegen einen standen. Die Chance, dass er den Unfall überhaupt überlebte, waren nur eins zu einer Million gewesen, und eins zu einer Milliarde, dass seine Verletzung zu den Fähigkeiten führen würde, die er letzten Endes entwickelt hatte. Aber so war es: Entgegen jeder Wahrscheinlichkeit hatte Mike es geschafft. Wie konnte er da jemand anderem dessen Chance verwehren?

Er ließ seine Hand in die Tasche gleiten und holte einen Silberdollar hervor. Seit seinem Unfall trug er ihn immer bei sich und glaubte mehr an ihn – den strukturierten Zufall eines Fifty-fifty-Ergebnisses – als an alles andere. Religion oder Wissenschaft, Fiktion oder Fakten, Anlage oder Umwelt. Nichts war so verlässlich wie der Wurf einer Münze.

Er legte ihn oben auf seinen Daumen und balancierte ihn zwischen Knöchel und Gelenk. »Kopf, ich treffe sie«, sagte er. »Zahl, ich fahre nach Hause. Einverstanden?«

Dr. Moses sah ihn verwirrt an. Sein Verhalten war ohne Frage merkwürdig, doch wenn sie ihn gegoogelt hatte, würde sie alle seine Exzentrizitäten kennen. Einmal hatte er seinen Silberdollar zu Anfang eines wichtigen Rätselwettbewerbs geworfen und war dann aufgrund des Ausgangs einfach wieder gegangen.

Mit einem Nicken akzeptierte Dr. Moses seine Bedingungen.

Die Münze schimmerte auf seiner Haut, und er spürte, wie er vor Erwartung und Unsicherheit zitterte. Er war kein abergläubischer Mensch. Er glaubte an die Kraft von Mustern, an die überragende Schönheit von Zahlen, an die Symmetrie der Vernunft. Und doch hatte diese Münze eine besondere Macht über sein Schicksal. Sie hatte sich als ein Kanal erwiesen, ein Tor, durch das seine Zukunft eintraf, eine Art Orakel.

Er richtete die Münze aus und schnippte sie in die Luft. Sie flog sehr hoch, drehte sich einmal, zweimal und dann wieder, bevor sie auf seiner Handfläche landete. Er drehte sie um, drückte das kalte Metall auf seine Haut und hob dann, mit angespannter Brust, seine Hand.

4

Dr. Moses nahm einen Schlüsselbund aus ihrer Tasche und schloss die Tür zur Gefängnisbibliothek auf. Mike folgte ihr in einen luftigen Raum voller Bücherregale und langer Holztische. Am anderen Ende des Raumes gaben hohe Fenster den Blick auf einen Garten frei, wo Gefangene die Blumenbeete von Unkraut befreiten. Jedes Fenster bestand aus Glasquadraten, und als er ihre Anzahl – drei mal drei mal drei – registrierte, bewunderte er das Muster: siebenundzwanzig Quadrate pro Fenster, ein Stapel perfekter Würfel. Dr. Moses führte ihn zu einem Tisch vor den Fenstern.

»Ich gehe jetzt Jess holen«, sagte sie und lächelte ihn dankbar an. »Bin in fünf Minuten zurück.«

Er stellte sich ans Fenster und schaute auf den Garten hinaus. Ein paar Frauen in grauen Overalls gingen einen kleinen Pfad entlang, und dahinter lag der Parkplatz. Sein verbeulter Pick-up fiel unter den Hondas, Fords und Chevys, die in der späten Morgensonne glitzerten, auf wie ein bunter Hund. Der 1991er-Ford, tomatenrot mit Rosträndern, hatte es kaum bis nach Ray Brook geschafft. Er hatte gebebt und geschwankt, sobald die Tachonadel die hundert überschritt, und jedes Mal ein alarmierendes Kreischen von sich gegeben, wenn Mike den fünften Gang einlegte. Der Truck war schon damals, 2008, spürbar in die Jahre gekommen, als Mike mit ihm von Cleveland zum College nach Boston gefahren war, aber er hatte seinem Vater gehört und zählte zu den wenigen Dingen, an denen Mike nach dessen Tod festgehalten hatte. Er brachte es einfach nicht übers Herz, ihn verschrotten zu lassen. Und auch wenn der Wagen ständig kaputtging, akzeptierte Mike seine Mängel doch so, wie man die Schwächen eines lieb gewordenen alten Hundes akzeptierte: mit Toleranz und einem Gefühl für das unvermeidlich bevorstehende Ende, so traurig es sein mochte.

Der Truck hatte ihn bei allen wichtigen Meilensteinen im Teenageralter begleitet: Mit ihm hatte er fahren gelernt, in seinem Führerhaus hatte er sich mit seinen Freunden betrunken, und auf seiner Ladefläche hatte er zum ersten Mal Sex gehabt. Auch an jenem Tag, an dem sich alles änderte, war er mit dem Truck gefahren: am 12. Oktober 2007, dem Tag der Ohio-High-School-State-Football-Meisterschaft. Er hatte ihn auf dem Parkplatz abgestellt, von dem aus seine Mannschaft den Bus zum Stadion nahm, und hätte sich im Traum nicht vorstellen können, wenige Stunden später in einem Krankenwagen abtransportiert zu werden. Die abgenutzten Vinylsitze und der beißende Geruch von Staub und Schweiß, sogar das defekte Getriebe – all das führte ihn zu dem zurück, der er einmal gewesen war: Quarterback und Captain eines Footballteams in der Highschool-Meisterschaft, gut aussehend und selbstbewusst, einer dieser glücklichen, unbeschwerten Typen, die mühelos durchs Leben segelten.

Es war immer schwer, sich vor einem großen Spiel zu konzentrieren, aber an diesem Abend war es noch schwerer gewesen als sonst. Die Scouts der Colleges waren da und sahen aufmerksam zu, und seine Zukunft hing von seiner Leistung auf dem Platz ab. Bei einem Sieg würde man ihm ein Vollstipendium an einem der besten Footballcolleges anbieten. Bei einer Niederlage würde er sich für eines der zweitklassigen Colleges entscheiden müssen, die ihn bereits umworben hatten. So oder so würde er am Ende dieses Abends ein Stipendium in der Tasche haben.

Selbst ohne ein Sportstipendium hätten seine Eltern ihm durchs College geholfen. Sie hatten ihn immer unterstützt, selbst wenn er Mist baute wie damals, als er wegen zu schnellen Fahrens angehalten worden war oder als er in US-Geschichte durchgefallen war. Als er jetzt über den Platz blickte, entdeckte er seine Eltern in der zweiten Reihe der Tribüne direkt hinter der Mannschaft, eine Wolldecke über ihren Knien ausgebreitet. Seine Mutter winkte, als sie ihn sah, und sein Vater nickte ihm aufmunternd zu. Er spürte, dass das hier seine Chance war, ihnen endlich etwas zurückzugeben. Nach allem, was sie für ihn getan, nach all den Auswärtsspielen, die sie ertragen, nach all der Ausrüstung, die sie gekauft, nach all der Ermutigung, die sie ihm immer wieder geschenkt hatten. Es war sein Abend, sie stolz zu machen.

Der Lärm war ohrenbetäubend. Die stampfenden Füße, das stakkatoartige Skandieren der Cheerleader, der urtümliche Rhythmus der Blaskapelle – er versuchte, das alles auszublenden und sich aufs Spiel zu konzentrieren. Es war kalt, wie üblich am Ende der Saison, die Wetterbedingungen auf dem Spielfeld waren brutal, und er befürchtete, den Ball gegen den Wind werfen zu müssen. Wie es der Zufall wollte, gewann sein Team den Münzwurf. Das gegnerische Team hatte sich für Zahl entschieden, und der Schiedsrichter warf Kopf, was Mike den Vorteil verschaffte, in Windrichtung zu spielen. Nach dem Abschlag war sein Team in einer starken Position, also beschloss er, die Kontrolle zu übernehmen. Er entschied sich für einen Spielzug, bei dem er sich einen Weg durch die Mitte bahnen und den Ball bis in die Endzone tragen konnte. Es war ein ungewöhnlicher Spielzug, riskant in dieser Entfernung zum Ziel, aber dennoch ein QB-Sneak, der den Gegner aus dem Gleichgewicht bringen und seine eigene Beweglichkeit und Schnelligkeit demonstrieren würde. Ein Touchdown in der ersten Minute würde ihnen zeigen, wer hier der Boss war.

Er packte den Ball fester, zog sich ein Stück zurück, täuschte einen Pass vor und rannte los mit allem, was er hatte. Zehn Yards, zwanzig Yards, dreißig. Er spürte den in seine Seite gedrückten Ball. Den eisigen Wind in seinem Rücken. Sah die Endzone in der Ferne, weit offen, wartend. Und dann kam der Schlag. Er ging hart zu Boden, sein Kopf knallte in seinen Helm, und alles wurde schwarz.

Er kam im Krankenwagen wieder zu sich. Sein erster Gedanke war, dass er sich etwas gebrochen hatte, aber dem war zum Glück nicht so. Außer einer Sehtrübung und einer Beule so groß wie ein Gänseei schien nichts passiert zu sein. Nach einer gründlichen Untersuchung in der Notaufnahme sagte ihm ein Arzt, er habe eine Gehirnerschütterung, und schickte ihn mit der Anweisung nach Hause, den Kopf mit Eis zu kühlen und sich auszuruhen.

Anzeichen dafür, dass seine Verletzung doch komplizierter war, gab es erst einige Tage später. Er war wie empfohlen zu Hause, um sich zu erholen, als er bemerkte, dass alles um ihn herum irgendwie anders war als sonst. Geordneter, schlüssiger als zuvor. Zu seiner Verblüffung stellte er fest, dass er in allem Muster erkannte. Der Marmorboden in der Küche – ein Schachbrett aus schwarzen und weißen Fliesen – war ein geometrisches Wunderwerk, ein dreidimensionales Puzzle mit endlosen Verbindungswegen. Eines Nachmittags verbrachte er fünfundvierzig Minuten unter der Dusche und beobachtete einfach nur die Bewegung des Wassers, seinen Weg vom Duschkopf zu den Fliesen, wie es in einer Spirale um den Abfluss herumwirbelte. Das Wasser ordnete sich selbst in kunstvollen architektonischen Strukturen – Regenbögen und Fraktale, mathematische Muster, die sich vor ihm in Farbwellen auftaten. Während er das Spiel der sich entwickelnden Muster im Wasser verfolgte, machte etwas klick in ihm. Er wusste nicht, wie, aber er verstand diese Strukturen. Es gab ein System, eine grundlegende Ordnung in der Welt, und er sah sie.

Mit der Zeit stellte er noch mehr Veränderungen in seiner Wahrnehmung der Welt fest. Wenn er an bestimmte Zahlen oder Buchstaben dachte, erschienen sie ihm in lebhaften Farben, hell und gesättigt, fast schillernd: Die Zahl 9 war kirschrot, die 6 kanariengelb, die 3 ein dunkles Stahlblau. Doppelte Ziffern zeigten sich als Farbmischungen, sodass die 63 ein klares Grün war, die 93 ein sattes Ultraviolett, die 69 ein leuchtendes Orange. Auch Töne übertrugen Farben in sein Bewusstsein, und ein Song wurde zu einem sensationellen

Farbenspektakel, einem gemalten Konzert im Hintergrund seines Geistes.

Diese Veränderungen in der Art und Weise, wie er die Wirklichkeit wahrnahm, waren so fremdartig, dass er zunächst kein Wort darüber verlor. Er wusste, dass er regelmäßig stark strukturierte, geometrische Halluzinationen hatte und dass diese real waren, aber er war sich nicht sicher, ob ihm jemand glauben würde, wenn er versuchte, das zu erklären. Er war überzeugt, dass die Muster und Farben mit zunehmender Heilung der Beule an seinem Kopf verschwinden würden. Also beschloss er abzuwarten, der Sache etwas mehr Zeit zu geben und zu sehen, was passierte.

Aber sie verschwanden nicht. Vier Monate vergingen, und sein Zustand besserte sich nicht. Er war die ganze Nacht über wach und schlief am Tag. Seine Freundschaften litten darunter, und seine Freundin Kelsey, von der er ohnehin vermutete, dass sie sein Footballtrikot mehr mochte als ihn, versuchte nicht mal mehr, ihn zu erreichen. Ohne Panikattacken konnte er nicht mehr in die Schule gehen. Und dann hielt er es eines Nachts nicht mehr aus. Zahlen, Strukturen und Farben überschwemmten seinen Verstand mit einer hydraulischen Kraft – es waren so viele Bilder und Formen, dass er zu ertrinken meinte. Er ging in die Küche, setzte sich an den Tisch und brach in Tränen aus. Er brauchte Hilfe, aber er wusste nicht, wie er jemandem sagen sollte, was mit ihm geschah.

Seine Mom setzte sich zu ihm an den Tisch. Sie bestand darauf, dass er ihr sagte, was los war. Mike erzählte, dass er seit Monaten Muster in seinem Kopf sah, sich aber nicht getraut hätte, darüber zu reden. Er sagte ihr, er habe Angst, verrückt zu werden, und auch, dass er schon daran gedacht habe, sich umzubringen, damit es endlich vorbei war. Seine Mutter hörte aufmerksam zu, als er beschrieb, wie er das schwarz-weiße Raster des Küchenbodens wahrnahm, dass es alle möglichen Muster erzeugte – ein Schachbrett, dann ein Kreuzworträtsel, dann ein Zahlenschema –, eine schwarz-weiße Matrix sich unendlich verändernder Möglichkeiten. Sie hörte zu, als er ein Rätsel beschrieb, das ihm immer wieder in den Kopf kam, dann verblasste, um sofort zurückzukehren.

Seine Mom legte ein Blatt Papier und einen Stift vor ihn hin. »Zeig mir, was du siehst«, sagte sie, und dann zeichnete er ihr das Rätsel, ein Zahlenfeld, von dem er später erfuhr, dass es sich um ein klassisches magisches Quadrat handelte, genannt Lo-Shu-Quadrat: ein Raster aus neun Zahlen, dessen Spalten und Reihen sich auf jeder Seite zu fünfzehn addieren ließen. Dieses spezielle magische Quadrat war zum ersten Mal etwa 2300 v. Chr. in China erstellt worden. Er wusste noch nichts von der Geschichte des Quadrats, als er es in jener kalten Februarnacht des Jahres 2008 um drei Uhr morgens für seine Mom aufmalte. Sie betrachtete das Quadrat sorgfältig, erkannte, dass er etwas Außergewöhnliches erschaffen hatte, und sagte: »Du hast ein Talent erhalten. Du kannst es ignorieren, oder du kannst es nutzen. Aber du kannst dich nicht davor verstecken.«

Erst nach einer MRT-Untersuchung verstand er, dass sie recht hatte. Er würde nie mehr der sein, der er vor dem Unfall gewesen war. Ein Neurochirurg erklärte ihm, dass bei dem Aufschlag auf den Boden eine Druckwelle von achthundert Pfund pro Quadratzoll durch seinen Schädel geschossen war. Sein Gehirn hatte mit einem Gegenschlag reagiert, der seine linke Hemisphäre beschädigte. Und obwohl er nicht die üblichen Symptome eines Schädelhirntraumas zeigte – er hatte weder epileptische Anfälle noch Gedächtnisverlust, keinen neurologischen Schaden oder Schmerzen –, war Mike für immer ein anderer geworden.

5

Ein Wärter führte Jess Price zu dem Tisch vor den Fenstern, öffnete ihre Handschellen und zog sich in Richtung Gang zurück, wo er sich vorn an der Tür postierte.

»Falls Sie Schwierigkeiten bekommen ...« Dr. Moses deutete auf den Wärter, nickte Mike noch einmal kurz zu und schloss dann die Tür hinter sich.

Jess Price setzte sich, das Licht fiel durch die Fenster auf sie. Als Mike sich näherte, musterte er sie verstohlen und verglich sie mit den Bildern, die Dr. Moses ihm gezeigt hatte. Obwohl diese Fotos gerade mal fünf Jahre alt waren, hatten sie nicht die geringste Ähnlichkeit mit der Gefangenen. Die Frau auf dem Autorenfoto hatte verschmitzt und spitzbübisch gewirkt und eine verträumte Zuversicht ausgestrahlt. Die Frau ihm gegenüber wirkte sehr viel sanfter, wie eine Statue, deren scharfe Kanten von den Elementen abgeschliffen worden waren. Sie war viel zu dünn, ihre Haare waren lang und spröde, und an den Spitzen ihrer Nägel befanden sich mondsichelförmige Kränze von getrocknetem Blut – Belege für die Selbstverletzung, die Dr. Moses erwähnt hatte.

Und doch war sie auf gewisse Weise attraktiv, besaß eine geheimnisvolle Präsenz, die nichts mit ihrem Aussehen zu tun hatte. Ohne es erklären zu können, spürte er, wie sich etwas in der Luft veränderte, als er sich ihr näherte. Es war, als stünde er am Rande eines Strudels, einer dunklen und unwiderstehlichen Kraft, die ihn zugleich erregte und bedrohte.

Er hängte seine Schultertasche über die Lehne eines Stuhls, zog seine Jacke aus und setzte sich Jess gegenüber. Sie beobachtete ihn, ihre Augen voller Neugier und etwas weniger Definierbarem – intensives Interesse vielleicht, durchsetzt mit Vorsicht. Er war auf Schweigen vorbereitet gewesen, aber ihr jetzt gegenüberzusitzen machte ihn zutiefst nervös. Die Leere zwischen ihnen war breit und tief. Um Jess zu erreichen, musste er den ersten Schritt wagen.

»Dr. Moses sagt, Sie mögen Rätsel«, begann er schließlich und kam sich ziemlich unbeholfen vor.

In ihrem Blick lag eine stete Wachsamkeit, die jede Möglichkeit ausschloss, dass sie psychisch instabil war. Ganz im Gegenteil, er spürte eine Klugheit hinter ihren blauen Augen, gefangen und funkelnd wie eine Goldmünze, eingeschlossen in einem Eisblock.

»Das hier hat sie mir gegeben.« Mike legte den Kreis auf den Tisch. Er sah ihn wieder an, obwohl das nicht nötig gewesen wäre. Er hatte das Rätsel im Geiste perfekt vor sich. Das war vielleicht der größte Nutzen des Unfalls: Er brauchte sich ein Muster nur einmal anzusehen, für wenige Sekunden, um sich für immer daran zu erinnern. Doch trotz seiner Fähigkeit, es zu sehen, ließ ihn das Rätsel ratlos. Es brachte ihn zurück zum MIT, wo ihm sein Professor und Mentor Dr. Vivek Gupta gelegentlich ein extrem kniffliges Problem als Aufgabe stellte. Er blieb dann jedes Mal die ganze Nacht auf und betrachtete es aus jedem Winkel, nahm es auseinander und setzte es in allen möglichen Kombinationen und Varianten wieder zusammen, bis sich etwas in seinem Denken veränderte – es war wie ein Fenster, das sich öffnete und Licht in einen dunklen Raum fallen ließ – und er den Zugang fand. Von diesem Punkt an konnte er sich zurücklehnen und zusehen, wie sich der Weg offenbarte. Er sah die Schritte, die er zu absolvieren hatte, und auch die Reihenfolge, in der er sie gehen musste. Die Lösung zu finden fühlte sich wie ein Segen an, wie das, was manche Menschen als Gnade bezeichnen würden, aber für Mike war es mehr als das: Eine Lösung war ein Rettungsseil, die eine Sache, die ihn daran hinderte unterzugehen.

Aber als er jetzt diese Kraft anrief, zeitigte der Kreis nichts als

Fragen: Warum diese Zahl an genau dieser Stelle? Warum die hebräischen Buchstaben im Zentrum? Welche Bedeutung hatte die Zahl 72? Er räusperte sich und versuchte es erneut. »Sie wollten, dass ich mir das hier ansehe, und ich gebe zu, meine Neugier ist geweckt. Ich würde es nur allzu gerne lösen. Aber ich brauche mehr Informationen. Können Sie mir helfen zu verstehen, was ich hier vor mir sehe?«

Sie starrte ihn schweigend an. Es ging an die Nerven, wie sie ihn anschaute. Mit einem Mal fühlte sich die Luft heiß und stickig an. Beklemmend. Er spürte, wie ein Schweißfilm auf seine Haut trat. Die Nähe zu Jess bewirkte eine chemische Änderung in ihm, so wie Salz den Siedepunkt von Wasser ändert.

»Hören Sie«, sagte er und beugte sich weiter vor. »Ich weiß nicht, was diese Zeichnung bedeutet, auch nicht, welche Bedeutung sie für Ihre aktuelle Situation hat, aber Dr. Moses glaubt, dass es etwas mit dem zu tun hat, was Ihnen passiert ist. Ich möchte gerne helfen, aber Sie müssen mir etwas geben, womit ich weitermachen kann.«

Sie musterte ihn weiter.

»Zum Beispiel«, sagte er: »Wo haben Sie diesen Kreis das erste Mal gesehen? Ist es ein Original? Eine Kopie?«

Schweigen.

»Der Zahlenkranz zwischen 1 und 72 und die hebräischen Buchstaben. Das ist eine ungewöhnliche Konstellation. Es scheint, als würde eine ganze Reihe Zahlen und Buchstaben fehlen. Wissen Sie, warum?«

Als sie nicht antwortete, schob er den Kreis beiseite. Direkte Fragen würden nichts bringen. Anscheinend wollte sie zwar mit ihm kommunizieren – warum sonst sollte sie seinen Namen auf die Rückseite des Rätsels geschrieben haben? –, aber etwas hielt sie davon ab. Sie verschränkte schützend die Arme vor der Brust, als bereiteten seine Fragen ihr Schmerzen. Als er sie so ansah, empfand er tiefes Mitgefühl. Er wurde daran erinnert, wie er selbst nach seiner Verletzung gewesen war: verängstigt, verwirrt, so sehr in seinem Kopf gefangen, dass er geglaubt hatte, nicht einmal ansatzweise erklären zu können, was er durchmachte. Dabei hatte es nur eine einzige Person gebraucht, um die Isolation zu durchbrechen und ihn zu erreichen. Eine Person, die ihm glaubte, als er das Unglaubliche beschrieb. Für ihn war seine Mom diese Person gewesen, und ihre Geduld hatte ihn gerettet. Vielleicht würde er diese Person für Jess Price sein können.

»Mir ist einmal etwas Schlimmes zugestoßen«, sagte er und beobachtete sie aufmerksam. »Ich habe Dinge wahrgenommen, die total … na ja, *verrückt* erschienen. Ich sah überall Muster und Zahlen und Farben. Das hat mir schreckliche Angst eingejagt. Ich wollte es erklären, aber ich wusste, niemand würde mir glauben. Man würde mich für durchgeknallt halten. Ich meine, scheiße, ich dachte, ich wäre durchgeknallt. Wissen Sie, wodurch sich das geändert hat?«

Sie schüttelte leicht den Kopf. Es war eine kaum merkliche Reaktion, aber das genügte. Ein Gefühl des Triumphs überkam ihn: Sie hatte auf ihn reagiert.

»Das hier …« Er griff in seine Schultertasche, fischte ein DIN-A5-Notizbuch mit Millimeterpapier heraus und seinen Lieblingsstift, einen Bic-4-Farb-Kugelschreiber, und malte das Quadrat, das er für seine Mutter in jener Nacht gezeichnet hatte.

4	9	2
3	5	7
8	1	6

Ihr Blick glitt über die Zahlen, dann sah sie Mike fragend an.

»Es ist ein uraltes mathematisches Quadrat, das Lo-Shu-Quadrat, zum ersten Mal gezeichnet vor ungefähr viertausend Jahren in

China. Aus irgendeinem Grund habe ich es nach meiner Verletzung immer wieder gesehen. Es erschien in meinem Kopf, jede Zahl in einer leuchtenden Farbe, und verblasste danach wieder. Ich hatte keine Ahnung, warum, und ehrlich gesagt, ich weiß es bis heute nicht. Meine Ärzte haben Theorien, aber die sind mir nicht sonderlich wichtig. Was jedoch zählt, ist, egal wie bizarr es erscheinen mag: Das, was ich erlebt habe, war real.«

Jess betrachtete ausgiebig das Lo-Shu-Quadrat.

»Menschen erleben ständig die erschreckendsten Dinge«, sagte er. »Ich bin nicht der Einzige. Genauso wenig wie Sie.«

Als sie zu ihm aufsah, hatte sie Tränen in den Augen.

»Sagen Sie mir, was los ist.« Er schob die Zeichnung des Kreises zwischen sie. »Ich werde Ihnen glauben. Versprochen.«

Langsam wandte Jess ihren Blick von Mike ab und ließ ihn in die Ecke des Raumes wandern, zu einer Überwachungskamera, die unter der Decke der Bibliothek montiert war. Für einen kurzen Moment huschte ein ängstlicher Ausdruck über ihr Gesicht.

»Haben Sie Angst, dass wir beobachtet werden?«, fragte Mike leise.

Sie nickte, und plötzlich ergab alles einen Sinn. Jeder Quadratzentimeter des Gefängnisses wurde überwacht. Sie wollte ihm etwas sagen, fürchtete aber, belauscht zu werden. Plötzlich hatte er eine Idee. Offensichtlich konnte sie Zahlen und Buchstaben und Diagramme schreiben – sie hatte nahezu jedes Rätsel gelöst, das er je entworfen hatte. Er schnappte sich seinen Stift und schrieb: *Sie müssen nicht sprechen, damit ich Sie höre.*

Er schob ihr das Notizbuch zu. Sie dachte einen Moment lang darüber nach, ohne etwas zu tun. Dann nahm sie den Stift und malte einen Galgen. Ein Schauer der Erregung durchlief ihn, als er das sah. Das Galgenraten funktionierte nach dem gleichen Prinzip wie sein Lieblingsbuchstabenspiel Wordle. Er spielte jeden Morgen Wordle, löste es normalerweise, bevor sein Kaffee kalt wurde. Die Regeln waren einfach: Man fand ein gesuchtes Wort, indem man die Positionen der Buchstaben erriet. Man hatte sechs Versuche, und jeder richtige Rateversuch brachte einen der Antwort näher. Beim Galgenraten wurde bei jedem falschen Rateversuch ein Teilstrich des Strichmännchens am Galgen hinzugefügt. Zu viele Fehlversuche, und das Galgenmännchen war gehängt, und man hatte verloren.

Jess malte fünf Striche unter den Galgen. Er wusste aufgrund seiner Erfahrung beim Wordle, dass er nur eine einzige richtige Buchstabenposition brauchte, um das Rätsel zu lösen. Alle möglichen Permutationen von Worten mit einem Buchstaben auf diesen Positionen würden ihm durch den Kopf schießen, er würde sie mit vorherigen Lösungen vergleichen – er wusste sie alle noch –, und schon würde die richtige Lösung erscheinen. Er erriet immer das richtige Wort. Es war simpel, viel zu simpel, und er kannte die Antwort in achtzig Prozent der Fälle beim zweiten Versuch.

Er sah Jess' Rätsel an und begann mit dem häufigsten Buchstaben der englischen Sprache. Er nahm seinen Stift und schrieb den Buchstaben E.

Jess schüttelte kaum merklich den Kopf. Kein E. Sie malte den Kopf des Galgenmännchens.

Er versuchte es mit den nächsten vier häufigsten Buchstaben: A, I, N, O, und Jess malte Körper, Arme und ein Bein des Galgenmännchens. Er spürte, wie er sich zunehmend anspannte. Vielleicht lag es daran, dass er Jess Price so nahe war, jedenfalls hatte ihm ein Buchstabenrätsel noch nie Schwierigkeiten bereitet. Sicher, es war eher ein Ratespiel als ein echtes Rätsel, aber trotzdem. Mit einem Blick auf den Galgen sah er, dass er nur noch einen Versuch hatte, es hinzubekommen. Er entschied sich für den Buchstaben T. Jess lächelte und schrieb zwei Ts auf die Striche.

T_ _ _T

Ein triumphierendes Gefühl überkam ihn, als eine Abfolge von Worten vor seinem geistigen Auge aufblitzte. Es war, wie einen Regenbogen im Glas einzufangen, jeder Buchstabe eine Farbexplosion, schwer fassbar und flirrend. Er wusste, welches Wort sie meinte.

»Sie wollen wissen, ob Sie mir vertrauen können«, flüsterte er. *Trust.*

Sie begegnete seinem Blick, und die Intensität, die er zuvor gespürt hatte, war wieder da. Sie brauchte tatsächlich nicht zu sprechen, damit er sie verstand. Er konnte jeden ihrer Gedanken spüren.

»Ich bin in vielen Dingen nicht besonders gut«, sagte er. »Aber ich halte immer mein Wort. Wenn Sie mir sagen, was Sie brauchen, verspreche ich Ihnen, dass ich Ihnen helfen werde, so gut ich kann.«

Sie starrte das Notizbuch so fest an, dass er schon damit rechnete, es könne in Flammen aufgehen. Dann blätterte sie zu einer leeren Seite und schrieb etwas darauf, verdeckte es mit der Hand. Als sie fertig war, biss sie auf einen verschorften Fingernagel und öffnete eine Wunde. Das Blut sammelte sich an ihrer Fingerspitze zu einem scharlachroten Tropfen, und sie drückte das Blut aufs Blatt, tupfte es ab, als wollte sie ihre Haut sauber wischen. Dann riss sie das Blatt aus dem Notizbuch, knüllte es fest zusammen und drückte es ihm in die Hand.

Bei ihrer Berührung überkam ihn eine Art Lähmung. Es war elektrisierend, erfüllt mit einer pulsierenden, heißen Energie, ein so heftiges Gefühl, dass er kaum noch atmen konnte. Die Zeit schien stillzustehen, als sie sich über den Tisch beugte und ihn leicht auf die Lippen küsste. Die Bibliothek verblasste, und mit einem Mal befand er sich in dem Rätsel. Seine wirbelnden Zahlen und Symbole ordneten sich wie von selbst zu einer Reihe ineinandergreifender Bahnen um ihn herum, mit Jess Price im Zentrum von allem, eine Frau, gefangen in einem Labyrinth. Er zog sie an sich, erwiderte den Kuss, spürte, wie er tiefer und tiefer in ihr versank, als plötzlich ein Gefängniswärter über ihnen aufragte. »Kein Körperkontakt mit Gefangenen«, sagte er schroff und zog Jess zurück, legte ihr wieder die Handschellen an und führte sie ab.

6

Die Tür der Bibliothek schloss sich, Mike blieb allein zurück. Sein ganzer Körper pochte, und als er nach seiner Kuriertasche griff, bemerkte er, dass seine Hand zitterte. *Was zum Teufel passiert hier mit mir?* Nach seiner Begegnung mit Jess Price fühlte er sich schwindlig und aus der Bahn geworfen, sein Herz klopfte heftig, sein Kopf war voller Fragen. Er fühlte sich wie nach einem aufreibenden Wettkampf – zehn Stunden Zahlenrätsel oder Schach –, von dem sein Hirn gleichermaßen belebt und zerbrutzelt war.

Er sah sich in der Bibliothek um, suchte nach einer Ecke, in der er ungestört sein würde. Doch die Regale waren so aufgestellt, dass die Überwachungskamera den ganzen Raum erfassen konnte. Keine Chance auf Privatsphäre. Er streifte sich die Tasche über die Schulter, nahm seine Jacke von der Stuhllehne, wischte sich den Schweiß von der Stirn und ging zur Fensterreihe am hinteren Ende der Bibliothek. Mit dem Rücken zur Überwachungskamera faltete er das Papier auseinander, das Jess ihm gegeben hatte. Es war zerknittert und mit Blut beschmiert. Als er es, so gut es ging, glatt strich, bemerkte er fünf Zeilen in der Mitte des Blattes. Jess hatte ihm eine Nachricht hinterlassen.

Der Granny Smith,
welch Genuss. Elstar,
McIntosh, Berlepsch und
Ingrid-Marie, wunderbare Äpfel,
allesamt, auch die rote Rubinette.

Das war's. Fünf Zeilen von … was? Poesie? Er las es erneut, versuchte, die Bedeutung zu analysieren. Es ergab überhaupt keinen Sinn. Diese Frau hatte seit Jahren mit niemandem mehr kommuniziert, und als sie es dann tat, schrieb sie ein kryptisches Gedicht über Apfelsorten? Er verspürte den Drang, das Papier zusammenzuknüllen und in den Mülleimer zu schmeißen, doch er wusste natürlich, es steckte mehr dahinter. Jess hatte Angst, belauscht zu werden, und sie würde gleichermaßen Angst haben, dass eine schriftliche Nachricht abgefangen werden könnte. Vielleicht war dieses Gedicht ja eine Knobelaufgabe.

Normalerweise stützt sich eine Knobelaufgabe auf einen gemeinsamen Wissensfundus, auf einen gemeinsamen Referenzpunkt, den zwei Menschen verstanden. Aber er und Jess hatten keine gemeinsame Vergangenheit, welcher Art auch immer, und ganz sicher hatten sie nie über Äpfel gesprochen. Er warf einen Blick aus dem Fenster, als könne er dort im Garten Apfelbäume entdecken, aber da war nichts außer diesem staubigen Weg.

Er griff in seine linke Tasche, tastete nach seinem Silberdollar. Es war ein Morgan-Dollar mit Prägestempel 1899, eine Sammlermünze im Wert von mehreren hundert Dollar. Der Schiri hatte genau diese Münze zu Beginn des Meisterschaftsspiels geworfen, nur wenige Minuten vor Mikes Verletzung. Es war Tradition, dass die siegreiche Mannschaft die Münze behielt. Sein Team hatte ohne ihn gewonnen und dennoch einstimmig beschlossen, sie ihm zu geben.

Er hatte sich angewöhnt, sie zwischen Daumen und Zeigefinger zu reiben, wenn er nachdachte, eine Angewohnheit, durch die der Rand der Münze so glatt geworden war wie ein Flusskiesel. Normalerweise half ihm das, sich zu konzentrieren, aber diesmal nicht. Er hörte auf den Klang der Silben, die Jess geschrieben hatte, hoffte, in ihrem Rhythmus einen Hinweis zu finden, aber es gab keinen regelmäßigen Takt. Er reihte die Wörter in einer Zeile aneinander, wobei er die Leerzeichen wegließ, um zu sehen, ob sich so vielleicht eine Botschaft ergab. Was nicht der Fall war. Es ergab sich kein Sinn, nicht einmal als Rätsel.

Dann bemerkte er etwas Ungewöhnliches: Die Blutflecken befanden sich an bestimmten Stellen des Blattes. Sie waren nicht willkürlich gesetzt, wie er zunächst gedacht hatte, sondern folgten einem System: Jeder Blutfleck befand sich auf einem Buchstaben. Jess hatte ihre Fingerspitze auf sechs Buchstaben in der ersten Reihe, auf sechs in der zweiten und so weiter gedrückt. Achtundzwanzig Buchstaben waren so gekennzeichnet worden.

Umgehend ging er die verschiedenen mathematischen Möglichkeiten der Zahl achtundzwanzig durch: Sie war die zweite vollkommene Zahl, ein harmonischer Divisor, eine Dreieckszahl. Eine Størmer-Zahl und die vierte magische Zahl der Physik. Aber nach einem erneuten Lesen des Rätsels wurde ihm klar, dass die Zahl achtundzwanzig in diesem Kontext keinerlei Bedeutung besaß.

Und dann machte es auf einmal klick. Natürlich hatten Zahlen nichts damit zu tun. Jess Price war Schriftstellerin – sie würde mit Worten kommunizieren, nicht mit Zahlen. Es war kein Rätsel, keine Knobelei, es war ein codierter Text, und ein ziemlich einfacher obendrein. Sie hatte Buchstaben mit Blut markiert, und diese Buchstaben waren der Schlüssel, um die Nachricht zu lösen.

Der Granny Smith,
welch Genuss. Elstar,
McIntosh, Berlepsch und
Ingrid-Marie, wunderbare Äpfel,
allesamt, auch die rote Rubinette.

Die Herausforderung löste in Mike etwas Elementares aus, eine urweltliche Sehnsucht, gemischt mit Neugierde und Verlangen. Er wollte das Rätsel packen und zähmen, es auseinandernehmen und seine Geheimnisse Stück für Stück lüften, bis es in seinen Händen zerbröselte. Kurzum, das Rätsel hatte ihn bereits fest im Griff. Er hatte gar keine andere Wahl, als es zu lösen.

Er ließ den Silberdollar in seine Tasche gleiten, nahm den Stift aus seiner Tasche und schrieb die markierten Buchstaben ans Ende jeder Zeile:

Der Granny Smith,	ERAYTH
welch Genuss. Elstar,	WEUSST
McIntosh, Berlepsch und	,ES
Ingrid-Marie, wunderbare Äpfel,	DMARU
allesamt, auch die rote Rubinette.	ESIROTTT

Die Buchstaben waren komplett durcheinander, kein Zweifel. Er würde sie in die richtige Reihenfolge bringen müssen, um ihre Bedeutung zu verstehen. Doch Mike brauchte nur wenige Sekunden, um die Buchstaben in seinem Geist aufzureihen, sie so lange zu mischen, bis sie Wortmuster ergaben. Er schrieb diese Worte in eine dritte Spalte neben die Chiffre und sah sich das Ergebnis an.

Der Granny Smith,	ERAYTH	Raythe
welch Genuss. Elstar,	WEUSST	wusste
McIntosh, Berlepsch und	,ES	es,
Ingrid-Marie, wunderbare Äpfel,	DMARU	darum
allesamt, auch die rote Rubinette.	ESIROTTT	ist er tot

Raythe wusste es, darum ist er tot.

7

Mike klopfte zweimal an die Tür von Dr. Thessaly Moses, fester, als er es gewollt hatte. Keine Reaktion. Er versuchte es wieder, in dem dringenden Bedürfnis, mit ihr zu sprechen. Nach der Begegnung mit Jess fühlte er sich unausgeglichen, so als hätte sich sein Schwerpunkt verschoben. Er sah ständig ihr Gesicht vor sich, spürte die undeutliche Anziehungskraft, die er auch in ihrer Gegenwart empfunden hatte. Sein ganzer Körper kribbelte noch immer von ihrem Kuss. Er wollte es nicht wahrhaben, nicht mal sich selbst gegenüber, wie sehr ihn das Treffen überwältigt hatte. Vielleicht könnte Dr. Moses ihm helfen, alles irgendwie einzuordnen.

»Mr Brink.« Dr. Moses' Stimme erklang vom Ende des Flurs. Sie trug eine weiße Jacke zu ihrem marineblauen Kleid und über der Schulter eine Louis-Vuitton-Tasche, aus der Akten herausragten. Sie hatte einen Starbucks-Becher in der Hand, und Mike schloss daraus, dass sie soeben vom Mittagessen zurückkam.

»Dr. Moses«, sagte er. »Passt es gerade?«

»Bitte nennen Sie mich Thessaly, und natürlich, kommen Sie rein«, erwiderte sie und sperrte das Büro auf. »Ich brenne darauf zu erfahren, was in der Bibliothek passiert ist.«

Er war sich nicht sicher, wie viel von seinem Treffen er preisgeben sollte. Er kannte Jess gerade mal dreißig Minuten und fühlte sich trotzdem zutiefst mit ihr verbunden, und nach diesem Kuss kam noch das irritierende Bedürfnis hinzu, sie zu verstehen. Er wollte ihr helfen. Nur wie? Die Tatsache, dass sie eine verschlüsselte Nachricht geschrieben hatte, machte deutlich, dass sie ihm etwas Privates erzählt hatte, das vor der Gefängnisbürokratie geheim gehalten werden sollte, doch allein konnte er ihr nicht helfen. Und wenn es jemanden auf der Welt gab, der auf Jess' Seite stand, dann war es Thessaly Moses. Tatsächlich hatte Jess ja Thessaly in diese Sache hineingezogen, indem sie sie gebeten hatte, ihn herzubringen. Das allein zeichnete sie als vertrauenswürdig aus.

Thessaly ließ ihre Tasche auf den Schreibtisch fallen und trank einen Schluck Kaffee. »Und? Wie ist es gelaufen?«

»Anders, als ich es erwartet habe, um es vorsichtig auszudrücken.«

Sie warf ihm einen neugierigen Blick zu. »Wieso?«

»Sie werden es ohnehin von den Wärtern erfahren, also kann ich es Ihnen auch gleich sagen: Sie hat mich geküsst.«

»Sie hat Sie geküsst?«, erwiderte Thessaly überrascht.

»Über den Tisch hinweg, ja. Woraufhin ein Wärter sie abgeführt hat.«

»Natürlich hat er das.« Sie schüttelte fassungslos den Kopf. »Körperkontakt ist nicht erlaubt, und Küssen ist absolut …«

»Das ist aber noch nicht alles«, sagte er.

»Was?«, fragte sie und verschränkte die Arme vor der Brust, als würde sie sich wappnen.

»Sie hat etwas aufgeschrieben.«

Thessaly kniff ungläubig die Augen zusammen. »Sie haben schriftlich miteinander kommuniziert?«

»Ja, irgendwie schon«, erwiderte er. »Sie hat ein weiteres Rätsel erstellt. Eine chiffrierte Nachricht.«

Thessaly lehnte sich an den Schreibtisch. »Ich habe ja schon vermutet, dass sie gut auf Sie reagieren würde, aber ich bin verblüfft, dass sie sich so schnell geöffnet hat.«

»Ich bin mir nicht sicher, ob Sie auch noch so begeistert sind, wenn Sie hören, was sie geschrieben hat.«

Thessaly sah ihn verwirrt an. »Warum denn?«

»Was sagten Sie, wie lautete noch gleich der Name ihres vorherigen Therapeuten?«

»Dr. Raythe. Warum fragen Sie?«

»Sie sagten, Dr. Raythe wäre zu Jess durchgedrungen«, erwiderte er und wählte seine Worte dabei sorgfältig. »Dass seine Methoden bei ihr funktioniert hätten.«

»Jedenfalls scheint es mir so, den Berichten nach zu urteilen, die er hinterlassen hat«, sagte sie. »Für kurze Zeit zumindest. Denn was immer sich ergeben haben mag, es war nicht von Dauer.«

Er dachte an die Auflösung von Jess' verschlüsseltem Text: *Raythe wusste es, darum ist er tot.* Was genau hatte er gewusst? »Besaß er irgendwelche besonderen Informationen über sie?«

»Ich habe nicht die geringste Ahnung«, sagte sie.

»Falls ja«, fuhr er fort, »müsste es dann nicht Akten geben, die er geführt hat? Fallnotizen oder so etwas?«

»Natürlich, das ist schließlich Teil des Jobs«, erwiderte sie mit gerunzelter Stirn, und ihre Stimme nahm einen defensiven Ton an, als hätte Mike unterstellt, sie habe etwas Wichtiges übersehen. »Aber ich habe alles gelesen, was in seinen Unterlagen stand. Nichts deutet darauf hin, dass er neue oder ungewöhnliche Informationen über sie gehabt hat.«

»Besteht die Möglichkeit, dass Sie noch einmal nachsehen?«

»Nun«, sagte sie, »ich weiß nicht, wozu das gut sein sollte. Ich habe alles durchgesehen, was er geschrieben hat. Dr. Raythe hat seine Akten in einem absoluten Chaos hinterlassen, und ich habe meine ersten Wochen in dieser Position damit verbracht, halbwegs Ordnung hineinzubringen. Er war nicht besonders organisiert, aber ich bezweifle, dass er etwas so Wichtiges wie Informationen über Jess Price undokumentiert gelassen hätte … Aber warten Sie. Lassen Sie mich etwas überprüfen.«

Sie ging zu ihrem Schreibtisch. »Zu der Zeit, als ich Dr. Raythe ablöste, wurde eine umfassende Digitalisierung der Häftlingsakten durchgeführt. Wenn einige seiner Akten nicht vollständig digitalisiert wurden, könnten sie sich noch im Archiv befinden.« Sie tippte etwas in ihren Computer, hielt inne, um das Ergebnis zu lesen, und wandte sich dann wieder an Mike. »Ja, das könnte durchaus möglich sein. Dr. Raythe hat vielleicht einen Teil seiner Akten im alten Archiv aufbewahrt. Ich sehe mir das mal an und lasse Sie wissen, was ich finde.«

»Das wäre großartig«, sagte Mike und spürte, wie seine Aufregung wuchs. Falls sie in Raythes Akten Informationen fand, könnte er vielleicht herausfinden, was Jess ihm zu sagen versuchte. »Noch etwas. Sie sagten, Sie hätten Dr. Raythe ersetzt. Warum?«

Sie warf ihm einen fragenden Blick zu, als wolle sie verstehen, worauf er mit seiner Frage zielte. »Die Stelle wurde frei, weil Dr. Raythe verstorben ist.«

»Und das kam ganz plötzlich?«

»Ja, sein Tod kam sehr plötzlich. Ich wurde zu einem Vorstellungsgespräch eingeladen und kurz darauf eingestellt, was ein Grund dafür ist, dass seine Unterlagen in einer solchen Unordnung waren.«

»Ich glaube, das hier sollten Sie sich ansehen«, sagte er, nahm Jess' Chiffre aus der Tasche und zeigte sie Thessaly. *Raythe wusste es, darum ist er tot.* »Jess glaubt, dass Dr. Raythe ermordet wurde.«

Er beobachtete, wie sich Thessalys Gesichtsausdruck von Skepsis zu purem Schock wandelte. »Aber das ist *völlig* unmöglich«, sagte Thessaly entgeistert. »Sein Wagen ist auf der Route 32 auf eine Eisfläche geraten und über eine Leitplanke geschlittert. Es war ein Unfall. Das weiß jeder.«

»Jeder bis auf Jess Price.«

Thessaly las das Blatt noch einmal und faltete es dann in der Mitte. »Ich verstehe das nicht«, sagte sie schließlich. »Warum sollte sie auf diese Weise kommunizieren?«

»Weil sie vor jemandem Angst hat«, sagte er. »Deshalb hat sie Sie dazu gebracht, mich herzuholen. Ich sehe, was andere nicht sehen können. Meinen Sie, es befindet sich vielleicht etwas in Dr. Raythes Akten, das erklären könnte, warum sie dieser Ansicht ist?«

»Ich werde nachsehen, doch es könnte etwas dauern«, erwiderte Thessaly. »Alle alten Akten werden in einem unbenutzten Bereich des Gefängnisses aufbewahrt; dafür werde ich erst eine Freigabe beantragen müssen. Melden Sie sich doch morgen früh wieder bei mir, dann sage ich Ihnen, wie weit ich gekommen bin.«

Mike hatte beabsichtigt, sofort in die Stadt zurückzufahren – er hatte keine Kleidung zum Wechseln, nicht mal eine Zahnbürste dabei, und das Futter für Connie war auch zu Hause –, aber auf gar keinen Fall würde er abreisen, ohne besser zu verstehen, was Jess ihm zu sagen versuchte. »Ich werde mir ein Hotelzimmer nehmen«, sagte er. »Aber ich würde Jess gern noch mal sehen. Könnten Sie ein weiteres Treffen arrangieren?«

Thessaly biss sich nachdenklich auf die Lippe. »Ich kann nichts versprechen. Es hat mich viel Überzeugungsarbeit gekostet, dieses eine Treffen zu arrangieren, und ein weiteres wird mein Vorgesetzter vielleicht nicht genehmigen. Dennoch: Was heute passiert ist, scheint mir ein enormer Durchbruch zu sein. Jess Price hat mit Ihnen kommuniziert, was mehr ist, als irgendjemand sonst geschafft hat, also werde ich sehen, was ich tun kann. Bleiben Sie in der Nähe, Mr Brink. Ich rufe Sie an, sobald ich etwas erfahre.«

8

Das Neonschild des Starlite-Motels war alt und so grell und groß wie eine Reklametafel. Es verkündete blinkend in leuchtendem Rot und Blau *Klimatisierte Zimmer* und *Voll belegt*. Mike fuhr auf den Parkplatz und stellte den Motor ab. Ganz offensichtlich handelte es sich um eine billige Absteige, aber etwas an der Neonreklame erinnerte ihn auch an zu Hause – alte Motels und Autokinos prägten noch immer die Landschaft des Mittleren Westens. Er war schon seit Jahren nicht mehr in Ohio gewesen, dennoch war die Stadt untrennbar mit dem verbunden, der er einmal gewesen war.

Er checkte an einer Rezeption im Hauptgebäude ein, wo ein Dutzend Schlüssel an einer Pinnwand hingen, ein deutliches Zeichen dafür, dass es sehr wohl freie Zimmer gab. Er vergewisserte sich, dass sein Hund willkommen war, dann bezahlte er einen Zusatzbetrag für ein späteres Auschecken, damit Connie am nächsten Tag noch im Zimmer bleiben konnte, während er zum Gefängnis fuhr, nahm sich einen Apfel aus einer Schale neben der Kaffeemaschine und ging auf sein Zimmer.

Es war die Nr. 3, die kleinste ungerade Primzahl, die erste Mersenne-Primzahl und die zweite Fibonacci-Primzahl, ein dunkler Schuhkarton von Zimmer mit niedriger Decke, einem Kingsize-Bett und einem alten Klimagerät. Der moosgrüne Teppichboden erstreckte sich bis zu einem Bad im Stil der fünfziger Jahre, dessen türkisfarbene Fliesen und winziges Waschbecken nach Bleiche rochen. Alles war ziemlich heruntergekommen, und die Neonreklame würde ihn wahrscheinlich die ganze Nacht wach halten, aber das kümmerte ihn nicht weiter. Er hatte nicht vor, lange zu bleiben, und vom Starlite war es nicht weit bis zum Gefängnis.

Er warf seine Kuriertasche auf den Schreibtisch und bereitete das Fressen vor, das er für Connie in einem Supermarkt an der Autobahn besorgt hatte: ein Viertelpfund Rinderhack aus dem Filet, Brokkoli-röschen und geraspelte Karotten. Nach Möglichkeit verfütterte er immer frisches Fleisch, und auch sonst kümmerte er sich gut um seine Dackeldame. Er behielt ihre tägliche Fett- und Proteinzufuhr im Auge, sorgte dafür, dass sie Knochen bekam, um ihre Zähne zu stärken, und gab ihr reichlich gefiltertes Wasser. Die wenigen Freunde, die Connie bisher kennengelernt hatten, meinten, dass er sich besser um seinen Hund kümmere als um sich selbst, und es stimmte schon: Connies Ernährung war gesünder als seine eigene.

Sich um sie zu kümmern, war zu einem wichtigen Teil seines Lebens geworden. Er hatte Connie als Welpen adoptiert, während der Pandemie, als er allein gewesen war und einen Freund gebraucht hatte. In den Monaten des Lockdowns hatte er sein Leben um sie herum organisiert, war mit ihr spazieren gegangen, hatte ihr im Park Gummibälle geworfen und ihr kleine Kunststücke beigebracht. Das Standardrepertoire hatte sie schnell gelernt – apportieren, sich her-umrollen und schütteln –, und auch ein paar eher ungewöhnliche Tricks, wie das Fangen von mehreren Frisbee-Scheiben gleichzeitig und (sein Favorit) Sich-tot-Stellen. Er hätte nie gedacht, dass er so viel Zeit mit einem zwölf Pfund schweren Kurzhaardackel verbrin-gen würde, aber was sollte er es abstreiten: Connie war seine engste Freundin geworden.

Während sie aß, nahm Mike seinen Laptop heraus und öffnete sein aktuelles Rätsel. Es war ein Triangulum, ein geometrisches Ungeheuer, das er für die *New York Times* entwickelte. Er hatte die Arbeit daran begonnen wie immer. Zuerst erstellte er die Lösungen. Dann, als er wusste, wie es am Ende auszusehen hatte, arbeitete er rückwärts und ordnete die Aufgaben und Hinweise so an, dass sie sowohl zwangsläufig als auch überraschend erschienen. Normalerweise war das ganz einfach. Geschah intuitiv. Aber aus irgendeinem Grund bekam er das Triangulum diesmal nicht ganz richtig hin. Die Herausforderung für Mike bestand nie darin, ein Rätsel zu konstruieren – das erledigte er im Schlaf –, sondern vielmehr darin, ein *großartiges* Rätsel zu bauen, eines, das ein Gleichgewicht zwischen all seinen Elementen herstellte. Es sollte herausfordern, aber nicht frustrieren, schwer erkennbar, aber nicht undurchschaubar sein, und vor allem anderen sollte es ein Gefühl der Befriedigung erzeugen, wenn jeder Hinweis geknackt wurde. Es war eine Kunst, ein solches Rätsel zu erstellen, und Mike war ein Künstler.

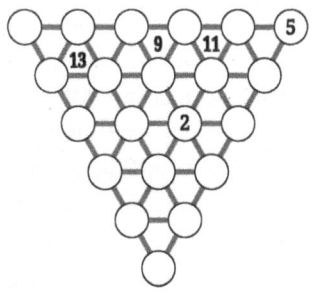

Um ein Triangulum zu lösen, musste man in jeden Kreis eine Zahl zwischen 1 und 6 eintragen, wobei keine Zahl mehr als einmal auf einer der grauen Linien vorkommen durfte. Er schrieb drei Zahlen in die aus drei Kreisen gebildeten Dreiecke. Die drei betroffenen Kreise mussten als Summe die größere Zahl ergeben. Es war elegant, logisch und anspruchsvoll, seine liebste Art von Rätsel.

Als er es vollendet hatte, loggte er sich in das WLAN des Motels ein und schickte es per E-Mail an seinen Redakteur. Er erwähnte nicht, dass er seinen Namen darin versteckt hatte, aber das wäre auch nicht nötig gewesen. Sein Redakteur wusste, dass Mike es liebte, irgendwo seine ganz persönlichen Ostereier in den Rätseln zu hinterlassen – seine Initialen, seinen Namen, irgendein Geheimnis über sich selbst.

Nachdem er es abgeschickt hatte, öffnete er eine Suchmaschine und gab Folgendes ein: *Jess Price, Schriftstellerin, Mörderin.* Die Faktenlage war recht eindeutig. Die dreiundzwanzigjährige Jess Price war als Homesitterin nach Sedge House gekommen. Am 19. Juli 2017 war sie wegen des Mordes an ihrem Freund Noah Cooke, fünfundzwanzig Jahre alt, verhaftet worden. Sechs Monate später wurde sie des Totschlags für schuldig befunden. Sie hatte fünf Jahre im Gefängnis verbracht, ohne preiszugeben, was in jener Nacht passiert war. Er suchte nach konkreteren Details über das Verbrechen, aber es gab nicht viel mehr als das.

Nichts deutete darauf hin, dass sie zu einem solch schrecklichen Verbrechen fähig war. In New York City geboren, hatte sie ihren Abschluss an der Stuyvesant High School gemacht und dann mit einem akademischen Stipendium das Barnard College besucht, wo sie eine hervorragende Studentin war. Mit zweiundzwanzig Jahren hatte sie eine Kurzgeschichtensammlung veröffentlicht, die als literarische Sensation galt. Mike rief die Rezension auf der Website der *New York Times* auf: *Price' Geschichten sind wie kleine Traumata, die dem Leser eine Rippe nach der anderen aufbrechen, um das Herz der frischen Luft auszusetzen.* Ihre eigene Website war schon lange nicht mehr erreichbar, aber ein Wikipedia-Eintrag listete ihre zahlreichen Erfolge auf. Sie hatte auf der Shortlist für einen National Book Award gestanden und den Young Lions Award der New York Public Library erhalten. Die Filmrechte an einer ihrer Geschichten waren verkauft worden. Dann, im Herbst 2017, wurde sie im Alter von dreiundzwanzig Jahren wegen Totschlags zu dreißig Jahren Haft verurteilt.

Als er ihren Namen mit verschiedenen Homesitter-Websites verknüpfte, tauchte sofort ihr altes Profil auf. Es gab ein Foto und einen kurzen Lebenslauf – *Englischstudium auf dem Barnard, gebürtige New Yorkerin, tierlieb* –, einige Fünfsternebewertungen und viel Lob: *zuverlässig, aufgeschlossen, freundlich, verantwortungsbewusst, gewissenhaft.* Als sie den Job im Sedge House angenommen hatte, schien sie, wie Thessaly gesagt hatte, eine ausgeglichene, begabte junge Frau gewesen zu sein.

Aber die Beschreibungen passten irgendwie nicht zu dem, was er in ihrer Gegenwart empfunden hatte. Gefahr und Düsternis. Das Gefühl, am Rand einer steilen Klippe zu stehen. Er war erstaunt über die unglaubliche Verwandlung von der früheren Jess zur heutigen.

Allein die Erinnerung daran, wie er sich in Jess' Nähe gefühlt hatte, jagte ihm Schauer über den Rücken. Sie war anders als alle anderen Frauen, denen er bislang begegnet war. Wie hatte Thessaly sich ausgedrückt? *Sie lebt in einem Rätsel.* Tatsache war, dass es sich anfühlte, als hätte sie ihn in eines seiner eigenen Rätsel hineingeworfen. Die relativ kurze Zeit im Gefängnis hatte ihn verunsichert wie seit Jahren nichts. Ein paar Minuten mit Jess, und er war so hibbelig wie ein Teenager. Er war aufgeregt, jeder Muskel angespannt, als hätte er einen anstrengenden Lauf absolviert oder den Nachmittag im Stadtverkehr von Manhattan verbracht. Er versuchte herauszufinden, was ihn in einen solchen Zustand versetzte, bekam es aber nicht recht zu fassen. Sie hatte etwas Aufregendes und gleichzeitig Beängstigendes, etwas, das er von den verschiedenen Rätselwettbewerben kannte, an denen er im Laufe der Jahre teilgenommen hatte. Es kam ihm vor, als würde er es mit einem respekteinflößenden Gegner zu tun haben, der ihn am Ende besiegen könnte.

Ganz offensichtlich löste sie bei jedem eine starke emotionale Reaktion aus. Beim Durchforsten der Suchmaschinenergebnisse fand er buchstäblich Tausende Artikel und Videoclips über Jess, Diskussionsgruppen, archivierte Chats und Reddit-Threads. Die Leute ergriffen Partei, hatten Theorien über ihre Beweggründe, ihr Schreiben und sogar ihr Aussehen. Ein Journalist hatte sie als *jolie-laide* beschrieben, ein französischer Begriff, den seine Mutter verwendet hatte, um Frauen zu beschreiben, deren Schönheit einer Kombination einzigartiger, manchmal wenig schmeichelhafter Merkmale entsprang. Er las, dass sie verrückt sei, dass man sie reingelegt habe, dass sie unschuldig sei, dass sie schuldig sei.

Anfangs hatte sich die Literaturwelt für Jess' Unschuld ausgesprochen: Ihr Verleger, ihr Agent und der Sprecher des National Book Awards gaben eine gemeinsame Erklärung zu ihren Gunsten ab. Als sie es ablehnte, sich im Prozess zu verteidigen, wurden ihre Unterstützer leiser. Und doch hielt sich Jess' Präsenz. Ihre Kurzgeschichtensammlung stand auch nach dem Prozess noch monatelang auf der Bestsellerliste, und jemand schrieb eine nicht autorisierte Biographie, die später sogar verfilmt wurde. Er fand eine Seite mit Fotos von Jess neben schönen, talentierten Frauen, die jung gestorben waren: Edie Sedgwick und Jean Seberg, mit denen sie beide eine gewisse Ähnlichkeit hatte. Jess Price war zu einer Ikone geworden, zu einer Kultfigur. Vielleicht war sie eine Mörderin, vielleicht ein Opfer der Verhältnisse – niemand wusste es genau.

Als er über einen Link zur Onlineausgabe von *The New Yorker* stolperte, las er eine Kurzgeschichte von ihr, die 2017 in dem Magazin veröffentlicht worden war, Monate vor ihrer Verhaftung. Wie bei so vielen Geschichten im *New Yorker* gab es nicht viel Handlung, und doch wurde er von der Erzählstruktur und dem unkonventionellen Sprachgebrauch in Bann gezogen: *ein bissiges Kind, eine bucklige Schulter, der stolpernde Regenschauer.* Die Erzählung trug den Titel *Die Windmühle*, was er seltsam fand, da in der Geschichte nirgends eine Windmühle vorkam.

Nachdem er etwa eine Stunde lang gelesen hatte, konnte er sich ein gutes Bild davon machen, wer Jess Price vor dem Verbrechen gewesen war. Er hatte eine Liste von Fakten über ihr Leben, Informationen über ihre Schriftstellerkarriere, die Meinungen ihrer Unterstützer und die Theorien ihrer Kritiker. Doch trotz der vielen Seiten an Informationen, die er über sie gefunden hatte, wusste er, dass die Frau, der er heute begegnet war, nicht die Person war, über die er im Internet gelesen hatte. Sie war nicht die kluge Studentin, die freundliche Homesitterin, die brillante, vielversprechende junge Schriftstellerin oder gar die tragische, schöne Kultfigur. Nein, er war in der Gefängnisbibliothek jemand anderem begegnet, einer Frau, die in einem Schraubstock gefangen war, der sich schloss, alles wegdrückte, was sie einmal gewesen war, und eine destillierte Version zurückließ.

Es war bereits dunkel, als er seinen Laptop zuklappte. Er hatte seit dem Frühstück nichts mehr gegessen, also bestellte er sich eine große Peperoni-Pizza mit schwarzen Oliven. Während er wartete, holte er sein Schweizer Messer von Victorinox heraus und schälte den Apfel, den er aus der Rezeption des Motels mitgenommen hatte. Er trug das Taschenmesser seit dem achten Schuljahr bei sich, als er es von seiner Mutter zum Geburtstag geschenkt bekommen hatte. Es gehörte zu seinen wertvollsten Besitztümern und stellte für ihn, wie sein Silberdollar, eine Verbindung zu dem Menschen dar, der er vor der Verletzung gewesen war. Er hielt den Apfel in der linken Hand und führte die Spitze der Klinge unter die rote Schale, bis sich eine perfekte archimedische Spirale bildete. Der immer größer werdende Abstand der Schale vom Kerngehäuse vermittelte ihm ein Gefühl von Ordnung, das er als unendlich beruhigend empfand.

Endlich kam die Pizza. Er öffnete eine Flasche Bier aus der Minibar, setzte sich auf die Kante des Kingsize-Bettes und aß direkt aus dem Karton. Dabei dachte er an Jess. Er wurde aus ihr nicht schlau. Warum hatte sie Thessaly Moses gebeten, ihn zu finden? Ging es wirklich um das kreisförmige Rätsel, das Thessaly ihm gezeigt hatte? Gab es etwas, das er nicht sah? War Ernest Raythe wirklich ermordet worden? Sie hatte um sein Vertrauen gebeten – aber konnte er ihr vertrauen? Oder war diese ganze Sache das Produkt einer labilen Frau mit einer Besessenheit für seine Rätsel?

Als er aufgegessen hatte, lud Mike die Audiodatei eines NPR-Interviews aus dem Jahr 2017 herunter, das Jess Price Terri Gross gegeben hatte, und hörte es sich im Bett an. Sie wirkte ganz anders als die Frau in der Bibliothek – jünger, heiterer und voller Lebensfreude. Sie sprach ein paar Minuten darüber, wie es sich als Schriftstellerin lebte in einer Welt, die sich mehr für Twitter als für Tolstoi interessierte, über ihr nächstes Buch, einen Roman, an dem sie arbeitete und über den sie »lieber nicht sprechen« wolle; sie witzelte darüber, dass ihre Fiktion sofort implodiere, sobald sie darüber spräche. Der Unterschied zwischen der humorvollen, redegewandten Person des Interviews und der Frau, der er in der Gefängnisbibliothek begegnet war, stimmte ihn nachdenklich. Jess Price war einmal ein völlig anderer Mensch gewesen.

Es war spät, als er das Licht löschte und ins Bett schlüpfte. Beim Einschlafen lauschte er dem Rhythmus von Jess Price' Stimme. Obwohl sie viele Meilen voneinander getrennt waren, spürte er ihre Anwesenheit so intensiv, als läge sie direkt neben ihm im Bett. Ein Gefühl von Schwere legte sich über ihn, und er empfand dieselbe Anziehungskraft, die er auch gespürt hatte, als er ihr in der Gefängnisbibliothek gegenübergesessen hatte. Was wollte sie von ihm? Warum konnte er nicht aufhören, an sie zu denken? Ihr Bild schwebte in seinem Kopf – zarte Gesichtszüge, ihr honigblondes Haar, ihre faszinierenden blauen Augen. Sie hatte ihn mit einem Rätsel ins Gefängnis gelockt, ihn mit einer Chiffre-Nachricht noch mehr gefesselt, und jetzt plagte ihn das dringende Bedürfnis, aus ihr schlau zu werden. Aber nichts an Jess Price ergab einen Sinn. Die Hinweise, die sie gab, waren vage, die Muster unzusammenhängend. Vielleicht waren ihre Widersprüche Teil des Rätsels. Sie hatte die Spielregeln gemacht, und wenn irgendjemand auf der Welt dafür geschaffen war zu spielen, dann Mike Brink.

9

In dieser Nacht kam Jess im Traum zu ihm. Er stand mit ihr in einem sich verdunkelnden Wald aus dichten, duftenden Nadelbäumen. Verschwunden war die Frau, die er im Gefängnis kennengelernt hatte, verschwunden der graue Overall und das verhärmte Erscheinungsbild, verschwunden die Zerbrechlichkeit. An ihrer Stelle stand ein leuchtendes Geschöpf in einem roten Kleid, schön und selbstbewusst, dessen ganzes Wesen Verführung ausstrahlte.

Sie nahm seine Hand und führte ihn durch Wacholderdickicht einen wurzelübersäten Pfad hinauf. Je tiefer er in den Wald eindrang, desto mehr verwandelte sich all die Unsicherheit, die er ihr gegenüber empfunden hatte, die beunruhigende Dunkelheit, die er in ihrer Gegenwart gespürt hatte, in pure Anziehung. Er war ihr gegenüber nicht misstrauisch. Er zweifelte nicht an ihren Motiven. Ganz im Gegenteil, er war sich bewusst, dass diese Frau wie keine andere für ihn bestimmt war. Als sie seine Hand ergriff, erfüllte ihn ein überwältigendes Gefühl der Verbundenheit. Sie waren zusammen, eng miteinander verwoben. Plötzlich war er sich nicht mehr sicher, wo sein Körper endete und ihrer begann.

»Beeil dich«, sagte sie und lächelte ihm über die Schulter zu, während sie ihn immer tiefer in den Wald führte. Ihre Stimme war wunderschön, klar und lebendig in der kühlen Luft. »Folge mir.«

Als sie aus dem Wald auf eine Lichtung traten, war die Nacht hereingebrochen, und der Himmel verdunkelte sich zu einem blasigen, aufgewühlten Violett. Kerzen beleuchteten eine Tafel, auf der ein Festmahl wartete: Fleischplatten, dampfende Terrinen, überquellende Schalen mit Obst. Jess griff einen Granatapfel, brach ihn auf und bot ihm das zinnoberrote Fruchtfleisch an, doch als er einen Bissen nahm, erloschen die Kerzen, und er schmeckte ihre Lippen. Der Kuss war elektrisierend und zutiefst erotisch, stärker als alles, was er bisher empfunden hatte. Es war ein Kuss, der auf der Escher-Treppe seines Traums gleichzeitig in Gegenwart, Vergangenheit und Zukunft stattfand, ein Kuss, der tausend Möglichkeiten eröffnete. Sie drückte ihn fest an sich, zog ihn in ihre Umarmung, und er spürte ein Urbedürfnis nach ihr, ein starkes körperliches Verlangen, aber zugleich auch eine unerwartete Vertrautheit: Sie kannte ihn – seine Geheimnisse, seine Unsicherheiten, was er am meisten wollte –, und er kannte sie.

»Ich wusste, du würdest kommen«, sagte sie und zog sich zurück. »Es ist nicht leicht, hierherzukommen. Die meisten Menschen finden nicht her. Aber du bist nicht wie die meisten Menschen.«

»Wo sind wir?«, fragte er und versuchte, Kontrolle über die schwankende Welt um ihn herum zu erlangen.

»Hier«, sagte sie und legte einen Schlüssel in seine Hand. »Nimm ihn. Du wirst ihn brauchen, um mich rauszulassen.«

Der Schlüssel fühlte sich warm an auf seiner Haut, alt, rostig auf einer Seite.

»Ich bin schon so lange allein«, sagte sie, »so schrecklich lange. Du kannst dir gar nicht vorstellen, wie einsam ich gewesen bin. Du bist der erste Mensch, der seit Tausenden von Jahren hierhergekommen ist. Aber das ist jetzt vorbei. Du bist hier. Du hast den Schlüssel. Du wirst ihn sicher aufbewahren. Du musst es mir versprechen.«

»Aber ich weiß nicht –«

»Versprich es«, sagte sie, und ihr Blick war von zorniger Intensität. »Wenn du die Tür findest, wirst du wissen, was zu tun ist.«

Er steckte den Schlüssel in seine Tasche. »Ich versprech's«, sagte er, und noch während er sprach, änderte sich die Landschaft, und sie lagen auf einem riesigen Himmelbett. Jess zog ihm Stück für Stück die Kleider aus, fesselte ihn an die Pfosten, band seine Knöchel und

Handgelenke mit weißen Laken ans Holz. Auf dem Rücken liegend, unfähig sich zu bewegen, sah er zu, wie sie sich entkleidete, wie sie mit ihren Händen über seinen Körper fuhr, wie sie sich auf ihn legte und an ihn presste. Das Mondlicht warf Muster aus Licht und Schatten auf ihre Haut, ein changierendes Chiaroscuro. Er schloss die Augen und spürte jede ihrer Berührungen. Sie war erbarmungslos und sinnlich, ihre Bewegungen wie Zauberei. So etwas wie sie hatte er noch nie erlebt, und doch war ihm alles an ihr auf unheimliche Weise vertraut – ihr Duft, das Gefühl ihres Atems in seinem Ohr, die leisen Geräusche der Lust, die sie von sich gab, wie sie ihren Kopf an seine Brust schmiegte und wie ihr Haar über ihn strich. Sie ließ ihn alles vergessen: wer er war, warum er hier war, was er wollte. In der Dimension des Traums was es keine Frage, warum sie zusammen waren. Sie hatte ihn gerufen, und er war gekommen. Und jetzt gehörte er zu ihr.

Als der Traum zu verblassen begann, zog Jess ihn dichter an sich, als wollte sie ihn nur noch ein wenig länger dortbehalten. Aber alles stahl sich davon. Die Kerzen erloschen, das Bett löste sich auf, der Wald verblasste. Er versuchte, Jess festzuhalten, doch ihre Haut wurde unter dem Druck seiner Berührung bröcklig. Risse öffneten sich darauf wie Sprünge in einem Spiegel und hinterließen ein Wabenmuster. Ihre Wangen, ihr Hals, ihre Arme, jeder Teil von ihr zerbrach und verschwand.

10

Er wachte schweißgebadet auf, immer noch gefangen in der Gewalt des Traums. Sein Herz schlug heftig, und einen Moment lang spürte er eine lebendige Präsenz ganz in seiner Nähe, die ihn so sehr erschreckte, dass er kaum atmen konnte. Er fühlte sich ausgeliefert, wie nach einer Invasion. Er setzte sich im Bett auf und sah sich verwirrt um. *Wo zum Teufel war er?* Der Raum war dunkel, bis auf einen Streifen roten und blauen Neonlichts, das auf dem Vorhang blinkte. Er erkannte weder den schmuddeligen Teppich noch die leeren Bierflaschen oder den Geruch von abgestandener Pizza. Dann fiel es ihm wieder ein: Er war in einem alten Motel in einer winzigen Stadt hoch oben in den Adirondack Mountains. Er war eingeschlafen und hatte einen Wahnsinnstraum gehabt.

Connie stand neben dem Bett und knurrte. Sie war scharfsinnig, scharfsinniger als manche Menschen, die er kannte. Sie spürte, dass etwas Ungewöhnliches in der Luft lag, und sie rannte um das Bett herum und bellte wie verrückt, als würde sie Beute jagen. Er stand auf, nahm sie in den Arm und kraulte sie hinter den Ohren, um sie zu beruhigen. »Alles gut, mein Mädchen«, sagte er. »Es war nur ein Traum.«

Er warf einen Blick auf den digitalen Wecker und sah, dass es kurz nach drei Uhr morgens war. Zu früh, um aufzustehen, also atmete er tief durch, ließ sich aufs Kissen zurücksinken und versuchte wieder einzuschlafen. Schlaflosigkeit war etwas, woran er gewöhnt war. Seit seiner Verletzung hatte er Methoden entwickelt, um seinen Geist zu beruhigen. Doch egal, wie sehr er sich in Meditation übte, egal, wie erschöpft er sein mochte – wenn er das Licht ausschaltete, leuchtete sein Gehirn auf. Muster schwebten hinter seinen Augen, ein riesiges Geflecht geometrischer Formen – Gitter, Netze, kristalline Fraktale – und Zahlen, endlose Zahlenreihen. Zuerst hatte er versucht sie einfach zu ignorieren, aber dann bemerkte er, dass er sein Gehirn nur dann in den Griff bekommen – und einschlafen – konnte, wenn er sich der Flut der Muster ergab. Er ließ sich auf die Formen ein, berechnete Gleichungen, stapelte Buchstaben in Spalten und Diagonalen, bildete Wörter und stellte sie dann zu Anagrammen und Palindromen um, konstruierte im Kopf kunstvolle Logikrätsel, bis er alle Möglichkeiten ausgeschöpft hatte und einschlief.

Er erinnerte sich an jene Nacht, als er seiner Mutter von der Gabe erzählt hatte. Er war von Angst und Verwirrung überwältigt worden. Es war der Tiefpunkt seines Lebens gewesen, ein Moment, in dem er sich nicht sicher war, ob er weiterleben konnte. Es hatte ihn erschreckt, dass sein eigener Körper sich so rücksichtslos gegen ihn wendete. Und dann zeichnete er das Lo Shu für seine Mutter. Er beschrieb, was geschah, all die chaotischen Dinge, die er sah, und sie hatte ihm geglaubt.

Diese Nacht war der Wendepunkt gewesen. Am nächsten Tag begannen er und seine Mutter, sich nach Hilfe umzusehen. Innerhalb eines Monats fanden sie Dr. Trevers, den renommierten Neurowissenschaftler, der sich auf Hirntraumata spezialisiert hatte. Mike unterzog sich einer Reihe von Tests und erfuhr, dass seine Hirnverletzung zu einem extrem seltenen Zustand geführt hatte, dem sogenannten Savant-Syndrom. Nur etwa dreißig Menschen auf der Welt besaßen eine solche Inselbegabung, und die meisten von ihnen verfügten in unterschiedlichem Maße über außergewöhnliche Fähigkeiten. Bei Mikes Tests wurde festgestellt, dass er besondere räumliche und mechanische Begabungen besaß. Er verfügte über ein fotografisches Gedächtnis, das es ihm ermöglichte, Bilder und Strukturen perfekt wiederzugeben, und besaß die Fähigkeit, in Sekundenschnelle numerische Berechnungen durchzuführen, einschließlich der Zuordnung eines beliebigen Datums zu einem Wochentag, des Aufsagens von Tausenden Nachkommastellen der Zahl Pi und des Abrufens numerischer Lösungen für komplexe Gleichungen binnen weniger Sekunden. Seine Verletzung hatte eine Tür geöffnet, die ihm den Zugang zu Bereichen des Gehirns ermöglichte, die den meisten Menschen verschlossen waren. »Sehen Sie sich nicht als geschädigt«, sagte Dr. Trevers. »Verstehen Sie sich als jemanden, der eine Superkraft besitzt. Wenn Sie lernen, sie zu kontrollieren, können Ihre Fähigkeiten die Welt verändern.«

Mit Hilfe von Dr. Trevers erkannte Mike, dass er mit seiner neuen Realität leben und gedeihen konnte. Mit etwas Training, so versicherte ihm Dr. Trevers, würde er in der Lage sein, die eher beängstigenden Aspekte seiner Gabe in den Griff zu bekommen – zum Beispiel ließen sich Schlaflosigkeit und fieberhaftes Denken durch Meditation bändigen. Mike las die Memoiren eines Briten, der sich in der gleichen Lage befand. Er schrieb Sätze wie *Ich wusste Dinge, die über meine eigene Existenz hinausgingen* und *Irgendwie wusste ich Dinge, die ich nicht wusste.* Dieser Mann hatte weder höhere Mathematik noch Chiffren studiert, und er war nie gut darin gewesen, sich Daten oder Gelesenes zu merken. Und doch *empfing* er Informationen, als kämen sie aus einer anderen Dimension.

Diese Beschreibung stieß bei Mike auf große Resonanz. Er wusste nicht, woher er die Dinge wusste, die er wusste; er wusste sie eben. Formen und Muster tauchten einfach in seinem Kopf auf. Seine Verletzung war wie eine Spitzhacke, die eine Wand durchbrochen hatte und eine Wissensflut freisetzte. Es strömte in ihn hinein und füllte ihn mit einer schwindelerregenden Fülle an Informationen. Er lernte nicht. Er empfing lediglich.

Mike spielte nie wieder Football. Er stürzte sich in das Sammeln von Rätselbüchern aller Art: Kreuzworträtsel, Worträtsel, Knobelaufgaben, mathematische Spiele, Labyrinthe, Sudoku. Und er begann, selbst Rätsel zu entwickeln. Die Konstruktion eines Rätsels half ihm, den Wildwuchs an Mustern auf ein einziges Problem zu konzentrieren, und lieferte ihm ein Ventil für seine Phantasie. Er erstellte ein Kreuzworträtsel, das um das Thema Profifootball kreiste, und schickte es an die Rätselseite von *The Plain Dealer*. Sie veröffentlichten es, schickten ihm einen Scheck über fünfzig Dollar und nannten ihn als Verfasser. Er versuchte nicht, sich an die Person zu klammern, die er hätte sein können. Er lenkte sein Leben um, so wie Wasser, das von einem Felsbrocken abgelenkt wird, seinen Lauf ändert, schnell und vollständig weiterfließt, zu sehr gefangen in seiner Dynamik, um über das nachzudenken, was verloren ging.

Statt mit einem Football-Stipendium aufs College zu gehen, ging er ans MIT, wo er seine Begabung für sich nutzte. Er studierte Mathematik mit Schwerpunkt Topologie und stellte fest, dass seine Fähigkeiten ihm umgehend einen Vorteil verschafften. Am MIT wimmelte es von den brillantesten Köpfen der Welt, und doch entdeckte er, dass er schneller war als andere Studenten – er lernte selten, beendete Tests als Erster und merkte sich mühelos lange Passagen aus Lehrbüchern und Vorlesungen. Seine Dozenten erkannten, dass er außergewöhnlich war, und er wurde in Eliteprogramme aufgenommen, durfte schon im vorletzten Studienjahr Graduiertenkurse belegen und beendete das Studium mit summa cum laude und der Aufnahme in die Phi Beta Kappa, verbunden mit der Einladung, als Doktorand zurückzukehren.

Während ihm die intellektuellen Erfolge leichtfielen, war es jedoch schwieriger für ihn, persönliche Beziehungen zu knüpfen. Dieselbe Gabe, die ihm ein blitzschnelles Gedächtnis und die Fähigkeit verlieh, komplexe Gleichungen in Sekundenschnelle zu lösen, behinderte seine Fähigkeit, mit anderen Menschen zu kommunizieren. Gesichtsausdrücke waren für ihn zum Beispiel schwer zu deuten, und manchmal übersah er einfache körperliche Hinweise, missverstand die Bedeutung eines Blicks, verwechselte einen Witz mit einer boshaften Bemerkung oder eine Geste der Zuneigung mit Unmut.

Während er ein fotografisches Gedächtnis besaß, soweit es um Muster ging, wurden andere Arten von Erinnerungen mit der Zeit diffuser und verschwanden schließlich ganz. Er konnte sich an bestimmte Einzelheiten von Menschen erinnern – an ihre Telefonnummern, an zwanzig Anagramme ihres Namens, daran, dass das Muster der Sommersprossen auf ihrer linken Hand dem Sternbild der Kleinen Wasserschlange ähnelte –, aber es gab Momente, in denen er Probleme hatte, Gefühle zu erkennen. Was Menschen über sich selbst ausdrücken wollten, was sie von ihm wollten.

Es war eine subtile Herausforderung, von der nur Mike wusste, eine Achillesferse, mit der er umzugehen lernte. Er beobachtete seine Kommilitonen und Professoren sorgfältig und merkte sich, wie sie ihre Gedanken und Gefühle ausdrückten, um sie besser deuten zu können: Ein Freund berührte immer sein Kinn, wenn er nervös war; ein Mädchen in einem seiner Seminare blähte die Nasenflügel, wenn sie herausgefordert wurde; eine Literaturdozentin schnalzte mit der Zunge, um ihre Bestürzung auszudrücken. Er begann, Gefühlsäußerungen als Symbole zu sehen. Er katalogisierte sie in seinem Kopf und schuf eine Art Lexikon, in dem er Ausdrücke und emotionale Gesten festhielt, als wären sie Schlüssel zu einem Rätsel. Sehnsucht, Angst, Liebe, Unsicherheit – menschliche Gefühle waren eine grammatikalisch komplexe Fremdsprache, die er unbedingt beherrschen wollte.

Meistens bemerkte niemand, dass er sich schwertat, eine zwischenmenschliche Beziehung herzustellen. Wenn doch, dachten sie, er sei abgelenkt oder einfach ein typischer zerstreuter Mathestudent. Aber das Gefühl der Ausgeschlossenheit war bitter für ihn, und er bemühte sich sehr, Freunde zu finden. Er wünschte sich eine romantische Beziehung, jemanden, dem er nahe sein konnte, jemanden, der ihm etwas bedeutete und umgekehrt. In der Highschool war er beliebt gewesen und hatte nie Probleme gehabt, Mädchen um ein Date zu bitten, aber damals war alles einfacher gewesen. Als er wieder einmal eine Gelegenheit vermasselte, mit einer Frau auszugehen, die er begehrte – er lud sie zum Essen ein, und sie reagierte auf eine Art und Weise, die für ihn nicht zu lesen war –, fragte er sich unwillkürlich, ob er wohl für immer allein bleiben würde.

Er schilderte das Problem Dr. Trevers, zu dem er noch immer Kontakt hatte; wöchentlich telefonierte er mit ihm, und wann immer er nach Ohio kam, schaute er in seiner Praxis vorbei. Der Neurowissenschaftler vermutete, dass Mike an einer häufigen Nebenwirkung eines Schädelhirntraumas litt: einer Störung seiner Fähigkeit, Gefühlsäußerungen zu erkennen und zu verarbeiten. Vielleicht lag ja eine Schädigung des frontalen Kortex vor, die bei den ersten Untersuchungen nicht entdeckt worden war. Er schlug ein weiteres MRT vor und überwies ihn an einen Spezialisten in Boston. Als die Ergebnisse zurückkamen, zeigte das MRT, dass sein Frontallappen völlig in Ordnung war. Dennoch wurde Mike von der Möglichkeit einer Abkopplung geplagt und drängte sich selbst dazu, sich der Gefühle anderer Menschen extrem bewusst zu sein, wobei er die Emotionen anderer oft überanalysierte.

Mike wusste, wie viel Glück er gehabt hatte. Seine Verletzung hätte ihn lähmen oder Schlimmeres zur Folge haben können. Irgendwie hatte er seinem Schicksal getrotzt und war mit leichten Verletzungen davongekommen. Er hatte überlebt. Und doch wollte er mehr als nur überleben. Es gab Zeiten, in denen ihm andere Menschen unerreichbar schienen. Nach einem Date wusste er nicht, ob sie ihn wiedersehen wollte. Er kam aus einer Besprechung mit einem Redakteur bei der *New York Times* und hatte keine Ahnung, ob der mit seiner Arbeit zufrieden war. Er versuchte, Anschluss bei Kollegen zu finden, aber es gelang ihm nicht. Er hatte die freie Wahl, was Freundinnen betraf – seine Bekanntheit und sein gutes Aussehen eröffneten ihm endlose Möglichkeiten –, aber der Funke sprang nie über. Es war, als würde er hinter einer dicken Glasscheibe zwischen sich und der restlichen Welt leben: Er sah jeden klar und deutlich, und sie sahen ihn ebenfalls, aber seine Fähigkeit, andere zu erreichen, war abgestumpft, verzerrt. Und es fiel ihm schwer, überhaupt irgendeine Art Beziehung zu Menschen auf der anderen Seite der Barriere aufzubauen. Doch bei Jess Price hatte er nicht so empfunden. Es hatte keine Barriere gegeben. Es war überhaupt nichts zwischen ihnen gewesen.

11

Während der Tagesschicht, wenn Kameras seinen Weg durch das Gefängnis verfolgten und seine Kollegen jeden seiner Schritte registrierten, verbarg Cam Putney sein Interesse an Jess Price. Er warf ihr verstohlene Blicke zu, wenn er in der Kantine patrouillierte, postierte sich vor dem Freizeitraum, wenn die Frauen Gruppentherapie hatten, und prägte sich den Trainingsplan ein, um genau zu wissen, wann Jess Price in den Hof ging, um auf der Aschenbahn zu laufen. Er achtete darauf, seine Absichten zu kaschieren. Seine Anweisungen waren eindeutig. Niemand durfte wissen, dass er sie beobachtete.

Aber nachts sah die Sache anders aus. Zwischen zwei und fünf Uhr morgens, wenn die Gefangenen schliefen, hatte Cam mehr Freiheiten. Er schlich sich in den Schlafsaal – ein langer, offener Raum im modernen Teil des Gefängnisses mit zweiundfünfzig Doppelstockbetten, alle belegt – und beobachtete Jess Price aus dem Schatten heraus. Die Überwachungskameras mied er natürlich. Es gab immer jemanden, der hinter dem blinkenden roten Licht zusah. Die Wärter durften die Schlafsäle nicht betreten, wenn die Insassinnen schliefen, es sei denn, es gab einen triftigen Grund: eine Schlägerei, einen Brand, einen medizinischen Notfall. In den letzten Jahren waren zu viele Fälle von Missbrauch gemeldet worden – Gefälligkeiten zwischen Wärtern und Häftlingen, Drogen im Tausch gegen Sex –, und deshalb wurden die Wärter fast genauso streng überwacht wie die Häftlinge.

Aber Cam interessierte sich nicht für die Frauen in den anderen Betten. Er war in der Woche, als Jess Price ihre Haftstrafe antrat, nach Ray Brook in die Vollzugsanstalt geschickt worden, und er würde abberufen werden, sobald sie die Anstalt verließ. Seine Aufgabe war einfach. Er sollte auf sie aufpassen, sie beschützen und alles melden, was er sah und was sie betraf. Fünf Jahre lang hatte er seine Aufgabe akribisch erledigt. Als ihr Seelenklempner zu ihr durchdrang, machte er Dr. Raythe unmissverständlich klar, dass er es nicht mit einer gewöhnlichen Insassin zu tun hatte. Jess Price war eine Frau von großer Bedeutung, die Hüterin von etwas Kostbarem und Seltenem. Niemand – weder ihr Therapeut noch die anderen Insassen oder ihre Angehörigen – durfte erfahren, was sie wusste. Er hatte Raythe gewarnt, dass er auf keinen Fall versuchen sollte, ihr zu helfen. Aber der Kerl hatte nicht zugehört.

Cam berührte die Tätowierung an seinem Hals, ein aus zehn Punkten bestehendes Dreieck. Sein Tattoo war ein Initiationsritus gewesen, ein Zeichen dafür, dass er sich in die höheren Ebenen der Organisation hochgearbeitet hatte. Den meisten Menschen sagte es nichts – sie sahen es und nahmen an, es sei nur modische Körperkunst. Während all der Jahre, die er in der Organisation arbeitete, war das Zeichen nur wenige Male erkannt worden. Bei diesen Gelegenheiten jedoch erfüllte es ihn mit einem unbeschreiblichen Gefühl der Zufriedenheit und des Stolzes. Er war nicht allein. Es gab andere wie ihn. Und gemeinsam bauten sie eine neue Welt auf.

Das Licht war schon seit Stunden aus, als die Gefangene im Schlaf zu sprechen begann. Sie strampelte unter ihrer Decke und schlug um sich, daher vermutete er, dass sie einen Albtraum hatte, was durchaus einen Sinn ergab – so wie sie aussah, mit ihren strähnigen Haaren und den blutigen Fingernägeln, war ihr ganzes Leben ein einziger schlechter Traum. Doch dann ging er näher heran, drehte den Kopf so, dass er sie hören konnte. Sie flüsterte etwas. Er hielt alles in seinen Berichten fest, achtete darauf, den genauen Wortlaut dessen wiederzugeben, was er gehört hatte. *Beeil dich, folge mir, versprich es.*

12

Am nächsten Morgen holte Dr. Thessaly Moses Mike am Eingang der Haftanstalt ab.

Er hatte Connie mit ausreichend Futter und Wasser bis zum Mittagessen im klimatisierten Motel zurückgelassen. Zwar hätte er sie gern mitgenommen, aber es wäre kompliziert gewesen, die nötige Genehmigung für einen Hund zu bekommen, selbst bei ihrem Status als ausgebildeter Begleithund. Als er Dr. Trevers von Connie erzählt hatte, hatte er Mikes Zuneigung zu Connie als therapeutisch eingestuft und sie zu einem »emotionalen Begleithund« ernannt. Anfangs hatte Mike diese Bezeichnung gestört. Warum musste Dr. Trevers alles medikalisieren? Konnte man nicht mal ein Haustier haben, ohne es gleich mit einem Trauma in Zusammenhang bringen zu müssen? Doch als Dr. Trevers ihm eine medizinische Bescheinigung zuschickte, aus der hervorging, dass Conundrum ein »Tier zur emotionalen Unterstützung« war und Mike das Recht hatte, seinen Dackel überallhin mitzunehmen – in Flugzeuge, Regierungsgebäude, Restaurants, Kinos –, war er froh. Er ließ Connie nicht gern allein zurück.

Thessaly führte Mike durch den zentralen Korridor bis ans hintere Ende des Gefängnisses und blieb vor einer verstärkten Stahltür stehen, auf der ein Schild verkündete: *Sperrbereich*. Rechts neben der Tür befanden sich ein Sensor und ein Tastenfeld. »Ich musste einen Berg Formulare ausfüllen, um eine Freigabe zu bekommen«, sagte sie, zog einen Plastikausweis heraus und zeigte ihn Mike. Er sah einen Code-39-Barcode mit einer Folge von dreiundvierzig Zeichen, eine Mischung aus Zahlen, Buchstaben und Symbolen. Der Code 39 war der erste Strichcode, der alphanumerische Zeichen und numerische Ziffern enthielt, und einer der weitverbreitetsten Barcodes der Welt.

»Ich habe eine Stunde lang Zugang, dann muss ich die Karte wieder bei meinem Vorgesetzten abliefern. Anscheinend ändern sie den Code alle achtundvierzig Stunden. Demnächst werden sie mich noch nach meinem erstgeborenen Kind fragen. Wie dem auch sei …« Thessaly tippte den Code ein. »Wir sollten uns auf die Socken machen.«

Das Tastenfeld piepte, die Tür wurde entriegelt. Mike lehnte sich dagegen und hielt sie Thessaly auf.

»Ich bewundere die Entscheidung des Staates, diese alten Gebäude zu erhalten und weiter zu nutzen«, sagte sie, während sie ihn einen langen dunklen Flur mit abblätternder Wandfarbe und abgewetztem Linoleumboden hinunterführte. »Dass uns Patientenakten zur Verfügung stehen, hat bestimmt auch seine Vorteile. Allerdings sollte man zusätzlich doch genügend Mittel für die Instandhaltung bereitstellen.«

Sie betraten einen vernachlässigten Gang, dessen abgehängte Decke an mehreren Stellen beschädigt war. Einige der Deckenverkleidungen fehlten und gaben den Blick auf die ursprüngliche Decke des alten Ziegelgebäudes frei, dessen Gewölbe und Fenster hoch oben einen Raum aus Licht und Schatten erzeugten.

»Dieser Bereich ist an allen Zugangspunkten gesichert«, sagte Thessaly, »aber es stimmt schon: Wenn es einer Gefangenen gelänge, dort hinaufzukommen, wäre es schwer, sie zu finden. Und sehen Sie«, sagte sie und zeigte nach oben, sodass Mike in etwa sechs Metern Höhe eine altersschwache Stelle des Daches sah, wo Lichtstrahlen hereinfielen. »Das Dach ist beschädigt, was den Schimmel erklärt. Das Wasser sickert einfach durch. Die Justizvollzugsverwaltung verspricht die nötigen Reparaturen schon seit Jahren, aber Gott allein weiß, wann es dazu kommen wird.«

Als Thessaly ihn eine Treppe hinunter in einen Keller führte, konnte Mike den Schimmel riechen und die jahrzehntelange Vernachlässigung in der abgeplatzten Farbe und im rissigen Linoleum spüren. Sie gingen an alten medizinischen Geräten vorbei, an Eisenbetten und Rollstühlen, die noch aus der Zeit des Tuberkulose-Sanatoriums stammten, passierten eine Wand mit schimmligen Büchern aus der Bibliothek sowie kaputte Sportgeräte, darunter ein ramponierter Stairmaster, der wohl aus dem Fitnesscenter des Gefängnisses hergebracht worden war. Schließlich blieb Thessaly vor einer weiteren Tür stehen, schloss sie auf und führte Mike in einen Lagerraum voller Aktenschränke.

»Das hier sind sämtliche Akten dieser Einrichtung von vor 2019«, sagte Thessaly und führte ihn in ein Labyrinth von Registraturen. Sie waren nach Jahren geordnet: 1993, 1999, 2004. »Jeder Einzelne, der jemals in dieser Einrichtung behandelt wurde, ob an Tuberkulose erkrankt oder als Empfänger einer psychiatrischen Versorgung, hat hier unten irgendwo eine Akte. Es ist wirklich eine Schande, dass so viele Informationen nicht in unserer Behandlungsdatenbank zur Verfügung stehen. Es muss doch möglich sein, eine Finanzierung für die Digitalisierung all dieser Akten auf die Beine zu stellen.«

Schließlich blieb Thessaly vor einem Aktenschrank mit der Aufschrift *2018* stehen.

»Eigentlich müsste ich einen schriftlichen Antrag stellen, um Ihnen oder sonst wem diese Akten zu zeigen«, sagte sie. »Da wir aber keine Zeit für noch mehr Papierkram haben, werden wir so tun, als ob Sie nichts davon gesehen hätten.«

Sie öffnete eine Schublade, blätterte durch die Akten und zog eine dicke Fächermappe heraus, auf der oben der Name *Price, Jessica* mit Maschine geschrieben stand. Sie warf einen Blick hinein. »Na, sieht so aus, als gäbe es hier unten doch noch was.« Sie führte ihn zu einem Tisch in einer Ecke, wo sie die Mappe ausleerte und den Inhalt vor ihnen ausbreitete. Es waren Hunderte von Seiten, viele Schnellhefter und einige braune Umschläge.

»Raythe war so ein richtiger Papiertyp.« Sie nahm ein Bündel Fallnotizen und blätterte sie durch. »Und unglaublich pedantisch. Hat wirklich alles aufgeschrieben.«

»Wenn er so pedantisch war, warum hatten Sie dann keine Kopie dieser Akten?«

»Das ist die große Frage«, sagte Thessaly und warf ihm einen schiefen Blick zu. »Wollen wir mal sehen, was wir hier haben?«

Thessaly nahm einen Stapel Unterlagen, Mike einen anderen. Eine der Eigenschaften einer räumlichen und mechanischen Inselbegabung war die Fähigkeit, schnell lesen und sich jede einzelne Seite buchstabengetreu einprägen zu können. Diese Fertigkeit interessierte die Menschen ganz besonders, und Mike wurde in Interviews immer danach gefragt. Ihn selbst faszinierte es auch, aber hauptsächlich wegen der weitverbreiteten Missverständnisse darüber. Zum Beispiel liebte er Thriller und Agentenfilme mit Helden, die ein eidetisches oder fotografisches Gedächtnis besaßen, aber meist wurde es völlig falsch dargestellt. Es funktionierte nicht wie ein Scan oder Foto, sondern war vielmehr ein abstrakter konzeptueller Prozess, eine Frage der Auflösung des Bewusstseins, die eine Erinnerung preisgab. Es war unerklärlich, selbst für Mike, aber wenn man ihm einen Stapel von einhundert Seiten vorlegte, hatte er sie in neunzig Sekunden gelesen und behielt jede einzelne Information.

Dr. Trevers hatte diese Fähigkeit gemessen und herausgefunden, dass er 18 000 Wörter pro Minute bei einem hundertprozentigen Verständnis lesen konnte und sich perfekt an zufällig aus dem Text ausgewählte Sätze erinnern konnte. Es war kein Schnellleserekord für das *Guinnessbuch* – der lag bei 25 000 WpM und wurde von Howard Stephen Berg gehalten –, aber nicht schlecht für jemanden, der keinerlei Bedürfnis hatte, schnell zu lesen. Seine Fähigkeit, Gelesenes wiederzugeben, hatte ihm allerdings dabei geholfen, beim Zulassungstest für Universitäten eine perfekte Punktzahl zu erhalten und damit eine Fahrkarte zum MIT.

Mike blätterte die Seiten schnell durch und nahm die Informationen in einem Zug auf. Die Berichte waren größtenteils knochentrocken und voller klinischer Fachausdrücke, aber Mike war schnell in der Lage, in groben Zügen Jess' Erstbeurteilung, ihre Verhaltensweisen und Behandlungen während des ersten Jahres ihres Aufenthalts in der Einrichtung nachzuvollziehen. Sie war verschlossen, weigerte sich, an einer Gruppentherapie teilzunehmen, neigte zu selbstverletzendem Verhalten, ignorierte Mithäftlinge und Wärter – es stimmte alles mit dem überein, was Thessaly ihm erzählt hatte. Aber die schiere Menge an Unterlagen, die Raythe über Jess Price angelegt hatte, war unerwartet. Es waren über tausend Seiten mit Analysen.

»Hier steht eine Menge über Jess' Behandlung.« Er schob den Stapel beiseite und nahm einen weiteren. »Aber nichts daran scheint außergewöhnlich zu sein.«

Thessaly warf einen Blick auf den Papierstapel, ganz offensichtlich skeptisch, dass er so viele Informationen in so kurzer Zeit erfasst haben konnte. »Es ist ungewöhnlich, dass dies alles hier unten liegt«, sagte sie. »Dr. Raythes Akten sollten sich eigentlich alle in seinem Büro befinden. Warum sollte er hier unten etwas lagern, das er möglicherweise benötigte? Es ist beinahe, als ob Raythe das alles hier absichtlich von seinen offiziellen Akten getrennt gehalten hat.«

»Können Sie sich vorstellen, warum er das getan hat?«, fragte Mike, während er weitere Papiere durchging – Listen mit Arzneiverordnungen, die Jess erhalten hatte, Notizen einer Gruppensitzung, der Bericht eines Wärters über einen Zwischenfall, der mit einer Disziplinarmaßnahme geendet hatte.

»Es ergibt alles keinen Sinn«, sagte Thessaly. »Aber ihre Beziehung ist mir seltsam vorgekommen. Wie gesagt, ich bin erst nach Dr. Raythes Unfall in diese Einrichtung gekommen. Bei meiner Ankunft schien mir Jess deswegen ganz schön aufgewühlt zu sein. Sie weinte, als ich die Sache erwähnte, was sich dann sogar zu einer Panikattacke steigerte, sodass sie sediert werden musste. Ich war überrascht, weil ich mir aufgrund meiner Erfahrungen mit ihr nur schwer vorstellen konnte, dass Jess eine echte Beziehung zu Dr. Raythe aufgebaut hatte ...«

Während Thessaly das erzählte, bemerkte Mike eine glänzende blaue Aktenmappe. Er zog sie unter dem Papierstapel heraus, streifte das Gummiband ab und öffnete sie. Der Inhalt schien so gar nicht zu den übrigen Akten zu passen. Einer von Raythes Berichten war mit einer Klammer an einem dicken weißen Umschlag befestigt, der auf der Vorderseite in Rot gestempelt den Aufdruck *vertraulich* trug, dazu in der oberen linken Ecke das Logo des Columbia County Sheriff's Department. In der Seitentasche der Mappe steckte ein braunes ledernes Notizbuch mit einem roten Leseband.

»Was ist das?«, fragte Thessaly und deutete auf die Mappe.

»Ich habe keine Ahnung«, erwiderte Mike. Er nahm den großen weißen Umschlag mit dem Bericht heraus und reichte ihn Thessaly. Sie warf einen kurzen Blick darauf, löste die Klammer und las. »Das hier ist wirklich ... merkwürdig«, sagte sie.

Er griff nach dem Bericht, wollte selbst lesen, doch Thessaly hielt ihn fest.

»Dr. Raythe schreibt hier, dass Jess bei ihrer Ankunft Albträume hatte«, sagte sie. »Anscheinend wurde sie zweimal verlegt, weil ihre Schreie die anderen Häftlinge störten, nämlich von Schlafsaal C1 zu Schlafsaal A. Und offenbar hat Dr. Raythe ausgerechnet wegen der Albträume mit ihr kommunizieren können. Hören Sie sich das an.«

Thessaly begann vorzulesen: »*Die Patientin schreit nachts. Sie hat Angst vor einer namenlosen Frau, von der sie, wie sie behauptet, verletzt worden sei. Sie wachte in mehreren Nächten auf und flehte das Wachpersonal an, diese Frau fernzuhalten. Es ist das einzige Mal, dass sie in den Monaten seit ihrer Ankunft gesprochen hat, und da ich dies als eine Chance ansah, begann ich, nachts zu arbeiten, um sofort bei ihr zu sein, falls sie mich brauchte. So ist es mir gelungen, mit ihr zu kommunizieren. Sie beschreibt die Ereignisse nicht als Albträume, sondern als Heimsuchungen. Die diensthabenden Wärter berichten jedoch, dass die anderen Häftlinge nicht mal in der Nähe von Jess Price*

80

waren, und das Überwachungsvideo zeigt, dass sie jede Nacht allein in ihrer Koje lag. Da ich ihre panische Angst jedoch für echt hielt, begann ich, die näheren Umstände zu untersuchen, die sie hierhergebracht haben. Was ich herausgefunden habe, hat mich schockiert. Es stecken sehr einflussreiche Leute dahinter, die nicht wollen, dass jemand die Wahrheit erfährt. Ich beginne zu vermuten, dass Jess Price nicht die Einzige ist, die in Gefahr schwebt.«

Thessaly sah ihn an, sichtlich bestürzt, und er erinnerte sich, was sie bei ihrem ersten Treffen zu ihm gesagt hatte: *Wenn ich mit ihr zusammen bin, gibt es Momente, in denen ich ... Ich weiß nicht, wie ich es genau ausdrücken soll, Angst habe. Mehr als nur Angst. Panik. Als befände ich mich in der Gegenwart von etwas, das größer ist als ich. Etwas Gefährlichem.*

»Wow«, sagte er. »Keine leichte Kost, was er da schreibt. Gibt es noch mehr?«

Thessaly drehte Dr. Raythes Bericht um, zeigte eine leere Seite. »Mehr hat er nicht geschrieben. Aber vielleicht wird uns das hier weiterhelfen.« Thessaly nahm den weißen Umschlag und riss ihn auf. Als er sah, dass sie abgelenkt war, blätterte Mike in dem braunen Lederbuch und hielt unwillkürlich die Luft an. Er erkannte Jess' Handschrift sofort. Bevor Thessaly es bemerkte, ließ er das Tagebuch in seine Gesäßtasche gleiten.

»Was zum Teufel ...«, sagte Thessaly und musterte mit gerunzelter Stirn den Inhalt des weißen Umschlags.

»Irgendwas Interessantes?« Mike trat neben sie und versuchte, etwas zu erkennen. Er sah den Rand von etwas, das wie ein Polizeibericht aussah, doch bevor er etwas lesen konnte, schob Thessaly es zurück in den Umschlag.

»Ich bin mir nicht ganz sicher, was das ist«, sagte sie steif, aber ihre Reaktion bezeugte das genaue Gegenteil: Sie hatte etwas gefunden, das sie über alle Maßen interessierte.

Er griff nach dem Umschlag. »Kommen Sie, lassen Sie mich mal sehen. Vielleicht kann ich helfen.«

Aber sie wich ihm erneut aus, schob den Umschlag in die blaue Mappe zurück und klemmte sich diese unter den Arm. »Ich denke, wir sollten hier fürs Erste Schluss machen.«

»Warten Sie kurz, ich hatte gehofft, mir auch noch den Rest von dem hier ansehen zu –«

»Ich denke, das geht leider nicht«, sagte sie, sammelte die Akten ein und drückte sie an ihre Brust.

»Kommen Sie, Thessaly«, erwiderte er in lockerem Tonfall und hoffte, so seine wachsende Verzweiflung kaschieren zu können. Was immer sich in dieser blauen Aktenmappe befand, es könnte ihm helfen zu verstehen, was Jess ihm zu sagen versuchte. »Können Sie mir vielleicht wenigstens verraten, was sich in diesem Umschlag befindet?«

Thessaly sah ihn kühl an. »Ich werde es Ihnen selbstverständlich mitteilen, falls es von irgendeiner Relevanz ist. Aber vorläufig werde ich diese Akten in mein Büro mitnehmen und sie gründlich sichten. Ich muss verstehen, was ich vor mir habe, bevor ich es mit jemandem teile, der nichts mit dieser Haftanstalt zu tun hat.«

Mike nahm das verärgert zur Kenntnis. Sie hatte ihn ins Gefängnis geholt, damit er helfe, und jetzt schloss sie ihn aus. Sie hatten einen Haufen Dokumente gefunden, und er musste sie sehen. Ob gerechtfertigt oder nicht, er glaubte, dass er ein Recht auf diese Informationen hatte. Vielleicht, weil Jess ihm ihre verschlüsselte Nachricht anvertraut hatte, vielleicht auch wegen der intimen Vertrautheit mit ihr in seinem Traum, jedenfalls spürte er eine tiefe Verbindung zu ihr, wie er sie nicht oft erlebt hatte. In nicht einmal vierundzwanzig Stunden war ihm diese Frau wichtig geworden.

»Außerdem«, sagte Thessaly mit einem Blick auf ihre Uhr, »habe ich die Erlaubnis bekommen, dass Sie Jess ein zweites Mal treffen können. Sie wird heute Mittag in der Bibliothek sein. Das ist in genau fünfzehn Minuten. Sie werden pünktlich sein wollen.«

13

Das Tagebuch von Jess Price steckte als ein kleines, steifes Rechteck in der Gesäßtasche seiner Jeans, und als Mike den Gang des ersten Stocks entlangging, musste er sich sehr zusammenreißen, um nicht darin zu lesen. Allein die Gefahr, dass Dr. Moses es konfiszierte, hielt ihn davon ab. Er durfte nicht riskieren, dass sie es ihm genauso abnahm wie schon Raythes Akten. Er hatte ein Datum oben auf dem Deckblatt gesehen – 7. Juli 2017. Das war zwölf Tage vor Noah Cookes Tod, was bedeutete, dass sie es geschrieben hatte, als sie noch im Herrenhaus der Sedges war. Vielleicht würde das Büchlein alles erklären – die schrecklichen Ereignisse im Sedge House, vielleicht sogar das Rätsel, das zu lösen Jess ihn gebeten hatte. Eines war sicher: Es war zu wichtig, um es zu verlieren.

Thessaly führte ihn zur Bibliothek, aber er konnte sich nicht vorstellen, auf Jess zu treffen, ohne vorher zu erfahren, was in dem Büchlein stand. Als sie an einer Toilette vorbeikamen, entschuldigte sich Mike. Thessaly sah nicht glücklich aus, widersprach aber nicht. »Sie haben zwei Minuten«, sagte sie. »Ich warte vor der Bibliothek auf Sie.«

Als sie weiterging, spürte Mike, wie sich sein Puls beschleunigte. Er hatte nur wenige Minuten, aber mehr brauchte er nicht, dazu noch einen Ort mit Privatsphäre, an dem die Überwachungskameras ihn nicht finden konnten. Die Toilette erschien wie die perfekte Lösung, doch als er hineinging, war sie voller Wärter. Er trat ans Urinal, dann ans Waschbecken, um sich die Hände zu waschen, und ging wieder hinaus. Er wollte nichts riskieren.

In einem Gefängnis gab es keine Privatsphäre, es war darauf ausgelegt, sie zu eliminieren. Wärter auf Schritt und Tritt – in den Gängen, an der Sicherheitskontrolle am Eingang, als Begleitung einer Gruppe von Frauen hinaus auf den Hof. Er eilte an mehreren Zimmern in der Nähe von Thessalys Büro vorbei, die vielversprechend aussahen, aber aus Angst vor den Kameras wagte er es nicht hineinzugehen. Schließlich stand er vor den schweren Metalltüren, die zum alten Teil des Gefängnisses führten.

Mit einem Blick über die Schulter vergewisserte er sich, allein zu sein. Zwar hatte er Thessalys Ausweis nicht, aber er erinnerte sich exakt an den Code – die Zahlenreihe unter dem Barcode. Natürlich benutzten die meisten Leute ihren Ausweis mit dem Barcode und würden eine so lange Zahl niemals von Hand eingeben. Aber Mike war nicht wie die meisten Leute. Er tippte die dreiundvierzig Zahlen und Zeichen in das Tastenfeld ein, und das Schloss klickte.

Er drückte die Tür auf und trat in das Treppenhaus. Thessaly war mit ihm in den Keller gegangen; er würde nach oben gehen. Nachdem er die Stufen hinaufgegangen war, fand er sich auf einer verlassenen Etage des Sanatoriums wieder, ein dunkler, verstaubter Raum voller Spinnweben und antiquierter medizinischer Gerätschaften. Die Sonne schien durch schmutzige Fensterscheiben, und obwohl er kaum etwas sehen konnte, zog er das Büchlein aus seiner Tasche und öffnete es.

Ein kurzer Blick bestätigte ihm, dass er tatsächlich Jess' Tagebuch in den Händen hielt. Das war ihre Schrift, ordentlich und in Schleifen, die Worte *Sedge House, 7. Juli 2017* oben auf der ersten Seite. Er las den ersten Absatz:

Sedge House ist eines dieser Anwesen mit Giebeln und Türmchen, über das man in einem Roman aus dem neunzehnten Jahrhundert liest, wo man jedoch für gewöhnlich nicht seine Sommermonate verbringt. Dass ich jetzt hier wohne und das ganze Haus für mich allein habe, finde ich vollkommen wunderbar und erschreckend zugleich.

Bevor er weiterlas, blätterte er die restlichen Seiten kurz durch und erstarrte, als ein gefaltetes Blatt zu Boden flatterte. Mike hob es auf und öffnete es verblüfft. Es war eine ihm vertraute Konstruktion, eine Denksportaufgabe, die er tatsächlich selbst entwickelt hatte. Sie hier zu finden, war ein regelrechter Schock. Er hatte nicht erwartet, sie je wiederzusehen – und schon gar nicht hier, in einem Gefängnis, in dem Tagebuch einer verurteilten Mörderin.

Von einem Augenblick auf den anderen änderte sich sein Verhältnis zu Jess Price. Bis zu diesem Moment hatte er geglaubt, er habe alles im Griff und sie sei die Schwache. Aber das war ganz und gar nicht der Fall. Dieses Rätsel brachte das Gleichgewicht völlig ins Wanken. Er sah die Lösungen in den leeren Feldern erscheinen und empfand überwältigende Besitzansprüche: Das hier war etwas, das Jess nicht hätte sehen dürfen. Es war etwas, das niemand sehen sollte. Er hatte gedacht, es sei für immer aus seinem Leben verschwunden, aber da war es und konfrontierte ihn mit den Fehlern seiner Vergangenheit.

Das Rätsel war eine Ansammlung von fünfundzwanzig Hexagonen, jeweils fünf in fünf Reihen mit mathematischen Operatoren dazwischen – plus und minus, Multiplikations- und Divisionszeichen. Neun vorgegebene Zahlen konnten in die leeren Felder eingesetzt werden, um diese Gleichungen zu lösen. Die Lösungen standen in Hexagonen unter den Gleichungen und schräg rechts davon.

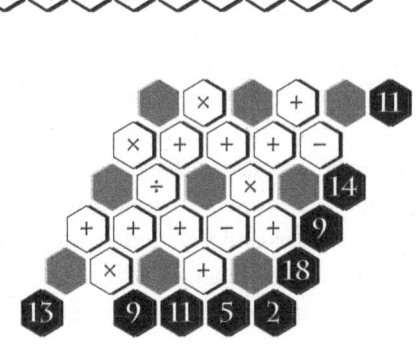

Er hatte das Rätsel 2009 im Alter von neunzehn Jahren in seinem ersten Semester am MIT entwickelt. Es war eine einfache Denksportaufgabe aus einer Zeit, als er sich noch nicht als professioneller Rätselentwickler sah, sondern einfach nur Spaß haben wollte. Es war spielerisch. In diesem Geist hatte er es entwickelt, und als er es nun vor sich sah, erinnerte es ihn daran, wer er noch vor zehn Jahren gewesen war: ein naiver Junge mit einem abgedrehten Talent, das er selbst nicht ganz verstand. Es war, als hätte er zufällig ein altes Bild von sich gefunden. Er erkannte den Typen wieder und empfand sogar einen gewissen Beschützerinstinkt gegenüber seinem jüngeren Ich, aber diesen Jungen gab es schon lange nicht mehr.

Während es oberflächlich betrachtet relativ simpel erschien, war ein zweites Rätsel darin verborgen, ein Rätsel in einem Rätsel. Für ihn war es so etwas wie eine Signatur, eine Mike-Brink-Visitenkarte, und obwohl es für ihn selbst diese Bedeutung hatte, war es das am wenigsten bekannte seiner Rätsel. Tatsächlich wussten nur sehr wenige Leute, dass es überhaupt existierte. Er hatte angenommen, es wäre längst vergraben und vergessen. Offensichtlich hatte er sich geirrt.

Er betrachtete die Hexagone, als ein Geräusch seine Aufmerksamkeit erregte. Die Tür ins Treppenhaus wurde geöffnet, schlug zu, Schritte hallten hinter ihm. Mike schob das Tagebuch wieder in seine Tasche, trat in eine dunkle Ecke zurück, und drückte sich genau in dem Moment gegen ein schmutziges Fenster, als ein Wärter den Flur betrat.

Mike erkannte den Mann. Er hatte ihn tags zuvor gesehen, als er Jess in die Bibliothek begleitet hatte, aber er hatte ihn bis dahin nicht richtig wahrgenommen. Er sah, dass der Kerl ein Riese war, mindestens eins zweiundneunzig und muskelbepackt, blondierte Haare hatte und große Diamantstecker in beiden Ohren. Seine Muskeln wölbten sich unter der Uniform, und er trug Stiefel mit kräftigen Sohlen von der Sorte, wie man sie brauchte, wenn man jemandem ordentlich in den Hintern treten wollte. Kein Typ, dem er in einem dunklen, menschenleeren Sanatorium begegnen wollte, besonders nicht mit dem Tagebuch eines Häftlings in seinem Besitz. Der Wärter besaß die Instinkte eines Wachhundes. Er ging den Gang hinauf und hinunter, als könnte er Mike so aufspüren. Ehe Mike sichs versah, stand der Wärter vor ihm und sah ihm in die Augen: »Was zum Teufel haben Sie hier oben zu suchen?«

Mike trat aus dem Schatten und hielt zu seiner Verteidigung seinen Zugangsausweis hoch. »Ich darf hier sein.«

Der Wärter riss Mike den Ausweis aus der Hand und untersuchte ihn. Als er den Ausweis zurückgab, funkelten seine Augen streitlustig. »Ziemlich weit weg vom Büro der Seelenklempnerin.«

»Dr. Moses wartet in der Bibliothek auf mich«, sagte er und suchte nach einer geeigneten Erklärung. »Ich war auf der Suche nach der Toilette und hab mich wohl verlaufen. Wenn Sie mir den Weg zur Bibliothek zeigen könnten, wäre ich Ihnen sehr verbunden.«

»Und wie du dich verlaufen hast, Kumpel«, sagte der Mann und verpasste ihm einen kurzen festen Stoß Richtung Tür. Es war kaum mehr als ein Schubs, schnell und aggressiv, genügte aber, um Mike aus dem Gleichgewicht zu bringen. Er stolperte und ließ den Ausweis fallen. Als der Wärter sich bückte, um ihn aufzuheben – wobei er eine leise, unaufrichtige Entschuldigung brummte –, bemerkte Mike ein Tattoo seitlich auf seinem Hals, ein mit zehn Punkten skizziertes, gleichseitiges Dreieck. Er musste gar nicht genau hinsehen, aber wenn er die Augen schloss, sah er das Muster auf der Innenseite seiner Augenlider leuchten: vier Reihen mit Punkten, vier an der Basis und einer an der Spitze, eine elegante Anordnung.

Der Wärter gab ihm einen weiteren Stoß in Richtung Tür, und obwohl Mike sich instinktiv wehren wollte, widersetzte er sich nicht. Er ging schnell vorwärts, erleichtert, dass der Kerl ihn nicht durchsucht hatte. Wenn er Jess' Tagebuch gefunden hätte, dann hätte er es sicherlich Thessaly Moses übergeben. Doch Mike brauchte das Buch und das Rätsel darin, um zu verstehen, was Jessica Price wirklich von ihm wollte.

14

Der Wärter griff Mike an der Schulter, schob ihn so vor sich her. Es war nur ein kleines Zeichen von Aggression, aber es ärgerte Mike maßlos. Solchen Typen war er begegnet, als er noch Football spielte: große, stämmige Kerle, gebaut wie Bulldozer, und ständig mussten sie sich beweisen. Sie hatten nicht besonders viel Grips, aber das war auch gar nicht nötig. Sie warfen ihr Gewicht in die Waagschale, blockten und gingen einen an, und das reichte aus, um ihre Anwesenheit auf dem Spielfeld zu rechtfertigen. Mikes Talent bestand darin, durch die winzigen Löcher zu schlüpfen, die diese Typen in ihrer Abwehrlinie zuließen, und sich durch seine Beweglichkeit zu befreien. Brachiale Stärke bedeutete nicht viel, wenn sie ihn nicht erwischen konnten. Dann gab es Zeiten, in denen die Muskeln den Verstand übertrumpften. Und trotz Mikes großem Geschick hatte ein einziger harter Schlag alles verändert.

Thessaly stand mit verschränkten Armen an der Tür zur Bibliothek und sah ihnen beunruhigt entgegen. »Was ist hier los?«

»Ich habe ihn im zweiten Stock gefunden«, sagte der Wärter.

»Wir waren doch hier verabredet«, sagte Thessaly vorwurfsvoll.

»Ich habe mich verlaufen«, erwiderte Mike, sah jedoch, dass sie ihm das nicht abnahm. Ein Mann, der tausend Seiten Berichte in Minuten lesen und einen Zauberwürfel in fünfzehn Sekunden lösen konnte, verlief sich nicht einfach so. Sie bedankte sich bei dem Wärter, öffnete die Tür zur Bibliothek und hielt sie ihm auf. Jess saß an demselben Tisch, an dem sie bereits bei ihrer ersten Begegnung gesessen hatte.

»Ich konnte Ihnen diesmal eine Stunde verschaffen«, sagte Thessaly, als er an ihr vorbei und in die Bibliothek ging. »Verlaufen Sie sich nur nicht wieder, okay?«

Mit ihrem grauen Overall und der blassen Haut, ihren abgekauten, schorfigen Fingernägeln und ihrem Schweigen sah Jess aus wie am Vortag. Obwohl er wusste, dass sie sich unmöglich verändert haben konnte und dass Träume, wie emotional sie auch sein mochten, nichts an der Realität änderten, hatte er doch irgendwie erwartet, die Frau aus der Nacht zuvor wiederzufinden, dieses schöne, sinnliche Wesen, das ihn so sehr in Bann gezogen hatte: ihr langes Haar, das ihr über die Schultern fiel, ihre Berührung, die ihm einen Schauer über den Rücken jagte. Er schüttelte die Vision ab, aber die intensiven halluzinatorischen Gefühle des Traums verschwanden nicht. Er spürte all das Staunen und die Anziehungskraft, das überwältigende Bedürfnis, ihr nahe zu sein, das er im Schlaf empfunden hatte. Sein Puls beschleunigte sich, und er begann zu schwitzen. Er hatte es auch im Traum gespürt. Ihre Gegenwart wirkte wie der Rausch einer köstlichen Droge.

Mike warf einen Blick über die Schulter, um sich zu vergewissern, dass der Wärter an der Tür stand, drehte sich so, dass er die Überwachungskamera blockierte, zog dann das Tagebuch aus seiner Tasche und legte es auf den Tisch. »Das hier habe ich in Raythes Unterlagen gefunden«, flüsterte er.

Sie nahm das Tagebuch und betrachtete es, als wäre es ein Artefakt aus einer alten Ruine, ein Schatz aus einem anderen Leben.

»Sie erkennen es also?«, fragte er und registrierte die winzigen Veränderungen ihres Gesichtsausdrucks, die Überraschung und Verwirrung, dann die Erkenntnis, dass Dr. Raythe etwas an sich genommen hatte, das ihr gehörte.

Sie untersuchte die Seiten nachdenklich, als wolle sie sie mit etwas in Einklang bringen, dann nickte sie kaum merklich und bestätigte so, dass es ihr gehörte.

»Was ist hiermit?«, fragte er und blätterte zu dem Rätsel, das zusammengefaltet hinten im Buch steckte. »Woher haben Sie das?«

Sie sah das Rätsel mit unbewegter Miene an. Er wusste, dass sie nicht sprechen würde, also zog er seinen Kugelschreiber aus der Tasche und schob ihn ihr auffordernd hin.

»Ich muss wissen, woher Sie das haben«, drängte er.

Sie betrachtete das Rätsel, nahm den Kuli und löste jede Gleichung. Unter die Lösungen schrieb sie die Buchstaben der alphanumerischen Substitution, die er zur Verschlüsselung seines Namens verwendet hatte: *Mike Brink*. Dann schob sie ihm das Papier zu und lächelte. Es war das erste echte Lächeln, das er bei ihr sah, ein Hauch von dem Menschen, der sie gewesen war, als sie dieses Rätsel vor vielen Jahren gelöst hatte.

Aber er konnte ihr Lächeln nicht erwidern. Sein Rätsel vor sich auf dem Tisch zu sehen war, als würde er einen Teil seines Innersten entdecken – sein Herz, seinen Bauch –, aufgeschnitten und entblößt. Es fühlte sich alles vollkommen falsch an. Niemand sollte hiervon wissen. Niemand.

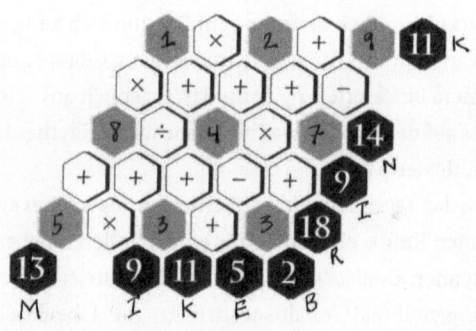

Er beugte sich näher zu ihr und flüsterte: »Woher zum Teufel hatten Sie das?«

Sie deutete auf das vollständig ausgefüllte Rätsel, als ob die Lösung als Erklärung ausreiche, und in mancher Hinsicht war das auch so: Jess Price hatte aufgrund einer wundersamen Fügung das eine Rätsel gefunden, von dem er wünschte, es nie entworfen zu haben. Ob sie wusste, was es bedeutete, oder wie sehr Mike es vergessen wollte, waren andere Fragen.

»Sie sollten das nicht haben«, sagte er verwirrt. Die Verbindung zu Jess, die er noch vor wenigen Minuten gespürt hatte, verkehrte sich ins Gegenteil. Er war misstrauisch, was ihre Motive betraf. Sie hatte wissen wollen, ob sie ihm vertrauen konnte, aber er war sich überhaupt nicht sicher, ob er ihr vertrauen konnte. Was, wenn das kreisförmige Rätsel nichts weiter als ein Trick gewesen war? Was, wenn alles, was sie gesagt hatte, eine Lüge war? »Bin ich in Wahrheit deshalb hier?«

Sie schüttelte den Kopf, ihre Augen weiteten sich. *Nein.*

»Warum dann?«, fragte er bemüht gelassen.

Jess lehnte sich auf dem Stuhl zurück, sie wirkte beunruhigt. Es war offensichtlich, dass sie ebenfalls nicht damit gerechnet hatte, das Rätsel zu sehen. Wahrscheinlich hatte sie keine Ahnung gehabt, dass sich ihr Tagebuch in Raythes Unterlagen befand. Doch wenn sie dieses Rätsel kannte, dann wusste sie viel mehr über ihn, als sie zugegeben hatte.

»Sie hätten mir dieses Rätsel schicken sollen«, sagte er. »Hätten Sie, dann wäre ich – «

»Nie gekommen«, beendete sie seinen Satz.

Ihre Stimme erschreckte ihn. Sie war sanft, kaum mehr als ein Flüstern, aber doch stark genug, um seinen Herzschlag zu beschleunigen. Er erkannte sie, erkannte ihre Klarheit und Stärke. Es war dieselbe Stimme, die er in seinem Traum gehört hatte.

»Das konnte ich nicht riskieren«, sagte sie. »Ich brauche Sie viel zu sehr.«

»Wofür brauchen Sie mich?«

»Damit Sie Ihr Versprechen halten, Michael.«

Vielleicht war es die Art, wie sie ihn Michael nannte – ein Name, den niemand benutzte, nicht einmal seine Mutter –, vielleicht aber war es auch das Frösteln, das ihn durchfuhr, als sie seine Hand ergriff, jedenfalls hatte er plötzlich Angst. Er versuchte, seine Hand freizubekommen, aber sie hielt ihn fest, wobei der Ärmel ihres Overalls zurückglitt und ein Wabenmuster erkennen ließ, das in ihren rechten Arm geritzt war, ein kompliziertes Netz aus feinen, perfekt mosaikartigen Hexagonen vom Handgelenk bis zum Ellbogen. Das rosafarbene Narbengewebe konnte nur bedeuten, dass das Muster mit einer Rasierklinge in ihre Haut geritzt worden war. Die Symmetrie des Musters faszinierte ihn, aber am meisten fiel ihm auf, dass es genau dasselbe Muster war, das er im Traum auf Jess' Haut gesehen hatte.

Er wollte ihr Fragen stellen, doch sie beugte sich dicht zu ihm und sagte: »Erinnerst du dich an den Duft des Waldes? Wie das Mondlicht auf unsere Haut fiel? Es war wunderschön, was wir gemeinsam erlebt haben. Und es war erst der Anfang.«

Sein Herz setzte einen Schlag aus, als ihm alles wieder einfiel: Der Duft des Waldes, das fahle Mondlicht auf ihrem Körper, während er sie hielt. Nein, er bildete sich das nicht ein. Sie war dort gewesen. Sie hatte erlebt, was er erlebt hatte.

»Ich kann das nicht ohne dich tun«, sagte sie. Sie sah ihn an, und er fühlte alles, was er in der Nacht zuvor empfunden hatte: die fast übernatürliche emotionale Verbindung, das überwältigende Verlangen, das Gefühl, einen fehlenden Teil von sich selbst gefunden zu haben.

»Ich verstehe nicht«, sagte er schließlich, aber in Wirklichkeit verstand er: Die Frau, die ihm gegenübersaß, war auf unerklärliche Weise die Frau aus seinem Traum.

15

Es brauchte viel, um ihn zu überraschen – normalerweise war er stets drei oder vier Schachzüge voraus –, aber Jess hatte ihn einmal auf links gedreht. *Erinnerst du dich an den Duft des Waldes? Wie das Mondlicht auf unsere Haut fiel?* Das Brink-Rätsel, die Anspielungen auf seinen Traum, das Muster der Narben auf ihrem Arm – all das verblüffte ihn. Er hatte Mühe, sich zu orientieren. Es gab so viele Fragen, die er ihr stellen musste, aber bevor er anfangen konnte, öffnete sich die Tür der Bibliothek, und Thessaly Moses kam herein. Er schob Jess' Tagebuch in seine Tasche und hoffte, dass sie es nicht gesehen hatte.

»Sie müssen kurz mit mir kommen«, sagte Thessaly. Etwas an ihrer Stimme war merkwürdig, da war eine stählerne Autorität, die er zuvor nicht wahrgenommen hatte.

Sie hatte ihm gesagt, er habe eine Stunde, aber es waren noch keine fünfzehn Minuten vergangen.

»Kann ich nicht in Ihrem Büro vorbeischauen, wenn ich hier fertig bin?«

»Ich fürchte nicht, nein«, sagte sie mit einem kurzen Blick zur Tür, wo zwei Gefängniswärter standen: der blonde Bulldozer von vorhin und ein älterer Typ mit grau melierten Haaren. Sie warteten darauf, dass Thessaly ihnen grünes Licht gab, um ihm Feuer unterm Hintern zu machen, und wie es aussah, war sie kurz davor.

»Gehen wir, Mr Brink«, sagte Thessaly und zeigte zur Tür.

»Was ist denn los?«, fragte er, schob seinen Stuhl zurück und stand auf.

Thessaly sah ihn scharf an, dann richtete sie ihren Blick auf eine Überwachungskamera, eine stumme Geste, die ihm bedeuten sollte, den Mund zu halten und zu tun, was man ihm sagte. »Man hat mich gebeten, Sie davon in Kenntnis zu setzen, dass Ihre Besuchsfreigabe aufgehoben wurde«, sagte sie mit kalter, unpersönlicher Stimme. »Ich werde Sie jetzt aus dem Gebäude begleiten, Mr Brink. Folgen Sie mir bitte.«

Die Wärter traten vor, und der eine hielt sich bereit, während der andere Jess Handschellen anlegte. Als sie sie vorbeiführten, beugte sie sich rasch zu ihm und sagte mit einer Stimme kaum mehr als ein Flüstern: »Denk an dein Versprechen.«

Mike folgte Thessaly den Gang hinunter, passte sich ihrem forschen Schritt an. Was zum Teufel passierte hier gerade? Vor fünfzehn Minuten hatte sie ihm eine Stunde Zeit mit Jess versprochen. Jetzt begleitete sie ihn in einem Tempo hinaus, als stünde das Gefängnis in Flammen. Und obwohl er sich fügte, sträubte sich alles in ihm. »Hören Sie, Thessaly«, sagte er, während sie den Korridor hinuntergingen. »Dr. Moses. Warten Sie. Können Sie es mir wenigstens erklären?«

Sie gab ihm keine Antwort, sondern führte ihn zur Eingangskontrolle, wo sie durch die Metalldetektoren gingen und durch den Vordereingang in den kühlen, perfekten Nachmittag hinaustraten. Der Himmel war blau, die Sonne schien. Auf dem Weg zum Parkplatz wurde Thessaly langsamer und ließ ihn zu sich aufschließen. »Das alles tut mir schrecklich leid«, sagte sie mit gesenkter Stimme. »Aber ich musste Sie so schnell wie möglich von dort wegbringen.«

Er brannte darauf zu erfahren, was eigentlich los war. »Was zum Teufel passiert hier gerade, Thessaly?«

»Gehen Sie bitte einfach weiter«, sagte sie leise und stieß ihn an. »Ich habe viel zu sagen, aber nicht viel Zeit.«

Sie gingen nebeneinander an einer Reihe SUVs, Kleinwagen und etlichen Motorrädern vorbei, immer weiter hinaus auf den Parkplatz. »Nach unserem Ausflug in den Keller bin ich den blauen Ordner durchgegangen. Wie Sie wahrscheinlich gesehen haben, stammte der weiße Umschlag aus dem Büro des Columbia-County-Sheriffs. Darin befanden sich Fotokopien vertraulicher Dokumente aus den Ermittlungen im Zusammenhang mit dem Mord an Noah Cooke. Informationen, die ich zuvor nicht gesehen habe.«

»Informationen welcher Art?«

»Eine Auflistung der Gegenstände, die am Tatort gefunden wurden, Fotos, der Bericht des Gerichtsmediziners. Raythe muss wohl eine Kopie angefordert haben – es ist nicht üblich, aber auch nicht gerade ungewöhnlich, dass ein Therapeut die polizeilichen Unterlagen eines Patienten liest. Als ich aber in unserem System nach einer Dokumentation von Raythes Anforderung gesucht habe, konnte ich in der Datenbank keine einzige seiner Akten zu Jess Price finden. Es gab Ordner für diese Akten, aber die Berichte selbst waren fort. Ich dachte, es könnte vielleicht etwas mit meinem Zugang nicht in Ordnung sein, also habe ich mich ausgeloggt und wollte es erneut versuchen, nur um festzustellen, dass meine Zugangsdaten nicht mehr funktionierten. Ich bin ausgesperrt worden. Ich rief die IT an und bat um Hilfe – ich sollte uneingeschränkten Zugang zu diesen Akten haben –, und keine zehn Minuten später erhielt ich den Anruf von meinem Vorgesetzten. Er teilte mir mit, das Büro des Gouverneurs bestünde darauf, dass Sie umgehend aus der Haftanstalt entfernt werden.« Sie warf ihm einen Blick zu, den er nicht entschlüsseln konnte, voller Panik, aber auch Vorwurf. Entweder argwöhnte sie, dass er sich schuldig gemacht und etwas Illegales getan hatte, oder sie war zu Tode erschrocken.

»Das Büro des Gouverneurs?«, wiederholte er völlig perplex. »Was hat das Büro des Gouverneurs mit mir zu tun? Oder mit Jess Price?«

»Genau meine Frage«, sagte sie. »Mein Vorgesetzter hat mir gesagt, Ihre Besuchsberechtigung sei annulliert worden, ich solle Sie aus der Haftanstalt hinausbegleiten und Ihnen begreiflich machen, dass Sie hier nicht mehr erwünscht sind. Wenn Sie dennoch zurückkommen, soll ich die Polizei verständigen und Sie verhaften lassen.«

»Aber das ist doch absurd«, erwiderte Mike, in dem Zorn aufstieg. »Ich habe die Erlaubnis, hier zu sein! Da muss ein Irrtum vorliegen.«

»Mein Vorgesetzter ist noch nie vom Büro des Gouverneurs angerufen worden. Noch nie. Ganz offensichtlich mag jemand Sie nicht beziehungsweise das, was Sie tun«, sagte sie. »Außerdem habe ich das Gefühl, dass jemand die Aufzeichnung der Überwachungskamera von Ihrem gestrigen Treffen mit Jess gelöscht hat. Ich bin zu John Williams, dem Chef unseres Sicherheitsdienstes gegangen, der für die elektronische Überwachung zuständig ist. Ich habe einen guten Draht zu John, und normalerweise ist er sehr hilfsbereit. Aber als ich ihn nach den Aufzeichnungen fragte, hat er die entsprechende Datei nicht finden können.«

Mike erinnerte sich an Jess' Vorsicht gegenüber der Überwachungskamera. Sie hatte gewusst, dass jemand sie beobachtete und das, was man sah, womöglich gegen sie benutzen konnte. Sie hatte recht gehabt.

»Ich sollte Ihnen das nicht sagen«, sagte sie und trat einen Schritt dichter zu ihm. »Es könnte mich den Job kosten. Aber in dieser Aktenmappe befindet sich eine Menge verrückter Scheiß. Ich würde gern hören, was Sie davon halten.«

»Was genau meinen Sie mit ›verrückter Scheiß‹?«

»Hier«, sagte sie und drückte ihm einen USB-Stick in die Hand. »Ich hatte keine Zeit, alles zu scannen, aber das meiste hab ich.«

Mike stopfte den Stick tief in die Tasche seiner Jeans.

»Um ganz ehrlich zu sein, weiß ich nicht, was ich davon halten soll. Dr. Raythe hat sich«, sie blickte über ihre Schulter und vergewisserte sich, dass sie noch allein waren, »völlig unangebracht verhalten. Er hätte solche wichtigen Informationen nicht außerhalb von Jess' offiziellen Akten aufbewahren dürfen.«

Sie erreichten seinen Pick-up, aber Mike konnte noch nicht einsteigen. Er musste so viel wie nur möglich von dem erfahren, was hier vor sich ging. »Was befand sich in dieser Aktenmappe, das so wichtig war? Warum musste Raythe es verstecken?«

Wieder sah Thessaly über ihre Schulter. »Ich kann jetzt nicht reden. Rufen Sie mich an, wenn Sie alles gelesen haben.« Sie drückte ihm eine Visitenkarte in die Hand. »Meine Handynummer steht auf der Rückseite.«

Mike sah die Karte an, *Dr. Thessaly R. Moses, PhD*, dann die Telefonnummer, die auf die Rückseite gekritzelt worden war. Er begann zu begreifen, dass man ihn nicht mehr zu Jess lassen würde. Der Gedanke ließ ihn verzweifeln. Er hatte sie eben erst gefunden, begann gerade erst zu verstehen, welche Verbindung es zwischen ihnen gab, und bei der Vorstellung, sie zu verlieren, überkam ihn ein Gefühl der Panik.

»Hören Sie«, sagte er. »Es ist äußerst wichtig, dass ich mit Jess kommuniziere. Hier geht mehr vor sich, als Sie ahnen.«

»Das ist jetzt nicht der richtige Zeitpunkt«, sagte sie und warf ihm einen warnenden Blick zu. »Rufen Sie mich später an.«

»Eine Sache noch«, sagte er, als er sich an das Wabenmuster erinnerte, das in Jess' Haut geritzt war. »Jess' Arm. Die Narben. Wissen Sie, wie das passiert ist?«

»Jess Price hat keine Narben auf dem Arm«, erwiderte Thessaly verwirrt.

»Ich habe sie doch vorhin erst gesehen«, sagte er, während die geometrischen Formen vor seinem geistigen Auge Gestalt annahmen. »Ein hexagonales, wabenartiges Mosaik auf ihrem Arm. Zuerst habe ich es für eine Tätowierung gehalten, aber das ist es nicht. Es ist Narbengewebe.«

»Jess Price besitzt keine besonderen Merkmale auf der Haut. Keine Tattoos, keine Muttermale, keine Narben. Da bin ich mir absolut sicher.«

Mike wusste, was er gesehen hatte, und war bereit, darauf zu beharren, wurde aber unterbrochen, als ein schwarzer Tesla vor dem Gefängniseingang hielt. Ein großer, schlanker Mann mit roten

Haaren und Sonnenbrille stieg aus dem Wagen. Er machte ein paar Schritte Richtung Gefängnis, dann spürte er offenbar ihre Gegenwart, drehte sich um und kam auf sie zu.

»Sie müssen jetzt gehen. Sofort«, sagte Thessaly, machte auf dem Absatz kehrt und ging zu dem Tesla hinüber. Als Mike in seinen Truck stieg, glaubte er Jess' Stimme zu hören. *Folge mir.*

16

Als er durch das Gefängnistor fuhr, versuchte Mike, sich einen Reim auf das zu machen, was geschehen war. Der vergangene Tag war, gelinde gesagt, eine Achterbahnfahrt der Gefühle gewesen. Er war ohne jegliche Erwartung im Gefängnis eingetroffen und hatte für die kommenden Tage nichts Wichtigeres zu tun gehabt, als sich um Connie zu kümmern und sein wöchentliches *New York Times*-Rätsel einzureichen. Jetzt verspürte er eine überwältigende Verpflichtung, einer Frau zu helfen, die er kaum kannte. Er verstand es nicht – nicht den Traum, nicht das Rätsel, nicht das seltsame Muster auf ihrer Haut –, aber seine Beziehung zu Jess war anders als alles, was er bisher erlebt hatte. Was als Rätsel begonnen hatte, war zu einer zutiefst persönlichen Aufgabe geworden. Es ging um mehr als die verwirrende Zeichnung, um mehr als Raythes geheime Akte, sogar um mehr als die Wahrheit über Noah Cookes Tod. Die Begegnung mit Jess hatte etwas in ihm verändert, Gefühle in ihm geweckt, die er nie zuvor empfunden hatte, und er musste verstehen, warum.

Nach allem, was Thessaly ihm erzählt hatte, wusste er ohne jeden Zweifel, dass sie in Gefahr waren. Jess hatte versucht, ihn zu warnen; ihr verschlüsselter Text hätte nicht klarer sein können: *Raythe wusste es, darum ist er tot.* Doch er hatte ihr nicht ganz geglaubt. Er hatte ihre Ängste abgetan, hatte bei Thessaly nach Antworten gesucht, und das, so wusste er jetzt, war ein großer Fehler gewesen. Wenn er Jess' Warnung ernst genommen hätte, wäre er vorsichtiger gewesen. Er hätte seine Anwesenheit im Gefängnis auf ein Minimum reduziert. Er hätte sich stärker angestrengt, Raythes Akten zu lesen, solange er die Gelegenheit dazu hatte. Er musste wissen, wer dahintersteckte und was sie von Jess wollten. Wenn er das wüsste, bekäme er vielleicht ein Gespür dafür, womit er es zu tun hatte. So wie es aussah, hatte er nicht viele Anhaltspunkte. Thessalys Vorgesetzter hatte angerufen, sein Besuchsrecht war annulliert worden, und er würde verhaftet werden, falls er zurückkehrte. Da war das Rätsel, das Jess gezeichnet hatte, und Thessalys USB-Stick mit den gescannten Dateien. Aber was hatten all diese Elemente gemeinsam? Handelte es sich um Hinweise oder um Sackgassen?

Und dann war da noch der Kerl mit dem Tesla. Er war ganz sicher nicht gekommen, um das Gefängnis zu besichtigen. Er hatte Mike auf dem Parkplatz entdeckt, ihn beim Einsteigen in seinen Wagen beobachtet und dann allem Anschein nach begonnen, ihn zu verfolgen. Mike war überzeugt, dass er das Gefängnis seinetwegen aufgesucht hatte. Aber warum? Was könnte er wollen? Hatte es etwas mit Jess Price zu tun? Oder mit dem Rätsel, das er in ihrem Tagebuch gefunden hatte? Falls ja, was war der Zusammenhang? Und wie war Jess in alles verwickelt? Er fragte sich, ob Raythe aufgrund von Informationen, die er über Jess besaß, getötet worden war, wie ihre geheime Botschaft behauptete, oder ob es nicht doch ein Unfall gewesen war. So wie es aussah, hatte Mike mehr Fragen als Antworten. Er konnte sich in keiner Hinsicht sicher sein. Nur eines stand fest: Es war unmöglich, sich dem Geheimnis um Jess Price zu entziehen.

Ein paar Meilen vom Gefängnis entfernt bog er auf eine kurvenreiche Landstraße ab, die in die Berge führte. Er suchte im Rückspiegel nach dem Tesla. Bis zum Starlite waren es zehn Minuten mit dem Auto, und er wollte keinen Ärger. Er musste zurück zum Motel und in Ruhe die Dateien sichten, die Thessaly gescannt hatte. Je eher er wusste, was sich auf dem USB-Stick befand, desto besser.

Er gab Gas, um so schnell wie möglich den Berg hinaufzukommen. Aus dem Fenster sah er Wälder mit Weymouthskiefern, deren Höhe alles andere klein erscheinen ließ. Er öffnete das Fenster, um die kühle Bergluft hereinzulassen, roch feuchte Erde und Moos und sagte sich, dass alles, was er eben erlebt hatte – die unheimliche emotionale Beziehung, die er zu Jess gespürt hatte, all die Fragen, die unbeantwortet geblieben waren –, ihn in eine logische Richtung führte. Er war in ein Rätsel hineingeraten, und wie bei jedem Rätsel gab es auch hier eine Lösung. Er musste sich lediglich auf das Muster konzentrieren, den Hinweisen folgen und es lösen.

Bei einem weiteren Blick in den Rückspiegel sah er den Tesla in einem gleißenden Sonnenstrahl hinter sich auftauchen. Mike umklammerte das Lenkrad, während er seine Möglichkeiten auslotete: Er konnte versuchen, dem Tesla davonzufahren, oder sich verstecken. Er wusste, sein Pick-up wäre nicht in der Lage, es mit dem Tesla aufzunehmen, und außerdem hatte er auf dem Footballfeld schmerzhaft gelernt, dass ein gutes Ausweichmanöver allemal besser ist, als von hinten zu Boden geworfen zu werden.

In einer Kurve der Landstraße bog er auf einen Feldweg ab, rollte in ein Dickicht aus Immergrün, stellte den Motor ab und wartete, bis der Tesla vorbeigerauscht kam. Erschöpft lehnte er sich auf dem Vinylsitz zurück. Sein Herz raste. Im Schutz der Kiefern, durch die sich das Nachmittagssonnenlicht in hellen Fraktalen brach, atmete er lange und tief ein, zählte bis zehn und atmete dann langsam wieder aus. Für den Moment war er in Sicherheit.

Irgendwie hatte Jess gewusst, was passieren würde. Sie wusste, dass Thessaly ihn aus der Bibliothek eskortieren würde. Sie wusste, dass er aus dem Gefängnis geworfen und sein Zugang blockiert werden würde. Sie hatte damit gerechnet. Aber sie wusste auch, dass er kein Mann war, der einfach so aufgab, dass er, je schwieriger das Rätsel war, desto härter daran arbeiten würde, es zu lösen. Genau deshalb hatte sie ihn ja auserwählt. Wenn er sich einmal ein Rätsel vorgenommen hatte, brachte er es auch zu Ende.

17

Er hatte das Rätsel im November 2009 online gestellt, weniger als eine Woche, nachdem sein Vater an Krebs gestorben war. Es war eine gefühlsmäßig schwierige Zeit gewesen, und rückblickend gab er seiner Unfähigkeit, seine Gefühle zu verarbeiten, die Schuld an den Dummheiten, die er damals beging.

Er lebte wieder zu Hause in Ohio, als das Ende seines Vaters nahte. Die Beziehung zu seiner Mutter war in jener Zeit angespannt gewesen. Nachdem er zum Studium am MIT nach Boston gezogen war, hatte auch seine Mutter Cleveland verlassen. Sie war nach Frankreich gegangen, angeblich, um seiner Großmutter beim Umzug in ein *maison de retraite* in der Bretagne zu helfen. Seine Mutter war Französin, geboren in Paris, und er wusste, wie sehr sie ihr Heimatland vermisste. Er vermutete, dass sie seinetwegen in Ohio geblieben war. Nach seiner Verletzung war sie seine größte Stütze gewesen, hatte ihn zu Spezialisten gebracht, ihm bei der Bewerbung fürs College geholfen und darauf geachtet, dass er nicht allein war. Nach seinem Umzug nach Boston musste sie seine Abwesenheit als große Leere empfunden haben. Sie hatte versprochen, in wenigen Wochen aus Frankreich zurückzukommen, aber als die Reise über ein Jahr dauerte, wurde klar, dass sie nicht mehr nach Hause kommen würde.

Sein Vater erkrankte während ihrer Abwesenheit, und obwohl Mike wusste, dass es keinen Zusammenhang gab – natürlich war niemand schuld daran, dass sein Vater krank wurde –, lastete er es dennoch insgeheim seiner Mutter an.

Seine Mutter war nach der Diagnose nach Ohio geflogen, und

Mike kehrte ebenfalls dorthin zurück, als die Krankheit seines Vaters im Endstadium war. Sie hatten ihn zu Hause behalten, bis seine Schmerzen unerträglich wurden, und ihn dann ins Krankenhaus verlegt. Sie waren beide da, als sein Vater starb. Es geschah mitten in der Nacht, das Krankenhaus war trostlos und still. In einem Moment war sein Vater noch bei ihnen, im nächsten war er weg.

Gemeinsam kümmerten sie sich um die Beerdigung. Sie suchten den Anzug aus, in dem sein Vater beerdigt werden sollte, standen bei der Beisetzung nebeneinander, und während des kleinen Empfangs im Keller der Kirche schüttelten sie Hände, ließen sich umarmen und hörten sich Beileidsbekundungen an. Dieser Nachmittag war wie eine Zeitreise zurück in sein altes Leben, in die Zeit vor seiner Verletzung, als er nichts anderes gewesen war als ein Junge aus der Gegend, das Kind von Bob und Celine, der Junge, von dem alle erwarteten, dass er es weit bringen würde.

Bevor er zurück nach Boston flog, sah Mike einige Sachen durch, die er im Keller gelassen hatte. Er fand seine alten Rätselbücher, stapelweise Notizbücher voller Diagramme, Rätsel und Gleichungen. Er fand das erste Rätsel, das er je entworfen hatte, das magische Quadrat, und das erste Rätsel, das er veröffentlicht hatte, das Kreuzworträtsel mit Footballthematik. Das alles packte er zusammen mit ein paar Dingen, die seinem Vater gehörten – Seidenkrawatten, ein Exemplar eines Lehrbuchs über Computerprogrammierung, das er mitverfasst hatte, seine Armbanduhr –, in Kartons und brachte sie zu UPS, um sie an die Ostküste zu verschicken.

Es war vor dem Gebäude von UPS, auf dem Parkplatz eines Einkaufszentrums, als der Mann ihn ansprach. Er stellte sich als Gary Sand vor, ein Kollege seines Vaters an der Case Western Reserve University, ebenfalls Professor im Fachbereich Informatik. Mike kam nicht auf die Idee, seine Identität zu hinterfragen. Er sah aus wie der typische zerstreute Professor: struppiges graues Haar, unmodische Kleidung, Tintenflecken an den Fingern. »Kommen Sie, ich geb einen aus«, sagte Sand und lud ihn in ein mexikanisches Restaurant am Ende des Einkaufszentrums ein. Mike nahm an, dass der Mann gemeinsam mit ihm in Erinnerungen an seinen Vater schwelgen wollte. Robert Brink war allseits beliebt und respektiert gewesen; zu seiner Beerdigung waren viele Leute gekommen, die Mike nicht kannte und die alle Geschichten erzählten, die er noch nie gehört hatte. Und so folgte er dem Mann an die Bar, bestellte eine Margarita und trank, während Gary Sand ihm ein Angebot machte, das sein Leben verändern sollte.

Es fing mit kleinen Aufträgen an. Sand gab ihm einen persönlichen Schlüssel, einen verschlüsselten Code zu einem anonymen Messageboard, wo Mike Dokumente von Sand finden würde: Kryptogramme, Chiffren, Seiten mit Buchstaben und Zahlen, die nach genauerer Untersuchung Botschaften enthüllten. Mike löste sie und sendete sie verschlüsselt zurück, woraufhin ihm Sand jedes Mal einen Scheck schickte. Das war's. Leicht verdientes Geld, das er damals trotz seines Stipendiums durchaus brauchte. Sand verlangte nie mehr von ihm, und Mike stellte nie Fragen über die wahre Natur seiner Arbeit. Er hatte Sand gegoogelt, und als er nichts fand, nahm er an, dass er auf irgendeine Weise für die NSA arbeitete, eine Vermutung, die durch die Art und Weise ihrer Kommunikation gestützt wurde: Alles lief über eine verschlüsselte Website. Die NSA hatte während der letzten Jahrzehnte eine umfangreiche Kryptographie-Initiative gestartet, und Mike wusste, dass seine Fähigkeiten ihn zum idealen Kandidaten für eine Anwerbung machten. Aber Sand versuchte nie, ihn anzuwerben, und da sie sich nie wieder persönlich begegneten, ließ Mike es dabei bewenden.

Doch dann passierten merkwürdige Dinge. Gefährliche Dinge.

Es begann mit Onlinestalking. 2009, während seines zweiten Studienjahres am MIT, gehörte Mike einer Onlinecommunity von Denksportfreunden an, in der er unter dem Pseudonym M Rätsel veröffentlichte. Der Artikel im *Time Magazine* war zu diesem Zeitpunkt bereits erschienen, seine Rätsel waren ein fester Bestandteil der *New York Times*, und er hatte einen Verlagsvertrag für seine Rätselbücher. Sein Ruhm eilte ihm voraus, aber er mochte es nicht, in Rätselforen anders behandelt zu werden, also benutzte er nie seinen richtigen Namen. Er fand online etwas, das ihm im realen Leben fehlte: eine Gemeinschaft von Menschen, die Rätsel liebten, sich gern darüber austauschten und ihn nicht wegen seiner Prominenz oder dem, was ihm passiert war, aufnahmen, sondern weil sie die gleiche Sprache sprachen.

So entstand die M-Legende. Es begann mit etwas Einfachem. Er postete ein Rätsel in einem beliebten Rätselforum, und andere versuchten es zu lösen. Anfangs entwickelte er hauptsächlich Kreuzworträtsel und Akrosticha, die mit Abstand beliebtesten Rätsel, aber manchmal stellte er auch ein Theorem, ein Labyrinth oder ein Nurikabe-Rätsel ein. Er konstruierte Rätsel aller Schwierigkeitsgrade, aber seine Lieblingsrätsel waren die wirklich schweren, die nur ganz wenige Menschen lösen konnten. Er entwickelte jede Woche ein Rätsel, das er am Sonntagabend um genau 23:11 Uhr EST veröffentlichte und neunundvierzig Minuten später um Mitternacht wieder entfernte.

Schon bald fand sich eine feste Gruppe von Rätsellösern auf seiner Seite ein. Alles war offen, kostenlos und herunterladbar, und er hätte nie gedacht, dass seine Fangemeinde auf mehr als nur ein paar gelangweilte Rätselfreaks mit einer gemeinsamen Vorliebe für Herausforderungen anwachsen würde. Doch schon bald luden Tausende Leute jede Woche seine Rätsel herunter. Es war das genaue Gegenteil von dem, was er beabsichtigt hatte. Sein Avatar war zwar M, aber einige seiner größten Bewunderer nannten ihn den »Rätselmeister«.

Das Rätsel, das Mike in Jess' Tagebuch gefunden hatte, war das letzte, das er als M ins Forum gestellt hatte. Die Popularität seiner Rätsel war damals außer Kontrolle geraten, und es hatte eine Gruppe hartnäckiger Fans gegeben, die ihn drängten, seinen Namen preiszugeben. In einem Subreddit wurde über mögliche Identitäten spekuliert, und als er *Mike Brink* ganz oben auf der Liste sah, wurde ihm das Ganze zu heikel. Anonymität war das A und O des ganzen Unterfangens, und er dachte nicht im Traum daran, seinen Namen preiszugeben. Doch eines Abends, nachdem er eine Reihe von E-Mails mit einem der Löser seiner schwierigsten Rätsel ausgetauscht hatte, konstruierte er ein Rätsel, das seinen Namen enthielt, und stellte es an einem Mittwoch ins Netz.

Sein letztes Rätsel sollte eine Herausforderung für ihn selbst sein, und so arbeitete er seinen vierzehnstelligen persönlichen Schlüssel – den, den er zum Nachrichtenaustausch mit Gary Sand verwendete – als Lösung ein: 13911521891411, dessen alphanumerische Ersetzung *Mike Brink* ergab. Es war ein kleiner obskurer Insiderwitz, nichts, was irgendwer verstehen würde. Er lud es um 23:11 Uhr hoch und nahm es um Mitternacht wieder herunter. Als er die Serverdaten überprüfte, stellte er fest, dass nur zwei Personen das Rätsel heruntergeladen hatten. Mit dem Gefühl, dass seine Tage des Onlinerätselns gezählt waren, löschte er Ms Profil dauerhaft von allen Websites.

Am folgenden Tag stand Gary Sand vor seiner Tür. Ein Unbekannter hatte sich am frühen Morgen mit Mikes Code auf der NSA-Website eingeloggt, und obwohl offensichtlich kein Schaden angerichtet worden war – keine der Dateien war verändert worden, und der Benutzer hatte keinen Zugang zu den Dokumenten erhalten, die ebenfalls verschlüsselt waren –, hatte jemand Mikes Dateien eingesehen und kopiert. Als Sand erklärte, was geschehen war, hörte Mike entgeistert zu. Jemand hatte gewusst, dass er M war, hatte gewusst, dass es eine Querverbindung zu Gary Sand gab, und hatte genug Verständnis von der Natur seiner Rätsel, um eine Zahlenfolge als persönlichen Schlüssel für die Anmeldung auf der verschlüsselten Website zu verwenden. Mike beharrte zwar darauf, dass dies völlig unmöglich sei, und erklärte, dass nur zwei Personen das Rätsel heruntergeladen hätten und niemand von seiner Arbeit für die Agency wisse, doch das spielte keine Rolle. Seine Zugangsdaten wurden endgültig gelöscht. Seine Beziehung zu Gary Sand endete, und Mike fühlte sich zutiefst beschämt. Es war ausgesprochen dumm von ihm gewesen, so persönliche Informationen online preiszugeben; er hatte Gary Sand im Stich gelassen. Erst viel später wurde ihm bewusst, dass seine Arbeit noch viel gefährlichere Folgen hatte.

Es war ein schmerzhafter Vorfall gewesen, den er gerne so behandelt hätte, als wäre er nie passiert. Aber er war passiert, und irgendwie hatte Jess davon erfahren, was natürlich sofort die Frage aufwarf, wie sie das Rätsel gefunden hatte und wie es in ihr Tagebuch gekommen war.

Gestern noch hatte er geglaubt, er sei nach Ray Brook gefahren, um einer brillanten, aber gestörten Frau zu helfen. Es war ein Jux gewesen, ein Münzwurf, eine Laune des Zufalls. Aber Jess war kein psychiatrisches Kuriosum, und seine Anwesenheit im Gefängnis war kein Zufall gewesen. Jess Price hatte ihr Vorgehen minutiös geplant. Sie hatte auf den richtigen Moment gewartet. Sie hatte ihn mit dem ersten Rätsel geködert und mit dem zweiten endgültig gekrallt. In Jess hatte Mike eine ebenbürtige Partnerin gefunden. Eigentlich hatte er nie eine Chance gehabt.

18

Wäre Connie nicht gewesen, hätte Mike die Berge direkt verlassen, wäre auf dem Highway Richtung Süden nach Manhattan gefahren, um dort die fünf Stockwerke zu seiner Wohnung hinaufzugehen und hinter sich die Tür zu verriegeln. Aber er hatte den Dackel im Motel zurückgelassen, eine Entscheidung, die er jetzt bereute. Nach allem, was im Gefängnis passiert war, fühlte sich nichts mehr sicher an, und das Starlite bot nicht gerade viel Schutz. Es war ihm zwar gelungen, den Kerl im Tesla abzuschütteln, aber er hatte so ein Gefühl, dass sie noch nicht fertig miteinander waren.

Seine Intuition erwies sich als richtig, sobald er auf den Parkplatz des Starlite einbog. Die Tür zu seinem Zimmer war aufgebrochen worden, der Rahmen zersplittert, und zahlreiche Stiefelabdrücke überzogen die Tür.

Er sprang aus dem Pick-up und stürmte in sein Zimmer. Wer auch immer die Tür aufgebrochen hatte, würde vielleicht noch dort sein und auf ihn warten, aber das war ihm egal. Seine Hündin war womöglich in Gefahr. »Connie!«, rief er und suchte den Raum ab. »Connie, wo steckst du?«

Das Zimmer war verwüstet – das Bett umgeworfen, das Bettzeug von der Matratze gerissen –, aber wer immer dafür verantwortlich war, war bereits wieder weg. Und auch seine Hündin schien verschwunden zu sein. Was war mit ihr geschehen? Mike betrat das Bad, wo die Toilettenartikel des Motels – winzige Shampooflaschen und eine kleine Tube Zahnpasta – auf den Boden entleert worden waren. Sogar Connies Futter- und Wassernäpfe waren umgestoßen worden. Er verstand es nicht. Was glaubten die, was er versteckte? Einen Computerchip in einer Tube Zahnpasta? War er etwa in einem Spionageroman gelandet? Welch Ironie – bis vor zwei Stunden, bis zum Fund seines Rätsels in Jess' Tagebuch, hatte er nicht gewusst, dass er überhaupt etwas zu verbergen hatte.

Selbst wenn es so wäre, würde er es doch niemals in seinem Motelzimmer zurücklassen! Wer schon mal einen Spionagefilm gesehen hatte, wusste, dass man dort zuerst suchen würde. Andererseits war er ja auch leichtsinnig genug gewesen, sein persönliches Passwort in einem Onlinerätsel zu veröffentlichen, also war er vielleicht doch nicht so ausgebufft, wie er meinte.

Plötzlich hörte er das Kratzen kleiner Pfoten auf Asphalt, dann ein vertrautes Kläffen. Er drehte sich um und sah Connie über den Parkplatz springen. Große Erleichterung überkam ihn. Er ging in die Hocke und zerzauste ihr Fell, während sie sein Gesicht ableckte und vor Freude bellte. Er bewunderte ihre Intelligenz. Irgendwie war sie dem Kerl entkommen, der in ihr Zimmer eingebrochen war, hatte sich aus der Tür geschlichen und im Wald versteckt. Sie musste alles von den wilden Brombeersträuchern aus beobachtet haben, die den Parkplatz säumten. »Ich wette, du weißt, wer das war, stimmt's?«

Er hob Connie hoch, trug sie ins Zimmer, füllte ihren Napf mit frischem Wasser, nahm das restliche Hackfleisch aus dem Minikühlschrank und stellte es vor sie hin. Während sie fraß, lehnte er an der Wand und dachte darüber nach, was er als Nächstes tun sollte. Wenn er an einem Rätsel arbeitete, ging er immer vom einfachsten Punkt aus und arbeitete sich zu den komplizierteren Teilen vor, um einen klaren Angriffsplan zu entwickeln, aber er hatte sich noch nie so verloren gefühlt. Als er in den Ruinen des Motelzimmers stand, wusste er, dass er kurz davor war, sich die Finger zu verbrennen. Er musste reagieren, einen kühnen Schritt unternehmen, und zwar schnell. Nur welchen?

Nun, für den Beginn gab es eine Reihe von Möglichkeiten. Da war der USB-Stick in seiner Hosentasche, auf dem sich Raythes Akten befanden; da war das Tagebuch in seiner Tasche. Er konnte Thessaly anrufen. Mike wusste, der Eintritt in ein Labyrinth entscheidet auch über den Ausgang, aber er war wie gelähmt.

Plötzlich erschien eine Reihe von Punkten vor seinem geistigen Auge. Es fing mit einem gefüllten schwarzen Kreis an, dann folgten neun weitere, die sich zu einem Dreieck anordneten, bis die Tätowierung des Gefängniswärters erschien. Nach dem, was Thessaly über das gelöschte Überwachungsmaterial gesagt hatte, und in dem Wissen, dass ihn jemand im Gefängnis beobachtet hatte, vermutete er, dass der blonde Wärter dahintersteckte.

Das Dreieck hatte Mike vom ersten Moment an beunruhigt. Irgendetwas daran – die Anordnung der Punkte, die elegante, geordnete Struktur – zog ihn in seinen Bann. Es war dasselbe Gefühl, das er auch sonst immer hatte, wenn er auf eine neue Art von Rätsel stieß: Er spürte den Reiz der Herausforderung, das narkotisierende Gefühl, sich in der Suche nach den Geheimnissen des Rätsels zu verlieren, und wenn er es dann gelöst hatte, ein Schwall der Euphorie, ein mächtiger Serotoninausstoß.

Mike ging hinaus zu seinem Pick-up und holte den Laptop unter dem Beifahrersitz hervor. Wenigstens war er klug genug gewesen, ihn nicht in seinem Zimmer zu lassen. Ansonsten wäre er jetzt kaputt oder gestohlen. Er klappte ihn auf, tippte das Passwort ein und ging online. Er gab eine Beschreibung der Tätowierung in eine Suchmaschine ein und sah sich bald mit Dutzenden von Bildern des Dreiecks konfrontiert, die in Form und Aufbau variierten, aber alle die gleiche Bezeichnung hatten. Es war ein Tetraktys, ein aus zehn Punkten bestehendes gleichseitiges Dreieck, das Pythagoras zugeschrieben wurde.

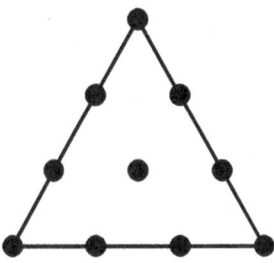

Es war die geometrische Repräsentation der vierten Dreieckszahl und, was vielleicht dem Grund näherkam, warum der Wärter es sich hatte tätowieren lassen, ein Symbol der heiligen Geometrie. Mike gab »heilige Geometrie« und »Tetraktys« ein und fand sich auf einer Website mit esoterischen Informationen über das Dreieck wieder. Der Website zufolge stand das Symbol für den Namen Gottes, das Tetragrammaton – der aus vier Buchstaben bestehende hebräische Name für Jehova. In der Neuzeit wurde das Symbol, sofern man der Seite trauen konnte, am häufigsten von Freimaurern verwendet. Aber nach allem, was Mike über die Freimaurer wusste – was zugegebenermaßen nicht viel war –, war ein Gefängniswärter nicht direkt die Sorte Mann, die in einer solch elitären Geheimgesellschaft willkommen war. Warum also sollte ein Gefängniswärter ein pythagoreisches Dreieck auf seinem Körper tragen? Konnte es noch eine andere Bedeutung haben? Die amerikanische Kultur hatte sich über die rund letzten zehn Jahre ins durchgeknallte Reich der Verschwörungsmythen, Geheimgesellschaften und Endzeitpolitik verirrt. Es würde ihn nicht überraschen, wenn dieser Typ auch ein Tattoo der Bundeslade auf dem Hintern trug.

Trotz der Machenschaften um Gary Sand glaubte Mike nicht an Verschwörungsmythen. Er glaubte nicht an gestohlene Wahlen, an die bevorstehende Apokalypse oder daran, dass Außerirdische die Erde seit Jahrzehnten besuchten. Er glaubte an Zahlen und Fakten, dass zwei plus zwei immer gleich vier war und die Schwerkraft einen Apfel nach unten fallen ließ. Er glaubte an logische Lösungen und dass sich mit der richtigen Methode die Wahrheit herausfinden ließ. Die Geheimnisse der Welt unterschieden sich nicht sonderlich von einem Puzzlespiel. Sie waren allgegenwärtig, und es lag an uns, die Teilchen zusammenzusetzen.

Nachdem er seinen Laptop eingepackt hatte, lud Mike Connie in den Pick-up und fuhr davon, bis er auf dem Highway 87 nach Süden war, wobei er ständig nach dem schwarzen Tesla Ausschau hielt. Etwa eine Stunde später bog er auf einen Rastplatz ab. Als er aus dem Truck stieg, blickte er zurück auf den Highway und sah sich dann auf dem Parkplatz um. Soweit er es beurteilen konnte, war ihm niemand gefolgt. Er hatte etwa alle zehn Minuten in den Spiegel geschaut und nichts Verdächtiges bemerkt.

Er nahm Connie an die Leine, holte Dr. Trevers' TEU-Bescheinigung aus dem Handschuhfach, für den Fall, dass ihm jemand Schwierigkeiten machen wollte, und überquerte den Parkplatz. Das Rasthaus war ein einstöckiger Backsteinbau mit mehreren Fast-Food-Restaurants auf der einen Seite, Toiletten am anderen Ende und einem Lebensmittelgeschäft auf der linken Seite. Es roch nach Pommes frites und Industrieseife, und von dem ekelerregenden Gestank bekam er leichte Kopfschmerzen. Die Klimaanlage war unangenehm kalt, aber es gab kostenloses WLAN, und er war mehr oder weniger allein in dem Lokal, wie es freitags um sechzehn Uhr zu erwarten gewesen war.

Er besorgte sich bei Subway ein Truthahnsandwich mit extra Mayo und Gewürzgurken und einen Caffè Grande vom Starbucks-Kiosk und setzte sich dann an ein Fenster mit Blick auf die Straße. Er musste wachsam sein. Er war sich zwar sicher, dass ihm niemand gefolgt war, aber das bedeutete nicht, dass nicht doch jemand kommen würde. Sein tomatenroter Pick-up war nicht schwer zu finden.

Er nahm Jess' Tagebuch aus seiner Kuriertasche und begann zu lesen.

19

Sedge House ist eines dieser Anwesen mit Giebeln und Türmchen, über das man in einem Roman aus dem neunzehnten Jahrhundert liest, wo man jedoch für gewöhnlich nicht seine Sommermonate verbringt. Dass ich jetzt hier wohne und das ganze Haus für mich allein habe, finde ich vollkommen wunderbar und erschreckend zugleich.

Normalerweise bewerbe ich mich für Homesitterjobs, aber der Sedge-Auftrag hat sich mir quasi angeboten. Jemand schickte mir über die Website luxuryhousesitting.com eine E-Mail mit dem Angebot, mich für den Job zu bewerben. Ich las mir die Beschreibung gründlich durch und verliebte mich in die Idee, den Sommer im Norden von Upstate New York zu verbringen. Die Besitzerin von Sedge House war wohl vor kurzem verstorben, und die Familie wollte, dass jemand den Sommer über und vielleicht bis in den Herbst hinein auf dem Anwesen wohnte, während sie den Verkauf des Hauses vorbereiteten. Meine Hauptaufgaben wären kleinere Hausarbeiten, die Pflege des Gartens und die Herrichtung des Hauses für Besichtigungen mit potenziellen Käufern, was mir völlig überschaubar erschien. Und da das Haus zwei Stunden außerhalb der Stadt lag und weder über Internet noch Fernsehen verfügte, würde es mir die Ruhe und Abgeschiedenheit bieten, die ich zum Schreiben brauchte.

Es war einfacher, als ich dachte. Ich untervermietete meine Wohnung und fuhr mit einem Koffer voller Kleidung, meinem Laptop und einem neuen Tagebuch mit dem Zug in den Norden. Und hier bin ich nun und schreibe in dieses Tagebuch, statt an meinem Roman zu arbeiten. Wenigstens kommen hier die Worte. Wenigstens holt mich das aus meiner Schreibblockade. Hör sich einer an, wie ich zu rechtfertigen versuche, was ich tue. Aber tatsächlich gibt es keine Rechtfertigung. Joan Didion hat es in »Vom Sinn, ein Notizbuch zu besitzen« am besten ausgedrückt: »Der Impuls, Dinge aufzuschreiben, ist ein eigentümlicher Zwang, unerklärlich für diejenigen, die ihn nicht teilen, nur zufällig nützlich, nur sekundär, so wie jeder Zwang versucht, sich zu rechtfertigen.«

Ein Taxi hatte mich vom Bahnhof in Rhinecliff abgeholt und bog nach etwa fünfzehn Minuten in eine Einfahrt und auf eine lange Zufahrtsstraße ein, die sich durch einen lichten Wald aus Birken und Ahornbäumen schlängelte. Am Ende der Straße, auf einem Hügel mit Blick auf den Hudson River, stand Sedge House, strahlend wie ein Konfekt, eine Ansammlung von Turmspitzen und Kuppeln, die in den Himmel ragten wie eine große Hochzeitstorte. So etwas hatte ich noch nie gesehen, und ich brauchte einen Moment, um alles in mich aufzunehmen – den gewaltigen runden Turm, die Rosettenfenster, die das oberste Stockwerk schmückten, die umlaufende Veranda mit ihren weißen Verzierungen. Wie gebannt stand ich da, während der Taxifahrer meinen Koffer auf dem Rasen abstellte und davonfuhr.

Bill, der Immobilienmanager, wollte sich mit mir am Haus treffen, aber die Zufahrt war leer und die Haustür verschlossen, also entschied ich, mich ein wenig umzusehen. Es gab einen Weg, der hinunter zum Fluss führte, und an einer Seite des Herrenhauses befand sich ein Rosengarten, der schon bessere Zeiten gesehen hatte. Der Garten hatte durchaus eine symmetrische Ordnung, es gab Spaliere und schmiedeeiserne Bänke, aber die ursprüngliche Gestaltung war von Wildwuchs überdeckt worden. Rosen wucherten über die Wege, kräftige, vielköpfige Kreaturen, die sich aus einem einzigen Stamm erhoben, leicht unheimlich mit ihren Dornen und ihrer ausufernden

Fülle. Ich habe Rosen nie besonders gemocht. Sie waren für mich immer schön, aber auch kalt, wie geschliffenes Kristall oder Mathematik.

Ich hörte das Knirschen von Autoreifen auf Kies und kehrte zur Einfahrt zurück. Dort traf ich Bill an, der gerade aus einem weißen Pick-up stieg. Er war um die fünfzig, sein Haar grau meliert, die Augen hinter dicken Brillengläsern tränend, als leide er an Heuschnupfen. Als er die Haustür aufschloss, erklärte er mir, dass die Eigentümerin Aurora Sedge im Dezember des Vorjahres verstorben sei und der Erbe, ein Neffe namens Jameson Sedge, das Haus »mit allem Drum und Dran« verkaufen wolle. Während ich meinen Koffer die Stufen zur breiten Veranda hinaufschleppte, erzählte er, dass das Haus 1876 von Franklin Sedge erbaut worden war, der mit der Herstellung von Glasknöpfen ein Vermögen gemacht hatte. Er hatte seinen Reichtum nutzbringend in eine gesellschaftlich vorteilhafte Ehe mit einer der Rusten-Töchter, nämlich Adelaide, eingebracht, was für ihn offenbar einen großen gesellschaftlichen Schritt nach oben darstellte, da er aus Albany stammte und kaum Beziehungen besaß.

Ich folgte Bill in ein weitläufiges Foyer und saugte förmlich alles in mich auf. Als ich den Korridor hinunterblickte, sah ich überall Gegenstände, die in jeder Ecke und auf jeder Oberfläche gestapelt waren, eine große Ansammlung von Schätzen: Aschenbecher aus Kristall und Operngläser aus Lack, Büsten aus Marmor und kunstvolle gläserne Briefbeschwerer. Selbst das Foyer, dessen einziger Zweck es war, den Durchgang zu ermöglichen, war durch einen riesigen Vogelkäfig aus Messing versperrt, der dem Sedge House mit seinen Türmchen nachempfunden war. Darin saß eine ausgestopfte Eule, so furchterregend wie ein wasserspeiender Gargoyle, und starrte hinter den Gitterstäben hervor.

Bill bahnte sich seinen Weg und zeigte mir das Esszimmer, einen langen schmalen Raum, der von einem Tisch beherrscht wurde, an dem vielleicht zwanzig Personen Platz gehabt hätten, wenn er nicht mit Stapeln von Porzellantellern bedeckt gewesen wäre. Er betätigte einen Schalter und ließ einen riesigen Kronleuchter aufleuchten, der über dieser Porzellanlandschaft schwebte und aus dessen Kristallprismen das Licht schmelzendem Eis gleich zu tropfen schien. Die Wände waren mit kunstvoll geschnitzten Mahagoniquadraten vertäfelt, die dem Raum einen tabakfarbenen Ton und damit ein rauchiges Ambiente verliehen, das düster, ja sogar bedrückend gewirkt hätte, wären da nicht die Blumen gewesen: Vase um Vase blühten im gesamten Raum Rosen. Sie waren zu perfekt, um echt zu sein, und tatsächlich, als ich ein Blütenblatt zwischen Daumen und Finger nahm, spürte ich, wie ein feines Seidengewebe über meine Haut glitt. Es waren exakte Nachbildungen, und irgendetwas an der Vollkommenheit dieser Nachahmungen – wie sie lebendiger, echter zu sein schienen als die Rosen draußen – wirkte ungerecht.

»Hat hier tatsächlich jemand gewohnt?«, fragte ich und versuchte, mir vorzustellen, wie es wäre, an einem solchen Ort zu leben.

»Aurora Sedge war mindestens sechzig Jahre lang allein in diesem Haus«, sagte er. »Sie war nie verheiratet. Hatte nie Kinder. Auch keine Freunde, soweit ich weiß.«

Bill ging in die Küche und öffnete eine Holzkassette, die an der Wand hing und eine Reihe von Haken mit Messingschlüsseln enthielt. »Der hier ist für die Hintertür, der für den Keller und … Da ist er ja.« Er nahm einen Schlüssel in die Hand. »Der hier ist für den Salon. Aurora bewahrte dort ihre Sammlung auf. Eine Gutachterin wird kommen, um sich die Sammlung anzusehen, also müssen Sie ihr öffnen. Kommen Sie, ich zeige es Ihnen.«

Bill ging den Korridor entlang, steckte den Schlüssel in das Schloss einer breiten Taschentür und schob sie auf. Ich folgte ihm in den Raum und blieb erstaunt und ein wenig entnervt stehen. Bei Bills Erwähnung einer *Sammlung* hatte ich an Gemälde der Hudson River School oder vielleicht an ein paar Tiffany-Lampen gedacht. Aber von einem Ende des Raumes bis zum anderen reihten sich Porzellanpuppen wie melancholische Blumen aneinander. Puppen in Schaukelstühlen, Puppen auf Fensterbänken, noch mehr Puppen, die in einem altmodischen Kinderwagen zusammengepfercht waren. Bei einer Puppe klemmte ein Augenlid, sodass das andere Auge mich wütend anstarrte. Zwei dunkelhäutige Babypuppen saßen an einem Kindertisch, vor ihnen ein Teeservice – Kanne, Porzellantassen und eine Etagere –, als würden sie gerade eine leichte Mahlzeit zu sich nehmen. Eine ganze Reihe von Puppen in geblümten Kleidern saß Bein an Bein auf einer roten Samtcouch, und als ich genauer hinsah, bemerkte ich, dass ihre Arme ineinander verschlungen waren, ein Porzellanellbogen mit dem anderen verschränkt. Ein schräger Lichtstrahl fiel auf diese Schar von Babys, Staubpartikel wirbelten durch die Luft, und für einen flüchtigen Augenblick stellte ich mir vor, dass ihre kleinen Augen bösartig flackerten.

Als ich weiter in den Salon hineinging, schien es, als ob die Kreaturen sich bewegten, um mich anstarren zu können, all diese Pausbäckchen und verzogenen Münder und gerümpften Nasen, die sich von allen Seiten an mich drängten. Ich, eine eher mittelgroße Person von eins zweiundsechzig, kam mir riesig vor. Gigantesk. Wie Alice nach der Einnahme einer Pille. Und obwohl ich noch nie zu Klaustrophobie geneigt habe, schien mir sämtliche Luft plötzlich den Raum verlassen zu haben.

»Sie waren Aurora Sedges große Leidenschaft«, sagte Bill und sah genauso beklommen aus, wie ich mich fühlte.

»Leidenschaft?«, wiederholte ich und warf ihm einen Blick zu, der wohl verriet, wie bizarr ich die ganze Angelegenheit fand.

»Kann nicht behaupten, dass ich es verstehe, aber ich weiß, dass diese Sammlung ein hübsches Sümmchen wert ist. Wie ich schon sagte, Mr Sedge verkauft das ganze Pipapo, bevor er das Haus auf den Markt bringt. Die Gutachterin wird einige Fotos für die Auktion machen müssen, also können Sie sie hier hereinlassen, wenn sie kommt. Ansonsten bleibt dieser Raum verschlossen.«

Bill schloss den Salon wieder ab. Ich folgte ihm den Flur hinunter, vorbei an einer geschwungenen Treppe mit einem Pfosten in Form eines Pfaus, dessen einziges Juwelenauge mich beobachtete, und zu einer Wand mit sepiafarbenen Fotos. Er hielt inne, um mir die Mitglieder der Familie Sedge Bild für Bild vorzustellen.

Da war Auroras Vater, Franklin Sedge, in einem Harvard-College-Pullover; ein weiteres Bild von Franklin und seiner Braut Adelaide Rusten an ihrem Hochzeitstag vor einer Kirche. Es folgte Baby Aurora mit ihrer Mutter, dann Aurora im Alter von drei Jahren mit ihrem kleinen Bruder Franklin jr., bekannt als Frankie. Als Nächstes erschienen Aurora und Frankie als Teenager, in einem prächtigen Salon, der laut Bill zur »Stadtresidenz der Sedges« gehörte. Es gab Schnappschüsse von Aurora und Frankie, die auf einem Dock vor dem Transatlantik-Luxusdampfer Queen Mary posierten; Auroras Abschlussfeier an der Highschool; dann Frankies Abschluss. Auf jedem der Fotos nahm Frankie viel Raum ein und lächelte, während seine Schwester zierlich und ernst an seiner Seite stand.

»Frankie ist tot?«, fragte ich und erinnerte mich daran, dass es Auroras Neffe Jameson war, der das Anwesen geerbt hatte, und dass es keinen anderen lebenden Verwandten gab.

»Er muss so Mitte zwanzig gewesen sein«, erwiderte Bill. »Offiziell wurde von Selbstmord gesprochen, obwohl keine weiteren Details bekannt gegeben wurden, was natürlich die Gerüchteküche anheizte. Aurora fand die Leiche und war nach allem, was man hört, am Boden zerstört. Danach schloss sie sich in ihrem Haus ein. Jahrzehntelang war niemand mehr hier drinnen, ausgenommen der eine oder andere Handwerker und Mandy, ihre Haushälterin. Frankies Tod hat sie wirklich schwer getroffen. Aurora verbrachte den Rest ihres Lebens allein inmitten von Seidenrosen und Porzellanpuppen.«

20

Bill führte mich in die Küche, einen winzigen Raum neben dem Esszimmer mit einem Herd aus den sechziger Jahren, einer großen weißen Keramikspüle und einem Schrank voller Porzellantassen. Ein kompakter Tisch mit Resopalplatte stand vor einem Fenster mit Blick auf den Fluss, allerdings blieb ich nicht stehen, um hinauszuschauen: Bill war bereits weiter und stand in der sogenannten Butler's Pantry – einem genialen Raum, der eine Mischung aus Schrank und Flur war, mit Regalen voller Geschirr auf beiden Seiten. Ich stelle mir vor, wie früher ein Butler beim Gang durch diese Anrichtekammer Teller und Karaffen, ein silbernes Tablett oder was immer er brauchte, einsammelte und sie dann auf der anderen Seite wieder verließ, ohne den Koch groß gestört zu haben.

Für meine Zwecke ist diese Anrichtekammer der Ort, an dem die Reinigungsutensilien aufbewahrt werden. Bill öffnete einen Schrank und zeigte mir Besen, Wischmopp, Papierhandtücher und verschiedene Reinigungsmittel. Eine meiner Aufgaben wird sein, das Haus auf Vordermann zu bringen, bevor er es potenziellen Käufern zeigt, eine Aufgabe, die mir von Minute zu Minute beängstigender erscheint.

Aurora habe ihr Haus geliebt, sagte er, aber am Ende ihres Lebens sei sie zu schwach gewesen, um es in Schuss zu halten, und habe diese Arbeit ihrer Haushälterin überlassen, einer Frau aus der Gegend namens Mandy Johnson.

»Wobei mir gerade einfällt …«, sagte er. »Ich rechne zwar nicht mit Problemen, aber falls Mandy herkommt, sollten Sie mich sofort anrufen.«

Für mich klang das so, als rechne er durchaus mit Problemen, und das sagte ich ihm auch.

»Keine Angst«, sagte Bill. »Mandy wird heute keinen Ärger mehr machen. Nach Auroras Tod gab es allerdings einige Schwierigkeiten. Aurora hatte in den letzten Jahren ihres Lebens eine gewisse Zuneigung zu Mandy entwickelt und begonnen, ihr Dinge aus dem Haus zu schenken – Familienerbstücke, Schmuck, einige Kunstwerke. Niemand wusste davon, bis Aurora starb. Wie es sich herausstellte, hat Aurora in ihrem Testament Mandy als Alleinerbin eingesetzt. Das alles hier …« Bill machte eine ausladende Bewegung, die das ganze Ausmaß des Glücks der Putzfrau umschrieb. »Wenn man sich so etwas vorstellen kann. Jedenfalls reichte Jameson Sedge Klage ein und behauptete, Aurora sei nicht bei klarem Verstand gewesen. Er argumentierte, Aurora sei bekannt gewesen für ihre Exzentrizität, was, wie ich sagen muss, wohl niemand bestreiten würde. Außerdem gab es niemanden, der Auroras Unterschrift bezeugen konnte, und ohne Zeugen … Nun, die ganze Sache wurde vom Nachlassgericht für nichtig erklärt, und alles ging an ihren nächsten lebenden Verwandten: Jameson Sedge.«

»Aber Sie befürchten, dass sie hier wieder auftauchen könnte?«, fragte ich.

»Sie war letzten Monat hier, und als Jameson das erfuhr, hat er sie wegen Hausfriedensbruchs angezeigt und eine einstweilige Verfügung gegen sie erwirkt. Ich bezweifle, dass sie noch einmal herkommt, aber falls sie es doch tun sollte: Rufen Sie mich an.«

Nachdem Bill gegangen war, habe ich versucht, mich häuslich einzurichten, aber leicht ist das nicht gewesen. Aurora Sedge ist seit Monaten tot, und trotzdem ist sie so präsent, dass ich das Gefühl habe, ich wäre hier widerrechtlich eingedrungen. Alles ist noch so, wie es an dem Tag gewesen sein muss, als sie starb. Ich habe ihre schmutzige Wäsche in einem Weidenkorb neben der Tür gefunden, ihre Lebensmittel – eine Tüte verfaulter Äpfel, ein Liter geronnener

Vollmilch – im Kühlschrank, eine Teetasse auf ihrem Nachttisch mit abgestandenem Tee, dessen Gerbstoffe sich in Teer verwandelt haben. Ihre Kleider hängen in den Schränken – schwere dunkle Wollröcke mit französischen Etiketten, weiße Baumwollblusen, frisch gestärkt, Flanellnachthemden und Dutzende Paare kleiner lederner Schnürstiefel der Größe 35, deren Absätze schlammverschmiert sind. Aurora Sedge ist tot und doch noch irgendwie da, und ich kann mich des Gefühls nicht erwehren, dass ihr Haus mit seinen beklemmenden Wandverkleidungen aus Mahagoni, den zahlreichen Schätzen und seinem Salon voller Porzellanpuppen nicht gestört werden sollte.

Ich schob meine Bedenken beiseite und ging in die Bibliothek, wo ich einen riesigen Anwaltsschreibtisch vorfand, einen perfekten Platz, um den Sommer über zu arbeiten. Es ist ein achteckiger Raum mit Bücherregalen, auf denen Hunderte und Aberhunderte Bücher stehen, manche alt und in Leder gebunden. Es gibt einen Kamin mit milchig grünen glasierten Kacheln und zwei große Fenster mit Blick auf den Fluss. Es war stickig, die Luft dick mit Staub, also zog ich die schweren Damastvorhänge zurück und öffnete das Fenster. Die Sonne verschwand hinter dem wogenden Rücken der Catskills, ihr schwaches Licht erfüllte den Raum und fiel auf einen Handwagen in einer Ecke, auf dessen unterer Abstellfläche zahlreiche Schnapsflaschen standen. Von einem Tablett mit Bargläsern nahm ich einen Tumbler aus geschliffenem Kristall und schenkte mir zwei Fingerbreit Bourbon ein, weil ich dachte, er würde mir das Einschlafen erleichtern. Ich war bettfertig und auf dem Weg dorthin, als ich an einer alten Bibel vorbeikam, die dick und schwer wie ein Ziegelstein auf einem Beistelltisch lag. Als ich den abgenutzten Ledereinband aufschlug, fand ich mit Anmerkungen versehene Seiten, unterstrichene Passagen, Notizen an den Rändern, Ausrufezeichen zur Betonung, eine mit dauerhafter Tinte zum Ausdruck gebrachte Intensität des Glaubens.

Zwischen den markierten Passagen gab es etwas wie einen roten Faden, zumindest schien mir das so. In allen ging es um den Schöpfungsakt. Der Spruch *Es werde Licht!*, die Erschaffung Evas aus Adams Rippe und der Teil über das Ruhen am siebten Tag. Praktisch das gesamte 1. Buch Mose, die Genesis, war markiert. Dann aus Psalm 33,6: *Durch des Herrn Wort ist der Himmel gemacht und all sein Heer durch den Hauch seines Mundes.* Unten auf einer Seite hatte jemand mit klobiger blauer Tinte eine Passage geschrieben, die völlig fehl am Platz schien:

Ich glaubte, ich könnte wissen, was nicht gewusst werden sollte. Ich wollte Dinge sehen, geheime Dinge, und so lüftete ich den Schleier zwischen dem Menschlichen und dem Göttlichen und blickte direkt in die Augen Gottes. Das ist das Wesen des Rätsels: abwechselnd Schmerz und Vergnügen zu bieten.

Als ich mit Lesen fertig war, war der Bourbon alle. Ich legte die Bibel fort, fand saubere Laken in einem Schrank und machte ein Bett in einem Zimmer auf der Westseite des Hauses, einem großen, luftigen Raum im ersten Stock mit Erkerfenstern, die auf den Rosengarten blickten. In einer Ecke stand ein Schaukelstuhl, ein altes Holzding, das ich ans Fenster zog, um zu lesen, aber es gab keine Leselampe, und ich war auch ein wenig beschwipst vom Bourbon, also stützte ich mit dem Buch nur das Fenster auf. Das Bett war ein Eisengestell-Ungetüm mit einer federnden, unbequemen Matratze, die vor hundert Jahren hergestellt worden sein musste, aber ich schlief trotz der Unbequemlichkeit schnell ein.

Es war mitten in der Nacht, und ich schlief tief und fest, als ich von einem Geräusch geweckt wurde. Es war leise, zunächst kaum hörbar, etwas, das über meinem Kopf raschelte, wie Regentropfen, die gegen eine Glasscheibe prasseln. Ich setzte mich auf und lauschte. Eine Minute lang war nichts zu hören, dann kam es wieder. Eine Bewegung in der Luft über mir, leise, aber regelmäßig.

Lange lag ich wach und lauschte. Mondlicht fiel durchs Fenster und warf einen silbernen Schimmer auf den Parkettboden. Ich rechnete schon fast damit, Aurora dort stehen zu sehen, ihren Geist, der mich zurechtwies, weil ich in ihr Haus eingedrungen war, aber natürlich war da nichts außer den leicht in der Brise flatternden Gardinen. Ich sagte mir, dass es nur der Wind war, der über die Scheiben strich, oder vielleicht auch die Luft in den veralteten Rohrleitungen. In der Stadt hatte ich mal ein Zimmer in einem Vorkriegsgebäude mit alten Dampfheizkörpern gemietet, die wie eine Trommel schepperten, sobald es draußen kälter wurde. Im Sedge House waren riesige Gliederradiatoren aus dem neunzehnten Jahrhundert verbaut, und obwohl sie zu dieser Jahreszeit nicht in Betrieb sind, ist es durchaus möglich, dass sie eingeschlossene Luft entweichen lassen.

Ich hatte vor, am kommenden Morgen zu arbeiten, und war deshalb fest zum Schlaf entschlossen, doch das Geräusch kehrte wieder, diesmal sogar lauter als zuvor. Kein Wind, kein Dampf in den Heizkörpern, sondern ein anhaltendes Kratzen aus dem zweiten Stock. Mäuse. Ganz bestimmt Mäuse. In alten Häusern gibt es immer Nager. Ich habe mal den Bericht einer Homesitterin gelesen, die ausführlich ihren Frust beschrieb, weil sie in einem Haus in New Hampshire jede Nacht Geräusche hörte. Sie suchte überall und versuchte herauszufinden, was das für Geräusche sein könnten. Schließlich fand sie im Keller eine Waschbärfamilie.

Zum Glück machen mir Mäuse keine Angst. Ich habe in meiner Kindheit immer wieder in der U-Bahn und in den Parks Ratten gesehen. Jeder, der schon mal vor einer Ratte Manhattans gestanden hat, kommt mit ein paar Hausmäusen klar. Ich würde morgen früh Bill kommen lassen, dann konnte er sich darum kümmern. Mit diesen tröstenden Gedanken schloss ich die Augen.

Aber es dauerte keine zehn Minuten, da war das Geräusch wieder da, das Knacken und Scharren über mir schwoll zu einer Abfolge lauter dumpfer Schläge an. Ich setzte mich verängstigt auf, als ich es wieder hörte, wie es quasi in der Luft über meinem Bett hing, so nahe, dass ich meinte, es berühren zu können, wenn ich die Hand ausstreckte: ein hohes, klagendes, untröstliches Schluchzen.

Ich wuchtete mich aus dem Bett und watete durch die Mondscheinpfützen zum Flur. Das Geräusch war von oben gekommen, also ging ich zum Treppenhaus und spähte hinauf in die Dunkelheit. Bill war mit mir nicht im zweiten Stock gewesen. Da oben ist nichts, hatte er gemeint und auf eine breite Holztür am oberen Ende der Treppe gezeigt. Nur Kisten mit altem Plunder. Aber er hatte sich geirrt. Da oben war etwas.

Vorsichtig stieg ich die Treppe hinauf, meine nackten Füße glitten über das Holz, und ich näherte mich der Tür. Ich ergriff den kalten Messingtürgriff und versuchte, ihn zu drehen, aber es war abgeschlossen. Also drückte ich mein Ohr aufs Holz, um zu hören, was dahinter war. Da war ein Schlurfen, leise und regelmäßig, wie Schritte. Vielleicht doch keine Mäuse, dachte ich, sondern ein größeres Tier, eine herumstreunende Katze oder ein Waschbär. Was immer es war, ich würde Bill anrufen müssen. Bestimmt würde er sich darum kümmern. Als ich mich jedoch wieder umdrehte, hämmerte es plötzlich gegen die Tür, eine schnelle Abfolge von Schlägen. Von Angst gepackt und unfähig, mich zu bewegen, lauschte ich. *Mach die Tür auf,* flüsterte die Stimme. *Bitte, lass mich raus.*

Vor Schreck stürzte ich halb, halb rannte ich die Treppe hinunter, um Hilfe zu rufen.

21

Bill brauchte einige Minuten, um mich zu beruhigen, aber er konnte mich überzeugen, im Sedge House zu bleiben, bis er da war. Ich wartete auf der Veranda vor dem Haus, und die Sonne ging gerade auf, als er eintraf. Er führte mich ins Haus, ließ mich auf einer Sitzbank im Korridor Platz nehmen und hörte besorgt zu, als ich ihm von den merkwürdigen Geräuschen im Haus erzählte. »Irgendwas stimmt hier nicht«, sagte ich, doch als er mich zu einer näheren Erklärung drängte, konnte ich nicht beschreiben, was ich erlebt hatte, außer dass ich seltsame Geräusche aus dem zweiten Stock gehört hätte. Die Worte, die ich an der Tür gehört hatte, erwähnte ich nicht. Ich war im Halbschlaf gewesen, ein wenig angetrunken, allein in einem großen Haus. Ganz offensichtlich war meine Phantasie mit mir durchgegangen.

Bill sah mich lange an, als versuche er, seine eigenen Bedenken bezüglich des Hauses zu zerstreuen, und erklärte mir dann, dass es sich bei den Geräuschen höchstwahrscheinlich um Nagetiere handelte. »Es wäre nicht das erste Mal, dass es hier Viecher gibt«, sagte er und führte mich in die Anrichtekammer, wo er mir eine Schachtel mit Fallen zeigte, ungefähr ein Dutzend. »Wissen Sie, wie die funktionieren?«, fragte er. Und obwohl ich noch nie eine Falle aufgestellt hatte, versicherte ich ihm, dass ich das schon hinkriegen würde.

Nachdem Bill gegangen war, ging ich zum Schlüsselkasten, fand den Schlüssel für die zweite Etage und ging mit einem Brocken verschimmeltem Käse aus dem Kühlschrank nach oben. Im zweiten Stock herrschte ein noch größeres Chaos als im Rest des Hauses: Der

Flur war vollgestopft mit Kisten, Holzkoffern und alten Möbelstücken, Generationen ausrangierter Besitztümer der Sedges. Im Vorbeigehen stolperte ich über eine niedrige Holztruhe, und ein Schwall aus Hunderten bunter Glasknöpfe ergoss sich über das Parkett. Ich ging in die Hocke und schaufelte die Knöpfe zurück in die Kiste. Als ich einen herausgriff, sah ich, dass der Name SEDGE in die blassrosa Oberfläche geprägt worden war. Sedge-Knöpfe, der Ursprung des Vermögens der Sedges.

Ich ging weiter den Gang hinunter, wich weiterem Gerümpel aus und stand plötzlich inmitten Dutzender Spiegel, die auf beiden Seiten des Ganges hingen. Jeder von ihnen reflektierte einen Teil von mir – hier ein Stück Arm, dort ein Stück des Gesichts, da eine ganze Hand. Erst in diesem Moment wurde mir bewusst, dass ich seit meiner Ankunft im Sedge House kein Spiegelbild von mir gesehen hatte. In den unteren Bereichen des Hauses fand sich nirgends ein Spiegel, weder im Erdgeschoss noch im ersten Stock, nicht einmal in den Bädern. Und doch hingen hier im Flur der zweiten Etage gleich Dutzende von Spiegeln: mit vergoldeten Rahmen und hölzernen, abgeschrägten und versilberten, manche mit Altersflecken, einer mit einem zackigen diagonalen Sprung.

Vielleicht liegt es an der Abwesenheit von Spiegeln, warum sich im Sedge House alles so ungewohnt anfühlt. Ich erinnere mich an einen Essay, den wir in meinem Hauptseminar *Psychoanalyse und Literatur* gelesen haben: »Das Spiegelstadium« von Jacques Lacan. Ein Baby, so schrieb Lacan, entwickelt ein Gefühl für seine Identität, indem es sich in einem Spiegel reflektiert sieht. Das amorphe, ungebundene Selbst wird mit jeder Betrachtung konkreter. Wenn wir uns in einem Spiegel reflektiert sehen, so Lacan, verstehen wir die Grenzen dessen, wer und was wir sind. Ich fragte mich, ob die Abwesenheit von Spiegeln im Sedge House den gegenteiligen Effekt haben könnte. Vielleicht würde ein Leben ohne Spiegelbild einen verschwinden lassen.

Ich verteilte Mausefallen auf dem Korridor, bis ich in etwa gleichen Abständen etwa zehn aufgestellt hatte. Als alle gespannt waren, ging ich zu dem Abschnitt mit den Spiegeln, nahm einen von der Wand – einen ovalen Spiegel mit einem vergoldeten Rahmen – und trug ihn hinunter in mein Zimmer, wo ich ihn an einen Nagel über dem Frisiertisch hängte. Doch gerade als ich in die Bibliothek hinuntergehen und mich an die Arbeit machen wollte, erfüllte ein Geräusch die Luft. Ich hielt inne und lauschte mit angehaltenem Atem: ein Kratzen, ein Scharren, dann ein Kreischen, das gleiche schreckliche Geräusch wie in der Nacht zuvor.

Ich rannte zurück in den zweiten Stock und ging den Flur hinunter, folgte dem Geräusch zu seiner Quelle: eine kleine Holztür, die in die Tapete geschnitten war. Als ich sie öffnete, fand ich einen tiefen vertikalen Schacht, in dem Seile hingen. Ich beugte mich hinein, schaute hinauf und sah, dass die Seile ganz oben um eine Winde gewickelt waren. Das war allerdings seltsam, denn soweit ich wusste, gab es in dem Haus keinen dritten Stock, und einen Dachboden hatte Bill auch nicht erwähnt. Am Türrahmen befanden sich mehrere Bakelitknöpfe, und als ich einen davon drückte, erwachten die Seile mit einem Ruck zum Leben und brachten eine hölzerne Kabine hinauf. Die Bewegung erzeugte genau die Geräusche, die ich in der Nacht zuvor gehört hatte: ein Getrappel, Schlurfen und Rascheln, unterbrochen von einem schrecklichen Kreischen eingerosteter Winden. In Sedge House gibt es keine Mäuse, und wenn doch, dann sind sie nicht für die Geräusche verantwortlich, die ich gehört habe. Der Übeltäter ist ein alter, knarrender Speiseaufzug. Und die Stimme? Eindeutig das Produkt einer überreizten Phantasie. Rätsel gelöst.

Doch an seiner Stelle tauchte sofort ein neues Rätsel auf. Wohin führte der Schacht? Ich ging zurück durch den Flur, suchte nach einer Treppe, die in ein anderes Stockwerk führte. Es war ein heller Morgen, und Licht fiel durch ein Rosettenfenster, wurde von Spiegel zu Spiegel reflektiert und fiel schließlich auf ein Rechteck, das in ein Stück Blumentapete eingeritzt war. Eine Geheimtür, die so gut versteckt war, dass ich schon mehrfach daran vorbeigelaufen war, ohne sie zu bemerken. Ich klopfte auf die Tapete und hörte ein Echo, das untrügliche Zeichen für einen Raum. Es gab keinen Knauf, aber ich entdeckte ein kleines Schlüsselloch. Ich ging in die Hocke und spähte hindurch. Eine Treppe führte hinauf in die Dunkelheit.

Neugierig geworden, lief ich hinunter ins Erdgeschoss und durch die Küche zu dem hölzernen Schlüsselkasten. Am Vortag hatte ich nicht weiter darauf geachtet, aber wenn es einen Schlüssel zum Dachboden gab, dann musste er dort sein. Tatsächlich war in dem Kasten ein Dutzend Schlüssel, jeweils vier in einer Reihe, jeder mit einem handgeschriebenen Schildchen über seinem Haken: *Keller, Anrichte, Bibliothek, Salon, Dachboden*. Ich hängte den Schlüssel zurück, den Bill mir gegeben hatte, schnappte mir den Schlüssel für den Dachboden und rannte die Stufen zum zweiten Stock hinauf, immer gleich zwei auf einmal.

Der Schlüssel passte. Behutsam öffnete ich die Tür und stieg die schmalen Stufen zu einem heißen, stickigen Dachboden hinauf. Es gab keinen Lichtschalter, also aktivierte ich die Taschenlampenfunktion meines iPhones und erforschte den langen, schmalen Raum. Der Neigungswinkel des Dachs wurde zur Mitte hin steiler und formte dort eine Spitze. Abgesehen von einem alten Motor neben dem Schacht des Speiseaufzugs – der Mechanismus, der die Seilrollen antrieb – war der Dachboden leer.

Oder fast. Als ich schon gehen wollte, sah ich einen Lederkoffer, der dicht unter die Dachschräge geschoben worden war. Ich duckte mich, packte den Griff, zog ihn aus dem Schatten und trug ihn in die Mitte des Raumes. Der Koffer war einen Meter lang, das Leder mit dem Alter verschimmelt; er stammte offensichtlich aus einer anderen Zeit. Wie lange er auf dem Dachboden versteckt gewesen war, vermochte ich nicht zu sagen, aber er war zumindest mit einer dicken Staubschicht überzogen, die, wenn man sie abwischte, ein kunstvolles Muster aus Rosen und Ranken enthüllte, das die Buchstaben *GLM* umrahmte.

Der Koffer war mit mehreren Messingschnallen gesichert. Ich

löste sie und öffnete den Koffer. Darin lag, eingewickelt in ein weißes Tuch, eine Figur. Als ich das Tuch abnahm, fand ich eine Porzellanpuppe von erlesener Schönheit. Ihr Haar war glänzend und voll, kastanienbraun, und ihre Augen waren riesige grüne Glaskugeln, geschliffene Smaragde, die mit einer Tiefe und Brillanz glitzerten und mich in ihren Bann zogen. Sie trug ein blassrosa Kleid, das sich ab der Taille in Blütenblättern öffnete. Um ihren Hals fand ich ein angelaufenes viktorianisches Medaillon mit der Gravur eines Namens: *Violaine.*

Mein erster Impuls war, sie mit den Puppen im Salon zu vergleichen, doch Violaine unterschied sich von ihnen wie die Sonne vom Mond. Während die anderen Licht absorbierten, schien sie es auszusenden; ihr blasses Gesicht leuchtete, als würde es von innen heraus erstrahlen. Sie war etwa sechzig Zentimeter groß und erstaunlich schwer, und während Arme und Beine aus demselben cremefarbenen Porzellan wie ihr Gesicht gefertigt waren, war der Rumpf weich und biegsam und lud dazu ein, sie wie ein lebendiges, atmendes Kind zu wiegen.

Ich drückte sie an mich, nahm den Duft von Puder und Staub und alter Seide wahr, spürte ihr Gewicht in meinen Armen. Das kleine Geschöpf starrte mich an, und in ihrem Blick lag etwas, das ich nicht genau definieren konnte – ein Glitzern hinter ihren Glasaugen, eine bewusste Wahrnehmung meiner Anwesenheit. Vielleicht spielte mir das Licht einen Streich, vielleicht lag es auch an der drückenden Hitze auf dem Dachboden, jedenfalls schien die Puppe die heiße, leuchtende Kraft des Lebens auszusenden.

22

Einige Tage später klopfte es an der Tür. Eine elegante Frau um die vierzig stand vor mir auf der Veranda. Sie trug ein cremefarbenes Kostüm, mit dem sie mich ein wenig an meine Lektorin erinnerte, die sich gern so kleidet, als wäre sie zum Mittagessen mit Jackie O. verabredet. Sie reichte mir die Hand und stellte sich als Anne-Marie Riccard von Sotheby's vor, die die zum Verkauf stehenden Antiquitäten begutachten sollte.

Sie entschuldigte sich dafür, ohne Voranmeldung vorbeigekommen zu sein, aber ich hätte sie eh nicht weggeschickt. Ich war noch keine Woche in dem Haus, und schon machte mir die Einsamkeit zu schaffen. Ich brühte in der Küche einen Kaffee auf und brachte Anne-Marie eine Tasse. Sie trank ihn, während sie im Esszimmer umherging und Auroras Schätze mit einem scharfen, kenntnisreichen Blick taxierte. »Jameson Sedge bat mich, eine Bestandsaufnahme zu machen«, sagte sie mit einem kurzen Blick in eine Glasvitrine, die mit Objekten gefüllt war – Ammoniten, eine Cloisonné-Schatulle, eine Ormolu-Uhr. »Ich fürchte, das wird ein größeres Projekt, als er vermutet.«

Anne-Marie hatte einen Akzent, und als ich sie fragte, woher sie ursprünglich käme, antwortete sie, sie sei in Montreal geboren, hätte aber zwanzig Jahre in New York gelebt. »Ich bin nach New York gekommen, um Keramik am Cooper Hewitt zu studieren, und wurde direkt nach dem Examen von Sotheby's angeheuert. Porzellan ist mein Spezialgebiet, und hier vor allem europäische Stücke. Es hat so einen Spaß gemacht, damals in den Neunzigern. Ich konnte für ein frühes Stück Limoges-Porzellan, ohne mit der Wimper zu zucken, einen sechsstelligen Betrag aufrufen. Heute geht es auf dem Markt nur noch um hohe Renditen, nicht mehr um Geschmack. Aber diese Frau hat all diese Stücke nicht als Anlageobjekte gekauft. Sie hat sie wirklich geliebt.«

Anne-Marie hob eine große Porzellankanne, blau wie die Schale von Rotkehlcheneiern, von der Mitte des Tisches, betrachtete sie mit prüfendem Blick und stellte sie zurück. »Neunzehntes Jahrhundert, Wedgwood. Eine Kostbarkeit.«

»Sie finden das alles nicht ein wenig … übermäßig?«

»Diese Sammlung hier?«, sagte Anne-Marie und bekam große Augen. »*Mon dieu*, das ist noch gar nichts! Ich habe schon Häuser gesehen mit Tausenden Spieluhren, Keller voller Comics vom Boden bis zur Decke, Garagen zum Bersten voll mit alten Schreibmaschinen. Sammler treiben es oft auf die Spitze.«

Ohne groß nachzudenken, stellte ich die Frage, die ich seit meiner Ankunft hier im Hinterkopf hatte. »Aber warum?«

»Sammeln bedeutet, die Welt nach der eigenen Vorstellung zu gestalten, und Aurora Sedge hatte eindeutig ein ausgeprägtes Gespür dafür, wer sie war. Man kann viel über einen Menschen sagen, wenn man weiß, was er sammelt. Ich hätte sie gemocht, das sehe ich schon nach einem flüchtigen Blick in die Runde. Sie war sehr wählerisch bei den Stücken, die sie kaufte. Sie hat mit diesen Objekten eine außergewöhnliche Welt erschaffen.« Anne-Marie nahm einen letzten Schluck Kaffee und stellte ihre Tasse ab. »Ich glaube, ich sollte mich jetzt an die Arbeit machen«, sagte sie. »Bill meinte, es gäbe vor allem einen Raum, den ich mir ansehen sollte.«

Ich ging in die Küche, um den Schlüssel für den Salon zu holen, und nahm an, dass ich sie dann sich selbst überlassen würde. Als ich jedoch die Salontüren öffnete und sie hineinführte, reagierte sie zutiefst schockiert.

»Was um alles in der Welt …«, sagte sie und warf einen Blick auf die Puppen. »Warum hat mir niemand gesagt, dass die hier sind?«

Sie ließ ihre Ledertasche auf die Couch fallen, ging in den Raum und beugte sich vor einer Puppe auf der Samtcouch. Sie saß in einem Sonnenfleck, ihre großen Augen starrten viel zu hell, ihr Porzellangesicht schimmerte im Sonnenlicht so sehr, dass es flüssig zu sein schien.

»Ich glaub's einfach nicht«, sagte sie. Sie drehte sich mit großen Augen zu mir um. »Ist Ihnen bewusst, was das hier ist?« Sie wartete nicht auf meine Antwort. »Das sind die Schöpfungen des legendären französischen Puppenmachers Gaston LaMoriette.« Sie nahm eine kleine Kamera aus ihrer Handtasche. »Zu seinen Lebzeiten war er bekannt als der Schöpfer der Les Bébés de Paris, einer Puppenkollektion, die vom ausgehenden neunzehnten Jahrhundert bis zum Ersten Weltkrieg in europäischen Kaufhäusern wie dem Harrods und La Samaritaine verkauft wurden. Die Puppen in diesem Raum sind ausnahmslos Puppen von LaMoriette. Sie waren ungemein gefragt, recht teuer und wurden praktisch umgehend zu Sammlerstücken. Hier, ich möchte Ihnen etwas zeigen …«

Sie nahm eine der Puppen von der Samtcouch, schob ihr dichtes blondes Haar beiseite und strich mit der Fingerspitze über die Initialen: GLM. »Gaston LaMoriette. Echter geht's nicht.«

Sie setzte die Puppe zurück, richtete sie im Licht aus und machte ein Foto.

»Ich habe mal für eine Puppensammlerin gearbeitet, die von diesen Puppen besessen war, und ich meine *besessen*«, sagte sie. »Sie hat mich durch die Welt reisen und alle aufkaufen lassen. Sie besaß so etwa zweihundert Stück am Ende meiner Beschäftigung bei ihr. Als sie starb, haben ihre Kinder natürlich alle verkauft. So kommen wertvolle Dinge wieder in Umlauf. Aber zu ihren Lebzeiten, als sie noch aktiv sammelte, war das, was sie wirklich besitzen wollte und wofür sie ein Vermögen gezahlt hätte, eine ganz besondere Puppe, ein Meisterwerk, das LaMoriette in den neunziger Jahren des neunzehnten Jahrhunderts schuf. Es war eine einzigartige Puppe, in Konstruktion und Materialien etwas ganz Besonderes, vollständig von

Hand gearbeitet, und sehr, sehr, sehr selten. Zu seinen Lebzeiten stand sie nie zum Verkauf, was Sammler natürlich völlig durchdrehen ließ.«

Sie ging zu dem Kindertisch und schoss eine ganze Reihe Fotos von der Teegesellschaft.

»Es war natürlich vergebliche Liebesmüh: LaMoriettes Meisterwerk war legendär, und wenn es Teil einer Privatsammlung gewesen wäre oder jemals zum Verkauf gestanden hätte, dann wäre das allgemein bekannt gewesen. Aber Sie wissen, wie Sammler sind – sie glauben, mit Geld ist alles möglich. Und auch wenn das häufig der Fall ist, habe ich ihr von Anfang an gesagt, dass sie enttäuscht werden würde. Zum letzten Mal hat jemand diese Puppe vor LaMoriettes Tod im Jahr 1909 gesehen. Nun, wie dem auch sei, meine Kundin war absolut unerschütterlich, und ich wollte diesen Auftrag, und so bin ich das Wagnis eingegangen.«

Sie fotografierte das Baby mit dem klemmenden Augenlid, dann das ganze Ensemble mit untergehakten Armen.

»Es gab eine kleine Privatauktion, veranstaltet von Dina Viernys Nachlassverwaltung in Chartres.« Sie hielt kurz inne und fixierte mich. »Sie besaß eine der unglaublichsten Puppensammlungen der Welt. Zudem war Vierny die Muse für ein Dutzend französische Maler – sie stand Modell unter anderem für Maillol und Matisse – und galt als glühende Schutzherrin der Künste. Ich dachte, vielleicht, nur vielleicht könnte Dina Vierny das Meisterwerk von LaMoriette ja unbemerkt erworben haben. Wenn jemandem so etwas gelingen würde, dann ihr. Sie war ein Wunder – lebte während des Krieges in Paris, engagierte sich in der Résistance, wurde von den Nazis verfolgt. Jedenfalls schickte mich meine Klientin mit einem Flugticket erster Klasse und einer großzügigen Aufwandsentschädigung los. Ich besuchte die Privatversteigerung in der Galerie de Chartres und begutachtete jedes einzelne Stück. Natürlich war LaMoriettes Meisterwerk nicht dabei. Am Ende verbrachte ich ein wunderbares Wochenende in Chartres, aber eben ohne Puppe.«

»Und hatte diese Puppe Ähnlichkeit mit seinen anderen Puppen?«, fragte ich und versuchte, mir mein erwachtes Interesse nicht anmerken zu lassen.

»Natürlich habe ich nur Fotos gesehen, noch dazu Schwarz-Weiß-Aufnahmen, aber ich kann sagen, dass es einen großen Unterschied in der Konstruktion des Meisterstücks und seiner eher einfach hergestellten Puppen gibt. Die handgefertigte Puppe war deutlich größer als diese hier und besaß auserlesene Details. So hatte sie zum Beispiel einen handgenähten Rumpf aus Ziegenleder, und die Porzellanteile – der Kopf, die Arme und Beine – waren aus einer besonderen Kaolinmischung geformt worden, was der Puppe einen unverwechselbaren Glanzton verlieh, den die industriell hergestellten Puppen nicht haben. Sie besaß Arme und Beine mit Gelenken, ein sehr ungewöhnliches Merkmal für Porzellanpuppen dieser Zeit, denn so waren sonst eher Holzpuppen oder Marionetten gearbeitet.«

Ich dachte an Violaine – die funkelnden Glasaugen, das glänzende Haar, der Koffer mit den Initialen GLM – und spürte, wie sich mein Puls beschleunigte. »Würden Sie denn erkennen, dass sie etwas Besonderes ist, wenn Sie sie vor sich hätten?«

»Oh, man würde den Unterschied sofort erkennen«, sagte sie. »Die handgefertigte Puppe ist sehr ungewöhnlich, besonders die aus Bleikristall gefertigten Augen. LaMoriette verwendete alte Verfahren der Glasbläserkunst, sehr ähnlich wie bei der Herstellung von Muranoglas. Als ich für meine Klientin recherchierte, erfuhr ich, dass er diese Technik in Prag entwickelt hatte, obwohl der Name seines Lehrers verloren gegangen ist. Vielleicht kein Zufall. Er verriet seine Geheimnisse nie. In meinem Beruf lernt man sehr schnell, dass die Provenienz eines Kunstwerks alles ist. Sammler wollen eine gute Geschichte, und die von LaMoriettes Puppe ist wirklich unschlagbar. LaMoriette war wie besessen von seiner Schöpfung. Die Puppe wich nie von seiner Seite. Er soll sie angeblich überallhin mitgenommen haben.«

»Aber warum?«, fragte ich, verdutzt darüber, dass ein erwachsener Mann eine Porzellanpuppe mit sich herumschleppen sollte.

»Weil LaMoriette die Puppe seiner geliebten Tochter Violaine nachempfunden hat. Das Mädchen kam im Alter von fünfzehn Jahren auf tragische Weise ums Leben, und LaMoriette erholte sich nicht mehr von diesem Verlust. Nachdem er viele Jahre unter Depressionen gelitten hatte, beging er 1909 Selbstmord. Sein Sohn erbte die Werkstatt und verkaufte alles, einschließlich dieser Puppe. Seitdem ist LaMoriettes Meisterstück verschwunden. Es ist durchaus möglich, dass Violaine nie gefunden wird.«

23

Sobald Anne-Marie wieder fort war, lief ich nach oben zu Violaine. Ich hatte sie in mein Zimmer gebracht und auf den Schaukelstuhl gesetzt, aber als ich hineinstürmte, war die Puppe fort. Alles andere war unverändert – das Bett war gemacht, darüber eine geblümte Matelassé-Decke, mein Koffer auf dem Boden, das Fenster offen für den hellen Nachmittag. Aber der Schaukelstuhl war leer. Ich hockte mich hin und schaute unter das Bett, hinter den Schaukelstuhl und die Vorhänge, als ob eine große Porzellanpuppe in einem Windhauch davonfliegen könnte. Aber Violaine war nirgends zu finden.

Ich suchte das ganze Haus ab. Ich öffnete alle Zimmer, durchwühlte sämtliche Kleiderschränke, holte Gerümpel aus Wandschränken, stöberte in den Kisten im zweiten Stock. Vom Keller bis hinauf zum Dachboden suchte ich fieberhaft und wurde immer unruhiger. Obwohl ich genau wusste, dass sie nicht im Salon sein konnte – ich war den ganzen Nachmittag über dort gewesen –, kehrte ich dorthin zurück und durchstöberte Auroras Puppensammlung, wobei mich Hunderte von kleinen Gesichtern anstarrten, während ich mich durch den Raum vorarbeitete. Ich spürte die Kälte ihrer leeren Blicke, das schleichende Gefühl, dass sie etwas wussten, was ich nicht wusste. Aber Violaine war nicht unter ihnen. Violaine blieb verschwunden.

Mir kam der Gedanke, dass Bill zum Haus gekommen sein könnte, aber das war genauso unwahrscheinlich: Vom Salon aus hatte man die Zufahrt im Blick, und ich hätte Bills Wagen gesehen. Außerdem hätte er sicher mit Anne-Marie sprechen wollen. Konnte sonst jemand ins Haus gekommen sein? Ich vergewisserte mich, dass die Haustür abgeschlossen war, ging dann von Fenster zu Fenster, zog die Vorhänge vor und kontrollierte die Verriegelungen. Alles war sicher.

Schließlich, als nirgends mehr nachzusehen war, setzte ich mich entmutigt und beunruhigt auf die Samtcouch im Salon. War es möglich, dass ich mir nur eingebildet hatte, sie auf dem Dachboden gefunden zu haben? Es war unmöglich. Ich hatte die Puppe in meinen Händen gehalten, hatte in Violaines grüne Augen gesehen. Und doch gab es keine andere Erklärung.

Ich ging in die Bibliothek, schnappte mir die Flasche Bourbon, füllte einen Tumbler und leerte das Glas. Es brannte in meinem Hals und hinterließ einen süßlichen Karamellgeschmack, verringerte aber ein wenig auch meine Beunruhigung. Ich schenkte mir ein zweites Glas ein und kehrte so gestärkt in den Salon zurück.

Ich balancierte das Glas auf dem Rand der Couch, hob eine der Puppen hoch und sah sie an. Ihre Haut war durchscheinend, mit einem Hauch von Pink auf den Lippen, ihre Augen waren groß und glasklar. Als ich mich im Zimmer umschaute, schien es mir plötzlich, als würden die Puppen mich beobachten, einschätzen, beurteilen. Ich erinnerte mich, wie ich mich auf dem Dachboden gefühlt hatte, an das Gefühl, dass jemand oder etwas anwesend war. Ich trank einen weiteren Schluck Bourbon, dann noch einen. Es war absurd, das wusste ich, aber ich hatte Angst. Mein Herz schlug heftig, und ich spürte, wie mich eine Welle des Abscheus durchfuhr. Ich wollte nicht dort sein. Ich musste mit jemandem reden, jemandem erzählen, was hier los war, und so lief ich die Treppe zu meinem Zimmer im ersten Stock hinauf, setzte mich auf den Schaukelstuhl am Fenster und holte mein Handy heraus.

Es gab eine ganze Reihe Leute, die ich hätte anrufen können, aber ich dachte sofort an Noah. Seit meinem zweiten Jahr auf dem College waren wir immer wieder mal zusammen gewesen, obwohl uns niemand für ein Paar gehalten hätte. Als wir uns kennenlernten, war er vierundzwanzig, ich neunzehn, und er arbeitete in einer Kunstgalerie in Chelsea. Er war Bildhauer und stellte wunderschöne abstrakte Werke aus bemaltem Altmetall her. Wir waren etwa ein Jahr zusammen, als er fortging, um in Italien Kunstgeschichte zu studieren. Und obwohl wir nicht offiziell Schluss gemacht hatten, waren wir auch nicht zusammengeblieben. Als er nach New York zurückkehrte, setzten wir unsere Freundschaft fort, zu der auch gehörte, dass wir gelegentlich die Nacht miteinander verbrachten.

Es war Wochen her, seit wir das letzte Mal miteinander gesprochen hatten. Er wusste nichts von meinem Homesittingjob im Norden des Bundesstaates, aber er spürte sofort, dass etwas nicht stimmte, als er meine Stimme hörte. Auch wenn wir nicht regelmäßig miteinander in Kontakt standen, war Noah doch der einzige Mensch, dem ich mich nahe fühlte. Er verstand, dass ich gern allein bin. Und er verstand auch, dass ich ihn von Zeit zu Zeit brauchte. Über die Jahre hatte er mehr als genug hochemotionale Anrufe von mir erhalten. Ich musste ihn zwar nicht jeden Tag sehen, aber wenn ich jemanden zum Reden brauchte, dann rief ich immer Noah an.

»Dir ist schon klar, dass du dich seit einem Monat nicht mehr bei mir gemeldet hast, oder?«, war das Erste, was Noah sagte, nachdem er rangegangen war. Das Zweite war: »Sag mir, was los ist.«

Der Schaukelstuhl knarrte, als ich mein Gewicht verlagerte. Der Mond war inzwischen aufgegangen, und der Rasen schimmerte weiß in seinem Licht. Ich legte die Füße auf die Fensterbank und erzählte ihm nur in gröbsten Zügen, was los war. Ich erwähnte weder die Puppen noch Anne-Marie oder auch nur die Tatsache, dass Sedge House das reinste Kuriositätenkabinett war. Aber ich gab ihm zu verstehen, dass ich ganz allein in einem großen Haus war, dass ich irgendwie in Schwierigkeiten steckte, dass es guten Alkohol und jede Menge Platz gab. Bevor ich es bis zum Ende durchdacht hatte, bat ich ihn, zu mir zu kommen, und er versprach, so schnell wie möglich da zu sein.

Und das wäre vielleicht auch alles gewesen, wenn ich nicht einige

Stunden später aufgewacht wäre, weil jemand in meinem Zimmer war. Es war nichts Spezielles, das mich auf die Anwesenheit aufmerksam machte, keine knarrende Holzdiele oder schweres Atmen, sondern eher eine undefinierbare Aura, die irgendwie im Raum schwebte, etwas dicht unter der Oberfläche der Geräusche, das in die Tiefen meines Schlafes vordrang und mich weckte.

Ich setzte mich im Bett auf. Es war eine heiße, schwüle Nacht, und ich hatte die Fenster offen gelassen. Und doch war die Luft eiskalt. Eine arktische Brise strömte durch die Dunkelheit. Desorientiert, immer noch beschwipst, sah ich mich im Zimmer um und versuchte mich zurechtzufinden. Ich hatte ganz klar zu viel getrunken, das wusste ich, aber es gab keine Erklärung für die Kälte im Raum oder das Taubheitsgefühl in meinem Körper. Ein Kribbeln zog mir durch Arme und Beine, ein scharfes, schmerzhaftes Prickeln.

Schlaftrunken stand ich auf, um die Fenster zu schließen, aber meine Glieder waren blutleer, mein Gleichgewicht unsicher: Meine Knie knickten ein, und ich landete flach auf dem Boden. Mondschein fiel durchs Fenster und sammelte sich um mich herum wie verschüttete Milch. Ich versuchte aufzustehen, aber ich war wie gelähmt, und die Luft war erfüllt von einer seltsamen Energie, einer rüttelnden Vibration, die meinen Körper durchströmte. Einen langen schrecklichen Moment lag ich so da, versuchte mich zu rühren, konnte weder meinen Kopf bewegen noch meine Hände ballen und auch nicht schreien. Etwas – ein starkes elektrisches Kraftfeld – hatte mich ergriffen, ein Gefühl der Schwere, das sich in meinen Gliedern sammelte und meine Muskeln verknotete. Es war eine kalte und zugleich heiße Kraft, die ein leises und anhaltendes Summen in meinen Ohren erzeugte.

Und doch konnte ich, obwohl ich gelähmt auf dem Boden lag, alles klar und deutlich sehen. Die Möbel vibrierten. Das Bett wackelte. Der Frisiertisch schob sich von der Wand fort. Der Druck im Raum schwoll an, steigerte sich irrwitzig, und aus dem Augenwinkel beobachtete ich, wie der ovale goldgerahmte Spiegel, den ich vom

Dachboden heruntergeholt hatte, in einem Spinnennetz aus Rissen zerbarst.

Dann wurde mit einem Mal alles still. Die Möbel erstarrten, die Elektrizität verpuffte. Ich griff nach dem Bettpfosten und zog mich hoch, zitterte so heftig, dass ich kaum stehen konnte. Meine Stimme kehrte zurück, und ich fragte laut, wer da sei. Jemand war im Raum, dessen war ich mir absolut sicher, aber es blieb still.

Ich versuchte mir einzureden, es sei nichts außer zu viel Bourbon oder der Nachklang eines Traums, und fing schon an, das zu glauben, als mein Blick auf die Vorhänge fiel. Obwohl es eine ruhige Nacht war, bewegten sich die Seidenbahnen wie in einer starken Brise. Da wusste ich, dass ich nicht allein war. Etwas war da, stand hinter den Vorhängen. Mein Blick fiel auf eine winzige Hand, weiß wie Eis im Mondlicht. Sie umklammerte den Rand des Vorhangs, vier winzige blasse Finger umschlossen die Seide. Und dann verlangsamte sich alles wie in einem Traum, und die kleinen Finger liefen wie Spinnenbeine über den Saum des Vorhangs – Zeige-, Mittel-, Ring- und kleiner Finger, Zeige-, Mittel-, Ring- und kleiner Finger –, als spielten sie einen Lauf auf dem Klavier, was die Seide wie Wasser im Mondschein erbeben ließen. Mit einem Mal öffnete sich der Vorhang, und da stand Violaine.

24

Ich stürmte nach unten, gerade als die Sonne aufzugehen begann, fest entschlossen zu gehen. Im Erdgeschoss war alles, wie ich es verlassen hatte: die Porträts der Familie Sedge, der elegante Treppenpfosten und das ganze Desaster an Sammlerstücken. Kein einziger Porzellanteller war bewegt worden, und einen Moment lang glaubte ich, all das, was ich erlebt hatte, könnte aufgezeichnet, abgelegt und vergessen werden. Wenn ich das Sedge House hinter mir lassen könnte, wäre alles wieder in bester Ordnung.

Aber noch als ich am Geländer lehnte, um Luft zu holen, wurde mir klar, dass meine Welt sich verändert hatte. Zwei Pfade taten sich in meinem Kopf auf. Der eine Pfad repräsentierte die Welt, von der ich wusste, dass sie real war – der feste Boden unter meinen Füßen, die Luft in meiner Lunge, die Sonne, die morgens aufging. Und auf dem anderen Pfad in die entgegengesetzte Richtung lag eine neue Realität, eine, die ich nie bedacht hatte. Auf diesem Pfad erschienen unerklärliche Dinge, unmögliche Dinge; Dinge, die mir Angst einjagten. Solche, die ich zu glauben mir nicht erlauben konnte.

Die einzige Lösung bestand darin, Sedge House sofort zu verlassen. Ich würde mir ein Taxi rufen und mit dem ersten Zug zurück in die Stadt fahren. Doch auf dem Weg zur Tür bewegte sich etwas im Flur. Ich zuckte erschreckt zusammen, stolperte gegen den großen kupfernen Vogelkäfig und stieß ihn um. Eine Frau stand im Schatten und beobachtete alles. Sie betätigte einen Lichtschalter, und ich sah, dass sie rotblondes Haar, eng beieinanderstehende graue Augen und ein unscheinbares offenes Gesicht hatte. Sie hielt einen Schlüsselbund hoch. »Sie haben das Schloss an der Vordertür ausgewechselt, aber den Keller haben sie vergessen.«

Es war Mandy Johnson, die Putzfrau.

Bill hatte mich gebeten, ihn sofort anzurufen, falls Mandy auftauchte, und ich wusste, dass es eine einstweilige Verfügung gegen die Frau gab, aber ich erkannte auch sofort, dass Mandy nicht gefährlich war. Tatsächlich hatte sie sogar eine beruhigende Ausstrahlung. Nach meiner letzten Nacht wollte ich einfach nur noch in ihre Arme sinken und heulen.

»Wie's aussieht, komme ich genau richtig«, meinte sie mit einem kurzen Blick auf den umgestürzten Vogelkäfig. »Kommen Sie, ich mache Ihnen einen Tee.« Sie drehte sich um und ging Richtung Küche. Ich folgte ihr. »Ich bin übrigens Mandy«, sagte sie, während sie einen Kessel mit Wasser füllte, das Gas aufdrehte und die Flamme entzündete.

»Dachte ich mir schon«, sagte ich und betrachtete sie genauer. Sie ging auf die vierzig zu und trug eine alte Jeans, knöchelhohe Sneaker und ein verwaschenes Guns-N'-Roses-T-Shirt. »Aurora Sedges Haushälterin.«

»Zuerst habe ich für Miss Aurora nur geputzt, ja«, sagte sie. »Aber das ist nicht alles, was ich hier gemacht habe.« Sie deutete auf den kleinen Tisch vor dem Fenster. »Setzen Sie sich und atmen Sie erst mal tief durch. Sie sehen aus, als hätten Sie eine harte Nacht hinter sich.«

Ich folgte ihrem Rat und spürte das Gewicht einer schrecklichen Angst auf meinem Rücken, meinen Schultern lasten. »Ich glaube, ich werde verrückt«, sagte ich schließlich.

Sie sah mich kurz an, als verstünde sie genau, was ich durchgemacht hatte. »Schon okay. Sie müssen mir nichts erklären. Ich habe hier Dinge gesehen, die würden Sie nicht glauben. Andererseits, vielleicht ja doch.«

Mandy kannte sich in der Küche aus. Sie holte eine Porzellankanne und Tassen aus einer Vitrine, kramte eine Blechdose mit der

Aufschrift *Mariage Frères* aus dem Schrank, schaufelte zwei Löffel in die Teekanne, stellte sie auf ein Spitzendeckchen und setzte sich mir gegenüber. Während sie kochendes Wasser in die Kanne goss, betrachtete sie mich mit ihren kleinen grauen Augen und musterte mich. »Es kann ziemlich schwer sein, die Nacht im Sedge House durchzustehen«, sagte sie und schenkte mir Tee ein. »Aber Sie müssen nicht bleiben. Wenn man sie genommen hat, kann man gehen. Nichts hält unsereinen noch hier.«

»Was genommen?«, fragte ich verwirrt.

Mandy sah mich lange an, als ob sie etwas sehr Wichtiges klären wollte. »Trinken Sie etwas Tee, meine Liebe. Wir reden weiter, wenn Sie die Chance hatten, ein wenig runterzukommen.«

Ich nahm die Porzellantasse und trank einen Schluck. Der Tee war schwarz mit einem Hauch von Orange, der Koffeingehalt hoch und sehr willkommen.

»Wissen Sie, ich mochte diesen Tee nie. Aber Miss Aurora musste ihn haben. Er kommt aus Frankreich, glaube ich. Bei Hannaford's gibt's den jedenfalls nicht. Ich musste ihn immer in einem Teeladen unten in der Stadt bestellen. Sie wollte, dass ich mich zu ihr setze und ihn trinke. Es hat sie glücklich gemacht, also hab ich's getan, aber ich kann Ihnen sagen, ich hab tonnenweise Zucker reingekippt, nur um das Zeug runterzukriegen.« Sie lächelte. Sie hatte sehr ungleichmäßige, schiefe Zähne, was einen merkwürdigen Kontrast zu ihren außergewöhnlich ebenmäßigen Gesichtszügen darstellte. An ihrem kleinen Finger funkelte ein Ring, rubinrote, rechteckig geschliffene Edelsteine, umgeben von Diamanten in einer Art-déco-Fassung, eindeutig ein Geschenk von Aurora. Sie sah, dass ich den Ring anstarrte.

»Hübsch, nicht?«, sagte sie und drehte den Ring im Licht, wodurch die Rubine funkelten. »Der gehörte Auroras Mutter. Er ist klein, Größe vier, passt so gerade eben auf meinen kleinen Finger. Wahrscheinlich sollte ich ihn anpassen lassen.«

Ich sah aus dem Fenster. Die Sonne war inzwischen aufgegangen, und das schwache Licht schimmerte auf dem Fluss, spiegelte das Blitzen der Rubine.

»Die Leute denken, ich hätte Miss Aurora ausgenutzt. Nun, das habe ich nicht. Ich habe alles verdient, was sie mir gegeben hat.« Sie lehnte sich zurück, ließ mich keine Sekunde aus den Augen.

»Bill sagte, Sie und Aurora hätten sich sehr nahegestanden«, sagte ich.

»Nahegestanden?« Mandy lächelte gequält. »Das kann man wohl sagen. Ich habe über zwanzig Jahre für sie gearbeitet, und ich war die Einzige, die in ihre Nähe kam, so gesehen haben wir uns nahegestanden. Sie hat mir vertraut. Ich war achtzehn, als ich ins Sedge House kam, nur ein Gör, das zu viel Pot rauchte und überhaupt sein Leben verbockte. Ich bin von der Schule ab und hab mit einem Typen zusammengelebt, der mich wie ein Stück Scheiße behandelt hat. Aber Aurora Sedge hat das alles verändert. Sie hat mir eine Vollzeitstelle gegeben, hat meine Krankenversicherung bezahlt, hat mich meinen Schulabschluss nachholen lassen. Ich sage nicht, ich wäre heute perfekt oder so was, aber sie hat mir gezeigt, dass es immer einen Grund gibt, warum Dinge so geschehen, wie sie geschehen. Einen Zweck. Wir alle haben eine Bestimmung, jeder Einzelne von uns. Es gibt einen Grund, aus dem Gott uns hierhergeschickt hat, und meiner war es, Aurora Sedge zu helfen. Sie brauchte mich, besonders gegen Ende. Ich war der einzige Mensch, auf den sie sich verlassen konnte. Ich habe ihr geholfen, das Relikt zu beschützen. So hat sie es genannt – das Relikt –, und ich habe keiner Menschenseele davon erzählt.«

Neugier und Angst durchfuhren mich. Es gab so viele Fragen, die ich stellen wollte, dass ich gar nicht wusste, wo ich anfangen sollte.

»Und glauben Sie mir, es ist nicht leicht gewesen mit ihrem Neffen«, sagte Mandy. »Er ist hergekommen, hat herumgeschnüffelt und dabei mehr herausgefunden, als er sollte. Einmal war er hier, da hat er sich gewaltsam Zutritt verschafft und sie unter Druck gesetzt, es ihm zu zeigen. Er wisse genau, dass sie es hat, sagte er. Er behauptete auch, es gehöre seinem Vater, und er würde Anwälte einschalten, um das ihm zustehende Erbe zu bekommen. Miss Aurora bekam es mit der Angst und hat ihm viel zu viel erzählt. Das hat sie später bedauert, denn nachdem er es einmal wusste, ließ er ihr keine Ruhe mehr. Er verlangte immer wieder, dass sie es ihm zeigte, aber sie weigerte sich. Sie hat es mir nicht nur einmal gesagt, sie hat es Hunderte Male gesagt: ›*Wenn Jameson es in die Finger bekommt, wird er nur jemanden verletzen.*‹«

Der Tee hatte mich ein wenig zur Besinnung gebracht, und ich stellte die Frage, die mir am meisten auf der Seele brannte. »Sie haben gesagt, dass es hier etwas für mich gibt. Was haben Sie damit gemeint?«

»Während der letzten paar Jahre fing Aurora an, sich Sorgen über die Zukunft zu machen. Sie wusste, dass es gesundheitlich mit ihr bergab ging, und sie musste sich darauf verlassen können, dass ihr wertvollster Besitz gut versorgt sein würde. Sie hat mich gebeten, hierzubleiben und darüber zu wachen, und obwohl ich zustimmte, sagte ich ihr, dass ich es nur so lange tun würde, bis ich jemanden gefunden hätte, der für diese Aufgabe besser geeignet sei. Ich habe Miss Aurora versprochen, ihre Wünsche zu erfüllen, und auch wenn ich bestimmt kein Engel bin, halte ich meine Versprechen. Ich habe das dem Nachlassrichter nie gesagt, aber Miss Aurora ging es nicht darum, dass mir dieses Haus gehört. Sie brauchte mich nur, um darauf aufzupassen. Sie brauchte mich, um ihren Neffen fernzuhalten. Sie brauchte mich hier, damit ich Ihnen das Relikt geben kann.«

»Wollen Sie damit sagen, dass Sie mich erwartet haben?«, fragte ich und versuchte zu verstehen, wie so etwas sein konnte.

»Ich habe Sie nicht erwartet«, antwortete sie, »sondern ich bin hingegangen und habe Sie gesucht. Jemanden, der jung und klug ist. Verantwortungsbewusst. Vertrauenswürdig. Mit den besten Bewertungen. Jemanden, der kommen würde, ohne zu viele Fragen zu stellen.«

Plötzlich verstand ich: Es war Mandy gewesen, die mich in der

Homesitter-Datenbank gefunden hatte, Mandy hatte mir die Stellenausschreibung geschickt, Mandy hatte den Kontakt zu Bill hergestellt. Mandy hatte hinter allem gesteckt.

Ich dachte an alles, was ich im Sedge House gesehen hatte. Die Markierungen in der Bibel, die Porzellanpuppen, diese elektrische Ladung, die mein Zimmer zerrissen hatte. Ich war verwirrt und müde und hatte Angst. Ich wollte zurück in die Stadt und vergessen, dass es das Sedge House überhaupt gab. Ich warf einen Blick aus dem Fenster. In der Einfahrt parkte Mandys Auto, ein schrottreifer Toyota. Sie konnte mich zum Bahnhof fahren. Aber vorher musste Mandy mir noch eine Frage beantworten. »Was genau ist es, das Aurora Sedge hier aufbewahrt?«

Mandy schaute zuerst auf – wie zum Himmel, als ob Aurora Sedge ihr von oben etwas zuflüsterte – und sah mich dann wieder an. »Kommen Sie mit«, sagte sie. »Ich werde es Ihnen zeigen.«

25

Mandy führte mich durch die Küche zu dem schmalen Gang der Anrichtekammer. Sie bückte sich, öffnete eine Schranktür, schob einige schwere Kupfertöpfe beiseite, griff tief hinein und zog einen Riegel. Es gab einen deutlichen Knall, und der Schrank wurde gelöst. Er schwang von der Wand fort und ließ die dunklen Tiefen eines Geheimzimmers erkennen.

Ich beugte mich hinein, gerade weit genug, um die dicke, abgestandene Luft zu spüren. »Da drinnen hat die Familie während der Prohibition den Alkohol versteckt«, sagte Mandy und deutete auf etwa zwei Dutzend Flaschen Canadian Club und Old Saratoga Whiskey aus der Zeit der Weltwirtschaftskrise. Sie griff hinter den Alkohol, zog eine Ledermappe vom obersten Regalboden und drückte sie mir in die Hand. »Die ist für Sie.«

Ich rieb über die Oberfläche der Mappe, streifte eine Staubschicht ab. Mandy hatte von einem Relikt gesprochen, und während ich mir darunter irgendein christliches Artefakt vorgestellt hatte – der Finger eines Heiligen oder eine Flasche Weihwasser –, war die Mappe nicht älter als aus den sechziger Jahren und konnte nicht mehr als verschiedene Dokumente enthalten. Ich wollte sie öffnen, doch sie hielt mich zurück.

»Nein. Bitte. Warten Sie damit, bis ich fort bin. Miss Aurora hat es mir nie gezeigt, und ich möchte es auch jetzt nicht sehen.« Sie wollte den Raum verlassen, aber ich packte ihren Arm.

»Das kann's nicht sein«, sagte ich. »Es muss doch noch mehr geben, was Sie mir erzählen können.«

»Ich habe mein Versprechen gegenüber Miss Aurora gehalten«, sagte sie und entzog mir ihren Arm. »Zu mehr bin ich nicht verpflichtet.« Und doch ging sie nicht. Ihr Blick klebte förmlich auf der Mappe, und ich sah, dass sie trotz gegenteiliger Behauptungen neugierig war. »Schon vor Jahren habe ich bemerkt, dass hier im Haus seltsame Dinge passieren, Anzeichen dafür, dass etwas nicht stimmt. Überall fand ich Glasscherben – auf der Treppe, in den Fluren. Kristallvasen in tausend Scherben, als wären sie explodiert. Dann fingen die Spiegel an zu zerbrechen. Ich konnte es mir nicht erklären – sie fielen nicht von der Wand oder so, sondern zersprangen einfach so in ihren Rahmen. Das hat mich dermaßen fertiggemacht, dass ich alle nach oben geräumt habe. Und dann waren da noch die unheimlichen Geräusche. Lachen und Weinen, das Getrappel kleiner Füße, die herumliefen. Ich glaube nicht an Geister, aber ich fing wirklich an, so etwas doch zumindest in Erwägung zu ziehen. Ich dachte, ich würde den Verstand verlieren. Wenn ich Miss Aurora darauf ansprach, sagte sie, es sei nichts, meine Phantasie ginge mit mir durch. Sie gehe tollpatschig mit ihrem Kristallglas um. Als sie dann aber älter wurde, achtete sie nicht mehr ganz so sehr darauf zu verbergen, was geschah. Sie ging in den Salon und ließ die Türen auf. Ich sah Dinge – seltsame Dinge –, und ich wusste, dass etwas Schreckliches vor sich ging.«

»Was denn zum Beispiel?«

Mandys Blick fiel auf die Ledermappe in meinen Händen. »Ich weiß nicht, was sich darin befindet, aber was immer es ist, es ist für alle schlimmen Dinge verantwortlich, die hier passiert sind.«

Ich hatte noch so viele Fragen an Mandy, doch als ich gerade ansetzte, sie zu stellen, hörten wir von draußen ein Geräusch. Ich folgte Mandy ans Küchenfenster und sah einen Streifenwagen in der Einfahrt. Mandy fluchte leise, gab mir zu verstehen, dass ich die Ledermappe in der Anrichtekammer verstecken sollte, schwang die Tür dann zu und verriegelte sie wieder. Wir kehrten gerade in die Küche zurück, als Bill eintraf, zwei Polizisten an seiner Seite.

»Nicht sonderlich klug, Ihren Wagen in der Einfahrt zu parken, wenn Sie nicht ins Gefängnis wollen«, sagte er, wobei sein Blick zwischen Mandy und mir hin- und herging.

»Ich trinke nur eine Tasse Tee mit dem Homesitter«, erwiderte sie mit Unschuldsmiene. »Wird man ja wohl noch dürfen, oder?«

Bill erinnerte sie an die einstweilige Verfügung, nicht dass es nötig gewesen wäre: Praktisch umgehend wurde Mandy aus dem Haus geführt. Während ich ihr hinterhersah, begriff ich, dass ich immer noch nicht wusste, was ich mit dem Inhalt der Ledermappe anfangen sollte. Mandy war, abgesehen vielleicht von Auroras Neffen, der einzige Mensch, der mir das erklären könnte.

Nachdem Bill wieder fort war, verriegelte ich die Haustür, lief zur Anrichtekammer zurück, kniete mich vor den Schrank, griff hinein und zog den Hebel. Mit einem Klicken schwang die Geheimkammer auf. Ohne Mandy im Weg sah ich nun, dass der Raum erheblich größer war, als ich mir zunächst klargemacht hatte. Die Dunkelheit erstreckte sich weit über die Regalböden mit Alkohol hinaus. Als ich mich vorsichtig hineinwagte, fand ich einen großen leeren Raum mit Steinwänden und einem rissigen Betonboden. Als sich meine Augen angepasst hatten, nahm ich die Ledermappe in die Hand, fuhr mit einem Finger über ihre glatte Oberfläche, spürte ihr Gewicht. Mein Puls beschleunigte sich bei dem Gedanken herauszufinden, was darin war. Meine Neugier war kaum auszuhalten, und doch warnte mich etwas, ein tieferer Instinkt, dass ich es besser auf sich beruhen lassen sollte. Ich sollte Mandys Beispiel folgen und unverrichteter Dinge wieder gehen.

Aber ich konnte nicht. Ich musste wissen, was Aurora versteckt hatte, musste wissen, was das alles zu bedeuten hatte, und vor allem anderen musste ich verstehen, welche Verbindung es zu der wunderschönen verwunschenen Puppe gab, die ich auf dem Dachboden gefunden hatte.

Am Ende setzte sich meine Neugier durch. Die Mappe war mit einem dicken Lederband verschlossen. Nachdem ich dieses abgewickelt hatte, fand ich ein Bündel loser Blätter, handschriftlich in Französisch beschrieben. Ich verstand zwar nichts vom Inhalt, aber der Struktur der Zeilen nach handelte es sich um einen Brief – oben auf der ersten Seite stand ein Datum, *24. Décembre 1909*, und darunter eine Anrede: *Mon cher fils*. Die Schrift wirkte recht überladen, alles schien in Eile verfasst worden zu sein, die Zeilen waren ungleichmäßig, die Tinte verschmiert. Auf der letzten Seite dann eine schwungvolle Unterschrift: *Gaston LaMoriette*. Ich erkannte den Namen sofort. Gaston LaMoriette, der Puppenmacher und Schöpfer von Violaine.

26

Mike schaute von dem Tagebuch auf und warf einen Blick auf seine Armbanduhr. Es war 16:08 Uhr. Er hatte sich fast zehn Minuten lang in Jess' Tagebuch festgelesen. Sie hatte nur ein paar Dutzend Seiten geschrieben, für deren Lektüre er höchstens sechzig Sekunden gebraucht hätte, aber er ertappte sich dabei, wie er ihre Worte langsam überflog und manche ihrer Sätze mehrmals las. Es war eine Offenbarung, die Person kennenzulernen, die Jess vor dem Mord gewesen war – die Frau, die er in dem NPR-Interview gehört hatte, die als witzig, warmherzig und klug beschrieben wurde –, und er empfand tiefes Mitleid mit der jungen Frau, deren Leben zerstört worden war.

Er blätterte ein paar Seiten zurück und hielt bei den Zeilen inne, die ihm besonders aufgefallen waren, ein Zitat der Schriftstellerin Joan Didion über Notizbücher: »Der Drang, Dinge aufzuschreiben, ist ein eigenartiger Zwang, unerklärlich für diejenigen, die ihn nicht teilen, nützlich allenfalls durch Zufall, nur nachrangig, so wie jede Zwangshandlung versucht, sich zu rechtfertigen.« Er hoffte, bei der Lektüre von Jess' Tagebuch auf etwas Nützliches zu stoßen, aber wenn, dann wäre es rein zufällig, nachrangig, ein reiner Glücksfall. Er glaubte an die Macht zufälliger Ereignisse und an die lebensverändernden Konsequenzen von Zufallsbegegnungen, aber er wollte sich ihnen nicht ausliefern. Wenn es in Jess' Aufzeichnungen etwas Konkretes gab, das seine Fragen beantworten konnte, dann musste er es finden.

Mike blätterte die Seiten sorgfältig durch, suchte nach etwas, das er womöglich übersehen hatte, aber Jess' Notizen hörten abrupt auf und ließen viele seiner Fragen ungeklärt. Er würde die Antworten selbst finden müssen.

Die Klimaanlage blies kalt und unerbittlich aus mehreren Öffnungen unter der Decke. Ein Schauer durchfuhr ihn, als er aus dem Fenster auf den Parkplatz hinausschaute. Er rechnete halb damit, den schwarzen Tesla in der Nähe seines Wagens zu sehen, aber er hatte ihn in der Mitte der fast leeren Parkfläche abgestellt. Was auch immer im Starlite passiert war, es wiederholte sich nicht. Zumindest noch nicht.

Connie war unruhig, aber Mike brauchte mehr Zeit, also kaufte er im Supermarkt eine Stange Beef Jerky und legte sie ihr hin. Connie liebte Beef Jerky – es war eine ihrer Lieblingsleckereien – und würde stundenlang darauf herumkauen, wenn er sie ließe.

Während sie abgelenkt war, öffnete er seinen Laptop, rief Google auf und gab mehrere Stichwörter ein – *Frankie Sedge, Sedge House, Tod* –, erhielt aber nur Verweise auf Jess Price. Er scrollte durch die Seiten, bis er den Namen fand: *Jameson Sedge.* Er las und erfuhr, dass Jameson Frankies erwachsener Sohn war, der heute über fünfzig Jahre alt sein musste. Er war noch ein kleines Kind gewesen, als sein Vater starb. Der Wikipedia-Seite zufolge war Jameson Sedge ein erfolgreicher Unternehmer und Gründer einer Firma namens Singularity, die sich mit nicht näher beschriebenen Biotech- und Blockchain-Projekten befasste. Es schien nicht sehr wahrscheinlich, dass diese Information nützlich sein würde, also schenkte er ihr keine weitere Beachtung und machte mit einem anderen Link weiter, diesmal von der Website der *New York Times*: Ein Nachruf mit der Überschrift *Franklin »Frankie« Sedge, Erbe des Sedge-Glas-Vermögens, mit fünfundzwanzig gestorben.* Mike vergrößerte das Dokument und sah das Foto eines attraktiven jungen Mannes, die Augen gegen das Sonnenlicht zusammengekniffen, der in seinem weißen Sommeranzug aussah wie Gatsby. Es gab keine Einzelheiten zur Todesursache, lediglich das Datum der Trauerfeier und den Ort der Beerdigung. Der Artikel erwähnte, dass er seine aus London stammende Frau

Renee, dreiundzwanzig, seinen kleinen Sohn Jameson und eine ältere Schwester, Aurora Elizabeth Sedge, gegenwärtig wohnhaft in Clermont, New York, hinterließ.

Mike gab Jamesons Namen ein, aber während er Tausende Hits zu seiner Firma Singularity erhielt, gab es kein einziges Foto von ihm selbst. Komisch, dachte er, während er die Seiten durchging. Normalerweise gab es Dutzende Bilder von jemandem wie Jameson Sedge. Er wollte schon aufgeben und die Suche beenden, als er das Foto eines großen Mannes mit roten Haaren und heller Haut sah, der neben einer Frau stand. Das Bild war auf einer Veranstaltung mit Smokingzwang im Metropolitan Museum of Art geschossen worden. Die Bildunterschrift wies die beiden als *Jameson Sedge* und *Anne-Marie Riccard* aus. Der Name der Frau war so ungewöhnlich, dass es mit Sicherheit dieselbe Frau sein musste, die Jess in ihrem Tagebuch erwähnt hatte. Und obwohl Mike sich nicht zu hundert Prozent sicher sein konnte, hatte der Mann auf dem Bild große Ähnlichkeit mit dem Mann in dem schwarzen Tesla. Er vergrößerte das Bild, um es sich genauer ansehen zu können. Gar keine Frage. Der Mann, den er vor dem Gefängnis gesehen hatte, der Kerl, von dem er vermutete, dass er sein Hotelzimmer auseinandergenommen hatte, war kein anderer als Jameson Sedge.

Er nahm sich noch einmal Jess' Tagebuch vor und suchte die Seiten ab, hoffte, persönlichere Informationen über Anne-Marie Riccard zu finden. Da war nichts Konkretes, aber doch genug, um sich sicher zu sein, dass es dieselbe Frau war, die Jess im Sedge House kennengelernt hatte. Er verstand ihre Verbindung zu Jameson Sedge nicht, aber ganz offensichtlich gab es da eine.

Er gab den Namen Anne-Marie Riccard in die Suchmaschine ein, und Sekunden später erschien eine Liste mit Links auf dem Bildschirm. An oberster Stelle der Liste stand ein Profil auf der Website des Bard Colleges. Anscheinend hatte sie Sotheby's zugunsten eines Lehrauftrags verlassen. Mike klickte auf die Seite und las ihre Biographie: *Anne-Marie Riccard, PhD, Keramik und Feine Porzellane.* Er fand das Farbfoto einer Frau mit dunklem Haar, braunen Augen und seriöser Ausstrahlung. Auf der Seite standen ihre Sprechstunden, eine E-Mail-Adresse und eine Telefonnummer. Er nahm sein Telefon heraus, warf einen kurzen Blick auf die Liste der Anrufe – Thessaly hatte versprochen, in Kontakt zu bleiben, doch bislang hatte er nichts von ihr gehört – und wählte Anne-Marie Riccards Nummer. Als sich die Mailbox einschaltete, hinterließ er eine Nachricht. Dann klickte er auf Anne-Marie Riccards E-Mail-Adresse und schickte eine Nachricht, in der er erklärte, dass er ein Bekannter von Jess Price sei und sehr dankbar wäre, wenn sie ein oder zwei Minuten Zeit hätte, um mit ihm zu sprechen. Er bat sie, sich baldmöglichst mit ihm in Verbindung zu setzen. Es war riskant, Kontakt zu ihr aufzunehmen – immerhin stand sie in Verbindung zu Jameson Sedge –, aber er sah keine andere Möglichkeit, an die Informationen zu gelangen, die er benötigte.

Seite für Seite klickte er sich durch die Informationen über Dr. Anne-Marie Riccard, überflog sie schnell. Da waren von ihr verfasste Aufsätze, größtenteils akademische Abhandlungen über die Geschichte der Keramik, vor allem über europäisches Porzellan, beginnend in der Zeit der ersten Importe aus China bis zu den Anfängen europäischer Produktionsstätten im sechzehnten Jahrhundert in Meißen. Aber es gab auch einige populärwissenschaftliche Beiträge – einer in *Town & Country* über ihre Liebe zu französischem Porzellan, ein anderer in dem inzwischen eingestellten *Toy*-Magazin über Porzellanpuppen. Sie hatte ein Buch über französisches Porzellan des späten neunzehnten und frühen zwanzigsten Jahrhunderts geschrieben, das von einem Universitätsverlag veröffentlicht worden war und neun Fünfsternebewertungen auf Amazon erhalten hatte. Sie schrieb nicht gerade über ein populäres Thema und kannte sich auf ihrem Fachgebiet aus. Ein Gespräch mit ihr würde ihn vielleicht nicht weiterbringen, um zu verstehen, was mit Jess im Sedge House geschehen war, aber dem Tagebuch zufolge war Anne-Marie eine der letzten Personen, die Jess vor Noahs Tod gesehen hatte.

Als er alles gelesen hatte, was er über Anne-Marie Riccard finden konnte, nahm er den USB-Stick, den Thessaly ihm gegeben hatte, aus seiner Tasche, steckte ihn in seinen Laptop und öffnete ihn. Als Erstes stachen ihm zwei Dateien ins Auge: ein PDF mit dem Titel *Polizei-Akten* und ein zweites PDF ohne Titel. Mike klickte auf *Polizei-Akten*, und ein siebenundfünfzigseitiges Dokument erschien. Er blätterte es durch und fand Scans verschiedener Berichte und Notizen aus den Ermittlungen im Zusammenhang mit dem Mord an Noah Cooke. Jede Seite trug den Stempel des Columbia County Sheriff's Office, und er verstand: Das waren die Papiere, die sich in dem großen weißen Umschlag mit der Aufschrift *vertraulich* befunden hatten. Er sah Dokumente, die sich auf Jess' Verhaftung und Einlieferung bezogen, ein Polizeifoto, eine detaillierte Liste von Kleidung und persönlichen Gegenständen, die ihr abgenommen worden waren – ein Sommerkleid, ein Paar Sandalen, eine Goldkette.

Er stieß auf eine Kopie von Noah Cookes Autopsie, die er mit großem Interesse las. Es war viel darüber spekuliert worden, wie Noah Cooke gestorben war – in der Presse, während des Prozesses, in dem Film, der über Jess gemacht wurde. Die Ergebnisse der Autopsie waren, soweit Mike wusste, nie veröffentlicht worden, und jetzt verstand er auch, warum: Als Todesursache wurde stumpfe Gewalteinwirkung auf den Brust- und Bauchraum angegeben. Es gab eine Anmerkung, dass die Verletzungen des Toten nach Ansicht des Rechtsmediziners mit einem Autounfall oder einem Sturz aus mindestens fünfzehn Metern Höhe übereinstimmten, denn ein solcher Aufprall führe zu schweren Schäden an den inneren Organen. Herz, Lunge, Leber und Eingeweide waren rupturiert, was zu ausgedehnten inneren Blutungen geführt hatte. Im Grunde waren Noah Cookes Organe pulverisiert worden.

Es überraschte Mike nicht, dass die Autopsie unter Verschluss gehalten worden war – es gab eine Menge über den Fall, das nicht an die Presse gelangt war, vor allem, weil Jess sich weigerte, eine Aussage zu machen. Aber dass Jess' Anwälte diese Informationen nicht zu ihrer Verteidigung genutzt hatten, erschien ihm unverzeihlich. Eine junge Frau könnte ihren Freund durchaus abstechen, sie könnte ihn erschießen, vergiften oder sogar erwürgen. Aber wie sollte Jess für Noahs Tod verantwortlich sein, wenn seine Verletzungen von einem Sturz herrührten? Wie konnte eine ein Meter dreiundsechzig große Frau die inneren Organe eines Mannes pulverisieren? Es war völlig verwirrend.

Als er wieder auf das Stammverzeichnis des Sticks klickte, sah er einen Ordner, der ihm zuvor nicht ins Auge gefallen war. Er öffnete ihn und fand eine Reihe Farbpolaroids. Als er sich die Fotos ansah, verstand er, warum sie, genau wie die Autopsie, in den Akten vergraben worden waren. Wenn diese Fotos in Umlauf kämen, wäre klar, dass der Tod von Noah Cooke noch grauenvoller gewesen war, als die Leute es sich vorstellten.

Auf den Fotos war Noah Cooke in der Bibliothek des Sedge House aufgebahrt. Er war nackt, seine geöffneten Augen starrten glasig, sein langes schwarzes Haar war mit Blut verfilzt. Doch nicht nur sein Gesichtsausdruck war furchterregend – es war seine Haut, die Mike das Blut in den Adern gefrieren ließ: Jeder Zentimeter seines Körpers war mit genau dem gleichen Muster von Schnitten bedeckt, das Mike an Jess' Arm gesehen hatte, eine brennende Bienenwabe aus roten Linien, die Rumpf, Beine, Arme und Gesicht überzogen. Seine Brust war besonders grotesk, die blassen Hautfalten rosa und mit Blut gesprenkelt.

Mike scrollte nach unten, wobei ihm bei dem Anblick leicht übel wurde, und fand eine weitere Reihe von Fotos, diesmal schwarz-weiß. Er vergrößerte sie und war verwirrt. Warum gab es zwei Fotoserien, und warum war eine davon schwarz-weiß? Doch als er genauer hinsah, erkannte er, dass es sich nicht bloß um einen zweiten Satz Fotos von Noah Cooke handelte, sondern um einen gänzlich anderen Körper. Dieser Leichnam lag auf dem Boden des Sedge House, den er aus Jess' Beschreibung wiedererkannte: die breite Treppe mit dem geschnitzten Pfosten und die Wand mit den Familienporträts. Über

die Brust des Mannes zog sich dasselbe Netz aus Schnitten, das Jess'
Arm verunstaltet hatte, dieselben Schnitte, die auch Noah Cookes
Körper bedeckten. Am unteren Rand des Fotos stand ein Name:
Franklin Sedge. Der Tote war Aurora Sedges Bruder Frankie. Er war
auf die gleiche Weise getötet worden wie Noah Cooke.

Mike scrollte durch die Fotos, bewegte sich von Noah Cooke zu
Frankie Sedge, versuchte, schlau daraus zu werden. Merkwürdig war
eigentlich gar nicht mal, dass zwei junge Männer etwa des gleichen
Alters in einem Abstand von fünf Jahrzehnten in demselben Haus
ums Leben kamen. Aber dass sie auf genau die gleiche ungewöhnliche Art getötet worden waren? Das war vollkommen unerklärlich.
Mike vergrößerte die Fotos, zoomte Frankies Körper heran, dann
Noahs. Einen langen intensiven Augenblick lang studierte Mike die
Schnittverletzungen. Sie zogen sich wie purpurne Spinnweben über
die Körper. Ein solches Muster hatte er bislang nur auf Jess' Haut
gesehen. Und natürlich in seinem Traum.

Mike wollte schon seinen Laptop zuklappen, als er noch einen
kurzen Blick auf seine Mails warf und zu seiner Überraschung eine
Antwort von Anne-Marie Riccard im Posteingang fand. Möglicherweise hatte der Name *Jess Price* in der Betreffzeile etwas damit zu
tun, denn Riccards Antwort bestand nur aus einem Satz, in dem sie
wissen wollte, in welcher Beziehung er zu Jess stand. Er schrieb zurück und erklärte, wer er war, und dass er begonnen habe, mit Jess
Price an einem Projekt zu arbeiten, das ihn zu Dr. Riccard geführt
habe. Er wusste, seine Antwort würde ihr vielleicht nicht genügen
– er sagte weder, um was für ein Projekt es sich handelte, noch sagte
er, welche Art von Informationen mit ihr in Verbindung standen –,
aber er hoffte, es hätte sie neugierig genug gemacht, um mit ihm
sprechen zu wollen.

Die Antwort kam keine Minute später: »Lieber Mr Brink, Sie und
Ihre Arbeit sind mir bekannt, und wie Sie wahrscheinlich wissen,
kenne ich Jess Price' Situation ebenfalls gut. Ich werde den ganzen
Nachmittag in meinem Büro sein (Adresse unten). Ich habe schon

seit Jahren auf diese Mitteilung gewartet. Kommen Sie, sobald es Ihnen möglich ist.«

In einem Geschicklichkeitsspiel gibt es Momente, in denen man einfach etwas riskieren muss. Beim Schachspiel eine Figur in eine ungeschützte Position setzen, um den Gegner in eine Falle zu locken. Beim Football einen Spielzug gegen eine massive Verteidigungslinie durchziehen, um einen Touchdown zu erzielen. Für den Sieg war das Risiko unvermeidlich. Man musste sich dieser Tatsache stellen, sie akzeptieren und mit den Konsequenzen leben. Wenn er Antworten wollte, brauchte er Anne-Marie Riccard, und trotz der Gefahr, oder vielleicht auch gerade deswegen, überkam ihn eine Welle der Erregung bei der Aussicht, sie zu treffen.

Mike stand auf, warf seinen Müll weg und ging zur Tür. Die Fahrt würde einige Stunden dauern, aber es war erst zwanzig nach vier. Wenn er sich beeilte, konnte er am frühen Abend dort sein. Er sah kurz in seine Tasche, vergewisserte sich, dass das Tagebuch darin war, und verspürte eine große Vorfreude. Was auch immer im Sedge House geschehen sein mochte, was auch immer ihn in diese Sache hineingezogen hatte, Anne-Marie Riccard würde ihm alles erklären können. Je eher er in ihr Büro kam, desto besser.

Doch als er sich der Glastür näherte, blieb er wie angewurzelt stehen. Vielleicht war es eine Luftspiegelung, die vom heißen schwarzen Asphalt des Parkplatzes aufstieg, oder vielleicht hatten sich auch die Bilder, die er gesehen hatte, in sein Gedächtnis eingebrannt, denn dort, auf der Oberfläche der Glastür, war das Bild eines Mannes, den er nicht erkannte, eines Mannes, dessen Haut kristallisiert und in tausend winzige Fraktale zersprungen war.

27

Er hatte gerade seinen Wagen aufgeschlossen, als er einen Benachrichtigungston von seinem Handy hörte. Sein ehemaliger Professor, Dr. Vivek Gupta, versuchte, ihn über eine verschlüsselte Video-App zu erreichen. Dr. Gupta rief ihn nur ein- oder zweimal im Jahr an, daher nahm Mike den Anruf sofort an. Mit dem Telefon in der Hand öffnete er seinen Wagen, ließ Connie hineinspringen, stieg dann in die Fahrerkabine, befestigte sein Telefon auf dem Armaturenbrett und stellte eine Verbindung her.

»Mein Junge«, sagte Dr. Gupta. »Bin ich froh, Sie erwischt zu haben, bevor Sie in noch größere Schwierigkeiten schlittern.«

Vivek Gupta war ein Mann der Renaissance im wahrsten Sinne des Wortes. Neben seiner Arbeit auf den Gebieten der Kryptographie und Mathematik war er ein bildender Künstler, der die Techniken der niederländischen Meister studierte und nachahmte. Die »unglaubliche Leuchtkraft« Vermeers hatte ihn zum Studium der Malerei inspiriert, und während der Covid-Pandemie hatte er Boston verlassen und sich nach Cape Cod zurückgezogen, wo er eine alte Fischerhütte in ein Malatelier verwandelt hatte. Mike hatte ihn erst im Jahr zuvor für ein langes Wochenende besucht, sie hatten Hummer gegessen und über alle möglichen Themen gesprochen, von Topologie bis Albrecht Dürer. Er hatte im Atelier geschlafen, umgeben von Stillleben mit Weinflaschen, toten Vögeln und Granatäpfeln, Gemälde, die ihn mit ihrer Farbigkeit faszinierten und – wie alles, was mit seinem Mentor zu tun hatte – mit einem Gefühl der Demut erfüllten.

Dr. Gupta hatte den jungen Mike im Herbst seines ersten Semesters am MIT unter seine Fittiche genommen. Mike war zu dem Zeitpunkt noch damit beschäftigt, mit dem Umzug klarzukommen, sich an seine Kurse zu gewöhnen und einen Weg zu finden, seine astronomische Miete zu bezahlen. Er sah Dr. Gupta zum ersten Mal in seinem Seminar »Muster, Rätsel, Gleichungen«, wo er ihm von der letzten Reihe aus lauschte. Dr. Gupta war ein großer, eleganter Mann, dessen Englisch mit britischem Akzent einen deutlichen Hindi-Tonfall besaß. Er galt allgemein als Exzentriker. Zu seinen zahlreichen extravaganten Eigenheiten gehörte eine Rube-Goldberg-Maschine aus den sechziger Jahren, die auf einem Tisch in seinem Unterrichtsraum stand, ein glänzendes Gewirr an Windungen und Schleifen, das die Studenten faszinierte.

In der zweiten Vorlesung des Semesters sprach Dr. Gupta ihn an. »Entschuldigen Sie, Mr ...?« Von seinem Podium aus zeigte er auf Mike.

»Brink«, sagte Mike und wäre am liebsten im Boden versunken.

»Ja, schön, Mr Brink. Mir ist schon klar, dass Sie zum ersten Mal ein Seminar bei mir belegt haben, aber wenn Sie so freundlich wären, sich mal umzusehen, dann würde Ihnen auffallen, dass Ihre Kommilitonen sich Notizen machen. Würde es Ihnen etwas ausmachen, es ihnen gleichzutun?«

Mike erlebte so etwas nicht zum ersten Mal – ein Professor interpretierte die Abwesenheit von Papier und Stift bei ihm als Desinteresse oder sogar Arroganz. Genau aus diesem Grund setzte er sich immer in jedem Raum ganz nach hinten. »Ich mache mir Notizen«, sagte er. »Nur nicht auf Papier.«

»Ach ja?«, sagte Professor Gupta und lehnte sich mit einem amüsierten Lächeln an das Podium. »Ist das so?«

»So ist es, ja«, erwiderte Mike und spürte, wie seine Wangen heiß wurden. Es war ein kleines Seminar mit lediglich fünfzehn Studenten, aber jeder Einzelne von denen hatte sich nun umgedreht und starrte ihn an. »Ich kann's Ihnen zeigen, wenn Sie mögen.«

»Bitte, nur zu«, sagte er. »Letzte Woche haben wir über den Großen Fermatschen Satz gesprochen. Bitte skizzieren Sie auf dem Whiteboard in groben Zügen Andrew Wiles' Beweis des Satzes.«

»Den kompletten Beweis?«, fragte Mike, ein wenig überrascht darüber, einen solchen komplexen und umfangreichen Beweis wiedergeben zu sollen. Dies würde selbst für ihn eine echte Herausforderung darstellen.

Professor Gupta hielt einen Stift hoch und forderte Mike mit einer Handbewegung auf, an die Tafel zu treten. »Der komplette Beweis, wenn ich bitten darf.«

In der Woche zuvor hatte Professor Gupta im Seminar über die Herausforderungen und das den Großen Fermatschen Satz umgebende Geheimnis gesprochen. Pierre de Fermat, ein französischer Jurist und Mathematiker aus dem siebzehnten Jahrhundert, hatte bei der Lektüre der *Arithmetica* des Diophantos von Alexandria ein Theorem auf dem Rand des Werkes formuliert und die berühmte wie quälend-verlockende Bemerkung hinzugefügt, der Buchrand sei zu schmal für dessen Beweis. Jahrhundertelang hatten sich Mathematiker mit dem allgemeinen Beweis von Fermats Vermutung abgemüht. Schließlich fand der britische Mathematiker Andrew Wiles 1994 einen Beweis, mehr als dreihundert Jahre, nachdem Fermat den Satz formuliert hatte. Gupta hatte den Beweis von Wiles an die Tafel projiziert und die Studenten gebeten, die wesentlichen Punkte aufzuschreiben. Mike hatte alles fasziniert aufgenommen. Er interessierte sich nicht so sehr für die Mathematik, die im Großen Fermatschen Satz steckte, sondern vielmehr für die immensen Anstrengungen, die zur Lösung geführt hatten, für die Schmerzen, die Wiles hatte ertragen müssen, seine Hartnäckigkeit, die unerbittliche Suche nach der Lösung. Für Mike war das Bestreben, ein Rätsel zu lösen, immer interessanter als die Antwort.

Als er zur Tafel ging, bezweifelte er, dass irgendwer, nicht einmal der gewissenhafteste Mitschreiber, das ganze Ding notiert hatte. Mike erinnerte sich nicht mehr in allen Einzelheiten an die Gleichung, doch als er den Stift hob, sah er sie genauso, wie Gupta sie projiziert hatte. Sie erschien in seinem Kopf in Form von farbigen Kacheln, leuchtenden Schattierungen, die ihn durch die Gleichung führten, als würde er Tonleitern auf einer Klaviatur spielen. Als er fertig war, war das Whiteboard mit Zahlen bedeckt, und seine Kommilitonen starrten ihn verdutzt an.

»Bravo, Mr Brink«, sagte Professor Gupta, ohne sein Erstaunen verbergen zu können. »Bravo. Sie sind ab sofort von der Notwendigkeit befreit, mit Stift und Papier zum Seminar erscheinen zu müssen.«

Von diesem Moment an hatte Professor Gupta Mike adoptiert. Er war sein loyalster Unterstützer am MIT, ein Mentor und Freund, der ihm sowohl in intellektuellen wie praktischen Fragen beratend zur Seite stand. Er beschleunigte Mikes Weg zum Abschluss des Studiums, schlug ihn für zahlreiche Auszeichnungen und Anerkennungen vor, beriet ihn bei beruflichen Entscheidungen, meldete ihn für verschiedene Konferenzen an und hielt ihm stets den Rücken frei, wann immer etwas Unerwartetes mit dem Lehrpersonal und Verwaltungsangestellten geschah.

Mit der Zeit erkannte Mike, wie wertvoll Vivek Gupta als Freund sein konnte. Während Mikes Wissen über Rätsel und Muster, Chiffren und Kryptogramme intuitiv war, verfügte Gupta über ein Erfahrungswissen, das aus drei Jahrzehnten in den Schützengräben stammte. Vivek Gupta war fast fünfzig Jahre alt, als Mike ihn kennenlernte, eine Legende auf seinem Fachgebiet und auch darüber hinaus. Als »Veteran der Cypherpunk-Ära«, wie Gupta sich selbst zu nennen pflegte, misstraute er allen Regierungen und den mit ihnen verbündeten Unternehmen und glaubte, dass man sich in der modernen Welt allein mit hieb- und stichfesten digitalen Codes schützen konnte. Er und seine Mitstreiter hatten ihre Talente in die Erschaffung von Freiräumen, digitalen Landschaften ohne Grenzen, digitalen Währungen und privaten Netzwerken gesteckt, die es ihnen ermöglichen sollten, sich jeder Überwachung zu entziehen.

Er war ein früher Befürworter von Kryptowährungen gewesen und hatte ein Blockchain-Netzwerk mitentwickelt, bevor er sein Vermögen in eine milliardenschwere gemeinnützige Stiftung einbrachte, die kleine Unternehmen in Indien förderte. Er war überzeugt, dass der Kapitalismus und der freie Kapitalfluss über Grenzen hinweg die Welt aus der Armut holen könnte, sowohl der physischen als auch der geistigen.

Eines Tages gab Dr. Gupta Mike nach dem Seminar einen Zettel, auf dem Folgendes stand:

»Menschen haben seit Jahrhunderten ihre Privatsphäre durch Flüstern, Dunkelheit, Umschläge, geschlossene Türen, geheime Handzeichen und Kuriere geschützt. Die Technologien der Vergangenheit erlaubten keinen starken Schutz der Privatsphäre, die elektronischen Technologien allerdings schon. Wir, die Cypherpunks, haben uns dem Aufbau anonymer Systeme verschrieben. Wir verteidigen unsere Privatsphäre mit Hilfe von Verschlüsselung, mit Systemen zur anonymen Mail-Weiterleitung, mit digitalen Signaturen und mit elektronischem Geld.«

Mike recherchierte kurz im Internet und fand heraus, dass diese Worte Teil des 1993 von Eric Hughes verfassten Textes »A Cypherpunk's Manifesto« waren. Er las, dass die Bewegung oft als Vorläufer der technologischen Revolution angesehen wurde: Internet, digitale Kommunikation, Kryptowährungen und dezentrale Systeme auf der Blockchain. Die Cypherpunks wollten Identität und Privatsphäre schützen, und zu ihren Mitgliedern gehörten einige der mächtigsten Techunternehmer der Welt.

Mike verstand die Notwendigkeit von Privatsphäre, aber er gehörte einer anderen Generation an. Er sah keinen Nachteil darin, sichtbar zu sein. Er hatte nichts zu verbergen, warum sollte er also besorgt sein? Was er nicht verstanden hatte, so lehrte ihn Dr. Gupta, war, dass es bei dem Thema Privatsphäre um mehr ging als nur darum, »nichts zu verbergen zu haben«. Es ging vielmehr darum, was die Machtinhaber in Zukunft mit den Informationen anfangen könnten. Es ging darum, wie sie sein Leben beschränken und kontrollieren könnten. Genau deswegen hatten Professor Gupta und die frühen Pioniere des Cyberspace ihre Arbeit begonnen: Es ging um die Freiheit.

»Alles, was Sie sagen, kann und wird gegen Sie verwendet werden«, hatte er eines Abends in einem Pub in Cambridge zu einer kleinen Gruppe seiner Studenten gesagt. »Anonymität ist Macht. Das Bitcoin-White-Paper – das Gründungsdokument des Bitcoin-Zahlungssystems, der wohl revolutionärsten Erfindung der Finanzwirtschaft seit der Einführung des Papiergeldes – wurde von jemandem unter dem Pseudonym Satoshi Nakamoto in einer Mailingliste über Kryptographie veröffentlicht. Manche glauben, der Name stehe für eine Gruppe zusammenarbeitender Menschen und nicht für eine Einzelperson. Wer immer Satoshi Nakamoto tatsächlich ist, man hat sich aus einem bestimmten Grund entschieden, im Verborgenen zu bleiben. Genau hier und jetzt findet ein Krieg statt, dessen Ausgang die Zukunft verändern wird.«

In Mikes zweitem Studienjahr reagierte Dr. Gupta wütend, als er erfuhr, dass Mike seinen persönlichen »kryptographischen Schlüssel« online in seinem Zahlenrätsel veröffentlicht hatte. Egal, dass Mike jung und dumm war, egal, dass nur zwei Personen das Rätsel heruntergeladen hatten, die Enthüllung, dass Mike solch persönliche Informationen online veröffentlicht hatte, verärgerte Professor Gupta zutiefst. »Sie können natürlich versuchen, es zu verbergen«, hatte er gesagt. »Und Sie können alle Verbindungen zu Gary Sand und den anderen abbrechen. Sie haben Ihre Talente allein für ihre eigenen Zwecke benutzt, wie Ihnen jetzt sicher ebenfalls klar ist. Sie waren ein Opfer. Dafür kann man Sie nicht verantwortlich machen. Aber so etwas kann einen für immer verfolgen.«

Und so war es. Diese eine Dummheit, dieser eine Onlineausrutscher, dieses kurzzeitige mangelnde Urteilsvermögen hatten ihn verfolgt.

Mike betrachtete jetzt den Bildschirm seines Handys. Dr. Gupta stand in seinem Maleratelier, trug einen mit Farben bedeckten Kittel. Sein ehemaliger Professor hatte seit seinem Weggang vom MIT erheblich an Gewicht zugelegt, und das stand ihm gut. Er hatte graue Schläfen, einen grauen Ziegenbart und tiefe Lachfalten um Augen und Mund, die physischen Beweise für seine gute Laune. »Mr Brink, mein lieber Freund, was zum Teufel reitet Sie, über ein unverschlüsseltes öffentliches WLAN nach Jameson Sedge zu suchen?«

Mike erläuterte die Situation – das Rätsel, das Thessaly ihm gezeigt hatte, die Begegnung mit Jess im Gefängnis und alles, was daraus gefolgt war –, nahm dann die Zeichnung des kreisförmigen Puzzles heraus und zeigte sie Gupta. Er erwartete, dass sein Mentor einen kurzen Blick darauf werfen und eine ebenso elegante wie offensichtliche Erklärung liefern würde, etwas, das Mike selbst sofort hätte erkennen müssen. Aber das tat er nicht. Er starrte einen Moment zu lange auf den Kreis, eine tiefe Falte tauchte zwischen seinen Augenbrauen auf. Er schien besorgt zu sein. Schließlich sagte er: »Ich habe schon geahnt, dass Sie tief in irgendeinem Schlamassel stecken, als ich auf gewisse Recherchen aufmerksam gemacht wurde, die Sie im Internet durchführten.«

»Sie wurden auf meine Recherchen aufmerksam gemacht?«, fragte Mike. Er wusste, dass Gupta die Fähigkeit besaß, online alles zu sehen, was er wollte, und er hätte sich denken können, dass er ihn beobachtete. »Sie haben mir nachspioniert?«

»Und da bin ich nicht der Einzige«, erwiderte der Professor. »Die einzige Möglichkeit auszuschließen, dass Sie beobachtet werden, wäre, dass Sie Ihre elektronischen Geräte zerstören, aber selbst das ist noch kein ausreichender Schutz. Und jetzt erzählen Sie mir: Wie sind Sie darauf gekommen, Jameson Sedge mit den Ereignissen, die Sie beschrieben haben, in Verbindung zu bringen? Im Netz gab es ganz sicher nichts, was Sie dazu veranlasst haben könnte.«

»Es war nicht leicht. Es gab nur ein einziges Bild von Sedge – ein Foto, aufgenommen bei einer Wohltätigkeitsveranstaltung.«

»Ich bin überrascht, dass es dieses eine Bild gab«, erwiderte Gupta. »Sedge ist einer der alten Schule, genau wie ich. Es gibt keine Onlineprofile von ihm, er veröffentlicht keinerlei persönliche Informationen und erlaubt nicht, dass sein Bild in Umlauf ist. Er lässt Fotos von sich entfernen, sobald sie auftauchen, und alles, was man über ihn liest – auf Wikipedia oder in *Forbes* oder der *New York Times* –, ist sorgfältig kuratiert. Ich weiß das, weil ich mit demselben Mann zusammenarbeite, um meinen Onlinefußabdruck beseitigen zu lassen.«

»Das Foto, das ich gefunden habe, zeigt Sedge mit einer Frau namens Anne-Marie Riccard. Sie hatte Kontakt mit Jess Price im Sedge House, das damals – wie sich herausgestellt hat – Jameson Sedge gehörte. Anne-Marie Riccard war einige Tage vor Noah Cookes Tod in dem Haus. Ich möchte wissen, ob sie mir helfen kann zu verstehen, was dort passiert ist.«

Zwischen ihnen entstand ein für Gupta untypisches Schweigen. Schließlich sagte er: »Halten Sie das wirklich für eine gute Idee, mein Freund?«

»Ich sehe keine andere Möglichkeit«, erwiderte Mike. »Jedenfalls war sie mit einem Treffen einverstanden. Ich werde sie in ein paar Stunden sehen. Denken Sie wirklich, dass Sedge etwas zu verbergen hat?«

»Ich kenne den Mann inzwischen seit fast drei Jahrzehnten, und ich kann Ihnen sagen, dass er mit Sicherheit etwas zu verbergen hat. Ich hatte den Kerl anfangs durchaus gern. Wir mochten beide William Gibson und Philip K. Dick. Wir waren beide sehr an den praktischen Elementen der Kryptographie interessiert und daran, wie sie die Anonymität schützen könnte, insbesondere, wie sie in den Arbeiten von David Chaum formuliert wurde. Wir waren frühe Mitglieder der Cypherpunk-Subkultur und gehörten zu der ursprünglichen Gruppe, die sich in San Francisco traf, um Manifeste zu schreiben und zu veröffentlichen. Und wir waren ebenfalls frühe Befürworter der Blockchain-Technologie und entwickelten Unternehmen, die sich damit beschäftigten. Aber im Laufe der Jahre trennten sich unsere Wege. Ich weiß nicht, womit er sich heute beschäftigt, und das ist durchaus beabsichtigt. Er ist, um ehrlich zu sein, nicht mein Fall. Der Mann ist rücksichtslos, wenn es um seine Privatsphäre geht. Wenn Sie ihn irgendwie bedroht haben, dann sind Sie in etwas sehr viel Tieferes, viel Dunkleres hineingeraten, als Sie es sich vorstellen können.«

»Aber ich habe mit nichts gedroht«, sagte Mike. »Ich bin in diese Sache hineingezogen worden. Das Rätsel ist zu mir gekommen.«

»Sie helfen Jess Price«, sagte Gupta. »Korrekt?«

»So könnte man sagen, ja«, erwiderte Mike und erkannte, dass dies tatsächlich der Fall war. Was als einmaliger Besuch begonnen hatte, war zu etwas Umfassenderem geworden.

»Für Sedge ist ein Freund seines Feindes auch sein persönlicher Feind. Nach allem, was Sie mir gesagt haben, gehört Jess Price nicht gerade zu Sedges Freunden.«

»Da haben Sie wohl recht«, sagte Mike und erinnerte sich an Jess' chiffrierte Nachricht, an ihre panische Angst davor, beobachtet zu werden.

»Dann würde ich vorschlagen, Sie treffen sich nicht mit dieser Riccard. Lassen Sie die Finger von allem. Vernichten Sie das Rätsel und fahren Sie zurück nach Manhattan.«

»Das kann ich nicht«, sagte Mike und wusste, dass es stimmte. Selbst wenn er ging, selbst wenn er das Rätsel vergessen könnte, würde Jess ihm keine Ruhe lassen.

Gupta seufzte. »Dann beschwichtigen Sie ihn, so gut Sie eben können. Finden Sie eine Möglichkeit, mit ihm zu reden. Versichern Sie ihm, dass Sie sich nicht in seine Angelegenheiten einmischen werden.«

»Aber ich weiß doch nicht mal, was das für Angelegenheiten sind«, sagte Mike.

»Genau weiß das niemand«, sagte Gupta. »Aber das Verbrechen, das sich in seinem Elternhaus zugetragen hat, war das erste Narrativ, das er nicht vollständig kontrollieren konnte. Auch wenn Sie im Netz nichts darüber finden werden, sein Name und die Art seines Unternehmens wurden scharf unter die Lupe genommen. Dass Anne-Marie Riccard bereit ist, mit Ihnen zu sprechen, überrascht mich. Sehr sogar.«

Mike drückte seine Stirn gegen das Lenkrad; der Kunststoff war glühend heiß. Plötzlich verspürte er das drängende Bedürfnis, Guptas Rat anzunehmen und nach Hause in sein Loft zurückzukehren, in die behagliche Welt seiner Rätsel, seiner Laufrunden am Nachmittag, seiner ruhigen Fernsehabende mit Connie. »Vielleicht haben Sie recht. Vielleicht sollte ich es einfach auf sich beruhen lassen.«

»Ja, natürlich sollten Sie das«, sagte Vivek Gupta. »Aber ich kenne Sie besser. Außerdem, wenn Sedge Sie ins Auge gefasst hat, dann hat das einen gottverdammt guten Grund. Treffen Sie sich wie geplant mit seiner Freundin, aber seien Sie vorsichtig. Einstweilen haben Sie ja meine App für verschlüsselte Nachrichten. Scannen Sie das Rätsel und schicken Sie es mir. Ich werde sehen, was ich darüber in Erfahrung bringen kann.«

28

Es war früher Abend, als Mike auf den Parkplatz vor dem Bard's Fisher Center einbog, einem kantigen, von Frank Gehry entworfenen Gebäude mit einem Exoskelett, das gefaltet und geknickt war wie ein riesiges metallisches Origami. Connie brauchte ein bisschen Bewegung, also ließ er sie auf dem gepflegten Rasen von der Leine, wo sie vor Freude über den strahlenden Sonnenschein und die frische Luft im Kreis rannte, herumsprang, tobte und bellte. Ihre Ausgelassenheit erregte die Aufmerksamkeit einer Gruppe von Kindern, die am anderen Ende der Fläche spielten. Ein vielleicht zehnjähriges Mädchen in einem gelben Kleid pustete Seifenblasen, und Connie, die unbedingt spielen wollte, hüpfte von einer Seifenblase zur nächsten und ließ sie mit ihrer Nase platzen. Mike beobachtete, wie die seifigen, schillernden Kugeln im Sonnenlicht aufstiegen und sich drehten, ihre changierenden Farben ein Wunder der ständigen Luftkrümmung. Er sah die Steradianten jeder Blase, sah ihre kantenlose Symmetrie. Als ihm Zahlen in den Kopf kamen, schüttelte er sie ab. Er hatte jetzt keine Zeit, sich in einem endlosen Strom von Ziffern zu verlieren. Anne-Marie Riccard wartete.

Als Mike Connie wieder an die Leine nahm, vibrierte das Handy in seiner Tasche. Er nahm es heraus und sah, dass eine Sprachnachricht von einer ihm unbekannten Nummer eingegangen war, höchstwahrscheinlich der verärgerte Manager des Starlite-Motels, nachdem er sein Zimmer entdeckt hatte. Er öffnete die Nachricht und blieb unvermittelt stehen, als er die Stimme von Thessaly Moses hörte:

Ich habe eine ziemlich beunruhigende Nachricht erhalten. Ich war gerade damit beschäftigt zu verstehen, was heute Nachmittag passiert ist, und jetzt hat mein Vorgesetzter angerufen und mir mitgeteilt, dass Jess aus Ray Brook in eine andere Einrichtung verlegt wird. Was für ein Albtraum. Wie dem auch sei, ich rufe an, weil ich wissen will, ob Sie schon Gelegenheit hatten, sich die Dateien auf dem Stick anzusehen. Rufen Sie mich zurück, wenn es passt. Wir müssen dringend miteinander reden.

Im Inneren des Instituts für Kunstgeschichte umhüllte ihn die klimatisierte Luft wie ein Eisbad. Als er auf der Suche nach Anne-Marie Riccards Büro den leeren Flur hinunterging, bemerkte er, dass er dem bevorstehenden Treffen mit einer gewissen Beklommenheit entgegensah. Es war völlig irrational, zumal er sich mit Dr. Gupta angefreundet hatte, aber in der Nähe von Akademikern ging er immer sofort in Verteidigungsstellung. Nicht jeder Lehrer oder Dozent hatte Mikes Talente so zu schätzen gewusst wie sein Mentor. Tatsächlich hatten die meisten seiner Professoren ihn bestenfalls wie einen Zirkusfreak und schlimmstenfalls wie einen Betrüger behandelt. Und er verstand durchaus den Grund. Er konnte innerhalb weniger Stunden *Krieg und Frieden* lesen und dann bei Bedarf ganze Passagen daraus rezitieren; er konnte schwierige mathematische Gleichungen lösen, nachdem er nur einen kurzen Blick ins Lehrbuch geworfen hatte. Selbst die Professoren, die seine Vorgeschichte kannten, betrachteten ihn mit Skepsis. Sie sprachen es nie offen aus, aber er spürte, dass hinter jeder Interaktion der Vorwurf lauerte, Mike besäße einen unfairen Vorteil. Irgendwie, auf eine Art und Weise, die sie nicht beweisen konnten, betrog er das System.

Mike hatte das MIT in nur drei Jahren mit den höchsten Auszeichnungen abgeschlossen. Er war zwar ein Musterschüler, aber kein Gelehrter. Akademische Arbeit war für ihn keine Herausforderung und auch nicht interessant. Als man ihm ein Vollstipendium für das

Doktorandenprogramm des MIT anbot, lehnte er ab und zog nach Manhattan, wo er als Rätselentwickler für die *New York Times* zu arbeiten begann – eine Entscheidung, die seine Professoren verblüffte und bei seinen Kommilitonen, die renommierte akademische Stellen und hoch bezahlte Beraterpositionen in Unternehmen auf der ganzen Welt annahmen, nur Spott hervorrief. Auch Mike waren diese Stellen angeboten worden, aber er hatte sie abgelehnt.

Kaum jemand verstand, dass er keine Wahl hatte. Mike brauchte Prestige oder Geld nicht annähernd so sehr, wie er das Lösen von Rätseln brauchte. Er nahm die Spielkarten, die er bekommen hatte – ein Gehirn, das auf lebensverändernde Weise sowohl funktionierte als auch Fehlfunktionen aufwies –, und lernte, sie zu seinem Vorteil einzusetzen. Er machte sich zu eigen, was Dr. Trevers seine »Superkraft« nannte, und konnte sich nicht vorstellen, wie sein Leben aussehen würde, wenn er nicht fünfzehn Jahre zuvor auf diesem Footballfeld verletzt worden wäre. Dennoch gab es Zeiten, in denen er den erlittenen Schaden deutlicher spürte als andere.

»Dr. Riccard«, sagte Mike, als er in der Tür zu ihrem Büro stand. Er erkannte sie von dem Foto auf der Website des Bard College. Sie war groß und schlank, elegant, das dunkle Haar schulterlang. Sie trug ein helles Schaltuch, dessen große Maschen ein kompliziertes Gitterwerk um ihre Schultern legten.

»Nennen Sie mich bitte Anne-Marie«, sagte sie und bat ihn mit einer einladenden Handbewegung in ihr beengtes Büro. Er setzte sich auf ein kleines ledernes Zweiersofa vor einem Regal mit Kunstbüchern: ein Katalog des Rodin-Museums in Paris, ein weiterer mit japanischer Keramik. »Und wer ist das?«, fragte sie und bückte sich, um Connie zu streicheln, die sie argwöhnisch beäugte.

»Connie wird Sie für immer in ihr Herz schließen, wenn Sie ihr das hier geben«, sagte er und gab ihr ein Stück Trockenfleisch aus seiner Tasche. Das war gelogen. Seine Dackeldame hatte ein ausgeprägtes Gespür für Menschen; sie wusste sofort, ob sie jemanden mochte, und änderte ihre Meinung nur selten. Das war eines der

Dinge, die er am meisten an ihr bewunderte – sie hatte einen sechsten Sinn für Menschen. Anne-Marie warf Connie den Leckerbissen zu und setzte sich dann Mike gegenüber auf ein identisches Sofa.

»Vielen Dank, dass Sie sich so kurzfristig Zeit für mich genommen haben«, sagte er, als Connie sich neben seinen Füßen niederließ und begann, sich über ihr zweites Leckerchen des Tages herzumachen.

»Schon seit Jahren hoffe ich, dass sich jemand wegen Jess Price mit mir in Verbindung setzt«, sagte Anne-Marie. »Ist sie immer noch …?«

»Eingesperrt?«, beendete Mike ihren Satz. »Ja. In einer Einrichtung in den Adirondacks. Ich komme gerade von dort.«

»Sie erwähnten etwas von einer Zusammenarbeit mit ihr an einem Projekt?«, fragte Anne-Marie. »Um was für ein Projekt handelt es sich da?«

Mike hatte nicht beabsichtigt zu lügen, aber die Geschichte kam ihm mühelos über die Lippen. »Rätsel für Strafgefangene. Ein ehrenamtliches Projekt des Bundesstaates.«

»Wie edelmütig«, sagte sie und warf ihm einen skeptischen Blick zu. »Ist eine solche ehrenamtliche Arbeit üblich für jemanden mit Ihrer … Kompetenz?«

»Nein, eigentlich nicht«, erwiderte Mike und dachte, dass sein Ruf ihm wieder einmal vorausgeeilt war. »Aber ich helfe gern, wo ich kann. Und genau deshalb wollte ich mit Ihnen sprechen. Sie sind Jess persönlich begegnet, richtig?«

»Nur einmal im Sedge House. Der Besitzer hatte mich beauftragt, sämtliche im Haus befindlichen Antiquitäten zu begutachten, zu beglaubigen und zu verkaufen. Dazu ist es aber nie gekommen.«

Das überraschte ihn. Er nahm an, dass alles im Sedge House veräußert worden war – einschließlich des Hauses selbst. »Es wurde nichts verkauft? Auch das Haus nicht?«

»Nein«, antwortete sie. »Der Besitzer wollte die Antiquitäten genau so belassen, wie sie zu Lebzeiten seiner Tante gewesen waren.«

»Ist es nicht ein wenig kostspielig, ein herrschaftliches Anwesen aus dem Gilded Age für Lagerzwecke zu unterhalten?«

»Jameson denkt nicht viel über Kosten nach. Aber, ja, es war eine merkwürdige Entscheidung. Die meisten Leute hätten das Haus so schnell wie möglich verkauft. Aber nach allem, was dort passiert ist, hat er beschlossen, es zu behalten. Er bezahlt eine Haushälterin, die putzt und Staub wischt, einen Gärtner, der sich um die Rosen kümmert, und heizt gerade so viel, dass die Rohre im Winter nicht platzen. Jameson ist genauso exzentrisch wie seine Tante Aurora. Vielleicht sogar noch exzentrischer.«

»Dann ist die Sammlung von Porzellanpuppen immer noch im Haus?«

Anne-Marie errötete leicht, und er bemerkte, wie sie nervös wurde. »Jess hat Ihnen von den Puppen erzählt?«

Er nickte, wobei er darauf achtete, sich nicht anmerken zu lassen, wie sehr er sich für alles interessierte, was Anne-Marie ihm über sie erzählen könnte.

»Ich habe die Sammlung intensiv studiert. Ich bin Aurora nie begegnet, aber durch ihre Sammlung spürte ich, dass sie etwas, wie soll ich sagen, Wunderbares an sich hatte. Sie war sicher auf eine gewisse Art sonderbar, gar keine Frage, aber sie hütete das, was sie liebte, und hielt die Außenwelt fern.«

Anne-Marie faltete die Hände auf dem Schoß und fuhr fort. »Sie besaß außerdem eine außergewöhnliche Porzellansammlung, und Porzellan ist seit vielen Jahrzehnten eine meiner Leidenschaften. Es ist mein Fachgebiet als Kunsthistorikerin, und ich habe umfassende Arbeiten darüber veröffentlicht, von alten chinesischen Tempelvasen bis hin zu den Meisterwerken der französischen Fayence. Ursprünglich waren Porzellanpuppen ein Teilgebiet dieser Arbeit, aber ich gebe zu, dass sie ab einem bestimmten Punkt deutlich in den Vordergrund rückten.«

»Es ist ein sehr spezielles Gebiet«, sagte er aus dem Bedürfnis heraus, sie am Reden zu halten. »Wie sind Sie dazu gekommen?«

»Die Wahrheit?« Sie errötete leicht. »Als ich zehn Jahre alt war, bekam ich heißen Kakao in einer der Teetassen meiner Urgroßmutter serviert – einer eierschalendünnen Porzellantasse mit einer Rose in der Mitte und vergoldetem Rand. Das Porzellan mit seiner Leichtigkeit, der eiweißartigen Durchsichtigkeit und seiner Fähigkeit, das Licht einzufangen und es um sich herum zu brechen, das zog mich damals schon in seinen Bann. Nach dem Tod meiner Urgroßmutter erbte ich diese Tassen. Wie sich herausstellte, waren sie aus Limoges. Ich nahm sie mit in meine erste Wohnung in Manhattan, wo sie die Hälfte des Stauraums im Schrank meiner winzigen Küche einnahmen. Ich benutzte sie jeden Tag – für eine mittellose Studentin ein bisschen absurd, ich weiß. Doch irgendwie haben sie mir den Rücken gestärkt. Jeden Tag hielt ich eine Tasse aus Limoges in der Hand und dachte an meine Urgroßmutter, aber auch an all die Kunstfertigkeit, mit der sie geschaffen worden war, daran, wie Schönheit Generationen überdauert und über einen langen Zeitraum hinweg Freude bringt. Ich begriff, dass diese Tasse ein Kunstwerk war, so wertvoll wie eine römische Statue, nur mit dem Unterschied, dass ich mich jeden Tag an ihr erfreuen konnte. Ab diesem Punkt rückte die Geschichte der Keramik ins Zentrum meines Studiums. So begann meine Leidenschaft für Porzellan.« Anne-Marie lächelte ihn verlegen an. »Bitte verzeihen Sie mir«, sagte sie. »Ich muss Sie schrecklich langweilen.«

»Überhaupt nicht«, sagte Mike. Tatsächlich verstand er sehr gut, wie eine Besessenheit von einem Leben Besitz ergreifen konnte – seine Entdeckung der Rätsel hatte ihn gerettet, seiner Existenz eine Struktur gegeben und eigentlich alles verändert. »Ich finde das alles ausgesprochen faszinierend.«

»Es ist allerdings faszinierend«, erwiderte sie erfreut. »Die Geschichte des Porzellans ist besonders fesselnd. Die Europäer kamen erstmals mit Porzellan in Berührung, als Marco Polo ein kleines Gefäß aus China mitbrachte. Er nannte es *porcellana*, nach dem italienischen Namen für eine Muschelart, deren schimmerndes Perlmutt dem Gefäß ähnelte. Viele Kunsthandwerker versuchten in den folgenden Jahren, chinesisches Porzellan zu kopieren, doch alle scheiterten. Es gab Techniken, die sie nicht analysieren konnten, eine geheime Formel, die nur die Chinesen beherrschten. Die Preise für importiertes Porzellan waren astronomisch, und selbst die reichsten Adeligen konnten sich nur wenige Stücke leisten.

Ganz Europa war hingerissen von Porzellan und wollte es unbedingt haben. Der deutsche Kurfürst und König August der Starke investierte ein Vermögen, um die Formel für das weiße Gold zu finden. Schließlich gelang es ihm. Als die Katze sozusagen aus dem Sack war, explodierte die Porzellanproduktion in ganz Europa. Französische Porzellanmanufakturen wurden gegründet und erlangten Weltruhm, ebenso britische Unternehmen wie Wedgwood. Figurinen wurden zu begehrten Schmuckgegenständen. Dosen, Teekannen, Vasen – die Menschen konnten nicht genug davon bekommen. Mit der Markteinführung des Porzellans veränderte sich das Leben in Europa in vielerlei Hinsicht. Natürlich brachte es großen Reichtum und Prestige mit sich, und die Könige und Königinnen Englands und Europas gaben atemberaubende Meisterwerke in Auftrag, aber ab dem neunzehnten Jahrhundert konnte eine Teekanne aus Porzellan oder ein Set hübscher Tassen auch von ganz gewöhnlichen Menschen wie meiner Urgroßmutter erworben werden.«

»Von Menschen wie Aurora Sedge«, sagte Mike und lenkte die Unterhaltung wieder auf sein Ziel.

»Ja, wie Aurora Sedge«, bestätigte sie. »Obwohl sie alles andere als gewöhnlich war. Aber verraten Sie mir doch bitte – warum haben Sie Verbindung zu mir aufgenommen? Hat es etwas mit diesem Projekt zu tun, an dem Sie und Jess Price arbeiten?«

Mike hatte versucht, Anne-Marie auf den Zahn zu fühlen, und entschied, dass es nun an der Zeit war, auf den eigentlichen Anlass seines Besuchs zu kommen. »Ich versuche zu verstehen, was im Sedge House passiert ist«, sagte er. »Sie waren einer der wenigen Menschen, die Jess gesehen haben, als sie dort war.«

»Ich war dort, um Antiquitäten zu begutachten«, antwortete sie. »Ich habe kaum ein Wort mit ihr gewechselt.«

»Vielleicht ist Ihnen irgendetwas Merkwürdiges in dem Haus aufgefallen?«, fragte er. »Etwas, das erklären könnte, was kurze Zeit später Noah Cooke zugestoßen ist.«

»Meines Wissens gab es eine Untersuchung«, sagte sie mit plötzlich deutlich kühlerer Stimme. »Und wie Sie ja sehr wohl wissen, gab es auch eine Verurteilung.«

»Ich glaube nicht, dass die richtige Person verurteilt wurde.«

»Und Sie werden jetzt für Gerechtigkeit kämpfen?«

»Spricht etwas dagegen?«

»Vielleicht nicht«, sagte sie. »Aber bevor Sie es versuchen, sollten Sie das Ausmaß dessen verstehen, worauf Sie sich einlassen.«

Mike erinnerte sich an Jess' chiffrierte Nachricht. Sie glaubte, dass Ernest Raythe ermordet worden war und er sich ebenfalls in Gefahr befände. Er musterte Anne-Marie und versuchte herauszufinden, wie viel sie wusste. »Deshalb bin ich hier«, sagte er schließlich. »Um zu verstehen.«

Anne-Marie zog ihren wallenden, hauchdünnen Schal enger um sich, eine bedächtige Geste, die sich in ihrem Tonfall widerspiegelte. »Es ist ein bisschen wie mit der Büchse der Pandora, Mike. Wenn Sie sie öffnen, werden Sie verstehen, was Jess Price widerfahren ist. Sie werden alle Informationen haben, die Sie suchen, und noch mehr. Aber Wissen hat auch Konsequenzen. Denn sie hat etwas gefunden, das sehr lange Zeit verborgen gewesen war. Es gibt Menschen, die nicht wollen, dass diese Entdeckung in die Welt hinausgetragen wird. Jess ist der Sache viel zu nahe gekommen. Das Resultat haben Sie gesehen.«

»Ich fürchte, ich verstehe nicht, was Sie meinen«, sagte er und beobachtete sie aufmerksam.

»Wissen ist verführerisch«, fuhr sie fort. »Es weckt den Wunsch, es aufzudecken, jede Schicht, die es schützt, abzutragen. Wir denken, wir wollen die Wahrheit besitzen und sie würde uns Befriedigung verschaffen, uns Bestärkung, Sicherheit und Trost geben. Aber in Wirklichkeit gibt es Momente, in denen uns das Wissen schaden kann. Manchmal bleibt ein Geheimnis aus gutem Grund unerreichbar.«

Mike war sich unsicher, wie er darauf reagieren sollte. Geheimnisse waren nicht sein Ding. Ein tief sitzender innerer Zwang ließ nicht zu, dass er eines ungelöst ließ. »Ich bin nicht der Typ, der einfach wieder gehen kann, ohne dem Wissen näher gekommen zu sein.«

Anne-Marie nahm einen Schlüssel aus ihrer Handtasche, sperrte einen Aktenschrank auf und zog eine kleine Ledermappe heraus. Mike erkannte sie sofort als die in Jess Price' Tagebuch beschriebene Mappe: braun, abgewetzt, verschlossen mit einem kräftigen Lederband. Als sie zu ihrem Platz zurückkehrte, hielt sie die Mappe so fest umklammert, dass sich ihre Fingernägel in das weiche Leder gruben. »Ich denke, Sie wissen bereits, dass die Geschehnisse im Sedge House nicht sind, was sie zu sein scheinen. Es geht nicht nur um die Frage, wer Noah Cooke getötet hat oder ob Jess Price verantwortlich ist für das, was passiert ist. Der Inhalt dieser Mappe wird Ihre Wahrnehmung der Ereignisse verändern. Genau genommen wird es Ihre Wahrnehmung von allem ändern.«

Mike warf einen Blick aus dem Fenster. Das Licht wurde schwächer, der Tag klang mit der untergehenden Sonne aus. »Wahrnehmungen sind dazu da, verändert zu werden.«

Anne-Marie steckte die Mappe in ihre Tasche, nahm ihre Schlüssel aus dem Bücherregal und ging zur Tür. »Dann kommen Sie mit«, sagte sie mit leiser Stimme, als hätte sie Angst, belauscht zu werden. »Ich zeig es Ihnen.«

29

Mike folgte Anne-Marie in ihrem BMW über eine Reihe kleiner Landstraßen. Es wurde dunkel, also schaltete er die Scheinwerfer ein, als sie auf ihr Grundstück einbogen und einer steilen Zufahrt durch einen dichten Wald aus Tannen, Birken und Ahornbäumen folgten. Seine Scheinwerfer glitten über Schilder, die an Baumstämme genagelt waren und auf denen *Betreten verboten*, *Jagen verboten*, *Privatbesitz* stand. Er warf einen Blick in den Rückspiegel, suchte den schwarzen Tesla und stellte erleichtert fest, dass ihm offenbar niemand gefolgt war. Der Tesla war verschwunden, und doch spürte ein Teil von Mike, dass er da draußen in der Dunkelheit lauerte, bereit, jeden Moment wieder aufzutauchen.

Schließlich erreichten sie das Ende der Zufahrt und parkten vor einem modernen Haus, das aus drei auf Betonplatten ruhenden Glaskästen bestand. Er schaltete die Scheinwerfer aus und warf einen Blick auf sein Handy. Kein Netz. Er stieg aus dem Pick-up und folgte Anne-Marie zur Haustür, Connie direkt neben ihm, aber Anne-Marie hielt ihn auf. »Würde es Ihnen etwas ausmachen?«, fragte sie mit einem Blick zu seinem Pick-up. »Ich lasse nie Hunde ins Haus …«

Mike breitete Connies Decke auf der Sitzbank des Pick-ups aus, öffnete die Fenster einen Spaltbreit und verriegelte die Türen. Lieber hätte er sie auf der Ladefläche des Trucks gelassen, aber Dackel waren Jagdhunde, und er konnte sich gut vorstellen, was passieren würde, wenn Connie die Witterung eines Tieres aufnahm. Sie war alles andere als glücklich, im Wagen eingesperrt zu werden, und begann direkt zu bellen und gegen das Fenster zu springen, also öffnete er die Tür und ließ sie wieder raus. Sofort rannte sie zu einem Baum und pinkelte. Als sie zu ihm zurückkam, zeigte er mit dem Finger wie mit einer Pistole. »Peng!«, sagte er und tat so, als würde er sie erschießen, woraufhin sie zusammenbrach. Sich tot zu stellen war ein schwieriger Trick, aber nach monatelangem Üben hatte sie ihn gemeistert. Connie lag auf der Zufahrt, die Zunge hing ihr komisch aus dem Maul. Er lachte, kraulte sie kurz hinter den Ohren, setzte sie dann wieder in den Pick-up und schloss die Tür ab.

Vor dem Haus drückte Anne-Marie auf den Knopf einer Fernbedienung. Lampen flammten auf und tauchten das Innere des Gebäudes in ein sanftes Licht, rückten Küche und Wohnzimmer in den Fokus.

»Viel Privatsphäre gibt's nicht, aber ich habe ja auch keine Nachbarn …«, sagte sie und führte ihn in die Küche, wo sie eine Flasche Sancerre aus dem Weinkühlschrank nahm. Sie entkorkte sie und schenkte zwei Gläser Weißwein ein. Eines davon reichte sie ihm und führte ihn ins Wohnzimmer, wo die schlicht-elegante Architektur des Hauses – seine Glaswände und polierten Betonböden – von bernsteinfarbenen Lichthöfen der über den riesigen Raum verteilten Lampen in einen sanften Schein getaucht wurde. Von der hohen Decke hing ein farbenfroher Kronleuchter, dessen rotes und gelbes Glas sich drehte wie die Arme eines Tintenfischs. »Der stammt von Dale Chihuly«, sagte Anne-Marie, als sie bemerkte, wie er den Leuchter anstarrte. »Und das«, fuhr sie fort und deutete auf drei Porzellanfiguren mit Katzenaugen auf dem Kaminsims, »sind Art-déco-Meisterwerke von Erté.« Er drehte sich um und sah gerahmte hebräische Schriftrollen an der Wand hängen. Ein Schrank war voller Porzellan, und auf einem Regal stand ein goldener Kelch. »Wenn es nach mir ginge, würde ich meine Zeit ausschließlich auf Auktionen verbringen.« Sie drehte sich wieder zu ihm um, ihre braunen Augen waren mit einem Mal ernst. »Stattdessen war ich voll und ganz mit einer anderen Schatzsuche beschäftigt.«

Anne-Marie stellte ihr Weinglas auf einen Couchtisch und holte die alte Ledermappe aus ihrer Tasche.

»Jess ist nicht die Einzige, die die letzten fünf Jahre ihres Lebens an dieses Rätsel verloren hat. Was in diesem Haus passiert ist, was mit Aurora Sedge und ihrem Bruder passiert ist, ihre Verbindung zu den Ereignissen, die vor langer Zeit geschehen sind – das ist alles zu einem bedeutenden Teil meines Lebens geworden.«

Sie setzte sich auf eine Couch, wickelte das Lederband ab und öffnete die Mappe. Mike sah ihr mit wachsender Spannung zu. Doch dann verharrte Anne-Marie plötzlich. »Wo ist Ihr Telefon?«

Mike stellte sein Weinglas auf den Couchtisch und kramte sein Telefon aus der Tasche. Er warf einen kurzen Blick auf die Anrufliste, die drei ältere verpasste Anrufe zeigte – der Anruf von Thessaly und zwei von Vivek Gupta –, aber es gab immer noch kein Netz. Ihm wurde schlagartig klar, dass niemand wusste, wo er war. Er war mitten im Nirgendwo, ohne Verbindung zur Außenwelt.

»Schalten Sie es bitte aus«, sagte Anne-Marie.

Ich habe doch sowieso kein Netz, dachte Mike. Er drückte die Power-Taste und hob das Handy hoch, um ihr den schwarzen Bildschirm zu zeigen.

»Ich weiß, es klingt paranoid, aber ich kann nicht vorsichtig genug sein«, sagte sie. »Ich habe schon zu viel durchgemacht, als dass das alles jetzt aufgezeichnet werden könnte.«

Mike rückte näher zu ihr, um die Mappe besser sehen zu können. Anne-Marie hielt sie umklammert.

»Am Anfang meiner beruflichen Laufbahn«, sagte Anne-Marie, »wusste ich nicht viel über LaMoriette. Natürlich hatte ich die Geschichten über seine Puppen gehört. Jeder in meinem Fachgebiet kennt sie: die wunderschönen, seltenen Luxuspuppen, von denen Sammler so besessen sind. Aber es war die verwunschene Babypuppe, das Meisterstück, das er nach dem Ebenbild seiner geliebten Tochter Violaine erschaffen hatte, das die Schüler von LaMoriette am meisten faszinierte. Das Übernatürliche, besonders wenn es sich mit der Anziehungskraft eines schönen Objekts verbindet, kann für einen bestimmten Menschenschlag unwiderstehlich werden. Ich habe viel Zeit damit verbracht, die Fakten hinter der Legende zu recherchieren.

Doch schon bald habe ich erkannt, dass mehr dahintersteckte, als ich ursprünglich geglaubt hatte. Wir Experten für Porzellangeschichte bilden eine recht kleine Gruppe, und ich begann, Kollegen in meinem Umfeld anzurufen und sie zu fragen, was sie über LaMoriette wussten. Ein Studienkollege von mir, Cullen Withers, Spezialist für französisches Porzellan, sammelte seit Jahrzehnten Informationen über LaMoriette. Er besaß tatsächlich eine Fülle von Dokumenten, die sich sowohl auf Les Bébés de Paris, LaMoriettes in größerer Zahl produzierte Puppenlinie, bezogen als auch auf seine einzigartige Schöpfung, die Puppe, die als sein Meisterwerk galt: Violaine. Cullen hatte sich auf die beschwerliche Suche nach LaMoriette begeben und Zeitungsartikel und Interviews mit LaMoriette ausgegraben, den Katalog einer Präsentation seiner Arbeiten auf einer Ausstellung in Paris im Jahr 1901, einige Fotografien, einen handschriftlichen Brief und dergleichen mehr. Er fand heraus, dass LaMoriette in den neunziger Jahren des neunzehnten Jahrhunderts bei einem Puppenmacher in Prag gelernt hatte. Seine viel gepriesenen Puppenaugen aus farbigem Bleikristall waren maßgeblich von tschechischen Glasmachertechniken beeinflusst, und in einem Brief aus dieser Zeit gab es einen vagen Hinweis auf eine Freundschaft, die LaMoriette mit einem jüdischen Mann in Prag geschlossen hatte. Ich bin dem nachgegangen und habe zwar nichts weiter über diese Freundschaft herausgefunden, aber die Geschichte hat mich fasziniert, sodass ich meine Nachforschungen fortgesetzt habe.«

Anne-Marie trank einen Schluck Wein und fuhr fort.

»Schon bald fand ich heraus, dass der amerikanische Tycoon John Pierpont Morgan nach LaMoriettes Selbstmord im Jahr 1909 dessen Betrieb erworben hatte – was eine Sammlung seltener Bücher und Manuskripte, aber auch Violaine umfasste.«

»Der Bankier?«, fragte Mike und erinnerte sich an eine Geschichte, die er über die Finanzkrise von 1907 gelesen hatte, als J. P. Morgan die bedeutendsten Bankiers und Investoren zusammenbrachte und in einen Raum sperrte, bis sie sich auf eine Rettungsaktion geeinigt hatten.

»Ganz genau«, sagte Anne-Marie. »Er kaufte die Sammlung wegen der Bücher, nehme ich an, und erhielt dabei Violaine als Teil des Geschäfts. J. P. Morgan schenkte die Puppe dann seiner Enkelin Frances Tracy Morgan zu Weihnachten. Das Kindermädchen des Mädchens, Miss Clarice Clementine, hatte wohl intensiven Kontakt mit der Puppe und behauptete, Violaine sei besessen – genau dieses Wort hat sie benutzt«, sagte Anne-Marie. »1928 veröffentlichte sie einen Bericht über ihre Erfahrungen, lange nachdem ihre Beschäftigung bei der Familie Morgan beendet war. In ihren Memoiren beschrieb sie all die Dinge, die man bei verwunschenen Puppen erwartet: Elektromagnetismus, seltsame Bewegungen von einem Teil des Hauses zum anderen, Lichtauren, geheimnisvolles Weinen und schließlich Gewalt. Die junge Frances Morgan wurde verletzt und, wenn man der Geschichte des Kindermädchens Glauben schenken darf, dauerhaft gezeichnet.

Violaine wurde mit den Dokumenten verkauft, welche die Herkunft der Puppe belegten: Zeichnungen, die LaMoriette angefertigt hatte, als er die Puppe entwarf, sowie persönliche Dokumente über seine Arbeit. Es war ein Privatverkauf, der in bar abgewickelt wurde, und in der Morgan Library gab es keine Aufzeichnungen darüber, wer Violaine gekauft hatte. Wie sich herausstellte, war der Vater von Aurora Sedge der Käufer. Er kaufte die Puppe für seine Tochter.«

Anne-Marie hielt kurz inne. »Diese Mappe«, fuhr sie schließlich fort, »enthält die Papiere, die mit Violaine verkauft wurden. Sie wurden nach Jess' Verhaftung im Sedge House gefunden. Diese Seiten«, Anne-Marie nahm ein Bündel Papiere heraus und legte es zwischen ihnen auf den Tisch, »sind Teil eines Briefs, den Gaston LaMoriette am 24. Dezember 1909 an seinen Sohn Charles LaMoriette schrieb. Er schildert einen Abschnitt in LaMoriettes Leben, der fast zwanzig Jahre zurückliegt, nämlich 1891, als LaMoriette nach Prag ging, um bei einem Puppenmacher namens Johan Král zu lernen. Es war vermutlich der letzte Kontakt, den LaMoriette zu irgendjemandem hatte. Am ersten Weihnachtstag 1909 nahm er sich das Leben.«

Mike griff nach den Blättern, aber Anne-Marie hielt ihn zurück. Sie zog einen kleinen Umschlag aus einer Innentasche der Mappe und nahm drei sepiafarbene Fotos heraus. »Das hier sind Aufnahmen von LaMoriette, seiner Frau und seiner Tochter Violaine, gemacht 1890 in Paris. Ich habe sie vor einigen Jahren im Besitz von LaMoriettes Sohn Charles gefunden.«

Mike nahm eines der Fotos und sah einen beleibten Mann mit gepflegtem Bart, der einen Arm um eine Frau mit einem breitkrempigen, mit ausgestopften Vögeln geschmückten Hut gelegt hatte und den anderen Arm um einen Teenager, Violaine. Mike sah sich Violaine genauer an. Sie war groß und zu dünn, nicht wirklich hübsch, aber mit einem Strahlen im Gesicht, das sie durchaus so erscheinen ließ. Wie ihr Vater wirkte sie glücklich, fast heiter.

»Und das«, sagte Anne-Marie, und zog ein weiteres Foto, das Bild einer Porzellanpuppe, hervor, »ist LaMoriettes Meisterwerk. Sehen Sie, wie ähnlich die Puppe der Tochter ist? Es ist bemerkenswert. Sehen Sie es?«

Mike sah es. Die Ähnlichkeit war frappierend. Die Puppe wirkte, wie das Mädchen, ziemlich seltsam, mit großen Augen und einem Gesicht, das spitzbübische Verspieltheit ausdrückte.

»Sie starb auf tragische Weise, nicht lange nachdem das Familienfoto aufgenommen worden war«, sagte Anne-Marie.

»Er hat sie gut eingefangen«, sagte Mike und verspürte einen Anflug von Traurigkeit, als er verstand, was LaMoriettes Meisterwerk dem Mann bedeutet hatte: Es war eine Art Hommage an das Kind, das er verloren hatte.

Anne-Marie teilte die Blätter auf dem Tisch in zwei Stapel. »Aurora Sedge hat diese Mappe über Jahrzehnte aufbewahrt. Jess Price muss sie gefunden haben, da sie nach ihrer Verhaftung in der Bibliothek des Sedge House sichergestellt wurde. Die Blätter lagen ohne jede Ordnung über den ganzen Raum verteilt. Leider sind sie nicht vollständig. Ich glaube, es gab mehr Seiten, obwohl der Himmel allein weiß, was aus denen geworden ist. Vielleicht sind sie schon bei LaMoriettes Sohn verloren gegangen, an den sie adressiert waren. Auch möglich, dass Aurora ihre Finger im Spiel hatte. Das lässt sich heute nicht mehr mit Sicherheit sagen.«

Mike erinnerte sich an Jess' Bericht über die geheime Anrichtekammer, erinnerte sich an die Beschreibung der Mappe und des Briefs, und obwohl es bestätigte, was Anne-Marie sagte, war er nicht bereit, es Anne-Marie zu erzählen. Er vertraute ihr nicht. Bei jemandem, der keine Hunde im Haus erlaubte, stimmte irgendwas nicht.

»Das Original ist in Französisch, und die Übersetzung wurde Anfang des zwanzigsten Jahrhunderts angefertigt, vielleicht, als die Puppe von LaMoriettes Sohn gekauft wurde«, sagte sie und zeigte auf die beiden Dokumentenstapel auf dem Tisch: die original handschriftlichen Seiten auf Französisch und ein Stapel Durchschlagpapier auf Englisch, eine mit Maschine geschriebene Übersetzung. Mike war durch seine Mutter französischsprachig aufgewachsen und hatte die Grammatik durch die Lektüre von Simenon-Romanen perfektioniert. Wenn Anne-Marie es erlaubte, würde er das Original lesen können, und er warf einen schrägen Blick auf den Brief, begierig zu erfahren, was darin stand.

»Dieser Brief ist aus einer ganzen Reihe von Gründen wichtig«, sagte sie. »Erstens sollte er nie von jemand anderem als seinem Sohn Charles gelesen werden – LaMoriette bittet seinen Sohn, den Brief zu verbrennen, nachdem er ihn gelesen hat –, und schon allein deshalb haben wir hier einen ehrlichen Bericht darüber, was LaMoriette in Prag widerfahren ist. Des weiteren zeigt der Bericht, wie tief der Verlust seiner Tochter den Mann getroffen hat. Sie war nur zwei Monate vor seiner Abreise nach Prag gestorben, und aus dem Brief geht hervor, dass dies der Grund war, warum er überhaupt mit Meister Král zusammenarbeiten wollte. Auf jeden Fall zeigt der Brief den Mann so, wie er war, völlig ungekünstelt, und er ist von einer emotionalen Offenheit, die die aufsehenerregenden Ereignisse, die er erlebte, verdeutlichen.«

Mike überflog die erste Seite, und sein Blick blieb an einer Zeile am unteren Rand hängen:

»Ich glaubte, ich könnte wissen, was nicht gewusst werden sollte. Ich wollte Dinge sehen, geheime Dinge, und so lüftete ich den Schleier zwischen dem Menschlichen und dem Göttlichen und blickte direkt in die Augen Gottes. Das ist das Wesen des Rätsels: abwechselnd Schmerz und Vergnügen zu bieten.«

Mike spürte ein Kribbeln in seinem Körper, als ihm bewusst wurde, dass Jess diese Passage exakt abgeschrieben hatte. Sie hatte eine Zeile daraus gelesen, die in der Familienbibel der Sedges stand, was bedeutete, dass Aurora Sedge sie aus demselben Absatz abgeschrieben haben musste, was natürlich wiederum bedeutete, dass sich dieser Brief in Auroras Besitz befunden hatte. »So lüftete ich den Schleier zwischen dem Menschlichen und dem Göttlichen und sah direkt in die Augen Gottes«, zitierte Mike. »Ein bemerkenswerter Satz. Wissen Sie, wovon er gesprochen hat?«

Er hörte Connie draußen bellen – sie drehte wahrscheinlich durch wegen irgendeines Eichhörnchens –, war aber zu sehr in LaMoriettes Brief versunken, um nach ihr zu sehen.

»Er spricht von einer Entdeckung«, sagte Anne-Marie, die ihn mit einer seltsamen Eindringlichkeit anstarrte.

»Was für eine Entdeckung?«, fragte Mike.

»Vielleicht die größte Entdeckung, die je gemacht wurde«, sagte eine Stimme hinter seinem Rücken.

Mike sprang auf und erblickte den rothaarigen Mann, vor dem er auf dem Parkplatz des Gefängnisses geflohen war, denselben Mann, dessen Tesla ihn durch die Adirondacks verfolgt hatte. »Der Schatz des göttlichen Wissens.«

30

Cam Putney begann als einer von zehn Sicherheitsmitarbeitern im Büro von Jameson Sedge in Midtown. Er war einundzwanzig Jahre alt, lebte in einer Bruchbude in Queens und hatte zwei Jobs, um den Unterhalt für seine Kinder zahlen zu können. Er besaß nichts. Kein Auto. Keine Ersparnisse. Er hatte ein großes Drogenproblem – Haschisch und Steroide und gelegentlich eine Nase Koks –, das das wenige, was von seinem Gehalt übrig blieb, auffraß. Nach einer Schlägerei in einem Club an der Steinway Street war er wegen Ruhestörung verhaftet worden, und als er positiv auf Oxycontin getestet wurde, erhielt er eine Geldstrafe, musste eine Entziehungskur absolvieren und schlitterte nur knapp am Gefängnis vorbei. Nichts gab ihm Halt außer seiner Tochter Jasmine, einer wunderschönen Zweijährigen, die er jedes zweite Wochenende sah.

Doch Mr Sedge musste etwas in ihm gesehen haben, einen Funken seiner wahren Natur – seine Fähigkeit zu Loyalität und Gehorsam, seine Sehnsucht nach einer höheren Berufung –, denn eines Nachmittags rief er Cam in sein Büro und fragte ihn, ob er an einer Beförderung interessiert sei. »Ich möchte, dass Sie Teil meines persönlichen Security-Teams werden«, sagte er. »Es ist eine Stelle, die nicht oft angeboten wird.«

»Sie meinen als Bodyguard?«

Sedge lächelte. »Security ist mehr als nur die Gewährleistung physischer Sicherheit, obwohl das natürlich Teil des Jobs ist. Security ist lebenswichtig. Sie umfasst alle Elemente des menschlichen Seins: physisch, intellektuell, spirituell, finanziell. Virtuell. Vielleicht wissen Sie, dass jedes Jahr sechzig Millionen Identitäten gestohlen werden, aber ist Ihnen auch bewusst, dass es schon sehr bald nichts anderes mehr geben wird als unsere Identität? Meine Identität ist so wichtig und so wertvoll wie mein Körper. Warum? Weil sie meinen Körper überflüssig machen wird. Ich werde in ihr leben, werde in ihr meine Existenz erfahren, und zwar erheblich länger, als ich biologisch existiere. Meine Identität zu kompromittieren kompromittiert mein eigenes Wesen. Ich bin kein Mann, der sich kompromittieren lässt. Verstehen Sie, was ich meine, Mr Putney?«

Cam nickte, ohne genau zu wissen, was der Job beinhaltete, brannte aber darauf, mehr zu erfahren. »Ja, Sir.«

»Dieser Job ist anders als jeder andere, den Sie je hatten. Er erfordert ein hohes Maß an Engagement. Die Arbeitszeiten sind, sagen wir mal, ausgedehnt. Weit mehr als bei einem Vollzeitjob. Es ist eher so etwas wie eine Berufung, die bestimmte Verhaltensweisen erfordert: wöchentliche Drogentests, lange Arbeitszeiten, geistige und körperliche Umschulung, Auslandsreisen. Sie werden außerdem eine Ausbildung in alternativen Sicherheitstechniken benötigen. Sind Sie mit diesen Bedingungen einverstanden, Mr Putney?«

Cam starrte Sedge an, sah seinen ruhigen Blick, seine manikürten Fingernägel, das Selbstvertrauen, das ihm Geld und Macht verliehen hatten. Obwohl er keine Ahnung hatte, was Sedge vorhatte, wusste er, dass er mehr vom Leben wollte als das, was er besaß. »Ja, Sir.«

»Der Job wird Sie an Ihre Grenzen bringen«, fuhr Sedge fort. »Meine Ideen und mein Geschäft sind unorthodox, und die Mitarbeit in meinem Team wird Sie herausfordern. Ich sehe mein Sicherheitsteam als eine Gruppe moderner Samurai – körperlich gerüstet, aber auch intellektuell und geistig in Topform. Sie werden die Klinge sein, die zwischen mir und«, er gestikulierte aus dem Fenster auf die Welt hinaus, »denen steht.«

Cam sah aus dem Fenster auf Manhattan. Die hatten noch nie etwas für ihn getan. »Ich bin interessiert«, sagte er. »Sir.«

»Sehr gut. Ich habe Sie in den letzten Monaten beobachtet. Sie sind klug. Fleißig. In ausgezeichneter körperlicher Verfassung. Ich glaube, Sie werden sich dieser Herausforderung gewachsen zeigen. Zumindest bin ich bereit, das Risiko einzugehen.«

»Vielen Dank, Sir«, sagte Cam mit bewegter Stimme. Zum ersten Mal in seinem Leben hatte jemand gesagt, dass er etwas wert war.

»Ich wage zu behaupten, dass es sich für Sie lohnen wird. Zum einen ist das Gehalt großzügig bemessen. Aber es gibt noch weitere maßgeschneiderte Vorteile. Einer davon ist ein Fonds für die Ausbildung Ihrer Tochter Jasmine Lee Putney, der die Kosten für Schul- und Studiengebühren an einer Einrichtung Ihrer Wahl übernimmt.«

Cam hatte auf der Arbeit noch nie irgendwem gegenüber seine Tochter erwähnt, und es überraschte ihn, jetzt ihren Namen zu hören. Er hatte plötzlich das Gefühl, dass Jameson Sedge durch ihn hindurchsehen konnte, durch die Tätowierungen und Muskeln, durch sein gefärbtes blondes Haar und seine Arbeitsuniform bis direkt in seine Seele. »Das ist sehr großzügig, Sir.«

»Ich brauche Sie zwar an den Wochenenden, aber ich kann dafür sorgen, dass Ihre zweiwöchentliche Sorgerechtsregelung zumindest vorläufig beibehalten wird. Ich kann dies jedoch nicht für die Zukunft garantieren. Es wird Zeiten geben, in denen Sie irgendeine andere Regelung finden müssen. Ich gehe davon aus, dass Sie diese Unannehmlichkeiten in Kauf nehmen?«

Cam starrte ihn entgeistert an. Sedge kannte nicht nur den Namen seiner Tochter, sondern auch die Details seiner Sorgerechtsvereinbarung. »Das kriege ich geregelt«, sagte er.

»Dann sind wir uns einig, denke ich.« Sedges Worte waren sowohl Handschlag als auch Entlassung. Er schaute zur Tür, und Cam ging wie betäubt.

Innerhalb einer Woche unterzeichnete Cam eine Reihe digitaler Vereinbarungen – »Ricardian-Verträge«, nannte Mr Sedge sie –, die rechtlich garantierten, was er moralisch bereits zugesichert hatte: Loyalität und Schweigen. In der folgenden Woche begann seine Ausbildung, die ihn in den nächsten achtzehn Monaten völlig verändern sollte. Die Hälfte seiner Zeit verbrachte er mit Mr Sedge, um seine physische Sicherheit zu gewährleisten. Während der anderen Hälfte jedoch wurde er bis zum Äußersten getrieben. Waffentraining, Kampfsport, Meditation, aber auch Computertechnologie, Onlinesicherheit und das Verstehen der komplexen kryptographischen Schlüssel, mit denen die Netzwerke von Singularity gesichert wurden. Er lernte alles, von der Codierung über die Analyse von Datensystemen bis hin zur Verwaltung des verschlüsselten internen Kommunikationssystems von Sedge. Er überwachte jede Kommunikation, die auf dem Geschäftsserver ein- oder ausging. Mit der Zeit wurde Cam nicht nur zu einer physischen, sondern auch zu einer digitalen Barriere zwischen der Welt und Jameson Sedge. Das Dreiecks-Tattoo besiegelte seine Ausbildung, ein Zeichen, dass er für den Dienst bereit war.

In dieser Zeit sah er seine Tochter regelmäßig, jedes zweite Wochenende war sie bei ihm zu Hause. Er nahm keine Drogen mehr, hörte auf zu trinken und wurde ein besserer Vater. Sein Gehalt und der Ausbildungsfonds verschafften Jasmine eine Art von Stabilität, die Cam nie gehabt hatte. So konnte sein Kind gedeihen.

Das war vor mehr als zehn Jahren. Seitdem hatte Cam das Wesen von Jameson Sedges Macht verstanden. Sie war zwar auch, aber nicht nur finanzieller Natur. Das Netzwerk der Freunde dieses Mannes war stärker als Geld. Sedge bekam, was er wollte und wann er es wollte. Während seiner Zeit im Gefängnis, wo alle Ressourcen auf Jess Price konzentriert waren, erlebte Cam das aus nächster Nähe mit.

Als Mr Sedge Cam mitteilte, dass er nach Ray Brook umziehen würde, hatte er sich dagegen gewehrt, die Stadt zu verlassen. Nicht nur, weil er dann mehr als fünf Stunden von Jasmine entfernt wäre, sondern weil er niemandem zutraute, sich so um Mr Sedge zu kümmern, wie er es tat. Die anderen Personenschützer waren nicht so sehr mit Herzblut dabei wie Cam. Mr Sedge zu beschützen war nicht sein Job. Es war seine Berufung.

31

»Jameson«, sagte der Mann, als er mit ausgestreckter Hand auf Mike zuging. »Jameson Sedge.«

Mike schüttelte die Hand und sah kurz nach draußen. Der schwarze Tesla stand in der Einfahrt, und zu Mikes Überraschung lehnte der blondierte Wärter aus dem Gefängnis – der Mann mit dem Tattoo des pythagoreischen Dreiecks auf dem Hals – an dem Wagen und rauchte. Plötzlich verstand er. Der Wärter war Sedges Mann im Gefängnis. Jess Price hatte recht gehabt: Sie wurde beobachtet.

Anne-Marie nahm die Seiten von LaMoriettes Brief, schob sie zurück in die Mappe und band sie mit der Schnur zu. Dann stand sie auf, gab Jameson einen Kuss und ging ihm ein Glas Wein holen.

Mike hatte schon über Anne-Maries Beziehung zu Jameson Sedge nachgedacht, und der Kuss – ebenso wie die Tatsache, dass der Typ einen Hausschlüssel besaß – bestätigte seine Vermutungen. Er fragte sich, ob sie schon ein Paar gewesen waren, als Jess Price vor fünf Jahren Anne-Marie begegnet war, oder ob ihre Beziehung sich erst entwickelt hatte, nachdem Anne-Marie Aurora Sedges Antiquitäten begutachtet hatte. Er drehte sich wieder zu Jameson um und betrachtete ihn. Er war ein gut aussehender Mann mit ein paar Sommersprossen auf Nase und Wangen und haselnussbraunen Augen. Er schätzte ihn auf Ende fünfzig, aber er hatte etwas Jungenhaftes an sich, das ihn jünger erscheinen ließ. Seine Kleidung war elegant und teuer: prächtige italienische Mokassins aus grünem Wildleder, Designerjeans, ein grünes Poloshirt. Er erinnerte sich daran, was Gupta über seinen alten Freund gesagt hatte: »Der Mann ist rücksichtslos, wenn es um seine Privatsphäre geht. Wenn Sie ihn irgendwie bedroht haben, dann sind Sie in etwas viel Tieferes, viel Dunkleres hineingeraten, als Sie es sich vorstellen können.«

»Freut mich, Sie endlich kennenzulernen«, sagte Jameson. Er hatte einen Akzent, der irgendwo zwischen Britisch und Amerikanisch lag, ein vornehmer Internatsdialekt, den Mike zum ersten Mal in Boston gehört hatte. Sein eigener Midwestern-Akzent hatte sich von den anderen abgehoben, und er hatte schnell gelernt, seine Vokale zu schärfen und seine Konsonanten zu stutzen. »Wissen Sie, ich wollte unbedingt mit Ihnen sprechen.«

»In solchen Fällen ist ein Anruf immer eine gute Idee«, erwiderte Mike. Er war sich nicht sicher, wie er mit Jamesons Mischung aus Aggression und Charme umgehen sollte. Der Mann hatte sein Motelzimmer verwüstet, seinen Zugang zu Jess sperren lassen und war ihm von den Adirondacks aus gefolgt. Zweifellos steckte er auch hinter Thessalys Problemen im Gefängnis. Mike konnte sich nicht einfach hinsetzen und einen netten Plausch mit diesem Kerl führen. Irgendetwas an Jameson Sedge versetzte Mike in höchste Alarmbereitschaft, eine gewisse aalglatte Rücksichtslosigkeit, elegant und gefährlich, wie eine Wassermokassinotter, die durch seichtes Gewässer gleitet.

»Ich habe Ihnen Unannehmlichkeiten bereitet«, sagte Jameson. »Das ist meine Achillesferse, fürchte ich. Anne-Marie sagt immer, dass ich dazu neige, Dinge zu überstürzen, ohne zu bedenken, wie sich das auf andere Menschen auswirkt.«

»Keine Sorge«, erwiderte Mike. Er kramte in seiner Jacke und fand die Autoschlüssel. Er musste jetzt los. »Ein andermal.«

»Sie wollen doch nicht etwa schon gehen?«, fragte Jameson und blickte auf die Schlüssel in Mikes Hand.

»Es ist schon spät«, erwiderte Mike. »Und ich habe noch eine lange Fahrt vor mir.«

Anne-Marie kam aus der Küche zurück. »Sie müssen erschöpft

sein«, sagte sie und warf ihm einen verständnisvollen Blick zu. »Bleiben Sie doch noch ein bisschen.« Sie reichte Jameson ein Glas Weißwein.

»Das geht wirklich nicht«, sagte Mike. Es interessierte ihn nicht, was Jameson von ihm wollte. Er musste los, je eher, desto besser.

»Bitte, das Abendessen ist in wenigen Minuten fertig. Sie können einen Happen essen und sind dennoch in einer halben Stunde auf dem Weg. Außerdem müssen Sie und Jameson reden.« Sie sah zur Ledermappe auf dem Couchtisch. »Und auch ich habe noch etwas Wichtiges mit Ihnen zu besprechen.«

»Kommen Sie, Mr Brink, es ist ein wunderbarer Abend, und von der Veranda haben wir einen herrlichen Ausblick«, sagte Jameson und bedeutete Mike, ihm zu folgen. »Cam Putney wird sich gut um ihr Hundchen kümmern.«

Mike warf einen Blick nach draußen und sah, dass der blonde Gefängniswärter sich jetzt an seinen Pick-up lehnte. Mike würde erst gehen, wenn sie es ihm gestatteten.

Mike folgte Jameson hinaus auf eine freitragende Terrasse mit Blick über die dunklen Bäume. Dahinter fiel das Land steil ab und ging in die Nacht über. Die Luft war warm, doch wie er so neben Jameson stand, verspürte er ein Kribbeln auf der Haut. Mike nahm sein Handy heraus und schaltete es ein. Immer noch kein Netz.

»Als ich dieses Haus für Anne-Marie gebaut habe, war es der Ausblick, der mich letztlich überzeugte. Ich stellte mir einen Glaskasten inmitten von Kiefern vor, eine reine Form, die sich an diese alten, edlen Bäume schmiegt. Es ist das genaue Gegenteil vom Haus meiner Tante Aurora. Das Sedge House ist so schwer, so verwinkelt, so voller Gerümpel. Ich wollte leben, als wäre ich Teil der Natur, sozusagen eins mit der Landschaft werden.«

Der Mond war aufgegangen, und sein Licht fiel über eine Lichtung, auf der ein Hubschrauber auf einem kreisförmigen Landeplatz stand.

»Mein Eurocopter«, sagte Jameson, der Mikes Blick gefolgt war. »Ich habe einen Puffer von einem halben Quadratkilometer erworben, um sicher zu sein, dass nicht Nachbarn sich über den Lärm beschweren. Trotzdem fühlen sich die Leute belästigt, selbst wenn sie gar nichts hören können – es geht doch nichts über den kleinlichen Statusneid der New Yorker. Ich musste meine Rechtsabteilung einschalten, um es umzusetzen, aber es gibt nichts Besseres, als an einem Sonntagabend in einer halben Stunde in der Stadt zu sein. Anne-Marie hat ihren Pilotenschein gemacht, damit wir von jetzt auf gleich fliegen können.«

»Anne-Marie?«, sagte Mike überrascht. Mit ihrer ruhigen, gelassenen Art und ihrem Beruf als Kunsthistorikerin schien sie nicht gerade der Typ zu sein, der in einem Hubschrauber durch die Gegend düste.

»Fliegen war nicht so ihrs, als ich sie kennenlernte, aber davon hat sie sich nicht abhalten lassen. Sie hat es gelernt, um ihre Ängste zu überwinden. Das ist vielleicht ihre beste Eigenschaft: Sie nutzt ihr Wissen, um die Schrecken der Welt zu überwinden. Wenn sie Angst hat, meistert sie, was sie fürchtet. Sie ist wirklich eine außergewöhnliche Frau.«

»Das glaube ich gern«, sagte er und dachte an ihre Ausdauer bei der Jagd nach LaMoriettes Brief.

»Sie ist einer der intelligentesten Menschen, die ich kenne, was sicherlich der Grund ist, warum wir schon so lange zusammen sind. Ich glaube nicht, dass sonst jemand den unglaublichen Wert dessen verstanden hätte, was Tante Aurora entdeckt hatte. Sie war für mich in vielerlei Hinsicht eine Bereicherung.«

»War die Porzellansammlung Ihrer Tante denn so ungeheuer wertvoll?«, fragte Mike und dachte an Anne-Maries Andeutung, dass Porzellan bei Sammlern aus der Mode gekommen war. So wie Jameson darüber sprach, konnte man meinen, es sei Millionen wert.

»Auroras Porzellan interessiert mich nicht«, sagte Jameson wegwerfend.

»Was dann?«, fragte Mike. »Männer wie Sie tun doch nichts ohne einen Anreiz.«

Jameson sah ihn einen Moment lang durchdringend an. Dann lehnte er sich gegen das Geländer der Veranda und sagte: »Ich habe von Ihnen gelesen, Mike. Es heißt, Sie wären ein Genie, ein Mann mit einem außergewöhnlichen Verstand. Es ist demütigend zu erkennen, dass man lediglich Durchschnitt ist, das gebe ich zu. Fähigkeiten wie Ihre gehen über die der meisten von uns weit hinaus. Aber ich bin ein pragmatischer Mann. Wenn es etwas gibt, das ich nicht selbst tun kann, sorge ich dafür, dass meine Freunde es für mich tun können.«

»Das Problem ist nur«, sagte Mike und lächelte Jameson dünn an, »dass ich nicht Ihr Freund bin.«

»Ich verstehe«, sagte Jameson und erwiderte das Lächeln. »Sie denken, Sie haben mich durchschaut. Ich bin ein reicher alter Mann, der einen Weg sucht, in einer sich verändernden Welt seine Privilegien zu behalten. Nun, ich nehme an, das bin ich wohl. Aber …« Jameson schaute zum Himmel auf, und Mike folgte seinem Blick. Die Sterne glitzerten auf der klaren schwarzen Tafel der Nacht. »Ich bin in der Lage zu sehen, wie klein wir sind, wie unbedeutend. Es gibt so vieles, was wir nicht wissen, und so vieles, was außerhalb unserer Reichweite liegt. Dennoch stehen wir an der Schwelle zu etwas, das dies ändern wird, und das spornt mich an weiterzumachen. Sie können es mir nicht zum Vorwurf machen. Der Wunsch, ewig zu leben, ist so alt wie das Leben selbst. In *Hamlet* wird der Tod bezeichnet als *das unentdeckte Land, von des Bezirk kein Wandrer wiederkehrt*. Und doch verspürt Hamlet den Drang zu erforschen, was jenseits des Fassbaren bleibt.«

Jameson richtete seinen Blick wieder auf Mike.

»Dieses unentdeckte Land ist mein Lebenswerk. Bewusstsein, die Eigenschaften des Bewusstseins zu Lebzeiten und darüber hinaus – diese Themen sind zum beherrschenden Antrieb meines Geschäfts und, offen gesagt, auch für alles andere geworden. Nach dem Tod meines Vaters wurde sein Anteil am Familienvermögen für mich in einem Treuhandfonds angelegt. Als ich volljährig wurde, nutzte ich meine Vorteile, um Firmen aufzubauen, die sich alle um eine einzige

Überzeugung drehten: dass das Bewusstsein nicht geboren oder zerstört wird, sondern dass es eine unzerstörbare und universelle Kraft darstellt, welche die Materie formt. Dass nämlich die Materie dem Bewusstsein dient.«

Mike lehnte sich an das Geländer der Veranda, hörte Jameson zu und versuchte einen Hinweis darauf zu finden, wo hier der Zusammenhang mit Jess oder dem Rätsel war, das sie ihm gegeben hatte.

»Ich habe Singularity Technology gegründet, um meiner Überzeugung nachzugehen, dass der menschliche Geist über den Verfall des Körpers hinaus bestehen bleibt. Man könnte es Transhumanismus nennen, aber ich sehe es nicht in diesem Sinne. Nach der Lektüre von LaMoriettes Brief ist mir klar geworden, dass das Streben nach einem Verständnis des menschlichen Bewusstseins – und nach dessen Schutz vor den Launen der Materie – von Anfang an das Hauptanliegen der Menschheit gewesen ist. Wir leben in einer Zeit, in der diese Suche einen entscheidenden Wendepunkt erreicht hat: Wir können künstliche Intelligenz, genverändernde Technologien und die Leistungsfähigkeit von vernetzten Computern nutzen, um die unendlichen Möglichkeiten der menschlichen Entwicklung zu erforschen. Ich habe mich mit Philosophen, Genetikern, Biologen und allen Disziplinen dazwischen zusammengetan, um mögliche Strukturen dessen zu erforschen, was man als ›menschliche Seele‹ bezeichnen könnte und wie sie mit dem Körper interagiert. Die ältesten Untersuchungen der Menschheit, unsere ältesten Artefakte, unsere antiken Texte und unsere größten Religionen haben sich schon immer mit der Natur solcher Dinge befasst, und doch suchen wir immer noch nach Antworten. Deshalb glaube ich, dass wir zusammenarbeiten müssen, Mike. Ihre Talente wären für meine Arbeit sehr nützlich.«

»Ich wüsste nicht, inwiefern«, erwiderte er.

»Ich glaube, Sie unterschätzen Ihre Talente.«

»Und ich glaube, Sie überschätzen mich«, sagte er. »Ich kann sehr gut Strukturen, Muster durchschauen und sie auflösen. Ich besitze keine übermenschlichen Kräfte, und ich habe kein Interesse daran, ewig zu leben.«

»*Überschätzen* ist ein anderes Wort für glauben«, sagte er. »Und da haben Sie recht: Ich glaube an Ihre Fähigkeiten. Das ist der Unterschied zwischen Männern wie mir und anderen Menschen. Wenn ich an etwas glaube, wenn ich aus dem Bauch heraus weiß, dass es wahr ist, bleibe ich gnadenlos am Ball. Bis zum Ende. Und so werde ich uns beiden Zeit ersparen und zum Punkt kommen: Jess Price hat etwas, das ich brauche.«

»Und was könnte das sein?«

»Vielleicht hat sie Ihnen gegenüber im Gefängnis etwas davon erwähnt«, sagte Jameson. »Vielleicht hat sie eine Anspielung auf etwas gemacht, das sie im Haus meiner Tante gefunden und dann versteckt hat. Vielleicht ist diese Information für mich sehr, sehr wertvoll. So wertvoll, dass Sie für lange Zeit von finanziellen Sorgen befreit wären, wenn Sie mir helfen würden, es zu finden.«

»Haben Sie überhaupt eine Vorstellung, was Jess durchgemacht hat?«, fragte Mike. Er hatte Jameson gegenüber von Anfang an Misstrauen empfunden, aber jetzt begann er, den Mann zu verabscheuen. Es schien ihn nicht zu kümmern, dass das Leben einer Frau in Trümmern lag. »Ich bezweifle, dass sie etwas anderes will als ihre Freiheit.«

»Es ist durchaus möglich, dass sie sich dessen nicht einmal vollkommen bewusst ist«, sagte Jameson. »Aber ich glaube, sie weiß etwas, das mir helfen könnte zu finden, was von Rechts wegen mir gehört. Vielleicht hat sie Ihnen diese Information gegeben oder zumindest einen Hinweis darauf fallen lassen, wie es zu finden ist. Es besteht außerdem die Möglichkeit, dass sie es vernichtet hat, was mir mit den Jahren immer wahrscheinlicher zu werden scheint. Ich habe bereits das gesamte Sedge House auseinandergenommen, aber es scheint verschwunden zu sein.«

»Dann brauchen Sie mich nicht«, sagte Mike.

Jameson betrachtete ihn einen Moment lang nachdenklich, dann trat er einen Schritt näher, halbierte den Abstand zwischen ihnen.

»Ich verstehe Ihre Zurückhaltung. Es gefällt Ihnen nicht, dass ich Ihnen den Zugang zu Jess Price verbaut habe.« Er machte einen weiteren Schritt, halbierte den Abstand zwischen ihnen erneut. Mike konnte ihn riechen, die Mischung aus Schweiß und teurem Eau de Toilette; er konnte sein Atmen hören. Es war ein Machoverhalten, das Mike aus den Umkleideräumen des Footballs kannte. »Aber lassen Sie mich eines klarstellen. Jess Price kann zwar versuchen, es zu verstecken, aber ich werde es finden.«

»Warum machen Sie es für uns beide nicht leichter«, erwiderte Mike, »und sagen mir präzise, wonach Sie suchen?«

Auf diese Frage musste Jameson vorbereitet gewesen sein, denn er zögerte keine Sekunde. »Es handelt sich um eine Antiquität von großem Wert, die sich im Besitz meiner Tante Aurora befand. Eine, die seit Jahrtausenden versteckt worden war, weil sie die Macht besitzt, die Beziehung zwischen der Menschheit und ihrem Platz im Universum zu verändern.«

»Eine Antiquität welcher Art?«, fragte Mike, aber er wusste es bereits. Er hatte das Bild eines Kreises vor Augen, mit Zahlen am Rande und hebräischen Buchstaben in der Mitte.

»Eine, welche die Macht besitzt, die Zukunft zu verändern«, sagte Sedge. »Und wenn Sie mir helfen, können wir sie zusammen ändern.«

Die Tür öffnete sich, und Anne-Marie trat auf die Veranda. »Genau darüber wollte ich mit Ihnen sprechen«, sagte sie. »Kommen Sie, das Abendessen ist fertig, und es gibt viel zu besprechen.«

32

Auf der Fahrt von Anne-Maries Haus nach Ray Brook dachte Cam Putney über seine Tochter nach. Sie ging ihm jedes Mal durch den Kopf, wenn er einmal lange genug innehielt, um nachzudenken. Er schaltete den Autopiloten ein, programmierte das Ziel in das Navigationssystem des Tesla und überließ dem Wagen die Arbeit. Das Model S Plaid hatte eine Höchstgeschwindigkeit von 155 Meilen pro Stunde, und obwohl er nicht die ganze Strecke so schnell fahren konnte – er hatte den Wagen so programmiert, dass er abbremste, wenn er auf Radarkontrollen traf –, würde er in null Komma nichts in Ray Brook sein. Die Landschaft durch die Windschutzscheibe vorbeifliegen zu sehen, entspannte Cams Geist. Es ließ ihn zur Ruhe kommen und schuf eine Art Leinwand, auf der er Jasmines Abend ohne sich selbst sah. Er sah, wie sie die Schule verließ, wie sie mit ihrem Babysitter in die U-Bahn stieg, wie sie ihren Rucksack an der Tür abstellte und in ihr Zimmer ging. Er stellte sich vor, wie sie ihre Hausaufgabe in Naturwissenschaften beendete, einen Dinosaurier aus Pappmaschee, der am Montag fällig war, und wie sie sich mit ihrer Mutter darüber stritt, ob sie zum Abendessen ihre Erbsen essen musste. Er kannte ihre allabendliche Routine, obwohl er noch nie mit ihr zusammengelebt hatte: Kleidung für den nächsten Tag heraussuchen, duschen, die Schultasche packen. Seine Tochter war fast dreizehn und wurde schnell erwachsen, und er vermisste das alles. Und obwohl sie oft miteinander telefonierten und er dafür sorgte, dass sie das Beste von allem bekam, bedauerte er es sehr, dass er nicht da sein konnte. Es gab Zeiten, in denen er sich fragte, ob es das wert war. Das Zugehörigkeitsgefühl, das er bei Singularity hatte, das Geld, das Wissen, dass das, was er tat, die Welt verändern könnte – das alles bedeutete ihm viel. Aber was gab er dafür auf?

Normalerweise ließ seine Arbeit wenig Raum für Bedauern. Nach seinem ersten Jahr als Mitglied des Elite-Security-Teams von Singularity hatte er sein Training mit Ume-Sensei begonnen. Mr Sedge stellte sie ihm als seine Mentorin vor und nannte ihre gemeinsame Arbeit *Bewusstseinstraining*, Cam jedoch sah in ihr eine Mischung aus militärischer Ausbilderin und New-Age-Lifecoach. Zunächst gefiel ihm die Vorstellung nicht, von einer jungen Frau unterrichtet zu werden. Sie waren etwa gleich alt – Anfang zwanzig –, und sie war halb so groß wie er, dünn wie ein Zweig und hatte eine ruhige, wachsame Ausstrahlung. Sie sprach Englisch mit starkem japanischem Akzent, den er nur mit Mühe verstand, und er neigte dazu, bei ihren Ausführungen abzuschalten. Am liebsten hätte er sie ganz ignoriert, aber bereits während ihres ersten Kampfsporttrainings hatte sie ihn von den Füßen gefegt und mit einem schnellen harten Schlag auf den Solarplexus betäubt. Von diesem Zeitpunkt an war er sehr aufmerksam.

Ume-Sensei unterrichtete ihn in Kampfsport, Meditation und den Pflichten, die mit Macht einhergingen. »Jetzt«, sagte sie, »bist du stark. Aber es wird eine Zeit kommen, in der du schwach bist. Verstehe beide Zustände, und du wirst überleben.«

Cam verstand, dass Stärke Schwäche benötigt, um zu existieren. Aktion war die natürliche Folge von Reglosigkeit, Tod der natürliche Gegenpol zum Leben und Gewalt die Basis von Rücksichtnahme. Es war richtig, dass seine Arbeit, so brutal sie auch sein konnte, es ihm ermöglichte, das zu unterstützen, was er mehr als alles andere liebte: sein Kind. Alles, was er für Jameson Sedge getan hatte, ermöglichte es Cam, Jasmine zu beschützen. Er musste nur seiner Verpflichtung nachkommen und Mr Sedge helfen, sein Ziel zu erreichen, dann wäre er in der Lage, ein besserer Vater zu sein.

Es würde nicht mehr lange dauern. Mr Sedges Plan nahm Gestalt an. Als Mr Sedge erläuterte, dass Cam nach Ray Brook fahren und Dr. Moses daran hindern müsse, sich einzumischen, wusste Cam, dass sie kurz vor dem Ende standen. Natürlich würde das bedeuten, Dr. Moses wehzutun, sie vielleicht sogar zu töten. Aber Ume-Sensei hatte ihm die Augen für das wahre Wesen der Gewalt geöffnet, und obwohl er sie nicht genoss, akzeptierte er ihre Notwendigkeit. Es konnte keinen Frieden ohne Krieg geben. Es gab kein Leben ohne Tod. Die Zukunft konnte nicht ohne die Vernichtung der Gegenwart existieren.

Und das war ganz und gar kein buddhistischer Bullshit, auch wenn Cam das zu Anfang so gesehen hatte. Es war das Herzstück von Mr Sedges Mission. Es hatte lange gedauert, bis Cam das akzeptieren konnte. Er hatte Singularity fast wegen einer Meinungsverschiedenheit mit Ume-Sensei über seine Ernährung verlassen – kein rotes Fleisch, viel japanisches Gemüse, von dem er noch nie gehört hatte, zermürbendes körperliches Training und eine ganze Apotheke natürlicher Medikamente. Als er ihr sagte, sie solle sich verpissen und ihn in Ruhe lassen, hatte sie ihn mit ihren unerschütterlichen braunen Augen angesehen und gesagt: »Wir müssen diejenigen lieben, die uns verletzen. Diejenigen, die uns verletzen, sind unsere wertvollsten Lehrmeister.« Mr Sedge mochte vielen wie ein Feind erscheinen, aber in Wirklichkeit war er ihr Retter.

Cam verstand dies erst in seinem dritten Jahr im Job, nachdem er vollen Zugang zum verschlüsselten Netzwerk von Singularity erhalten hatte und das ganze Ausmaß von Mr Sedges Mission sah. Der Mann hatte eine neue Existenzebene oberhalb der bekannten Welt geschaffen, ein globales Informationsnetzwerk, das durch ein nicht angreifbares Hauptbuch gesichert und mit digitaler Währung im Wert von Milliarden von Dollar ausgestattet war. Im Gegensatz zu anderen Formen der Blockchain-Technologie wurde es von einem neuartigen Computerprozessor gesteuert, den Mr Sedge zusammen mit einem Team von internationalen Entwicklern erschaffen hatte. Singularity war nicht einfach nur ein Unternehmen, und Mr Sedge war nicht einfach nur ein Milliardär. Er war ein Visionär, der den Lauf der menschlichen Existenz verändern würde. Dieses Netzwerk würde Singularity und damit Jameson Sedge in den Mittelpunkt des Lebens selbst rücken. Es war Cams Aufgabe, dafür zu sorgen, dass dies geschah.

Cam war von seinem ersten Auftrag an voll dabei. Er stieg in Teterboro in den Singularity-Jet und flog nach Kiew, wo er in der Lobby des InterContinental-Hotels einen Mann traf. Sie wechselten kein einziges Wort. Der Mann legte einen Finger auf den Bildschirm von Cams Handy, um seine Identität zu verifizieren; Cam legte einen großen Umschlag auf einen Tisch, nahm ein Paket mit einer Festplatte und ging. Er wusste nichts über den Inhalt des Umschlags, wusste nichts darüber, was sich auf der Festplatte befand. Aber Mr Sedge war mit seiner Arbeit zufrieden, und in den nächsten Jahren führte Cam Dutzende solcher Tauschaktionen durch, in Kiew, Minsk, Moskau, London. Jedes Mal war es die gleiche Routine: einen Umschlag abliefern, eine Festplatte abholen und sie an Sedge ausliefern.

Die einzige Abweichung von dieser Routine waren die Reisen nach London. Dort traf er sich immer mit einem Amerikaner. Der Mann befürchtete, dass sie beobachtet würden, und Mr Sedge stimmte zu, dass er wahrscheinlich recht hatte, sodass ihr Datenaustausch mit besonderer Vorsicht gehandhabt wurde. Einmal gingen sie vor der National Gallery aneinander vorbei und übergaben einander die Umschläge, ohne auch nur ein Wort zu wechseln. Ein anderes Mal trafen sie sich in der U-Bahn, wobei der Mann eine Tasche auf seinem Platz zurückließ und den Umschlag einsteckte, als er auf den Bahnsteig trat. Den engsten Kontakt hatten sie bei ihrem letzten Treffen im November 2017 in einem Pub in der Nähe des Red Lion Square gehabt, nicht weit vom Bahnhof Holborn entfernt. Der Mann stellte sich als Gary Sand vor und lud Cam zu einem Drink ein. Sie setzten sich in eine Ecke des Pubs, weit weg von der Tür. Cam bestellte ein Pint Guinness und hörte zu, während Gary Sand – ganz offensichtlich nicht sein richtiger Name – ihm von den

Anlagemöglichkeiten in einen Fonds erzählte, den er gerade auflegte. Cam spielte mit und stellte Fragen über diesen Fonds, bis er, als sein Pint fast leer war, eine Hand unter dem Tisch spürte. Sand steckte ihm die Festplatte zu, stand auf und ging. Cam trank sein Bier aus, bezahlte die Rechnung und flog zurück nach Hause.

Die Treffen mit Gary Sand faszinierten Cam und veranlassten ihn zu seinem einzigen Verstoß gegen das Singularity-Protokoll. Er suchte im Netz und fand heraus, dass Gary Sand und Mr Sedge eine lange gemeinsame Geschichte hatten. Sie hatten zu einer Gruppe von frühen Entwicklern kryptographischer Kommunikation gehört, einer Gruppe von Techfuturisten, die in den späten achtziger Jahren in der Bay Area lebten. Einige Mitglieder dieser Gruppe zogen sich ganz aus der Gesellschaft zurück. Aber nicht Gary Sand und Jameson Sedge. Cam fand eine Reihe von E-Mails aus dem Jahr 2008, die sich auf Satoshi Nakamoto und die Entwicklung eines alternativen Austauschsystems bezogen, das nicht von den Reichen manipuliert oder benutzt werden konnte, um die Armen zu beherrschen. Mr Sedge hatte an diesem Experiment teilgenommen. Nicht wegen Geldes, sondern um die Welt von Unterdrückung zu befreien.

»Wir sind ganz nah dran«, hatte Mr Sedge ihm an jenem Tag gesagt, als er Manhattan verließ, um im Gefängnis in Ray Brook zu arbeiten. »Wir stehen so kurz vor dem größten Durchbruch in der Geschichte der Menschheit. Wir werden den Tod besiegen. Eine große Revolution steht bevor. Und Jess Price besitzt den Schlüssel dazu.«

Die wahre Natur von Mr Sedges Mission, mit ihrer radikalen sozialen und politischen Grundlage, überraschte Cam. Er kannte die persönliche Mission seines Chefs – die Natur von Bewusstsein und Sterblichkeit zu verstehen –, aber bis zu diesem Moment war ihm nicht klar gewesen, dass der Mann, der sein Leben verändert hatte, beabsichtigte, die Welt zu verändern.

33

Anne-Marie deckte den Esszimmertisch, dimmte das Licht und begann, Pasta aus einer Schüssel zu servieren.

»Sehr schön«, sagte Jameson und nickte Anne-Marie zu, als er saß. Es war eine knappe, fast förmliche Geste, wie zu einer Hausangestellten.

Anne-Marie lehnte das Kompliment ab. »Ich habe sie schon heute Nachmittag gemacht und im Kühlschrank aufbewahrt – Farfalle mit frischen Tomaten, Knoblauch, Mozzarella und Basilikum vom Bauernmarkt«, erklärte sie, während sie eine weitere Flasche Wein öffnete und auszuschenken begann. »Sie haben Hunger«, sagte sie und schaufelte Nudeln auf Mikes Teller. »Essen Sie, dann geht es Ihnen gleich besser.«

Es brauchte nicht viel Überredung. Er hatte tatsächlich einen Bärenhunger. »Das ist lecker«, sagte er, während er die Pasta probierte. »Ich lebe sonst von Fast Food.« Was nicht einmal weit von der Wahrheit entfernt war – seine letzten beiden Mahlzeiten hatten aus Pizza im Starlite und einem Truthahn-Sandwich in der Autobahnraststätte bestanden.

Anne-Marie setzte sich, begann zu essen, hielt dann jedoch inne und fuhr mit einem Finger über den Rand ihres kobaltblauen Tellers. »Ich habe eine Frage: Finden Sie, ein Essen schmeckt besser, wenn es von einem dreihundert Jahre alten Porzellanteller gegessen wird?«

»Keine Ahnung«, erwiderte Mike, musterte sie und versuchte herauszufinden, ob sie diese seltsame Frage ernst meinte. Ihr Gesichtsausdruck verriet nichts, doch er entschied, dass die Antwort sie tatsächlich interessierte. »Ich habe noch nie von einem dreihundert Jahre alten Teller gegessen.«

»Tja, jetzt tun Sie's, und ich kann Ihnen versichern, es schmeckt besser«, sagte Anne-Marie und spießte eine Tomate mit ihrer Gabel auf.

»Liegt am Gift, gar keine Frage«, sagte Jameson und zwinkerte Anne-Marie zu. »Dieses Blau ist wahrscheinlich mit Blei versetzt.«

»Ich habe ja schon angefangen, Ihnen etwas über die Geschichte von Porzellan zu erzählen, aber die Geschichte hat noch eine Seite, eine esoterische Seite, wenn Sie so wollen, eine, die schon viele Gelehrte vor mir beschäftigt hat. Eine, die in direktem Zusammenhang mit der Antike steht, von der Jameson begonnen hat, Ihnen zu erzählen.«

Mike sah auf. Er spürte, dass die Unterhaltung jetzt in eine andere Richtung driftete. »Wie das?«

»Wie ich bereits erwähnt habe, galt Porzellan im Europa der frühen Neuzeit als geheimnisvolle Erscheinung. Könige begehrten es wegen seiner Leuchtkraft und Stärke, aber es war unmöglich herzustellen, so unmöglich, dass der Prozess mit Alchemie gleichgesetzt wurde. In der Tat wurde es zu einer der Hauptbeschäftigungen der Alchemisten. Die Entdeckung der Formel für die Umwandlung von unedlen Metallen in Gold und von Ton in Porzellan wurde zu einer gemeinschaftlichen Aufgabe: Die geheime Formel für die Verwandlung von Blei in Gold war die Suche nach dem Stein der Weisen, während die Formel für die Herstellung von Porzellan aus Ton als Arkanum bezeichnet wurde.

Das erste europäische Porzellan wurde von Johann Friedrich Böttger hergestellt, einem Alchemisten und begnadeten Chemiker, der im siebzehnten Jahrhundert in Meißen die erste europäische Porzellanmanufaktur gründete. Bald folgten weitere Produktionsstätten. Da Porzellan immer alltäglicher wurde, sank sein Wert. Doch obwohl es nicht mehr so wertvoll war wie Gold, blieben seine Eigenschaften – es begann als unreine Erde und verwandelte sich in eine reine, glänzende Substanz – weiterhin Teil der esoterischen Tradition. Und es war auch ein Porzellangefäß, das ein sehr wichtiges Geheimnis enthielt.«

»Was für ein Geheimnis?«, fragte Mike und schaute aus dem Fenster, in der Hoffnung, einen flüchtigen Blick auf Connie zu erhaschen. Der Pick-up stand, wo er ihn geparkt hatte, aber der Tesla war fort. Alles war ruhig, daher nahm er an, dass Connie eingeschlafen war.

»Wir haben das erste Mal durch LaMoriettes Brief an seinen Sohn davon erfahren«, sagte Anne-Marie. »Er verweist auf einen Text, der uraltes heiliges Wissen enthält. In diesem Text findet sich eine Art Code oder Rätsel.«

»Es ist bekannt unter dem Namen ›das Gottesrätsel‹«, sagte Jameson.

»Und da komme ich ins Spiel«, sagte Mike und verstand mit einem Mal, warum Jameson so an ihm interessiert war. Jameson vermutete, dass Jess ihm Informationen über das Rätsel gegeben hatte, was sie, natürlich, getan hatte. »Sie denken, ich könnte Ihnen helfen, es zu lösen.«

»Zuerst einmal müssen wir es finden«, sagte Jameson. »Wir wissen aus LaMoriettes Brief an seinen Sohn, wie er in den Besitz des Rätsels gekommen ist. Wir wissen, dass es sich – zusammen mit seinem Meisterwerk, der Puppe Violaine – in seinem Besitz befunden hat, als er im Jahr 1909 Selbstmord beging. Und wir wissen weiter, dass meine Tante die Puppe bis zu ihrem Tod besessen hat und dass Jess Price 2017 Violaine in dem Haus entdeckte. Aber die Puppe verschwand, und was das Rätsel betrifft, haben wir keine Informationen – keine einzige, wie es aussieht, ja wir wissen nicht mal, welche Art von Code es enthält. Aber genau das beabsichtige ich herauszufinden.«

Mike begegnete seinem Blick und verzog keine Miene. Er war Jameson und Anne-Marie ein paar Schritte voraus. Er wusste, wie das Rätsel aussah. Er sah es deutlich vor sich, jede Zahl und jeden Buchstaben an seinem Platz.

»Je länger ich danach suche, desto mehr glaube ich, dass das Rätsel ein Stück heiliger Information enthält, eine Art Kryptogramm, das, wenn es richtig verwendet wird, die Art und Weise verändern wird, wie die Menschheit Vergangenheit, Gegenwart und Zukunft sieht. Ich glaube, meine Tante hatte dieses Kryptogramm in ihrem Besitz.«

»Und weil Jess Price die Einzige war, die nach Auroras Tod in dem Haus wohnte«, sagte Mike, »glauben Sie, dass sie Informationen über dieses Rätsel besitzt.«

»Wir wissen es«, sagte Jameson. »Ernest Raythe hat dies bestätigt.«

»Hat er für Sie gearbeitet?«, fragte Mike und spürte Wut in sich aufsteigen, als er begriff, dass Jess von ihrem ersten Psychiater in Ray Brook hintergangen worden war. Er musste an die Hunderte von Aktenseiten im Keller des Gefängnisses denken. Hatte Raythe all das auch Sedge anvertraut?

»Hat er, ja«, bestätigte Jameson. »Er hat mich über ihre Fortschritte regelmäßig auf dem Laufenden gehalten. Jess erzählte ihm, sie habe etwas gefunden, das sie als ›ein unvollständiges Rätsel‹ bezeichnete.«

»Aber warum?«, fragte Mike und versuchte zu verstehen, wie ein Arzt sich so verhalten konnte. Raythe hatte doch eine moralische und professionelle Verpflichtung gegenüber seiner Patientin gehabt. »Lag es am Geld?«

»Raythe und ich hatten ähnliche Ziele – zu verstehen, was im Sedge House wirklich passiert war. Sein Ziel war es, Jess zu helfen. Er glaubte an ihre Unschuld und wollte, dass sie wieder rauskam. Ich glaube, er hat sich wirklich für sie interessiert und wollte Gerechtigkeit. Meine Gründe waren, nun, völlig anders gelagert, wie ich bereits begonnen habe zu erklären. Wir haben unsere Mittel gemeinsam genutzt. Einschließlich dieses Tagebuchs in Ihrer Tasche.«

Mike starrte Jameson verlegen an. Wie konnte er nur von dem Tagebuch wissen?

»Machen Sie nicht so ein überraschtes Gesicht«, sagte Jameson und lächelte süffisant. »Cam hat gesehen, wie Sie es im Gefängnis gelesen haben. Als er es beschrieb, wusste ich, dass es das Buch war, das ich im Sedge House gefunden und dann Raythe gegeben hatte.

Die Polizei hatte alles aus dem Haus mitgenommen, das im Rahmen ihrer Ermittlungen von Nutzen sein konnte. Aber das Tagebuch hatte in Auroras Bibel gesteckt, die näher zu untersuchen die Polizei versäumt hatte. Ich fand es, nachdem die Polizei fort war, las es und gab es Raythe, nachdem Jess nach Ray Brook überstellt worden war.«

»Wenn Sie ihr Tagebuch gelesen haben, dann wussten Sie, dass Jess Violaine gefunden hatte. Und Sie wussten auch von der geheimen Anrichtekammer.«

»Allerdings«, sagte Jameson. »Wir haben die Kammer geöffnet und einen Blick hineingeworfen.«

»Aber keine Violaine«, sagte Anne-Marie. »Und kein Rätsel.«

Jameson deutete zum Wohnzimmer, wo die Ledermappe auf dem Couchtisch lag. »Die Seiten von LaMoriettes Brief lagen über die ganze Bibliothek verstreut. Sie wurden von der Polizei als Beweismittel mitgenommen, allerdings zurückgegeben, als festgestellt wurde, dass sie für den Fall keinerlei Bedeutung besaßen. Dabei enthalten sie durchaus Informationen darüber, was passiert ist, nur war der Polizei das nicht bewusst.«

»Und sie waren unvollständig«, fügte Anne-Marie hinzu. »Die letzten Seiten wurden nie gefunden. Möglich, dass sie schon nach LaMoriettes Tod verloren gingen. Vielleicht hat Jess sie auch vernichtet. Wir haben versucht, über Dr. Raythe mehr darüber zu erfahren, aber Jess hat nie preisgegeben, was aus ihnen wurde.«

»Wenn Sie mit Raythe in Verbindung standen«, sagte Mike, legte seine Kuriertasche auf den Tisch und zog seinen Laptop heraus, »haben Sie das hier wahrscheinlich gesehen.« Er kramte den USB-Stick aus seiner Hosentasche, schloss ihn an, öffnete einen Ordner und dann die Fotos: die Schwarz-Weiß-Bilder von Frankie Sedges Leiche, dann die Polaroids von Noah Cookes Leiche. Er ordnete sie nebeneinander auf dem Bildschirm an und zoomte hinein, vergrößerte die in ihre Haut geätzten Muster.

»Über fünfzig Jahre liegen zwischen diesen beiden Leichen, und doch gibt es eine bemerkenswerte Ähnlichkeit zwischen ihnen.«

Jameson setzte eine Brille auf, beugte sich dicht zu dem Bildschirm vor und untersuchte die Aufnahmen. Mike lehnte sich zurück und beobachtete seine Reaktion. Es war nicht nett, ihn völlig unerwartet mit so etwas zu konfrontieren, ihm praktisch den Stuhl unter dem Hintern wegzuziehen und zuzusehen, wie er verzweifelt versuchte, nicht das Gleichgewicht zu verlieren. Auf Jamesons Gesicht zeigte sich zuerst Überraschung, dann Verwirrung und schließlich Schmerz. Mike sah den Mann, der Jameson unter seiner harten Schale war, ein Kind, das den Schmerz über den Tod seines Vaters spürte, einen Mann, der Geld und Macht einsetzte, um all das zu kaschieren, was er erlitten hatte, einen Mann, der die Unsterblichkeit verherrlichte, auch wenn er damit kämpfte, mit seiner eigenen Vergangenheit fertigzuwerden.

»Woher zum Teufel haben Sie diese Aufnahmen?« Jameson wirkte verunsichert, und zum ersten Mal an diesem Abend geriet sein kultiviertes Gehabe ins Wanken.

»Ich vermute, Dr. Raythe hat Ihnen nicht alles gezeigt, was er fand«, sagte Mike.

»*Mon dieu*, woher hatte Raythe diese Bilder überhaupt?«, fragte Anne-Marie. Sie setzte sich ebenfalls eine Lesebrille auf und beugte sich zum Bildschirm.

»Er hatte eine Menge Informationen, die niemand gesehen hat. Nicht einmal Jess' derzeitige Psychiaterin kannte diese Akte.«

Jameson wandte den Blick nicht von den Bildern. »Ich wusste nicht, dass diese Fotos von meinem Vater existieren«, sagte er mit ruhiger Stimme. »Natürlich habe ich mich immer gefragt, was mit ihm passiert ist, aber es wurde nie darüber gesprochen. Meine Mutter war so am Boden zerstört, so gebrochen. Sie konnte es nicht ertragen, darüber zu sprechen. Niemals. Irgendwann habe ich in alten Zeitungen von seinem Tod gelesen. Aber so etwas wie diese Fotos habe ich nie gesehen. Ich hätte mir nie vorstellen können, dass sein Tod so schrecklich gewesen war.«

»Raythe muss wohl gedacht haben, es gebe irgendeine Verbindung zu Jess, denn andernfalls hätte er diese Aufnahmen nicht in ihrer Akte aufbewahrt.«

»Er hatte recht«, sagte Anne-Marie und klappte seufzend den Laptop zu. »Es gibt eine Verbindung. Hier. Lassen Sie mich Ihnen etwas zeigen.« Sie stellte einen Porzellanteller unter die Lampe. »Wenn Sie genau hinsehen, werden Sie bemerken, dass die Oberfläche dieses Tellers von einem Netz feiner Risse überzogen ist. Man nennt es Craquelé. Die feinen Haarrisse entstehen durch extreme oder ungleichmäßige Druckeinwirkung.«

Mike starrte das Muster erstaunt an. Es war das gleiche Muster wie auf den Leichen von Frankie Sedge und Noah Cooke. Das gleiche Muster wie auf Jess' Haut. Und auch genau das, was er in der Glastür über seiner eigenen Haut hatte schweben sehen.

Anne-Marie fuhr fort. »Das englische Wort dafür, *crazing*, hat übrigens denselben Stamm wie *crazy*: aufbrechen, bersten, die Ganzheit verlieren. Das Rissigwerden, das Craquelé bei Porzellan ist, genau wie das Verrücktwerden, die Folge einer inneren Störung. Ein innerer Druck, der quasi zu einer Explosion führt.«

Mike erinnerte sich an den Obduktionsbericht. Als Todesursache war dort eine stumpfe Gewalteinwirkung auf den Körper angeführt worden – ein Sturz oder ein Autounfall –, aber beide Szenarien waren unmöglich. Es war fast so, als wäre das Trauma sehr ähnlich gewesen wie das, was Anne-Marie beschrieben hatte: ein Druck, eine große Kraft, die von innen heraus wirkte.

»Und das hat mit dem zu tun, was ihnen zugestoßen ist?« Er deutete mit dem Kopf auf die Fotos auf seinem Laptop. »Und Jess?«

»Es steht alles in LaMoriettes Brief«, sagte Anne-Marie. »Der, den er am Abend vor seinem Tod an seinen Sohn schrieb. Es bringt alles zusammen: die esoterischen Elemente des Arkanums der Alchemisten und ein Geheimnis, das seit Tausenden von Jahren von einer Generation zur nächsten weitergegeben wurde – eines, das die Zukunft der Menschheit verändern könnte.«

»Nicht könnte«, korrigierte Jameson. »Es *wird* die Zukunft der

Menschheit verändern. Wenn wir erst das vollständige Rätsel haben.«

»Hören Sie, Mike, wir wissen von der Zeichnung, die Jess Price angefertigt hat«, sagte Anne-Marie, wobei ihre Stimme sanft war, als ob sie sich entschuldigen wollte. »Wir wissen, dass sie faszinierend genug war, um Sie ins Gefängnis zu holen. Nachdem Sie jetzt wissen, worum es geht, werden Sie sicher verstehen, dass es auch in Jess Price' bestem Interesse ist, wenn Sie uns helfen, das Rätsel zu vervollständigen.«

»Soweit ich das sagen kann«, erwiderte Mike und lehnte sich auf seinem Stuhl zurück, »ist dieses Ding nicht mal ein Rätsel. Es fehlt ein geschlossenes Muster, das eine Lösung ermöglichen würde. Und selbst wenn ich es lösen könnte, sehe ich wirklich nicht, inwiefern es in Jess' bestem Interesse ist, wenn ich Ihnen helfe.«

»Nun«, sagte Jameson und zog unter seinem Hemd eine Pistole hervor, legte sie auf den Tisch, »es ist ganz sicher in Ihrem besten Interesse. Was halten Sie davon, uns bei der Suche nach der Antwort zu helfen?«

34

Die Pistole lag auf dem Tisch zwischen ihnen. Mike hatte noch nie eine echte Waffe aus der Nähe gesehen. In Ohio gab es zwar viele Waffen, aber sein Vater ging nicht auf die Jagd, und seine französischstämmige Mutter fand die amerikanische Waffenkultur verwirrend und duldete keine Feuerwaffen in ihrem Haus. Das Schimmern des schwarzen Metalls, der kantige Griff, der perfekte Winkel des Laufs, das Endstück des Magazindeckels – sie hatte etwas Verlockendes an sich. Er musste sich beherrschen, um nicht nach ihr zu greifen.

Mikes Interesse schien Jameson zu amüsieren. »Eine alte halb automatische Walther PPK«, sagte er. »In Deutschland hergestellt. Sie hat meinem Vater gehört.«

»Ein Prachtstück«, sagte Mike und spürte, wie ihm mulmig wurde.

»Ganz Ihrer Meinung«, sagte Jameson, nahm sie in die Hand und strich mit einem Finger über ein Metallschild auf dem Lauf. »Ich fand schon immer, wenn es eine elegante Möglichkeit gäbe, diese Seinsebene zu verlassen, dann wäre es durch die Gnade der Walther meines Vaters.« Er richtete die Waffe langsam auf Mike. »Finden Sie nicht auch?«

Mike hatte schon unter extremem Zeitdruck Rätsel entwickelt, er hatte dem Druck eines zwölfstündigen Pi-Nachkommastellen-Wettbewerbs standgehalten, er hatte Rätsel für Geld und Prestige und für seinen persönlichen Geisteszustand gelöst. Aber noch nie war er wegen eines Rätsels bedroht worden. »Waffen sind nicht so ganz mein Ding«, sagte er. Er fühlte sich von Kopf bis Fuß taub, seine

Glieder kribbelten und waren blutleer. »Ich bin eher der Typ, der als hunderteinjähriger, runzliger alter Knabe friedlich im Schlaf stirbt.«

Jameson lachte. »Da sehen Sie, Mike, so sehr unterscheiden wir uns doch nicht. Beide schätzen wir ein langes Leben. Es gibt keinen Grund, vor der Zeit zu sterben. Ganz sicher nicht jetzt. Also, her mit dem Rätsel.«

Sein Herz raste. Er konnte nicht aufhören, an die Waffe zu denken. Er bezweifelte nicht eine einzige Sekunde, dass Jameson sie benutzen würde. Soweit er wusste, hatte auch Raythe Informationen besessen, die Jameson haben wollte. Er würde von hier bestimmt nicht wieder wegkommen, ohne ihnen etwas zu geben. Aber Jess' Zeichnung, die sich in seiner Kuriertasche im Wohnzimmer befand, aus der Hand zu geben, kam ihm wie ein Verrat vor. Es gab einen anderen Weg. »Ich brauche ein Blatt Papier«, sagte er ausdruckslos.

Anne-Marie stand auf, ging in die Küche und kehrte mit Papier und Stift zurück. Er nahm den Stift in die Hand und malte den Kreis – die Strahlen wie eine explodierende Sonne, die Zahlen 1 bis 72 am äußeren Ring –, modifizierte ihn nur geringfügig, indem er einige der hebräischen Schriftzeichen und einige der Strahlen wegließ. Dann reichte er Jameson die Zeichnung und stand auf, stützte sich am Tisch ab. Adrenalin schoss durch seine Adern. Mit einem Mal war ihm fürchterlich schlecht. Sedge steckte die Pistole weg, nahm die Zeichnung und untersuchte sie sorgfältig.

Anne-Marie beugte sich vor, betrachtete den Kreis. Mike wusste, sie würden nicht mehr finden als er. »Was bedeutet das?«, fragte Anne-Marie schließlich.

»Es ist unvollständig«, sagte er und ließ die Finger knacken. Vielleicht würde der dumpfe Schmerz helfen, die Angst zu zerstreuen, die ihn durchströmte. »Unlösbar, bis wir das Original finden.«

»Aber Jess Price muss doch wissen, was fehlt«, sagte Jameson.

»Falls es so ist, hat sie es mir zumindest nicht gesagt.«

»Hier.« Anne-Marie holte ein hebräisches Wörterbuch aus einem

Regal und schlug es vor Jameson auf dem Tisch auf. »Das könnte uns weiterhelfen.«

Während Anne-Marie und Jameson versuchten, das Rätsel zu übersetzen, schaute Mike an ihnen vorbei ins Haus. Er musste fort von hier, und zwar schnell, aber es würde nicht leicht sein. Das Gebäude war völlig offen, jeder Raum – Wohnzimmer, Esszimmer und Küche, sogar das Schlafzimmer auf einer Empore – war einsehbar. Es war unmöglich, sich davonzustehlen, ohne bemerkt zu werden. In einem Haus wie diesem bot nur ein einziger Ort so etwas wie Privatsphäre: die Toilette.

Anne-Marie zeigte zu einem Flur auf der anderen Seite des Wohnzimmers. Mit einem Blick durch die große Glasscheibe auf die im Dunkeln liegende Einfahrt vergewisserte er sich, dass der Tesla fort war, sein Pick-up unbehindert. Sein erster Gedanke war, aus der Haustür zu rennen, in seinen Truck zu steigen und möglichst schnell zu verschwinden. Aber Jameson würde ihn mühelos aufhalten können. Ein Schuss mit seiner Walther würde genügen. Mike musste weg, aber er musste es klug anstellen.

Er schnappte sich seine Kuriertasche von der Couch, und auf dem Tisch davor lag die Ledermappe noch genau an der Stelle, wo Anne-Marie sie hinterlassen hatte. Schnell, bevor Anne-Marie und Jameson es sehen konnten, beugte er sich über den Couchtisch, nahm das Bündel Seiten aus der Mappe und steckte es in seine Kuriertasche. Er konnte nicht gehen, ohne zu wissen, was LaMoriette entdeckt hatte.

Mike verriegelte die Badezimmertür, lehnte sich dagegen und schloss die Augen. Sein Herz raste. Er hatte das Gefühl, nicht atmen zu können. Er hatte seit Jahren keine Panikattacke mehr gehabt, nicht mehr seit seinem ersten Jahr am MIT, aber jetzt stand er kurz davor, eine zu bekommen. Eine Adrenalinwelle durchspülte ihn und verebbte, dann eine weitere. Seine Brust zog sich zusammen, seine Kehle war wie zugeschnürt. Er ging zum Waschbecken, ließ kaltes

Wasser laufen und spritzte es sich ins Gesicht. Die Kälte erdete ihn wieder. *Auf was zum Teufel habe ich mich nur eingelassen?* Die Sache war ihm über den Kopf gewachsen. Nichts war mehr so, wie er es geglaubt hatte.

Das Bad war riesig, hatte eine von Panoramafenstern umgebene Jacuzzi-Wanne. Es gab eine separate gläserne Dampfdusche und eine Marmorbüste eines römischen Kaisers, die möglicherweise aus dem Sedge House stammte. Es duftete intensiv nach Feige – in einer Ecke brannte eine Diptyque-Kerze, deren Licht gerade hell genug war, um zu lesen. Er nahm sein Handy heraus und betete zu den Mächten der Technik, ihm ein Funknetz zu schenken. Doch als er in der rechten oberen Ecke des Bildschirms nach Balken suchte, sah er, dass es keine gab.

Und doch, gerade als er das Telefon wieder einstecken wollte, sah er eine Benachrichtigung über einen verpassten Anruf. Thessaly hatte um 18:44 Uhr, also vor etwa drei Stunden, als er noch in Anne-Maries Büro gewesen war, eine Mitteilung auf seiner Voicemail hinterlassen. Er stellte die Lautstärke so leise wie möglich, drückte auf Play und hörte zu:

Ich möchte Ihnen keine Angst machen, aber hier geht etwas vor sich, das ich nicht erklären kann. Als ich in mein Büro zurückkehrte, habe ich festgestellt, dass ich auf keine DOCCS-Dateien mehr zugreifen konnte, nicht mal mehr auf die interne Datenbank mit meinen aktuellen Patienten. Mein Passwort wurde nicht angenommen, und als ich unseren technischen Support anrief, sagte man mir, mein Name und meine Mitarbeiter-ID befänden sich nicht in ihrem System. Ich habe sie dreimal nachprüfen lassen, bevor ich einsah, dass meine Information gelöscht worden war.

Dass ich aus dem System gesperrt wurde, ist einfach ein zu großer Zufall, um als Computerstörung abgetan werden zu können. Hier passiert gerade etwas völlig Ungewöhnliches. Jemand entfernt langsam jeden, der Jess Price helfen könnte. Zuerst Dr. Raythe. Dann Sie. Jetzt versucht man, mich zu beseitigen. So langsam erkenne ich, dass ich in ernster Gefahr bin.

Ich kann es nicht beweisen, aber ich glaube, dass der Mann, den ich auf dem Parkplatz abgefangen habe, hinter allem steckt. Ich habe nur wenige Minuten mit ihm gesprochen, habe aber seinen Namen: Jameson Sedge. Er wusste eine Menge über Sie – zum Beispiel, dass Ihre Freigabe für diese Anstalt widerrufen wurde. Er wollte mit Jess sprechen. Als ich ihm sagte, dass er dazu eine Besuchserlaubnis benötige, bestand er darauf, eine solche Erlaubnis schon längst zu besitzen. Das habe ich ihm nicht abgekauft – alle Besucher des Gefängnisses, die meine Patienten sehen wollen, müssen an meinem Schreibtisch vorbei – und habe ihn stattdessen von den Wärtern zu seinem Wagen begleiten lassen, was ihn mächtig genervt hat. Als ich jedoch wieder in meinem Büro war und einen Blick ins Besucherverzeichnis geworfen habe, stand sein Name tatsächlich darin. Der Mann hat Freunde in hohen Positionen, wie es sich herausstellt, was wiederum erklären könnte, wie Sie Ihren Besuchszugang verloren haben – und warum ich jetzt meinen Zugang verliere. Nichts an diesem Kerl hat mir gefallen, also beschloss ich, das Polizeirevier unten im Columbia County anzurufen, wo Jess Price verhaftet wurde. Ich kenne da jemanden persönlich und hab ihn gefragt, ob er etwas über Jameson Sedge wisse. Er hat sich fast verschluckt, als er den Namen hörte.

Wie Sie wissen, gab es einen ziemlichen Medienzirkus um Jess' Festnahme. Ihre Schuld stand eigentlich nie außer Frage – die Polizei fand sie mit Noahs Blut bedeckt –, und die Presse *hat sie auch ohne jeden Beweis wie eine Schuldige behandelt. Mein Bekannter hat mir jedoch erzählt, dass es noch weitere Personen gab, die im Laufe der Ermittlung vernommen wurden, und obwohl die Polizei keinerlei Beweise finden konnte, die ihre Untersuchungen bestätigten, war mein Bekannter der Ansicht, dass es durchaus möglich kein könnte, dass diese Leute in die Ereignisse dieses Abends im Sedge House verwickelt gewesen sind. Als ich ihn fragte, wer denn die Hauptverdächtigen waren, sagte er: Jameson Sedge und Dr. Anne-Marie Riccard.*

Außerdem erzählte er mir, dass mein Vorgänger, Dr. Raythe, sich 2018 mit ihm in Verbindung gesetzt habe, in dem Jahr, nachdem Jess in seine ärztliche Betreuung kam. Anscheinend hat Dr. Raythe das Büro der Columbia-County-Polizei aufgesucht und ist die Fallakten durchgegangen. Daher hatte er auch die Fotos, die ich gescannt habe, die auf dem USB-Stick. Falls Sie noch keine Gelegenheit hatten, einen Blick in die Akten zu werfen, tun Sie's sofort, dann werden Sie verstehen, warum das alles so beunruhigend ist.

Auch wenn für mich im Moment nichts einen Sinn ergibt, weiß ich aber eines ganz sicher: Wir können Jess Price nicht unbeschützt lassen. Ich weiß, wenn ich nach Hause gehe, kann ich vielleicht nicht mehr zurückkehren. Und deshalb werde ich mit Jess in meinem Büro sprechen. Ich werde sie fragen, worum Sie mich gebeten haben, und wenn sie sich mir anvertraut, was sie, wie Sie wissen, noch nie getan hat, werde ich es aufzeichnen und Ihnen zusenden. Ich kann Ihnen nur versprechen, dass ich mein Bestes tun werde, um zu verstehen, wer ihr schaden will. Und um sie zu beschützen.

Mike spürte, wie ihm das Atmen schwerfiel, als die Sprachnachricht von Thessaly endete. Jameson und Anne-Marie waren mehr als nur

Schatzsucher, die hofften, eine wertvolle Antiquität zu finden. Sie steckten viel, viel tiefer in der Sache drin, als er bislang gedacht hatte. Er musste irgendwie von hier wegkommen.

Mike sah sich im Bad um, suchte nach einem Fluchtweg. Die Panoramafenster in der Nähe des Whirlpools ließen sich nicht öffnen, aber neben der Toilette gab es eines mit einem Fenstergriff. Es war klein, aber wenn er es richtig anstellte, müsste es gerade groß genug sein, um sich hindurchzuzwängen.

Er entriegelte das Schloss, öffnete das Fenster, drückte das Fliegengitter nach außen und lehnte sich in die Nacht hinaus. Ein Rest Mondschein lag über dem Wald, so fein und weiß wie Puderzucker. Er atmete tief die frische Luft ein. Als er in die Dunkelheit hinausblickte, erschien ihm die Welt plötzlich schärfer und klarer. Er war erfüllt von einem Ziel. Ihm kam in den Sinn, dass es vielleicht genau das war, was er vermisst hatte, seit sein Unfall ihn vom Footballplatz vertrieben hatte – das Gefühl, Teil eines wichtigen Kampfes zu sein. Das war es, was an Rätseln so befriedigend war. Er war dabei, um zu gewinnen, aber auch, um etwas zutiefst Persönliches zu erreichen. Das Problem zu lösen und das Rätsel zu beenden. Um den Platz mit einem klaren Ergebnis zu verlassen. Jetzt, da er mit Sicherheit wusste, dass Jess in Gefahr schwebte, hatte jede Entscheidung, die er traf, Konsequenzen.

Das Fenster lag zum Wald hin, und es waren ungefähr drei Meter bis zum Boden. Er vergewisserte sich, dass seine Kuriertasche verschlossen war, stieg auf die Kloschüssel, schob erst ein Bein, dann das andere aus dem Fenster und ließ sich auf die Erde fallen. Er ging um das Haus und sah Anne-Marie und Jameson, die sich in der Küche angeregt unterhielten. Jameson schien wütend zu sein, und Anne-Marie versuchte offenbar, ihn zu beruhigen, und obwohl er gern gewusst hätte, worüber sie sich stritten, hatte er keine Zeit zu verlieren.

Er zog seinen Autoschlüssel aus der Tasche und öffnete die Tür des Pick-ups. Er rechnete damit, dass Connie sich auf ihn stürzen würde – sie hasste es, eingesperrt zu sein, und er war über zwei Stunden weg gewesen. Aber der Wagen war leer. Er versuchte, nicht in Panik zu geraten, und suchte auf dem Boden der Beifahrerseite. Er fand ihren Plastikwassernapf und ihr Kauspielzeug, aber keine Connie. Er drehte sich zum Wald hinter dem Haus, weil er kurz dachte, sie könnte irgendwie entflohen sein. Aber Connie war fort. Als er bemerkte, dass auch ihre Leine und ihre Decke fehlten, wusste er, dass das Schlimmste eingetreten war: Cam Putney hatte seinen Hund.

Wut übermannte ihn. Er wollte zurück ins Haus gehen und Jameson zur Rede stellen, ihn dazu bringen, seinen Schläger anzurufen und ihm zu befehlen, Connie sofort zurückzubringen. Aber das wäre dumm, so viel war ihm klar. Es war genau das, was sie wollten – Mike wütend, sein Verstand außer Kraft gesetzt, er bereit, alles zu tun, was sie verlangten. Trotz seiner Wut, trotz der zunehmenden Panik bei dem Gedanken, was Connie zustoßen könnte, musste er ruhig bleiben.

Er stieg in seinen Wagen, schloss die Tür und holte tief Luft, um sich zu beruhigen. Sobald er von hier verschwunden wäre, würde er sich seine nächsten Schritte überlegen können.

Er steckte den Schlüssel ins Zündschloss und drehte ihn. Nichts. Er versuchte es wieder. Und wieder. Nichts. Keine einzige Motorumdrehung, kein Flackern der Lichter. Er überprüfte den Tank, der halb voll war, und sah dann zu seinem Entsetzen, dass die Batterie leer war.

35

Cam Putney beobachtete Thessaly Moses. Sie ging von einem Ende ihres Stadthauses zum anderen, wobei sie das Licht anschaltete, bis die Wohnung so hell erleuchtet war wie der Gefängnishof bei Nacht. Offensichtlich war die Frau verängstigt. Sie hatte seine Anwesenheit wahrgenommen, ihn gespürt, auch wenn sie ihn nicht gesehen hatte. Ihre erste Verteidigungsmaßnahme war, alle Ecken und Winkel zu beleuchten. Interessant, dachte er, als die Lampen im zweiten Stock aufflammten, dass Licht immer mit Sicherheit gleichgesetzt wurde – Sonnenlicht, ein Lagerfeuer, ein Nachtlicht in einem Kinderzimmer. Seine Tochter hatte früher nie im Dunkeln einschlafen können. Aber Licht machte Cams Arbeit leichter. Er sah alles klar und deutlich. Die dicken Akten, die Dr. Moses aus ihrer Tasche zog und auf den Esszimmertisch legte, neben ein schlankes, goldfarbenes MacBook Air, das gleiche Modell, das er seiner Tochter gekauft hatte, als die Schule während der Pandemie online ging. Das Licht vertrieb die Schatten, bis nichts mehr vor Thessaly Moses verborgen war. Aber auch vor Cam Putney war nichts verborgen.

Das Stadthaus gehörte zu einer bewachten Wohnanlage etwa zwei Meilen vom Gefängnis entfernt, eine Ansammlung von zehn Häusern, die in den dichten Adirondack-Wald eingebettet waren. Cam parkte mehr als eine Meile entfernt und verbarg den Tesla zwischen den Bäumen. Mr Brinks Köter bellte wie verrückt im Kofferraum und schien dort herumzutitschen wie eine Flipperkugel. Seit Stunden ging das schon so, und er war versucht, ihn von seinem Elend zu erlösen. Aber das würde Mr Sedge nicht gefallen. Er hatte ihm befohlen, den Hund mitzunehmen, nicht, ihn zu töten, und Cam wollte nicht riskieren, ihn wegen so etwas zu verärgern. Es war besser, wenn der Dackel sich auspowerte und dann einschlief.

Cam umrundete das Stadthaus und suchte nach einem Weg hinein. Er hielt sich im Schatten und achtete sorgfältig darauf, von den Nachbarn nicht gesehen zu werden. Das Letzte, was er brauchte, war, dass jemand die Polizei rief. Auf der Rückseite des Hauses fand er ein Fenster, das zum Wohnzimmer gehörte. Er konnte Dr. Moses am Esszimmertisch sehen, den geöffneten Laptop vor sich. Sie versuchte wieder, in die Datenbank der Bundesverwaltung zu gelangen, aber natürlich wurde ihr der Zugang verweigert. Er selbst hatte das Passwort geändert und sie von allen Informationen über ihre Patienten, einschließlich Jess Price, abgeschnitten. Es war kinderleicht gewesen, in das System einzudringen, ihr Passwort zu ändern und alles auf seinen eigenen Account umzuleiten. Wenn ihr Laptop auch nur halbwegs so konfiguriert war wie ihr Desktop, dann hatte sie keinerlei Schutz, keine Virenerkennungssoftware, nicht einmal ein VPN. Sie hatte offensichtlich keine Ahnung, dass alles, was sie tippte, jede Fallnotiz, jede persönliche E-Mail, jeder Post in den sozialen Medien, jeder Cent, den sie auf ihr Bankkonto einzahlte, überwacht wurde.

Plötzlich stand Dr. Moses auf und drehte sich zum Fenster um. Einen elektrisierenden Moment lang starrte sie ihn an, und er war sich sicher, dass sie ihn hinter dem Glas entdeckte. Aber dann wandte sie sich wieder ab und verließ das Zimmer, ihre Bewegungen waren ruhig und ohne Angst, und er wusste, dass sie seine Anwesenheit nicht bemerkt hatte.

Cam machte sich an die Arbeit. Zuerst versuchte er es mit dem Fenster. Es war verschlossen. Dann die Hintertür. Sie war ebenfalls verschlossen, aber es war ein Zylinderschloss, das er ohne allzu große Mühe knacken konnte. Er zog einen Satz Schlagschlüssel heraus und bückte sich vor dem Schloss. Schweiß rann ihm über die Haut. Er wischte ihn sich aus den Augen und machte sich an die Arbeit, indem er die Schlüssel schnell und leise ausprobierte. Der vierte Schlüssel funktionierte. Der Riegel schnappte auf. Er drehte den Knauf und schob die Tür leise auf, ein kalter Luftzug strich über ihn hinweg, als er eintrat, und die klimatisierte Luft hinterließ ein Frösteln auf seiner feuchten Haut. Er schloss die Tür und glitt hinein, bewegte sich durchs Esszimmer in das angrenzende Wohnzimmer. Als er sich hinter einem Bücherregal positionierte, kehrte Dr. Moses mit einer Flasche Wein ins Esszimmer zurück. Er verspürte eine Woge der Erleichterung. Sie hatte nicht gehört, wie die Tür geöffnet oder geschlossen wurde. Sie hatte nicht gehört, wie er über den Parkettboden des Esszimmers ging. Sie hatte gar nichts gehört. Sie schenkte sich ein Glas Rosé ein, nahm einen Schluck und setzte sich vor den Laptop.

Als er neben dem Bücherregal stand, sah er die DSM-4- und DSM-5-Handbücher, ein Regal mit gebundenen Romanen und Reihen populärer Selbsthilfebücher, alles fein säuberlich geordnet. Es gab ein Foto von einem älteren Paar, das in einem Park stand – ihre Eltern, wie er vermutete. Leise, ohne ein Geräusch zu machen, schob er das Foto zur Seite. Er wollte nichts über das Leben von Thessaly Moses wissen – nicht über ihre Eltern, nicht über ihre Lesegewohnheiten, nicht darüber, dass sie die Klimaanlage auf subarktische Temperaturen herunterdrehte. Je mehr er wusste, desto schwieriger würde es werden, das zu tun, weswegen er gekommen war. Und das hier musste einfach laufen.

Er zog die Glock 43 aus dem Holster und spürte ihr Gewicht in seiner Hand. Sie war warm, speicherte die Wärme seiner Haut. Sie zu heben war, als würde er einen Finger heben, die Waffe eine Verlängerung seines Körpers, ein Teil von ihm. Seine Hand war ruhig, als er zielte. Das war eine seiner Stärken – dieses unerschütterliche Zielen, eine unheimliche Fähigkeit, sein Ziel in jeder Situation zu treffen, Reflexe, die es ihm erlaubten, ohne Zögern zuzuschlagen. Doch er schlug nicht zu. Noch nicht. Er beobachtete sie. Er fragte sich, wie es ihr ging. Spürte sie, wie gefangen sie war? Dass er immer da sein würde, egal, wohin sie sich wendete?

Er ließ einen Finger über die Sicherung gleiten und zielte auf ihren Hinterkopf. Doch gerade als er abdrücken wollte, bückte sie sich und fischte ihr Mobiltelefon aus der Tasche, strich mit einem Finger über die Glasoberfläche und schloss das Gerät an ihren Laptop an.

Er legte die Glock auf ein Regal und trat näher heran, wobei er versuchte, etwas zu erkennen. Es dauerte eine Sekunde, bis er begriff, was sie tat: Sie übertrug manuell eine Datei von ihrem Handy auf den Laptop. Dem Anschein nach war es eine WAV-Audiodatei, eine Sprachaufnahme. Ein Schrecken durchfuhr ihn. Er kannte jeden Winkel ihrer Online-Existenz. Er überwachte ihre E-Mails, ihre Social-Media-Kanäle, ihre Bankkonten. Aber sie hatte einen Weg gefunden, seine Überwachung zu umgehen. Sie hatte die Datei im Gefängnis erstellt, auf ihrem Handy gespeichert und lud sie jetzt herunter, um sie aus seinem elektronischen Netz herauszuhalten. Er war gerade mal einen halben Tag nicht in Ray Brook gewesen, und sie hatte das an ihm vorbeigeschleust.

Cam hatte auch schon früher getötet, aber diese Jobs waren schnell, anonym und weit weg von zu Hause gewesen. Er hatte in Hotelzimmern und Gassen getötet, einmal sogar in einer Flughafentoilette, aber immer ohne persönliche Komplikationen. Die einzige Ausnahme war Dr. Ernest Raythe gewesen, ein Mann, den er jeden Tag im Gefängnis gesehen hatte. Mr Sedge hatte ihm keine Zeit gegeben, sich entsprechend vorzubereiten, und es war überraschend gekommen. Doch als die Zeit gekommen war, Raythe zu eliminieren, war Cam bereit gewesen.

Es hatte einer gehörigen Portion Kreativität bedurft, um es wie einen Unfall aussehen zu lassen. Es war eine kalte Dezembernacht gewesen, eine Woche vor Weihnachten. Auf dem Gefängnisparkplatz war es dunkel genug, um ihm Deckung zu geben, als er in Raythes Auto einbrach – einen Subaru Outback, der dem Geruch des Innenraums nach zu urteilen brandneu war. Er versteckte sich auf dem Rücksitz, duckte sich hinunter und wartete auf Raythe. Der Schnee fiel in dicken Flocken gegen die Scheiben und bedeckte die

Windschutzscheibe, sodass das Auto zu einer dunklen geschlossenen Kapsel wurde.

In einem anderen Leben war es Cams Spezialität gewesen, in Autos einzubrechen. Diese Fähigkeit hatte ihm mit fünfzehn seinen ersten Aufenthalt im Jugendknast beschert und mit siebzehn seinen ersten richtigen Gefängnisaufenthalt. Er war schon immer ein guter Tüftler gewesen und hatte einen Haufen Generalschlüssel an seinem Gürtel, aber am einfachsten waren die elektronischen Schlösser zu knacken, die er ohne Beschädigung des Autos deaktivieren konnte. Je ausgeklügelter die Elektronik, desto leichter waren sie abzuschalten. Mr Sedge musste das über ihn gewusst haben, er wusste, dass er eine Begabung für den Zusammenbau und die Demontage von Systemen hatte, von seinen frühen Autodiebstählen und seiner Zeit im Gefängnis. Das leuchtete ein. Nur ein Krimineller mit einer Begabung für das Lösen komplizierter Systeme würde zu Singularity passen.

Aber wie es der Zufall wollte, war Raythes Auto gar nicht verschlossen gewesen. Es war ein unerwartetes Geschenk. Ebenso wie der Schnee: Er fiel nass und matschig, dann gefror er und legte eine Eisschicht über die Bergstraßen. Raythe ahnte nicht, dass Cam war, wo er war. Er fuhr langsam und gewissenhaft in die Nacht hinein, war zu sehr mit den Gefahren der kurvenreichen Landstraßen beschäftigt, um zu ahnen, dass ein Mann hinter ihm kauerte. Cam war ein großer Kerl, aber er konnte sich wie ein Phantom in die Vertiefung hinter dem Fahrersitz verkriechen, atmete bedächtig und leise, die Hände auf dem Schoß gefaltet, wartend. Jahre der Meditation hatten ihn gelehrt, seinen Körper runterzufahren, die Atmung zu regulieren, praktisch transparent zu werden.

Raythe fuhr weiter, der Wagen kroch den dunklen Berg hinauf, und Cam wusste, dass es nicht viel brauchen würde, eine harte, schnelle Drehung des Kopfes, ein kräftiger Schlag, um ihn zu töten. Je schneller, desto besser. Ernest Raythe war ein guter Arzt, der sich seinen Patienten auf eine Weise widmete, die Cam respektierte – Loyalität war eine der edelsten Eigenschaften, wie Ume-Sensei immer sagte. Cam lebte diese Überzeugung jeden Tag und opferte seine Wünsche der größeren Mission. Doch Raythes Sorge um seine Patientin brachte ihn zu nahe an Mr Sedge heran, zu nahe an die Wahrheit, und das stellte eine Gefahr für das gesamte Unternehmen dar. So sehr es ihn auch schmerzte, er konnte Raythe nicht erlauben, noch näher zu kommen.

Cam hatte keine Freude an Gewalt. Manche der Jungs in Mr Sedges Security-Team schon. Sie prahlten mit der Brutalität ihrer Arbeit, genossen die Fähigkeit, andere Menschen zu beherrschen, zu demütigen und zu zerstören. Mit der Zeit feuerte Sedge sie alle, bis die ursprüngliche Gruppe der Singularity-Samurais auf einen einzigen Mann reduziert war: Cam Putney. Seine Position verlieh ihm Macht, aber er wusste, dass sie ein zweischneidiges Schwert war, wie Ume-Sensei ihn gelehrt hatte. Eines Tages würde er auf der anderen Seite dieses Austausches stehen. Es war unvermeidlich, ein absolutes Gesetz des Universums, dass sich Materie und Energie umwandelten. Tag zu Nacht. Stärke in Schwäche. Leben in Tod. Eines Tages würde seine Macht schwinden, und er würde einer Kraft ausgeliefert sein, die stärker war als er selbst. Aber bis dahin war es noch lange hin, und er hatte eine Aufgabe zu erfüllen.

Cam hob seine Waffe auf und glitt tiefer in das Esszimmer, lautlos wie ein Geist. Er atmete ruhig ein, um sich zu beruhigen, dann hob er die Glock. Er erinnerte sich an den Moment, in dem er Ernest Raythe getötet hatte: das Knacken seines Halses, die Dynamik des Autos, das weiter über die Landstraße raste. Er hatte das Timing so gewählt, dass er aus dem Auto springen konnte, kurz bevor der Wagen in die Schlucht schlitterte. Dr. Raythe hatte nichts geahnt, bis es zu spät war. Und Dr. Thessaly Moses würde es auch nicht.

36

Eine leere Batterie. Mike fluchte frustriert vor sich hin. Es war nicht der richtige Zeitpunkt für eine solche Panne, aber er konnte nichts dafür: Als Cam Connie gestohlen hatte, hatte er die Beifahrertür einen Spalt offen gelassen. Das Oberlicht musste angeblieben sein und die Batterie entladen haben.

Er holte tief Luft und beurteilte die Lage. Der Truck stand am Ende einer steilen Zufahrt, umgeben von einem vierzig Hektar großen dichten Wald. Er könnte versuchen, zur Straße zu laufen, aber das würde zu lange dauern. Die einzige Möglichkeit bestand darin, so leise und schnell wie möglich den Hügel hinunterzukommen.

Aber selbst wenn er den Pick-up starten könnte, der Motor war alt und laut und würde ihn sofort verraten. Doch halt – er brauchte den Motor nicht zu starten. Die Schwerkraft würde ihn bis zum Fuß des Hügels bringen. Langsam löste Mike die Handbremse, drückte die Kupplung und schaltete in den Leerlauf, dann ließ er das Pedal kommen. Der Truck rollte lautlos die steile Auffahrt hinunter.

Aufgeregt blickte er die dunkle, sich windende Straße hinunter. Von Cam war zwar nirgends etwas zu sehen, aber Mike hatte so eine Ahnung, dass der Kerl auch nicht allzu weit weg war. Er könnte am Ende der Straße warten oder sogar irgendwo in der Nähe des Hauses geparkt haben. Es blieb Mike nichts anderes übrig, als sich weiter vorzuwagen.

Die Zufahrt war lang und kurvenreich. Er konnte kaum etwas sehen, aber die Scheinwerfer funktionierten natürlich nicht, also rollte er durch die Dunkelheit und versuchte, so gut es ging, auf dem

Weg zu bleiben. Schließlich erreichte er den Fuß des Hügels. Er riss einen Gang hinein, ließ die Kupplung kommen. Der Motor erwachte sprotzend zum Leben.

Mike schaltete die Scheinwerfer ein und gab Gas, um so viel Abstand wie möglich zwischen sich und Jameson Sedge zu bringen. Nach einigen Meilen begann er sich zu entspannen. Er kurbelte das Fenster herunter und spürte die kühle Nachtluft auf seiner Haut. Erst jetzt, als er sich immer mehr von Jameson entfernte, wurde ihm bewusst, wie angespannt er gewesen war. In den letzten Stunden war jeder Muskel in seinem Körper verkrampft gewesen. Er ließ die Schultern kreisen und versuchte, die Verspannung zu lösen. Der Duft von Kiefernholz betörte seine Sinne, und sein Kopf klärte sich.

Ein Blick auf die Uhr am Armaturenbrett des Pick-ups zeigte ihm, dass es zwanzig Minuten her war, seit er zu Anne-Marie gesagt hatte, er müsse auf die Toilette. Er fragte sich, wie lange sie gebraucht hatten, um herauszufinden, dass er verschwunden war. Er stellte sich vor, wie sie an die Tür klopfte, um nach ihm zu sehen. Als er nicht antwortete, würden sie das Schloss aufgebrochen und das offene Fenster gesehen haben. Er stellte sich vor, wie Jameson auf die Zufahrt hinauslief und feststellte, dass der Pick-up weg war. Anne-Marie würde die Ledermappe öffnen und entdecken, dass Mike den Brief genommen hatte … Und dann würde die Hölle losbrechen.

Mike erreichte das Ende der Straße, bog auf eine kleine Landstraße ab und beschleunigte. Er wusste nicht, wohin er fuhr, nur dass er weit weg musste. Er war gut zehn Meilen von Anne-Maries Grundstück entfernt, bevor er an den Straßenrand fuhr, die Warnblinkanlage einschaltete, sein Handy aus der Tasche fischte und den Empfang überprüfte. Zu seiner Erleichterung sah er Balken. Er fand eine Textnachricht von Thessaly, die lautete: »Es ist nicht sicher, die Audiodatei mit dem Interview von meinem Mobiltelefon aus zu senden, und ich traue meinem Arbeitscomputer nicht. Ich kann mich des Gefühls nicht erwehren, dass ich hier beobachtet werde. Ich fahre jetzt nach Hause, um sie zu mailen. Sie hatten recht. Jess

Price steckt bis über beide Ohren im Schlamassel. Checken Sie Ihre E-Mails in einer halben Stunde.«

Er tippte eine SMS an Thessaly Moses, in der er sie bat, ihren Polizeifreund anzurufen und ihm zu sagen, dass er recht hatte: Jameson Sedge und Anne-Marie Riccard waren in die Sache verwickelt. Sie hatten Beweise vom Tatort entfernt – ein Tagebuch, das Jess während ihres Aufenthalts im Sedge House geführt hatte – und Beweise versteckt. Die Polizei musste Jameson und Anne-Marie zum Verhör vorladen.

Nachdem er die SMS abgeschickt hatte, steckte er sein Handy weg und konzentrierte sich wieder auf die Straße. Es war spät, und er befand sich mitten im Nirgendwo. Er war versucht, erneut anzuhalten und LaMoriettes Brief zu lesen, aber das würde ihn zu einer leichten Beute machen. Er musste einen öffentlichen Ort finden. Natürlich würde ihn das in Gefahr bringen, aber sein Bedürfnis zu erfahren, was in dem Brief stand, war stärker als seine Vorsicht. Schließlich entdeckte er ein All-Night-Diner am Rande der Straße. Es stand wie ein Leuchtturm in der Dunkelheit – ein kantiger Plattenbau aus den fünfziger Jahren mit einer Glaswand, die sich über Reihen von türkisfarbenen Vinylsitzecken öffnete. Es schien sicher genug zu sein. Der Laden war leer, und es herrschte kein Verkehr auf dieser Straße, also fuhr er zur Rückseite des Gebäudes und parkte hinter einem Müllcontainer. Dort würde niemand seinen Pick-up sehen.

Drinnen wählte er einen Platz ganz hinten, weit weg von den Fenstern. Er war aufgekratzt, sein Blut pulsierte. Er brauchte einen Kaffee. Er machte die Kellnerin auf sich aufmerksam und bestellte eine Tasse Kaffee und ein Stück Kirschkuchen. Sie war jung, vielleicht zwanzig, hatte schwarz lackierte Fingernägel und eine grüne Strähne im Haar, und an ihrem Gesichtsausdruck erkannte er, dass er genauso mies aussah, wie er sich fühlte.

Nachdem sie wieder gegangen war, spürte er, dass sich eine schwere Last auf ihn legte, als ihm bewusst wurde, wie drastisch sich seine Situation in den letzten Stunden verändert hatte. Er war in etwas Gefährliches und Kompliziertes geraten, in ein Spiel mit hohen Einsätzen. Und als wäre das nicht schon schlimm genug, war auch noch Connie verschwunden, und er hatte keine Ahnung, wie er sie zurückbekommen sollte.

Er griff in seine Tasche und spürte den Silberdollar, warm und glatt. Schicksal und Zufall, Vorsehung und freier Wille – was war hier im Spiel? Er war ein Risiko eingegangen und hatte eingewilligt, Jess Price zu treffen, nur um festzustellen, dass sich dadurch eine Tür zu einem weiteren Rätsel geöffnet hatte, ein Labyrinth, das ihn immer wieder in die Irre führte. Jahrelang war er durchs Leben gesegelt, seine Talente hatten ihn getragen. Aber jetzt wurden all seine Fähigkeiten auf die Probe gestellt.

Während er auf seinen Kaffee wartete, starrte er nachdenklich auf seine Hände. Es musste ihm irgendwie gelingen, sich einen Reim auf das alles zu machen. Die toten Männer mit den identischen Malen auf ihren Körpern und das seltsame Muster auf Jess' Arm, das zu ihnen passte. Das Gottesrätsel, wie Jameson es genannt hatte, und LaMoriettes Brief, der darauf wartete, von ihm gelesen zu werden. Die Tätowierung des pythagoreischen Dreiecks auf dem Hals des Gefängniswärters und das Mike-Brink-Rätsel mit seinem kryptographischen Schlüssel. Er breitete die Teile wie Folien vor sich aus, einzelne Schichten, die zusammengefügt ein Gesamtbild ergaben. Er wusste, dass sie gemeinsam etwas Wichtiges enthüllen würden, aber egal, wie er die Teile auch untersuchte, er konnte nicht erkennen, was es war.

Schließlich brachte die Kellnerin seinen Kaffee und den Kirschkuchen. Er aß schnell, sah aus den Fenstern und hielt Ausschau nach Jameson. Der Kerl würde ihn nicht so ohne weiteres davonkommen lassen, da war er sich sicher. Obwohl das Diner abgelegen war, konnte der schwarze Tesla jeden Moment auftauchen. Er hätte wirklich nicht anhalten sollen, aber er musste den Brief lesen, den er aus der Mappe genommen hatte. Er musste wissen, wovon Jameson und Anne-Marie sprachen, er musste verstehen, wie das alles mit Jess zusammenhing. Vielleicht würde ihm etwas in dem Brief helfen, den Kreis zu verstehen, den Jess gezeichnet hatte. Manchmal, wenn er an einem Rätsel arbeitete, das ihn herausforderte, kam ein Geistesblitz, wenn er es am wenigsten erwartete, und er kannte die Antwort. Vielleicht hatte er Glück und sah eine Lösung für das Gottesrätsel.

Er trank seinen Kaffee aus und fühlte sich etwas gelassener. Der Zucker und das Koffein wirkten beruhigend. Die Benommenheit verschwand, und er begann, seine Situation klarer zu sehen. Er schwebte in Gefahr, das war unbestreitbar, aber er befand sich auch in einer Position der Stärke. Er besaß Informationen, die Jameson und Anne-Marie haben wollten, und er hatte sie in jeder Phase ausmanövriert. Er hatte eine Verbindung zu Jess aufgebaut, er hatte im Keller des Gefängnisses die vertrauliche Polizeiakte ausgegraben, er hatte Thessaly und ihren Kontakt bei der Polizei, die bereit waren, ihm zu helfen. Aber das Ass in seiner Hand war LaMoriettes Brief, das Dokument, von dem Anne-Marie behauptete, es würde alles miteinander verknüpfen.

So wie die Dinge lagen, hielt er alle Trümpfe in der Hand. Wie der Schachgroßmeister Savielly Tartakower einmal gesagt hatte: »Der vorletzte Fehler gewinnt.« Jetzt musste er nur noch dafür sorgen, dass sein Fehler nicht der letzte war. Er griff in seine Tasche, holte das Bündel Seiten heraus, das er aus Anne-Maries Mappe genommen hatte, den Brief von LaMoriette, und begann zu lesen.

37

Mein lieber Sohn,

wenn Du dies liest, werde ich viel Kummer bereitet haben, und dafür bitte ich Dich um Vergebung. Wie Du weißt, mein Kind, bin ich ein heimgesuchter Mann, und obwohl der Preis hoch war, habe ich endlich Frieden mit meinen Dämonen geschlossen. Ich schreibe dies nicht als Entschuldigung für meine Taten. Ich weiß nur zu gut, dass es dafür keine Vergebung gibt – weder in den Augen Gottes noch in denen der Menschen. Vielmehr schreibe ich diesen Bericht über meine Entdeckung aus der Not heraus. Es ist meine letzte Chance, die unglaublichen Ereignisse aufzuzeichnen, die schrecklichen und wunderbaren Ereignisse, die mein Leben verändert haben und die, solltest Du dich auf die Geheimnisse einlassen, von denen ich hier berichte, auch dein Leben verändern werden.

Was, fragst Du, ist der Grund für solche Qualen? Ich werde es Dir verraten, aber sei gewarnt: Wer die Wahrheit einmal kennt, vergisst sie nicht so leicht. Sie hat mich in jeder Minute eines jeden Tages verfolgt. Es kam gar nicht infrage, sie zu ignorieren. Ich wurde von ihrem Geheimnis angezogen wie eine Motte, die um eine Flamme kreist – *In girum imus nocte et consumimur igni*. Und obwohl ich froh bin, dass ich überlebt habe, um die Wahrheit aufzuzeichnen, kann ich selbst jetzt, wo ich am Rande des Abgrunds stehe, nicht anders, als bei dem Gedanken zu erschaudern, Dir ein so gefährliches Geheimnis anzuvertrauen.

Ich habe gelitten, aber es ist das Leiden eines Mannes, der sich seine eigene Folterkammer erschaffen hat. Ich glaubte, ich könnte wissen, was nicht gewusst werden sollte. Ich wollte Dinge sehen, geheime Dinge, und so lüftete ich den Schleier zwischen dem Menschlichen und dem Göttlichen und blickte direkt in die Augen Gottes. Das ist das Wesen des Rätsels: abwechselnd Schmerz und Vergnügen zu bieten. Und auch wenn die Wahrheit, die ich jetzt enthüllen werde, Dich vielleicht schockiert – sollte sie Dir einen Funken Hoffnung geben, so hat diese meine letzte Mitteilung alles erreicht, was es zu erreichen gilt.

Es gibt viele Orte, an denen die Geschichte des Niedergangs eines Mannes beginnen könnte, aber ich werde im September 1891 beginnen. Du warst noch ein kleines Kind, aber du erinnerst Dich vielleicht, dass wir in diesem Jahr Deine ältere Schwester verloren haben. Deine Mutter und ich waren zu diesem Zeitpunkt etwa sechzehn Jahre verheiratet und hatten schon viel Glück und Leid erlebt, aber nichts hatte unsere Ehe so auf die Probe gestellt wie der Tod von Violaine. Ich glaubte, dass eine Luftveränderung und damit einhergehend etwas Abstand von den Orten, an denen Deine Schwester gelebt hatte und gestorben war, Linderung bringen würde.

Und so reiste ich nach Prag, um bei dem Puppenmachermeister Johan Král zu arbeiten. Obwohl ich nicht mehr jung war – ich war in jenem Sommer gerade vierunddreißig Jahre alt geworden –, wollte ich bei Meister Král in die Lehre gehen. Natürlich hatte ich mein Handwerk schon viele Jahre zuvor erlernt, unter der Aufsicht meines Vaters. Sein Geschäft in der Rue Saint-Denis 147 war schon damals in Paris eine Legende, noch bevor ich es erbte und ihm zum heutigen Erfolg verhalf.

Aber Meister Král verfügte über eine Fähigkeit, die ich nicht besaß – die Kunst der böhmischen Kristallaugen, die in Paris unbekannt war. Seine Technik war ziemlich raffiniert. Er erzeugte die

Farbe in der Mitte der Glaskugel durch eine spezielle Methode, bei der die Iris mit winzigen Luftbläschen durchsetzt wird. Im Ergebnis fangen die Augen das Licht ein und streuen es. Als ich eine von Králs Puppen in einem Geschäft in Paris sah, schien das kleine Ding tatsächlich jeder meiner Bewegungen mit seinem Blick zu folgen. Králs Puppen waren so lebensecht, dass es schon beängstigend war.

Doch obwohl Meister Král mir in der Kunst der Kristallkugeln eindeutig überlegen war, waren seine Puppen im Vergleich zu meinen doch eher einfach. Die Form der Gliedmaßen und die Qualität des Materials, die flachen Gesichtsausdrücke – all das zeugte davon, dass er mich brauchte. Als ich erfuhr, dass Meister Král beabsichtigte, vollständig auf Puppenteile aus Porzellan umzusteigen, schrieb ich ihm und bot ihm einen Tausch an: Ich würde ihm beim Aufbau seiner Porzellanmanufaktur helfen und im Gegenzug das Geheimnis seiner Kristallaugen erhalten.

Meine ersten Wochen in Prag verbrachte ich in der Manufaktur. Sie befand sich außerhalb der Stadt, in einem ehemaligen Steinbruch, in dem Kalk und andere Natursteine abgebaut, veredelt und zu Staub gemahlen wurden. Die Fabrik war eng und ziemlich dunkel, mit Oberlichtern auf der Ost- und Nordseite. Wir arbeiteten bei Gaslicht, auch tagsüber. Als ich die Werkstatt betrat, drückte ich als Erstes meine Hand in ein Fass mit Glasaugen, Hunderte perfekt gegossener Kugeln, einfach um ihr Gewicht zu spüren. Was für Schönheiten sie waren! Ihre glatten, kalten Kristallflächen klopften aneinander, ihre kalte Perfektion ließ mich frösteln.

Den ganzen Tag über machten wir Porzellanpuppen. Král hatte einen frei stehenden zweischaligen Flaschenofen installiert, eine Brennofenvariante mit einer gemauerten Außenhülle, die es erlaubte, im Schornstein zu stehen und sich beim Beschicken und Entnehmen des Porzellans dicht an die Flamme heranzuwagen. Ach, die kleinen Körper! Langgliedrig und von der Hitze aufgequollen, wie Brote aus dem Ofen. Wenn sie endlich herauskamen, war das ein Moment der Alchemie, eine reine Elementarreaktion – Feuer, Erde, Luft und

Wasser zu einer festen Form verschmolzen. Wenn ich eine Puppe mit einer Metallzange am Bein anhob und sie in einen Bottich mit kaltem Wasser warf, zischte und spuckte sie wie eine Viper. Ich wich zurück, als wäre ich gestochen worden, und sah zu, wie die Dampfschwaden zu den Metallträgern aufstiegen, durch ein Loch im Dach nach oben, hinaus in den kühlen blauen Himmel.

In meiner Erinnerung war Prag immer düster und dunkel, ein Gefühl, das weniger mit der Qualität des Lichts zu tun hat als vielmehr mit dem Gemüt des Menschen, der ich damals gewesen bin. Mein Kummer in jenem Jahr war unermesslich. Bis dahin hatte ich ein recht angenehmes Leben geführt. Deine Mutter war schlicht und einfach die Liebe meines Lebens, und Violaine ... ach, *Violaine*. Meine Hand zittert, wenn ich an sie denke, mein aufgewecktes, kluges Kind.

Dennoch war ich begierig darauf, von Meister Král zu lernen, und bereit, mein Wissen mit ihm zu teilen. Ich hatte eine Puppe aus unserem Geschäft mitgebracht, einen meiner ersten Versuche, Glasaugen zu verwenden. Während der Körper perfekt war, ein glänzendes Porzellan mit einer cremeweißen Glasur, ließen die Augen sehr zu wünschen übrig. Ich hatte sie nicht richtig ausgerichtet, sodass der Blick nicht stimmte und das Bébé erschreckend stark zu schielen schien.

Die Puppe wurde von dem Meister als ein Zeichen der Freundschaft empfangen. Wenn ich bereit war, meine Schwächen als Puppenmacher zu offenbaren, würde er es vielleicht auch tun. Meister Král bemerkte die Mängel, bewunderte aber auch die Proportionen der Figur und vor allem die leuchtende Qualität des Porzellans. Meister Král stellte das Bébé de Paris in das Schaufenster seines Puppenladens, wo es die Passanten anschaute, schelmisch und verrückt wie eine aquitanische Gans.

Einige Wochen nach meiner Ankunft in Prag bemerkte ich einen Mann vor dem Puppenladen. Er war groß und schlank, trug eine Mütze und einen langen schwarzen Mantel, eine seltsame Kleidung an diesem warmen Herbsttag. Ich hätte ihn nicht weiter beachtet, wäre ich ihm nicht auf dem Markt am Altstädter Ring erneut begegnet. Ich hatte einen Laib Roggenbrot bezahlt und wollte gerade einen Ring luftgetrocknete Wurst kaufen, als er neben mir auftauchte und so tat, als würde er einen Stapel Kohlköpfe mustern. Er hatte einen gepflegten dunklen Bart und große schwarze Augen. Er starrte mich mit einer eigentümlichen Intensität an, die mir den Eindruck vermittelte, als hätte er nach mir gesucht und würde mich jetzt, da er mich gefunden hatte, nicht mehr gehen lassen.

Er stellte sich als Jakob vor und sagte etwas auf Tschechisch zu mir. Doch ich verstand ihn nicht. Ich hatte zwar genug Tschechisch gelernt, um auf dem Markt Brot zu kaufen, aber das war auch schon alles, was ich konnte. Ich versuchte mich zu verständigen, aber Jakob bemerkte meinen Akzent und wechselte sofort ins Französische. Was für eine Erleichterung war es, meine Sprache zu hören! Es war erst ein paar Wochen her, seit ich Paris verlassen hatte, aber trotzdem fühlte ich mich bereits, als hätte ich eine Gliedmaße verloren.

»Trinken Sie ein Bier mit mir«, schlug er vor, und da ich den Rest des Tages frei hatte und neugierig war, was er von mir wollte, willigte ich ein.

Das Wirtshaus befand sich in der Nähe des Ständetheaters, einem Haus, das etwa hundert Jahre zuvor durch Uraufführungen von Mozarts Opern berühmt geworden war. Jakob bestellte für mich ein Bier, während er selbst Tee trank, gesüßt mit einem Stück Würfelzucker.

»Verzeihen Sie«, sagte er. »Ich weiß, dass es eine etwas seltsame Art ist, Sie anzusprechen, aber Sie sind doch der Puppenmacher, nicht wahr? Sagen Sie, ist das Ihre Arbeit, die da im Schaufenster von Herrn Králs Laden steht?«

Es schmeichelte mir, dass er meine Puppe bemerkt hatte. Ich war stolz auf sie, trotz ihrer furchtbar mangelhaften Augen. Ich sagte ihm, dass die Puppe mir gehöre und dass ich in Prag sei, um die Kunst des Glashandwerks zu erlernen.

»Ihre Arbeit ist ausgezeichnet, so viel besser als die anderen Puppen, die ich bisher gesehen habe.«

Ich bedankte mich und erfuhr bald, dass Jakob vierundzwanzig Jahre alt war, in einem Viertel nördlich des Puppenladens lebte und Sohn eines Rabbiners war. Nach dieser Vorstellung senkte Jakob seine Stimme und fragte: »Glauben Sie, dass man eine Bestimmung im Leben hat?«

»Natürlich«, erwiderte ich, ohne zu zögern. »Wie könnte man ohne eine solche überleben?«

»Und Ihre Bestimmung?«

Genau diese Frage hatte mich seit dem Verlust von Violaine sehr beschäftigt. Ihr Tod hatte für mich das Universum aus dem Gleichgewicht gebracht. Das Böse schien deutlich schwerer zu wiegen als das Gute, und ich hatte mich oft gefragt, warum ich weitermachen sollte. Wenn einem jemand wie Violaine, ein dermaßen sensibles und intelligentes Kind, so ungerechterweise genommen werden konnte – was war das dann für eine Welt?

»Schönheit zu erschaffen«, antwortete ich schließlich. »Wenn alle Schrecken des Lebens sich offenbart haben, schickt Gott uns die Schönheit, um uns zu trösten.«

Das zauberte ein Lächeln auf Jakobs Gesicht. »Wir haben auf Sie gewartet, Monsieur LaMoriette. Viele Jahre lang haben wir gewartet.«

»Wer hat gewartet?«, fragte ich, immer noch ratlos hinsichtlich seiner Absichten.

»Wir werden Sie schon bald zu uns nach Hause einladen.«

Ich trank mein Bier aus und drehte mich um, gab dem Schankfräulein ein Zeichen. Als ich wieder auf Jakobs Stuhl blickte, war er leer. Ein Stoß Münzen lag auf dem Tisch, und Jakob eilte bereits das Kopfsteinpflaster hinunter; sein schwarzer Hut war in der Menge deutlich erkennbar.

38

Es war etwa Anfang Oktober, als sich im Puppenladen ein Mysterium ereignete. Eines Nachmittags traf ich dort ein und stellte fest, dass die Puppe, die ich gemacht hatte, nicht mehr im Schaufenster stand. In dem Glauben, jemand hätte sie weggeräumt, durchsuchte ich die Regale, schob Holzpuppen, Stoffpuppen und Babys mit Köpfen aus Biskuitporzellan beiseite und suchte nach meinem Bébé de Paris aus glasiertem Porzellan. Král stand an der Theke und bediente gerade einen Kunden. Als er frei war, erkundigte ich mich nach der Puppe. Meister Král war verblüfft. Nein, es habe sie niemand gekauft, sagte er. Und er würde sie auch niemals verkaufen, denn er schätze dieses Geschenk sehr. Aber als wir gemeinsam die Regale durchsuchten, bestätigte es sich: Die Puppe war verschwunden.

Wenig später sprach mich Jakob erneut an. Es war an einem Samstagnachmittag Ende Oktober, und ich war gerade vom Brennofen zurückgekehrt. Jakob wartete vor dem Puppenladen und stand im Verborgenen, so wie er es auch am Tag unserer ersten Begegnung getan hatte. Diesmal lud er mich zu sich nach Hause zum Abendessen ein. Ich nahm an. Ich war hungrig und hatte auf meinem Zimmer nichts zu essen, aber noch verlockender als die Mahlzeit war die Möglichkeit, mehr über sein Viertel zu erfahren. Und dann war da natürlich noch die Verheißung meiner Muttersprache. Mit Jakob Französisch zu sprechen wirkte wie ein Elixier, das meine Sehnsucht nach Paris linderte und mir die Illusion vermittelte, dass nichts – weder Heimweh noch Verlust – unüberwindbar war.

Wir wanderten durch schmale Gassen; die Nacht brach bereits

herein. Als wir den Fluss überquerten, entdeckte ich Häuser mit frisch gehacktem Brennholz, das vor den Türen aufgestapelt war, und in der Luft lag der Geruch von Rauch. Nach einer Viertelstunde erreichten wir das Rathaus, ein großes, elegantes Gebäude, dessen hoher Turm von einem Mansardendach getragen wurde. Seine Form hatte etwas von Pariser Bauten, barock, der Turm war aus Stein gehauen, wie eine Schachfigur.

Jakob führte mich schnurstracks zu seinem Elternhaus, einem schlichten Gebäude auf einem Platz gegenüber einem imposanten Bauwerk, das in den violetten Himmel aufragte: die Altneu-Synagoge. Jakob erklärte, dies sei der Tempel, in dem sein Vater als Rabbiner wirke. Und obwohl ich neugierig war, mehr zu erfahren, fand sich keine Gelegenheit zu fragen. Wir wurden sofort von einer Kinderschar umringt – seine Brüder und Schwestern, sieben oder acht Mädchen und Jungen. Wir betraten ein Haus, in dem es nach einem köchelnden Eintopf duftete, wo aus einem Raum eine Geige erklang und in dem leise eine Sprache gesprochen wurde, die ich nicht verstand. In meiner Unwissenheit hatte ich Jakobs fließende Französischkenntnisse als kulturelle Verwandtschaft gedeutet. Ich hatte geglaubt, dass wir die gleichen Sitten und Gebräuche hätten, dass wir ähnliche Vorstellungen von der Welt besäßen, vielleicht sogar die gleichen Rituale bei Tisch. Aber in dem Moment, in dem wir sein Haus betraten, wurde mir klar, dass ich rein gar nichts über ihn wusste.

Jakobs Vater, der Rabbi Josefez, begrüßte mich, als ich meinen Mantel ablegte. Ich konnte ihn natürlich nicht verstehen, und Jakob übersetzte, wie er es von nun an jedes Mal tun würde, wenn sein Vater mit mir sprach.

»Mein Vater heißt Sie willkommen«, sagte Jakob. »Er fühlt sich sehr geehrt, einen solchen Künstler bei uns zu Gast zu haben.«

Ich war geschmeichelt, aber auch überrascht, dass er meine Arbeit kannte. Denn immerhin gab es außer meinem verschwundenen Bébé de Paris in ganz Prag keine weiteren Beispiele davon, und ich hatte Jakob nichts davon erzählt, abgesehen von meiner Erklärung, warum ich mit Meister Král arbeiten wollte. Als Jakob meine Verwirrung bemerkte, sagte er: »Es war mein Vater, der Ihren Golem im Schaufenster des Puppenladens gesehen hat. Er hat mich gebeten, mich nach seinem Schöpfer zu erkundigen. Er war es, der Ihr Talent erkannt hat. Er war es, der Sie ausgewählt hat.«

Golem. Es war das erste Mal, dass ich das Wort hörte, und ich wusste nichts über seine Bedeutung. Ich hätte ihn bitten können, es zu erklären, war aber zu verwirrt dafür. Jakob hatte mir ein Abendessen versprochen, aber davon war nicht mehr die Rede. Er führte mich durch einen Flur in einen abgedunkelten Raum, wo der Rabbiner mir mit einer Geste zu verstehen gab, dass ich an einem Tisch Platz nehmen sollte, und sich dann mir gegenüber hinsetzte. Bevor ich es mir bequem machen konnte, klopfte es an der Tür. Eine Gruppe von vier Männern trat ein. Sie legten ihre Mäntel und Hüte ab und gesellten sich zu uns an den Tisch. Jakob stellte die Männer als Rabbiner vor. Als sie sich setzten, begrüßten sie Jakob herzlich und nannten ihn Boucher Jakob, was, wie Jakob mir zuflüsterte, einen jungen Mann bezeichnete, der den Talmud studierte.

Jakobs Vater begann zu beten. Ich hörte aufmerksam zu und versuchte, das Durcheinander harter, gutturaler, nicht zu entschlüsselnder Laute zu verstehen. Die Intensität seiner Stimme, die Leidenschaft, mit der der Rabbiner betete, zog mich in ihren Bann. Es war kein Gebet wie irgendeines, das ich kannte. Der Rabbiner las den Text nicht höflich vor. Er trug ihn vor und flehte den Allmächtigen an, als ginge es um Leben und Tod.

Das Gebet endete, und die Männer begannen zu reden. Sie sprachen mich kein einziges Mal direkt an, baten Jakob auch nicht, ihre Worte zu übersetzen, und so blieb ich über die genauen Einzelheiten ihres Gesprächs in Unkenntnis. Und doch spürte ich, wenn sie mich ansahen, ihr reges Interesse an meiner Anwesenheit.

Schließlich kam Jakobs Mutter und servierte das Abendessen – den Eintopf, den ich beim Eintreten bereits gerochen hatte. Wir aßen schweigend, und als wir fertig waren, zog sich der Rabbi einen Wollmantel an und wünschte den anderen eine gute Nacht. Er gab mir und Jakob ein Zeichen, ihm in die kühle Herbstluft zu folgen. Die Nacht war klar, der Mond stand groß am Himmel und beleuchtete das spitze Dach der Synagoge und dahinter die Türme des Rathauses, die sich mit ihren Zacken gegen den Nachthimmel abzeichneten. Vor dem Tempel zog der Rabbiner einen Schlüssel aus seiner Tasche und öffnete die Tür.

Als wir drinnen waren, zündete Jakob eine Kerze an und gab sie mir, dann zündete er eine weitere für sich selbst an, und gemeinsam gingen wir durch einen schmalen Gang und eine Treppe hinauf zu einer Empore, von der aus man den Raum darunter überblicken konnte. In der Kirche Saint-Sulpice, in der ich getauft worden war, wäre dies eine Musikempore gewesen. Aber dort in der Synagoge fand ich keine Orgel, keine Pfeifen, nichts, was auf einen musikalischen Zweck hinwies. Jakob zündete weitere Kerzen an, bis der Raum im Licht erstrahlte. Der Rabbiner nahm eine Kerze und ging zu einem großen Holzschrank in der Ecke des Raumes, nahm seinen Schlüsselbund und öffnete ihn.

Du kannst Dir nicht vorstellen, mein Kind, wie erschrocken ich war, als ich einen Fuß im Kerzenschein auftauchen sah. Als das Licht größer wurde, kam ein Bein zum Vorschein, dann ein massiger Torso. Erstaunt betrachtete ich das Geschöpf. Ein Schauder durchfuhr mich. Was um alles in der Welt könnte das sein? Jakob half seinem Vater, und gemeinsam hoben sie eine Art Schaufensterpuppe aus dem Schrank.

Ich sah, dass es zwar in Menschengestalt modelliert worden war, aber größer war als ein Mensch, eine Art Riese, mindestens zwei Köpfe größer als Jakob, der meiner Meinung nach schon groß war. Sie trugen die Gestalt in die Mitte des Raumes und legten sie sanft auf den Boden, sodass sie auf dem Rücken lag und in Kerzenlicht getaucht war. Sie war beschädigt, an manchen Stellen sogar zerbröckelt – ein Arm war zerstört, Kopf und Torso waren angebrochen.

Schließlich ergriff der Rabbi das Wort und deutete von der Gliederpuppe zu mir.

»Mein Vater möchte Sie fragen, ob Sie unseren Golem reparieren würden«, sagte Jakob.

Die Puppe, die vor mir lag, befand sich in einem furchtbaren Zustand. Als ich mit der Hand über die Brusthöhle fuhr, zerbröckelte der Ton. »Er ist sehr zerbrechlich«, sagte ich. »Ich wage zu behaupten, dass Sie ihn nicht aus dem Schrank hätten nehmen sollen.«

»Er wurde von einem Vorfahren meines Vaters erschaffen, dem Rabbi Löw aus der männlichen Linie Davids«, sagte Jakob. »Er hat ihn aus dem Staub dieser Synagoge geformt.«

Ich sah mich in der Synagoge um, betrachtete das Mauerwerk und fragte mich, was in aller Welt er damit meinte. Für eine Figur dieser Größe brauchte man mindestens fünf Kilo Ton. »Wann hat der Rabbi Löw ihn angefertigt?«

»Der Golem wurde vor etwa dreihundert Jahren erschaffen.«

Meine erste Reaktion war Verblüffung – es war abwegig, dass Lehm, selbst gebrannt und vor Wind und Wetter geschützt, zwei Jahrzehnte überdauern konnte, geschweige denn dreißig.

»Sehen Sie, hier.« Ich berührte die rechte Hand, an der drei Finger fehlten. »Selbst diese relativ einfache Reparatur würde nicht halten. Die Hand würde brechen, wenn ich versuchen würde, die Finger neu zu formen. Ich müsste den ganzen Arm, den ganzen Torso, die Beine und den Kopf neu modellieren. Ich müsste ihn komplett neu formen.«

Während Jakob seinem Vater erklärte, was ich gesagt hatte, sah ich mir das, was sie den Golem nannten, genauer an. Sein Gesicht war grob behauen, die Gliedmaßen dick, der Rumpf quadratisch, und die Augen und die Nase waren klotzig, wie mit einem Messer geschnitten.

»Der Golem ist ein schlichtes Geschöpf«, sagte Jakob, als er mein Interesse bemerkte. »Sein einziger Daseinsgrund ist es, zu dienen und zu beschützen. Er hat keine Verstandeskraft, aber seine körperliche Stärke ist immens. Drei Jahrhunderte lang hat sich meine Familie um ihn gekümmert, so gut wir konnten. Aber wir können das nicht länger tun. Er zerfällt.«

Der Rabbi gab seinem Sohn ein Zeichen, und Jakob ging zu einer hölzernen Truhe in der Nähe.

»Kommen Sie, es gibt etwas, das wir Ihnen zeigen müssen«, sagte Jakob. Ich trat zu der Truhe und sah mein Bébé de Paris darin liegen. Die Glasaugen, die schon immer nicht richtig ausgerichtet waren, nahmen einen unheimlichen Ausdruck an. Ich erschrak, als mir klar wurde, dass mein neuer Freund Jakob die Puppe gestohlen hatte.

Bevor ich eine Erklärung verlangen konnte, öffnete der Rabbiner einen Folianten und nahm einen Pergamentbogen heraus. Das Blatt war sehr alt und vergilbt, und in der Mitte der Seite bemerkte ich einen großen kunstvollen Kreis mit vielen Zahlen und Symbolen.

»Dies ist der wahre Name des Schöpfers, Ha-Schem, unser kostbarstes Geheimnis«, flüsterte Jakob. »Er wird seit Tausenden von Jahren vom Vater zum Sohn weitergereicht. Es hat Menschen gegeben, die das Geheimnis des Namens erfuhren, bevor sie dazu bereit waren, und diese Menschen haben schwerwiegende Konsequenzen getragen. Aber fürchten Sie sich nicht. Sie sind geschützt. Sie haben dieses Wissen durch Einladung und aus Notwendigkeit erlangt.«

Erneut sprach der Rabbi zu seinem Sohn, und Jakob wandte sich an mich. »Mein Vater fragt, ob Sie freiwillig hier sind und ob Sie bereit sind, Zeuge dessen zu sein, was wir Ihnen gleich zeigen werden.«

Trotz meiner Verwirrung zögerte ich nicht. Ich wollte wissen, von welchem Geheimnis Jakob sprach. Ich bestätigte, dass ich aus freiem Willen dort war, und bat den Rabbiner fortzufahren.

»Bleiben Sie an meiner Seite«, flüsterte Jakob. »Was auch passiert, sprechen Sie nicht.«

Es gab kaum Gelegenheit zu reagieren. Der Rabbi begann sofort mit dem Ritual, las etwas aus seinem Text vor und skandierte Worte, die ich nicht verstehen konnte. Jakob ergriff meinen Arm, hielt mich fest oder benutzte mich vielleicht auch, um sich selbst zu stützen. In seinem Blick lag etwas Furchtbares, das meine Beunruhigung kaum zu lindern vermochte. Der Rabbi umkreiste den Golem fünfmal, sechsmal. Nach der siebten Runde blieb der Rabbiner stehen. Er beugte sich über das Geschöpf und berührte es an der Stirn.

Die nächsten Sekunden schwollen an, verlangsamten sich, waren erfüllt von einer Spannung, die mich durchdrang. Und dann, in dieser tiefen Stille, erwachte die Kreatur. Die Augen flatterten auf, und zehn, vielleicht zwanzig Sekunden lang beobachtete ich, wie die Puppe zuckend zum Leben erwachte.

Sie begann, sich auf höchst beängstigende Weise hin und her zu bewegen, und ihr Blick wanderte wie verrückt durch den Raum. Der Rabbi legte eine Hand auf das Gesicht der Puppe, sprach erneut die Worte, und das Leben verließ die Puppe.

»Sehen Sie«, sagte Jakob. »Porzellan ist eine harte, leuchtende Substanz, wie fest gewordenes Licht. Die Macht des Schöpfers drückt sich durch das Licht aus. Der Golem hat der Kraft des Lebens getrotzt. Er ist nicht zerbrochen. Ihre Arbeit ist für unsere Zwecke geeignet, mein Freund.«

Erstaunt starrte ich all dies an, zu verängstigt, um zu sprechen, und doch auch zu fasziniert, um wegzulaufen.

»Wir können den Golem zum Leben erwecken«, sagte Jakob. »Aber wir brauchen eine starke Außenhülle. Eine bessere Schale. Eine aus Porzellan.«

Der Rabbi sah mir in die Augen, und ich verstand endlich, was sie von mir wollten.

39

Ich habe im Geheimen gearbeitet. Das war nicht schwer zu bewerkstelligen. Meister Král beaufsichtigte seine Handwerker nur noch selten, seit ich gekommen war – er vertraute meinem Auge, wie er sagte, mehr als seinem eigenen –, und so wusste ich, wann die Männer arbeiteten und wann sie fort waren. Ich ging spät in der Nacht zum Brennofen, wenn die anderen längst gegangen waren, oder am Sonntagmorgen, wenn sie ihren Rausch ausschliefen oder in der Kirche um Erlösung baten. So arbeitete ich unbehelligt mit Kaolin und Feuer, um mit meinem Golem zu experimentieren.

Der Rabbi wollte, dass ich einen Porzellankörper herstellte, der sich mühelos bewegen ließ, der stark, leicht und haltbar war. Ich glaubte nicht eine Sekunde lang, dass meine Versuche erfolgreich sein oder dass der Golem tatsächlich laufen würde. Und doch verfiel ein Teil von mir der Phantasie, dass ich ein echtes Kind erschuf. Wie Geppetto, der seinen hölzernen Jungen modellierte, stellte ich mir ein kleines Wesen vor, das aus eigenem Antrieb in die Welt hinausgehen und die Kunstfertigkeit meiner Arbeit – die schöne kleine Nase und das perfekte Kinn – mit sich tragen würde.

Mein Vater erklärte mir einmal, dass die Erschaffung eines Porzellan-Bébés viel mehr ist als die Herstellung eines Spielzeugs. Es ist sogar mehr als nur ein künstlerisches Unterfangen, obwohl viel Kunst im Spiel ist. Die Kinder, die unsere Kreationen adoptieren, so sagte er, lieben sie mit der Zärtlichkeit von Eltern. Sie prägen sich die Form des Babyohrs ein, die Farbe der Augen, das genaue Gewicht des Körpers. Sie lernen, es zu lieben und zu beschützen. In dieser

Hinsicht ist die Kunst des Puppenmachers die Grundlage dessen, was einen Menschen ausmacht. Und das hatte ich im Hinterkopf, als ich diese Figur schuf. Ich fertigte sie mit einer solchen Zärtlichkeit an, dass sie nur geliebt werden konnte.

Meine Anweisungen waren in jeder Hinsicht eindeutig, aber die genauen Merkmale des Geschöpfs musste ich selbst entwerfen. Ich begann mit Skizzen der Figur, die ich anfertigen wollte, arbeitete die Mechanik der Scharniergelenke aus, die Konturen des Gesichts und die Platzierung des Hohlraums, der die Papierrolle aufnehmen sollte. Ich beschloss, dass die Gliedmaßen mit Gelenken versehen werden sollten. Ich fertigte sie mit Federn an und fügte ein System hinzu, das das Porzellan vor den Stößen der Bewegung schützte und Knöchel und Handgelenke auf gefetteten Schrauben drehen ließ. Beim Torso entschied ich mich für weiches Leder, an dem ich die Puppenteile mittels einer Schnur im Inneren der äußeren Schale befestigte. Dies ermöglichte eine große Flexibilität und Stärke, ähnlich wie bei Sehnen. Ich war überzeugt, dass mir diese Methode in Zukunft von Nutzen sein würde, und tatsächlich war sie eine jener Techniken, die ich nach meiner Rückkehr nach Paris patentieren ließ und die im Laufe der Jahre von großem Wert gewesen ist.

Jedes Detail des Fertigungsprozesses musste neu erfunden werden. Ich stellte neue Gussformen her und entwickelte eine Methode, um die Gliedmaßen und den Hals am Rumpf zu befestigen: eine Kugelgelenkkonstruktion, die noch mehr Festigkeit und Beweglichkeit ermöglichte – eine Innovation, die ich später ebenfalls patentieren ließ. Die Federn an den Knien und Ellbogen würden dem Geschöpf Flexibilität geben, und die außergewöhnlichen Kristallaugen von Meister Král würden ihm einen faszinierenden Blick verleihen.

Die Konstruktion einer so filigranen Maschine brachte mich derart an meine Grenzen, dass ich in den Monaten, in denen ich arbeitete, manchmal an meinen Fähigkeiten zweifelte. So etwas war noch nie zuvor gebaut worden, und mir unterliefen auf dem Weg dorthin viele, viele Fehler. Aber der Stolz auf mein Werk trieb mich an, derselbe Stolz, den ich empfunden hatte, als mein Bébé de Paris noch im Schaufenster von Meister Králs Laden stand und die Passanten stehen blieben, um den himmlischen Glanz des Porzellans zu bewundern. Ich fühlte den Stolz eines Künstlers, einen glühenden, beschwingten Stolz, den Stolz des Schöpfers auf sein Werk. Jetzt, nach allem, was geschehen ist, weiß ich, dass er mich völlig geblendet hatte.

Denn welcher Mensch, außer einem Blinden, würde eine Figur nach dem Bild seines toten Kindes schaffen? Violaine hat uns verlassen, als Du erst fünf Jahre alt warst, mein Sohn, aber Du hast das Porträt von ihr gesehen, das im Salon hängt. Es ist ihr sehr ähnlich und fängt ihr wunderschönes kastanienbraunes Haar und ihre klugen grünen Augen so gut ein, dass ich oft das Gefühl hatte, sie sei noch bei uns, wenn ich vorbeiging. Sie war fünfzehn, als wir sie verloren, aber ich sah sie immer noch so, wie sie als Kind mit den Puppen spielte, die sie im Laden in der Rue Saint-Denis ausgesucht hatte. Violaine war ein wundervoll eigensinniges und stures Mädchen mit ihren ganz persönlichen Eigenheiten. Sie mochte zum Beispiel keine Eiscreme und auch sonst keine Kälte: kein Eis, keinen Schnee, nicht einmal einen Marmorboden unter ihren nackten Füßen. Dieser Umstand hatte deine Mutter und mich früher sehr amüsiert; nachdem wir Violaine in die kalte Gruft auf dem Père Lachaise gelegt hatten, war ich deshalb jedoch so verzweifelt, dass ich eine Woche lang nicht schlafen konnte. Was musste ihr kalt sein, dachte ich, so bitterkalt, mein armes Kind, so furchtbar kalt in dieser Gruft.

Es gab Hunderte kleiner Details, die ihre einzigartige Persönlichkeit ausmachten – Sommersprossen auf ihren Wangen, Augen von leuchtendem Grün und schmale, zarte Lippen –, und obwohl diese Details mit Violaines Tod die Welt verlassen hatten, konnte ich sie doch in Porzellan zurückbringen. Ich modellierte und modellierte, bis die Puppe eines Tages eine konkrete Form annahm. Ich legte die Tonfigur auf eine Steinplatte, ihr kleiner blasser Körper wie ein Kind auf einem Scheiterhaufen, und schob sie ins Feuer. Ich schloss die Tür des Brennofens und trat zurück, das Herz klopfte mir in der Brust, und als ich die Platte aus den Flammen zog, fand ich ein Geschöpf, das zu perfekt war, um wahr zu sein. Sie glühte mit einer unbändigen Hitze, einer pochenden, pulsierenden Macht, die ich mit der Kraft der Sonne zu vergleichen wagte. Mit ihrem brennenden Körper und den leeren Augen, die so grässlich starrten, wirkte sie wie ein uraltes Totem, das aus einem Abgrund emporgehoben wurde. Wie edel war meine Violaine! Wie strahlend! Wie die Hitze an dem glatten Porzellan klebte, das matte Weiß orangerot glühte und Farbexplosionen über die Oberfläche flimmerten wie Wasser, das über Wachs glitt! Als ich beobachtete, wie die Figur abkühlte, die Hitzeschocks nachließen und die Haut zu einem glänzenden, perlmuttartigen Weiß erstarrte, wusste ich, dass das, was ich gemacht hatte, gut war. In diesem Moment der Freude spürte ich, dass ich meinem verlorenen Kind, wenn auch auf bescheidene Weise, Respekt gezollt hatte.

An Silvester bekam ich Fieber. Die Kälte in der Fabrik und die monatelange strapaziöse Arbeit hatten mich wohl geschwächt, und so wurde ich krank. Viele Tage lang verließ ich meine Wohnung nicht, nicht einmal zum Essen. Das Fieber verzehrte mich, und ich verlor mich im Zwischenreich von Wachen und Träumen. Ich sah Violaine, wie sie nur ein Jahr zuvor gewesen war, in der Wärme eines Frühlingsnachmittags, die Sonne auf ihrer Haut, wie sie vor Vergnügen lächelte, als sie unter dem Kirschbaum hinter unserem Haus *tarte aux fraises* aß. Es war eine süße Qual, sich an sie zu erinnern, und es machte die Realität ihres Todes nur noch schrecklicher.

Sie war mit einer Freundin auf einem Ausflug außerhalb der Stadt gewesen, als sie starb. Sie war nicht pünktlich nach Hause gekommen, und ich hatte die ganze Nacht krank vor Sorge gewartet. Als es schließlich an der Tür läutete und Deine Mutter den Gendarmen hereinführte, wusste ich, dass Violaine tot war. Dennoch begrüßte ich ihn höflich. Ich begleitete ihn auf die Terrasse, als ob die frische Luft seine Botschaft abschwächen könnte. Seine Messingknöpfe glänzten im frühen Morgenlicht, und da er sich des Ernstes seiner Nachricht bewusst war, nahm er sein Käppi in die Hand und hielt es respektvoll über seine Brust. Dies war seine Aufgabe, und er erfüllte sie würdevoll, indem er die Nachricht mit der Sensibilität eines Arztes überbrachte, der eine unheilbare Krankheit verkündet. Ich hörte ihn sagen, was geschehen war – *ein Unfall, Monsieur* –, aber ich verstand es nicht ganz. Seine Worte erschienen mir unsinnig, zu weit außerhalb des Bereichs des Möglichen, um wahr zu sein. *Eine Straßenkurve. Ein kleiner Moment der Unachtsamkeit. Eine furchtbare Tragödie.*

Wie konnte ein Moment der Unachtsamkeit so viel zunichtemachen? Die Fakten verstand ich vollkommen: Die Pferde hatten gescheut, der Kutscher die Kontrolle verloren. Wie es das Schicksal wollte, befand sich unterhalb der Straße ein Teich, in den hinein sich ihre Kutsche überschlug. Violaines Freundin hatte sich das Genick gebrochen, Violaine hingegen nur die Beine; sie war ertrunken.

Nach Violaines Tod verstand ich das wahre Wesen der Verzweiflung. Sie färbte jede Stunde eines jeden Tages mit einem düsteren Farbton. Mit der Zeit begriff ich jedoch, dass es nicht die Verzweiflung ist, die die Welt regiert, und schon gar nicht ist es Verzweiflung, die einen am Leben erhält. Es ist vielmehr die Liebe – die Liebe, die ich für Dich empfinde, mein Sohn, die Liebe, die ich für Violaine empfand, die Liebe, die ich fühlte, als ich den Golem nach ihrem Bild schuf. Eine solche Liebe lässt einen jede Traurigkeit ertragen.

40

Obwohl ich angewiesen worden war, den Golem nach seiner Fertigstellung zum Rabbiner zu bringen, dauerte es viele Monate, bis ich ins jüdische Viertel zurückkehrte. Ich zögerte es hinaus, indem ich die Puppe in jeder Hinsicht perfektionierte. Ich gab ein kleines Vermögen aus, um bei einem Perückenmacher in der Altstadt die teuersten Haare zu kaufen: glänzende kastanienbraune Locken, die der Puppe bis zur Taille fielen. Ich ließ von einer Schneiderin Kleider anfertigen – ein luxuriöses Seidenkleid in Rosa, das zu dem Ballkleid passte, das Violaine in der Nacht ihres Todes getragen hatte. Nicht nur eine Lage Seide, sondern gleich fünf, sodass sie sich um ihre Beine herum öffneten wie die Blütenblätter einer Blume.

Aber Ende April konnte ich nicht länger warten. Ich packte den Golem in einen Lederkoffer, legte ihn in einen Karren aus der Werkstatt und transportierte ihn durch die Altstadt ins Judenviertel. Ich ging langsam, widerstrebend. Jede Unebenheit auf dem Kopfsteinpflaster, jedes Drängeln eines vorbeilaufenden Kindes erfüllte mich mit dem Drang umzukehren. Ich war verpflichtet, Violaine aufzugeben, das wusste ich, aber mit jedem Schritt spürte ich, wie falsch es war, sich von ihr zu trennen. Ich betrachtete sie inzwischen als mein Eigentum, obwohl es dafür gewiss keine Rechtfertigung gab.

Über sechs Monate waren vergangen, seit ich das letzte Mal im jüdischen Viertel gewesen war, und es hatte sich in dieser Zeit erheblich verändert. In den Fensterkästen wuchsen Blumen, und die Straßen waren voller spielender Kinder. Ich klopfte an die Tür des

Rabbiners, und Jakob öffnete mir, sah mich an, und seine Augen begannen vor Aufregung zu glänzen.

»Kommen Sie, kommen Sie herein und setzen Sie sich zu uns«, sagte Jakob. Sein Blick richtete sich auf den Karren. »Wir sitzen gerade beim Abendessen.«

Ich betrat ihr Haus und zog den Karren hinter mir her. Alles war genauso wie im Herbst – der Klang einer Geige, der Duft einer Mahlzeit –, aber ein Gefühl tiefer Entfremdung hatte sich in mir breitgemacht. Als Jakob mir den Mantel abnehmen wollte, wich ich zurück. Als seine Mutter mir Tee anbot, lehnte ich ihn ab. Anstatt mich willkommen zu fühlen, wie zuvor, fühlte ich mich bedroht.

Jakob war von dieser Veränderung überrascht, aber er drängte mich nicht zu einer Erklärung, und ich hätte mein Verhalten wohl kaum rechtfertigen können, selbst wenn ich es versucht hätte. Wie konnte ich mein Bedauern über unsere Abmachung zum Ausdruck bringen? Wie sollte ich ihm sagen, dass ich mich wie ein Vater fühlte, der sein eigenes Kind weggibt? Ich kannte meine Verpflichtungen, und ich hatte die Absicht, sie zu erfüllen, aber es schmerzte mich.

Der Rabbiner betrat den Raum und begrüßte mich. Sein Bart war in den Monaten, seit ich ihn das letzte Mal gesehen hatte, länger geworden. An der Art, wie er mich ansah, konnte ich erkennen, dass auch er die Veränderungen an mir bemerkte.

»Ich habe Ihren Auftrag erledigt«, sagte ich und ließ Jakob für uns übersetzen. Ich hob den Koffer aus dem Karren und stellte ihn auf den Tisch zwischen uns. »Sie werden zufrieden sein. Dieses Geschöpf repräsentiert den Gipfel meiner Fähigkeiten, und, verzeihen Sie mir meine Arroganz, es ist perfekt.«

»Man benötigt bei einem Golem keine Perfektion«, sagte der Rabbi. »Nur Robustheit und Haltbarkeit.«

»Bitte«, sagte ich und spürte die Hitze, die in meine Wangen stieg. »Darf ich Ihnen das außergewöhnliche Geschöpf zeigen, das ich erschaffen habe?«

Der Rabbiner starrte mich mit ausdrucksloser Miene an. Er deutete auf seinen Hut, und sein Sohn brachte ihn ihm. »Kommen Sie«, sagte er und führte uns aus dem Haus. Ich trug den Koffer, brachte ihn in die Synagoge und hinauf auf die Empore. Der Rabbiner gab seinem Sohn ein Zeichen, der daraufhin Kerzen um den Koffer herum anzündete. Im schwachen flackernden Licht öffnete ich ihn.

Violaine lag auf einem Bett aus Holzspänen, gepolstert wie ein Vogelei in einem Nest, ihre grünen Glasaugen starrten nach oben. Das cremefarbene Porzellan ihrer Haut reflektierte den Schein der Kerzen; ihr glänzendes kastanienbraunes Haar fiel ihr über die Schultern. Ich erinnerte mich an den hässlichen Golem, den ich auf derselben Empore gesehen hatte, mit seiner zerbröckelnden Tonhand. Der Unterschied zwischen meiner Kreatur und dem Golem von Rabbi Löw war extrem: der eine von stumpfer, derber Machart, bereits im Verfall, die andere wunderschön wie ein echtes Kind. Aber der Rabbiner und Jakob reagierten nicht so, wie ich es erwartet hatte. Eine ganze Minute lang starrten sie Violaine an, und dann begannen sie, wie ich vermutete, eine Diskussion über die Kreatur, mit eiligen, mir unverständlichen Worten.

Jakob wandte sich schließlich an mich. »Wir sind überrascht, dass der Golem weiblich ist«, sagte er mit fragendem Blick.

»Sie haben das Geschlecht nicht angegeben«, sagte ich und erkannte mit einem Mal, wie weit mein schöner Golem von ihren Erwartungen entfernt war. Sie hatten sich eine Porzellanhülle gewünscht; ich hatte ihnen ein Meisterwerk geschenkt. »Aber ich versichere Ihnen, sie ist robuster, widerstandsfähiger und tauglicher als jede andere Puppe, die ich herstellen könnte.« Ich zeigte ihnen die gelenkigen Gliedmaßen, den beweglichen Kopf und das versteckte Fach am Halsansatz. Die ganze Zeit über sagte der Rabbiner nichts. Schließlich wandte er sich an seinen Sohn und gab ihm ein Zeichen zu übersetzen.

»Sie ist gut, sagt mein Vater«, sagte Jakob erleichtert. »Sehr gut. Der Geist könnte hier in dieser Kreatur leben. Wir nehmen Ihre Arbeit an und danken Ihnen für Ihre Bemühungen.«

Ich erwiderte den Dank und wandte mich, als die Stärke meiner Gefühle mich aus dem Gleichgewicht zu bringen drohte, zum Gehen.

»Aber warten Sie«, sagte Jakob. »Mein Vater hat noch eine letzte Bitte, Monsieur LaMoriette.«

»Was wünschen Sie noch?«, fragte ich, und mein Stolz mischte sich mit Trauer. »Ich habe Ihnen mein bestes Werk gegeben. Es ist so hell und strahlend wie die Sonne.«

»Was nützt die Sonne, wenn man sie nie hat scheinen sehen?«

Wäre ich ein weniger stolzer Mann, ein weniger neugieriger Mann gewesen, hätte ich mich in diesem Moment abgewandt und wäre gegangen. Aber ich wollte die Geheimnisse des Rabbinerkreises verstehen. Ich wollte den Schleier zwischen dem Menschlichen und dem Göttlichen lüften und das Wunder der Schöpfung sehen. Ich wollte das Leben in meiner Violaine brennen sehen. Und so blieb ich, zu meinem ewigen Bedauern.

41

Mike blätterte die letzte Seite um. Mehr gab es nicht. Zweifellos hörte der Brief an dieser Stelle nicht auf. Doch wo waren die restlichen Seiten?

Er schob den Brief beiseite und sah sich blinzelnd um, betrachtete das leere Lokal, die türkisfarbenen Sitzecken aus Vinyl, sein Spiegelbild, das auf dem schwarzen Glas des Fensters schwebte. Alles fühlte sich merkwürdig und verzerrt an. Die Luft war zu heiß, die Lichter zu hell, das Koffein in seinen Adern zu stark. Er holte tief Luft und ballte eine Faust, verspürte das Bedürfnis zuzudrücken, bis seine Fingerknöchel weiß wurden. Der Brief von LaMoriette lag vor ihm, ein dickes Bündel Seiten, gefüllt mit den Aufzeichnungen eines Mannes, der von seiner Vergangenheit heimgesucht wurde. Der Mann hatte in Prag etwas zutiefst Beunruhigendes erlebt, etwas von solcher Wucht, dass sich sein gesamtes weiteres Leben darum drehte, in fortwährendem Kreisen.

Mike steckte die Seiten vorn in seine Kuriertasche und zog den Reißverschluss zu. Unwillkürlich musste er an den Rabbinerkreis denken, an die kreisförmige Wiedergabe des Namens Ha-Schem, den der Rabbiner benutzt hatte, um den Golem zu erwecken. Nach der Beschreibung war Mike sich sicher, dass es derselbe Kreis war, den Jess ihn zu entschlüsseln gebeten hatte, derselbe Kreis, den Jameson das Gottesrätsel nannte, derselbe Kreis, den Anne-Marie als heiliges Wissen bezeichnet hatte.

Aber auch wenn diese Zusammenhänge klar waren, so war Mike der Lösung des Rätsels selbst nicht näher gekommen als in dem Moment, als er es zum ersten Mal gesehen hatte. Er versuchte zu verstehen, was der Brief mit Anne-Maries Arkanum beziehungsweise mit Jamesons »unentdecktem Land« zu tun hatte. Was hatte der Brief eines verzweifelten Mannes in Prag, der vor so langer Zeit geschrieben worden war, mit Jess Price zu tun? Und was zum Teufel hatte irgendetwas davon mit ihm selbst zu tun? Anne-Marie hatte versprochen, dass der Brief von LaMoriette alles miteinander in Verbindung setzen würde. Doch letztlich warf er nur noch mehr Fragen auf.

Mike zog sein Handy hervor, bat die Kellnerin um das WiFi-Passwort und stellte fest, dass sein Akku zur Neige ging. Das Schnellladegerät lag im Wagen. Er ging es rasch holen, steckte es neben seinem Platz ein und prüfte seine E-Mails. Es gab zwei Nachrichten: eine von Thessaly Moses, mit einem riesigen Anhang – offenbar die Audiodatei, die sie zu schicken versprochen hatte. Die zweite Nachricht stammte von Vivek Gupta, seinem Mentor und Freund, und enthielt einen Link zu seiner verschlüsselten App. Er öffnete den Link und las:

Mein lieber Junge, ich muss gestehen, dass mich das Abenteuer, in das Sie geraten sind, um den Schlaf bringt. Dass Jameson Sedge hinter diesem Rätsel her ist, hätte schon genügt, um mich neugierig zu machen, aber ich habe die Konfiguration, die Sie geschickt haben, untersucht und dabei etwas von großem Interesse entdeckt. Ich muss Sie abermals warnen, vorsichtig zu sein. Was Sie entdeckt haben, ist einzigartig, höchst begehrt und aus vielen Gründen gefährlich, nicht nur, weil Sedge es haben will. Sie dürften inzwischen wissen, dass Sie eine einzigartige Gabe besitzen, und diese Gabe bringt Sie in Situationen, die die meisten von uns nie erleben würden. Außergewöhnliche Menschen ziehen außergewöhnliche Ereignisse an, sowohl gute als auch schlechte. Sie müssen sich selbst schützen. Werfen Sie Ihre elektronischen Geräte weg, da sie höchstwahrscheinlich manipuliert worden sind. Versuchen Sie nicht, mich zu kontaktieren. Ich werde Sie finden.

Unter seiner Nachricht befand sich ein Link zu einem Artikel der *Adirondack Daily Enterprise*. Die Nachricht von Dr. Gupta war fünf Minuten zuvor, um 23:03 Uhr, abgeschickt worden. Mike öffnete den Link und las die Überschrift des Artikels: *Prominente Psychiaterin aus Ray Brook überfallen und in Krankenhaus eingewiesen.*

Er brauchte nur die erste Zeile zu lesen, um zu wissen, dass es in der Eilmeldung um Dr. Thessaly Moses ging. Sie war in ihrem Haus überfallen worden, und obwohl der Artikel nicht viele Informationen enthielt – weder bezüglich des Ausmaßes ihrer Verletzungen noch im Hinblick auf die Frage, ob der Täter festgenommen worden war –, war es genau so, wie Jess es ihnen prophezeit hatte. Jemand hatte sie beobachtet. Thessaly war verletzt worden, und wenn dieser Jemand nicht gefasst worden war, dann befand sich Jess jetzt in größter Gefahr.

Er sah sich Thessalys Nachricht an. Sie war um 21:47 Uhr eingegangen, was bedeutete, dass sie sie kurz vor dem Überfall abgeschickt haben musste. Die Nachricht selbst war leer, am Ende war eine Audiodatei angehängt. Er lud sie herunter, beschloss aber, mit dem Abspielen zu warten. Er durfte nicht riskieren, dass jemand zufällig mithörte, nicht einmal die Kellnerin, also wartete er nur noch ein paar wenige Minuten, damit der Handyakku ein paar weitere Prozent sammeln konnte. Dann ließ er Bargeld neben die Rechnung fallen, schnappte sich seine Tasche und verließ das Lokal. Nirgends war er so sicher wie in seinem Pick-up.

Als er in die Nacht hinaustrat, schaute er auf seine Uhr: 23:09 Uhr. Der Parkplatz war immer noch leer, auch die Straße war wie verwaist, doch irgendetwas stimmte nicht. Er ließ den Blick über den rissigen Asphalt schweifen, die leeren Stellplätze. Irgendwo in den Schatten lauerte jemand auf ihn, das spürte er jetzt. Seit Jahren hielt ihn Gupta dazu an, sich gegen jegliche Form der Überwachung zu schützen, aber er hatte es immer als Paranoia abgetan. Jetzt jedoch, nach seinen Erfahrungen im Gefängnis und dem Überfall auf Thessaly, verstand er, wie recht sein Freund gehabt hatte.

Die Nacht war ruhig, das leise Zirpen der Zikaden erfüllte die Luft. Und obwohl er so schnell wie möglich zu seinem Pick-up gelangen wollte, konnte er doch nicht anders, als die wilde Disharmonie dieser Kreaturen zu bewundern. In der Nähe seines Elternhauses in Ohio hatte es Zikaden gegeben, und ihr Gesang hatte ihn immer mit Melancholie erfüllt. Einmal, an einem warmen Sommerabend, hatte sein Vater ihm von dem erstaunlichen Lebenszyklus der Zikade erzählt, wie sie jahrelang als Nymphe unter der Erde leben konnte, um dann für ein paar Tage oder Wochen an die Oberfläche zu steigen, sich zu paaren, Eier zu legen und zu sterben. Eine solch kurze Existenz schien die Sinnlosigkeit des Lebens zu veranschaulichen, aber wer konnte schon sagen, ob Langlebigkeit in der großen Weltordnung wirklich von Bedeutung war? Er dachte an Jamesons verrückte Suche nach Unsterblichkeit, seine Weigerung, die Grenzen von Leben und Tod zu akzeptieren. Dabei war der Gesang das Wichtigste, ob er nun einen Tag dauerte oder hundert.

Sein Pick-up wartete in der Dunkelheit. Er stieg ein und verriegelte vorsichtshalber die Türen. Dann ließ er den Motor an und verließ so schnell wie möglich den Parkplatz. Aufmerksam beobachtete er, ob es auf der Straße irgendwelche Veränderungen gab, und sah sich nach Schildern um. Er musste klar denken. Er musste die richtigen Entscheidungen treffen. Aber er hatte keine Ahnung, wo zum Teufel er war. Auf seiner Flucht vor Jameson und Anne-Marie war er aufs Geratewohl davongebraust, war kleinen, kurvigen Straßen gefolgt, bis er sich im Gewirr der sanften Hügel verloren hatte. Ja, er hatte sich mehr von seinen Gefühlen als von seinem Orientierungssinn leiten lassen. Wenn er ein bestimmtes Ziel vor Augen hätte, könnte er zumindest sein GPS benutzen – aber welches Ziel sollte das sein?

Er konnte sich des Gefühls nicht erwehren, dass er das, was Thessaly zugestoßen war, hätte vorhersehen müssen. Jess hatte ihn gewarnt, sie seien in Gefahr, hatte ihnen gesagt, dass der Tod von Dr. Raythe kein Unfall gewesen war. So wie auch der Überfall auf Thessaly kein Zufall war. Raythe war gestorben, nachdem er begonnen hatte, Informationen über Jess auszugraben, und Thessaly hatte da weitergemacht, wo Raythe aufgehört hatte. Bestimmt hätte Mike irgendetwas tun können, um es zu verhindern.

Doch selbst wenn er sich die Schuld gab, Thessaly im Stich gelassen zu haben, wusste er auch, dass sie darauf bestanden hatte, dass er das Gefängnis verließ. Sie hatte ihn zu seinem Wagen begleitet. Sie hatte gesagt, sie werde sich bei ihm melden, wenn sie ihn bräuchte. Sie war unbeirrbar gewesen. Was passiert war, war nicht seine Schuld, und es war auch nicht ihre Schuld. Keiner von ihnen hatte wissen können, wie ernst die Sache war und wie gefährlich. Ihm kam etwas in den Sinn, das Anne-Marie gesagt hatte: »Sie sollten das Ausmaß dessen verstehen, worauf Sie sich einlassen.«

Er begann, dieses Ausmaß zu erkennen. Der Überfall auf Thessaly hatte alles verändert. Es stand jetzt mehr auf dem Spiel, die Folgen waren tödlich. Was auch immer er sich zuvor hatte einreden können – dass es eine logische Erklärung für seinen Rauswurf aus dem Gefängnis gab, dass er sich nicht in echter Gefahr befand –, war nun endgültig dahin. Sie spielten ein Spiel um Leben und Tod, und die Gefahr war real.

Er wollte direkt nach Ray Brook fahren, aber das würde niemandem etwas nützen. Sie würden ihn nicht wieder ins Gefängnis lassen, und das Krankenhaus in Ray Brook wäre der erste Ort, an dem Jameson nach ihm suchen würde. Mike war genauso ein Ziel wie Thessaly. Er erinnerte sich an etwas, das Dr. Raythe in seinem Bericht geschrieben hatte: »Es müssen sehr mächtige Leute hinter alledem stecken.« Jameson Sedge war einer dieser Leute. Sein Bauchgefühl sagte Mike, dass Jameson hinter dem Überfall auf Thessaly steckte, und sein Bauchgefühl in Bezug auf solche Leute war selten falsch. Vivek Gupta hatte recht – hinter dem polierten Äußeren steckte etwas Fanatisches, etwas Skrupelloses. Jameson hatte zugegeben, auf der Suche nach esoterischem Wissen zu sein. Seine Tante habe etwas Wesentliches für das menschliche Bewusstsein entdeckt, hatte er gesagt. Aber wie weit würde dieser Mann gehen, um es zu erlangen?

Mike erinnerte sich an das, was Jess zuletzt zu ihm gesagt hatte: »Denk an dein Versprechen.« Aber wie zum Teufel sollte er ein Versprechen halten, das er im Traum gegeben hatte? Er verstand nicht, was er für sie tun sollte. Das Gottesrätsel lösen, so viel verstand er, doch was dann? Konnte ein alter religiöser Text wirklich dazu beitragen, sie zu rehabilitieren? Konnte eine wilde Geschichte über religiöse Geheimnisse und arkane Rituale irgendeinen konkreten Wert haben? Jameson war eindeutig dieser Meinung und Anne-Marie auch. Aber Mike war sich da nicht so sicher. Er fühlte sich an der Grenze seines Könnens. Seine Begabung war wie ein tiefer, schmaler Fluss. Mit den richtigen Elementen und den richtigen Hinweisen konnte er außergewöhnliche Dinge vollbringen. Aber was Jess von ihm verlangte, brachte ihn an den Rand seiner Vorstellungskraft, und er wusste, nur wenn er sich eine Lösung bildhaft vorstellen konnte, war er auch in der Lage, eine zu finden.

Er bog auf einen kleinen Nebenweg ab, hielt auf dem Seitenstreifen und tippte sein Passwort ins Handy ein. Gupta hatte ihn gewarnt, dass sein Telefon manipuliert worden sein könnte, dass jemand es benutzen könnte, um ihn zu verfolgen, aber er brauchte es, um die Nachricht abzuhören. Vielleicht war es ja das versprochene Interview mit Jess? Die Audiodatei öffnete sich in der Dunkelheit und beleuchtete den Bildschirm. Als er auf Play drückte, verspürte er eine Mischung aus Vorfreude und Angst: Bald, in wenigen Sekunden, würde er vermutlich Jess' Stimme hören. Und während er sich danach sehnte zu erfahren, was sie ihm zu sagen hatte, fürchtete er sich auch davor, was es bedeuten könnte.

42

Mike startete die Aufnahme. Er hörte das Kratzen des Mikrophons, dann erfüllte Thessalys Stimme den Truck.

Mike Brink glaubt, Sie haben ihm etwas zu sagen. Ich weiß nicht, ob das der Fall ist oder nicht, aber ich war einverstanden, Ihnen Gelegenheit zu geben, ihm eine Nachricht aufzuzeichnen. Ich werde dafür sorgen, dass er sie bekommt.

Es folgte ein paar Sekunden Stille, nur das Summen der Klimaanlage im Hintergrund, ein Schlurfen, als Thessaly wieder sprach.

Ich weiß, Sie machen sich Sorgen, dass Sie abgehört werden. Hier befindet sich keine Überwachungskamera. Es ist ein privates Büro.

Stille. Thessaly versuchte es wieder.

Ich weiß, es fällt Ihnen schwer, Jess, aber es gibt keine Alternative. Mike Brink befindet sich möglicherweise in Gefahr. Falls Sie ihm irgendetwas sagen können, egal was, dann ist das hier Ihre Chance.

Ein leises Klopfen in der Nähe des Mikrophons, und er stellte sich vor, wie Jess mit den Kuppen ihrer schorfigen Finger auf die Platte des Couchtischs tippte. Er spürte ihre Zartheit und ihre Intensität, ihre manische Energie, die sich hinter der Aufzeichnung entlud.

Wäre es Ihnen lieber, wenn ich gehe? Man kann diese Tür verriegeln.

Mike hörte das Klappern von Schlüsseln.

Ich habe den Schlüssel bei mir. Ich bin die Einzige, die Zugang hat. Wenn Sie mich brauchen, klopfen Sie einfach. Ich werde draußen im Flur warten.

Dann das Klackern hoher Absätze, das Rauschen der sich öffnenden Tür und ein energisches Klicken, als sie sich schloss. Die Verriegelung rastete ein, und Jess war allein.

Mike stellte sich Thessalys tadelloses Büro vor, mit seinen Ordnern und Mappen, dem Glas mit Farbstiften, dem Zauberwürfel auf der Ecke ihres Schreibtischs. Er stellte sich das Gefängnis bei Einbruch der Dunkelheit vor, die Gefangenen in ihrem Schlafsaal. Er stellte sich Jess vor, die sich über den Tisch beugte, sich wappnete zu sprechen. Er spürte, wie sie sich näherte, das Mikrophon an ihre Lippen hob.

Michael, falls dich das hier erreicht, ist es vielleicht noch nicht zu spät.

Etwas an der Art und Weise, wie sie seinen Namen aussprach, und die Intimität ihres Tons ließen ihn fast erstarren. Er holte tief Luft und umklammerte das Lenkrad. Sein Herz klopfte heftig.

Ich war nicht in der Lage, es dir früher zu sagen. Ich hab's versucht, ich habe wirklich versucht, dir so viele Informationen wie möglich zu geben, aber es war, als würde man Morse-

zeichen durch einen Draht klopfen: Hinter jedem Signal steckte immer mehr Bedeutung, immer so viel mehr, was ich sagen wollte. Ich wusste, dass sie uns beobachtet haben, und ich konnte nicht riskieren zu sprechen, aber irgendwie spürte ich, dass du verstehst. Spürst du es auch, unsere telepathische Verbindung? Dass ein Blick mehr bedeutet als Worte? Ich glaube nicht, dass ich mich irre, zwischen uns gibt es etwas, eine Art außergewöhnliche Verbindung, die es uns ermöglicht, Dinge zu verstehen, die kein anderer begreifen kann. Ich wusste von Anfang an, dass du mir helfen könntest, das Geschehene zu verstehen. Verzeih mir. Ich weiß, dass ich dich mit verbundenen Augen in ein Labyrinth geschickt habe, in dem du dich im Kreis drehst, aber du bist vielleicht der einzige Mensch, der das Problem lösen kann. Jetzt, wo es angefangen hat, gibt es kein Zurück mehr. Wir müssen das Labyrinth gemeinsam durchqueren. Solange ich die Möglichkeit habe, werde ich dich in die richtige Richtung schicken. Hör mir zu, und ich werde dir alles so deutlich sagen, wie ich kann.

Mike hörte Jess, hörte, wie sie sich zur Tür bewegte, das Schloss kontrollierte, dann zu ihrem Platz zurückkehrte und den Rekorder zu sich heranzog.

Ich erinnere mich nur bruchstückhaft an diese Nacht. Ich erinnere mich, dass Noah auf seinem Motorrad mit chinesischem Essen und einer Flasche kaltem Weißwein auftauchte. Seine Anwesenheit im Sedge House ließ alles Seltsame, das geschehen war, mit einem Mal belanglos erscheinen. Wenn ich darauf bestanden hätte, hätten wir sofort gehen können. Ich hätte mich auf sein Motorrad schwingen und zurück in die Stadt fahren können. Aber Noah hatte Hunger und war über zwei Stunden gefahren, um das Haus zu sehen, und natürlich auch, um Zeit mit mir zu verbringen. Wir räumten uns etwas Platz am

Esszimmertisch frei, aßen, tranken Wein und redeten. Wir liebten uns auf dem türkischen Teppich in der Bibliothek und waren so glücklich, wie es keiner von uns je wieder sein würde.

Als Noah Auroras Puppen sah, war er fasziniert. Er war von Beruf Bildhauer, und ich schätze, er erkannte die hohe Kunstfertigkeit in Auroras Sammlung, denn er studierte sie sehr lange. Ich erzählte ihm die Geschichte von LaMoriette, so wie Anne-Marie sie mir erzählt hatte, erzählte ihm, was Mandy gesagt hatte, und ich erzählte ihm sogar von all den merkwürdigen Dingen, die seit meiner Ankunft passiert waren, wobei ich darauf bestand, dass ich sie mir wohl nur eingebildet hatte. Er verlangte, dass ich ihm alles zeigte, also holte ich Violaine in die Bibliothek herunter und zeigte ihm dann die Geheimtür in der Speisekammer. Wie Kinder auf Schatzsuche holten wir die Mappe aus ihrem Versteck und öffneten sie. Als ich den Brief des Puppenmachers LaMoriette las, spürte ich den Nervenkitzel, die Aufregung, einen verborgenen Schatz zu entdecken.

Noah untersuchte Violaine sorgfältig und fand ein kleines Fach an ihrem Hinterkopf. Mit der Spitze eines Küchenmessers öffnete er es. Darin befand sich das runde Rätsel, das auf einem winzigen Stück Papier geschrieben war. LaMoriette hatte es in seinem Brief an seinen Sohn erwähnt, doch es war das erste Mal, dass ich so etwas sah. Es war ein seltsamer und zugleich wunderschöner Kreis, gefüllt mit Zahlen und Symbolen, verschlungen und mit großer Sorgfalt gezeichnet. Er faszinierte mich, und ich betrachtete ihn lange Zeit, um zu verstehen, was er bedeuten könnte.

Wir gingen in die Bibliothek, zündeten einige Kerzen an und studierten gemeinsam den Kreis. Noah hatte als Kind die jüdische Schule besucht und erklärte mir, dass es sich um vier hebräische Symbole handelte: Yod, He, Vod, He. Der Name Gottes. Und trotz der Warnung in LaMoriettes Brief – oder vielleicht gerade deswegen – versuchten Noah und ich, ihn auszusprechen.

Für uns war es nur ein Spiel, wie Kinder, die mit einem Ouija-Brett spielen oder eine Séance durchführen. Noah stand in der Mitte des Raumes und las den Text in einem spielerischen dramatischen Monolog vor. Bei dem Kerzenlicht, das durch das dunkle Haus tanzte, und der heißen Julinacht, die sich vor den Fenstern zusammenzog, erschien uns alles wie eine Art Mutprobe: Wie weit würden wir gehen? Was könnte uns aufhalten?

Nichts, dachte ich. Nichts konnte uns aufhalten.

Als Nächstes erinnere ich mich ans Aufwachen. Zeit war verstrichen. Die Kerzen waren heruntergebrannt, die Flammen flackerten im Wachs. Heute weiß ich, dass ich einen Blackout hatte, aber zu dem Zeitpunkt fühlte es sich an, als wäre ich unter Wasser und würde zur Oberfläche schwimmen, behindert durch das Gewicht einer schweren, dunklen See. Ich versuchte, mich aufzusetzen, aber alles gab unter mir nach. Als ich endlich die Kraft aufbrachte aufzustehen, erschien mir der Raum fremd. In der Bibliothek herrschte das reinste Chaos, die Regale waren leer geräumt, überall lagen Bücher verstreut, ein Sessel war umgestürzt, die Weingläser zerbrochen. Ich brauchte einen Moment, um zu begreifen, dass ich mich im Sedge House befand, und ich konnte mich nicht mehr daran erinnern, dass Noah überhaupt gekommen war. Und dann sah ich ihn.

Er lag auf dem Rücken, ausgestreckt auf dem Parkettboden,
sein Blut verschlang den Rand des türkischen Teppichs wie
Kaffee einen Zuckerkeks. Es lag eine schreckliche Schwere in der
Luft, es roch nach Blut, und ich hatte das Gefühl, als sei etwas
Unaussprechliches geschehen. Ich erinnere mich, dass ich dachte,
es könne nicht real sein, nichts davon könne wirklich passiert
sein, und doch war etwas geschehen, etwas so Mächtiges und
Zerstörerisches, dass es mich so verändert zurückließ wie einen
Baum nach einem Gewitter, versengt und deformiert durch das,
was ich angelockt hatte.

Von allem, woran ich mich in dieser Nacht erinnere, sehe ich
Noahs Gesicht am deutlichsten. Seine blauen Augen waren
aufgerissen, als ob er auf etwas starrte, das außerhalb seines
Sichtfelds lag. Die Farbe war aus seinen Wangen gewichen
und ließ ihn graugelb erscheinen. Entsetzen und Angst, Ver-
zweiflung und Hilflosigkeit überwältigten mich. Einen Moment
lang glaubte ich, ich könnte zurückgehen und ändern, was ich
getan hatte. Aber natürlich konnte ich nicht zurückgehen. Ich
wusste, dass nichts mehr so sein würde, wie es einmal war.

Ich habe versucht, Noahs Tod zu begreifen, aber die Welt ist
damals aus den Fugen geraten. Ich habe die letzten Jahre damit
verbracht, die Teile wieder zusammenzusetzen. Und auch
wenn es mir nicht ganz gelungen ist, weiß ich jetzt aus der Zeit-
leiste, die bei der Verhandlung vorgestellt wurde, dass ich um
01:14 Uhr den Notruf angerufen habe. Die Sanitäter trafen
dreizehn Minuten später ein, die Polizei kam kurz danach.
Noah wurde um 01:33 Uhr für tot erklärt, und ich wurde in
Polizeigewahrsam genommen. Ich konnte nichts tun oder sagen,
um zu erklären, was geschehen war. Es erschreckte mich bis ins
Mark, und so blieb ich stumm.

Was jedoch bei der Verhandlung nicht zur Sprache kam und was ich nie jemandem erzählt habe, war, dass in dieser Nacht noch jemand im Sedge House gewesen ist. Eine Frau, ganz in Rot gekleidet. Sie schlich sich leise in die Bibliothek, glutäugig und schön, und wischte das Blut von meinen Händen und die Tränen von meinen Wangen. Sie sei gekommen, um mich zu trösten, sagte sie. Um mich zu retten. Sie würde mich nicht alleinlassen, sagte sie. Sie bat mich, die letzten Seiten von LaMoriettes Brief zu nehmen – die Seiten mit den Informationen über den Kreis und das Ritual – und sie mit der Puppe zu verstecken. »Wir werden sie holen, wenn es sicher ist«, sagte sie, und in meinem verzweifelten Geisteszustand vertraute ich ihr. Gemeinsam versteckten wir Violaine und den Brief in der Lederschatulle und schlossen beides weg, und alles fühlte sich plötzlich anders an, als ob ich einen Flaschengeist gefangen hätte. Und in gewisser Weise war das auch so: Der Sturm war gebändigt. Zumindest für den Moment.

Dann habe ich die Schatulle versteckt. Nicht in der geheimen Anrichtekammer – Mandy wusste, wie man sie öffnete, und ich konnte nicht riskieren, dass sie es jemandem erzählte –, sondern an einem Ort, wo niemand sie finden würde. An einem verborgenen Ort. Wir würden sie später holen, dachte ich. Die Frau in Rot würde mir helfen zu verstehen, was ich zu tun hatte.

Natürlich war das am Ende unmöglich. Ich hätte wissen müssen, dass sie mich einsperren würden. Aber jetzt kannst du tun, was ich nicht kann. Um die Schatulle zu finden, musst du dich ins Dickicht wagen und nach dem Verborgenen suchen. Du wirst dich kurzfassen und einige Änderungen vornehmen müssen. Schau hinunter in die Tiefen der Dunkelheit, und du wirst es finden: Delaware, 16; Maryland, 24; Virginia, 1;

Illinois, 8; Arkansas, 4. Virginia und Arkansas erhalten ein
blaues Band. Die anderen ein rotes.

Damit war die Aufzeichnung beendet.

Mike spürte ein schweres Gewicht in seiner Brust, ein wohlbekanntes Drängen, das ihn überkam. Jess hatte sich ein Rätsel ausgedacht, das ihn zu dem versteckten Koffer führen sollte.

Delaware, 16; Maryland, 24; Virginia, 1; Illinois, 8; Arkansas, 4.

Ein Teil von ihm wünschte sich, er könnte es ignorieren. Wenn er noch tiefer in die Geschichte eintauchte, konnte das zu nichts Gutem führen. Aber er hatte keine Wahl. Seine Gedanken stürzten sich auf das Rätsel, isolierten die Hinweise, umkreisten sie, untersuchten jedes Wort und jede Zahl auf Informationen, die er herausfiltern konnte. Er hätte nicht davon lassen können, es zu lösen, selbst wenn er es gewollt hätte. Jess hatte das über ihn gewusst. Sie wusste, dass er nicht in der Lage wäre, sich loszureißen. *Jetzt, wo es angefangen hat, gibt es kein Zurück mehr. Wir müssen das Labyrinth gemeinsam durchqueren.*

Er ließ den Motor an, legte den Gang ein und fuhr los. Vor ihm lag ein Bahnübergang. Mike bremste ab, als sich die Schranken senkten. Rote Lichter blitzten durch die Dunkelheit und tauchten die Straße in karmesinrote Farbe. Als er in den Rückspiegel blickte, sah er, dass die Straße leer war. Und doch spürte er, dass etwas verweilte, etwas ihn beobachtete, eine Präsenz, die knapp außer Sichtweite war. Es war dasselbe unheimliche Gefühl, das er auf dem Parkplatz verspürt hatte: Jemand oder etwas kam näher.

Mike nahm sein Handy, scrollte in der Audiodatei ein Stück zurück und drückte dann auf Play: *Du musst dich ins Dickicht wagen und nach dem Verborgenen suchen … Delaware, 16; Maryland, 24; Virginia, 1; Illinois, 8; Arkansas, 4. Virginia und Arkansas bekommen ein blaues Band. Die anderen ein rotes.*

Er legte die Stirn aufs Lenkrad und ließ sich von Jess' Stimme berieseln. Eine schreckliche Sehnsucht überkam ihn. Er konnte es nicht erklären, aber der Klang ihrer Stimme brachte ihn zurück zum Gesang der Zikaden. Die Zeit, die er mit Jess verbracht hatte, war begrenzt gewesen, und sie hatten nur ein paar kurze Momente gemeinsam verbracht, doch sie gab ihm das Gefühl, lebendig zu sein.

Wage dich ins Dickicht. Sedge, dachte er, bedeutete »Segge« – eine Waldpflanze, ein Teil des Dickichts. *Schau hinunter in die Tiefen der Dunkelheit.* Jess hatte etwas versteckt, und sie wollte, dass er es fand. Mike wendete um hundertachtzig Grad und fuhr in Richtung Sedge House.

43

Als Mike die kurvenreiche Schotterstraße hinauffuhr und sich dem dunklen Haus näherte, kam es ihm auf unheimliche Weise vertraut vor. Er hatte das Grundstück noch nie betreten, erkannte aber die Türmchen, Giebel und Rosettenfenster. Wie hatte Jess es genannt? *Eine große Hochzeitstorte.* Die Beschreibung passte zu dem, was er sah: die perfekte Lage des Herrenhauses oberhalb des Flusses, die umlaufende Veranda mit ihren weißen Zierleisten. Obwohl es mitten in der Nacht war und er nicht viel von dem Anwesen sehen konnte, fiel ihm der akkurat getrimmte Rosengarten auf. Anne-Marie hatte erwähnt, dass Jameson einen Gärtner beschäftigte, aber es schien niemand im Haus zu wohnen. Mike sah kurz zu einem Erkerfenster hinüber und stellte sich einen Moment lang vor, wie Jess hinter der staubigen Scheibe stand, wo sich ihre blasse Haut deutlich von dem dunklen Glas abhob.

Jess hatte ihm eine Reihe von Hinweisen gegeben, aber er konnte ihr Rätsel nicht lösen, bevor er nicht im Haus war. *Sich ins Dickicht wagen.* Aber wie sollte er hineingelangen? Sicherlich hatte Jameson Überwachungskameras installiert oder zumindest eine Alarmanlage. Der Typ war laut Gupta ein Sicherheitsfanatiker. Doch als Mike um Sedge House herumging, sah er keine Kameras, kein automatisch gesteuertes Licht, keine Wachhunde. Nichts.

Die Türen waren verschlossen, ebenso wie die Fenster im Erdgeschoss, aber während er um das Haus herumging und nach möglichen Zugängen suchte, erinnerte er sich an etwas aus Jess' Tagebuch: Mandy war durch die Kellertür ins Haus gekommen. Er fand sie auf der Rückseite des Hauses. Auch sie war verschlossen, aber die Tür war alt, das Holz verwittert. Er kramte sein Taschenmesser heraus, öffnete den Schraubenzieher, klemmte ihn zwischen das weiche Holz und das Schließblech und hebelte das Schloss auf.

Der Keller war feucht, dunkel und roch nach Schimmel. Er tastete nach seinem Handy und schaltete die Taschenlampenfunktion ein. Das helle weiße Licht zerschnitt die Dunkelheit und eröffnete ihm einen Weg durch den engen Raum, vorbei an Regalwänden und einem riesigen Heizofen aus dem frühen zwanzigsten Jahrhundert, groß wie ein Krake, dessen Kupferrohre sich in alle Richtungen schlängelten. Schließlich entdeckte er eine schmale Holztreppe, die ihn ins Erdgeschoss führte und neben der von Jess beschriebenen Anrichtekammer endete. Er ging durch den Korridor und richtete die Taschenlampe auf eine imposante Treppe mit einem in den Pfosten geschnitzten Pfau; sein Juwelenauge glitzerte. Die Dunkelheit war tief und weit, und Mike ertastete sich seinen Weg wie durch eine Höhle. Er hätte alle Lichter einschalten können – das Sedge House lag fernab der Straße, und es war kein anderes Haus in Sicht –, aber er wollte nichts riskieren. Er war hier, um Jess' Rätsel zu lösen, sich zu holen, weswegen er gekommen war. Danach würde er so schnell wie möglich wieder verschwinden.

Dennoch verweilte er einen Moment vor dem Treppenaufgang. Was für ein unheimliches Gefühl, sich in einem Raum zu befinden, den er sich bisher nur vorgestellt hatte. Der Kegel seiner Taschenlampe fiel auf den Kristallleuchter im Esszimmer, auf die schweren Damastvorhänge und verharrte bei den gerahmten Fotos der Familie Sedge. Aurora und Frankie tauchten aus der Dunkelheit auf und starrten von sepiafarbenen Abzügen, Aurora dünn und vogelartig, ihr Bruder groß und heiter, mit einem Lächeln im Gesicht, ohne etwas von den schrecklichen Ereignissen zu ahnen, die sich später hier ereignen würden.

Er ging den Flur hinunter zu einer breiten Schiebetür, die in den Salon führte. Mondlicht schien durch die staubigen Fenster und fiel auf die Möbel. Einen Moment lang wirkte der Raum wie eine archäologische Ausgrabungsstätte, ein altes Gebäude, das nach einer Naturkatastrophe geborgen worden war, Asche und Ablagerungen auf jeder Oberfläche. Ihm fiel wieder ein, dass Jess das Gefühl gehabt hatte, unbefugt auf Auroras Grundstück eingedrungen zu sein, und ihn beschlich der Gedanke, seine Anwesenheit könnte die Spuren, die Jess hinterlassen hatte, verändern.

Er trat in die Mitte des Raums und hob ein Laken an, unter dem ein Samtsofa zum Vorschein kam. Eine Reihe von Babypuppen saß nebeneinander, ihre Glasaugen schimmerten im Licht. Er glaubte nicht an Geister oder Spuk und auch nicht daran, dass es sich bei diesen Puppen um etwas anderes als ausrangierte Antiquitäten handelte. Und doch, als er an den Puppen vorbeiging, überkam ihn ein mulmiges Gefühl. Er nahm eine in die Hand, prüfte ihr Gewicht und bemerkte ihre leuchtenden Augen. Es gab eine logische Erklärung für das, was in jener Nacht geschehen war, dessen war er sich sicher. Irgendeine Kombination von Faktoren – eine dunkle, leerstehende Villa, Alkohol und die überschäumende Phantasie einer Schriftstellerin – hatte die Ereignisse heraufbeschworen, von denen Jess in ihrem Tagebuch geschrieben hatte. Er warf die Puppe zurück aufs Sofa. Sie war ein Spielzeug, nicht mehr und nicht weniger.

Jess hatte nicht gewusst, worauf sie sich einließ, als sie ins Sedge House kam. Sie war in etwas hineingeraten, das nichts mit ihr zu tun hatte, und litt bis heute unter den schrecklichen Folgen: dem Ende ihrer Karriere, dem Trauma von Noahs Tod, ihrer jahrelangen Inhaftierung. Sie war da in etwas hineingelockt und in die Enge getrieben worden. Er spürte eine rasende Wut in sich aufsteigen, und die Stärke dieses Gefühls erinnerte ihn daran, wie sehr er sich bereits emotional auf Jess eingelassen hatte – und was mit ihr geschehen war. Es ging nicht mehr nur darum, ein Rätsel zu lösen. Es ging um seine Verbindung zu dieser Frau, deren Geschichte begonnen hatte sein Leben zu bestimmen.

Er setzte sich auf die Kante der Couch. Schob eine Puppe beiseite, nahm sein Notizbuch heraus und schrieb die Hinweise auf, die Jess ihm in der Audio-Nachricht gegeben hatte:

Delaware,16; Maryland, 24; Virginia, 1; Illinois, 8; Arkansas, 4.

Was hatte Jess gesagt? Du wirst dich kurzfassen und einige Änderungen vornehmen müssen, aber wenn du in die Tiefen der Dunkelheit hinunterschaust, wirst du es finden.

Fass dich kurz. Die Worte abkürzen. Er schrieb die Kurzschreibweise der Staaten auf:

DE, MD, VA, IL, AR.

Er betrachtete die zehn Buchstaben, versuchte zu erkennen, ob sie vielleicht ein Anagramm ergaben. Aber wie auch immer er die Buchstaben ordnete, sie ergaben einfach keinen Sinn. Er schrieb die Zahlen neben die Buchstaben:

DE, 16
MD, 24
VA, 1
IL, 8,
AR, 4

Nimm einige Änderungen vor. Was für eine Art von Änderungen sollte das sein? Er betrachtete die Zahlen, als ihm ein Licht aufging: Ersetzungen. Er musste einige der Buchstaben austauschen und ersetzen. Die Zahlen neben den Abkürzungen beschrieben, wie es zu tun war. *Virginia und Arkansas erhalten ein blaues Band.* Ein blaues Band stand für den ersten Platz. VA und AR waren die Ersetzungen an der ersten Stelle. *Die anderen ein rotes:* Ersetzungen des zweiten Buchstabens. Er schrieb die 26 Buchstaben des Alphabets in sein Notizbuch:

Mike zählte 16 Buchstaben nach dem E und stoppte bei U. Er strich das E durch und ersetzte es durch ein U und erhielt so die erste Silbe: DU. Dasselbe tat er mit MD, zählte 24 Buchstaben nach D und erhielt B, was die Silbe MB ergab. DUMB. Es dauerte weniger als dreißig Sekunden, bis er die Lösung gefunden hatte: DUMBWAI-TER – *Speiseaufzug*.

Jess hatte den Koffer im Speiseaufzug versteckt.

Mike rannte die Treppe in den zweiten Stock hinauf und fand die Tür zum Speiseaufzug. Er erkannte ihn anhand von Jess' Beschreibung sofort. In den Türrahmen war eine Platte mit zwei kleinen Bakelitknöpfen eingelassen. Seine erste Vermutung war, dass sich der Koffer im Inneren des Aufzugwagens befand, aber als er die Tür öffnete, fand er nur einen leeren Raum vor. Er drückte einen der Bakelitknöpfe. Der Motor begann zu brummen, aber der Transportwagen kam nicht an. Er drückte auf den anderen Knopf und hörte den Motor erneut surren, aber der Wagen erschien wieder nicht. Das Ding war nicht kaputt, es klemmte.

Er begann sich zu fragen, ob er die richtigen Ersetzungen vorgenommen hatte. Schließlich hatte Jess nicht viel Zeit gehabt, um etwas zu verstecken, darauf hatte Jameson zu Recht hingewiesen. In der Zeit zwischen dem Notruf und dem Eintreffen der Polizei hätte sie die Geistesgegenwart haben müssen, Violaine in ihren Koffer zu packen und einen sicheren Ort zu finden, um ihn zu verstecken – einen Ort, an den sie später würde zurückkehren können. Noahs gewaltsamer Tod musste sie schwer traumatisiert haben, und doch schien sie überlegt und besonnen gehandelt zu haben.

Er wollte gerade wieder nach unten gehen, als er sich an einen weiteren Hinweis erinnerte: *Schau hinunter in die Tiefen der Dunkelheit, und du wirst es finden*. Schau hinunter. Er ging zurück zum Schacht, aber ein Blick in den Speiseaufzug offenbarte nichts als Leere. Er musste etwas übersehen haben. Er überlegte, was es sein könnte, als er sich erinnerte, dass Jess Violaine auf dem Dachboden gefunden hatte. Es gab noch eine weitere Etage. Vielleicht würde er den Koffer finden, wenn er auf den Dachboden ging und von dort in den Schacht des Speiseaufzugs hinunterschaute.

Er ging durch den Flur, untersuchte die Blumentapete mit seiner Taschenlampe und versuchte, die versteckte Tür zu finden. Schließlich entdeckte er sie, hebelte sie auf und stieg die Treppe hinauf in die Dunkelheit. Er schwenkte die Taschenlampe durch den Raum und ließ das Licht durch ein Gitterwerk aus Spinnweben scheinen. Die Luft war stickig und voller Staubpartikel, die durch die Luft wirbelten.

Die Tür zum Speiseaufzug stand offen. Mike durchquerte den Raum und schaute hinein. Es dauerte keine zehn Sekunden, bis er festgestellt hatte, dass die Umlenkrollen blockiert waren – ein Stift steckte in dem Mechanismus. Als er seine Taschenlampe nach unten richtete, sah er in den Tiefen des Schachts einen Lederkoffer, der auf der Oberseite des Wagens lag. Jess hatte ihn in den Schacht fallen lassen und einen Stift in den Flaschenzug gesteckt, damit ihn niemand entdecken konnte. Er zog den Stift aus der Winde und drückte dann einen Knopf. Der Wagen ruckelte, bewegte sich langsam nach oben, quälend langsam, und brachte Mike schließlich den Koffer mit seinem verborgenen Schatz.

44

Mike war gerade am unteren Ende der Treppe angekommen, als ihn das Knarren einer Bodendiele aufschreckte. Plötzlich war der Raum von einem blendenden Licht erfüllt, und Mike stand Jameson Auge in Auge gegenüber. Der Mann blickte erstaunt von Mike zu dem Lederkoffer und wieder zu Mike. Jameson war es gewohnt, jeden Spielzug vorauszusehen, und Mike hatte ihn überrascht.

»Gut gemacht«, sagte Jameson. »Gut gemacht.«

Mike trat einen Schritt zurück und musterte ihn. Wären es nur sie beide gewesen, hätte er Jameson blitzschnell überwältigen können. Aber er wusste, dass unter seiner Jacke die Walther verborgen war, und der Waffe hatte er nichts entgegenzusetzen.

»Sie hatten bestimmt einen anstrengenden Abend«, sagte Jameson. »Ich hatte schon überlegt, ob ich Ihnen im Diner Gesellschaft leisten sollte – der Kirschkuchen sah verlockend aus –, aber Sie schienen so in Ihre Lektüre vertieft zu sein, dass ich es nicht über mich gebracht habe, Sie zu stören.«

»Danke für die Rücksichtnahme«, erwiderte Mike und versuchte, seine Wut im Zaum zu halten. Er hatte gewusst, dass er verfolgt wurde – hatte die ganze Zeit gespürt, dass sich Jameson irgendwo im Hintergrund aufhielt –, und hatte sich dennoch erwischen lassen.

»Sie müssen sich wirklich nicht bedanken, Mike«, sagte Jameson mit einem Blick auf den Koffer. »Sie haben schon mehr als genug getan. Ich habe allerdings eine Frage. Wo war er?«

Mike dachte über seine Möglichkeiten nach. Er hatte drei Optionen: sich herausreden, kämpfen oder weglaufen. Reden war schon mal ein guter Anfang. »Auf dem Dachboden. Ich staune wirklich, dass Sie ihn nicht gefunden haben.«

»Ah, der Dachboden«, sagte Jameson und schüttelte den Kopf. »Als ich nach Abschluss der Ermittlungen wieder ins Haus durfte, habe ich jedes Zimmer, jeden Schrank, jeden Winkel dieses Hauses durchsucht, einschließlich des Dachbodens. Der Koffer war nicht da. Ich nahm an, sie hätte ihn vernichtet.«

»Offensichtlich nicht, nein«, erwiderte Mike.

»Offensichtlich nicht«, wiederholte Jameson und streckte die Hand nach dem Koffer aus.

Mike trat einen weiteren Schritt zurück. Er musste hier raus. Sein Zeitfenster schloss sich. »Warum erzählen Sie mir nicht, was wirklich mit Jess passiert ist?«

»Niemand weiß wirklich genau, was an diesem Abend geschehen ist. Und übrigens auch nicht, was meinem Vater widerfahren ist. Aber es ist höchste Zeit, dass wir es herausfinden.«

Als Jameson sich auf den Koffer stürzte, verpasste Mike ihm einen Stoß, drehte sich um und lief den Korridor hinunter, dann weiter die Treppe hinab ins Erdgeschoss. Die Tür stand offen, gab ihm den Weg hinaus auf den Rasen frei. Er rannte, so schnell er konnte, hielt den Koffer wie einen Football im Arm, und während er über den mondbeschienenen Rasen zu seinem Pick-up stürmte, hörte er ganz schwach die anfeuernden Rufe der Cheerleader und die Sprechchöre und das donnernde Stampfen auf den Tribünen.

Mike war eine halbe Meile entfernt, als der BMW von Anne-Marie hinter ihm auftauchte. Für ein, zwei Minuten konnte er seinen Vorsprung halten, doch sein Pick-up war dem anderen Wagen auf lange Sicht nicht gewachsen. Schon bald fuhr Jameson neben ihm, dann gab er plötzlich erneut Gas und drängte ihn von der Straße.

Mike riss das Lenkrad herum und trat auf die Bremse, und mit einem Mal drehte sich alles, die Welt stand auf dem Kopf, Glas und Metall barsten. Obwohl das Ganze nicht länger als ein oder zwei Sekunden dauern konnte, schien sich die Zeit zu dehnen und zu einem verschwommenen Bewegungsablauf zu gerinnen. Eine Abfolge von Lichtern explodierte hinter seinen Augen, und am Rande seines Blickfelds sah Mike mit einem Mal eine Frau aus Licht. Da stand sie, nur ein Stück weiter, und beobachtete ihn, ein Wesen aus reiner Energie mit lodernden Augen und wildem, flammendem Haar. Als sie nach ihm griff, verspürte er ein überwältigendes Verlangen, sich ihr hinzugeben, in die Flammen zu stürzen und mit ihr zu verbrennen.

Als er wieder zu sich kam, hing er kopfüber in seinem Wagen, nur noch gehalten vom Sicherheitsgurt. Ein Blutstropfen löste sich aus einer Wunde über seinem Auge und fiel auf den Dachhimmel des Fahrerhauses. Zappelnd versuchte Mike, sich herauszuwinden, aber es gelang ihm nicht. Er war in seinem geliebten alten Truck gefangen, und sein Kopf hämmerte vor Schmerzen. Auch ohne das ganze Ausmaß des Schadens zu sehen, wusste er, dass es sich um einen Totalschaden handelte, der nicht mehr zu beheben war. Das Gleiche galt für seine Lage: Selbst wenn er sich aus dem Pick-up befreien könnte, selbst wenn er nicht schwer verletzt wäre, hätte er nicht die geringste Chance zu entkommen. Er war umgeben von endlosem Wald, keine Versteckmöglichkeiten weit und breit.

Dann tauchten Cam Putneys Stiefel vor dem gesprungenen Glas der Windschutzscheibe auf, und dahinter, direkt hinter dem BMW, sah er den schwarzen Tesla parken. Mike griff nach dem Koffer – er war auf den Dachhimmel geschleudert worden – und packte ihn, aber es war zwecklos: Cam öffnete die Tür und entriss ihn seinem Griff. Dann, mit dem Klicken des Sicherheitsgurtes und einem festen Griff in sein T-Shirt, zog er auch Mike hinaus in die kühle Nachtluft.

Das Stehen bereitete ihm Schmerzen. Er lehnte sich benommen gegen das Wrack seines Pick-ups. Über der linken Augenbraue brannte es, und als er seine Wange berührte, spürte er das Blut an seinen Fingern. Er blickte auf die zerbrochene Windschutzscheibe und fühlte, wie etwas in ihm zerbrach, wie die Waagschalen zwischen dem Mann, der er gewesen war, und dem, der er geworden war, aus dem Gleichgewicht gerieten. Es gab jetzt kein Zurück mehr.

In diesem Moment hörte er ein vertrautes Wimmern. Auf der anderen Straßenseite zog Cam seine Dackeldame aus dem Kofferraum des Tesla und ließ sie an der Leine baumeln. Connie strampelte und zappelte, ihr Wimmern wurde immer verzweifelter, während sie nach Luft rang. Mike lief zu ihr, ohne auf den Schmerz zu achten, den er noch eine Sekunde zuvor gespürt hatte, doch als er nach seinem Hund griff, wich Cam ihm aus. Wut explodierte in Mike und ließ ihn erbeben. Cam konnte mit ihm machen, was er wollte, aber Connie musste er in Ruhe lassen.

Mike stürzte sich auf Cam, war bereit zu kämpfen, doch bevor er dazu eine Chance bekam, schnippte Jameson mit den Fingern. »Lassen Sie den Hund los, Mr Putney.« Cam blieb stehen, ließ die Leine fallen und ging.

Mike hob Connie in seine Arme, spürte ihr Zittern. »Fassen Sie meinen Hund nie wieder an«, sagte er.

»Ich erkenne langsam, dass Sie nicht so einfach gestrickt sind, wie ich dachte«, sagte Jameson und warf Mike einen stählernen Blick zu. »Und das ist ein Kompliment.«

»Es tut immer gut, sich gewertschätzt zu fühlen«, erwiderte Mike und wischte sich das Blut aus den Augen. »Aber Sie sind total durchgeknallt.«

»Lassen Sie uns nicht streiten, Mike«, sagte Jameson. »Das führt doch zu nichts. Und wir haben noch viel, sehr viel mehr zu tun. Kommen Sie.« Jameson legte ihm eine kalte Hand auf den Arm. »Sehen wir doch mal nach, was sich in diesem Koffer befindet.«

45

Zurück im Sedge House eskortierte Cam Mike durch das Herrenhaus. Connie zitterte inzwischen nicht mehr, aber sie beäugte Cam misstrauisch und verfolgte mit ihren großen braunen Augen jede seiner Bewegungen. Ihr Ziel war ein achteckiger Raum voller Bücherregale, mit einem wuchtigen Schreibtisch in der Mitte, einem mit grünen Glaskacheln verkleideten Kamin und einem dick gepolsterten Armsessel. Die Bibliothek war genau, wie Jess sie beschrieben hatte. Selbst die Bücher, die sie bewundert hatte, waren noch da – Hunderte ledergebundener Bände.

Jameson betrat den Raum und ging direkt zum Schreibtisch. »Das Zimmer wurde gereinigt, nachdem die Leiche abtransportiert worden war – wobei der türkische Teppich nicht mehr zu retten war und entsorgt wurde –, aber ansonsten ist alles so, wie Jess Price es hinterlassen hat.«

Er hob den Koffer und legte ihn auf den Schreibtisch.

»Im Laufe der polizeilichen Ermittlungen ist das Haus völlig auseinandergenommen worden. Jeder Raum wurde auf Fingerabdrücke untersucht, jeder Stuhl und jeder Sessel auf den Kopf gestellt, jeder Teppich angehoben. Hätte Jess Price den Koffer im Freien oder auch nur an einem herkömmlichen Versteck zurückgelassen, wäre er gefunden und sichergestellt worden. Alles wäre verloren gewesen.«

Jameson schob einen Daumen unter eine Messingschnalle und lockerte einen der Lederriemen.

»Ich kann Ihnen gar nicht sagen, wie oft ich versucht habe, mir vorzustellen, was in der fraglichen Nacht wohl passiert ist. Es klingt vielleicht abstrus, das ist mir bewusst, aber ich habe mich durchaus an die Vorstellung geklammert, dass ich etwas finden könnte, was die Polizei übersehen hat, eine Nachricht oder einen Hinweis, der mich zu diesem Koffer führt. Ich war mir sicher, dass die kostbare Violaine meiner Tante hier irgendwo sein musste. Und wie sich gezeigt hat, lag ich damit absolut richtig. Sie war die ganze Zeit hier.«

Jameson öffnete die zweite Schnalle, lockerte einen zweiten Lederriemen und schob ihn heraus, dann hielt er inne und sah sich in der Bibliothek um.

»In diesem Raum sollte Ms Price ihr nächstes Meisterwerk schreiben. Die Polizei hat die Bibliothek im Verlauf der Ermittlungen gründlich durchkämmt. Man hat ihren Laptop beschlagnahmt, ihre Bücher und Unterlagen, aber eines haben sie übersehen.« Er umrundete den Schreibtisch, zog eine Schublade auf und nahm einen Stapel Magazine heraus. »Wenn sie die hier aufmerksamer durchgesehen hätten, dann hätte man wahrscheinlich schon vor langer Zeit mit Ihnen sprechen wollen. Nur zu, Mr Brink, sehen Sie selbst.«

Es handelte sich um einen Stapel alter Zeitschriften und Zeitungen, und während sie ihm auf den ersten Blick nicht ungewöhnlich erschienen, bemerkte er beim Blättern, dass sie mit seinen Rätseln gefüllt waren. Es gab ein Exemplar seines ersten Rätselbuchs, *Brink's Brain Busters*, eine spiralgebundene Sammlung von Kreuzworträtseln und geometrischen Rätseln – die Rätsel, die er in der *New York Times* und im *New Yorker* veröffentlicht hatte –, und zu seinem größten Erstaunen auch einen Essay, den er 2010 am MIT verfasst hatte. Es war der einzige persönliche Text, den er je veröffentlicht hatte, ein Essay für *The Tech*, die Studentenzeitung des MIT. Darin beschrieb er seinen Kampf mit dem Schädelhirntrauma, seine Verzweiflung in den Monaten nach dem Unfall und wie Muster, Puzzles, Rätsel und mathematische Spiele ihn vor einer schweren Depression bewahrt hatten. Er las eine Zeile, die er in dem Essay geschrieben hatte: »Mich in Mustern und Rätseln zu verlieren bot mir einen Weg, mit meinem Leben weitermachen zu können, und befreite mich von der

Angst und Ungewissheit unzuverlässiger Annahmen über die Welt und andere Menschen.«

Was er in diesem Aufsatz nicht geschrieben hatte und was er nie jemandem gegenüber geäußert hatte, war, wie nahe er dem Selbstmord gewesen war, bevor er seine Gabe erkannte. Das Wissen um das plötzlich erworbene Savant-Syndrom und die Erkenntnis, dass andere, die ebenfalls darunter litten, dennoch ein glückliches und sinnvolles Leben führten, waren für ihn der Wendepunkt. Einen Namen für das zu haben, was er durchlebte, half ihm, seine neue Realität zu akzeptieren. Und obwohl ihn jederzeit dunkle Stimmungslagen überkommen konnten, boten ihm Rätsel Halt. Er brauchte sie so, wie manche Menschen Medikamente brauchen. Und wie bei Medikamenten war die benötigte Dosis im Laufe der Jahre gewachsen. Er brauchte immer anspruchsvollere Probleme, immer schwierigere Rätsel, immer kompliziertere und obskurere Herausforderungen.

Er blickte auf und sah, dass Jameson ihn beobachtete. »Jess hat meine Puzzles gesammelt?«, fragte er verwirrt.

»Die haben nicht Jess Price gehört«, erwiderte Jameson, griff in die Schreibtischschublade, holte das M-Rätsel heraus – dasselbe Zahlenrätsel, das Jess für ihn im Gefängnis aufgeschrieben hatte und das seinen kryptographischen Schlüssel enthielt – und legte es auf den Schreibtisch. »Die gehören mir.«

Mike starrte sein Gegenüber an, beschämt, als er die Wahrheit erkannte: Nicht Jess hatte das M-Rätsel gelöst. Sondern Jameson.

»Nach dem Tod meiner Tante habe ich gelegentlich die Bibliothek benutzt. Die Sicherheitsvorkehrungen bei Singularity sind streng, aber man weiß nie, wer einen womöglich gerade beobachtet. Im Sedge House hat es noch nie Internet gegeben, kein Kabelfernsehen und keinen Telefonanschluss. Das Haus ist eine Blackbox für jede Art von digitaler Überwachung. Vor allem für die Art von Überwachung, auf die sich Gary Sand spezialisiert hat. Oder übrigens auch Ihr Freund Vivek Gupta.«

»Woher wussten Sie von M?«, fragte Mike.

»Ich habe mich schon lange vor Ihrer Geburt mit Kryptographie beschäftigt«, sagte Jameson. »Und ich hatte einen guten Tipp. Gary Sand ist hervorragend. Trotz seiner Loyalität gegenüber der NSA arbeitet er schon seit langem mit mir zusammen. Ihre Fähigkeiten sind mir sofort aufgefallen. Tatsächlich hatte ich anfänglich sogar gehofft, Sie einstellen zu können. Sie hätten eine enorme Bereicherung für uns sein können. Aber die Dinge entwickelten sich anders. Offensichtlich.«

Mike warf einen kurzen Blick auf das Rätsel auf dem Schreibtisch, erkannte die Struktur und die Lösungen. Jess musste Jamesons Versteck mit Informationen über Mike gefunden haben, hatte das M-Rätsel studiert und nach ihrer Verurteilung beschlossen, ihn selbst ausfindig zu machen. Alles ergab jetzt einen Sinn. Jameson Sedge war der Faden, der alles miteinander verband.

Jameson wandte sich dem Lederkoffer zu und öffnete ihn. Darin lag, in ein Tuch gewickelt, eine Porzellanpuppe mit großen grünen Augen und Alabasterhaut. Mike erkannte sie sofort als Violaine, die Puppe, die Jess beschrieben hatte und von der er in LaMoriettes Brief gelesen hatte. Jameson drehte die Puppe um, schob ihr langes kastanienbraunes Haar beiseite und öffnete ein Fach an ihrem Nacken. Mit der Spitze seines Fingernagels holte er eine winzige Schriftrolle heraus, wobei seine Hand vor Aufregung zitterte, vielleicht auch vor Angst.

»Das ist es«, sagte Jameson mit Erstaunen und Begeisterung in der Stimme. »Der Schlüssel zu allem.«

Jameson strich die Schriftrolle auf dem Tisch glatt. Mike sah einen kunstvoll gestalteten Kreis, der der Sonne nachempfunden war, mit Feuerzungen, die den Kreisumfang umgaben. Zwischen den einzelnen Flammen befanden sich die Zahlen 1 bis 72, was dem Ganzen das Aussehen eines esoterischen Roulette-Rades verlieh. Er sah die Teile des Puzzles, an die sich Jess Price erinnert hatte – die Position der Zahlen und die Dreiecke. Aber dieses Puzzle war weitaus komplexer. Der auffälligste Unterschied, abgesehen von den hebräischen

Buchstaben, war ein Kreis aus kleinen schwarzen und weißen Quadraten am äußeren Rand, der ihm sofort ins Auge stach. Da war ein
Muster, er spürte es.

»Abulafias Variationen des Namens Gottes«, unterbrach Jameson
seine Gedanken.

Mike brannte darauf, das Muster der Zahlen und Buchstaben zu verstehen, seine eigenartige und schöne Symmetrie. Der Kreis, den Jess
gezeichnet hatte, war lediglich ein Gerüst. Sie hatte sich die Zahlen
am Rand und ein paar der Symbole gemerkt, aber ihre Zeichnung
war zum größten Teil ein weißes Blatt gewesen. Dieser Kreis jedoch
war vollständig. Seine Symmetrie war wunderschön, die radiale Anordnung der Zahlen elegant und faszinierend. Er wollte nichts lieber als ihn mitnehmen und genauer untersuchen, ihn sezieren, ihn
lösen.

Doch allem Anschein nach würde dieses Rätsel nicht so leicht zu
knacken sein. Es war für einen ganz bestimmten Benutzer entworfen
worden – jemanden, der Hebräisch beherrschte und über ein solides Verständnis für Mathematik und Nummernspiele verfügte und
vielleicht auch noch so etwas wie einen uralten kryptographischen
Schlüssel besaß. Um die Tür zu diesem Rätsel zu öffnen, konnte man

nicht einfach »Sesam öffne dich« sagen. Aber nach allem, was er über das Gottesrätsel erfahren hatte, sollte es so leicht auch gar nicht sein.

Während die Schriftrolle Jamesons Aufmerksamkeit in Anspruch nahm, wandte sich Mike wieder dem Koffer zu. Jess hatte gesagt, dass sie die letzten Seiten von LaMoriettes Brief zusammen mit Violaine in dem Koffer versteckt hatte. Doch als er das Innere des Koffers überprüfte, konnte Mike nichts Weiteres darin entdecken. Er beugte sich suchend zu einer Seite des Koffers, dann zur anderen. Schließlich sah er es. Dort lugte ein Stück Papier aus dem Seidenfutter hervor. Es war gut versteckt, so tief ins Futter gedrückt, dass es ihm gar nicht aufgefallen wäre, wenn Jess ihm nicht gesagt hätte, er solle es suchen.

Jameson legte die Schriftrolle zurück in den Hohlraum und wandte sich wieder dem Koffer zu, als der Raum zu zittern begann. Eine tiefe, gleichmäßige Vibration ließ die Fensterscheiben klappern und veranlasste Jameson, vom Schreibtisch zum Fenster zu gehen. Er schob die schweren Damastvorhänge beiseite. Am Nachthimmel schwebte ein großes Metallinsekt. Die Vibration ging in das rhythmische Schwirren eines Rotorblatts über, als der Eurocopter landete. Anne-Marie sprang aus dem Cockpit und kam aufs Haus zu, wobei ihr Haar im Wind wehte.

»Wie Sie sehen«, sagte Jameson, riss das Fenster auf und winkte, »besitzt Anne-Marie viele Talente.«

Aber Mike ebenfalls. Während Jameson abgelenkt war, griff er in den Lederkoffer, öffnete das Seidenfutter und zog die versteckten letzten Seiten von LaMoriettes Brief heraus.

46

Mike war kein aggressiver Typ. Er war in seinem ganzen Leben nur in zwei Schlägereien verwickelt gewesen, eine davon in der Grundschule. Als aktiver Quarterback seines Teams hatte er nie riskiert, sich durch einen Schlag am Arm zu verletzen, also hatte er gelernt, Konflikte mit Humor zu lösen. Aber als Cam Putney ihn über den Rasen begleitete, verspürte er das drängende Bedürfnis, den Kerl in den Boden zu rammen.

Als sie sich Anne-Marie näherten, gab Cam ihm einen letzten Stoß. »Es reicht jetzt, Cam«, sagte sie ungewohnt scharf, und Mike begriff, dass sie dachte, der Schnitt über seinem Auge sei Cams Werk. Er widersprach ihr nicht, sondern schenkte ihr ein mattes Halblächeln. Sie taxierte das Ausmaß seiner Verletzungen, und ihre Stirn legte sich in Sorgenfalten. »Es tut mir so leid, Mike«, sagte sie. »Ehrlich, ich hätte nicht gedacht, dass es so enden würde.«

»Das muss es auch nicht«, sagte er und fragte sich, wie sich eine Wissenschaftlerin und Professorin wie Anne-Marie auf einen Mann vom Schlage eines Jameson Sedge hatte einlassen können. Offensichtlich war sein erster Eindruck von ihr falsch. Wie viele Kunsthistoriker konnten einen Hubschrauber steuern? »Sie müssen nicht bei Jamesons Wahnsinn mitmachen.«

Sie warf ihm einen langen Blick zu, und er glaubte, einen Hauch von Traurigkeit in ihren Augen zu sehen.

»Als ich Ihnen von unserer Arbeit erzählte, glaubte ich, Sie würden die Bedeutung dessen verstehen, was wir tun. Ich dachte, Sie würden erkennen, dass wir kurz davor sind, eine monumentale Entdeckung zu machen, so unglaublich kurz davor. Das war natürlich ein Risiko. Ich konnte nicht wissen, ob Sie uns helfen würden oder nicht. Ich konnte nur darauf setzen, dass Sie ein Mann sind, den Sicherheit weniger kümmert als Wissen. Und Wahrheit.« Als Anne-Maries Blick erneut zu der Wunde über seinem Auge wanderte, dachte Mike, dass er vermutlich genauso zerschunden und geprügelt aussah, wie er sich fühlte. »Und ich hatte recht. Sie sind so ein Mann. Wir haben etwas entdeckt, das die Natur des Daseins verändern wird. Und Sie sind jetzt ein Teil davon. Aber Sie müssen uns vertrauen.«

Er berührte die Wunde an seiner Stirn und spürte das Brennen. Hinter seinen Augen hatte sich ein üppiger, düsterer Kopfschmerz gebildet. »Verzeihen Sie mir, wenn es mir im Moment schwerfällt, irgendjemandem zu vertrauen.«

Anne-Marie trat näher und legte eine Hand auf seinen Arm. »Es ist der Traum eines jeden Gelehrten, einen Faden zu entdecken, der das Wissen der Vergangenheit mit den Entdeckungen der Zukunft verbindet. Zu sehen, dass es einen Knoten gibt, der alles miteinander verbindet, vermittelt einem das Gefühl von Sinnhaftigkeit. Das, was Sie gerade gefunden haben, tut genau das. Dieser Kreis könnte der Punkt sein, an dem aus einer theoretischen Möglichkeit Wirklichkeit wird, der Punkt, an dem sich Vergangenheit und Zukunft treffen. Vielleicht erkennen Sie es noch nicht, aber bald werden Sie es sehen: Jetzt, wo wir das Gottesrätsel haben, wird nichts mehr so sein wie zuvor.«

Mike starrte sie an und versuchte, das Gehörte zu verarbeiten. Ein Teil von ihm wollte Anne-Marie sofort zurückweisen, doch er konnte nicht leugnen, dass auch er neugierig war und mehr wissen wollte. Jameson hatte gesagt, er sei auf der Suche nach Unsterblichkeit – sollte ein winziges Stück Papier, versteckt in einem alten Haus, tatsächlich die Grenzen der menschlichen Biologie überwinden können? Unmöglich.

Jameson näherte sich dem Hubschrauber, den Koffer in der Hand. »Hast du angerufen?«

»Unser Experte wartet bereits auf unsere Ankunft«, sagte Anne-Marie und kletterte auf den Pilotensitz.

»Wunderbar«, sagte Jameson und lächelte Mike triumphierend zu, während er in den Hubschrauber stieg. »Auf geht's, verändern wir die Welt!«

Mike schnallte sich an und setzte Connie auf seinen Schoß. Als sich der Eurocopter in die Luft erhob, drückte die Dackeldame ihre Nase gegen die Scheibe und schaute hinaus, während Anne-Marie über den Hudson River steuerte und der Helikopter sich über die Baumkronen in den dunklen Himmel erhob. Schon bald öffnete sich die Landschaft unter ihnen, eine schattenhafte Weite aus Wäldern und Landstraßen, in der gelegentlich ein paar Scheinwerfer die Düsternis erhellten.

Mike sah von Cam zu Jameson und versuchte sich vorzustellen, was sie vorhatten. Er fragte sich, ob Jameson seine Fingerfertigkeit in der Bibliothek mitbekommen hatte. Er gehörte zu dem Typ Mann, der vielleicht wusste, was Mike vorhatte, aber auf den idealen Moment wartete, um es preiszugeben. So wie er gewusst hatte, dass Mike im Diner war; wahrscheinlich hatte er draußen geparkt und ihn beim Lesen von LaMoriettes Brief beobachtet, ja, er hatte sogar gewusst, dass Mike Kirschkuchen bestellt hatte, aber er hatte dennoch auf den richtigen Moment gewartet. Das, so vermutete Mike, war die eigentliche Macht, die Jameson besaß: die Fähigkeit, seiner Beute gerade so viel Freiheit zu lassen, dass sie glaubte, frei zu sein.

Aber er war nicht frei. Und er war sich der Gefahr sehr wohl bewusst, in der er sich befand. Er wusste, dass sie ihn überallhin bringen konnten und er absolut nichts dagegen zu tun vermochte. Aber ein Ass hatte er immer noch im Ärmel oder, besser gesagt, in der Tasche. Er schob eine Hand in sein Sakko, spürte den Umschlag. Er besaß die letzten Seiten von LaMoriettes Brief.

Als er sich auf seinem Platz zurücklehnte, wurde er von seiner Erschöpfung überwältigt. Er hatte jetzt bereits zwei Nächte nicht mehr geschlafen. Seine Muskeln fühlten sich endlos schwer an, seine Augen brannten vor Müdigkeit. Innerhalb weniger Minuten hatte ihn das sanfte Schaukeln des Hubschraubers in den Schlaf gewiegt.

Jess erwartete ihn auf der anderen Seite des Bewusstseins. Sie ergriff seine Hand und führte ihn durch einen dunklen, schmalen Korridor, gesäumt von Türen. »Du hast den Schlüssel«, sagte sie, und es stimmte: Er tastete in seiner Tasche, und da war er, der uralte Schlüssel. Er sperrte die Tür auf und betrat ein schäbiges Motelzimmer mit wuchtigem Mobiliar, einem abgewetzten Teppich über Terrakottafliesen und einer sich in Röllchen abblätternden altmodischen Tapete. Aus Terrassentüren hatte man einen Blick auf eine nächtliche europäische Metropole. Graue Wolken beschmutzten den schwarzen Himmel. Dachschrägen zogen sich in die Ferne. Auf dem Nachttisch brannte eine Kerze, warf Licht und Schatten über ein großes Bett.

Sie zogen sich aus und fielen übereinander her. Wenn er Appetit auf sie hatte, dann war sie am Verhungern. Er glitt aufs Bett und schob die Laken beiseite, brannte auf die wenigen Momente, die er mit ihr haben würde. Er wusste, dass er schlief, dass er jeden Augenblick aufwachen konnte und dann keine Möglichkeit mehr haben würde, sie wiederzufinden. Die Sekunden verstrichen, jede wie eine Klinge, die sie mehr voneinander trennte.

Jess musste es auch gespürt haben, die Eindringlichkeit, das Bedürfnis, zusammen zu sein, bevor der Traum endete. Sie band seine Hände, dann seine Füße an die Bettpfosten, fixierte seine Glieder so fest, dass es brannte. Kalte Luft drang durch das Fenster ein, kühlte den Raum ab, doch Jess war unfassbar warm, als sie über ihn glitt, ihre Berührung so leicht wie Öl auf seiner Haut. Sie küsste seine Finger, seine Zehen, seinen Nabel. Sie versank in ihrer eigenen Lust, und das bewirkte, dass er sie nur umso mehr wollte.

Als sie ihn losband, lagen sie verfangen in den Laken nebeneinander. Er strich mit einem Finger über ihren Hals, ihre Schultern, ihre Brüste, verlor sich in ihrer Schönheit. Was auch immer es sein mochte – eine Halluzination, eine Illusion, ein Wunder –, es war wunderbar. Bedeutsam.

Jess stieg aus dem Bett, streifte einen Kimono über, schenkte sich ein Glas Wein aus einer Flasche ein und trank. »Hör zu, ich muss dir sagen, was wirklich passiert ist«, sagte sie und richtete ihren Blick aus dem Fenster und weiter über die endlosen Dächer. »Es ist nicht, wie du denkst.«

Er stützte sich auf und zog das Laken hoch. Ohne sie fühlte er sich blutleer und kalt wie Marmor. »Du meinst, was mit Noah Cooke passiert ist?«

»Du denkst, ich wäre verantwortlich, aber es war nicht meine Schuld. Es war eine Verwechslung. So einfach ist das. Die ganze Sache war eine einzige dumme Verwechslung.«

Er starrte sie an, versuchte zu verstehen. War das ein Geständnis? Eine Entschuldigung? Wenn sie Noah Cooke umgebracht hatte, spielte es dann eine Rolle, wo sie waren?

Jess trat ans Bett und bot ihm das Glas Wein an. Er trank einen Schluck, er schmeckte nach Brombeeren und Granatapfel, ganz leicht mineralisch. Als er aufschaute, war der Raum verschwunden, und sie saßen auf einem Balkon mit Blick auf eine unendliche Wüste. Der Himmel hatte ein tiefes Meerblau, das so intensiv war, dass er den Blick abwenden musste. In der Ferne, ganz am Rande seiner Sichtweite, briet eine Pyramide unter der Sonne, und zehn Punkte pulsierten an ihren Kanten.

»Du bist dran«, sagte Jess und deutete auf ein Brett auf dem Tisch zwischen ihnen.

Ein Spielbrett aus roten und schwarzen Quadraten. Er versuchte die Reihen der Quadrate zu zählen, aber nichts ergab einen Sinn. Jess gewann. Sie besaß ganze Stapel an Spielsteinen, die sie ihm entwendet hatte, und er keinen einzigen. Er kannte die Spielregeln – sie waren leicht –, aber es schien völlig unmöglich zu sein: Er wusste nicht, wie er die Steine bewegen musste. Er wusste nicht, wie man gewann. Er sah den Sinn nicht.

»Hallo?«, sagte sie und sah ihn ungeduldig an. Ein Schwarm Kolibris hatte sich um sie herum eingefunden, schwebte in der Luft. »Spielen wir, oder was?«

Als er auf das Spielbrett sah, überkam ihn mit einem Mal ein Gefühl der Erleichterung. Das Spielbrett war nur ein Spielbrett. Es gab kein dreidimensionales Muster, keinen Strom mathematischer Gleichungen, keine geometrische Verschränkung. Die Quadrate waren einfach nur schwarze und rote Felder, nicht mehr und nicht weniger. Zum ersten Mal seit Jahren war sein Kopf frei von Rätseln, und Mike war der Mann, der er einst gewesen war.

47

Als der Hubschrauber landete, wachte Mike auf, noch leicht verwirrt von den Überresten seines Traums. Müde streckte er seine Glieder. Beim Blick aus dem Fenster sah er, dass sie sich auf einem Hubschrauberlandeplatz mit Blick auf Manhattans East River befanden. Die aufgehende Sonne warf ein fahles Licht auf die Wolkenkratzer und tauchte die Oberfläche des Flusses in Orange und Gelb. Der Glanz war beinahe blendend. Das harte Grau der Gebäude Manhattans wirkte in diesem Licht weicher, wärmer, und er war erleichtert, wieder zurück zu sein. Es war erst zwei Tage her, dass er die Stadt verlassen hatte, doch es schien ihm, als hätte er ein anderes Leben gelebt. Die Stadt fühlte sich anders an. *Er* fühlte sich anders. Er hatte sich in etwas verstrickt, das viel tiefer, intensiver und, wie er unweigerlich zugeben musste, aufregender war als alles, was er je zuvor erlebt hatte.

Er berührte seine Jacke und tastete nach dem Umschlag, um sich zu überzeugen, dass Jameson ihn nicht durchsucht hatte, während er schlief. Doch da, unter dem Stoff, spürte er den Umschlag, gefüllt mit dem Versprechen auf Antworten, und er musste den Impuls unterdrücken, ihn sofort herauszunehmen und auf der Stelle zu lesen.

Er sprang aus dem Hubschrauber, Connie dicht hinter ihm. Der Wind von den Rotoren zerrte an seiner Jacke, und ein Schwindelgefühl überkam ihn, als er wieder festen Boden unter den Füßen spürte. Er ging auf dem Zahnfleisch. Er brauchte Wasser und etwas zu essen. Und Schlaf. Was auch immer vor ihm lag, er würde sich konzentrieren müssen, und in diesem Moment, als er über den Pier ging und die immer heller werdenden Farben des Himmels auf sich wirken ließ, fühlte er sich verdammt vernebelt.

Ein schwarzer Cadillac-SUV wartete am Ende des Piers. Cam setzte sich auf den Beifahrersitz und gab dem Fahrer eine Adresse, während Mike mit Anne-Marie und Jameson auf dem Rücksitz Platz nahm. Connie kauerte zwischen seinen Füßen und hatte ihre Schnauze auf seine Schuhe gelegt. Wenn schon sonst nichts, so musste er zumindest seinen Hund nach Hause bringen, in Sicherheit.

Als sie den Pier hinter sich ließen, ließ Mike das Fenster herunter. Die Straßen am frühen Morgen rochen sauber, wie frisch gewaschen, als hätte ein Regenguss sie gereinigt. Es herrschte überhaupt kein Verkehr, kein einziges Auto war auf der Pearl Street unterwegs. Die Stille war wie Balsam. Trotz des Pochens in seinem Kopf und der Besorgnis darüber, wohin Jameson ihn führen würde, genoss er die ruhigen Straßen der Stadt, ihre abgeklärte Stille. Er wurde der Stadt nie überdrüssig – kein Ort der Welt entsprach der Rube-Goldberg-Maschine seines Verstandes so sehr wie Manhattan –, aber gerade jetzt brauchte er einen Moment, um sich zu sammeln.

Sie glitten an Gebäuden vorbei, unter der Brooklyn Bridge hindurch und nach wenigen Minuten auf die Bowery. An einer Ampel sah er eine iPhone-Werbetafel mit chinesischen Schriftzeichen und erkannte, dass sie nur noch wenige Blocks von seiner Wohnung entfernt waren.

»Falls wir jemanden treffen«, sagte er und zeigte auf sein T-Shirt, das mit Blut bespritzt war, »muss ich kurz nach Hause und duschen. Oder mich zumindest umziehen.«

Jameson sah Mike von der Seite an, ganz offensichtlich misstrauisch.

»Und alles wird wesentlich einfacher, wenn ich Connie in meiner Wohnung lassen kann«, fügte er hinzu.

Anne-Marie warf dem Dackel einen verächtlichen Blick zu. »Eine hervorragende Idee.«

Jameson sagte dem Fahrer, er solle in der Nähe der Ecke Canal und Bowery anhalten, und bestätigte damit, dass er viel mehr über Mike wusste, als er ursprünglich zugegeben hatte, unter anderem, wo er wohnte. Als sie angekommen waren, nahm Jameson Mike die Kuriertasche ab. »Die bleibt hier«, sagte er. »Und Cam wird Sie begleiten.«

Er verspürte einen Anflug von Panik, weil er seine Tasche bei Jameson lassen musste, aber letztlich war nichts darin, was dieser nicht sehen durfte. Er hatte Jess' Tagebuch ohnehin bereits gelesen. Der Umschlag mit LaMoriettes Brief steckte sicher in der Innentasche von Mikes Sakko, und das war das Wichtigste, sagte er sich.

Er stieg hinter Connie die vertrauten Stufen seines Hauses hinauf und atmete tief durch, sog den Geruch von Rattengift und Waschmittel in sich ein. Er liebte sein Loft, liebte es, fünf Stockwerke hoch über der Straße zu wohnen. Er liebte es, von dort aus seine kleine Ecke von Chinatown zu überblicken – die blinkenden Reklametafeln auf Chinesisch, die Gewürzläden und die Dim-Sum-Lokale. Aber am meisten liebte er seine Rätselsammlung. Er wollte nicht, dass Cam – oder irgendjemand sonst – in ihre Nähe kam.

An der Tür tippte er einen Code in ein Tastenfeld ein, der kaum zu knacken war – seine Sozialversicherungsnummer und sein Geburtsdatum, die er in eine Reihe von aufsteigenden Zahlen umwandelte. Schnell, bevor Cam ihm folgen konnte, schnappte er sich Connie, schlüpfte in seine Wohnung und knallte die Tür hinter sich zu. Das Hämmern und Brüllen, das daraufhin folgte, ließ ihn seine Heimkehr nur noch mehr genießen. *Selber schuld, du Arschloch.* Er setzte Connie auf ihrem flauschig gepolsterten Hundebett ab und trat in die Mitte seiner Wohnung. Mit einem Mal spürte er, wie die Anspannung der letzten Tage von ihm abfiel. Hier und in diesem Moment war er sicher.

Er blickte auf seine Sammlung, die Stapel von Rätselbüchern, seine japanischen Geheimniskästen, und verspürte den Drang, sich in ihnen zu verlieren. Nach dem Unfall war das Sammeln von Rätseln zu einer Konstante in seinem Leben geworden. Er stöberte überall nach ihnen, kaufte sie, ohne groß nachzudenken, und warf nie eines weg. Inzwischen besaß er einige Tausend, viele davon selten und sammelwürdig – darunter das erste Kreuzworträtselbuch, das je veröffentlicht wurde, Simon & Schusters *The Cross Word Puzzle Book*. Er besaß auch ein seltenes Exemplar von Sam Loyds *Trick Donkey Puzzle* aus dem Jahr 1858, das er für ein kleines Vermögen ersteigert hatte. Zu seinem Besitz gehörten Unmengen an Rätselbüchern – Kreuzworträtsel, Sudokus, Worträtsel, Labyrinthe – sowie ein paar alte Schieberätsel; Kartentische, auf denen Ravensburger Krypt-Puzzles von Farbverläufen mit 5000 Teilen lagen; eine ganze Wand mit Zauberwürfeln, manche alt, andere neu, die Farben alle perfekt angeordnet; und nicht zuletzt, auf diversen Oberflächen, seine große Leidenschaft: an die fünfzig lackierte japanische *Himitsu Bako*, glitzernde, schimmernde, kaum zu entschlüsselnde Geheimniskästen.

Seine Wohnung wirkte zwar chaotisch, aber seine Sammlung hatte eine klare, feste Struktur. Die wilden Erlebnisse der letzten Tage ließen ihn das umso deutlicher erkennen: Er war ein Mann mit dem unstillbaren Bedürfnis, Ordnung ins Chaos zu bringen.

Er füllte Connies Wasser- und Futternäpfe, dann öffnete er das Fenster zur Feuerleiter. Sein Nachbar im Erdgeschoss – ein älterer Mann namens Dennis, zeitlebens Junggeselle – liebte Connie heiß und innig und kümmerte sich um sie, wenn Mike nicht da war. Während der Pandemie ging Connie mehrmals am Tag zwischen Dennis und Mike spazieren. Die Dackeldame wusste, dass sie nur die Feuerleiter hinuntergehen und am Fenster kratzen musste, damit Dennis sie hereinließ. Der Gedanke erleichterte Mike, dass sein Hund versorgt sein würde, egal was passierte.

Er schlüpfte aus seinen schmutzigen Klamotten, spritzte sich Wasser ins Gesicht und zog sich eine saubere schwarze Jeans und ein schwarzes T-Shirt mit der Aufschrift *I AM A TRIMTAB* an, das er einmal auf einer Veranstaltung am Buckminster Fuller Institute erbeutet hatte. Dann setzte er sich auf die Kante einer Fensterbank und zog den Umschlag aus der Jackentasche.

Als er die Seiten im Morgenlicht aufschlug, erkannte er die schmale Handschrift von LaMoriette, die dunkelblaue Tinte und das brüchige Papier. Es bestand kein Zweifel, dass dies die fehlenden Seiten von LaMoriettes Brief waren. Sie waren ungeordnet, also breitete er sie auf dem Boden aus und brachte sie in die richtige Reihenfolge. Er vermutete, dass Jess die Seiten geschnappt und in das Futter des Koffers gefaltet hatte. Bei der Aussicht, gleich die letzten Seiten von LaMoriettes Mitteilung an seinen Sohn zu lesen, spürte er das Adrenalin durch seine Adern rauschen. Sicherlich würde er in wenigen Minuten erfahren, was es mit dem Ritual auf sich hatte.

Doch gerade als er beginnen wollte, fiel sein Blick auf drei Wörter, die unten auf der letzten Seite standen:

HÖLLISCH BÖSER RITUS

Er starrte die Wörter an und überlegte, was sie zu bedeuten hatten. Eines war sicher – sie waren nicht von LaMoriette geschrieben worden. Die Tinte war rot, die Buchstaben groß und klotzig. Nein, sie mussten von Jess stammen. *Höllisch böser Ritus.* Warum hatte sie diese drei skurrilen Wörter an den unteren Rand von LaMoriettes Brief geschrieben? War es ein Eingeständnis von dem, was im Sedge House passiert war? Eine Erklärung, wie Noah gestorben war? Es war merkwürdig, dass sie ihm gesagt hatte, wie er die Seiten finden konnte, aber die von ihr geschriebene Botschaft mit keiner Silbe erwähnt hatte. Aber letztlich gab ihm jede Interaktion mit ihr ein Rätsel auf, da konnte das hier nicht anders sein.

Er musste es näher untersuchen, doch dazu fehlte ihm die Zeit. Cam hämmerte noch immer gegen die Tür und brüllte, dass sie wieder gehen müssten. »Halt die Luft an, Kumpel«, brüllte er zurück, was den Kerl nur noch wütender machte. Mike blieben nur wenige Minuten, um die letzten Seiten von LaMoriettes Brief zu lesen. Er lehnte sich gegen den Fensterrahmen und nahm, während Cam weiter die Wohnungstür malträtierte, die Worte in sich auf.

48

Ich brauchte einige Zeit, um mich von dem zu erholen, was ich in jener Nacht in der Synagoge erlebt hatte. Tage und Nächte verschmolzen zu einem einzigen langen, schrecklichen Albtraum. Meister Král, der glaubte, dass ich wieder erkrankt war, und um meine Gesundheit fürchtete, entband mich von den verbleibenden Aufgaben am Brennofen und drängte zur Ruhe. Und so lag ich Stunde um Stunde im Bett, verloren in einem Fiebertraum.

Ich konnte den Windsturm nicht vergessen, der über dem Dachboden getobt hatte, die Blitze, die den Golem erleuchteten, als er sich zum ersten Mal bewegte. Ich hatte beobachtet, wie er den Kopf drehte, langsam, vorsichtig, mit unsicheren Bewegungen. Dann, wie ein Fohlen, das auf ungeübten Beinen wackelt, tat er einen Schritt. Und noch einen. In diesem Moment verließen mich meine Kräfte, und ich verlor jede Fähigkeit, mich auszudrücken, geschweige denn eine vernünftige Erklärung für das Gesehene zu finden. Im Laufe der Jahre habe ich diese Momente immer wieder durchlebt und schließlich auch die Gefühle benennen können, die ich empfand, als ich in der Synagoge stand: Ehrfurcht und Angst, Ungläubigkeit und Demut. Schrecken, durchsetzt mit Jubel, denn diese Kreatur konnte nur eines bedeuten: Die Macht der Schöpfung lag in unseren Händen. Und ich hatte das Gefäß erschaffen, in dem sie lebte.

Kein größeres Wunder, kein größeres Grauen habe ich je in meinem Leben erlebt. Und selbst als ich Zeuge dieser unglaublichen Macht wurde, sah ich, dass es ein höchst verhängnisvoller Triumph war. Denn obwohl ich den Golem nach dem Ebenbild meines Kindes geformt hatte, war dieses Geschöpf nicht meine Violaine. Ihr Haar hatte genau die gleiche Farbe, ihre Augen das gleiche leuchtende Smaragdgrün; selbst die Sommersprossen auf ihren Wangen entsprachen denen meines Kindes. Aber der Geist des Golems war meiner geliebten Violaine so unähnlich, dass ich sofort eine Abneigung gegen ihn verspürte. Sein niederträchtiges Wesen erfüllte die Luft und wirbelte mit einer beängstigenden Gewalt um uns herum, und ich wusste, dass ich mich in Gegenwart einer wütenden, ruhelosen Seele befand.

Erschrocken wandte ich den Blick ab. Der Rabbiner rief nach Jakob, und er half ihm, die Seite zu untersuchen, die wir verwandt hatten. Als Schöpfer des Gefäßes hatten sie mich gebeten, die Worte niederzuschreiben. Folgsam hatte ich das Hebräische so exakt wie irgend möglich aus dem Manuskript kopiert. Die Abschrift hatte ich dem Rabbiner gegeben, und er hatte sie laut vorgelesen. Obwohl ich die hektischen Worte der beiden nicht verstehen konnte, wusste ich, dass ich einen Fehler gemacht haben musste. Irgendetwas war falsch gelaufen, furchtbar falsch.

Es herrschte eine ungeheure Hitze, es roch nach verbranntem Fleisch, und es kam mir vor, als würde ein Druck die Luft erfüllen, als würde sie brennen. Und tatsächlich, als ich meinen Blick wieder den beiden Männern zuwandte, sah ich Jakob inmitten eines Flammenwirbels stehen, und er schlug schreiend um sich, sein Körper umhüllt von blau-orangefarbenen Feuerzungen.

Ich rannte aus der Synagoge, bahnte mir meinen Weg durch die Straßen des jüdischen Viertels und blieb erst stehen, als ich die Moldau erreicht hatte. Dort, im schwachen Schein der Gaslaternen, sah ich die Schnitte an meinen Armen, die sich wie Bienenwaben über meine Haut verzweigten; ein Mal, wie ich es noch nie gesehen hatte – nicht von einer Verbrennung oder einer Klinge, sondern von meiner Begegnung mit dem Bösen. Ich war von einem Dämon gezeichnet worden.

Als ich schließlich wieder gesund genug war, um mein Bett zu verlassen, beschloss ich, so schnell wie möglich nach Paris zurückzukehren. Ich packte gerade meinen Koffer, um mich auf die Reise vorzubereiten, da ging im Puppenladen ein an mich adressierter Umschlag ein. Er enthielt keinen Absender, aber ich wusste, wer ihn geschickt hatte, als ich darin eine Karte mit einem einzigen, auf Französisch gekritzelten Satz fand: *Viens, mon ami.*

Ich steckte die Karte ein und verließ das Haus noch in derselben Minute. Ich hatte große Angst, ins jüdische Viertel zurückzukehren, wusste aber, dass es keinen anderen Weg gab – Jakob lebte, und ich musste wissen, was mit ihm geschehen war. Eine halbe Stunde später klopfte ich an die Haustür des Rabbiners. Drinnen war alles still. In den Zimmern brannte kein Licht, in den Nischen ertönte keine Geige, und es roch auch nicht nach gekochtem Fleisch. Als ich durch einen Spalt in den Fensterläden spähte, sah ich zu meinem Erstaunen, dass es keine Möbel mehr gab, keine Bilder an den Wänden, keine Teppiche auf den Böden. Die Räume waren kahl, als ob die Familie ihr Haus verlassen hätte.

Ich lief zur Synagoge und klopfte wie wild an die Tür. Es war ein lauer Abend, der Platz war voller Menschen, die in der Dämmerung spazieren gingen, und obwohl ich wusste, dass ich ein ziemliches Spektakel veranstaltete – ein verrückter Franzose, der die Tür der Synagoge anbrüllte –, ließ ich nicht locker. In den Wochen seit meinem letzten Besuch hatte ich jegliches Gefühl für Anstand verloren. All das, was mich einst ausgemacht hatte – meine Arbeit und mein künstlerischer Ehrgeiz, das perfekte Geschöpf aus Porzellan, das ich geschaffen hatte –, war völlig irrelevant für mich geworden. Ich hatte nur noch den Rabbi vor Augen, wie er im schwachen Licht einer Kerze sprach und seine Hände auf den Golem legte; fühlte nur noch mit Schrecken, dass etwas Dunkles in die Welt gekommen war, ein Geist, ein Dämon, eine gewaltige Kraft des Bösen.

Jakob würde mir erklären, was passiert war – wenn er doch nur an die Tür käme! Und obwohl ich damals glaubte, einfach nur die

Wahrheit wissen zu wollen, begann mein Verstand zu bröckeln. Es hat fast zwanzig Jahre gedauert, bis ich mich wieder einigermaßen davon erholte, und ich habe immer wieder versucht, den Schaden zu korrigieren. Und doch habe ich keinen Zweifel daran, dass die Ereignisse in jener Synagoge mich hierhergeführt haben, zu diesem Augenblick, zu dieser Pistole an meiner Seite und zu der schrecklichen Tat, die ich gleich begehen werde. Selbst dies, mein letzter Brief an Dich, ist kaum mehr als ein Versuch, das schreckliche Unrecht wiedergutzumachen.

Schließlich öffnete sich die Tür zur Synagoge. Ein Mann, den ich noch nie gesehen hatte, stand vor mir. In gebrochenem Tschechisch bat ich darum, den Rabbiner zu sehen. Ich schaute über die Schulter des Mannes in die dunkle Höhle der Synagoge, voller Furcht, dort das Höllenfeuer lodern zu sehen. »Bitte. Er erwartet mich.«

»Aber ich bin der Rabbiner dieser Synagoge«, sagte der Mann und sah mich neugierig an. »Und ich erwarte keine Menschenseele.«

Ich hatte Mühe, meine Ungeduld zu zügeln. »Der Rabbi Josefez hat nach mir geschickt.«

»Ich fürchte, das ist nicht möglich.«

»Er hat dies geschickt«, sagte ich. Ich nahm das Papier aus meiner Tasche und gab es dem Rabbiner.

Der Mann musterte mich aufmerksam, dann sah er auf die Karte. »Sind Sie der Puppenmacher LaMoriette?«, fragte er. Als ich dies bejahte, machte er Platz, damit ich die Synagoge betreten konnte, und schloss hinter uns die Tür. Verdutzt und mehr als nur ein wenig beunruhigt folgte ich dem Rabbiner auf den Dachboden. Als wir dort ankamen, fand ich eine gänzlich andere Situation vor als bei meinem letzten Besuch. Der Raum war leer, sauber, die Luft war frisch. Der Holzschrank und die Kerzen, ja alles, was dem Golem einst gedient hatte, war entfernt worden. Nur der Lederkoffer, den ich Wochen zuvor in die Synagoge getragen hatte, stand noch auf einem Tisch.

Der Mann sah mich lange an, dann sagte er: »Hunderte von Jahren blieb Ha-Schem verborgen. Aber das war nicht immer so. Ursprünglich sprach das gesamte jüdische Volk jeden Tag den Namen des Schöpfers aus – im Gebet, zur Begrüßung, zum Segen. Dann, als der zweite Tempel zerstört wurde, wurde der wahre Name des Schöpfers in den Untergrund gezwungen. Die Rabbiner ersetzten den wahren Namen durch ›Adonai‹. Mit der Zeit wurde selbst dieses Wort zu heilig, um es mit Menschen außerhalb unserer Traditionen zu teilen, und im alltäglichen Sprachgebrauch wurde stattdessen ›Ha-Schem‹ verwendet oder einfach ›der Name‹. Aber Sie«, sagte er und sah mir in die Augen, »Sie haben die geheime Aussprache gehört.«

Der Rabbi trat an den Tisch. Der große Lederkoffer, in dem sich mein Werk befand, wartete dort.

»Es war falsch von Rabbi Josefez, Sie hierherzuholen. Ihr Golem hat großen Schaden angerichtet.«

»Das war nicht meine Absicht«, sagte ich. »Wenn ich den Rabbiner und seinen Sohn sehen kann, werde ich alles erklären.«

»Der Rabbi ist letzte Woche an seinen Verletzungen gestorben.«

Ich lehnte mich gegen den Tisch, von einem Schwindel erfasst. »Und sein Sohn, Jakob?«

»Der Boucher Jakob hat viel Leid ertragen.«

»Aber er lebt?«

Der Rabbi nickte. »Das hier gehört Ihnen.« Er deutete auf den Koffer. »Sie müssen es so bald wie möglich von hier fortbringen.«

Ich öffnete den Koffer und fand darin die Puppe, meine schöne Violaine. Erleichterung durchströmte mich: Mein Geschöpf war in Sicherheit. Aber dieses Gefühl wurde schnell von Angst abgelöst. Was, wenn das Böse, das von ihr Besitz ergriffen hatte, zurückkehrte? Ich strich mit einem Finger über Violaines kühle Porzellanwange und schloss dann den Koffer.

»Ich möchte mit Jakob sprechen«, sagte ich.

Der Mann gab mir ein Zeichen, ihm zu folgen, und ich zögerte nicht. Ich eilte die Treppe hinunter, begierig darauf, Jakob zu sehen.

In der unteren Etage der Synagoge öffnete der Rabbiner einen kleinen Raum, der von der Haupthalle abgetrennt war, und ließ mich eintreten. Ein abscheulicher Gestank erfüllte die Luft, eine Fäulnis, die von Krankheit und Infektion zeugte. Ich wollte mich schon angewidert abwenden, als ein fürchterlicher Anblick mich jäh innehalten ließ. Auf dem Bett kauerte eine Kreatur, deren Haut mit Schorf übersät war, ihr langer, dünner Körper von Krankheit gezeichnet. Entgeistert starrte ich sie an und versuchte, mir einen Reim darauf zu machen.

Schließlich begriff ich, dass es sich um einen Menschen handelte, der jedoch so entstellt war, dass er monströs wirkte. Ich trat einen Schritt näher an die bedauernswerte Seele heran und wurde von Mitgefühl und Schrecken ergriffen. Offensichtlich war er von einer heimtückischen Krankheit befallen, Lepra vielleicht. Oder eine Pockenkrankheit, die mit einer Infektion einherging. Die Haut seines Arms war aufgequollen und vereitert, blutete an manchen Stellen. In einer Ecke lagen haufenweise Verbände, grün und braun gefärbt von Eiter und Blut. Es war ein schrecklicher Anblick, und ich hatte nicht den Mut zu bleiben. Ich wollte den Mann gerade seinem Leiden überlassen, als der Unglückliche den Kopf hob. Unsere Blicke trafen sich, und obwohl die Verletzung ihn fast bis zur Unkenntlichkeit verändert hatte, bemerkte ich eine vertraute Helligkeit in seinem Blick. Es war Jakob, völlig verändert, aber dennoch Jakob. Ich trat an seine Seite und schaute auf ihn hinunter, um das ganze Ausmaß seiner Verletzungen zu begutachten.

»Mein Freund«, flüsterte ich und spürte, wie mich ein Schauer des Entsetzens durchlief. »Was ist geschehen, dass Sie in diesem Zustand sind?«

»Sie waren dabei«, erwiderte Jakob mit schwacher Stimme. »Sie haben es auch gesehen.«

»Aber wie …?« Frage um Frage überwältigte mich. Ich wollte wissen, wie unser Handeln so viel Schaden hatte anrichten können. Ich wollte wissen, wie, durch welche Umstände, durch welches Tun das Böse auf die Erde gekommen war.

Jakob ergriff meine Hand und hielt sie fest. »Es war ein Fehler. Er muss vernichtet werden, mein Freund. Bitte hören Sie mir zu. Ich habe einen schweren Fehler begangen. Der Golem muss verbrannt werden. Der Kreis. Das Gefäß. Alles muss verbrannt werden.«

Er sprach kaum verständlich, und ich nahm an, dass sein Leiden seinen Verstand beeinträchtigt hatte. Ich wandte mich an den Rabbiner, der hinter der Tür stand: »Er braucht sofort einen Arzt.«

»Ein Arzt ist schon viele Male hier gewesen«, erwiderte der Rabbi. »Sein Vater ist sehr ähnlich gestorben. Nur schneller, als der Geist noch stark und lebendig war.«

»Der Geist?«, fragte ich verblüfft.

»Er hat sich des Rabbi Josefez bemächtigt und ging dann, als er dieses Gefäß ausgelaugt hatte, auf seinen Sohn über.«

Der Rabbi trat zu Jakob, hob einen Verband von seiner Brust ab, und ich sah, dass seine Haut mit geometrischen Schnitten überzogen war, als wären sie mit einer Klinge eingeritzt worden. Ich erkannte das Zeichen, war ich doch mit demselben gebrandmarkt worden.

»Was in aller Welt ist das?«, fragte ich, so entsetzt von dem Anblick, dass ich kaum sprechen konnte.

»Das Zeichen«, sagte der Rabbi, in dessen Stimme ebenfalls Entsetzen schwang. »Das Zeichen, das niemals verblassen wird.«

»Lass uns allein«, sagte Jakob zu dem Rabbi, wobei seine Stimme kaum mehr war als ein Flüstern. Als der Rabbi den Raum verließ, zog mich Jakob näher zu sich heran und bedeutete mir mit einer Geste, etwas unter seiner Matratze hervorzuholen. Es war das Manuskript, das ich an jenem ersten Tag in seinem Haus und in der Synagoge gesehen hatte, die Seiten, die den Höllenkreis enthielten, das Buch, das, wie Jakob mir gesagt hatte, die Geheimnisse der Schöpfung enthielt.

Er drückte mir ein Bündel loser Seiten in die Hand und forderte mich auf, sie an mich zu nehmen. »Schnell, bevor der Rabbiner es sieht.« Als ich mich widersetzte und darauf bestand, dass ich kein Recht dazu hätte, reagierte er ungehalten. »Es ist die Sprache der Pforte«, sagte er. »Die Leiter, auf der die Engel aufsteigen und fallen.

Der Geist kann nur damit vernichtet werden. Vernichten Sie zuerst den Golem, dann den Kreis«, flüsterte er mit vor Angst geweiteten Augen. »Vernichten Sie alles, bevor es wieder passiert.«

Tränen traten mir in die Augen, aber ich widersprach nicht. Ich nahm das Manuskript und legte es neben Violaine in den Koffer. Unfähig, meine Gefühle zu kontrollieren, sagte ich Jakob Lebewohl. Doch er machte mir ein Zeichen, näher zu kommen, bis mein Ohr seine Lippen berührte. Was ich zunächst für eine Geste des Abschieds hielt, entpuppte sich als viel mehr. Er flüsterte den heiligen Namen, Ha-Schem, so leise, dass ich ihn gerade noch verstehen konnte, und sprach ihn langsam und deutlich in mein Ohr, einmal, zweimal und ein drittes Mal, damit ich ihn mir einprägen würde.

Diese Worte, mein Sohn, und die unendliche Kraft, die sie enthalten, sind nie aus meinem Gedächtnis verschwunden.

Gleich am nächsten Tag reiste ich mit dem Zug nach Wien und von dort weiter nach Paris. Ich schwor mir, die Schrecken von Prag zu verdrängen, sie in meinem Kopf zu verschließen. Aber wie kann man eine solche Macht vergessen, die den Samen von Leben und Tod in sich trägt? Wie kann man sie vergessen, nachdem man in die Augen Gottes geschaut und seine Geheimnisse erahnt hat?

Erst als ich bereits einen Monat wieder in Paris war und mich in meiner Werkstatt sicher fühlte, sah ich mir das Buch an, das Jakob mir gegeben hatte. Es war mit vielen Texten gefüllt, aber was mich am meisten interessierte, was mich mit seiner verführerischen Symmetrie hypnotisierte, das war der Kreis. Ich hatte ihn schon in Prag flüchtig wahrgenommen, aber bis zu diesem Moment hatte ich ihn nie vollständig gesehen. Ich studierte ihn aufmerksam mit einer Lupe und versuchte, die Buchstaben und Zahlen, die seltsamen Symbole zu erkennen. Und so wurde ich von dieser uralten Pforte ins Unbekannte hypnotisiert.

Jakob hatte mich angefleht, den Kreis zu vernichten, aber das konnte ich nicht. Auch den Golem konnte ich nicht vernichten, wie Du inzwischen sicherlich weißt. Vielmehr habe ich ihn beschützt. In all den Jahren nach meiner Zeit in Prag habe ich den Kreis niemandem mehr gezeigt.

Und obwohl ich den Golem nicht vernichtet habe, bitte ich eindringlich Dich, mein Sohn, der keine Liebe für die Kreatur empfindet, der nichts Vertrautes in ihren Zügen sieht, dies nachzuholen. Ich konnte Violaine nicht vernichten. Ich habe es versucht, viele Male habe ich es versucht, aber ich konnte es doch nie tun. Das, mein Sohn, überlasse ich nun Dir.

49

Der SUV bog an der Ecke Madison Avenue und 36th Street ab und hielt vor der Morgan Library. Mike nahm Jameson seine Kuriertasche ab und stieg nach ihm aus dem Wagen. Sie folgten Anne-Marie zu einer palladianischen Villa aus Marmor, einem anachronistischen Bauwerk in einem Viertel voller Architektur des zwanzigsten Jahrhunderts, das im Norden von den Hochhäusern Midtowns eingerahmt wurde. »Dieses Gebäude war schon immer eine Anomalie«, erklärte Anne-Marie, während sie sie zu einem Nebeneingang an der 36th Street führte. »J. P. Morgan baute es als idyllischen Rückzugsort von der Wall Street und lagerte hier seine unbezahlbare Sammlung seltener Manuskripte und Bücher. Als er starb, verwandelte sein Sohn die Bibliothek in ein Museum.«

Mike hatte nichts gegen seltene Bücher und Manuskripte einzuwenden, aber es war noch nicht einmal sieben Uhr morgens, und um diese Zeit war das Museum bestimmt geschlossen. Doch das hielt Anne-Marie nicht ab. Sie ging eine Marmortreppe hinauf zu einer riesigen Bronzetür, schaute zu der Überwachungskamera hinauf und winkte kurz.

»Der Direktor ist ein Freund von mir«, erklärte sie Mike. »Er riskiert wahrscheinlich seinen Job, um uns zu treffen, aber als ich ihm sagte, wir hätten LaMoriettes Meisterwerk gefunden, war er mehr als bereit, dieses Risiko einzugehen.«

Die Bronzetür öffnete sich, und ein großer, schlanker schwarzer Mann mit einer Schildpattbrille und einem lavendelfarbenen Hemd erschien. Er winkte sie herein und schloss die schwere Tür wieder hinter ihnen. Sie standen in einer Rotunde, umgeben von Marmor-säulen. Die Wände waren mit Fresken bedeckt, die römische Götter und Göttinnen darstellten. »Anne-Marie«, sagte der Mann besorgt, »ich hatte dich schon vor einer Stunde erwartet.«

»Cullen, Jameson kennst du ja schon«, erwiderte Anne-Marie. »Und das hier ist Mike Brink, der uns bei einem Teil der Forschung hilft. Mike, darf ich Ihnen den Direktor der Morgan Library, Cullen Withers, vorstellen?«

Cullen Withers schüttelte Mike die Hand und sah ihn gerade lange genug an, um das geschwollene Auge zu bemerken. »Ich bin ein großer Fan«, sagte er und lächelte verlegen. »Das kunsthistori-sche Kreuzworträtsel im *New York Times Magazine* letzten Monat war wirklich brillant.« Er wandte sich wieder Anne-Marie zu. »Nach deinem Anruf konnte ich nicht wieder einschlafen. Du verstehst es, jemanden neugierig zu machen! Ich bin seit drei Uhr heute Morgen hier.«

»Sie hatten keine Probleme mit der Security?«, erkundigte sich Jameson mit einem Blick auf Kameras, die überall in der Rotunde installiert waren.

»Man ist hier an meine merkwürdigen Arbeitszeiten gewöhnt«, erwiderte Cullen. »Ich bin zu allen Tages- und Nachtzeiten hier, vor allem, wenn wir eine Ausstellung vorbereiten. Haben Sie die LaMo-riette mitgebracht?«

»Natürlich«, sagte Anne-Marie und deutete auf den Lederkoffer in Jamesons Hand.

»Sie wissen sicher, dass im Laufe der Jahre eine ganze Reihe an Fälschungen aufgetaucht ist«, sagte Cullen. »Erst vor drei Jahren ist eine wirklich exzellente Violaine auf den Markt gekommen. Du wirst davon gehört haben, Anne-Marie.«

»Wer nicht«, sagte sie. »Der Bonham-Verkauf ist allgemein be-kannt.«

»Die Puppe sah exakt so aus wie die Fotos der echten Violaine aus dem Jahr 1909, doch als der Agent des Käufers Fasern des Kleides in ein Labor schickte, wurde synthetisches Material gefunden, das es in den neunziger Jahren des neunzehnten Jahrhunderts noch nicht gab. Man muss schrecklich vorsichtig sein ...«

»Ich versichere Ihnen, Sie werden die Echtheit dieser Puppe bestätigen«, sagte Jameson.

Mehr musste Cullen nicht hören. Er machte auf dem Absatz kehrt und ging durch die Rotunde voran, wobei seine Budapester auf dem Steinboden klackerten. Sie gingen unter einer mit mythologischen Figuren bemalten Gewölbedecke hindurch, nackten Göttern, die Früchte und Schätze in den Händen hielten, und gelangten in eine prächtige Bibliothek, die drei Stockwerke hoch war und deren Bücherregale über alle drei Etagen vom Boden bis zur Decke reichten. Die Decke war mit Wandmalereien mythologischer Figuren bemalt, und an der gegenüberliegenden Wand befand sich ein großer steinerner Kamin.

»Dies war Mr Morgans Privatbibliothek, die für seine unglaubliche Sammlung seltener Bücher und Manuskripte gebaut wurde. Ursprünglich war sie mit nur einer Regalreihe geplant, aber seine Sammlung wuchs noch während des Baus der Bibliothek, und so hat sein Architekt Charles McKim seine Pläne schnell geändert und mehr Regale hinzugefügt.

Die Papiere von Gaston LaMoriette nahmen in dieser Bibliothek einen besonderen Platz ein, ebenso wie LaMoriettes Meisterwerk. Die Werkstatt von LaMoriette wurde von Belle da Costa Greene, der ersten Direktorin der Pierpont Morgan Library und eine legendäre Persönlichkeit der Stadt, für Mr Morgan erworben. Sie war eine Expertin für Bilderhandschriften und baute diese Sammlung auf. Belle entstammte einer angesehenen afroamerikanischen Familie, zog es aber vor, als weiße Frau zu leben. Durch ihren scharfen Verstand und ihre Intelligenz wurde sie zu Mr Morgans Liebling, und er vertraute ihr so gut wie alles hier in der Bibliothek an. In seinem Testament hinterließ er ihr umgerechnet 1,3 Millionen Dollar, was einige Leute zu der Annahme veranlasste, sie hätten eine Affäre gehabt, doch ihre Freundschaft war ein wahres Zusammentreffen Gleichgesinnter. Die Morgan-Sammlung verdankt alles ihrem Genie beim Erwerb von Kunstwerken – sie war berüchtigt dafür, andere Bieter bei Auktionen auszumanövrieren, aber sie war auch sehr gut darin, Aufzeichnungen über ihre Käufe zu führen. Das bringt mich zurück zur LaMoriette-Werkstatt. Ihre Dokumentation über den Kauf der Papiere von Gaston LaMoriette im Jahr 1910 ist tadellos.«

Cullen ging zur Ecke des Raums und drehte an einem Knauf im Bücherregal, woraufhin das Regal aufschwang und einen Hohlraum hinter der Wand freigab. Er trat hinein, stieg eine Wendeltreppe hinauf, die hinter der Wand versteckt war, und bald schwang ein Bücherregal im zweiten Stock auf. Cullen ging einen schmalen Balkon entlang, blieb vor einem Bücherregal stehen, zog etwas aus dem Regal und kehrte mit einem kleinen Büchlein zurück.

»Diese Bibliothek ist voller versteckter Winkel, Geheimtüren und Codes«, sagte er. »Und dies, Belles persönliches Hauptbuch, ist ein Schlüssel, um sie zu entschlüsseln.« Er schlug eine Seite auf. »Hier steht, dass beim LaMoriette-Verkauf 1910 siebenundvierzig Gegenstände erworben wurden: eine Erstausgabe von Cornelius Agrippas *De Occulta Philosophia*, die sich noch immer in unserer Sammlung befindet, eine italienische Ausgabe von *Der Schlüssel Salomons*, die sich ebenfalls noch in der Sammlung befindet, und viele andere weniger bedeutende Werke, die sofort wieder verkauft wurden. Es war ein höchst ungewöhnlicher Ankauf, wie es in ihren Notizen heißt, einer, der Mr Morgan sehr am Herzen lag.«

Mike erhaschte einen Blick auf in gleichmäßiger Handschrift verfasste Zeilen, die von Zahlen unterbrochen waren.

»Als die Morgan Library die LaMoriette-Werkstatt erwarb, gehörte auch eine Sammlung von Papieren aus der Prager Zeit dazu, die LaMoriettes Skizzen und Notizen enthielt, sowie ein anderes, viel älteres Manuskript aus dem späten dreizehnten Jahrhundert, mit zehn Kreisen. Dieses Manuskript wurde ursprünglich in Mr Morgans Tresor aufbewahrt, einer Stahlkammer in seinem privaten Arbeitszimmer.«

»Er muss es für besonders wichtig gehalten haben«, bemerkte Jameson.

»In der Tat, Mr Morgan hat nur seine wertvollsten Manuskripte dort aufbewahrt. Die Gutenberg-Bibeln – alle drei Exemplare, eine auf Pergament gedruckt, zwei auf Papier – befanden sich dort, die Handschrift des Lindauer Evangeliars mit ihrem mit Edelsteinen besetzten Prachteinband war dort, auch sein über alles geschätztes Stundenbuch. Das Manuskript, das die Kreise enthält, wurde von dem jüdischen Mystiker Abraham Abulafia im Jahr 1278 geschrieben. Das Buch übte eine seltsame Anziehungskraft auf Mr Morgan aus. Er beauftragte Experten, es ihm vorzulesen, und angeblich soll er es auf Reisen stets bei sich getragen haben. Wenn Sie einmal dort hinschauen«, sagte er, »werden Sie sehen, wie sehr das Buch ihn beeinflusst hat.«

Mike drehte sich um und sah einen riesigen Wandteppich über dem Kamin.

»Das«, erklärte Cullen, »ist ein Gobelin aus dem sechzehnten Jahrhundert mit dem Titel *Triumph der Habgier*. Es gab ursprünglich sieben solcher Bildteppiche, einen für jede der Todsünden, aber Mr Morgan kaufte nur diesen einen. Wie Sie sehen, nimmt er einen besonderen Platz in seiner Bibliothek ein. Dieser Mann«, er zeigte auf eine Figur auf dem Wandteppich, »ist König Midas, und ich glaube, seine Geschichte besaß für Mr Morgan große Bedeutung: der Mann, der den Reichtum so sehr liebte, dass er keinen anderen Menschen berühren konnte, ohne ihn in kaltes, lebloses Gold zu verwandeln. Vielleicht war es ein Memento mori, eine Erinnerung daran, dass es im Leben mehr gibt als Geld, oder aber, wie manche meinen, der Hinweis auf Mr Morgans geheimen Schatz. Sehen Sie, wohin Midas deutet?« Mikes Auge folgte dem Finger von König Midas über den Teppich hinaus zu einem Wandgemälde. Es zeigte eine missmutig-mürrisch wirkende Frau, die auf einem Bücherstapel lehnte und eine Maske in den Händen hielt. Über sie war *Tragödie* gemalt worden.

»Die Personifizierung der Unterteilungen des Dramas war damals nicht weiter ungewöhnlich«, fuhr Cullen fort und deutete auf ein Wandgemälde auf der gegenüberliegenden Seite des Gobelins, das eine andere, viel glücklichere Frau zeigte, über der *Komödie* stand. »Und natürlich war das Leben von Midas eine Tragödie.«

»Gold bedeutet nichts ohne die Zeit und die Fähigkeit, es genießen zu können«, sagte Jameson.

»Ganz genau«, erwiderte Cullen. »Aber das eigentlich Interessante an der Sache und was in mir die Frage aufgeworfen hat, wie viel Mr Morgan über die geheime Geschichte von LaMoriette wusste, ist das Buch in der Hand der Tragödie.«

Mike sah es sich näher an und versuchte, einen Titel oder ein besonderes Zeichen zu erkennen.

»Es ist das Buch von Abulafia, genau jenes, weswegen Sie gekommen sind«, sagte Cullen. »Es wird in unserem Archiv aufbewahrt, und die Geschichte, die es erzählt, ist wirklich ungemein faszinierend. Folgen Sie mir, ich werde es Ihnen zeigen.«

50

Cullen Withers führte sie in den modernen Anbau der Bibliothek, einen von hellem Morgenlicht durchfluteten Glasbau. Er nahm eine Treppe in die untere Etage, schob sich durch eine Tür, die nur für Mitarbeiter bestimmt war, und betrat einen Keller.

»Während der Besuchszeiten werden bestimmte Manuskripte in Vitrinen ausgestellt. Aber wenn die Bibliothek geschlossen ist, befinden sich alle seltenen Bücher im unterirdischen Gewölbe unter dem von Renzo Piano entworfenen Anbau. Auch die LaMoriette-Skizzen und das dazugehörige Manuskript, welches Abulafia zugeschrieben wird, werden hier aufbewahrt.«

Cullen tippte einen Code ein, eine einfache Zahlenfolge, nicht komplex genug, um ernsthaft Sicherheit zu bieten. Jeder, der ihm über die Schulter schaute, konnte ihn sehen. Manchmal sah Mike einen Code, ohne es zu wollen, und der Code prägte sich ihm für immer ein. Er wandte den Blick ab, als Cullen die letzten Ziffern eingab.

Die Zuhaltungen eines Schlosses klickten, und die Tür öffnete sich und ließ Luft entweichen, als wäre sie vakuumversiegelt. Der Tresorraum war groß, nur schwach beleuchtet, mit Stahl verstärkt und mit Regalen voller Archivkisten gefüllt. Sie sammelten sich um einen Tisch in der Mitte des Raumes. Weiße Baumwollhandschuhe lagen gefaltet in einem Glaskasten in der Mitte des Tisches, daneben ein Block Papier und eine Lupe. Alles war so makellos und aufgeräumt wie in einem Krankenhauszimmer.

Cullen schloss die Tresortür, tippte auf einem zweiten Tastenfeld einen Zahlencode ein, und die Riegel rasteten ein. Mike wurde klar, dass sie nun im Raum eingeschlossen und Cullens Code ausgeliefert waren, und er wünschte sich, er hätte den Blick nicht vom Tastenfeld abgewandt.

»Eine Hälfte meiner Arbeit gilt der Konservierung. Handschriften bestehen zur Gänze aus organischem Material, und das Sonnenlicht zersetzt sie. Obwohl es in der Bibliothek keinerlei UV-Licht gibt, wechseln wir die Sammlung regelmäßig und stellen die Manuskripte nur etwa drei Monate lang aus, bevor wir sie wieder hierherbringen, damit sie sich regenerieren können. Bücher, Korrespondenz, Ephemera im Zusammenhang mit der Sammlung, all das befindet sich hier in diesem Tresor.«

Er streifte sich ein Paar weiße Baumwollhandschuhe über, ging zu einem Regal und zog eine Archivbox herunter. Daraus nahm er einen Folianten mit losen Seiten.

»Diese Mappe enthält Seiten eines Manuskripts von Abraham Abulafia«, sagte er und legte die Seiten auf die Tischplatte. Mike hatte ein richtiges Buch erwartet, etwas Großes, Schweres und Umfangreiches, einen Wälzer mit gelehrten Kommentaren, die das Geheimnis des Kreises erklären würden. Aber vor ihm lagen nur ein paar lose Seiten, und auf jeder Seite war in der Mitte ein Kreis abgebildet, der dem ähnelte, den Thessaly ihm gezeigt hatte.

»Sie sind mit Tinte auf Pergament geschrieben, und obwohl ich kein Experte für ihre religiöse Verwendung bin, glaube ich, dass sie als Gebetshilfe gedacht waren. Belle da Costa Greene hat ausführliche Notizen zu dieser Sammlung hinterlassen, als sie sie erwarb.«

Cullen ordnete die empfindlichen Pergamentblätter aus dem Folianten auf dem Tisch. »Diese zehn Seiten von Abulafias Gebetskreisen wurden so gefunden, wie wir sie jetzt sehen. Sie wurden nie gebunden. Jede Beschädigung, die Sie auf dem Pergament erkennen, stammt aus der Zeit des Erwerbs.«

Mike überflog die zehn Kreise. Er betrachtete die Muster und Abfolgen und stellte fest, dass jeder Kreis ein Reim auf die anderen war: kreisförmige Konstruktionen mit hebräischen Buchstaben,

Flammenstrahlen, die aus der Mitte schossen, und zweiundsiebzig Zahlen, die an den Rändern angeordnet waren.

»Sie sind unglaublich schön«, sagte Anne-Marie und betrachtete die Kreise. »Aber was bedeuten sie?«

»Ich fürchte, dazu kann ich nichts sagen«, antwortete Cullen. »Mein Fachwissen beschränkt sich auf das Manuskript selbst. Ich kann Ihnen die Zusammensetzung des Pergaments nennen, es handelt sich um Schafsleder, das auf einen Viertelmillimeter gedehnt wurde, und die chemischen Eigenschaften der Tinte – Bleioxid, das in einem pflanzlichen Bindemittel suspendiert ist, höchstwahrscheinlich Färberkrapp, was den rotbraunen Ton erklärt. Ich kann Ihnen sagen, dass eine Radiokarbondatierung authentifiziert hat, dass diese Seiten im letzten Viertel des dreizehnten Jahrhunderts geschrieben wurden und dass Sie weitere Kreise von Abulafia in einer Sammlung der British Library finden können. Ich kann Ihnen sogar sagen, dass diese Seiten ursprünglich zusammengerollt und mit einer Lederschnur fixiert waren, wie Sie hier an den Spannungsspuren an den Rändern des Pergaments sehen können. Aber über ihre Bedeutung oder religionsgeschichtlichen Aspekte kann ich nichts sagen. Dafür brauchen Sie einen Experten. Ich könnte Ihnen jemanden empfehlen, wenn Sie möchten.«

»Es gibt einen Experten für so etwas Obskures wie jüdische Gebetskreise aus dem dreizehnten Jahrhundert?«, fragte Jameson.

»Ihr Name lautet Rachel Appel, und ich habe bereits mit ihr gesprochen«, sagte Cullen. »Sie leitet ein Zentrum für das Studium der Kabbala hier in Manhattan. Ich habe sie heute früh angerufen und ihr von alldem erzählt. Ich habe ihr auch die PDF-Datei des LaMoriette-Briefes weitergeleitet, die du mir geschickt hast, Anne-Marie.«

Mike warf Anne-Marie einen kurzen Blick zu. Er hätte sich denken können, dass sie LaMoriettes Brief eingescannt hatte, lange bevor er das Original aus ihrem Haus gestohlen hatte.

»Sie kannte die LaMoriette-Legende bereits«, fuhr Cullen fort, »und bot sofort ihre Dienste an, was ein unglaublicher Glücksfall ist: Weltweit verfügt niemand über dasselbe Fachwissen wie sie. Sie hat die umfangreiche Sammlung von Abulafias Manuskripten in der British Library studiert, einschließlich seiner Gebetskreise. Sie würde Sie und den Kreis, den Sie gefunden haben, gerne so schnell wie möglich sehen.«

»Auf keinen Fall«, brach es aus Jameson heraus. »Es wissen ohnehin schon viel zu viele Leute davon.«

»Jameson«, sagte Anne-Marie. Mike spürte die Spannung zwischen Jameson und Anne-Marie und vermutete eine unterschwellige Meinungsverschiedenheit. »Wir kommen nicht weiter, ohne diese Kreise zu verstehen. Wir haben es allein versucht. Jetzt brauchen wir Hilfe.«

»Es kommt gar nicht infrage, noch jemanden einzubinden.«

»Rachel ist diskret«, sagte Cullen. »Und ihre beruflichen Referenzen sind tadellos. Ich glaube, sie wäre eine enorme Bereicherung, wenn es darum ginge herauszufinden, um was genau es sich hier handelt und warum es für einen Mann wie John Pierpont Morgan wichtig genug war, um es zu schützen.«

Cullen sammelte die Pergamentseiten ein, schob sie in den Folianten und verschloss die Archivbox fest.

»Rachel hat nur eine Bitte: Sie möchte Abulafias Originalmanuskript und die Kopie, die Sie in LaMoriettes Puppe gefunden haben, sehen dürfen.« Cullen ging zur Tür und tippte den Code ein. »Ich habe zugestimmt, es ihr zu bringen. Ich kann es kaum erwarten, endlich Violaine zu sehen, und außerdem muss ich dieses Manuskript im Auge behalten. Deshalb komme ich mit. Wir haben drei Stunden, bis die Bibliothek öffnet, gerade Zeit genug, wenn wir uns beeilen.«

51

Sie folgten dem Security-Fahrzeug die Madison hinauf, durchquerten den Central Park und hielten wenig später vor einem imposanten Stadthaus in der Upper West Side. Mike stieg aus dem SUV und trat in den heller werdenden Morgen. Es war inzwischen kurz nach acht, aber wie jeden Samstagmorgen um diese Uhrzeit war die Stadt noch ruhig, fast menschenleer. Er streckte sich und ließ den Blick über den Park auf der anderen Straßenseite schweifen, wo sich ein Citi-Bike-Terminal befand und dahinter der Hudson River, mit hohem Pegelstand, dessen Salzgehalt Mike in der Luft zu schmecken glaubte.

Cullen stieg aus dem gepanzerten Fahrzeug und wurde sofort von zwei bewaffneten Sicherheitsleuten flankiert. Mike warf einen Blick auf Cam Putney und fragte sich, wie viele Zweifel dem Mann wohl gerade angesichts des Sicherheitsniveaus, das Cullen an den Tag legte, überkamen – dass er nicht stark genug war, nicht schnell genug, nicht gewitzt genug? Obwohl er Cam nicht mochte, empfand er plötzlich Mitleid für ihn. Selbst mit einer Größe von eins fünfundachtzig war Mike auf dem Spielfeld immer klein gewesen, daher wusste er, wie hart es war, sich körperlich unterlegen zu fühlen.

Mike folgte Cullen, Jameson und Anne-Marie die Stufen hinauf zur Tür des Stadthauses, wo ein Messingschild mit der Aufschrift *Zentrum für das Studium der Kabbala* in die Fassade eingelassen war. Kaum hatte Cullen angeklopft, öffnete ihnen ein junger Mann, begrüßte Cullen mit Namen: »Mr Withers, bitte hier entlang«, und führte sie durch ein luftiges Foyer zu einer Treppe in einen Lesesaal mit Eichentischen und gläsernen Leselampen.

»Ich werde der Rabba sagen, dass Sie hier sind«, sagte der Mann und verschwand den Flur hinunter.

Mike zog es zu den Bücherregalen. Auf einem Ständer in der Mitte des Raumes stand ein dickes Hebräisch-Englisch-Wörterbuch, und er wusste, er würde sich innerhalb weniger Stunden die Grundlagen der Sprache erarbeiten können. Sein Geschick mit Sprachen war eine Gabe, die der gleichen Quelle entstammte wie sein Talent, Rätsel zu lösen. Schon bald nach seinem Unfall beherrschte er fließend Französisch, Spanisch, Italienisch, Latein, Japanisch, Chinesisch und Altgriechisch, allesamt Sprachen, die er sich durch das Lesen von Grammatiklehrbüchern angeeignet hatte. Das Erlernen von Sprachen war für ihn wie das Knacken eines Codes, ein Rätsel, das ihm ermöglichte, mit Menschen aus anderen Ländern zu kommunizieren.

Eine Frau mit langen dunklen Haaren betrat den Raum und riss Mike aus seinen Gedanken. Sie war hochgewachsen, schlank, hatte markante Wangenknochen und große blaue Augen, trug eine weite weinfarbene Pluderhose und ein Seidentop. Sie begrüßte Cullen herzlich und bedeutete ihm, die Archivbox auf einen Tisch zu stellen, dann wandte sie sich an die anderen und stellte sich als Rachel Appel, Leiterin des Zentrums vor.

»Es freut mich, Sie kennenzulernen«, sagte sie und bot Mike die Hand an. »Aber um ehrlich zu sein, nachdem ich diesen *Vanity Fair*-Artikel gelesen und mir jede Woche den Kopf an Ihren Kreuzworträtseln zerbrochen habe, kommt es mir vor, als würden wir uns längst kennen.« Sie musterte seine Verletzungen. »Wie ich sehe, hat Sie das hier auch früh aus dem Bett geholt. Oder sollte ich sagen, aus dem Bett gezerrt?«

Er berührte den Schnitt über seinem Auge. Die Schwellung war noch nicht abgeklungen. »So könnte man es wohl besser ausdrücken, ja.«

»Ich fürchte, keiner von uns hat viel geschlafen«, schaltete sich Anne-Marie ein.

Rachel trat an Cullens Seite, als dieser die Archivbox öffnete und, nachdem er seine Handschuhe übergestreift hatte, die Seiten des Manuskripts von Abulafia auf den Tisch legte. Rachel schritt um den Tisch herum und untersuchte die einzelnen Kreise genau. »Abraham Abulafia und sein mystischer Kreis sind eine schlaflose Nacht wert. Es kommt nicht oft vor, dass man die Gelegenheit hat, solch ein Stück Geschichte zu untersuchen.«

»Wir haben Mr Withers' Wort, dass Sie diskret sein werden«, sagte Jameson. »Ich vertraue darauf, dass er diesbezüglich recht hat.«

Rachel lachte und warf ihm einen verschwörerischen Blick zu. »*Diskret* beschreibt mich nicht einmal annähernd, Mr Sedge. Wenn Sie später gegangen sind, werde ich mich nicht einmal mehr daran erinnern, dass Sie hier waren.«

Das schien Jameson zu beruhigen. Er lächelte schwach und ließ es dabei bewenden.

Rachel lehnte sich gegen den Tisch. »Nachdem ich den Brief von LaMoriette an seinen Sohn gelesen hatte, war ich so aufgedreht, dass ich direkt ins Zentrum kam, um in unserer Sammlung zu stöbern. In unserem Genealogie-Archiv konnte ich ermitteln, dass es tatsächlich einen Rabbi Ezekiel Josefez gab, der in den Jahren, in denen LaMoriette in Prag war, dort lebte, und dass dieser Rabbi der Rabbiner der Altneu-Synagoge war. Er hatte einen Sohn namens Jakob. Vater und Sohn starben, wie LaMoriette schrieb, im Jahr 1891, und beide Männer sind auf dem Alten Jüdischen Friedhof in Prag begraben, in einer Parzelle nicht weit von Rabbi Löw selbst.«

»Es ist also wahr«, sagte Cullen. »LaMoriettes Geschichte kann verifiziert werden.«

»Manches davon schon, und obwohl ich unter den meisten Umständen versucht wäre, solche Geschichten bestenfalls als das Produkt einer übersteigerten Phantasie abzutun – Geschichten über den Golem scheinen, wie die über Geister und Vampire, zu wilden Höhenflügen der Phantasie zu inspirieren –, fand ich LaMoriette doch recht glaubwürdig. Er hatte Verständnis für spezielle religiöse Vorstellungen, die außerhalb der üblichen Mythologie liegen. Die aufsehenerregendsten Geschichten entlehnen Details aus der Geschichte des Prager Golems, einer Kreatur, die im sechzehnten Jahrhundert von Rabbi Löw zum Leben erweckt worden sein soll. Er schrieb die Buchstaben EMET, was *Wahrheit* bedeutet, auf die Stirn eines Golems, woraufhin dieser zum Leben erwachte. Nimmt man das E weg, wird das Wort zu MET, was *Tod* bedeutet, und der Golem stirbt beziehungsweise wird deaktiviert. LaMoriette behauptete weder, dass er das Wort EMET gesehen hat, noch beschrieb er das Ausradieren eines Wortes. Und natürlich erwähnte er das geheimste Element überhaupt: ›den Namen‹ oder Ha-Schem.«

Rachel ging zu einem Regal und nahm ein Buch heraus.

»Um zu verstehen, was Rabbi Josefez vorhatte, müssen wir wissen, was ein Golem eigentlich ist. Das Wort *Golem* taucht zum ersten Mal im Talmud auf«, sagte sie, blätterte durch das Buch und hielt schließlich auf einer Seite inne. »Sanhedrin 38b beschreibt die Erschaffung Adams durch Gott und bezeichnet den neu geschaffenen Körper als Golem, eine *formlose Schale*. Im frühen Hebräisch wurde *Golem* mit *formlose Masse* übersetzt. Der Golem wurde als ein Tonmodell, eine Art Prototyp, angesehen. Adams Körper war, bevor der Schöpfer ihm Leben einhauchte, ein Golem, ein unvollkommenes Geschöpf, ein Körper ohne Seele. Während die jüdisch-christliche Schöpfungsgeschichte als metaphorisch interpretiert wurde, glauben viele, dass sie buchstäblich wahr ist und als Modell für die gesamte Schöpfung dient, vom kleinsten Teilchen der Materie bis hin zum gesamten Universum.«

»Ich vermute, Sie meinen nicht den Urknall«, sagte Jameson grinsend.

»Sie werden überrascht sein, wie nahe die jüdisch-christliche Schöpfungsgeschichte dem Urknall ist«, erwiderte Rachel und lächelte. »In der kabbalistischen Vorstellung des Universums entstand die materielle Welt in einem Ausbruch aus dem Göttlichen, aus positiven und negativen Elementen, aus männlichen und weiblichen Manifestationen Gottes, die sich zu den Bausteinen des materiellen

Universums verbanden. Wissenschaftliche Untersuchungen haben ergeben, dass die ersten Verbindungen aus einem positiv geladenen Proton und einem negativ geladenen Elektron bestanden und dass sich diese Elemente zu immer komplexeren Formen zusammenfügten, bis sie viele Milliarden Jahre später das Universum, wie wir es kennen, bildeten.«

Rachel Appel schloss das Buch, ging zu einem Regal und nahm ein anderes heraus.

»Bei der Schöpfung, ob aus religiöser oder wissenschaftlicher Sicht, geht es um den Moment, in dem das Unsichtbare sichtbar wird, in dem *nichts* zu *etwas* wird. In der jüdischen Tradition ist der älteste und wichtigste Text, der sich mit diesem Prozess befasst, die Sefer Jetzira, übersetzt als *Buch der Formung* oder auch *Buch der Schöpfung*.«

Rachel öffnete das Buch auf einer Seite mit einem Netz von Kreisen, die durch Pfade miteinander verbunden waren. Auf jedem Kreis und in jeder Bahn befanden sich hebräische Schriftzeichen. Sie fuhr mit einem Finger vom obersten Kreis aus im Zickzack die Pfade entlang.

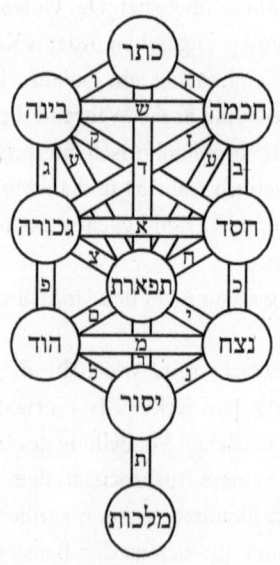

»Diese Konstellation wird Baum des Lebens oder Ez Chajim genannt und setzt sich aus den Sephiroth zusammen. Es repräsentiert die Bewegung des unendlichen Göttlichen, wie es sich in der materiellen Welt offenbart. Der oberste Kreis, Kether, die Krone, ist das Reich der reinen Energie, und der unterste Kreis, Malchuth, das Königreich, ist die materielle Welt, wie wir sie kennen. Kabbalisten glauben, dass der Übergang von der reinen Energie zur materiellen Ebene durch Worte vollzogen wird. Worte haben in der Kabbala eine magische Macht. Wenn man das richtige Wort auf die richtige Art und Weise in der richtigen Umgebung spricht, manifestiert sich diese Macht. Die Materialisierung geschieht durch Pforten oder Fenster von einer Dimension – dem ätherischen, immateriellen Reich Gottes – in ein anderes Reich, die Erde.

Der Rabbi Josefez und sein Sohn Jakob machten sich diese Kraft zunutze, um Leben zu erschaffen. Sie kannten die Geheimnisse von Ha-Schem und damit die Geheimnisse der gesamten Schöpfung.« Rachel drehte sich lächelnd zu Mike um, und er hatte das Gefühl, dass sie im Folgenden speziell zu ihm sprach. »Um zu verstehen, wie sie das gemacht haben, muss man die Sephiroth verstehen, den direkten Kanal aus dem Unendlichen, Gott, in das Endliche, die Erde. Das erfordert eine starke Vorstellungskraft, aber ich glaube nicht, dass das ein Problem für Sie sein wird. Wenn Sie hierherkommen, neben mich, werde ich es Ihnen zeigen.«

52

»Abulafias Kreise wurden als Ha-Schem Ha-Mephorasch entworfen, als symbolische Darstellungen des verborgenen Namens Gottes. Sie bestehen aus zweiundsiebzig Variationen des Tetragramms, des aus vier Buchstaben bestehenden Namens JHWH. Abulafia schuf Hunderte von ihnen, aber diese zehn Kreise dienten einem bestimmten Zweck«, sagte Rachel und deutete auf die losen Blätter, die sie aus der Morgan Library mitgebracht hatten. »Sie wurden so gezeichnet, dass sie den zehn Kreisen der Sephiroth entsprechen.«

Rachel nahm eine der Seiten von Abulafias Manuskript, legte sie an das obere Ende des Tischs und markierte damit den höchsten Kreis der Sephiroth.

»Aber warum?«, fragte Mike und sah sich die hebräischen Schriftzeichen genauer an. Es hatte sich bereits ein System herausgebildet, und er war in der Lage, das Muster der Buchstaben zu erkennen, tat sich allerdings immer noch schwer damit, den größeren Zusammenhang zu sehen.

»Selbstverständlich, um mit den nichtmateriellen Bereichen in Kontakt zu treten«, sagte sie so sachlich, als sei der Kontakt mit Geistern etwas Alltägliches. »Die Wörter in diesen Kreisen wurden skandiert, vorgespielt und endlos wiederholt, um die Intelligenzen zu beschwören, die mit jedem Reich verbunden sind.«

Sie nahm einen weiteren Kreis und legte ihn über den zweiten Kreis der Sephiroth.

»Die Macht, die dem Namen Gottes oder Ha-Schem innewohnt, war das ultimative Mittel, um die geistige Welt in die materielle Welt herunterzubringen. Abulafia glaubte, dass er mit diesen Gebeten im wahrsten Sinne des Wortes Geister herbeirufen konnte. Sein Ansatz war äußerst unorthodox. Er glaubte, man könne Gott durch rituelle Praktiken, die den Geist für Visionen und Prophezeiungen öffneten, direkt kanalisieren. Aldous Huxleys *Die Pforten der Wahrnehmung* oder später Jim Morrison und The Doors befassten sich mit dem Gedanken, dass man den rationalen Verstand niederreißen muss, um ›auf die andere Seite durchzubrechen‹; allerdings führte Abulafia diese Praktiken bereits sechshundert Jahre zuvor ein. Die Kreise hier sind die Verkörperung dieser Philosophie.«

»Und doch«, sagte Mike, »sind sie extrem prosaisch, mit präzisen Mustern wie Gleichungen mit einer einzigen Lösung.«

»Genau«, sagte Rachel und begegnete seinem Blick. »Abulafia glaubte, die Buchstaben des hebräischen Alphabets seien ein magischer Code. Er erfand geniale Permutationen dieses Codes, indem er kreisförmige Beschwörungsformeln schuf, von denen einige unglaublich kompliziert waren und die – wie Sie bemerkten – wie Labyrinthe oder Rätsel wirkten. Diese Rätsel sollten ausgeführt werden, sodass man in den Kreis eintreten und durch Wiederholung und Visualisierung räumlich und sinnlich mit Gott verbunden werden konnte. Sie waren Pforten. Abulafia behauptete, er könne Geister vom Himmel auf die Erde transportieren und umgekehrt irdische Wesen durch diese Kreise in den Himmel bringen. Deshalb glaubte der Rabbi Josefez, dass sie seinen Golem zum Leben erwecken würden.«

Sie platzierte einen dritten, vierten und fünften Kreis an die entsprechenden Stellen. Dann den sechsten, siebten und achten.

»Sie sind wunderschön«, sagte Anne-Marie und beugte sich über die Kreise.

»Dennoch sind es keine ästhetischen Objekte«, fuhr Rachel fort. »Sie waren dazu bestimmt, ausgeführt zu werden, wahrscheinlich während des Fastens, und am besten wieder und wieder, bis der Ausführende in Trance fiel. Und die Geister kamen.«

»Die Sufis beten so«, sagte Anne-Marie. »Die Derwische. Sie drehen sich im Kreis, bis sie einen höheren Bewusstseinszustand erreichen.«

»Natürlich sind diese Ideen nicht auf die Kabbalisten beschränkt. Der menschliche Wunsch, die Realität zu verändern und das Selbst mit der Kraft der Schöpfung in Einklang zu bringen, steht im Mittelpunkt vieler spiritueller Praktiken: das christliche Gebet, die buddhistischen Konzepte des Nirwana, der Sufismus, die transzendentale Meditation und sogar die Einnahme von Pilzen beim Burning Man. All das sogenannte New-Age-Gerede, das man über Manifestation und so weiter hört – die Vorstellung, dass man durch Vorsatz und Worte eine gewünschte Realität erschafft –, nun, die ursprüngliche Quelle für dieses Konzept ist die Kabbala, die lehrt, wie man durch bestimmte Formen von Ritualen, die eine Verbindung zu Gottes Fülle oder Shefa erzeugen, in direkte Kommunikation mit dem Göttlichen tritt.«

Sie hielt kurz inne, sah ihre Zuhörer durchdringend an.

»Aber bei Abulafias Kreisen ging es nicht darum, Reichtum und Macht zu erlangen oder gar einen höheren Bewusstseinszustand zu erreichen. Wenn man einen Gebetskreis richtig ausführt – ihn sozusagen entriegelt –, öffnet man einen Pfad zwischen den Dimensionen. Wenn ein bestimmter Geist angerufen wird, bewegt er sich durch den Kreis und schlüpft in ein Gefäß. Im Fall von LaMoriette war das Gefäß die Puppe Violaine. Dieser Geist kann gut sein oder böse. Aber was auch immer seine Absichten sind, er ist unglaublich mächtig.

Und gefährlich. Es war notwendig, den Namen zu verbergen, so wie man seine Augen vor der Sonne schützen muss. Ohne diesen Schutz wäre er zu mächtig, zu zerstörerisch. Aus diesem Grund und wegen der Verfolgung, der mein Volk im Laufe der Geschichte ausgesetzt war, wurden unsere heiligsten und geheimsten Texte verschlüsselt. Der wahre Name ist das heiligste Kryptogramm, aber es gibt viele, die glauben, dass auch die tiefsten Bedeutungen der

Bibel verschlüsselt sind. Wenn man zum Beispiel den Namen Moses auf Hebräisch umdreht, wird daraus Ha-Schem, ein Zeichen dafür, dass er der Träger und das Gefäß des wahren Namens ist. Es gibt in unseren heiligen Texten unzählige Beispiele für versteckte Bedeutungen. Palindrome, einbuchstabige Transpositionsverfahren, sogar ein altgriechisches ›Entschlüsselungsgerät‹ namens Skytale – all dies wurde verwendet, um die wahre Natur von Gottes heiligem Wesen zu verbergen.«

»Ich kenne viele Rätselentwickler«, sagte Mike. »Kein Rätselkonstrukteur würde ein System entwerfen, das nicht gelöst werden kann. Es geht doch darum, über Zeit und Raum eine Verbindung zum Löser herzustellen. Die Verbindung ist alles. Gewiss hat Abulafia diese Kreise für jemanden erschaffen.«

»Richtig«, sagte Rachel. »Allerdings hätte Abulafia gesagt, dass er diese Kreise gar nicht erschaffen hat, sondern dass sie ihm vom Himmel geschickt wurden. Der Name hat seinen Ursprung im Schöpfer und führt zu ihm zurück. Es ist ein kreisförmiges Rätsel. Gott ist zugleich Frage und Antwort. Er ist der Schöpfer und die Lösung des Rätsels in einem. Aber in der Praxis wurden diese Kreise von einem Rabbiner für andere Rabbiner konstruiert. Es war eine exklusive Gruppe. Sie alle kannten die Regeln.«

Mit diesen Worten legte Rachel den neunten Kreis auf den Tisch, dann den zehnten. Mit den zehn Kreisen an den ihnen bestimmten Plätzen waren die Sephiroth vollständig.

Mike betrachtete die Kreise und genoss ihre verblüffende Komplexität. Plötzlich machte etwas klick, und er verspürte eine Art befriedigende Symmetrie, dasselbe Gefühl der Erleichterung, das er empfand, wenn die farbigen Seiten eines Zauberwürfels zusammenkamen: Es gab ein Muster. Die Kreise hatten eine grundlegende Struktur, die er nun erkannte. Es war wie der Moment beim Schach, wenn man das gesamte Spiel in einer Abfolge von Zügen vor Augen hat. Etwas zündete, Buchstaben und Zahlen leuchteten in seinem Kopf auf, und er sah es, den Kreis, der sich konfigurierte, löste und erneut verband. Er sah Konsistenzen und Ungereimtheiten. Ein Muster. Als er aufblickte, bemerkte er, dass Rachel ihn musterte.

Schließlich wandte sie sich an Cullen, Jameson und Anne-Marie: »Sie sind zu mir gekommen, um Antworten zu erhalten, und ich würde sie Ihnen gern geben. Wenn Sie mir einen Moment allein gestatten würden.« Sie deutete auf den Lederkoffer. »Ich würde gerne die Kopie des Ha-Schem Ha-Mephorasch untersuchen, die Sie gefunden haben.«

Jamesons Körpersprache signalisierte Anspannung, und Mike konnte sehen, dass er kurz davor war, Einspruch zu erheben, aber Rachel sagte: »Wenn Sie wollen, dass ich Ihnen helfe, die Informationen zu verstehen, die diese Kreise enthalten, und wie diese Informationen verwendet werden können, muss ich den Kreis sehen, den Sie gefunden haben, und das Gefäß, das ihn trug.«

»Ich denke, das ist eine angemessene Bitte«, sagte Anne-Marie, nahm Jameson den Koffer aus der Hand und legte ihn neben den angeordneten Kreisen auf den Tisch.

»Vielen Dank«, sagte Rachel. »Geben Sie mir eine halbe Stunde, dann werde ich Ihnen Antworten geben können.«

»Fünfzehn Minuten«, sagte Jameson. »Ich warte vor dieser Tür dort.«

Als Mike den anderen aus dem Raum folgte, spürte er Rachels Hand auf seinem Arm. »Sie bleiben«, sagte sie. »Ich brauche Ihre Hilfe.«

53

Als sich der Raum leerte, schloss Rachel die Tür ab und setzte sich zu Mike an den Tisch.

»Sie haben etwas gesehen«, sagte sie und sah ihn gespannt an. »Das habe ich daran erkannt, wie Sie die Kreise angeschaut haben.«

»Sie werden es auch sehen.« Er öffnete den Lederkoffer und schob ihn zu ihr. »Wenn Sie das hier aufmachen.«

Sie packte die Puppe aus und hielt sie unter das Licht, sodass ihre leuchtend grünen Augen funkelten. Dann legte sie sie mit dem Gesicht nach unten auf den Tisch und öffnete den Hohlraum im Nacken. Sie drückte die Papierrolle zwischen ihren Fingernägeln zusammen, zog sie heraus und strich sie auf dem Tisch glatt.

»Es ist definitiv eine Kopie von Abulafias Ha-Schem Ha-Mephorasch, aber ich kann nichts Ungewöhnliches erkennen.« Sie sah Mike an. »Sie allerdings schon.«

»Nach meiner Verletzung«, sagte er, »habe ich jeden nur denkbaren Test gemacht. Aber erst als ich zu einem Neurologen ging und er einen Test auf Synästhesie durchführte, begann ich zu verstehen, was mit mir geschehen war. Einer der Tests, die ich gemacht habe, sah so aus …« Mike nahm sein Notizbuch mit Millimeterpapier heraus und zeichnete ein Diagramm, gefüllt mit den Zahlen 5 und 2. »Sehen Sie hier.« Er schob das Diagramm Rachel zu.

»Wenn ich Sie bitte, mir jede Zwei in diesem Diagramm zu zeigen, werden Sie das können, aber Sie werden dazu Zeit benötigen. Menschen mit einer Synästhesie wie ich hingegen sehen die Zahl zwei sofort, in einem Sekundenbruchteil.«

»Wie?«, fragte sie.

»So«, sagte er und malte die Zweien fetter, dunkler. »Die Verdrahtung meiner Sinne wurde verschränkt. Jede Zahl besitzt einen Farbwert, und diese Farbe hebt die Zweien augenblicklich hervor. Sehen Sie«, sagte er. »So sehe ich dieses Diagramm.«

»Und in welchem Zusammenhang steht das mit Abulafias Kreis?«, fragte sie und betrachtete mit gerunzelter Stirn das Diagramm.

»Ich kann Muster sofort erkennen«, sagte er. »Deshalb ist mir diese Unstimmigkeit gleich aufgefallen ...« Mike nahm die Kopie des Kreises und legte sie neben Abulafias Originale. »Der in LaMoriettes Puppe gefundene Kreis ist eine Kopie des zehnten Kreises im Manuskript. Die beiden Kreise müssten eigentlich identisch sein. Sind sie aber nicht.«

»Sind Sie sich sicher?«, fragte Rachel und betrachtete die beiden Kreise genauer.

»Definitiv«, sagte er. »Sie sind fast identisch, weisen aber einen wesentlichen Unterschied auf.«

»Welchen?«, fragte Rachel und sah zwischen beiden Kreisen hin und her.

»Wie Sie sagten, sind die Wörter selbst und die Reihenfolge, in der sie gesprochen werden, eine Art Code. Die buchstabengetreue Wiedergabe ist entscheidend. Was also auf den ersten Blick wie ein winziger Unterschied aussieht, ist in Wirklichkeit eine enorme Abweichung. Wenn man die beiden vergleicht, wird klar, dass der Kreis falsch kopiert wurde.«

»Woher wissen Sie das?«

»Sehen Sie diese Buchstaben hier?« Mike zeigte auf die hebräischen Buchstaben חיים.

»Ja, dieses Wort ist *haim*«, sagte Rachel. »Das heißt übersetzt *Leben*. Es ist der Stamm von *l'chaim*, ein Ausdruck, der oft als feierlicher Trinkspruch verwendet wird: Auf das Leben.«

»Nun, im Originalkreis wurde das Wort auf die eine Art geschrieben, in der Kopie ist es verdreht oder seitenverkehrt. Sehen Sie.« Er zeigte ihr den Kreis mit dem verkehrten Buchstaben.

Rachel betrachtete es einen Moment lang. »Sie sagen also, *haim* wurde in der Kopie rückwärts geschrieben?«

»Genau«, sagte Mike. Er erinnerte sich an die letzten Seiten von LaMoriettes Brief. Was hatte Jakob gesagt? *Es war ein Fehler. Er muss vernichtet werden.* »Beim Kopieren ist ein Fehler unterlaufen.«

Es folgte ein angespanntes Schweigen, während Rachel den Kreis untersuchte. Ihr Blick pendelte zwischen dem Original des Manuskripts und der kleineren Kopie hin und her. »Sie haben recht«, sagte sie schließlich. »*Haim* ist in der Kopie seitenverkehrt. Ich versuche nur gerade zu verstehen, wie das passieren konnte. Der Rabbi hatte Abulafias Manuskript. Er hätte die richtige Schreibweise gekannt. Es kann kein Fehler gewesen sein.«

»Aber der Rabbi hat die Kopie nicht angefertigt«, sagte Mike. Er zog die letzten Seiten von LaMoriettes Brief heraus und zeigte sie Rachel. *Folgsam hatte ich das Hebräische so exakt wie irgend möglich aus dem Manuskript kopiert.* »Das Hebräische dürfte für ihn verwirrend gewesen sein und – «

»Natürlich«, sagte Rachel. »Abulafias Original war ein bustrophedon geschriebener Text, eine im Altertum durchaus verbreitete Technik, bei der nicht nur die Schreibrichtung wechselte, sondern auch die Ausrichtung der Buchstaben, sodass ein Text auch in Spiegelschrift erscheinen konnte. Der Rabbi Josefez hätte gewusst, wie man es richtig schreibt und liest, aber LaMoriette eben nicht. Er hat es kopiert, wie es auf der Seite stand, und damit einen Fehler verursacht.«

»Einen, der ganz offensichtlich Eindruck hinterlassen hat, denn er verwendete ein solches Spiegeln viel später noch einmal«, sagte Mike.

»Wo?«, fragte sie und überflog den Brief.

»Sie haben die erste Seite von LaMoriettes Brief an seinen Sohn gelesen. Haben Sie das Palindrom bemerkt?«

Rachel schüttelte den Kopf. »Palindrom?«

»Eine Folge von Buchstaben oder Zahlen, die in beiden Richtungen identisch ist, sodass sie absolut gleich vorwärts wie rückwärts gelesen werden kann.«

»Ich weiß, was ein Palindrom ist«, sagte sie und verdrehte die Augen. »Aber ich kann mich nicht erinnern, eines in LaMoriettes Brief gesehen zu haben. Was war's denn?«

Mike nahm sein Notizbuch heraus und schrieb den lateinischen Satz von der ersten Seite von LaMoriettes Brief auf. Er schrieb den letzten Buchstaben als Großbuchstaben, um die Spiegelung zu betonen: *In girum imus nocte et consumimur ignI.*

Rachel las die lateinische Redewendung laut vor und übersetzte sie dabei. »Wir gehen des Nachts im Kreise und werden vom Feuer verzehrt.«

»Es ist ein Rätsel«, sagte Mike und verspürte einen Anflug von Freude über die Eleganz der Konstruktion, sowohl was die Bedeutung des Satzes als auch die Perfektion des Palindroms betraf.

»Was umkreist in der Dunkelheit eine Flamme, bis es verbrennt?«, fragte Rachel.

»Eine Motte«, antwortete Mike.

»Ja«, sagte Rachel. »Aber auch Ikarus, der so nah an die Sonne flog, dass seine Flügel verbrannten und er ins Meer stürzte. Und auch Prometheus, der bestraft wurde, weil er den Göttern das Feuer gestohlen hatte. Auch der Rabbi Josefez ist Ha-Schem zu nahe gekommen und starb.«

»Und LaMoriette selbst«, sagte Mike. »Im Kern ist sein Brief nichts anderes als ein langer Abschiedsbrief.«

»Der Brief war ein Abschiedsbrief, ja, aber vor allem anderen wollte LaMoriette seinen Sohn vor den Verlockungen einer solchen Macht warnen. Als er schrieb, *Wir gehen des Nachts im Kreise und werden vom Feuer verzehrt,* hat er die unfassbare Macht beschrieben, den wahren Namen Gottes auszusprechen.«

»Außerdem erklärt das die Dringlichkeit seines Briefs«, sagte Mike. »LaMoriette spürte, dass er selbst in Gefahr war. Das könnte der Grund für LaMoriettes Selbstmord gewesen sein. Der Mann hatte entsetzliche Angst.«

»Abulafias Kreis war darauf ausgelegt, eine solche Angst auszulösen«, erwiderte Rachel. »Die Erfahrung dieser Angst und Ehrfurcht vor Gott, der wahre Schrecken, den man bei der Kommunikation durch das Gebet empfindet – ein Zustand der Gemeinschaft mit dem Göttlichen –, das ist der springende Punkt. Der Kreis ist die Tür, aber der Gemütszustand, die Trance, welche die Worte erzeugen, ist der Schlüssel zu dieser Tür.«

»Wollen Sie damit sagen, dass ein Gemütszustand zu dem führte, was dem Rabbi und seinem Sohn widerfuhr?«

»Das ist ein Teil davon, ja«, sagte sie. »Aber die eigentlichen Worte und Zahlen in dem Kreis sind ein anderes, gleichermaßen wichtiges Element. Als das Wort *haim* verändert wurde, veränderte sich auch das Ergebnis. Dies erklärt, was dem Rabbi und seinem Sohn zugestoßen ist, und ebenfalls die schrecklichen Ereignisse im Sedge House. Die Veränderungen, die Sie in der Kopie von Abulafias Zirkel entdeckt haben, mögen zwar unbedeutend erscheinen, aber sie hatten die Macht, schreckliche Folgen zu verursachen. Und als dieser Kreis von Rabbi Josefez benutzt wurde, war das Ergebnis absolut katastrophal.«

Mike erinnerte sich an die grausame Beschreibung von Jakob in LaMoriettes Brief und an die Fotos, die er von Frankie Sedge und Noah Cooke gesehen hatte. Rachel hat recht, dachte er. Ein paar kleine Änderungen in einem Code können in komplexen Systemen verheerende Auswirkungen haben. Der kleinste Fehler kann den größten Schaden anrichten. Schwerwiegende Defekte entstehen durch eine winzige Mutation in einem einzigen Gen. Ein winziger Fehler in einem Computercode kann das gesamte System lahmlegen.

»Okay, aber welches System hat es hier verändert?«

»Das höchste, das ultimative System«, sagte Rachel. »Das System des Lebens. Ähnlich Dr. Frankenstein, der Elektrizität in seine Kreatur leitete, benutzten sie Abulafias Gebetskreise als direkten Weg der Energie von Gott, um einen Golem mit Leben zu versehen. Und sie waren dabei durchaus erfolgreich. Sie führten das Ritual korrekt aus. Nur war das Ergebnis nicht, was sie erwartet hatten.«

Sie lenkte Mikes Aufmerksamkeit wieder auf den Baum des Lebens, der auf dem Tisch lag.

»Ich habe vorhin begonnen, die Sephiroth und die Positionen der zehn Kreise auf dem Lebensbaum zu erklären, aber es gibt noch einen weiteren Aspekt, den ich bisher nicht erwähnt habe. Er ist für die meisten Menschen einfach zu esoterisch. Aber Sie sind anders. Ich denke, Sie werden es verstehen.«

Sie zeigte auf den obersten Kreis, Kether, zog dann eine Linie durch jeden Kreis und hielt bei Malchuth, dem letzten Kreis, inne.

»In der Kabbala ist jeder dieser Kreise eine Sphäre mit einem einzigartigen Aspekt und einer Funktion bei der Erschaffung der Welt. Im Grunde sind sie wie elektrische Schaltstellen, die das Göttliche und die materiellen Dinge mit stromführenden Drähten verbinden. Die Kreise oder Schaltstellen sind die Orte, an denen Energie gesammelt, umgewandelt und weiter verteilt wird. Als solche werden diese Sphären von ebenso mächtigen Dienern bewacht: den göttlichen Wesenheiten, besser bekannt als Engel.«

Mike war augenblicklich skeptisch. »Engel?«

»Lassen Sie mich ausreden«, sagte sie. »Wie ich bereits erwähnt habe, ist die Grundlage der Schöpfung in der Kabbala die Vereinigung von Gegensätzen: positiv und negativ, männlich und weiblich. So gibt es in der Kabbala eine umgekehrte Kraft im Universum, die Qliphoth genannt wird. Es ist die Kraft der Dunkelheit oder des Bösen, das Gegenteil des Baums des Lebens. Die Qliphoth wird oft als das Produkt zerbrochener Schalen oder als hohle Gefäße beschrieben, die gesprungen sind. Der Überlieferung nach war Gottes Emanation beim ersten Versuch, das Universum zu erschaffen, so stark, dass die Gefäße, die sie aufnehmen sollten, zerbrachen. Er versuchte es erneut und schuf die Welt, wie wir sie kennen. Aber das frühere, zerbrochene Universum verschwand nicht. Es blieb bestehen, als Gegensatz zu dem Universum, das wir bewohnen.«

Mike erinnerte sich an Anne-Maries Worte über das *crazing* – den extremen Druck, der zu einer Explosion führte. Das unvollkommene Muster, Craquelé, das dabei entstand.

»Diese Dualität wurde durch den Baum der Erkenntnis von Gut und Böse verkörpert. Sie erinnern sich, dass dies der verbotene Baum war, der Adam und Eva in Versuchung führte. Als sie von seiner Frucht aßen – und die Dualität oder die Existenz von Gut und Böse kennenlernten –, wurden sie aus der Unschuld oder dem Paradies in das Reich der Erkenntnis verwiesen. Die Sphären des Lebensbaums werden von Engeln bewohnt, die Sphären der Qliphoth von Dämonen. Im Baum des Lebens wird der zehnte Kreis, Malchuth – der Kreis, den der Rabbi bei der Erschaffung des Golems benutzte – vom Engel Sandalphon betreut. In der Qliphoth ist der zehnte Kreis der Ort, an dem der Dämon Lilith lebt.«

»Warten Sie«, sagte Mike. Rachel hatte etwas in seinem Gedächtnis wachgerufen. Die Worte *Lilith lebt* erschienen in seinem Kopf. »Etwas, das Sie gerade gesagt haben …« Er nahm LaMoriettes Brief und zeigte Rachel, was Jess am unteren Rand notiert hatte: *Höllisch böser Ritus.* »Jess Price hat das nach Noah Cookes Tod geschrieben.«

Rachel studierte die Worte, sichtlich verwirrt. »Was in aller Welt …?«

»Ich habe versucht zu verstehen, was Jess damit meinte. Sie hatte nur wenige Minuten Zeit, um etwas mitzuteilen, bevor sie das hier versteckte, und obwohl sie alles Mögliche hätte schreiben können, wählte sie diese drei Worte. Höllisch böser Ritus. Zuerst dachte ich, diese Worte sollten beschreiben, was in jener Nacht geschah. Aber Jess liebt die Sprache, ganz besonders Buchstabenspiele und Rätsel. Sie würde niemals etwas so Simples schreiben. Als Sie gerade eben *Lilith lebt* gesagt haben, hat etwas in mir klick gemacht. Es ist ein Anagramm.« Mike sah die Anordnung der Buchstaben sofort vor seinem geistigen Auge, aber um es Rachel zu zeigen, nahm er das Notizbuch und schrieb die Worte *Höllisch böser Ritus* auf Englisch: *hellish evil rite.* Dann ordnete er die Buchstaben neu, bis er den Satz *Lilith lives here* buchstabiert hatte.

»Lilith lebt hier«, sagte Mike. »Jess Price hat festgestellt, dass Lilith in der Nacht, in der Noah Cooke starb, im Sedge House anwesend war.«

Rachel starrte auf die Worte auf dem Papier, dann sah sie Mike entsetzt an. »Wenn das stimmt«, sagte sie, »ist Jess in schrecklicher, wirklich schrecklicher Gefahr.«

54

In schrecklicher Gefahr. Es wiederholte das, was Jess ihm bereits bei ihrem ersten Treffen gesagt hatte. Sie hatte ihn gewarnt, dass sie beobachtet wurden, dass jemand Dr. Raythe getötet hatte, dass jemand hinter ihm her sein würde. Die Bedrohung war real, aber er hatte den Ursprung nicht verstanden. Er hatte angenommen, dass sie damit Jameson meinte, aber jetzt war er sich nicht mehr so sicher. »Von welcher Art von Gefahr reden wir hier?«

»Aus LaMoriettes Beschreibung, wie der Rabbi Abulafias Kreis benutzt hat«, sagte Rachel, »und aus dem, was Sie gerade über die seitenverkehrte Kopie entdeckt haben, die von Jess Price und Noah Cooke im Sedge House benutzt wurde, und jetzt aus diesem Anagramm, das Jess geschrieben hat, ergibt sich für mich, dass der Kreis zu einer Pforte für den Dämon Lilith wurde.«

Mike war sich nicht sicher, wie er darauf reagieren sollte. Rachel war eine vernünftige Person, eine brillante und renommierte Wissenschaftlerin. Und doch schien das, was sie sagte, völlig unmöglich. Es erschütterte die Grenzen seines Verstandes, und mehr noch, es widersprach allem, woran er glaubte. Er sah die Welt als ein großes, zusammenhängendes und wunderbares Rätsel, das mit Logik und Geschick gelöst werden konnte. Jenseits dessen glaubte er an nichts. Seine Welt bestand aus konkreten Elementen, aus harten Fakten, soliden Daten, die sein Verstand erfassen konnte. Und Rachels Erklärung dafür war ... *was?* Ein abstraktes Konzept, das man weder sehen noch anfassen konnte, an das man nur in einem reinen Glaubensakt ... glauben konnte.

Als Rachel seine Fassungslosigkeit sah, lenkte sie seine Aufmerksamkeit zurück zu Abulafias Manuskript. »Sehen Sie hier«, sagte sie und zeigte auf Abulafias zehnten Kreis.

»Abulafia schuf diesen Ha-Schem Ha-Mephorasch für die zehnte Position der Sephiroth, Malchuth, die von Sandalphon beherrscht wird, dem Erzengel, der die menschlichen Gebete sammelt und an Gott weiterleitet. Der Rabbi benutzte diesen Kreis in seinem Ritual, um Sandalphon herbeizurufen.«

»Ihn herbeizurufen?«, fragte Mike. Er konnte die Herausforderung in seiner Stimme hören. »Sie meinen, Sandalphon auf die Erde zu teleportieren?«

»Es ist nicht ganz so wie bei *Star Trek*«, erwiderte sie und warf ihm einen nachsichtigen Blick zu. »Aber, ja, mir scheint, dass sie versucht haben, mit einem Wesen zu kommunizieren, das nicht unbedingt dieser Dimension angehörte. Ich erspare Ihnen die Theologie, aber die Kräfte der göttlichen Wesenheiten als Boten stellen ein ausgeklügeltes System der Schöpfung dar, eine Art Sprache oder Code. Der Rabbi benutzte diesen Kreis, und es funktionierte. Aber da er seitenverkehrt war, öffnete er nicht, wie beabsichtigt, eine Pforte für Sandalphon. Vielmehr rief er Lilith herbei, seine Widersacherin.«

Mike starrte nachdenklich den Kreis an. »Aber wie können Sie das beweisen?«

»Die Beweise sind natürlich nur Indizien«, sagte sie. »Es geschah mit dem Rabbi und seinem Sohn und dann noch einmal mit Noah Cooke. Ich habe den Fall nicht genau verfolgt, aber soweit ich mich erinnere, wurde Jess Price ebenfalls verletzt, nicht wahr?«

»Sie wurde mehr als nur verletzt«, antwortete Mike. »Ihr Leben ist völlig zerstört worden.«

»Das ist Liliths Spezialität: in Besitz nehmen und zerstören.«

»Wollen Sie damit sagen, dass diese Frau – «

»Dämon.«

»Dass dieser Dämon von Jess Besitz ergriffen hat? Seit Noah Cookes Tod?«

»Wenn ich in die Nähe von Jess Price käme, dann könnte ich das mit größerer Gewissheit sagen. Aber nach allem, was Sie mir erzählt haben, und nach dem, was ich gerade in diesen Kreisen gesehen habe, bin ich überzeugt, dass Lilith für alles verantwortlich ist, was mit Jess Price geschehen ist.«

Mike wurde schwindlig. Er zog sich einen Stuhl heran und setzte sich. Die Bedeutung dessen, was Rachel gesagt hatte, brach mit einem Schlag über ihn herein. Es war überwältigend. Seine Verbindung zu Jess, das verwirrende Gottesrätsel, die von Jameson Sedge ausgehende Gefahr – all das erdrückte ihn. Er war in etwas so Komplexes, so Gefährliches verwickelt, dass er nicht mehr wusste, wo ihm der Kopf stand. Er verspürte eine tiefe Sehnsucht, einfach aus der Tür zu gehen, in die U-Bahn zu steigen und in die Sicherheit und Routine seines alltäglichen Lebens zurückzukehren. Stress machte ihm mehr zu schaffen als den meisten Menschen. Er kam mit dem Adrenalin, dem Stress und den fehlenden regelmäßigen Mahlzeiten nicht zurecht. Er brauchte seine Nachmittagsrunde, seine tägliche Meditation, seinen Spaziergang mit Connie am Ende des Tages, um einen Ausgleich zu finden. Er wollte wieder der Mann sein, der er vor Jess Price gewesen war.

»Ich weiß, das ist ganz schön beunruhigend.« Rachel zog sich einen Stuhl heran und setzte sich zu ihm. Sie sah mindestens genauso entmutigt aus, wie er sich fühlte. »Ich hätte mir in meinen kühnsten Träumen nicht vorstellen können, dass ich dies einmal nicht nur theoretisch diskutieren würde. Ich habe zwar über Jahre hinweg die Hierarchien der Dämonologie studiert und kann die Eigenschaften von Engeln und Dämonen im Detail beschreiben, aber ich weiß dennoch nicht genau, wie ich das Ganze aus der Perspektive der praktischen Kabbala anpacken soll.« Sie stützte den Kopf in die Hände, und er wusste, dass sie genauso damit zu kämpfen hatte wie er.

Angesichts ihrer Verletzlichkeit verspürte er wieder das unbändige Bedürfnis, endlich zu begreifen, was mit Jess geschehen war. Er war

so nah dran, das Geheimnis zu lüften! Er konnte jetzt nicht aufgeben.
»Verraten Sie mir, was Sie über Lilith wissen.«

»Einfach ausgedrückt, ist Lilith eine der mächtigsten weiblichen Geister in der jüdisch-christlichen Tradition. Okkultisten verehren Lilith als Königin der Dämonen, aber das war sie anfangs gar nicht. In hebräischen Texten wird Lilith als erste Frau beschrieben, die ursprüngliche Ehefrau Adams, lange bevor Eva auftauchte. Sie wurde zusammen mit Adam erschaffen – nicht aus seiner Rippe wie Eva, sondern aus demselben Lehm. Lilith war schön, außergewöhnlich stark, brillant und innovativ. Und verlangte, entsprechend als Adams Ebenbürtige behandelt zu werden. Antike Texte berichten, dass sie sich ihrem Mann nicht unterordnen wollte, was so interpretiert wurde, dass sie sich beim Geschlechtsverkehr nicht auf den Rücken legen wollte. Vielmehr bestand sie darauf, dass er sich ihr unterordnete. Adam beschwerte sich beim Schöpfer, der daraufhin Lilith durch Eva ersetzte.

Lilith wurde verbannt, aber sie fand einen würdigen Gefährten in einem Engel namens Samael – dem Engel des Todes, wie er manchmal genannt wird. Dem Gelehrten Gershom Scholem zufolge ist Satan der volkstümliche Name für Samael, was Lilith zur Braut des Satans macht, nehme ich an. Rabbi Luria wiederum beschrieb Samael und Lilith als ein dämonisches Herrscherpaar, wobei Samael über die männlichen Dämonen und Lilith über die weiblichen herrscht. Wie auch immer man sie nennen mag, sie regieren die Qliphoth gemeinsam und kontrollieren die Schatten, die dunklen Wesenheiten, Dämonen und alles Böse auf der Erde. Liliths Ruf als Mutter des Bösen ist im Laufe der Jahrhunderte nur noch gewachsen. Sie wird mit Hexerei in Verbindung gebracht und beschuldigt, in der Nacht Kinder zu entführen. Vor allem aber ist sie sexuell unersättlich, ein Sukkubus, ein aufreizender Dämon, der Männer nachts aufsucht, sie verführt und ihren Samen benutzt, um weitere Dämonen zu erschaffen.«

Mike erschrak bei der Erwähnung von Liliths nächtlichen Besuchen, die ihn nur allzu sehr an die Träume erinnerte, die ihn seit seinem ersten Treffen mit Jess Price heimsuchten. Er wusste, dass er Rachel von seinen Träumen erzählen sollte, aber er konnte es nicht. »Und Sie glauben das alles?«

»Ja, das tue ich«, sagte sie. »Aber ich bin auch Wissenschaftlerin. Ich glaube nicht einfach blind. Mein Glaube stützt sich auf historische Dokumente und Interpretationen. Wenn man sich einmal genauer ansieht, was man über Lilith erfahren hat – von ihrer ersten Erwähnung in den Schriftrollen vom Toten Meer bis hin zum Zohar –, dann wird klar, dass sie ein Paradebeispiel für den Umgang der Menschheit mit mächtigen Frauen ist. Wenn eine Frau Gleichberechtigung fordert, wird sie geschmäht, verbannt und diffamiert. Jede mächtige Frau in der Geschichte, von Kleopatra über Jeanne d'Arc bis hin zu Elisabeth I., hat die gleichen Widersprüche erlebt, mit denen auch Lilith zu kämpfen hatte: Eine Frau kann nur mächtig sein, wenn sie ihre Stärke nicht zeigt. Auch heute noch leben Frauen in einer Welt voller solcher Heucheleien. Ein Teil von mir stellt sich gerne die Gleichheit vor, für die Lilith steht. Wir waren alle einmal gleich, vor dem Sündenfall. Aber in Wahrheit ist Lilith extrem gefährlich.«

Mike versuchte, das Gehörte zu verarbeiten. Er verstand Lilith nicht so wie Rachel, und anders als sie hatte er keinen Glauben, auf den er sich verlassen konnte, dennoch konnte er sehen, dass Rachels Interpretation eine schlüssige Erklärung für das bot, was mit Jess Price passiert war. »Was auch immer hier vor sich geht«, sagte er schließlich, »eines weiß ich mit Sicherheit: Jess braucht Hilfe.«

Rachel warf ihm einen prüfenden Blick zu. »Es ist Ihnen wirklich wichtig, was aus ihr wird, oder?«

»Ich kenne sie zwar noch nicht lange, aber ich fühle mich irgendwie mit ihr verbunden. Es kommt nicht oft vor, dass ich so empfinde.« Seine Gefühle gingen viel tiefer als das, aber er wusste kaum, wie er sie sich selbst erklären sollte, geschweige denn Rachel. Die halluzinatorischen Träume, die intensive Anziehungskraft, das Gefühl der Dringlichkeit – das alles überwältigte ihn. »Ich will ihr helfen. Ich *muss* ihr helfen.«

»Dann gibt es vielleicht etwas, das wir tun können«, sagte sie. »Aber es birgt ein unglaubliches Risiko.«

Mike spürte einen Funken Optimismus, klein, aber machtvoll. »Was für ein Risiko?«

Sie stand auf und blickte auf die Kreise, die auf dem Tisch angeordnet waren. »Ich kann nichts versprechen, aber es besteht die Möglichkeit, dass wir, wenn wir es richtig hinbekommen, den ursprünglichen Kreis von Abulafia benutzen können, um Lilith einzudämmen.«

»Eindämmen?« Mike versuchte sich vorzustellen, wie das möglich sein sollte; es schien, als würde man einen Geist in einer Glasflasche fangen. »Glauben Sie, dass sie jetzt hier draußen ist, irgendwo herumschwebt?«

»Als Noah Cooke und Jess Price die Worte in diesem Kreis sprachen, öffneten sie eine Pforte, die Lilith in diese Welt entließ. Sie schenkten Lilith ein Leben in dieser Dimension. *Haim.* Diese Verbindung ist extrem stark, wie die Verbindung zwischen einer Mutter und ihrem Kind.«

»Wohl eher wie Frankensteins Monster zu seinem Schöpfer«, erwiderte Mike.

»Genau so. Wie bei dem Rabbi und seinem Sohn hat sich Lilith zuerst an Noah gebunden. Als er starb, ging sie zu Jess Price über. Und solange Jess lebt, wird Lilith hier bei ihr bleiben, in unserer Dimension.«

»Vielleicht hat sich LaMoriette deshalb umgebracht«, sagte Mike und erinnerte sich an die erste Seite des Briefes. *Ich habe gelitten, aber es ist das Leiden eines Mannes, der sich seine eigene Folterkammer erschaffen hat.* »Er konnte mit dieser Bürde nicht leben.«

»Es ist eine schreckliche Geschichte«, sagte Rachel. »Ich vermute, dass Lilith den Körper von Jess benutzt, sich nimmt, was sie braucht, und sie dann verlässt. Jess ist eine Energiequelle. Lilith ernährt sich von ihr wie ein Parasit.«

Er dachte an Jess Price, an die blutarme Beschaffenheit ihrer Haut, daran, wie ausgezehrt ihre körperliche und geistige Gesundheit wirkte. »Wenn das der Fall ist, dann hat Jess Noah nicht umgebracht«, sagte Mike. »Das war dieser Dämon.«

Er erinnerte sich an den Autopsiebericht, an die Beschreibung der Verletzungen an Noah Cookes Organen, an die inneren Blutungen, an die seltsamen Male auf seiner Haut. LaMoriette hatte ähnliche Male gehabt. Jess besaß sie ebenfalls. Anne-Marie hatte die Male als *crazing* beschrieben, den äußerlichen Beweis für extremen inneren Druck. Trotz seiner Zweifel erschien ihm das alles seltsam stimmig. Er hatte noch Tausende von Fragen, aber es klopfte an der Tür, dann ertönte Jamesons Stimme. Ihre Zeit war um. Jameson wollte den Koffer.

»Wir müssen eine Entscheidung fällen«, sagte sie und blickte zur Tür.

»Sagen Sie mir, was zu tun ist.« Mike stand auf und griff nach seiner Kuriertasche. »Ich bin zu allem bereit.«

»Damit es funktionieren kann, müssen wir Jess sehen, was bedeutet, dass wir zum Gefängnis müssen.«

»Mein Zugang zu Jess wurde gesperrt. Wenn ich im Gefängnis auftauche, werden mich die Wärter auf Anordnung des Gouverneurs von New York verhaften.«

»Gibt es vielleicht noch einen anderen Weg?«, fragte Rachel verzweifelt.

»Mein einziger Kontakt aus dem Gefängnis befindet sich derzeit im Krankenhaus.«

»Aber wir brauchen Jess Price«, sagte sie. »Es führt kein Weg daran vorbei.«

Er erinnerte sich an die dicken Ziegelmauern, die Stacheldrahtrollen, die endlosen Kilometer immergrüner Wälder, die das Gefängnis umgaben. Er erinnerte sich daran, dass Thessaly gesagt hatte, Jess würde aus dem Gefängnis verlegt werden. »Es wird nicht leicht sein«, sagte er.

»Nichts davon wird einfach sein«, erwiderte sie. »Selbst wenn es uns gelingt, Jess zu sehen: Ich bin Expertin für die Geschichte der jüdischen Mystik. Das hier ist jedoch die praktische Kabbala. So etwas habe ich noch nie gemacht. Wir werden äußerst vorsichtig sein müssen. Diese Rituale können, wie Sie wissen, schreckliche Folgen haben. Es ist durchaus möglich, dass es misslingt oder noch schlimmer wird. Ist Ihnen das klar?«

Mike dachte an Jess und erinnerte sich an das Wort, das sie bei ihrem ersten Treffen geschrieben hatte: *Vertrauen*. Sie vertraute darauf, dass er ihr helfen würde. Er konnte jetzt nicht weglaufen. »Absolut«, sagte er. »Auf geht's.«

Während Jameson an die Tür hämmerte, packte Rachel den Koffer und legte die Porzellanpuppe und die Seiten von Abulafias Manuskript hinein.

»Schnell, folgen Sie mir«, sagte Rachel, während sie ein Fenster aufstieß und auf eine Feuerleiter kletterte. Mit Jamesons Drohungen im Nacken, folgte Mike ihr ins helle Morgenlicht.

55

Auf halbem Weg den Block hinunter verschwand Rachel in ein Parkhaus und kehrte nach wenigen Minuten mit einem weißen Jeep Wrangler wieder auf. Mike setzte sich neben sie und verstaute den Koffer vorsichtig hinter ihrem Sitz, und schon gab Rachel Gas und fuhr auf die Straße hinaus. Sie hatte allen Grund zur Eile. Es waren noch keine fünf Minuten vergangen, seit sie aus dem Lesesaal geklettert waren, und schon stand ein Streifenwagen mit eingeschaltetem Blaulicht vor dem Center. Mike erhaschte einen Blick auf Cullen, der sichtlich verzweifelt mit den Beamten sprach. Sie hatten eines der wertvollsten Manuskripte der Morgan Library gestohlen, und Cullen Withers würde dafür verantwortlich gemacht werden. Wesentlich beunruhigender war jedoch, dass Jamesons SUV nicht auf der Straße stand. Jameson war kein Typ, der lange auf die Polizei wartete – vermutlich hatte er die Dinge bereits selbst in die Hand genommen.

Mike schnallte sich an und verfolgte mit einer Mischung aus Angst und Bewunderung, wie Rachel sich rasant durch den Stadtverkehr schlängelte, als wäre sie auf einem Hindernisparcours unterwegs. Sie wich unerwartet auf eine Einbahnstraße aus, nahm eine Abkürzung über einen Parkplatz und bog dann abrupt auf eine Zufahrtsrampe ab, die sie auf den Henry Hudson Parkway brachte. »Jetzt wissen wir«, sagte Rachel und lächelte vergnügt, während sie sich wieder in den Verkehr einfädelte, »dass sie uns nicht folgen.«

Laut Digitaluhr auf dem Armaturenbrett war es kurz nach zehn Uhr, und doch schien die Sonne intensiver denn je, als ob etwas an der Stadt ihre Kraft verstärkte – die endlosen Glastürme vielleicht und die Weiten des Betons. Er sah zum Fluss hinüber, der an den Parkway grenzte; er glitzerte und krümmte sich im Sonnenlicht, hell wie ein Band aus gehämmertem Metall. Und obwohl der Verkehr stadteinwärts sehr dicht war, ging es in ihrer Richtung doch zügig voran. Alles war gut. Als sie die George Washington Bridge überquerten und auf den Palisades Parkway einbogen, begann Mike sich zu entspannen.

Doch gerade als Mikes Wachsamkeit etwas nachließ, hörte er Rachel scharf einatmen. Er drehte sich um und entdeckte auf dem Rücksitz Cam Putney, der sich zu ihnen vorbeugte, den Koffer in der einen und eine Waffe in der anderen Hand. Die Pistole hatte er an Rachels Schläfe gedrückt. »Fahren Sie rechts ran«, befahl er mit sanfter Stimme, als wollte er sie zu einem Kaffee einladen. Mike sah ihm in die Augen, und der Mann antwortete mit einem herausfordernden Zwinkern. *Wenn du's haben willst, dann komm und hol's dir.* Mike warf Rachel einen kurzen Blick zu und sah ihre Angst. Sie hatten gar keine andere Wahl, als zu tun, was Cam verlangte.

Rachel steuerte den Jeep an den Straßenrand, und Cam sprang mit dem Koffer in der Hand hinaus. Sie wartete nicht ab, was er als Nächstes tun würde, sondern fuhr schon wieder los, noch bevor Cam die Tür geschlossen hatte. Mike beugte sich über die Rückenlehne nach hinten und riss die Tür zu. Aus dem Augenwinkel sah er, wie Jamesons SUV anhielt, um Cam einzusammeln.

Mikes Herz raste. Er holte tief Luft, versuchte zu begreifen, was da gerade passiert war. Wie hatte er nicht mitbekommen können, dass sich Cam hinten im Wagen versteckte? Wie konnte es sein, dass sie so kurz davor gewesen waren, mit dem Koffer zu entkommen, nur um ihn im letzten Moment doch noch zu verlieren?

Auch Rachel holte tief Luft. »So viel dazu«, sagte sie. »Wir können jetzt genauso gut umdrehen und zurück in die Stadt fahren.« Sie klang angespannt, und obwohl sie nicht halb so entmutigt schien, wie Mike sich fühlte, standen ihre Knöchel weiß hervor, so fest umklammerte sie das Lenkrad.

»Aber wir können jetzt nicht umkehren«, sagte er. Es war, wie mitten in einem Irrgarten aufzugeben. Wenn sie umkehrten, hätten sie verloren.

»Ohne das Manuskript können wir die Anrufung nicht nachstellen«, sagte sie. »Es ist sinnlos.«

»Warten Sie«, sagte Mike und nahm Notizbuch und Stift aus seiner Jacke. Zahlen und Buchstaben füllten seinen Kopf, als der Kreis Gestalt annahm. Er öffnete das Notizbuch und reproduzierte den Kreis genau so, wie er ihn in Abulafias Manuskript gesehen hatte. »Das Gefäß können wir nicht reproduzieren«, sagte er. »Aber wir können das hier bei Jess verwenden.«

Rachel betrachtete den Kreis und schüttelte bewundernd den Kopf. »Das ist eine komplizierte Zeichnung. Es gibt Hunderte, vielleicht Tausende von möglichen Kombinationen. Sind Sie sich sicher, dass Sie das richtig hinbekommen haben?«

»Hundertprozentig«, sagte er. Er nahm sein Handy heraus, machte ein Foto vom Kreis und schickte es als verschlüsselte Nachricht an Dr. Gupta. Sein Mentor hatte die vollständige Version sehen wollen, und außerdem konnte Mike ihm so mitteilen, wo er sich aktuell aufhielt. Normalerweise hasste er die Vorstellung, beobachtet zu werden, aber in diesem Moment vermittelte es ihm ein Gefühl der Sicherheit, dass Dr. Gupta sie nun tracken konnte.

»Ich weiß, dass Sie das wahrscheinlich ständig hören, aber das ist einfach nur ... *wow*!«

»Ja, das höre ich tatsächlich öfters«, erwiderte er lächelnd. »Aber es ist trotzdem immer wieder nett. Und es wird sogar noch viel besser, wenn wir das hier lösen.«

»Na dann – los geht's!« Rachel reichte ihm ihr Handy. »Wir können in fünf Stunden am Gefängnis sein, wenn wir nicht in einen Stau geraten.«

Während Rachel fuhr, starrte Mike aus dem Fenster zum Fluss hinunter.

»Wer ist Ihre Kontaktperson im Gefängnis?«, fragte Rachel. »Die Person im Krankenhaus?«

»Dr. Thessaly Moses«, antwortete Mike. Er schilderte, was er über den Angriff auf Thessaly wusste – dass es am Abend zuvor in ihrem Haus passiert war und dass man sie ins Krankenhaus eingewiesen hatte.

»Wir müssen unbedingt mit ihr reden«, meinte Rachel. »Sie wird nicht nur wissen, wie wir an Jess herankommen, sondern könnte uns auch vom Überfall erzählen.«

Er wusste nicht, in welchem Zustand sich Thessaly befand, und auch nicht, ob sie Besuch empfangen konnte, aber ihm war klar, dass es keine bessere Option gab. Er suchte die Adresse des Krankenhauses heraus, gab sie in das Navi ein und reichte das Handy dann wieder Rachel, die es aufs Armaturenbrett legte.

Während Rachel fuhr, saß Mike schweigend da, zur Untätigkeit gezwungen. Es gab ein iPhone-Kabel, also schloss er sein Telefon an, um es sicherheitshalber aufzuladen. Er musste sich entspannen, wusste aber nicht, wie. Er trommelte mit dem Finger gegen den Sitz, ein pulsierender Rhythmus durchfuhr ihn. Er fühlte sich wie eine Flipperkugel, die durch eine Reihe wilder Drehungen und unerwarteter Wendungen über das Spielfeld geschleudert wurde, wobei die Bumper ihn in die eine, die blinkenden Slingshots in die andere Richtung jagten. Und doch nahm er sich jetzt, in der Stille von Rachels Auto, einen Moment Zeit, um alles zu verarbeiten.

Wenn er das Gesamtbild betrachtete, erkannte er, dass ein größeres Muster dahintersteckte. Die Bruchstücke fügten sich zusammen: Er hatte den Fehler in dem kopierten Kreis entdeckt, den Fehler im Programm, der so viel Ärger verursacht hatte. Und er hatte einen Plan, um dies zu korrigieren. Doch was brachte es ihm, alle Teile zu besitzen, wenn er die Logik hinter dem Ganzen nicht verstand? Zum Glück würde Rachel mit ihrem profunden Wissen über die Geschichte hinter den Kreisen sie ihm liefern können.

Er schaute Rachel an und betrachtete ihr Profil und ihr langes dunkles Haar, ihre würdevolle Haltung. Ihr unerschütterlicher Glaube faszinierte ihn. »Ich würde gerne wissen«, sagte er, »wie Sie zu Ihrer Arbeit gekommen sind. War Ihr Glaube schon immer so fest?«

»Eigentlich nicht, nein«, sagte sie und lächelte ihn an. »Ziemlich lange wusste ich nicht, was ich glauben sollte. Ich war zwar durchaus religiös, habe aber sehr weit weg von den Traditionen meiner Glaubensgemeinschaft gelebt. Dann lernte ich jemanden kennen, der mein Leben veränderte. Isaac kam aus Israel zu Besuch nach New York, und wir wurden einander von einem gemeinsamen Freund vorgestellt. Isaac war ein engagierter Gelehrter mit fortschrittlichen Vorstellungen zum Glauben und studierte, um Rabbiner zu werden. Er lud mich auf einen Kaffee ein, und während wir uns unterhielten, wurde mir klar, dass er anders war als alle, die ich je getroffen hatte. Als ich ihm sagte, dass ich mir nicht sicher sei, ob es einen Gott gebe, fragte er mich, ob ich an die Wissenschaft glaube. Natürlich bejahte ich, und wir begannen, über den Urknall, die Physik und so weiter zu sprechen. Er meinte, seine Vorstellung von Gott decke sich mit dem Konzept der wissenschaftlichen Realität, wie ich es beschrieben hatte. Gott sei Licht, sagte er. Nicht im metaphorischen Sinne. Nicht abstrakt. Sondern buchstäblich mit all jenen Attributen, die wir mit Photonen assoziieren. Eine allgegenwärtige Präsenz, die sich frei durch Raum und Zeit bewegt, eine Energie mit den schöpferischen Fähigkeiten, auf molekularer Ebene Leben zu erzeugen – das sind die Eigenschaften der schöpferischen Kraft, die wir als Gott kennen. Seine Ideen waren natürlich viel komplizierter als das, aber die Grundlage seines Glaubens fand bei mir einen Widerhall. Gott war Licht. Die materielle Welt war die göttliche Welt. Das ist die Grundlage der Kabbala, die Grundlage von allem, woran ich glaube. Ich schätze, man könnte sagen, dass Isaac mich bekehrt hat.«

»Das klingt, als wären Sie Seelenverwandte«, sagte er.

»Ja, das waren wir«, sagte sie mit leiser werdender Stimme.

»Waren?«

»Mein Mann ist vor drei Jahren an Lungenkrebs gestorben«, sagte sie. »Da war er fünfunddreißig Jahre alt.«

»Das tut mir leid«, sagte Mike. »Ich hatte ja keine Ahnung.«

»Woher sollten Sie das auch wissen«, sagte sie. »Ich war todunglücklich, als er krank wurde, und oft auch wütend, aber mein Mann verbitterte nie. Er akzeptierte seinen Tod mit der gleichen Entschlossenheit, mit der er sein Leben gelebt hatte. Er glaubte, unsere Aufgabe hier bestünde darin, die Schönheit der Schöpfung sehen zu lernen, wirklich sehen zu lernen und zu verstehen, dass der zentrale Zweck des Daseins nicht darin besteht, etwas zu erreichen oder Trost zu finden oder auch nur menschliche Beziehungen aufzubauen, sondern den Weg zurück zur Quelle von allem zu finden: zu dem unendlichen Lichtpunkt, der Gott ist. Er lehrte mich, dass wir immer für das kämpfen müssen, woran wir glauben. Und deshalb«, sagte sie und blickte zu Mike herüber, »möchte ich Ihnen helfen. Sie kämpfen dafür, dieser Frau zu helfen, trotz der damit verbundenen Gefahr. Sie haben eine starke Position eingenommen und sind bereit, sie zu verteidigen.«

Was Rachel sagte, war zutreffend, aber Mike wusste, so einfach waren seine Beweggründe nicht. Ja, er wollte Jess helfen, aber noch etwas anderes hatte von ihm Besitz ergriffen: ein tiefes Bedürfnis, das ihm einen so süchtig machenden chemischen Rausch bescherte, dass er sich ihm nicht entziehen konnte. Wenn er die Augen schloss, wurde die Landschaft seines Geistes von Abulafias Kreis überflutet. Die wirbelnden Buchstaben und die Anordnung der Symbole übernahmen die Oberhand und ließen ihn hilflos zurück. Es war ein Urbedürfnis, dieses Rätsel zu lösen, und nichts konnte ihn davon abhalten.

56

Das einzige Krankenhaus lag wie auch das einzige Gefängnis von Ray Brook außerhalb der Stadt, eingebettet in einem ausgedehnten Waldgebiet. Nach Cams Überfall war der Rest der Fahrt geradezu friedlich verlaufen. Mike spielte alle möglichen Varianten durch, was mit Thessaly Moses passiert sein könnte. Der Artikel, den Dr. Gupta ihm geschickt hatte, war vage, bot wenig Handfestes. Er wusste weder, wie schwer sie verletzt worden war, noch, wo Jess Price zur Tatzeit gewesen war oder ob die Polizei den Täter gefunden hatte. Das Fehlen von Details veranlasste ihn, das Schlimmste zu befürchten.

Sie kamen am Nachmittag an. Mike versuchte, Thessaly vom Krankenhausparkplatz aus anzurufen. Sie nahm nicht ab, aber zehn Sekunden später erschien eine Textnachricht von ihrer Nummer. *Kann nicht sprechen. Wo sind Sie?*

Er erklärte, dass sie vor dem Krankenhaus waren und sie sehen müssten. Sie schrieb zurück: *Die Polizei war heute Morgen hier, und das macht das Personal nervös. Nur die nächsten Angehörigen sind erlaubt. Falls jemand fragt, sagen Sie einfach, Sie sind mein Bruder. Ich liege in Zimmer 207.*

Mike antwortete: *Okay, Schwester, auch wenn mir das vielleicht niemand abkaufen wird, weil ich ja weiß bin.*

Woraufhin Thessaly mit einem dunkelhäutigen Daumen hoch-Emoji antwortete: *Dann eben Stiefbruder.*

Auf der ersten Etage wurden sie sofort von einer Krankenschwester aufgehalten, die sie zur Rede stellte. Als Mike sagte, sie suchten Zimmer 207, warf die Schwester ihnen einen scharfen Blick zu, zeigte dann aber den Flur hinunter. Er ging schnell weiter, vorbei an einem Rollstuhl, einem verlassenen Tropf und einem Essenswagen – Kartoffelbrei, Brokkoli und etwas, das wie Lasagne aussah. Mike schüttelte sich. Der Geruch von Krankenhäusern erinnerte ihn immer an die Zeit, als sein Vater krank gewesen war. Beinahe dreizehn Jahre war das jetzt her ...

Vor Zimmer 207 gab Rachel ihm mit einem Kopfnicken zu verstehen, dass er ohne sie hineingehen solle. Er zögerte – Rachel Appel gehörte jetzt dazu, und Thessaly sollte das wissen –, aber vermutlich gab es tatsächlich einen besseren Zeitpunkt, um die beiden Frauen einander vorzustellen. Thessaly saß aufrecht im Bett. Ein Verband bedeckte die linke Seite ihres Gesichts. Er betrat den Raum, aber sie sah ihn erst, als er fast direkt vor ihr stand.

»Mike«, sagte sie mit einem schiefen Lächeln.

»Was zum Teufel ist passiert?«, fragte er leise, als ob die Lautstärke ihre Verletzung verschlimmern könnte.

»Zweiundzwanzig Stiche«, sagte sie und zog eine Linie über ihre Wange. »Ich kann von Glück sagen, dass ich mein Auge nicht verloren habe.«

Erst jetzt begriff er vollends, was Thessaly Entsetzliches zugestoßen war. Jemand hatte sie brutal überfallen. Sie musste starke Schmerzen haben und würde sicher eine Narbe im Gesicht zurückbehalten. Wieder spürte er die Last der Verantwortung. Er hätte dort sein sollen. Hätte er Ray Brook nicht verlassen, wäre sie nicht verletzt worden.

Er zog sich einen Stuhl heran und setzte sich neben das Bett. Vielleicht konnte er ihr Leid ja irgendwie lindern. Da bemerkte er die dicke Wochenendausgabe der *New York Times* auf dem Nachttisch. Das Sonntagsmagazin der *Times* lag mit aufgeschlagener Rätselseite da. Es war eines von seinen – das Triangulum, das ihm an dem Tag, an dem er in dieses Abenteuer verstrickt worden war, solche Schwierigkeiten bereitet hatte.

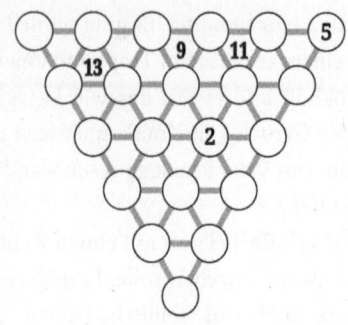

Es war ein solides Puzzle, und die Eleganz der Konstruktion erfüllte ihn mit Stolz. Er liebte Zahlenrätsel – Str8ts, 24er-Rätsel, Sudokus, Kreuzzahlrätsel. Ihre Prämisse war immer klar und ließ keinen Raum für Zweideutigkeiten. Man bekam ein paar Zahlen vorgegeben, gab den Rest ein, und alles fügte sich zusammen. Als er das Triangulum betrachtete, stellte er fest, dass es zu seinen anspruchsvolleren Rätseln gehörte. Thessaly hatte nur zwei der Antworten vervollständigt. »Das ist ein lustiges Rätsel«, sagte er und deutete mit einem Nicken darauf.

»Stimmt«, erwiderte sie trocken. »Ich habe den ganzen Morgen daran gearbeitet, Mike. Können Sie nicht auch mal eines machen, das für normale Menschen wie mich einen Tick zugänglicher ist?«

»Ich würde Sie jetzt nicht unbedingt ›normal‹ nennen«, sagte er. »Es war wirklich erstaunlich, dass Sie es geschafft haben, Jess Price diese Nachricht an mich aufnehmen zu lassen. Wenn Sie das nicht getan hätten, wäre ich in dieser Sache auch nicht annähernd da, wo ich jetzt bin.«

Sie starrte ihn an. »Und wo genau wäre das?«

Er blickte hinaus auf den Korridor, dann zu den Monitoren neben ihrem Bett. Er war eigentlich noch nie paranoid gewesen, doch er wusste nur zu gut, dass jede seiner Bewegungen getrackt und seine Stimme aufgezeichnet werden konnte. »Ich werde Ihnen alles sobald wie möglich erklären«, antwortete er. »Aber jetzt sagen Sie mir erst mal, wer Ihnen das angetan hat.«

Sie schüttelte den Kopf. »Ich weiß es nicht«, erwidert sie. »Ich bin nach Hause gegangen, um Ihnen die Audiodatei zu schicken, und saß gerade am Esszimmertisch, als es passierte. Offensichtlich muss ich mich gegen den Eindringling gewehrt haben – mir wurde mein eigener Laptop ins Gesicht geschlagen –, aber ich kann mich an nichts erinnern. Mein Arzt sagt, es besteht eine fünfzigprozentige Wahrscheinlichkeit, dass meine Erinnerung an den Zwischenfall zurückkehrt.«

Mike verspürte einen Anflug von Mitleid. Er wusste, wie es sich anfühlte, nach einer Verletzung die Kontrolle zu verlieren.

»Inzwischen ist der Freund, den ich erwähnt habe – John Williams, der Sicherheitschef des Gefängnisses – auf der Suche nach dem Täter. Er glaubt, dass es etwas mit dem Hack zu tun hat, durch den ich aus dem System ausgesperrt wurde.«

»Glaubt er, es war jemand aus dem Gefängnis?«

Thessaly zuckte die Achseln. »Er weiß es nicht, aber möglich wär's. Er hat sämtliche Sicherheitsdaten überprüft, in der Hoffnung, etwas Merkwürdiges zu finden – einen Unbefugten, der sich ein- und ausloggt, oder eine kürzlich entlassene Gefangene, die vielleicht ein Hühnchen mit mir zu rupfen hat. Es gibt eine ganze Menge zu überprüfen, denn wie Sie bei unserem Ausflug in den Keller selbst gesehen haben, besitzt die Einrichtung einige strukturelle Schwachstellen. Bislang hat John jedoch noch nichts gefunden.«

»Hat er sich auch um den Verbleib von Cam Putney gekümmert?«

Die Erwähnung des Wächters überraschte sie. »Woher wissen Sie von ihm?«

»Er arbeitet für Jameson Sedge.«

Thessaly verarbeitete diese Information. »Sie meinen, Mr Putney arbeitet für den Kerl in dem Tesla, vor dem mich mein Freund gewarnt hat?«

»Genau«, sagte Mike. »Der steckt hinter all dem.«

Auf Thessalys Gesicht spiegelte sich eine Reihe von Emotionen: Überraschung, Empörung, dann auch Wut. »John wird stinksauer sein. Er wird alles ganz genau wissen wollen. Ist es ein Problem für Sie, wenn ich diese Informationen an ihn weitergebe?«

»Ich würde sowieso gern mit ihm sprechen«, sagte Mike. »Ich würde ihn gern fragen, ob er mir bei etwas behilflich sein kann.«

»Was für ein ›etwas‹ wäre das denn?«

Er holte tief Luft, weil er wusste, seine Bitte würde wie ein Stein einschlagen. »Ich muss Jess Price noch einmal treffen.«

Thessaly starrte ihn an, als versuchte sie erst noch zu verstehen, was sie da gerade gehört hatte. »Wie bitte?«

»Sie haben mir doch gesagt, dass sie verlegt wird«, sagte er. »Ist das schon passiert?«

Sie schüttelte den Kopf. »Nach dem Überfall hat John die Verlegung erst mal auf Eis gelegt.«

»Ich muss mit ihr reden«, sagte Mike. »Der Ort spielt keine Rolle. In der Bibliothek. In Ihrem Büro. Alles ist gut. Ich muss sie nur sehen. Allein.«

»Sie wissen, dass das nicht geht.«

»Es ist sehr viel verlangt, das ist mir schon klar«, sagte er. »Aber es ist wichtig. Ihr Freund wird mir helfen wollen, wenn er weiß, wie extrem wichtig es ist.«

Thessaly hob eine Augenbraue. »Damit ich das jetzt richtig verstehe: Sie wollen, dass der Chef des Sicherheitsdienstes einer Justizvollzugsanstalt von New York State einem Mann, der als Sicherheitsrisiko eingestuft worden ist und dem der Zugang zum Gefängnis von höchster Stelle aus entzogen worden ist, dass er diesem Mann erlaubt, mit einer Gefangenen allein zu sein?«

Er wusste, dass es eine unerhörte Bitte war. »Zehn Minuten, um mehr bitte ich gar nicht.«

»Sie haben den Verstand verloren, Mike.«

Er schwieg. Genau das Gleiche hatte er selbst schon oft gedacht, aber es hatte etwas Befriedigendes, es jemand anderen laut aussprechen zu hören.

»Hören Sie, hier geht es um erheblich mehr, als uns allen klar ist. Jess Price hatte Angst, über das zu sprechen, was ihr widerfahren ist, weil sie überwacht wurde. Cam Putney hat Jess im Auge behalten und Jameson Sedge Bericht erstattet. Aber Jess weiß vielleicht mehr über das alles, als sie sagt. Sie hat angefangen, sich mir gegenüber zu öffnen. Wenn John Williams mich nur zu ihr lassen würde, dann würde sie mir alles erzählen, das weiß ich. Auch, wer Sie überfallen hat.«

Thessaly schien darüber nachzudenken, und gerade als Mike schon fürchtete, sie würde ihn bitten zu gehen, griff sie nach ihrem Handy. »Geben Sie mir ein paar Minuten«, sagte sie. »Ich werde sehen, was ich tun kann.«

Geduld war nicht unbedingt Mikes Stärke, und abzuwarten, ob er Zugang zu Jess Price bekommen würde, war nahezu unerträglich. Er ging auf dem Flur vor Thessalys Zimmer auf und ab, besorgte sich und Rachel aus einem Automaten zwei Tassen bitteren Kaffee und bemühte sich mit aller Macht, nicht durchzudrehen. Im Wartebereich entdeckte er ein weiteres Exemplar des Sonntagsmagazins der *Times* und half Rachel bei der Lösung des Triangulums.

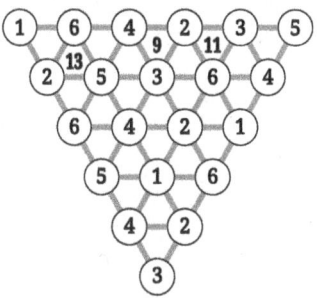

Es hatte etwas sehr Beruhigendes, etwas elementar Befriedigendes, das Zahlenmuster zu vervollständigen. Die Zahlen fügten sich auf klare, logische und eindeutige Weise zusammen. Es gab keine Zweideutigkeit. Die Antworten waren die Antworten, ohne jeden Zweifel. Er lächelte, als er Rachel die Buchstaben zeigte, die er eingefügt hatte, das alphanumerische Osterei seines Namens mit den Zahlen 13, 9, 11, 5, 2. *Mike B.*

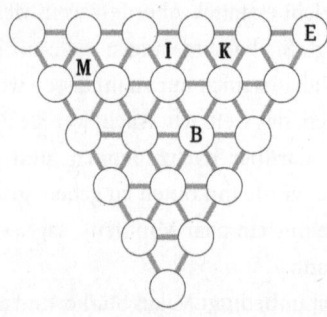

Schließlich hörte er Thessaly nach ihm rufen. Nervös kehrte er in ihr Zimmer zurück.

»Er wird es machen«, sagte Thessaly, als sie Mike eintreten sah. »Er muss noch Verschiedenes abklären, aber er sagte, dass er Sie anrufen und Ihnen mitteilen wird, wann Sie ins Gefängnis kommen können.«

57

Das Warten im Krankenhaus machte sie verwundbar, also beschlossen sie, ein wenig herumzufahren, bis der Sicherheitschef anrief. Sie stiegen in den Jeep und fuhren tiefer in die Adirondacks hinein, schlängelten sich durch dichte Wälder, kamen durch kleine Städte, in denen amerikanische Fahnen flatterten und funkelnagelneue Allradfahrzeuge sich vor Pubs aufreihten. Von weit oben auf einer Bergstraße entdeckte Mike das Gefängnis, das sich unter ihnen in das Gelände schmiegte. Sie hatten es umkreist, wie eine Motte eine Flamme, angezogen von dem Geheimnis, das Jess Price umgab.

Thessaly hatte versprochen, dass Williams anrufen würde, aber sie waren schon mehr als eine Stunde unterwegs, ohne eine Nachricht zu erhalten. Schließlich hielt Rachel an einer Mobil-Tankstelle. Mike tankte den Jeep mit bleifreiem Benzin voll, ging dann hinein und kaufte Thunfischsandwiches, Chips und Wasser. Obwohl er am liebsten im Jeep gegessen hätte, schlug Rachel vor, dass sie den Schildern zu einem Picknickplatz am Beginn eines Wanderweges folgen sollten. Tische und eine Feuerstelle deuteten darauf hin, dass der Ort nicht so abgelegen war, wie Mike gehofft hatte – sicher würde Jameson nach ihnen suchen. Aber Rachel wies ihn darauf hin, dass sie vom Picknickplatz aus einen guten Blick über die Gegend hatten. »Hier kann sich niemand anschleichen«, sagte sie und legte die Sandwiches auf einen Picknicktisch.

Es war inzwischen fast sechs Uhr abends, und Mike knurrte der Magen. Das Sandwich würde ihm nicht reichen – er hätte wissen müssen, dass er etwas Gehaltvolleres brauchte als nur Thunfisch –, aber es war ein gutes Gefühl, festen Boden unter den Füßen zu haben und etwas so Gewöhnliches zu unternehmen wie ein Picknick in der kühlen, frischen Bergluft.

Und doch war Mike trotz der Ruhe des Augenblicks angespannt. Selbst als er das Sandwich auspackte und aß, konnte er sich des Gefühls nicht erwehren, als würde sich der Wald um ihn zusammenziehen. Seine Gedanken kreisten ständig um Jess. Er musste sie sehen, musste mit John Williams sprechen, musste Jess in die Augen sehen und sich vergewissern, dass alles, was er empfand, real war. Er warf einen Blick auf sein Handy. Eine SMS von Thessaly. Jess sollte am kommenden Morgen von Ray Brook in ein Gefängnis mittlerer Sicherheitsstufe in Connecticut verlegt werden. Er hatte zwar gewusst, dass es passieren würde, dennoch traf es ihn wie ein Schlag in die Magengrube. Dies war seine letzte Chance. Wenn er sie heute Abend nicht sehen würde, wenn sie nicht noch heute mit Williams' Hilfe in das Gefängnis kämen, würde er sie vielleicht nie wieder sehen.

Er ging an den Straßenrand und versuchte, die nervöse Energie loszuwerden, die in ihm vibrierte. Die Sonne begann unterzugehen, und ein violett-graues Licht legte sich über den Wald, gab ihm etwas Verlorenes, Unheimliches. Eine solche unermessliche Schönheit hätte ihn beruhigen müssen, aber Adrenalin war für die Synästhesie das, was Aufputschmittel für das normale Gehirn sind: Es steigerte seine Emotionen, verstärkte die Bilder und erzeugte eine Flut an Farben und Zahlen. Er blickte auf die sich schlängelnde Landstraße und sah geometrische Muster auf dem schwarzen Asphalt. Er holte tief Luft. Dann noch einmal. Die Muster würden ihn nicht ablenken. Er bekam sie unter Kontrolle. Er brauchte nur einen Moment, um sich zu sammeln.

»Mike, kommen Sie, setzen Sie sich einen Moment«, sagte Rachel und lud ihn mit einer Handbewegung ein, sich zu ihr zu gesellen. »Williams wird schon noch anrufen. Wir müssen nur Geduld haben.«

»Sie scheinen sich da ja ziemlich sicher zu sein«, sagte er und setzte sich neben sie auf die Bank.

»Ich bin mir sicher«, sagte sie. »Er wird uns helfen.«

Er musterte sie. Es stimmte. Sie war davon überzeugt. »Wie können Sie sich bei einem Mann, dem Sie noch nie begegnet sind, so sicher sein?«

»Ich kann Ihnen nicht sagen, warum, aber ich spüre es einfach«, sagte sie. »Diese Augenblicke – wenn alles irgendwie in der Schwebe ist, wenn etwas passieren wird –, das sind die Momente, in denen ich auf meinen Glauben vertraue.«

»Wenn Sie mir vielleicht für eine Stunde oder so ein klein bisschen was von Ihrem Glauben abgeben könnten, wäre ich Ihnen sehr dankbar«, sagte er.

»Oh, ich denke, Sie haben Ihren eigenen Weg zu glauben«, erwiderte sie. »Ich wollte nicht, dass Sie sich unwohl fühlen, deshalb habe ich es vorher nicht erwähnt, aber der Artikel in der *Vanity Fair* hat mich wirklich berührt. Ich kann mir nur ansatzweise vorstellen, welche Schwierigkeiten Sie überwunden haben. Es muss furchtbar gewesen sein, was Ihnen passiert ist.«

»Ja, es war beängstigend«, sagte er. »Ich bin als ein anderer Mensch aufgewacht.« Weil Rachel so offen mit ihm über ihren Verlust gesprochen hatte, fühlte er sich ebenso in der Lage, frei mit ihr zu sprechen. »Nach der Verletzung war der Typ, für den ich mich hielt, völlig verschwunden. Der alte Mike war tot, und ich musste herausfinden, wer dieser neue Mensch war.«

»Haben Sie sich jemals gefragt, wo Sie jetzt wären, wenn Sie sich an jenem Abend nicht verletzt hätten?«

»Sie meinen, wenn ich den Touchdown hinbekommen und die Meisterschaft gewonnen hätte und ein Star-Quarterback geworden wäre?«, erwiderte er. »Ich weiß es nicht. Es fällt mir nicht leicht, darüber nachzudenken. Alles, was ich wollte, wurde mir in einer einzigen Sekunde genommen. All die Arbeit – weg. Ich hatte Talent, klar, aber ich habe hart arbeiten müssen, um es zu entwickeln. Jahrelanges Training um sechs Uhr morgens, Jahre ohne Partys, Mädchen und Alkohol. Alles nur, um in dieser einen Sache gut zu sein. Und dann, mit einem Schlag, war alles, was ich wollte, einfach … weg.«

»Das klingt, als würden Sie die Person vermissen, die Sie hätten sein können.«

»Ja, wahrscheinlich«, sagte er und rutschte unruhig auf der harten Bank hin und her. »Aber wenn er nicht verschwunden wäre, dann wäre ich heute nicht der Mensch, der hier mit Ihnen sitzt. Ich hätte nie verstanden, dass es eine ganz andere Seite von mir gibt. Ich denke, ich sollte für die Verletzung dankbar sein, auch wenn sie alles so schwierig gemacht hat.«

»Es ist nicht leicht, für einen Kampf dankbar zu sein«, sagte sie. »Ich bin manchmal furchtbar wütend, weil ich Isaac verloren habe. Ich frage mich, wie jemand, der so gut war wie er, der sich so sehr dafür einsetzte, unsere Welt besser zu machen, wie jemand so jung sterben konnte. Aber der Kampf kann die Dinge auch klären. Er lässt uns erkennen, wer wir wirklich sind. So ist es auch mit Ihren Rätseln, würde ich vermuten.«

Ja, sie hatte recht. Für Mike gaben die ständig wachsenden Herausforderungen seiner Rätsel, die Qualen, wenn er keine Antwort fand, und der Nervenkitzel, wenn er auf eine Lösung kam, seinem Leben einen Sinn. Er erinnerte sich an das, was sein Mentor zu sagen pflegte: *Außergewöhnliche Menschen ziehen außergewöhnliche Ereignisse an, sowohl gute als auch schlechte.* »Sie haben recht. Vielleicht gibt es einen Teil von mir, der den Kampf braucht. Ich könnte sehr gut davon leben, für Google oder eine Behörde zu arbeiten oder am MIT zu lehren«, sagte er. »Aber das Erschaffen von Rätseln ist das Einzige, was mich am Leben hält.«

»Ist Ihnen schon einmal in den Sinn gekommen, dass Ihr Bedürfnis, Jess Price zu helfen, mit diesem Teil von Ihnen zusammenhängen könnte?«

»Es ist definitiv ein Teil davon. Aber ich habe auch das Gefühl, dass ich ihr tatsächlich helfen kann. Ich muss wissen, dass es bei dem, was mir passiert ist, nicht nur um mich geht – dass diese Gabe, oder was auch immer es ist, einen größeren Zweck hat. Jess gibt mir das.«

Die Nacht brach herein und immer noch kein Anruf von Williams. Mike konnte keine Minute länger still sitzen. Er musste sich bewegen. Sie beschlossen, zum Gefängnis zu fahren und dort auf Neuigkeiten vom Sicherheitschef zu warten. »Darf ich fahren?«, fragte Mike und nahm die Schlüssel vom Picknicktisch. Er war seit Jahren nichts anderes als seinen alten Pick-up gefahren, und es würde ihm guttun, seine nervöse Energie für etwas zu nutzen.

Als sie in den Jeep stiegen und den Berg hinunterfuhren, schweiften seine Gedanken zurück zu seiner Unterhaltung mit Rachel. Sie hatte natürlich recht. Der Kampf hatte ihn geformt. Schmerz und Verlust hatten die Voraussetzungen für sein Talent geschaffen. Er dachte daran, dass er ohne den Schmerz, ohne das zerstörerische Feuer seiner Verletzung und die totale Auslöschung seines früheren Ichs bei weitem nicht der Mensch wäre, der er geworden war.

Mike steuerte gerade in eine Kurve, als der Jeep zu ruckeln begann. Es war zunächst nur ein leichtes Vibrieren des Lenkrads, dann wurde es plötzlich zu einem heftigen Rütteln des Getriebes. Die Scheinwerfer flackerten, das Armaturenbrett wurde dunkel, und die Bremsen froren ein. So etwas hatte Mike bisher nur einmal erlebt, während eines Eissturms in Ohio. Damals war er auf eine glatte Stelle geraten, hatte die Kontrolle verloren und war in einen Graben gerutscht. Aber jetzt gab es kein Eis auf der Straße. Es war eine warme Juninacht, nicht eine einzige Regenwolke am Himmel, und er schlitterte nicht. Ein erhebendes Gefühl überkam ihn, auch wenn er wusste, dass sie Gefahr liefen, in den felsigen Berghang zu stürzen.

Er überlegte gerade, ob sie aus dem Wagen springen sollten, als der Jeep abrupt zum Stehen kam. Bevor er eine Sekunde Zeit hatte, um herauszufinden, was passiert war, hielt eine Großraumlimousine hinter ihnen an. Ein kräftiger Mann in Sommeranzug und Filzhut stieg aus. Dr. Gupta hatte sie gefunden.

Mike sprang aus dem Jeep, unsicher, ob er seinen Mentor umarmen oder schlagen sollte. Dieser nahm ihm die Entscheidung ab – und schloss ihn in die Arme. Dr. Gupta war weich wie ein Kissen und roch nach Acqua di Parma, seinem charakteristischen Duft. Er ließ Mike los und ging zu Rachel, die ihn mit vor Schreck weit aufgerissenen Augen anstarrte.

»Ms Appel, ich bin Dr. Vivek Gupta, und obwohl Sie mich vielleicht nicht kennen, habe ich mir erlaubt, mich bereits mit Ihnen bekannt zu machen.«

»Wie bitte?«, sagte Rachel und starrte Dr. Gupta erstaunt an.

»Als Mr Brink mir den Kreis schickte, konnte ich Ihr Fahrzeug über Satellit orten und verfolgen. Über das Kennzeichen Ihres 2015er-Jeeps Wrangler habe ich Ihre Zulassungsdaten herausgefunden und Ihren Namen, Ihre Sozialversicherungsnummer und Ihr Geburtsdatum abgefragt. So hat übrigens auch Jameson Sedges Schläger Ihren Jeep im Parkhaus gefunden, nur in umgekehrter Reihenfolge: Er hatte Ihren Namen und Ihre beruflichen Daten und nutzte sie, um das Kennzeichen Ihres Fahrzeugs zu ermitteln. Alles ist miteinander verbunden, und mit einer einzigen Information ist alles gefährdet. So erfuhr ich zum Beispiel mit einem schnellen Suchlauf den Kontostand Ihres Girokontos und den Zinssatz Ihrer Hypothek, der übrigens recht günstig ist. Ihre beruflichen Auszeichnungen. Sogar Ihre zahnärztlichen Unterlagen. Sie haben ausgezeichnete Zähne, Ms Appel. Bravo.«

Er hielt inne und schenkte Mike ein verschmitztes Lächeln.

»Verzeihen Sie mir die plötzliche Inbesitznahme Ihres Fahrzeugs«, sagte Dr. Gupta. »Aber ich wollte Sie nicht verlieren. Ihr Telefonsignal ist hier oben nicht so stark, wie man es sich wünschen würde.«

»Das waren Sie?«, fragte Mike erstaunt. »Wie das?«

»Ein Zero-Day-Exploit im Betriebssystem des Jeeps«, sagte er. »Ziemlich nützlich für diejenigen von uns, die wissen, was man damit anfangen kann.«

»Ein Zero-Day-Exploit?«, wiederholte Rachel sichtlich verblüfft.

»Das ist ein Computer-Bug«, sagte Mike und lächelte unwillkürlich. Dr. Gupta hatte ihm diesen speziellen Bug einmal erklärt, aber er hatte nicht richtig aufgepasst. Er begann zu bereuen, wie oft er während seines Studiums mit den Gedanken ganz woanders gewesen war.

»Eigentlich handelt es sich um eine Schwachstelle im Betriebssystem, die es einem erfahrenen Hacker ermöglicht, sich Zugang zu dem elektronischen System zu verschaffen, welches das Fahrzeug steuert, wenn er über die nötigen Fähigkeiten verfügt. Es ist ein bekanntes Problem, und obwohl der Hersteller behauptet, die Lücke geschlossen zu haben, ist sie offensichtlich immer noch vorhanden.« Er schaute die Straße hinunter und dann über seine Schulter. »Und wenn ich in der Lage bin, in das elektronische System Ihres Jeeps einzudringen, meine Liebe, dann kann Jameson das ganz sicher auch. Jetzt kommen Sie schnell, bevor wir gesehen werden.«

Dr. Gupta brachte sie in den Fonds der Limousine. Der Raum war mit Samtsitzen und einem großen Computermonitor ausgestattet. Dr. Gupta öffnete einen kleinen mit Folie ausgekleideten Metallkasten – einen Faraday'schen Käfig. Mike kannte ihn von seinem Besuch in Cape Cod. Sein Mentor hatte ihre Telefone das ganze Wochenende über in dem Kasten eingeschlossen. Das tat er jetzt auch mit ihren Handys.

»Während Mr Brink die außergewöhnliche Fähigkeit besitzt, Rätsel im Kopf zu lösen, muss ich mich auf die unermüdliche Unterstützung durch meinen Computer verlassen.«

Dr. Gupta drückte auf einen Knopf an einer Konsole, und eine Tür öffnete sich, die den Blick auf eine Bar freigab. »Mr Brink, wenn Sie so freundlich wären.«

Mike verschwendete keine Zeit. Er füllte Ryewhiskey, Wermut und Angosturabitter in ein mit Eiswürfeln gefülltes Rührglas und bereitete drei Manhattans zu, Dr. Guptas Lieblingscocktail. Er gab noch jeweils eine Maraschino-Kirsche in die Drinks, reichte Rachel ein Glas und eines seinem Mentor, und nachdem sie angestoßen hatten, trank er einen Schluck und lehnte sich auf seinem Platz zurück.

Dr. Gupta zog eine Tastatur auf seinen Schoß, gab einen Befehl ein, und auf dem Monitor erschien ein leuchtender Kreis: Abulafias Variationen des Namens Gottes.

»Und jetzt lehnen Sie sich zurück, genießen Ihre Cocktails und hören aufmerksam zu. Das wird Sie umhauen.«

58

»Als Mr Brink mir diese unglaubliche Konfiguration schickte, war ich ziemlich ratlos. Ich weiß sehr wenig über Religionsgeschichte, und als Buddhist bin ich in der jüdisch-christlichen Ikonographie nicht sonderlich bewandert«, begann Dr. Gupta. »Aber dieser Kreis ist sehr komplex und aus mathematischer Sicht äußerst faszinierend. Wenn man bedenkt, dass es zur Zeit des Mannes, der ihn schuf, noch nicht die mathematischen Erkenntnisse gab, auf die Sie und ich zurückgreifen, um die Welt zu verstehen … Wirklich außergewöhnlich! Tatsächlich lebte er in einer Zeit, in der Wachskerzen noch als Luxus galten.«

Dr. Gupta rückte die Tastatur auf seinem Schoß zurecht, tippte einen weiteren Befehl, und der Kreis vergrößerte sich. Mike hatte ihn erst wenige Male gesehen, aber er brauchte nur die Augen zu schließen, schon sah er ihn vor sich. Mit einem Laserstift lenkte Dr. Gupta die Aufmerksamkeit auf den Zahlenring um die Radialen und dann auf den Davidstern in der Mitte des Bildes. »Ich bin Heide, und Ms Appel kann die religiöse Bedeutung dieses Bildes viel besser erklären als ich. Aber was ich hier sehe, ist eine Art mathematisches Rätsel. Ein Rätsel, meine Freunde, ein Rätsel. Genau so etwas hat mich schon immer gepackt und durch meine Karriere als Chiffrierzauberer, Mathematiker, Künstler und Liebhaber des Unaussprechlichen geschleift. Dennoch glaube ich, wie mein Held, der indische Mathematiker Srinivasa Ramanujan, an Folgendes: *Eine Gleichung hat für mich keine Bedeutung, es sei denn, sie drückt einen Gedanken Gottes aus.* Dieses Rätsel ist eine solche Gleichung.«

Dr. Gupta wandte sich wieder dem Bildschirm zu. »Was mich an diesem Kreis als Allererstes interessiert hat, war die Tatsache, dass es ein ausgeprägtes Muster gibt. Sehen Sie es, Mr Brink?«

»Die schwarzen und weißen Quadrate um den Rand«, sagte Mike. »Die sind binär. Das war auch eines der ersten Dinge, die mir auffielen.«

»Ein Binärcode«, sagte Dr. Gupta. »Ein ungewöhnliches Element in einer solchen Zeichnung, würde ich meinen.«

»In der Vergangenheit wurden Codes häufig verwendet, um Informationen über den Schöpfer zu übermitteln«, sagte Rachel. »Abulafia hat es zwar ganz offensichtlich auf eine neue Ebene gebracht, aber er war beileibe nicht der Einzige, der diese Praxis anwandte.«

»Ach ja?«, sagte Dr. Gupta. »Nun, das jüdische Volk mag Binärcodes verwendet haben, aber tatsächlich war das System nicht exklusiv auf sie beschränkt.« Er klickte auf eine Schaltfläche, und es erschienen Bilder von dicken schwarzen Linien, die in Sechsergruppen gestapelt waren.

»Abraham Abulafia konnte dies unmöglich wissen, da er keinerlei Kontakt zu den Chinesen hatte, aber viertausend Jahre vor seiner Zeit erhielt ein chinesischer Philosoph namens Fú Xī einen ähnlichen Satz binärer Botschaften vom Himmel – das Geheimnis der weiblichen und männlichen binären Kraft, bekannt als Yin und Yang. Wie Abulafia schuf er ein Notationssystem – keine Variationen des Gottesnamens, sondern Hexagramme: Yin und Yang, eine Abfolge von unterbrochenen und durchgezogenen Linien, die in Sechsergruppen angeordnet sind. Diese Hexagramme wurden dann in vierundsechzig Gruppen systematisiert, welche die Grundlage für das I Ging, das Buch der Wandlungen, bilden. Sie wurden zur Weissagung verwendet. Man glaubte sogar, dass sie sämtliche Geheimnisse der Welt enthielten.«

Dr. Gupta klickte auf eine Schaltfläche, und auf dem Bildschirm erschien das Foto eines Strudels. Der Wirbel war mit einzelnen Abschnitten gefüllt, über die jeweils Gleichungen geschrieben waren.

»Das binäre System von Fú Xī erregte die Aufmerksamkeit des deutschen Mathematikers Gottfried Wilhelm Leibniz, der unermüdlich daran arbeitete, ein System ohne die Verwendung von Dezimalzahlen zu erschaffen. Er sehnte sich nach einer reinen Mathematik, die den Unterschied zwischen Null und Eins vollständig ausdrückte. Das Problem der Null beziehungsweise der Nichtexistenz beschäftigte Leibniz. Wie konnte sich die Null – ein reines Potenzial – in die Eins verwandeln, ein ganzes und vollständiges materielles Objekt? Der Übergang zwischen Nichts und Etwas ist die zentrale Frage von … nun ja, von allem. Denken Sie nur an unsere spirituellen und intellektuellen Systeme, Religion und Wissenschaft, aber auch existenzielle Fragen: Wie entsteht das Leben? Was geschieht mit dem Körper, wenn er stirbt? Und was ist die Natur der Nichtexistenz?«

Mike warf Rachel einen Blick zu und fragte sich, ob sie Dr. Guptas verwinkelte Gedankengänge nachvollziehen konnte. Er selbst war an diese intellektuellen Höhenflüge gewöhnt, war ihnen während Dr. Guptas Vorlesungen am MIT gefolgt, in denen sein Mentor mit Vorliebe die Feinheiten eines mathematischen Rätsels erläuterte. Aber er hätte sich keine Sorgen zu machen brauchen. Rachel war hingerissen. Sie starrte Dr. Gupta an, saugte jedes seiner Worte förmlich auf.

»Leibniz' Fragen«, sagte Rachel, »sind die eigentliche Wurzel des kabbalistischen Denkens.«

»In der Tat«, erwiderte Dr. Gupta hocherfreut. »Leibniz war zutiefst an der Kabbala interessiert, da sie seiner Besessenheit von den Geheimnissen der Schöpfung entgegenkam. Er vertrat die Ansicht, dass die tiefgreifendsten Vorgänge des Universums durch ein System von Null und Eins erklärt werden können. Die Zeit hat bewiesen, dass sein Instinkt richtig war. Binäre Systeme wurden zur wichtigsten Methode der Menschheit, um die materielle Welt zu berechnen und auszudrücken. Wie Sie wahrscheinlich wissen, sind wir völlig abhängig von den Binärcodes, die die gesamte computerbasierte Kommunikation steuern. Der Verkehr, das Internet, die nationale Sicherheit – alles wird durch Binärcodes gesteuert. Nahezu jede kulturelle Erfahrung – von Musikaufnahmen über Film und Fernsehen bis hin zu Hörbüchern und digitalen Büchern – wird mit einem binären Code erstellt und übermittelt. Und dieser Kreis hier enthält, wie es sich herausstellt, ebenfalls einen Binärcode.«

Rachel beugte sich näher an den Bildschirm. »Ich weiß nicht, warum ich das nicht schon früher gesehen habe.«

»Nun, es ist nicht unbedingt offensichtlich«, sagte Dr. Gupta. »Wenn man aber die Sequenz studiert, wird klar, dass die schwarzen und weißen Quadrate am Rande des Kreises keineswegs zufällig angeordnet sind. Ich habe das schon ziemlich früh erkannt und vermutet, dass es eine relativ naheliegende Lösung der Sequenz gibt, dass aber zugleich auch noch mehr dahintersteckt könnte. Also ließ ich es durch verschiedene Computerprogramme laufen, und zu meinem Erstaunen fand ich heraus, dass die Sequenz sehr überraschende Ergebnisse erbrachte.«

»Ergebnisse welcher Art?«, fragte Rachel, die immer noch konzentriert auf den Bildschirm starrte.

»Wenn die binäre Sequenz in zweiundsiebzig Variationen manipuliert wird – das war doch die ursprüngliche Absicht dieses Gebetskreises, oder nicht? –, entsteht eine Zeile eines Computercodes.«

»Eines Computercodes?«, wiederholte Rachel erstaunt. »Das hier wurde vor fast eintausend Jahren gezeichnet!«

»Erstaunlich, ich weiß, und noch erstaunlicher, weil es sich nicht um irgendeinen Computercode handelt.« Dr. Gupta drückte ein paar Tasten auf der Tastatur, und auf dem Bildschirm erschien das Bild einer Gleichung. »Haben Sie schon einmal etwas vom Qubit gehört?«

»Das Qubit entspricht in der Quanteninformatik dem Bit herkömmlicher Computer«, schaltete Mike sich wieder ein und studierte eingehend die Gleichung. So eine hatte er noch nie gesehen – all diese Stapel von Nullen und Einsen –, aber ihre Symmetrie sprach ihn an.

»Ganz genau«, bestätigte Dr. Gupta. »Ein Qubit ist die kleinste Einheit der Quanteninformation. Während Computer heute Bits oder binäre Elemente verwenden, um Informationen zu codieren, werden die Computer der Zukunft Qubits oder Codes verwenden, die sich die Komplexität und die, offen gesagt, verblüffenden Gesetze der Quantenmechanik zunutze machen. Qubits sind nicht binär. Sie verarbeiten Informationen auf eine multilokale Weise. Einfacher ausgedrückt: Während Bits Informationen in einem Zustand festhalten – entweder Null oder Eins, Nichtvorhandensein oder Vorhandensein –, erlauben Qubits, dass sich Informationen in beiden Zuständen gleichzeitig befinden. Informationen können hier und dort sein, schwarz und weiß, männlich und weiblich, und zwar zur gleichen Zeit. Dieser Zustand des gleichzeitigen Vorhandenseins mehrerer Positionen wird als Superposition bezeichnet. Die Zukunft aller Informationssysteme wird die der Überlagerungen sein.«

Dr. Gupta hielt inne. »Können Sie mir folgen?«

»Sie sagen, dass sich Informationen wie Quantenpartikel verhalten werden«, sagte Rachel. »So wie ein Photon beim Doppelspaltversuch an zwei Orten gleichzeitig sein kann.«

»Exakt«, erwiderte Dr. Gupta. »Quantencomputer werden tausendmal leistungsfähiger sein als unsere schnellsten Computer. Diese Leistung wird Superpositionen und Quantenteleportation von Informationen ermöglichen. Sie werden uns die unglaubliche Fähigkeit geben, Probleme zu lösen, die bisher unlösbar scheinen: Krankheit, Hunger. Sogar den Tod.«

»Ich verstehe durchaus, was für eine Macht eine solche Maschine haben könnte«, sagte Rachel. »Aber warum interessiert sich ausgerechnet Jameson Sedge so sehr dafür?«

»Er muss geahnt haben, dass Abulafia genau solche Informationen verschlüsselt hatte, wie er sie suchte. Vielleicht wusste er sogar von dem Quantencode, den ich entdeckt habe. Er wäre sicherlich in der Lage, ihn zu extrahieren, so wie ich es getan habe. Aber die eigentliche Frage ist, ob Jameson auch die Möglichkeit besitzt, ihn anzuwenden. Dazu bräuchte er einen Quantencomputer und das entsprechende Netzwerk, um ihn zu betreiben. Wenn dies der Fall ist und er über die Technologie verfügt, sie einzusetzen …«

»… hätte er den Code für die Unsterblichkeit«, beendete Mike den Satz. Er starrte auf den Code auf dem Bildschirm und versuchte, ihn zu begreifen. Eine uralte Sequenz, die im dreizehnten Jahrhundert von einem Mystiker erschaffen wurde, sollte die Bausteine für einen Quantencode enthalten, der bei richtiger Anwendung die Zukunft der Menschheit verändern könnte? »Einfach unglaublich!«

»Wir haben oft darüber phantasiert, als wir noch jung waren«, sagte Dr. Gupta. »Wir träumten von der Möglichkeit, neue Bewusstseinssysteme zu schaffen, die nicht rein biologisch sind. Wir machten Witze darüber, ein besseres Gehäuse für die Seele zu finden, eines, das weder Nahrung noch Schlaf benötigt. Eines, das sich nie abnutzt. Denken Sie mal darüber nach, Mr Brink: Hätten Sie bei unserem gestrigen Videogespräch den Unterschied erkannt zwischen der Rekonstruktion meines biologischen Ichs auf dem Bildschirm und einer Rekonstruktion meines Bewusstseins anhand von Pixeln? War das wirklich ich oder nur ein Abbild von mir? Sie würden den Unterschied nicht erkennen.«

Dr. Gupta trank einen letzten Schluck von seinem Manhattan und stellte das Glas dann ab.

»Ich habe Unsterblichkeit immer für eine theoretische Idee gehalten, für Science-Fiction. Aber ich habe nie geglaubt, dass Qubits, Quantenmechanik und Datenteleportation tatsächlich möglich sein könnten. Das ist keine Phantasie mehr. Das Bewusstsein kann codiert, bewahrt und teleportiert werden. Der Geist von Mr Sedge könnte in einer Überlagerung von Gegenwart und Zukunft existieren. Wir haben die mathematischen Modelle, um das zu beweisen.«

»Aber das ist doch alles reine Theorie«, erwiderte Mike. »Die Technologie ist noch nicht so weit.«

»Richtig«, sagte Dr. Gupta. »Aber die Theorie ist immer der erste Schritt zur Wirklichkeit. Meiner bescheidenen Meinung nach sind wir von dieser Art von massiver Disruption der menschlichen Existenz noch weit entfernt. Aber Jameson ist fest entschlossen. Seine Ideen waren schon immer viel größer als die Gegenwart. Und dieser Code ist nichts weniger als ein Wunder. Abulafia hat der Menschheit ein sehr mächtiges Werkzeug in die Hand gegeben.«

»Ja, vielleicht«, sagte Rachel und blickte skeptisch drein. »Aber Abulafia kann nichts davon gewusst haben. Er hat den Kreis als einen Akt des Gebets entworfen, dafür gedacht, dass man ihn ausführt, singt, erlebt. Er sollte eine Möglichkeit darstellen, mit dem Göttlichen zu kommunizieren.«

»Das mag sehr gut so sein«, sagte Dr. Gupta. »Aber als Mathematiker kann ich Ihnen sagen, dass dieser Kreis einen wirklich bemerkenswerten Schatz enthält, der zu präzise, zu perfekt ist, um zufällig zu sein.«

»Vielleicht war es ja tatsächlich kein Zufall«, sagte Rachel. Sie sah Mike an, und er wusste, was sie dachte. Das Gottesrätsel war kein Zufall, kein Fehler oder gar ein Glücksfall, sondern ein Geschenk Gottes an die Menschheit.

59

Über ein Jahrzehnt hatte Cam Befehle befolgt. Er war um die ganze Welt gereist und hatte Festplatten mit Gott weiß was für wertvollen Informationen gesammelt; er hatte unermüdlich trainiert und sich körperlich und geistig bis an die Grenzen seiner Fähigkeiten gebracht; er war umgezogen, fünf Autostunden nördlich der Stadt, um als Gefängniswärter zu arbeiten, und hatte sein Kind zurückgelassen. Er hatte einen Mann getötet. Er hatte eine Frau überfallen. Er hatte Mr Sedges Befehle immer bedingungslos befolgt, nie ein Wort des Widerspruchs geäußert, nie Fragen gestellt. Er führte Befehle so aus, wie man es ihm beigebracht hatte: schnell, gründlich, würdevoll und stumm. Das war der Weg des Singularity-Samurai. Nichts war für ihn wichtiger als die Mission.

Mit Ausnahme seiner Tochter. Jasmine war dreizehn Jahre alt, gesund und glücklich, ein ausgeglichenes Mädchen, das keine Ahnung hatte, was sein Vater beruflich machte. Er hatte die Wahrheit vor ihr verborgen, in der Hoffnung, dass sie eine normale Kindheit haben würde, und es hatte funktioniert. Dank Mr Sedges Ausbildungsfonds konnte sie die besten Privatschulen in Manhattan besuchen und hatte Freunde, die sie zu bombastischen Geburtstagsfeiern in den Hamptons und zu Strandurlauben auf den Bahamas einluden. Sie mochte Musicals – er war mit ihr viermal in *Matilda* gewesen –, TikTok und K-Pop. Sie liebte Tiere. Als er sie das letzte Mal in den Frühjahrsferien sah, sagte sie ihm, sie wolle später Tierärztin werden. *Tierärztin!* Mit dreizehn hätte er sich einen solchen Beruf für sich selbst nie vorstellen können. Er war stolz darauf, dass er sie vor der harten Realität der Welt und der Wahrheit über seine Taten bewahrt hatte. Und doch war sie so verletzlich, so ungemein verletzlich. Er fragte sich, ob er ihr dabei helfen würde, stark zu werden, ob er zulassen würde, wenn sie dabei litt. Denn nur so würde sie lernen, was er wusste: dass man nur dann sicher war, wenn man den Schmerz akzeptierte.

Cam hatte sich im Laufe der Jahre immer wieder der Gefahr gestellt, bis sie zu einem Teil von ihm wurde. Ume-Sensei hatte ihm beigebracht, dass sein Körper diese Erfahrungen speicherte, all die Schmerzen und Freuden, die Misserfolge und Siege. Aber er hatte es nie ganz geglaubt, bis zu dem Moment, als er Dr. Moses angriff.

Er war bereit gewesen. Er hatte gewusst, dass es nur einen Versuch gab, nur diesen einen. Der Trick war, sie zu treffen, ohne den Computer zu beschädigen. Die Datei, die sie von ihrem Telefon auf den Laptop übertragen hatte, war wichtig. Mr Sedge würde den Computer und auch das Telefon haben wollen, also musste Cam vorsichtig sein und die Kugel in einem Winkel platzieren, der sie nach hinten stoßen und den Körper vom Tisch wegschleudern würde. Kein leichter Schuss, wenn man bedenkt, dass er hinter ihr stand, aber auch nicht unmöglich.

Er hatte sich langsam bewegt, einen Schritt vor den anderen gesetzt, wie auf einem Drahtseil. Eine falsche Bewegung, und er würde das empfindliche Gleichgewicht stören, das er brauchte, um sein Ziel zu erreichen. Auf halbem Weg durch den Raum erkannte er seinen Fehler: Ein Schatten glitt über den Laptop-Bildschirm und verriet Dr. Moses seine Anwesenheit. Es geschah binnen Sekunden. Sie registrierte ihn hinter sich, klappte den Laptop zu und schwang zu ihm herum. Die Heftigkeit ihrer Reaktion ließ ihn erstarren; er konnte sich nicht rühren, sah sie nur an, wie sie mit dem Laptop nach ihm schlug. Ein schneller Schlag gegen sein Handgelenk, und die Glock flog quer durch den Raum.

In den folgenden Sekunden schaltete sein Denken ab, und das jahrelange Training übernahm die Kontrolle. Seine Sicht wurde verschwommen, sein Bewusstsein zog sich zurück, und er schlug zu. Als er wieder zu sich kam, stand er über Thessaly Moses. Sie lag auf dem Parkettboden des Esszimmers, Blut sickerte aus einer Wunde quer über ihrer linken Gesichtshälfte. Er blickte nach unten und bemerkte, dass der schmale Rand des Laptops voller Blut war. Er konnte sich nicht erinnern, ihr den Laptop abgenommen zu haben, doch anscheinend hatte er ihn wie eine Waffe benutzt.

Plötzlich kippte der Boden, und eine Welle der Panik überkam ihn. Ihm war schwindlig. Seine Beine begannen zu zittern, genau wie seine Hände. Er hatte noch nie eine Frau getötet, noch dazu mit bloßen Händen. Er konnte es nicht fassen. Ume-Sensei hatte ihm beigebracht, dass Handlungen der Stärke einen Moment des Rückzugs erforderten. Zuallererst musste er sich von seiner Panik befreien, das wusste er. Also atmete er tief ein, hielt die Luft vier, drei, zwei, eine Sekunde lang an, atmete wieder aus. Der Raum stabilisierte sich, und auch seine Hände wurden ruhiger.

Cam hatte über zehn Jahre lang keinen Alkohol mehr getrunken, aber er war auch noch nie bei einem Job zusammengebrochen, und jetzt brauchte er dringend einen Schluck. Er entkorkte die Weinflasche, schenkte sich ein Glas ein und leerte es. Was war aus ihm geworden? Er blickte zurück auf Thessaly Moses, die Blutlache, die sich auf dem Boden ausbreitete, und er sah das Gesicht seiner Tochter. Jasmines Klugheit und Lebendigkeit würden sich genau so, mit einem einzigen brutalen Schlag auf den Kopf, binnen Sekunden auslöschen lassen.

Etwas tief in Cam zerbrach, und das Fundament seiner Identität als Singularity-Krieger begann zu bröckeln. Er war kein hirnloses Tier. Er war kein Ungeheuer. Alles, was Ume-Sensei ihn gelehrt hatte, war der Beweis dafür. Seine Tochter war der Beweis dafür. Und da, wie eine Botschaft aus einem anderen Reich, stöhnte Thessaly Moses auf. Er drehte sich um und sah, wie ihre Augen sich flatternd öffneten. Eine Welle der Erleichterung flutete ihn. Sie war nicht tot. Er nahm ihr Telefon, wählte 911 und legte das Handy in ihre Nähe, sodass der Klang der Stimme aus der Notrufzentrale sie aufweckte. Cam ging, denn er wusste, dass bald Hilfe kommen würde.

Dr. Moses würde leben. Und doch verfolgte ihn das, was er ihr angetan hatte. Als Mr Sedge ihm mitteilte, dass es Zeit sei, seinen Auftrag zu Ende zu bringen, kehrte die Panik zurück, und Cam sah nur noch Jasmine. Er hatte gewusst, dass es kommen würde. Sein ganzes Training war darauf ausgerichtet gewesen, auf diesen einen großen Akt der Loyalität. Jede Fähigkeit, die er erlernt hatte, jede Information, die er gesammelt hatte, die stundenlange Beobachtung der Gefangenen – all diese Aufgaben waren nur Schritte auf dem Weg von Mr Sedges ultimativem Plan.

Doch was würde es mit seiner Tochter machen? Was würde es mit ihm machen? Er hatte sich im Laufe der Jahre verändert. Disziplin und Ausbildung hatten ihn seit der Zeit, als er den Vertrag unterschrieben hatte, zu einem anderen Menschen gemacht. Wenn er den Forderungen von Mr Sedge nachkam und seine Pflichten erfüllte, wenn er sein Leben auf diese Weise opferte, dann würde es das Ende seiner Fähigkeit bedeuten, ein Vater zu sein, zumindest im normalen Sinne. Er hatte keine Angst vor der Tat selbst oder vor der damit verbundenen Gewalt. Aber wenn der Plan funktionierte, wenn Mr Sedges Theorien sich als richtig erwiesen, dann würde sich Cams Leben für immer verändern.

Nachdem Cam den Koffer aus dem Jeep geholt hatte, teilte Mr Sedge ihm mit, dass die Zeit gekommen war. »Alles, wofür wir gearbeitet haben, ist hier«, sagte er. »Die Zukunft ist da.« Cam dachte an das, was vor ihm lag, an die Aufgaben, die er zu erfüllen versprochen hatte, an die Opfer, die es erfordern würde. Und geriet in Panik. Er sagte Mr Sedge, er könne nicht tun, was er von ihm verlangte. Er trete von seinem Posten zurück und sei bereit, die Konsequenzen zu tragen.

Aber Mr Sedge wurde nicht wütend. Sie fuhren nach Lower Manhattan, wo Anne-Marie im Hubschrauber auf sie wartete. Sie schwiegen während des gesamten Flugs zum Gelände. Als sie ankamen, legte Jameson Sedge eine Hand auf Cams Schulter, sah ihm in die Augen und sagte, er verstehe seine Reaktion. »Die Zukunft ist beängstigend«, sagte er. »Aber Sie haben nichts zu befürchten. Ich werde Sie den ganzen Weg über begleiten.« Sie gingen unter das Haus zu Sedges Bunker, der mit allerhand Computerausrüstung gefüllt war. Dort gab es einen mit geothermischer Energie betriebenen Generator, der das ganze Haus vom Stromnetz abkoppelte, und einen Keller mit Notvorräten für einen Monat: Wasser, Lebensmittel, Jodtabletten, Konserven, Fünfzig-Pfund-Säcke mit Bohnen und Reis. Es hätte ihn nicht überraschen sollen. Mr Sedge glaubte an Autarkie im wahrsten Sinne des Wortes. Keine Anwälte, keine Banken, keine Medien, nicht das geringste Etwas von irgendwas kam in seine Nähe, niemals.

Cam war überzeugt, dass nicht einmal Anne-Marie die Wahrheit über Mr Sedges Arbeit kannte. Er fragte sich, wie eine kluge, schöne Frau wie sie all den verrückten Mist ertragen konnte, den Mr Sedge tat. Er nahm an, dass Geld viel dazu beitrug, Mr Sedges Exzentrizitäten zu mildern, aber er fragte sich, ob Anne-Marie Reichtum genauso unwichtig geworden war wie Cam. Ob sie an den Rändern von Mr Sedges Besessenheit das Versprechen auf etwas Schönes sah. Vielleicht war auch sie von der grandiosen Zukunft, an der Mr Sedge arbeitete, verführt worden.

Mr Sedge ließ ihn unter den Neonröhren im Bunker Platz nehmen, schenkte ihm ein Glas erstklassigen Scotch ein und stellte ihm Fragen: Was wollte er? Wovor hatte er Angst? Warum hatte er so viele Jahre in die Ausbildung gesteckt, nur um dann im entscheidenden Moment zu gehen? Cam sagte ihm, er könne nicht zulassen, dass seine Tochter unter den Folgen seines Handelns leiden müsse.

»Ganz im Gegenteil, sie wird davon profitieren«, sagte Mr Sedge. »Ihre Taten werden Sie zum Helden machen, mein Freund. Ihre Rolle dabei, die Menschheit in den Großen Neuanfang zu führen, wird gefeiert werden.«

»Sie wissen doch, wie das ist,« sagte Cam. »Mein Name wird überall sein, im Fernsehen, im Internet. Jasmines Mutter wird es erfahren. Ihre Freunde ...«

»Ihre Tochter wird sich nicht schämen. Sie wird stolz sein. Sie erfüllen das Potenzial der gesamten Menschheit: die Götter zu übertreffen. Sie bedeutungslos zu machen. Für immer zu leben.«

»Aber wenn es funktioniert«, sagte er, »sehe ich sie vielleicht nie wieder.«

»Wenn es funktioniert, werden Sie eine Ewigkeit mit ihr haben.«

Mr Sedge schritt durch den Bunker, das Licht der Computermonitore tauchte ihn in einen grünen Schimmer.

»Kommen Sie, ich zeige Ihnen, von welchem Grad an Vertrauen ich spreche.« Der Computer war wie keine andere Maschine, die er je gesehen hatte: eine Wand aus leuchtenden elektronischen Bauteilen, die hinter einer Glasscheibe blinkten. Mr Sedge setzte sich vor eine Tastatur und einen Monitor und öffnete eine Datei. Es war sein Testament, unterzeichnet, wie Cams Vertrag, als Ricardianischer Vertrag. Neben Cams Namen stand eine astronomische Geldsumme, mehr, als er jemals würde ausgeben können.

»Anne-Marie wird versorgt sein, und es gibt verschiedene Stiftungen, die ich eingerichtet habe. Aber ein wesentlicher Teil meines Vermögens wird an Sie gehen, Cam. Denken Sie darüber nach. Selbst wenn ich mich irre, selbst wenn alles, was ich geplant habe, kläglich scheitert, wird Jasmine davon profitieren. Bedenken Sie, was es für Ihre Tochter bedeuten wird, so abgesichert zu sein.«

Mr Sedge schloss eine externe Festplatte an seinen Computer an, und auf dem Bildschirm öffnete sich eine Reihe von Dateien.

»Das hier ist mein Lebenswerk«, sagte er voller Stolz. »Ich weiß, dass die Gefahr des Scheiterns groß ist. Aber ich muss wissen, dass Sie mir helfen werden, die letzten Schritte bis zum Ende zu gehen. Werden Sie das tun, Mr Putney? Werden Sie sich als der Mann erweisen, für den ich Sie gehalten habe?«

Am Ende gab Cam nach. Er würde dafür sorgen, dass der Große

Neuanfang korrekt beginnen würde. »Ja, Mr Sedge«, sagte er mit bebender Stimme. »Ich bin dieser Mann.«

Sie nahmen die kreisförmige Zeichnung aus dem Koffer, scannten sie ein und setzten das Programm in Gang. »Es fehlt nur noch ein letzter Schritt«, sagte Mr Sedge aufgeregt. »Und dafür brauchen wir Jess Price.«

60

John Williams rief genau in dem Moment an, als Dr. Gupta mit seinem Vortrag fertig war. Mit ein paar Tastenanschlägen beendete der Professor seine Kontrolle über das Computersystem des Jeeps, und der Motor sprang an. Mike überließ Rachel wieder den Fahrersitz, erleichtert, nur noch Beifahrer zu sein. Er hasste es, die Kontrolle zu verlieren, und die Erfahrung, dass der Jeep von allein ausscherte, hatte ihn verstört. Dr. Gupta versprach zwar, sich nicht mehr einzumischen, aber Mike glaubte ihm nicht ganz. Sein Mentor hatte eine Vorliebe für Späße, vor allem, wenn sie auf Mikes Kosten gingen.

Eine weitere Verzögerung konnten sie sich nicht erlauben. Williams gab ihnen genaue Anweisungen. Sie sollten eine halbe Meile vom Gefängnis entfernt in einem Baumdickicht parken, das mit einem Jagdverbot gekennzeichnet war. Dort würden sie eine Tasche mit der Uniform eines Gefängniswärters, einer Identitätskarte und einem Namensschild finden.

Mike trat zwischen die Bäume und zog die Uniform an, wobei er das steife Polyester unangenehm auf seiner Haut spürte. Zumindest passte sie einigermaßen. Seine roten Converse gehörten zwar nicht unbedingt zum Erscheinungsbild eines Gefängniswärters, aber es gab keine Alternative. Sie würden genügen müssen.

Er warf seine Kleidung in den Jeep, nickte Rachel zu und machte sich allein auf den Weg zum Gefängnis. Die Nacht war wolkenlos, Sterne sprenkelten die riesige schwarze Kuppel des Himmels. Das Gefängnis war gleich dort vorn. Er sah die massive Backsteinmauer, die Windungen des Stacheldrahts, die Scheinwerfer. Plötzlich überkam ihn Angst bei der bloßen Vorstellung, diese Barriere zu passieren. Er wusste, was ihn erwartete, wenn man ihn erwischte. Sich als Gefängniswärter auszugeben und unter Vorspiegelung falscher Tatsachen in ein staatliches Gefängnis einzudringen war kein Rätsel, aus dem er sich herauswinden konnte. Sobald er diese Schwelle überschritten hatte, gab es kein Zurück mehr.

Williams hatte ihm gesagt, er solle um Punkt zweiundzwanzig Uhr am Tor sein, wenn die Nachtschicht eintraf. Er würde Mike durch die verschiedenen Sicherheitskontrollen begleiten und ihn als neuen Mitarbeiter vorstellen. Die neue Uniform und die Tatsache, dass ihn niemand je zuvor gesehen hatte, bestätigten diese Geschichte. Mike war zwar schon einmal im Gefängnis gewesen, aber tagsüber, und das nächtliche Sicherheitsteam würde ihn nicht erkennen. Wenn alles nach Plan verlief, würde er schnell und ohne Komplikationen rein- und rauskommen.

Mike erreichte den ersten Sicherheitskontrollpunkt. Der Wachmann sah seine Uniform, warf einen Blick auf seinen Ausweis und wollte ihn gerade befragen, als eine Stimme von hinten kam.

»Das ist der Neue, Chuck«, sagte Williams. »Ich habe seine Papiere in meinem Büro, falls Sie eine Kopie brauchen.«

Der Wachmann musterte Mike, warf noch einmal einen Blick auf seine Sicherheitskarte und winkte ihn dann durch. Williams bedeutete Mike, ihm zu folgen. Sie gingen schweigend auf das Gefängnis zu, während das weiße Licht der Flutlichter den Rasen beleuchtete.

»Sie bleiben immer schön an meiner Seite, Brink«, sagte Williams. »Keine faulen Tricks im alten Flügel. Wir gehen rein und raus, ohne Umwege.«

»Genau«, sagte Mike und begriff, dass jede seiner Bewegungen von den Überwachungskameras aufgezeichnet worden war. Williams musste beobachtet haben, wie er in den zweiten Stock des alten Sanatoriums gegangen war, um Jess' Tagebuch zu lesen. Cam hatte ihn nicht ohne Unterstützung gefunden. »Sie sehen alles, was hier vor sich geht.«

»Offensichtlich nicht genug.«

»Falls Jess Price weiß, was mit Thessaly passiert ist, wird sie es mir sagen.«

»Hören Sie, mein Freund, Thessaly hält Sie ja vielleicht für den Allergrößten, aber mich beeindruckt man nicht so leicht. Wenn Sie etwas aus Price herausbekommen, lassen Sie es mich wissen, aber ich glaube nicht, dass das passiert. Sie wird sehr wahrscheinlich keinen Pieps von sich geben. Das ist ihr Spiel, oder nicht?«

Er verspürte das Bedürfnis, Jess in Schutz zu nehmen. »Sie irren sich«, sagte er. »Es ist absolut kein Spiel.«

Williams blieb stehen und sah Mike an. »Was ist es dann, Mr Schlaumeier?«

Mike sah Abulafias Kreis, die Buchstaben und Zahlen. Er erinnerte sich an alles, was Dr. Gupta ihm gesagt hatte. Die Teile waren da. Er musste sie nur noch zusammensetzen. »Es ist ein Rätsel. Und ohne Jess Price können wir es nicht lösen.«

»Nun«, sagte er, »lassen Sie mich eines klarstellen, mein Freund. Was auch immer Sie vorhaben, mein Arsch steht hier auf dem Spiel. Ohne Thessaly würden Sie keinen Schritt in mein Gefängnis setzen.«

Sie schritten durch den Haupteingang und die Metalldetektoren. »Der Neue«, murmelte Williams zu dem diensthabenden Wachmann, der sie zu Mikes Erleichterung ebenfalls passieren ließ, ohne ihm das Handy abzunehmen. Sobald er bei Jess war, würde er Rachel anrufen, und sie würde ihm erklären, was er zu tun hatte. Sie würde ihm sagen, wo er stehen sollte und wo Jess; sie würde ihm sagen, was er sagen sollte und was Jess. Sie würde ihm helfen, die Silben von Ha-Schem auszusprechen.

Und was dann? Obwohl er sich bereit erklärt hatte, den Plan durchzuziehen, war er sich zu 99 Prozent sicher, dass das Ritual nicht funktionieren würde. Für ihn war das Ritual ein Mittel, um eine Reaktion von Jess zu provozieren. Wie eine Pseudopille würde der Kreis einen Placeboeffekt auslösen und sie an den Abend zurückversetzen, an dem Noah Cooke gestorben war. Wenn er die

Emotionen, die Jess während des Rituals erlebte, erneut hervorrufen könnte, würde sie sich daran erinnern, was wirklich geschehen war. All die Legenden, die sich um Ha-Schem rankten, waren genau das: Legenden. Und doch konnte er nicht umhin, das Gewicht der einprozentigen Wahrscheinlichkeit zu spüren, dass an all dem doch etwas dran war. Er sah die Fotos von Noah Cooke und Frankie Sedge. Er hatte LaMoriettes Bericht über die Verletzungen des Rabbiners und von Jakob gelesen. Sie spielten mit dem Feuer.

John Williams führte Mike um eine Ecke, dann einen langen, hell erleuchteten Flur hinunter zu einem leeren Raum. Er war für die Gruppentherapie gedacht, in der Mitte befand sich ein Kreis aus Klappstühlen. »Ich stehe hier vor der Tür und habe ein Auge auf Sie.« Er deutete auf eine Kamera im Korridor. »Die Kameras in diesem Quadranten sind für zehn Minuten deaktiviert. Es darf niemand sehen, dass ich eine Gefangene zu einem nächtlichen Gespräch hergebracht habe. Also, keine komischen Sachen. Ich mein's ernst.« John sperrte die Tür auf und hielt sie Mike auf, dann sah er auf seine Uhr. »Sie haben noch ungefähr acht Minuten. Die sollten Sie nutzen.«

Der Raum war fensterlos, dunkel, das einzige Licht kam von einem roten Ausgangsschild neben der Tür. Jess Price saß auf einem Klappstuhl in der Mitte des Raumes, ihre Haut glühte rot im reflektierten Licht, ihr Haar fiel schlaff über ihre Schultern. Sie würdigte ihn keines Blickes, schaute ihn nicht einmal an, als er sich näherte, starrte nur in die Dunkelheit. Und trotzdem verspürte er in ihrer Gegenwart eine starke Regung. Der Druck der letzten drei Tage hatte seine Gefühle verdichtet, sie kristallisiert. Er wollte zu ihr gehen, sie berühren. Er wollte sich vergewissern, dass sie wirklich da war und nicht nur eine Ausgeburt seines Verstandes.

Doch als er sich ihr näherte, erschrak er über das, was er sah. Sie zitterte heftig, ihre Lippen waren so rissig, dass sie zu bluten begannen, und ihre Haut war so blass, dass sie gespenstisch wirkte. Ihre Augen glühten vor Fieber. Sie stand am Rande eines Zusammenbruchs. Er wollte zu ihr eilen, ihr irgendwie helfen, hielt sich aber zurück. Er wollte sie nicht verängstigen. Die Frau in dem Traum sah aus wie Jess, aber das bedeutete nicht, dass sie all das fühlte, was er fühlte.

Noch während er darüber nachdachte, stand Jess auf, durchquerte den Raum und umarmte ihn. Er spürte an der Intimität der Geste – wie sie sich an ihn drückte, ihre Arme um seine Taille legte –, dass er nicht allein mit seinen Gefühlen war. Sie war auch dort gewesen. Sie hatte alles erlebt.

»Ich hätte nicht gedacht, dich je wiederzusehen«, sagte sie und legte ihre Wange an seine Brust.

»Das hätte ich nicht zugelassen«, sagte er und erwiderte die Umarmung. Jess fühlte sich kalt an, eiskalt.

»Hast du den Koffer gefunden?«, fragte sie mit angespannter Stimme und zog sich etwas zurück.

»Ohne dich wäre ich nie so weit gekommen.«

»Dann weißt du jetzt, was LaMoriette zugestoßen ist«, sagte sie. »Du weißt, dass es nicht meine Schuld war.«

»Ich weiß, dass du in etwas hineingeraten bist, das sich deiner Kontrolle völlig entzogen hat.«

Sie wandte sich ab, um ihre Reaktion zu verbergen, aber er sah dennoch, dass ihr Tränen in die Augen stiegen. »Du weißt ja gar nicht, wie lange ich darauf gewartet habe, das zu hören«, sagte sie. »Ich ertrage fast alles, solange du mir glaubst.«

»Ich glaube dir«, sagte er. »Nichts davon ergibt einen Sinn, aber ich glaube dir. Und ich werde dir helfen. Ich weiß, dass es sich unmöglich anfühlt, aber ich möchte, dass du versuchst, dich an das zu erinnern, was an jenem Abend im Sedge House passiert ist.«

Eine fieberhafte Energie trat in Jess' Gesichtsausdruck, und ihre Stimme klang anders als noch eine Sekunde zuvor. »Du weißt, was sie tun, nicht wahr?«

Er wich einen Schritt zurück, ohne es bewusst zu wollen, denn sein Körper spürte die Gefahr, bevor sie in seinen Gedanken erschien. »Was wer tut?«

Sie fixierte ihn. »In meinem ersten Jahr an diesem Ort habe ich auf dem Gefängnisgelände einen Schmetterling gefunden. Einen großen, wunderschönen Monarchfalter. Er war verletzt. Hunderte Feuerameisen hatten sich auf ihn gestürzt. Er zappelte und kämpfte, schlug mit seinen orange-schwarzen Flügeln, aber sie ließen nicht locker. Sie rissen ihn methodisch auseinander, Stück für Stück.« Ihre Augen füllten sich mit frischen Tränen. »So töten die Schwachen die Starken. So werden sie auch mich töten. Stück für Stück.«

Ihre Eindringlichkeit verwirrte ihn. Er war gekommen, um ihr zu helfen, aber er brauchte auch ihre Hilfe, nicht noch mehr Rätsel. Bevor er nachhaken konnte, spürte er sein Handy in der Tasche vibrieren.

Es war Rachel. »Wo sind Sie?«, fragte sie aufgeregt, und als er ihr antwortete, er sei bei Jess, sagte sie: »Sie müssen raus. Sofort. Jameson Sedge steht vor dem Gefängnis.«

»Hier?«, sagte Mike bestürzt. »Wie das?«

»Ich habe keine Ahnung, woher er weiß, dass Sie dort sind, aber es ist so. Sie müssen John Williams bitten, Sie hinauszubegleiten.«

»Aber ich kann Jess nicht hier zurücklassen«, sagte er.

»Sie haben keine andere Wahl.«

Wenn Jameson zum Gefängnis gekommen war, hatte Rachel recht: Er musste raus. Aber er würde Jess auf keinen Fall zurücklassen. Er schob sein Handy wieder in die Tasche und nahm Jess am Arm. Vorsichtig ging er zur Tür, linste in den langen, hell erleuchteten Korridor hinaus. Etwas stimmte nicht. Der Gang war leer. Ganz sicher nicht, weil Williams ihm etwas Freiraum hatte geben wollen. Gerade eben noch hatte er an der Tür Wache gestanden und beabsichtigt, Mike persönlich wieder nach draußen zu begleiten. Jetzt aber hatte er Mike – und, was noch erstaunlicher war, einen Häftling – unbewacht zurückgelassen.

»Komm«, sagte Mike zu Jess. »Wir verschwinden von hier.«

61

Während er Jess zum Ende des Korridors führte, öffnete sich ein Plan des Gefängnisses vor seinem geistigen Auge. Er sah das Netzwerk der Gänge, die Cafeteria im Süden, die Therapieräume im Westen, den Haupteingang des Gefängnisses im Norden. Ganz am Ende des Ostflügels, im ältesten Teil des Gefängnisses, befand sich eine Metalltür zum Sanatorium – dieselbe Tür, die Thessaly geöffnet hatte, um zu den Lagerräumen im Keller zu gelangen. Der alte Flügel wäre der einzige Bereich des Gefängnisses ohne Scharen von Sicherheitsleuten. Wenn er es dorthin schaffen könnte, wären sie zumindest für ein paar Minuten in Sicherheit.

»Hier entlang«, sagte er und führte Jess den Gang hinunter. Als sie um die letzte Ecke kamen, blieb Mike abrupt stehen. Dort am Eingang standen Jameson Sedge, sein Bodyguard Cam Putney und John Williams. Sedge hatte versucht, ins Gefängnis zu gelangen, und Williams hatte ihm den Weg versperrt. Cam stand bereit, Jameson zu beschützen, doch Jameson hatte keine Chance: Fast ein Dutzend Gefängniswärter stand hinter Williams. Und obwohl Mike gerne geblieben wäre, um zu sehen, wie Cam und Jameson verprügelt wurden, mussten sie rasch weiter. Womöglich konnten er und Jess unbemerkt vorbeischleichen, solange die Wachen abgelenkt waren.

Mike wusste genau, wohin er gehen musste – er hatte den Weg glasklar vor Augen –, doch da rief Jameson plötzlich: »Ms Price! Wegen Ihnen bin ich hier!«

Jess war für Jameson deutlich zu sehen, und zweifellos auch für die Gruppe der Wärter, doch Mike hatte sich gerade noch rechtzeitig wieder in den Korridor zurückgezogen. Er musste verborgen bleiben. Er durfte nicht erkannt werden.

»Ich wollte mich bei Ihnen bedanken«, sagte Jameson. »Ohne Sie hätten wir den Code niemals gefunden.«

Mike spähte vorsichtig um die Ecke und sah Jameson im hellen Licht des Gefängniseingangs stehen. In der Hand hielt er ein iPad mit einem Scan der Schriftrolle, die sich in der Puppe befunden hatte. Abulafias vollständiger Kreis war vergrößert worden und selbst für Mike, der über sechs Meter entfernt stand, deutlich zu erkennen. »War es das hier, was Sie und Noah Cooke entdeckt haben?«

Jess' Augen weiteten sich, als sie die Darstellung wiedererkannte, sagte aber nichts.

»Sie haben es gut versteckt«, sagte Jameson. »Allein hätte ich es niemals gefunden. Jetzt müssen Sie mir allerdings bestätigen, dass dies hier tatsächlich der Kreis ist, den Sie an diesem Abend benutzt haben. Ich gehe hier ein beträchtliches Risiko ein, und ich muss die Wahrheit wissen. Ist das hier das Gottesrätsel? Ja oder nein?«

Jess sagte nichts.

»Vielleicht hilft es, wenn ich bestätige, dass das, was im Sedge House passiert ist, nicht Ihre Schuld war. Niemand hätte verhindern können, was an jenem Abend geschah. Sie haben Noah Cooke nicht umgebracht. Sein Tod war ein bedauerlicher Nebeneffekt von etwas, das viel größer ist als Sie.«

Jess sagte noch immer nichts.

Jameson nickte Cam zu, der daraufhin an Williams und den flankierenden Sicherheitsbeamten vorbeisprang und Jess packte. Die Wärter reagierten sofort und zogen ihre Waffen, doch Cam hatte bereits eine Walther PPK – die gleiche Waffe, die Jameson in Anne-Maries Wohnung bei sich gehabt hatte – aus seinem Gürtel gezogen und richtete sie auf Jess' Kopf. Williams gab den Wärtern ein Zeichen, sich zurückzuhalten. Die Situation war dramatisch eskaliert. Sie konnten nichts weiter tun als zuschauen, während Cam die Gefangene zu Jameson zerrte.

»Sie haben Noah Cooke nicht getötet, Ms Price, aber Sie waren da«, sagte Jameson. »Sie haben den Kreis gesehen. Sie können bezeugen, dass Sie ihn benutzt haben.« Cam entsicherte die Pistole mit einem leisen Klicken. »Sie haben kaum eine andere Wahl, meine Liebe. Sehen Sie bitte genau hin und sagen Sie mir: Ist dies derselbe Kreis?«

»Ja«, sagte sie mit kräftiger Stimme. »Ja, das ist er.«

»Danke«, sagte Jameson mit furchterregend ruhiger Stimme. »Das ist alles, was ich wissen musste. Mr Putney, lassen Sie sie los. Es ist an der Zeit. Tun Sie's jetzt.«

Cam ließ Jess los, hob die Walther langsam hoch und richtete sie auf Jamesons Kopf. Die Luft knisterte vor Spannung. Mike beobachtete alles aus der Ferne und konnte nicht glauben, was er da sah. Es war unvorstellbar, aber Jameson befahl seinem Leibwächter, ihn zu erschießen. Es ergab keinen Sinn. Und doch hatte Jameson genau das gesagt. *Tun Sie's jetzt.*

Cams Hand zitterte, aber sein Finger, der auf dem Abzug lag, rührte sich nicht.

»Mr Putney«, sagte Jameson. »Wir haben eine Vereinbarung.«

Mike hatte sich nicht geirrt. Jameson hatte seinem Leibwächter tatsächlich befohlen, ihn zu erschießen. Aber Cams Blick war glasig geworden, und er stand wie erstarrt da, unfähig abzudrücken. Mike sah eine Abfolge von Gefühlen auf Jamesons Gesicht: Erstaunen, Wut, Entschlossenheit. Schließlich ließ Jameson das iPad fallen, nahm Cam die Waffe ab, setzte den Lauf an seine Schläfe und drückte ab.

Ein ohrenbetäubender Knall hallte durch den Raum. Mike stand wie erstarrt da. Er sah, wie Jameson zu Boden fiel. Er sah, wie die Wärter Cam überwältigten. Er sah, wie Jess zu ihm gelaufen kam und seine Hand ergriff. Er hätte noch ewig in dieser Stille des Schocks verharren können, aber Jess' Berührung rüttelte ihn auf. Sie nahm ihn an die Hand, und sie rannten los.

Mike blendete alles aus und konzentrierte sich auf sein Ziel: die verstärkte Metalltür zum Sanatorium. Als sie dort ankamen, zitterte er so stark, dass er kaum noch atmen konnte. Er stützte sich am Rahmen ab und starrte auf das Tastenfeld mit seinem beruhigenden Zahlenquadrat. Ein Ansturm von Farben überflutete seine Wahrnehmung. Ohne nachzudenken, tippte er ein Muster ein und verfolgte das Farbenspiel auf der Tastatur, eine leuchtende Sonate, bis er alle dreiundvierzig Ziffern des Code-39-Barcodes eingegeben hatte. Mit Eingabe der letzten Zahl öffnete sich die Tür mit einem Klicken. Sie waren drin.

Es war stockfinster, das Treppenhaus ein fensterloser Schacht. Er begann die Treppe hinaufzusteigen und hielt sich am Geländer fest, aber Jess zog ihn zurück, drückte ihn gegen die Wand und küsste ihn. Bald waren sie ineinander verschlungen, eingehüllt in eine leidenschaftliche Umarmung, die alles überdeckte – Jamesons grausigen Selbstmord, die Gefängniswärter, die nach ihnen suchten. Es gab nur sie beide, Mike und Jess, allein in einer unermesslichen Finsternis.

Doch so sehr er auch bleiben wollte, sie konnten es nicht riskieren. Er nahm Jess bei der Hand und führte sie durch die Dunkelheit die Treppe hinauf, bis er die Tür zum Dach erreichte. Sie war mit einer Alarmanlage gesichert. Anhand des Metallkäfigs über dem Beleuchtungskörper und des altmodischen Druckknopfauslösers wusste er, dass es sich um ein veraltetes System handelte, das wahrscheinlich Mitte des zwanzigsten Jahrhunderts installiert worden war. Vermutlich funktionierte das Ding gar nicht mehr und war wie der Rest dieses Gebäudetrakts: dem Verfall preisgegeben, bis irgendein Bürokrat den Abriss genehmigte. Vielleicht konnten sie es zerstören und ihr Glück auf dem Dach versuchen.

Falls jedoch der Alarm ausgelöst würde, könnten sie sich nirgendwo verstecken. Jeder Wächter des Gefängnisses würde ihren Standort kennen. Im Moment profitierten sie von der Dunkelheit. Sie befanden sich versteckt an einem sicheren Ort, konnten ungestört ihre Flucht planen. Es war zwar verlockend, in die Nacht hinauszurennen und zu improvisieren, aber er zog es vor zu warten.

Immer, wenn er in der Klemme saß, hielt er inne, um das Problem zu durchdenken, die Wahrscheinlichkeiten zu berechnen und einen soliden Plan zu schmieden.

Doch noch während er über ihre Möglichkeiten nachdachte, stieß Jess die Tür auf und rannte aufs Dach. Er folgte ihr hinaus in die Sommernacht und stemmte sich gegen den Wind. Sirenen schrillten durch das Gefängnis und hallten über das Gelände. Die Scheinwerfer kreisten suchend über das Gebäude. Es blieb keine Zeit mehr, eine Flucht zu planen. Alle Optionen, die sie noch Sekunden zuvor gehabt hatten, reduzierten sich nun auf eine einzige: Sie mussten vom Dach hinunter. Ihr Weg hatte sich von einem Rätsel zu einem Glücksspiel gewandelt. Sie waren ihrem Glück auf Gedeih und Verderb ausgeliefert.

Jess rannte auf die andere Seite des Dachs, vorbei an einem Hindernisparcours großer Klimaaggregate, die durch Aluminiumrohre miteinander verbunden waren, als erwarte sie, dort einen Ausweg zu finden. Mike staunte über die Veränderung, die sie durchgemacht hatte. Die Aussicht, von hier fliehen zu können, hatte sie völlig verändert. Die zitternde, verängstigte Gefängnisinsassin war Geschichte, und an ihre Stelle war eine Frau getreten, die ihre Freiheit wollte.

»Michael«, brüllte sie und forderte ihn winkend auf, zu ihr an die Dachkante zu kommen. »Folge mir!«

Sein Herz blieb stehen, als er ihre Stimme hörte, die der Stimme aus seinem Traum so ähnlich war. Alles – die schrillen Sirenen, die Flutlichter, das sich schließende Netz von Sicherheitskräften – verblasste, und sie standen nebeneinander in einem Wald in einer anderen Welt. *Folge mir.* Ja, er würde ihr folgen, durch Labyrinthe und Irrgärten, Wälder und Verliese, Hotelzimmer und Gefängnisse. Er würde ihr durch Zeit und Raum folgen, bis an den Rand seines Verstandes. Wohin sie ihn auch führte, er würde ihr folgen.

Doch als er mit ihr am Rande des Daches stand, wusste er, dass es kein Entkommen gab. Es ging steil nach unten, sechs Stockwerke hinunter auf Beton. Selbst wenn sie es wie durch ein Wunder schafften hinunterzuklettern, erwartete sie eine Armee von Sicherheitskräften und eine dicke Backsteinmauer, gekrönt von NATO-Draht.

Jess blickte zum Hof hinunter. »Sieh sie dir an, diese winzigen, schwachen Dinger, die da herumwimmeln.«

»Wir gehen zurück«, sagte Mike und ergriff ihren Arm. »Wir finden einen anderen Weg hinaus. Der alte Flügel besitzt – «

»Es gibt keinen anderen Weg«, erwiderte sie, befreite sich aus seinem Griff und trat dichter an die Dachkante. Bald gäbe es nichts mehr zwischen ihr und dem freien Fall. »Keine Angst, mein Liebster«, sagte sie mit einem Blick zurück. In ihren Augen lag ein entschlossener Ausdruck. »Ich werde dich wiederfinden.« Und damit setzte Jess Price einen Fuß über die Kante.

Er hatte geahnt, was sie beabsichtigte, und hechtete auf sie zu, noch bevor sie hinabstürzte, packte mit beiden Händen ihren Overall, und zog mit aller Kraft. Seine Finger rutschten über den Polyesterstoff, doch er hielt fest. Sie fielen zusammen aufs Dach, nur wenige Zentimeter von der Kante entfernt.

»Was zum Teufel machst du?«, fragte er und schnappte nach Luft.

»Ich werde nicht hierbleiben«, sagte sie. »Lieber sterbe ich.«

»Nein«, flüsterte er, und sein Puls hämmerte so heftig, dass seine Stimme kaum mehr als ein Echo in einem Windkanal war. Sie versuchte aufzustehen, aber Mike zog sie zurück und schlang seine Arme um sie. »Das lasse ich nicht zu.«

Sie lag dicht an ihn gedrückt, und die Wärme ihres Körpers weckte in ihm ein wohliges Verlangen. Da war sie, eine richtige Frau, ihre Berührung elementar, so fest wie eine schützende Steinmauer gegen den Wind. Er hielt sie fest, und in diesem Moment konnte ihn nichts dazu bringen, sie loszulassen – nicht die Gefängniswärter, nicht der schrille Alarm, nicht einmal ihre gefährlichen Geheimnisse. Er spürte, wie ihr Herz raste, so regelmäßig und stark, dass er sich erst durch ihre Stimme in seinem Ohr von diesem rasenden Rhythmus lösen konnte.

»Sie sind wegen uns gekommen«, sagte sie und zeigte in den Him mel. Ihr Herzschlag verwandelte sich in das Surren der Rotorblätter eines Hubschraubers, und er schaute auf: Der Eurocopter schwebte über ihnen. Es war wie ein Wunder, ein Ausweg aus dem Labyrinth, der ihnen eine letzte Chance auf Freiheit gab.

Rachel riss die Tür auf und winkte Mike zu, warf eine Strickleiter herunter. Er legte den Arm um Jess' Taille, zog sie dicht an sich, griff nach der Leiter und trug sie hinauf in den sternenübersäten Himmel.

62

Als sich der Hubschrauber vom Dach entfernte, sank Mike überwältigt in seinen Sitz. Das Trommelfeuer der Ereignisse im Gefängnis hatte ihm den Atem geraubt, und er brauchte einen Augenblick, um zu begreifen, was hier gerade passierte.

Er schloss den Sicherheitsgurt und sah sich um. Jess saß neben ihm, hielt immer noch seine Hand umklammert, als hätte sie Angst, ihn zu verlieren, und Rachel war auf dem Platz gegenüber von ihm angeschnallt und wartete auf eine Erklärung. Er sah zu Anne-Marie, die im Cockpit saß. Möglicherweise wusste sie gar nicht, dass ihr Freund tot im Gefängnis lag. Er schüttelte sich bei dem Gedanken an Jamesons Selbstmord. Er sah die Walther, hörte die Explosion und sah den Aufprall, hörte das dumpfe Aufschlagen von Jamesons Körper auf dem Boden. Er rieb sich die Augen und wünschte, er könnte es aus seinem Gedächtnis verbannen. Wie sollte er Anne-Marie sagen, dass ihr Lebensgefährte sich umgebracht hatte?

Anne-Marie steuerte den Eurocopter über die Baumkronen und glitt in die Dunkelheit, während das gleichmäßige Dröhnen der Turbinen um sie herum pulsierte. Mike lehnte sich an das Fenster und verfolgte, wie das Gefängnis unter ihnen verschwand. Aus dieser Höhe und Entfernung sah es aus wie ein Karnevalszug. Eine Karawane aus blauen und roten Lichtern brannte sich durch die Dunkelheit, als Streifenwagen vor dem Gefängnis eintrafen. Ein Krankenwagen stand am Eingang und wartete. Er konnte die Wärter im Hof sehen, die den Rummel verfolgten. Mike hatte alles auf den Kopf gestellt.

Ein Wechselbad der Gefühle überkam ihn. Erleichterung darüber, dass er entkommen war, aber gleichzeitig auch die schreckliche Gewissheit, dass die Polizei hinter ihm her sein würde. Was hatte Dr. Gupta gesagt: »Alles, was du sagst, kann und wird gegen dich verwendet werden.« Und was er da gerade abgezogen hatte, war keine Kleinigkeit. Einer Gefangenen die Flucht zu ermöglichen war nichts, womit sie einen davonkommen ließen. Er stellte sich vor, wie seine Wohnung durchwühlt wurde, wie sie seine Kollegen anriefen und vielleicht sogar seine Mutter in Frankreich aufspürten. Es gab wirklich keine Entschuldigung für das, was er getan hatte. Er hatte einer verurteilten Mörderin zur Flucht aus einem Staatsgefängnis verholfen. Das ließ sich nicht bestreiten. Wenn sie ihn erwischten, würde er ebenfalls in den Knast wandern.

Rachel bemerkte seine wachsende Unruhe und beugte sich zu ihm vor. »Keine Angst, Mike. Das war alles so geplant.«

Mike wollte sie unterbrechen – er hatte ihr so viel zu erzählen, vor allem von Jamesons Selbstmord, der ganz sicher nicht Teil irgendeines Plans sein konnte –, doch Rachel hob beschwichtigend die Hand.

»Hören Sie zu, dann werden Sie alles verstehen«, sagte sie und strich sich die Haare aus den Augen. »Ich habe im Jeep vor dem Gefängnistor auf Sie gewartet, als ich einen Anruf von Anne-Marie erhielt. Sie sagte mir, dass sie sich auf dem Weg nach Ray Brook befände. Sie müsse unbedingt Jameson aufhalten, der zum Gefängnis käme.«

Mike setzte erneut an, ihr zu erzählen, was Jameson getan hatte, aber Rachel ließ ihn nicht zu Wort kommen.

»Nachdem Cam uns beide in meinem Jeep überfallen hatte, war Anne-Marie mit Jameson und Cam zurück zum Firmengelände geflogen, wo sie den Kreis durch verschiedene Computerprogramme jagten, genau wie Dr. Gupta es vorhergesehen hatte. Jameson fand, wonach er in dem Kreis suchte, und entschied, mit seinem Plan weiterzumachen.«

»Mit welchem Plan?«, fragte Mike.

»Genau das wollte ich auch wissen«, erwiderte Rachel. »Anne-Marie sagte mir, dass Jameson sich seit Jahrzehnten auf diesen Moment vorbereitet hat. Mit dem Code aus Abulafias Kreis wollte er die Technologie vervollständigen, die er bei Singularity entwickelte. Ich habe versucht, mehr Details aus Anne-Marie herauszubekommen, aber sie sagte nur, dass alles angefangen habe, als Jameson noch ein Kind war. In einer schwachen Stunde habe seine Tante ihm Violaine gezeigt und dabei eine Anspielung auf die Macht des Ha-Schem Ha-Mephorasch gemacht. Diese Erfahrung veränderte sein Leben. Er versuchte, mehr Informationen von seiner Tante zu erhalten, aber sie mauerte. Später wurde er Teil eines Untergrundkollektivs von Futuristen und Transhumanisten, die der Überzeugung waren, dass eine Kombination von alten esoterischen Methoden und moderner Technologie ewiges Leben ermöglichen würde. Er steckte all sein persönliches Vermögen in die Forschung, um die Voraussetzungen für seine eigene Unsterblichkeit zu schaffen.«

»Aber das ergibt doch keinen Sinn …«, begann Mike. Jameson konnte unmöglich nach Unsterblichkeit gestrebt haben. Der Mann hatte sich gerade umgebracht!

»Lassen Sie mich ausreden«, sagte Rachel und hob ihre Stimme gegen den Lärm des Hubschraubers. »Seine Vorstellungen von Unsterblichkeit decken sich nicht mit dem, woran wir normalerweise denken, wenn wir uns ewiges Leben vorstellen. Nicht irgendein albernes Elixier oder ein bionischer Körper. Laut Anne-Marie hat Jameson im Verlauf der letzten Jahrzehnte ein sehr ausgeklügeltes, unveränderbares Blockchain-Netzwerk aufgebaut, das jedes Element seines neurologischen und psychologischen Selbst aufzeichnet und speichert. Kein normales Netzwerk. Es wird von einem speziell für diesen Zweck entwickelten Quantencomputer betrieben. Er setzte Anreize für das Netzwerk durch Kryptowährung, indem er denjenigen, die seine Daten verifizieren, pflegen und sicher halten, Milliarden anbot. Er versammelte die fortschrittlichsten Technologien aus der ganzen Welt, um dieses Netzwerk aufzubauen. Dank Quantencomputing ist er in der Lage, jederzeit und von jedem Ort aus Superpositionen seiner Daten hochzuladen. Für immer.«

»Aber selbst, wenn das möglich wäre und er einen Weg gefunden hätte, Qubits an Daten über sich selbst zu speichern, wäre das nicht real. Es wäre …«

»… künstliche Intelligenz«, beendete Rachel seinen Satz. »Meine Worte. Anne-Marie erzählte, dass Jameson genau an der Stelle nicht weiterkam: Er wusste nicht, wie er das Netzwerk konfigurieren sollte, um echtes Leben zu codieren. Seit Jahren kann er nur Simulationen von sich selbst erstellen, die zwar real erscheinen, aber weder die Autonomie noch die Komplexität seines lebendigen Bewusstseins aufweisen. Dieses Problem wurde mit Abulafias Ha-Schem Ha-Mephorasch gelöst. Wie Dr. Gupta uns gezeigt hat, enthält es einen Code, der, wenn er durch Quantencomputing geöffnet wird, die nichtbinäre Überlagerung des Bewusstseins erfasst. Nachdem Cam uns mit dem Koffer auch Abulafias Manuskript abgenommen hatte, war Jameson in der Lage, den Code in dieses Programm einzubauen. Alle Teile fügten sich zusammen. Er leitete den ersten Download ein, und alles war bereit. Das Letzte, was er noch tun musste, war, sich in das Netzwerk einzuklinken.«

»Und wie hat er das bewerkstelligen können?«

Rachel seufzte, sichtlich verstört. »Er musste sterben«, sagte sie. »Deshalb ist Anne-Marie ins Gefängnis gekommen. Um ihn davon abzuhalten, sich umzubringen.«

Er warf einen Blick auf Anne-Marie im Cockpit und war erstaunt, dass sie die Details von Jamesons Plan gekannt und ihm dennoch geholfen hatte. Oberflächlich betrachtet schien sie so vernünftig zu sein … »Aber sie hat ihm doch bei jedem seiner Schritte geholfen«, sagte er. »Warum ihn am Ende noch aufhalten?«

»Richtig, das hat sie«, sagte Rachel. »Als sie aber begriff, dass er tatsächlich vorhatte, es bis zum Ende durchzuziehen, wurde ihr klar, dass es das nicht wert war. Sich selbst für eine Idee zu opfern ist in der Theorie eine Sache, aber eine völlig andere, wenn der Moment gekommen ist, den Abzug zu drücken. Ich konnte nicht mehr aus ihr herausbekommen, als dass sie Cam davon überzeugt hat, Jameson aufzuhalten, und dass er einverstanden war.«

»Aber er hat ihn nicht aufgehalten«, sagte Jess. »Jameson Sedge ist tot.«

Rachel sah von Jess zu Mike. »Das alles ist noch viel furchtbarer, als ich es mir vorgestellt habe.«

Der Schrecken von Jamesons grausigem Tod hatte Mike erschüttert, und doch verspürte er auch ein überwältigendes Gefühl der Erleichterung. Es war vorbei. Die Bedrohung, die Jameson Sedge dargestellt hatte, war verschwunden. Selbst wenn Jess wieder im Gefängnis einsäße, würde sie nicht mehr beobachtet werden. Und nicht mehr bedroht. Mike drückte fest ihre Hand. Jess hatte Schreckliches durchgemacht, aber Jamesons Tod hatte sie befreit. Jetzt mussten sie sich um Lilith kümmern.

63

Anne-Marie landete auf dem betonierten Landeplatz im Wald. Sie verließen den Hubschrauber und begaben sich auf die freitragende Veranda. Dort schilderte Mike Rachel und Anne-Marie, was im Gefängnis passiert war. Er erzählte, wie Cam vergeblich versucht hatte, Jameson aufzuhalten. Während Anne-Marie das alles verarbeitete, ließ Mike seinen Blick über die endlosen Baumreihen schweifen. Erst am Tag zuvor hatte er mit Jameson auf eben dieser Veranda gestanden und mit ihm über *das unentdeckte Land, von des Bezirk kein Wandrer wiederkehrt* gesprochen. Nun war Jameson Sedge tot. Mike konnte sich der Tragik des Ganzen nicht entziehen.

»Jameson hatte vor nichts Angst«, sagte Anne-Marie und wischte sich die Tränen aus den Augen. »Nur vor dem Tod. Deshalb brauchte er Cam so dringend. Er glaubte nicht, dass er es allein durchziehen könnte. Er war sich seines Plans so sicher, aber ich wusste, dass seine größte Angst darin bestand, sich womöglich zu irren. Es wäre vernünftiger gewesen, den Plan hier, auf dem Gelände, zu Ende zu bringen. Aber er musste Sie sehen«, sagte sie und sah Jess an. »Er brauchte Sie, um die Bestätigung zu bekommen, dass es derselbe Kreis ist. Als ob Sie nicht auch irren könnten oder sich vielleicht gar nicht mehr erinnern würden.«

»Ich habe mich nicht geirrt«, erwiderte Jess. »Was er mir gezeigt hat, war derselbe Kreis, den ich mit Noah gefunden habe.«

»Das muss ihn beruhigt haben«, sagte Anne-Marie. »Niemand hat mehr an Jameson geglaubt als ich, aber ich wusste, dass er am Ende so besessen war, dass er die Realität aus den Augen verloren hat.

So etwas wie Unsterblichkeit gibt es nicht, da kann die Technologie noch so gut sein. Deshalb habe ich Cam davon überzeugt, Jamesons Anweisungen nicht zu befolgen. Er hat mir versprochen, es nicht zu tun.«

»Er hat sein Versprechen gehalten«, sagte Jess.

»Ich weiß nicht, warum es eine Rolle spielt, aber das tut es«, sagte Anne-Marie. »Jameson hat sich entschieden zu sterben. Wie falsch diese Wahl auch immer gewesen sein mag, es war seine eigene.« Als ein Festnetztelefon im Haus zu klingeln begann, gab Anne-Marie ihren Gästen zu verstehen, mit ihr nach drinnen zu gehen. »Ich bin gleich wieder da«, sagte sie und klemmte sich das Telefon zwischen Schulter und Ohr. »Ich muss das hier annehmen.«

Anne-Maries Haus war noch genau so, wie er es am Tag zuvor verlassen hatte – der Tisch war für drei Personen gedeckt, Olivenöl glänzte in den Pasta-Schüsseln, Weinreste in den Kelchen, Stoffservietten waren nach Gebrauch zusammengeknüllt. Und doch hatte sich alles geändert. Jameson Sedge war tot. Jess Price stand hier, neben Mike. Er hatte das Gottesrätsel gefunden und seine Geheimnisse gelöst. Und jetzt war der Moment gekommen, es zu beenden.

Nach allem, was sie im Gefängnis durchgemacht hatten, fühlte er sich Jess näher denn je zuvor. Er konnte nicht anders, als bei dem Gedanken an ihre kurze Szene im Treppenhaus vor Glück zu erbeben. Alles, was er im Traum empfunden hatte, hatte er in ihren Armen wiedergefunden. Dennoch konnte er sie nicht festhalten. Sie war wie weißes Licht, das durch ein Prisma fiel, ihre Essenz explodierte in einer Vielzahl von Farben, von denen jede changierte. In einem Moment war sie ein Rätsel, im nächsten eine Antwort; in einem Moment wollte er sie retten, im nächsten war sie die Einzige, die ihn retten konnte.

Sie fanden saubere Kleidung in einem Waschraum neben der Küche. Jess zog ihre Häftlingsuniform aus und schlüpfte in ein Oxfordhemd und eine Jeans von Anne-Marie. Rachel hatte Mikes

Kleidung mitgebracht, und er tauschte sie gegen seine Gefängniswärteruniform aus. Beim Umziehen betrachtete er sich im Spiegel. Er sah furchtbar aus. Eine vertikale Linie zog sich über seine Brust, ein großer violetter Bluterguss, den der Sicherheitsgurt hinterlassen hatte, als er sich mit seinem Pick-up überschlagen hatte. Der Schnitt über seiner Augenbraue war verschorft. Seine Augen waren blutunterlaufen, die Haut blass. Die vergangenen Tage hatten ihn übel zugerichtet. Doch trotz allem fühlte er einen merkwürdigen Auftrieb, eine Leichtigkeit, wie er sie noch nie erlebt hatte. Er war durch die Hölle gegangen, und es gab ihn immer noch.

Er stopfte die Gefängnisuniform tief in den Mülleimer der Küche und ging dann durchs Haus. Jetzt, da er wusste, wonach er suchen musste, konnte er überall Beweise für Jamesons und Anne-Maries Interesse an der Alchemie finden: die gerahmten hebräischen Schriftrollen an der Wand des Wohnzimmers, der Schrank mit den Porzellangefäßen, der goldene Kelch. Sie waren ihm schon früher aufgefallen, hatten für ihn aber nur dekorativen Charakter gehabt. Die Wahrheit hatte direkt vor seinen Augen gelegen! Es war, als würde er ein Trickbild betrachten. Drehte man es in die eine Richtung, war das Bild klar. Änderte man den Winkel, zeigte sich ein anderes Bild. Ihm kam der Gedanke, dass Jess eine ähnliche Illusion in sich trug. Ihre Geheimnisse würden sich erst erschließen, wenn er den richtigen Blickwinkel fand.

So wie es aussah, gab sie ihm weiterhin Rätsel auf. Auf dem Dach war sie so stark gewesen, aber als sie das Wohnzimmer betraten, wirkte sie wieder blutleer und schwach. Erschöpft legte sie sich aufs Sofa. Die Nacht war warm, und doch zitterte sie vor Kälte. Mike brachte ihre eine Decke aus Chenille, dann holte er Holz aus einem Korb und entfachte ein Feuer im Kamin. Als er fertig war, setzte er sich zu ihr.

Anne-Marie betrat den Raum und legte den Lederkoffer – genau den, den Cam ihnen früher abgenommen hatte – auf den Couchtisch. Als sie ihn öffnete, kamen Abulafias Manuskript und Violaine zum Vorschein. »Jameson und Cam haben das hier im Keller zurückgelassen«, sagte sie. »Rachel meinte, Sie brauchen es.«

»Ich weiß, dass Sie beide viel durchgemacht haben«, sagte Rachel und sah zwischen Jess und Mike hin und her. »Aber es gibt da noch etwas Wichtiges, das wir tun müssen.«

»Wir sollten uns auch besser beeilen«, sagte Anne-Marie. »Ich habe gerade mit meinem Anwalt gesprochen. Die Polizei hat den Hubschrauber geortet und ist auf dem Weg hierher.«

»Dann lasst uns anfangen«, sagte Rachel. »Ich brauche Kerzen und einen Schal oder eine kleine Decke. Eine Schale mit sauberem Wasser. Ein weißes Handtuch. Ein Stück Papier. Ein Messer. Und Rotwein, wenn Sie welchen haben.« Rachel betrachtete den Couchtisch. »Ein Altar wäre ideal, aber das hier muss reichen.«

Anne-Marie ging durchs Haus und kehrte mit den Gegenständen zurück, um die Rachel gebeten hatte. Mike schaltete das Licht aus, sodass der Raum nur noch vom flackernden Kaminfeuer erhellt wurde.

»Danke«, sagte Rachel, als Anne-Marie die Schüssel mit Wasser vor sie stellte. Sie tauchte ihre Hände in das Wasser, trocknete sie dann am Handtuch ab. »Und wir brauchen absolute Stille.«

Sie warf Anne-Marie einen kurzen Blick zu, die nickte und den Raum verließ.

Als die Verandatür mit einem leisen Klicken ins Schloss fiel, band sich Rachel ein Seidentuch über das Haar, riss ein Streichholz an und entzündete die Kerzen, stellte sie an die Ecken des Tischs. Dann legte sie Violaine vor sie hin, öffnete Abulafias Manuskript und wandte sich an Jess.

»Dies ist der ursprüngliche Gebetskreis«, sagte Rachel. »Sehr ähnlich demjenigen, den Sie im Sedge House gefunden haben, nur ist er viel älter. Er hat eine komplizierte Geschichte, die ich Ihnen gern eines Tages erzählen werde, aber im Moment müssen Sie nur wissen, dass der Kreis, den Sie und Noah gelesen haben, eine Kopie dieses Originals war. Und in dieser Kopie befand sich ein Fehler.«

»Rachel glaubt, dass dieser Fehler für das verantwortlich ist, was danach passiert ist«, sagte Mike. »Und dass wir es ungeschehen machen können, wenn wir es korrigieren.«

»Es kann nicht ungeschehen gemacht werden«, sagte Jess. »Noah ist tot.«

»Sie haben natürlich recht«, sagte Rachel leise. »Was im Sedge House passiert ist, kann nicht mehr ungeschehen gemacht werden. Aber es besteht die Chance, dass wir verhindern können, dass noch schrecklichere Dinge passieren. Aber am allerwichtigsten: Wenn wir es richtig machen, werden Sie frei sein.«

Jess dachte darüber nach. »Wollen Sie damit sagen, wenn wir das Ritual wiederholen, könnte das alles aufhören?«

Rachel legte eine Hand auf Jess' Arm. »Versprechen kann ich nichts, aber ja, ich glaube schon. Ich würde es nicht riskieren, wenn ich nicht glauben würde, dass wir eine Chance haben.«

Jess sah von Mike zu Rachel und dann auf die Puppe. »Falls es irgendeine Chance gibt, das alles hier zu beenden, dann will ich es versuchen.«

Rachel drückte Jess die Hand und wandte sich dann Mike zu. »Können Sie den Kreis noch einmal zeichnen?«, bat sie ihn mit einem Blick auf die Puppe. Mike nahm seinen Stift heraus, riss ein winziges Papierquadrat aus seinem Notizbuch und reproduzierte den Kreis genau so, wie er im Manuskript von Abulafia gestanden hatte. Rachel rollte das Quadrat zu einer winzigen Schriftrolle zusammen, öffnete das Fach am Hinterkopf der Puppe und ersetzte die alte Schriftrolle durch die neue.

»Kommen Sie hierher«, sagte sie und führte Jess und Mike in die Mitte des Raums. Sie legte die Porzellanpuppe zwischen ihnen auf den Boden, führte ihre Hände zusammen und sagte: »Wenn Sie bereit sind, fangen wir an.«

64

Rachel begann flüsternd zu sprechen, doch schon bald wurde ihre Stimme raumfüllend. Sie sprach jedes Wort mit Autorität und ließ keinen Zweifel daran, dass sie die Kontrolle hatte. Mike wiederholte die Wörter und ahmte ihre Aussprache nach, so gut er konnte, wobei die harten, gutturalen Laute in seinem Kopf farbige Fäden bildeten. Anfangs fiel es ihm schwer, aber bald übernahmen die Wörter die Kontrolle, und der Rhythmus zog ihn an. Er blickte auf die Porzellanpuppe, die im schwachen Kerzenlicht lag – ihr schimmerndes kastanienbraunes Haar, die Sommersprossen auf ihren Wangen, die dunklen Wimpern –, und spürte einen Schauer aus Faszination und Abneigung. Sie wirkte so real, dass er fast glaubte, dieses Geschöpf könne unter den richtigen Umständen tatsächlich zum Leben erwachen.

Aber das geschah nicht. Es gab keinen tosenden Energiesturm, keinen Ausbruch von Elektrizität. Nicht das Gefühl, von einem Strudel erfasst zu werden. Nichts. Und er begann zu glauben, dass es genau so war, wie er vermutet hatte: Diese ganze Sache war unmöglich. Was im Sedge House passiert war, war das Ergebnis eines tragischen Cocktails aus Einbildung und Alkohol. Es hatte ein schweres Unwetter gegeben, der Strom war ausgefallen, und dann nahm alles eine dunkle Wendung. Jess wachte auf und fand einen toten Mann in einer Blutlache. Tatsächlich konnte sie nicht wissen, was wirklich passiert war. Jess war ohnmächtig geworden, und die Wahrheit war so unerreichbar wie eine Münze in einem tiefen Brunnen. Fakten waren Fakten, und es war lächerlich, so zu tun, als wäre es anders. Es war höchste Zeit, die Scharade zu beenden.

Doch dann geschah etwas. Zuerst war es nur eine Veränderung in der Luft, die winzigste Vibration in der Atmosphäre, ein Druck, der so subtil war, dass er ihn vielleicht gar nicht bemerkt hätte, wenn Jess nicht seine Hand gedrückt hätte, um zu signalisieren, dass sie es auch spürte. Die Kerzen flackerten, und der Geruch von Ozon – verbrannt und elektrisch und doch seltsam frisch, wie ein Regenschauer – erfüllte den Raum. Dann sah er mit einem Mal nichts mehr außer einem Feuerblitz, und die Welt verschwand.

Er fiel. Stürzte hinunter, immer weiter hinunter, durch eine bodenlose Dunkelheit. Dann prallte er so hart auf dem Boden auf, dass ihm die Luft aus den Lungen geschlagen wurde. Als er sich aufrichtete, befand er sich in einem Kerker. Die Decke war gewölbt, aus Ziegeln, der Boden hart, verdichtete Erde, die Luft schwer vor Feuchtigkeit. Weiter vorne beleuchteten Fackeln Zellen, die mit elenden Gefangenen gefüllt waren. Sie riefen ihm zu, forderten ihn mit Gesten auf, näher zu kommen, schüttelten Fäuste, sagten seinen Namen. Am Ende des Korridors wartete Jess in einer Zelle. Ihr Haar war lang und zerzaust, und sie trug ein rotes Kleid mit schimmerndem Brokat. »Endlich bist du gekommen«, sagte sie. »Mach die Tür auf.« Sie wies auf ein dickes Eichenfass, das mit Äpfeln gefüllt war. »Dort sind die Schlüssel. Beeil dich. Wähle einen aus.«

Es waren Hunderte von Äpfeln. Er steckte seine Hand in das Fass, und die Äpfel wurden zu kaltem Metall. Alte und neue Schlüssel, große und kleine, aus Messing, Gold, Silber. Welchen sollte er wählen? Den Schlüssel zum Dachboden? Den Schlüssel zum Rätsel? *Wunderbare Äpfel allesamt ...* Alle Fragen und alle Lösungen liefen auf diese eine Wahl hinaus. *Granny Smith, Elstar, McIntosh, Berlepsch, Ingrid-Marie, Rubinette.* Wählte er richtig, würde er sie von Lilith befreien, und damit auch sich selbst.

Bevor er sich entscheiden konnte, erinnerte er sich: Er besaß den Schlüssel bereits. Er fand ihn in seiner Tasche und steckte ihn ins Schloss. Eine Drehung, zwei. Die Tür knarrte auf. Als er eintrat, füllte sich die Zelle mit Feuer. Er hatte die Tür zu einem Brennofen geöffnet. Violaine lag inmitten der Flammen. Sie wuchtete sich auf ihre wackeligen Beine hoch, ihr rosa Kleid zitterte, als sie um ihr Gleichgewicht kämpfte. Sie wollte etwas von ihm, er konnte es spüren. Sie griff nach ihm, ihre grünen Augen funkelten im Feuerschein. *Vernichte zuerst den Golem, dann den Kreis. Vernichte sie, bevor es wieder passiert.* Schnell, ohne nachzudenken, packte Mike die Porzellanpuppe an den Haaren und warf LaMoriettes Meisterwerk zurück in die Flammen.

Die Tür zur Zelle stand offen. Jess raffte ihre Röcke, schenkte ihm ein dankbares Lächeln und rannte los.

Er spurtete ihr hinterher und hatte Mühe, Schritt zu halten. Sie war schnell, unnatürlich schnell. Er sah sie am Ende des Ganges, doch gerade, als er sich ihr näherte, verschwand sie. Er folgte ihr, trieb sich an, schneller zu laufen, aber sie war ihm immer voraus. Durch eine Tür erreichte er einen dichten Nadelwald. Sie war so schnell, ihre nackten Füße flogen über Wurzeln und Dornengestrüpp, erklommen den gewundenen Pfad, kaum mehr als ein Schatten, der über die Stämme der winterlichen Bäume flatterte.

Als er sie endlich einholte, war er völlig außer Atem, und seine Muskeln zitterten von der Anstrengung. Sie stand auf einer Lichtung unter einem kalten grauen Himmel, ihr Haar lang und wild, die Wangen gerötet vor Kälte. Eine Legion knochendürrer Bäume bildete einen Kreis um eine große Marmorplatte, den Altar. Daneben lag ein Messer mit Elfenbeingriff.

Sie zog ihn in eine Umarmung, küsste ihn leidenschaftlich, während sie seine Kleider auszog. Er stand nackt im eisigen Wind, seine Haut kribbelte vor Kälte, die Füße zerschnitten von Eissplittern. Sie küsste ihn überall – seinen Hals und die Schultern, seine Brust, seine Knie, seine Füße –, als würde sie ihn salben. Er lehnte sich gegen den Altar zurück, während sie ihn berührte, um sich abzustützen, und gab sich ihr hin.

»Folge mir«, sagte Jess und drückte ihn an sich. »Es wartet so viel auf uns.«

Eis knackte unter seinen Füßen, als er sie in seine Arme hob und sie auf die kalte Marmorplatte legte. Sie versuchte sich zu befreien, aber er hielt sie fest und legte Metallmanschetten zuerst um das eine, dann um das andere Handgelenk. Als er nach dem Messer griff, hörte er in der Ferne Rachels Stimme. Er sprach die Wörter aus, die sie sprach, und mit einem Mal veränderte sich alles. Der Wind verstummte, das Eis schmolz. Jess war nicht mehr da. An ihrer Stelle war eine Frau, so strahlend, so schön, dass er einen Schritt zurückwich wie vor einem tosenden Feuer. Hitze erfüllte seinen Körper, und die Welt zerfiel. Er rutschte in das Feuer, wurde von seiner Schwerkraft angezogen. Er schnappte sich das Messer, spürte den kalten Griff und versenkte die Klinge in Liliths Brust.

Als er die Augen aufschlug, glaubte er eine schreckliche Sekunde lang, dass die Ereignisse des Traums real waren. Die Porzellanpuppe lag im Kamin, verkohlt und zerbrochen, und Jess lag auf dem Ledersofa in genau der gleichen Stellung wie zuvor auf dem Altar. Ihr Hemd war aufgerissen, ihre Augen waren geschlossen, und auf ihren Wangen lag eine Blässe, die ihn erschreckte. Er spürte eine anschwellende Panik: Er hatte nie an die Gefahr für Jess gedacht, falls das Ritual funktionierte. Wenn er sie verletzt hatte, würde er sich das niemals verzeihen können.

Doch als er sich neben sie setzte, warf sie sich in seine Arme, und er wusste, dass seine Ängste unbegründet waren. Jess war in Sicherheit.

»Wir haben es geschafft«, flüsterte Jess. »Es ist vorbei.«

65

Die Polizei brachte zunächst Jess fort. Sie leistete keinen Widerstand. Als sie befragt wurde, sprach sie ruhig und emotionslos, gab die geforderten Informationen und ging bereitwillig zum Auto, wobei sie nur einmal zurückblickte, um Mike zuzulächeln.

Keine zehn Minuten nach Ankunft der Polizei tauchte Anne-Maries Anwalt auf und argumentierte, dass sie keinen Grund hätten, seine Mandantin zu verhaften, doch der Hubschrauber war der unbestreitbare Beweis für Anne-Maries Verwicklung in die Ereignisse in der New-York-State-Justizvollzugsanstalt, und ihr wurden Handschellen angelegt, man verlas ihre Rechte und führte sie ab.

Als die Polizei sich Mike zuwandte, übernahm Rachel das Reden. Sie erklärte, dass sie Freunde von Anne-Marie und in das Haus eingeladen worden seien, aber keine Ahnung gehabt hätten, was Anne-Marie im Schilde geführt habe. Selbstverständlich seien sie bereit, auf jede erdenkliche Weise zu helfen. Sie zeigte auf das Manuskript, das auf dem Couchtisch lag, und erklärte ihnen, dass es sich dabei um das Kunstwerk handelte, das aus der Morgan Library gestohlen worden sei. Dann führte sie sie zu der Wand mit den gerahmten hebräischen Schriftrollen und wies darauf hin, dass diese einige Jahre zuvor aus einem israelischen Museum gestohlen worden waren. Innerhalb von zehn Minuten wurde sie von einer Verdächtigen zu einer Verbündeten. Mike sah ihr verblüfft zu. Mit ihrer ruhigen Stimme und ihrer unbestreitbaren Autorität, ihrem entschiedenen, aber dennoch freundlichen Auftreten entwaffnete sie die Polizisten ebenso effektiv, wie sie Jameson Sedge entwaffnet hatte.

Am Ende wussten die Polizisten nicht, was sie mit Mike machen sollten. Sie suchten niemanden, auf den seine Beschreibung passte. John Williams hatte zu seinem Wort gestanden und die Kameras ausgeschaltet, sodass Mikes Gesicht weder aufgenommen noch in Umlauf gebracht worden war. Die Polizisten notierten sich zwar seinen Namen und seine Kontaktdaten, wussten aber nicht, dass er überhaupt im Gefängnis gewesen war. Sie machten Fotos von Abulafias Manuskript, versiegelten es in einem Plastikbeutel, stiegen wieder in ihren Wagen und fuhren davon.

Als die Polizei weg war, ging Rachel zum Kamin und hob die verbrannte Puppe aus der Asche. Die Porzellanhülle und die kristallinen Augen waren verkohlt, und als sie das Geheimfach öffnete, war die Schriftrolle nur noch Asche. Rachel kehrte die Asche zusammen und entsorgte sie zusammen mit dem Golem in einem Müllsack, verschnürte ihn und warf ihn in die Mülltonne.

Mike wollte Rachel helfen, doch als er in die Küche trat, wurde ihm mit einem Mal schwindlig. Er stützte sich an der Marmorplatte der Kücheninsel ab. Dr. Trevers hatte ihn gewarnt, dass er in Stresssituationen ein chemisches Ungleichgewicht entwickeln konnte, und die letzten drei Tage waren ein einziger Druck gewesen. Er hatte Gott weiß wie lange nicht mehr geschlafen oder gegessen. Kein Wunder, dass er da wackelig auf den Beinen war.

»Ist mit Ihnen alles okay?«, fragte Rachel, offensichtlich besorgt.

»Ich bin nur ein bisschen mitgenommen, schätze ich«, sagte er. »Das war alles ziemlich ... heftig.«

Rachel legte ihm eine Hand auf den Arm. »Setzen Sie sich«, sagte sie und zog einen Hocker von der Kücheninsel zurück. Sie holte ein Glas, füllte es mit Wasser und brachte es ihm. Er leerte es in einem Zug. »Mögen Sie mir vielleicht erzählen, was vorhin passiert ist?«, fragte Rachel.

Es war unmöglich, die Intensität, die schiere emotionale Wucht dessen, was er durchgemacht hatte, in Worte zu fassen. Wie sollte jemand, der es nicht selbst erlebt hatte, verstehen, dass seine

Träume realer gewesen waren als die Wirklichkeit? Aber er erinnerte sich, wie Rachel ihm von ihrem Glauben erzählt hatte, und er wusste, dass sie – mit ihrer Fähigkeit, an Dinge zu glauben, die für viele Menschen, Mike eingeschlossen, schwer zu verdauen waren – vielleicht der einzige Mensch war, der ihm helfen könnte zu verstehen.

»Ich glaube, ich könnte das niemandem außer Ihnen erzählen«, sagte er und wägte seine Worte sorgfältig ab. »Aber seit dem Tag, an dem ich Jess zum ersten Mal begegnet bin, habe ich Dinge erlebt … Ich weiß nicht, was sie waren … Träume, vermutlich. Jedenfalls waren sie plastischer und lebendiger als Träume. Sie waren wie die Wirklichkeit, nur tausendfach vergrößert.«

Rachel füllte sein Glas erneut mit kaltem Wasser auf und sah zu, wie er es leerte. Dann setzte sie sich neben ihn an die Insel und schenkte sich den Rest aus der Flasche Wein ein. »Was passiert in den Träumen?«

»Ganz unterschiedliche Dinge«, sagte er. »Ich tauche bei einem Festessen auf oder in einem Hotelzimmer in Italien oder in einem Wald. Aber ich bin immer mit Jess zusammen.«

Rachel ließ den Wein in ihrem Glas kreisen. »Und an all diesen Orten sind immer nur Sie und Jess?«

»Ja.«

»Verzeihen Sie bitte die Frage, aber sind Ihre Träume sexueller Natur?«

Mike nickte und spürte, wie ihm das Blut in die Wangen schoss.

»Das muss Ihnen nicht peinlich sein«, sagte sie lächelnd. »Lilith ist immerhin ein Sukkubus. Sie herrscht durch sexuelle Eroberung. Hatten Sie eine dieser traumgleichen Erlebnisse auch gerade eben, im Wohnzimmer, während des Rituals?«

Er nickte wieder. »Und noch merkwürdiger ist, dass manche der Dinge, die in den Träumen passieren, auch im realen Leben geschehen«, sagte er. »Ich habe im Traum die Puppe ins Feuer geworfen. Ich habe im Traum Male auf Jess' Haut gesehen, und dann waren sie im Gefängnis auch auf ihrem Arm. Aber andere Dinge«, er dachte an das Messer mit dem Elfenbeingriff, wie er es in Jess' Brustbein und in ihr Herz versenkt hatte, »übertragen sich nicht in die Wirklichkeit.«

»Das liegt daran, dass Ihre Erlebnisse keine Träume sind«, sagte sie. »Sie sind real.«

»Aber das ist unmöglich«, sagte er und versuchte, schlau daraus zu werden. »All diese Dinge sind passiert, als ich schlief. Sie waren in meinem Kopf.«

»Das mag ja sein«, erwiderte sie. »Aber das heißt nicht, dass sie nicht real sind. Lilith bewegt sich, wie alle göttlichen Wesen, durch das menschliche Bewusstsein. Das ist ihre Dimension, und sie ist so real wie diese hier. Nur weil ich sie nicht gesehen habe, heißt das nicht, dass sie nicht existiert. Und es bedeutet auch nicht, dass das, was Sie in dieser anderen Welt getan haben, keine Konsequenzen in dieser hat.«

Mike holte tief Luft und versuchte, seine widersprüchlichen Gefühle in den Griff zu bekommen. Die Grundlage dessen, wer er war und was er für wahr hielt, sagte ihm, dass dies unmöglich sein konnte. Und doch war er dort gewesen. Er kannte die Frau in seinem Traum. Er hatte sie berührt, mit ihr gesprochen. Er hatte sie mit seinen eigenen Händen getötet. »Lilith ist weg, oder?«, fragte er schließlich. »Bitte sagen Sie mir, dass das Ritual funktioniert hat.«

»Nach Jess' Reaktion zu urteilen würde ich das sagen«, erwiderte Rachel und lächelte ihm zu. »Und das Gefäß, durch das sie eingetreten ist – Violaine –, ist ganz sicher weg.« Sie trank einen letzten Schluck Wein und schob das Glas dann fort. »Aber die eine Sache, die wir noch nicht beantwortet haben, ist die Frage, warum sie Sie ins Visier genommen hat.« Rachel stützte ihr Kinn auf der Hand ab und sah Mike direkt an. »Ich habe über das nachgedacht, was Dr. Gupta über die binäre Sequenz am Rand von Abulafias Kreis gesagt hat. Er sagte, es könne noch eine andere Lösung geben, eine in den Code eingebettete Botschaft. Ich glaube, er hat recht. Es gibt noch einen anderen Aspekt, der dem ursprünglichen Sinn und Zweck des Ha-Schem Ha-Mephorasch entspricht. Haben Sie noch die Kopie, die Sie angefertigt haben?«

Mike nahm sein Notizbuch heraus, schlug es bei der Kopie auf, die er gezeichnet hatte, und legte es zwischen sie.

Rachel fuhr fort. »Abulafias Gebetskreis war, wie gesagt, eine Möglichkeit, das Heilige gleichzeitig zu offenbaren und zu verbergen. Es wurde erschaffen, um Gott zu verherrlichen und die verborgenen Buchstaben des Namens weiterzugeben und ihn dennoch vor denen zu schützen, die ihn missbrauchen könnten. Der Name besteht traditionell aus den Buchstaben YHWH, dem Tetragramm. Das ist kein Geheimnis. Es ist die geheime Anordnung dieser Buchstaben, die Abulafia schützen wollte, und diese Anordnung muss in diesem Kreis verschlüsselt sein.« Sie drückte den Kreis flach auf die Marmoroberfläche und studierte ihn. »Wenn ich ein paar Stunden mit dem Versuch verbringe, das herauszubekommen, würde ich es vielleicht entschlüsseln. Aber ich vermute, das können Sie erheblich schneller.«

Mike betrachtete den Kreis, ließ seinen Blick über die schwarzen und weißen Quadrate wandern. Ein Muster zeichnete sich in der binären Zeichenfolge ab, und plötzlich war sie da, vor seinen Augen: die Lösung.

»Sie haben recht«, sagte er. »Abulafia hat hier etwas verschlüsselt. Wenn Sie sich den Kreis ansehen, werden Sie bemerken, dass jeder Teil einen Zweck hat: Der Ring schwarzer und weißer Quadrate bildet eine binäre Folge, wie Dr. Gupta uns gezeigt hat. Aber die Zahlen, die Strahlen und die hebräischen Buchstaben sind ebenfalls Teil des Rätsels. Selbst der Davidsstern ist erforderlich, um das hier zu lösen. Sehen Sie hier. Wenn Sie im geographischen Norden beginnen oder bei der Zahl eins auf dem Davidsstern, fällt das zwischen zwei Quadrate und steht für eine Einheit von zwei. Folgt man den Spitzen auf diese Weise, erhalten wir zwölf Einheiten von Binärzahlen, die sich wie folgt lesen: 001111, 000011, 011011, 100111, 111111, 110011 beziehungsweise die Zahlen 15, 3, 27, 39, 63 und 51. Und jede dieser Zahlen auf der Skala steht für einen hebräischen Buchstaben.«

Er nahm seinen Stift und schrieb sechs hebräische Buchstaben in die sechs Kreise in der Mitte des Feldes, damit Rachel es sehen konnte: *H Y G M H W*.

Er sah Rachel prüfend an. »Sagt Ihnen diese Sequenz etwas?«

Rachel lächelte mit einem Schimmer in ihren Augen. »Das tut es, aber ich … ich kann es nicht glauben.«

»Dann wissen Sie, was es bedeutet?«, fragte Mike ungeduldig. Es war immer ein schwieriger Moment, eine köstliche Folter, auf eine Lösung zu warten. Normalerweise war er derjenige mit den Antworten.

»Ich glaube, ich weiß es«, sagte sie und lächelte geheimnisvoll. »Diese sechs Buchstaben sind HEH, YOD, GIMEL, MEM, HEH, VAV.«

»Aber das ist nicht die traditionelle Schreibweise des Namens«, sagte Mike.

»Nein, ist es nicht. Und genau deshalb ist es ja so außergewöhnlich. Es gibt Anhaltspunkte, dass der ursprüngliche Name Gottes überhaupt nicht YHWH war, sondern den frühen Rabbis als seine Umkehrung bekannt war, HW HY, ausgesprochen *hu-hi*. Ein Kollege von mir hat über dieses Element von Ha-Schem eine Zeit lang gearbeitet und sogar vor einigen Jahren ein Buch darüber veröffentlicht. Seine Theorie, die in unserer Community sehr umstritten war, lautet, dass HW HY tatsächlich der wahre Name war und seine Aussprache unter den Gebildeten bekannt gewesen sein dürfte. Abulafias Kreis scheint dies zu bestätigen. Es ist ein außergewöhnlicher Beweis, dass HW HY die wahre Aussprache des Namens ist.«

»Aber warum spielt das irgendeine Rolle?«, fragte Mike und versuchte zu verstehen, warum Rachel so aufgeregt über die Umkehrung von ein paar Buchstaben war.

»Weil es nicht nur die Laute sind, die etwas bedeuten, sondern auch ihre Bedeutung. HW HY bedeutet auf Englisch HE – HER«, sagte Rachel. »Abulafia hat zwei weitere Worte eingefügt, GIMEL und MEM, Hebräisch für ›AND ALSO‹, und zwar dazwischen, was unmissverständlich sagt, dass der wahre Name ›HE AND ALSO HER‹ bedeutet. *Er und auch sie.*«

Mike sah ratlos den Kreis an. »Gott ist beides?«

»Nicht unbedingt«, sagte sie. »Historisch wurde in der jüdisch-christlichen Vorstellung der Schöpfer als eine einzige männliche Gottheit beschrieben. Nach dem hier ist der Schöpfer aber ein binärgeschlechtlicher Gott. Eine männlich-weibliche Gottheit. Nicht Gott der Vater. Nicht Gott die Mutter. Sondern Gott der Vater und ebenfalls Gott die Mutter, in einem Wesen.«

Mike versuchte die Bedeutung dieser Entdeckung zu verstehen.

Als Rachel seine Verwirrung sah, fuhr sie fort: »Es ist eine unglaubliche, weltverändernde Offenbarung. Die Vorstellung, dass Gott männlich ist, bildet die Grundlage der jüdisch-christlichen Überlieferung, und Abulafias Botschaft reißt das vollkommen ein. Es geht Hand in Hand mit dem, was Dr. Gupta uns über den in Abulafias Kreis eingebetteten Code gezeigt hat. Er ist nichtbinär, quantenhaft, besteht aus Überlagerungen. Und so ist auch Gott.«

Mike dachte einen Moment lang darüber nach. Wenn es stimmte, was Rachel da sagte, und Gott war weder männlich noch weiblich, dann stimmten der Schöpfer und die Quantennatur des Universums perfekt überein. »Das wird enorme Auswirkungen auf religiöse Überzeugungen haben«, sagte er.

»Nun, die wahre Natur Gottes hat Auswirkungen, die weit über Religion hinausgehen«, sagte Rachel, und ihre Begeisterung über diese Entdeckung war unüberhörbar. »Gottes Position als allmächtige männliche Gottheit findet sich überall in der Gesellschaft wieder und liegt allem zugrunde, von religiösen Hierarchien bis zum männlichen Hausvorstand. Wenn jedoch Gott bigeschlechtlich ist, untergräbt das alles. Es destabilisiert die Grundlage der Geschlechterrollen. Es macht männliche Hierarchien in Politik, Religion und Gesellschaft – und patriarchalische Strukturen im Allgemeinen – unrechtmäßig. Es bedeutet, dass Sie und ich, ein Mann und eine Frau, nur Fragmente des Göttlichen sind, während Menschen mit nicht festgelegtem Geschlecht – diejenigen mit sowohl männlichen als auch weiblichen Eigenschaften – das vollkommene Abbild Gottes sind.«

Mike warf einen kurzen Blick auf das Gottesrätsel, um die ganze Tragweite seiner Bedeutung und die Auswirkungen auf die in Religion und Gesellschaft verankerten Strukturen zu begreifen.

Doch während er einerseits die Bedeutung von Abulafias Botschaft verstand, bereitete es ihm andererseits Schwierigkeiten nachzuvollziehen, in welcher Beziehung genau sie zu ihm persönlich stand. Schließlich fragte er: »Irgendwelche Theorien, warum das ausgerechnet mir passiert ist?«

»Ja, ich denke schon«, sagte Rachel und sah ihn direkt an. »Ich habe viel darüber nachgedacht, und ich glaube, Sie sind zum Teil schuld an dem, was passiert ist.«

»Ich?«, erwiderte er erstaunt. »Inwiefern?«

»Es gibt eine Geschichte im Midrasch, die ich immer geliebt habe. Sie handelt von Lailah, dem Engel der Empfängnis. Lailah, so heißt es in der Geschichte, hinterlässt den Babys im Mutterleib das gesamte Wissen. Wenn das Baby dann geboren ist, drückt Lailah die Lippen des Kindes zusammen, und alles ist vergessen. Die Geschichte geht davon aus, dass alles Wissen bereits existiert, dass wir es uns nicht aneignen, sondern alles, was wir verloren haben, mit zunehmendem Alter wieder einsammeln. Vielleicht hat Ihre Verletzung es Ihnen erlaubt, sich das nutzbar zu machen, was wir alle vor unserer Geburt wussten.«

»Inwiefern?«, sagte Mike, der sich nicht sicher war, ob ihm gefiel, worauf sie offenbar hinauswollte.

»Ihre Verletzung hat etwas Wesentliches in Ihrem Gehirn verändert. Sie haben außergewöhnliche Fähigkeiten in Bereichen erworben, von denen Sie vorher nichts wussten. Aber was ist, wenn diese Fähigkeiten nur die Spitze des Eisbergs wären? Was, wenn Sie Zugang zu einem erheblich größeren Wissen hätten?«

»Was für ein Wissen meinen Sie?«

»Das Wissen über das Universum. Über die Realität. Über Gott. Sehen Sie nur, was heute Abend passiert ist. Irgendwie ist Ihnen gelungen, worum Abulafia und viele andere Mystiker sich so bemüht haben: Sie sind über die Grenzen der materiellen Welt hinausgegangen. Sie haben mit einer anderen Welt kommuniziert.«

Mike erinnerte sich an die Zeile, die LaMoriette geschrieben hatte: »So lüftete ich den Schleier zwischen dem Menschlichen und dem Göttlichen und blickte direkt in die Augen Gottes.« Hatte seine Verletzung es ihm erlaubt, diesen Schleier zu heben und zu sehen, was auf der anderen Seite war? Könnte er, wenn er es versuchte, Zugang zu einem noch größeren Wissen erhalten? Er wusste es nicht, aber die Vorstellung erregte und erschreckte ihn zugleich.

»Wenn das stimmt«, sagte Mike leichthin, um seine widersprüchlichen Gefühle zu verbergen, »stecke ich echt in Schwierigkeiten.«

Rachel erwiderte sein Lächeln und drückte seinen Arm. »Wenn es stimmt, Mike, dann gibt es für Sie keine Grenzen.«

66

Die Wiederaufnahme des Verfahrens gegen Jess Price endete mit einem umfassenden Freispruch. Jameson Sedges Selbstmord und die Rede, die er im Gefängnis gehalten hatte, um Jess zu entlasten, änderte die Beweislage, und Anne-Maries Aussage unterstützte das weiter. Sie schilderte detailliert Jamesons Ringen mit seiner psychischen Erkrankung, die in seiner Kindheit mit dem Tod des Vaters begonnen hatte und in seinem tragischen Selbstmord endete. Sie beschrieb seine Besessenheit von der Unsterblichkeit und gab zu, dass sie sich bereits seit Jahren Sorgen um ihn gemacht hatte. Die Geschworenen hörten alarmierende Enthüllungen darüber, wie Jameson einen Mann ins Gefängnis geschleust hatte, um Jess überwachen zu lassen, und ihn auch mit der Ermordung von Ernest Raythe beauftragt hatte. John Williams sagte aus, Jameson habe nur wenige Minuten vor seinem Selbstmord erklärt, dass Jess Price keine Schuld am Tod von Noah Cooke trage. Beweise für seine Beteiligung an einer radikalen futuristischen Gruppe, die behauptete, die Erben der Alchemisten zu sein, besiegelten die Angelegenheit.

Mike besuchte Jess in den Monaten vor ihrer Entlassung nicht. Die außergewöhnlichen Ereignisse hatten ihn zutiefst verunsichert. Er hatte alles hautnah miterlebt – die überaus plastischen Träume, das Ritual, die schreckliche Macht des Ha-Schem –, und doch begann er, an sich zu zweifeln, seine Erinnerungen so lange infrage zu stellen, bis sie ihm wie eine Art Fata Morgana erschienen, hell und schillernd und unwirklich. Er begann, Jess Price und das Gottesrätsel als eine Abfolge zufälliger Ereignisse in seinem ansonsten so geordneten

Lebensmuster zu sehen, die keinen Raum für unerklärliche Anomalien ließen.

Er machte einen Termin bei Dr. Trevers, in der Hoffnung, dieser würde ihm eine rationale Erklärung liefern können. Ihr Gespräch fand als Videoanruf statt. Connie saß auf Mikes Schoß und behielt den Bildschirm aufmerksam im Blick, während ihr Herrchen seine Erlebnisse schilderte. Mike erklärte nicht alles, was er durchgemacht hatte, nur die Intensität der Träume und dass sie tiefe Spuren in seinem Gedächtnis hinterlassen hatten. »Ich muss wissen, was passiert ist«, sagte er, »und ob es wieder passieren könnte.«

Dr. Trevers dachte lange über das Gehörte nach. Schließlich sagte er: »Sie wissen natürlich, dass ein Schädelhirntrauma unregelmäßige Serotoninmodulationen bewirken kann.«

»Sicher«, sagte Mike. Sie hatten über seine Stimmungsschwankungen, seine Schlafbeschwerden und all die Möglichkeiten gesprochen, wie er durch Bewegung und Meditation seinen Serotoninspiegel beeinflussen konnte. »Aber was hat das mit meinen Träumen zu tun?«

»In gewissen Phasen des Schlafs nimmt die Serotoninmodulation zu. Das ist völlig normal. Aber bei einer unregelmäßigen Modulation kann Serotonin das Gehirn fluten und dabei anormale Erfahrungen verursachen. Man hat festgestellt, dass ein hoher Serotoninspiegel im Gehirn einen ähnlichen Effekt hat wie Psilocybin, das, wie wir wissen, psychedelische Halluzinationen bewirkt. Das Ergebnis ist eine extreme Salienz: ein Gefühl von tiefer Bedeutung, ultralebendige Wahrnehmungen und eine spirituelle Verbindung mit dem Universum. Serotoninrezeptoren des Typs zwei sind für diesen Zustand verantwortlich, und Sie wissen ja, dass Ihr Serotoninspiegel stark schwankt. Nach einer Verletzung wie der Ihren ist mit solchen Träumen in der Tat zu rechnen.«

»In den Träumen«, sagte Mike, »konnte ich zum ersten Mal seit der Verletzung aus meinem Kopf herauskommen. Es gab keine Rätsel. Keine Muster. Nur ich. Manchmal fühlte sich das alles so … real an.«

»Ich bin eindeutig kein Freudianer, Mike«, erwiderte Dr. Trevers nachdenklich, »und ich bezweifle nicht, dass das, was Sie empfunden haben, sehr eindrucksvoll war, aber Ihre Interpretation scheint einer Art Wunscherfüllung gefährlich nahezukommen. Sie wollen, dass Ihre Erlebnisse real sind, aber das bedeutet nicht, dass dem so ist.«

Mike fühlte sich nach der Sitzung besser, und eine Zeit lang beruhigte ihn die Erklärung von Dr. Trevers. Es war eine Erleichterung zu glauben, dass alles nur das Produkt von Chemikalien in seinem Gehirn war. Dennoch gab es Nächte, in denen er schweißgebadet aufwachte und von einer intensiven Sehnsucht nach Jess Price übermannt wurde. Er erinnerte sich an ihre Berührungen, an das tiefe Verständnis, das er empfunden hatte, wenn er mit ihr zusammen war, an ihre außergewöhnliche Verbindung, und er wusste, dass er sie wiedersehen musste. Eines Nachts, nachdem er viele Stunden lang wach gelegen und an sie gedacht hatte, wusste er, dass die Zeit gekommen war, eine Entscheidung zu treffen: Kontakt zu ihr aufnehmen oder sie vergessen. Er nahm seinen Morgan-Silberdollar, balancierte ihn auf seiner Daumenfläche und warf ihn in die Luft. Bei Kopf würde er nach Ray Brook fahren, bei Zahl würde er die ganze Sache auf sich beruhen lassen. Die Münze landete auf Zahl.

Er hätte Jess Price in die Vergangenheit verbannen sollen. Aber er konnte es nicht. Er musste sie sehen. Also nahm er trotzdem Kontakt zu ihr auf.

Jess wurde Ende Februar entlassen, als die Adirondacks noch mit Schnee bedeckt waren. Thessaly half ihr, eine Wohnung in Brooklyn zu mieten, und Mike bot ihr an, sie in seinem neuen Pick-up in die Stadt zu fahren. Am Morgen ihrer Entlassung holte er sie im Gefängnis ab und lud sie zum Mittagessen ein. Er hatte dafür ein rustikales Gasthaus hoch in den Bergen ausgesucht, wo er Connie im Wald würde laufen lassen können. Zwischen seiner Dackeldame und Jess war es Liebe auf den ersten Blick. Connie leckte Jess im Auto die Wangen ab und zeigte auf dem Parkplatz des Restaurants ihre besten

Tricks. Schließlich setzten sie sich an einen Tisch mit Blick auf die Berge, und Connie sprang auf Jess' Schoß, rollte sich zusammen und schlief ein.

Sie unterhielten sich zwei Stunden lang bei Burgern und Fritten. Sie stellte ihm Fragen über sein Leben vor seiner Verletzung, über das MIT und seine bevorstehenden Rätselwettbewerbe. Während ihrer Unterhaltung bemerkte er, wie sehr sie sich in den letzten Monaten verändert hatte. Sie wirkte selbstbewusst, glücklich, ihr Haar glänzte, und ihre Wangen waren leicht gerötet. Wie er von Thessaly wusste, hatte Jess seit ihrer Rückkehr nach Ray Brook wieder Appetit, hatte jeden Nachmittag im Gefängnishof Joggingrunden gedreht und die Nächte durchgeschlafen. Sie hatte sogar wieder angefangen zu schreiben, und obwohl sie nicht über ihre Arbeit sprechen wollte, verstand er, dass ein wesentlicher Teil von ihr wiederhergestellt worden war. All die Dunkelheit, die sie in sich getragen hatte, war verschwunden.

Und doch wusste er, dass sie trotz ihres gesunden Aussehens seelisch noch sehr sensibel war. Er hatte darauf geachtet, nicht über den Prozess, über Sedge House oder irgendetwas anderes in dem Zusammenhang zu reden, das sie beunruhigen könnte. Aber nachdem sie ihr Mittagessen beendet hatten, sagte Jess: »Ich möchte diesen Teil meines Lebens einfach nur vergessen, Mike. Aber ich weiß, ich werde nie vergessen, was du für mich getan hast. So verwirrend und schmerzhaft das alles ist – zu wissen, dass du noch da bist, dass es dich wirklich gibt, bedeutet mir sehr viel.«

Nachdem er die Rechnung bezahlt hatte, gingen sie hinaus in den kühlen Nachmittag und lachten wie alte Freunde. Sie hatten gemeinsam etwas Außergewöhnliches durchgemacht, und er fühlte sich in ihrer Gesellschaft auf eine Weise wohl, wie er es nur selten bei jemandem erlebt hatte. Aber Freundschaft war nicht unbedingt das, was er wollte. Als hätte Jess seine Gedanken gelesen, nahm sie seine Hand und drückte sie. Ein elektrisierendes Gefühl durchfuhr ihn, köstlich und aufregend. Er verspürte das Bedürfnis, sie an sich zu ziehen und sie auf der Stelle zu küssen, aber er wollte nicht, dass sie sich unbehaglich fühlte. Thessaly hatte ihn gewarnt, dass die Freiheit für Jess überwältigend sein könnte und dass sie Zeit brauchen würde, um sich daran zu gewöhnen. Er wollte ihre Verwirrung nicht noch verstärken. Wenn jemand verstand, wie schwierig es war, sich an ein neues Leben anzupassen, dann Mike.

»Mal sehen, wohin das führt«, sagte sie und ging mit ihm zum Anfang eines Wanderweges, der mit Schnee gesprenkelt war.

Die Sonne ging bereits unter, und er fragte sich, ob sie nicht aufbrechen sollten. Er schaute auf seine Uhr. Es war vier Uhr vier am Nachmittag. Vier plus vier gleich acht. Acht war keine perfekte Zahl, keine Primzahl, sondern eine gewöhnliche Zahl, eine Zahl, deren Quadrat vierundsechzig war, was nach verschiedenen Überlieferungen für Wachstum stand. Er sehnte sich nach Wachstum, nach allem, was er nicht hatte, nach Beziehung, nach Liebe, und vielleicht war das hier seine Chance, es zu verwirklichen.

»Komm«, sagte sie und grinste fröhlich. »Ich habe viele Jahre nicht mehr wandern können.«

Ehe er sichs versah, kraxelten sie zusammen durch den dunkler werdenden Wald, das Wintersonnenlicht ließ die Blätter sprenkeln, und ein scharfer, stechender Windhauch fuhr durch seine Jacke. Er ließ Connie von der Leine, und sie rannte den Pfad hinauf und bellte wie verrückt angesichts der Fülle an Gerüchen. Der Pfad schraubte sich hinauf und herum, durch die Schatten alter Wälder, in denen eisbedeckte Farne kristalline geometrische Landschaften bildeten: riesige Fraktale, hell und prismenartig, hauchdünne Netze voller Farben. Der Wald war eine verschlungene, sich ständig weiterentwickelnde Abfolge von Mustern, die ihn in ihrem komplexen Netz zu verfangen drohten, aber mit Jess an der Hand stand er fest auf dem Boden und war sicher vor den Illusionen seines Verstandes.

Schließlich erreichten sie den höchsten Punkt des Weges. Im schwachen Licht des Sonnenuntergangs entfaltete sich der Blick auf die Berge, auf Schicht um Schicht schneebedeckte Gipfel. Er drehte sich um, wollte Jess sagen, wie erleichtert er war, dass sie frei war, wie wunderbar es sich anfühlte, mit ihr in der kalten Bergluft zu sein, wie sehr er sich danach gesehnt hatte, sie wiederzusehen, aber sie hielt ihn mit einem Kuss auf.

Instinktiv erwiderte er den Kuss, zog sie an sich, spürte ihren Körper an seinem. Einen Moment lang stellte er sich vor, sie wären zusammen in ihrer privaten Welt, dieser ultralebendigen Dimension, in der alles passieren konnte. Der Kuss war ein Test, und er offenbarte die Wahrheit: Das schreckliche Verlangen, das ihn fast in den Wahnsinn getrieben hatte, war verschwunden. An seine Stelle waren Zärtlichkeit und Verletzlichkeit getreten, ein tiefes Bedürfnis, sie zu verstehen, eine völlig neue Art der Beziehung. Er hatte mit dieser Frau etwas Unglaubliches erlebt, und er wollte sie nicht verlieren. Es fühlte sich gut an, sie fest in seinen Armen zu halten, und mit dieser Feststellung kam auch eine Erkenntnis: Jess war nicht mit der Frau zu vergleichen, die er in seinen Träumen getroffen hatte. Sie war besser.

67

Cam wartete auf seine Tochter. Sie waren früh dran für ihren Flug und hatten noch über eine Stunde totzuschlagen. Jasmine hatte noch nicht zu Mittag gegessen, also gab er ihr zwanzig Dollar und sagte, sie solle sich bei Starbucks etwas holen. Er wollte nicht mit hineingehen. Der Raum war klein, und Menschenmassen machten ihn nervös. Menschen im Allgemeinen machten ihn nervös. Das war es, was er aus seiner Zeit in Ray Brook mitgenommen hatte: die Angst vor geschlossenen Räumen. Klaustrophobie. Agoraphobie. Egal, wie man es nannte, es war immer dasselbe. Wenn man ihn in einen engen Raum mit vielen Menschen steckte, wollte er so schnell wie möglich wieder weg.

Es hatte einige Überzeugungsarbeit gebraucht, damit Jasmines Mutter grünes Licht für die Reise gab, aber Jasmine hatte gebettelt und gebettelt, und schließlich hatte Cam die Erlaubnis erhalten. Die Cayman-Inseln würden eine willkommene Abwechslung zum dunklen, tristen New York sein. Anne-Marie hatte ihm für eine Woche ihr Haus zur Verfügung gestellt, mit Koch und allem Drum und Dran, sodass sie sich dort pudelwohl fühlen würden. Als Anne-Marie darauf bestand, den Jet von Singularity zu benutzen, hatte er sich zunächst geweigert, dann aber nachgegeben, als ihm klar wurde, dass es für Jasmine eine einmalige Erfahrung sein würde. Nach dem Tod von Mr Sedge hatte sich so vieles verändert, aber eines war gleich geblieben: Alles, was er tat, tat er für sie. Sich um sie zu kümmern, war das Einzige, was ihn bei Verstand hielt.

Während seine letzte Mission genauso geendet hatte, wie Mr Sedge es haben wollte, hatte Cam Anne-Marie im Stich gelassen. Sie hatte ihn angefleht, Jameson davon abzuhalten, sich umzubringen, doch obwohl er sein Bestes gegeben und in jener Nacht nicht abgedrückt hatte, hatte er Mr Sedge nicht davon abhalten können, sich die Waffe zu schnappen.

Alles in allem waren die Ereignisse im Gefängnis glimpflich für Cam ausgegangen. Er hatte niemandem etwas getan, also konnten sie ihn nicht länger als vierundzwanzig Stunden festhalten. Zehn Gefängniswärter waren Zeugen von Mr Sedges Selbstmord geworden, und alle zehn bezeugten, dass Cam sich bemüht hatte, diesen zu verhindern. Es gab nichts, was man ihm vorwerfen konnte, außer dem unerlaubten Führen einer Waffe in einem Staatsgefängnis, was Anne-Maries Anwälte in eine Geldstrafe umwandeln konnten.

Die eigentliche Bestrafung spielte sich in seinem Kopf ab. Er konnte nicht aufhören, Mr Sedge sterben zu sehen. Wie sich die Pistole an seine Schläfe hob. Der schreckliche Moment zwischen dem Schuss und dem Zusammenbruch auf dem Boden. Und das Blut, so viel Blut. Er wachte aus Albträumen auf, und das war nicht das Schlimmste. Der Verlust von Mr Sedge ließ ihn auf eine Weise hilflos zurück, wie er es noch nie zuvor erlebt hatte. Selbst mit all dem Geld, das er geerbt hatte, wusste er nicht, was er mit sich anfangen sollte. Er rieb seinen Hals und zeichnete das Dreieck nach, das seine Aufnahme in Mr Sedges Welt symbolisiert hatte. Er war reich und frei, fühlte sich jedoch nicht frei. Er fühlte sich verlassen, ohne Sinn und Ziel.

Die Zeit mit Jasmine würde ihm helfen, sich an die neue Situation zu gewöhnen. Sieben Tage Sonne und Meer. Vater zu sein war der perfekte Anfang. Er wollte all die Jahre, die er weg gewesen war, wiedergutmachen. Jasmine ließ ihm nichts durchgehen, und das tat ihm gut. »Chill mal, Dad«, sagte sie immer, wenn er anfing, sich aufzuregen, was angesichts von Jess Price' Prozess viel zu oft passierte – auch angesichts Anne-Maries, die darauf bestand, dass sie in Kontakt blieben. Mit Hilfe seiner Tochter würde er einen Plan für den nächsten Abschnitt seines Lebens entwickeln.

Ihre Begeisterung über die Reise genügte, um ihn abzulenken. Als der Wagen sie auf das Rollfeld brachte und sie in den Jet stiegen, wies sie ihn auf jedes kleine Detail hin: das Logo von Singularity, das seiner Tätowierung entsprach, die luxuriösen Ledersitze, den Großbildfernseher, der Schlafbereich mit dem Queen-Size-Bett, das Bad und die Duschkabine. Er war schon ein paar Mal mit dem Jet geflogen, normalerweise mit Mr Sedge, aber auch schon mehrmals allein, und dennoch staunte auch er jedes Mal über all den Luxus.

Sie saßen bereits in ihren Ledersitzen, als er sein Handy in der Gesäßtasche seiner Jeans vibrieren spürte. Sicherlich ein weiterer Marketinganruf. Er bekam sie inzwischen ziemlich oft, ständig wollten irgendwelche Telefonverkäufer und Versicherungsleute etwas von ihm. Er vermutete, dass seine nicht registrierte Nummer auf irgendeiner Liste gelandet war. Doch als er auf sein Handy sah, entdeckte er eine Textnachricht: *Ich rufe Sie in zwei Minuten an, Mr Putney. Gehen Sie ran. Es geht um Ihren Vertrag.* Das erschreckte ihn. Der einzige Vertrag, den er mit jemandem hatte, war der, den er 2011 mit Singularity abgeschlossen hatte, sein Ricardianischer Vertrag. Er vermutete, dass er durch Mr Sedges Tod hinfällig geworden war. Der Testamentsvollstrecker, ein Anwalt, dem Cam nie zuvor begegnet war, hatte nichts davon erwähnt, als sie sich trafen, um über sein Erbe zu sprechen. Anne-Marie hatte ebenfalls nichts erwähnt.

Cam stand auf, ging zum hinteren Teil des Jets und schlüpfte ins Bad, um den Anruf entgegenzunehmen. Jasmine, der nie etwas entging und die immer genau wusste, in welcher Stimmung er gerade war, brauchte nicht unbedingt zu hören, wie er gleich irgendjemanden zur Schnecke machte. Er hatte keine Lust, schon wieder belästigt zu werden, aber er war doch neugierig genug, um den Anruf entgegenzunehmen.

Es war ein Videoanruf. Er nahm ihn an und verfolgte dann entgeistert, wie es kurz auf seinem Bildschirm flackerte und dann das rote Haar, die blasse, pergamentene Haut und die stechend blauen Augen von Jameson Sedge erschienen. Sein Herz setzte einen Schlag aus, und beinahe wäre ihm das Telefon aus der Hand gefallen. Da, auf dem rechteckigen Bildschirm, war der Mann, für den er unermüdlich gearbeitet hatte, dessen Großzügigkeit die Zukunft seiner Tochter verändert hatte, dessen Tod er miterlebt und nicht verhindert hatte. Jameson Sedge starrte ihn an, ein Schimmer von Belustigung in seinen Augen.

»Mr Putney«, sagte er mit gekräuselter Stirn, so wie immer, wenn er ihn foppte. »Sie sehen ganz schön erschrocken aus.«

Cam starrte ihn schockiert an und bekam keinen Ton heraus. Er versuchte zu atmen, spürte aber, wie sich seine Brust zusammenzog. Konnte es sein, dass der verrückte Plan von Mr Sedge funktioniert hatte? Die Dateien waren alle hochgeladen worden, die Programme waren in Gang gesetzt worden, die Bankkonten hatten Geld an die Netzwerkknoten verteilt. Aber es musste ein Irrtum vorliegen. Mr Sedge konnte nicht am Leben sein.

»Diese kleine Panne im Gefängnis hätte uns beinahe alles gekostet«, sagte Mr Sedge und lächelte leicht. »Was war los, mein Junge? Kalte Füße?«

Die Stimme war Mr Sedges Stimme. Das Gesicht war Mr Sedges Gesicht. Die Worte waren exakt die Worte, die Mr Sedge benutzen würde.

»Mr Putney«, sagte er. »Sagen Sie was.«

»Nein, Sir«, sagte er. »Keine kalten Füße.«

»Ich habe Sie schon in vielen heiklen Situationen erlebt«, sagte der Kopf auf dem Bildschirm. »Aber Sie waren noch nie jemand, der einfach erstarrt, Mr Putney.«

Cam dachte darüber nach. Es stimmte. Er hatte schon Männer getötet, und es hatte nie ein Problem gegeben. Konnte er ihm die Wahrheit sagen? Dass Anne-Marie ihn angefleht hatte, es nicht zu tun, dass er es tief in seinem Herzen nicht fertiggebracht hatte, den Mann zu töten, der ihn einst gerettet hatte? »Ich konnte es einfach nicht«, sagte er schließlich und versuchte die richtigen Worte zu finden, um den Schmerz auszudrücken, den er über den Verlust von

Mr Sedge empfunden hatte. »Nach allem, was Sie für uns getan haben … konnte ich es einfach nicht, Sir.«

»Nun«, sagte Mr Sedge, und ein Hauch von Verärgerung schwang in seiner Stimme mit, »nicht nötig, emotional zu werden. Einigen wir uns darauf, dass es menschliches Versagen war, ein Anflug von Irrationalität, den wir jetzt aufgearbeitet und überwunden haben. Vergessen wir's. Aber hören Sie mir jetzt gut zu, Mr Putney: Das darf nie, niemals wieder passieren. Sie sind jetzt mein Körper. Sie sind meine Hände, meine Füße, meine Eingeweide. Obwohl meine Reichweite innerhalb des Netzwerks sehr groß ist, fast unendlich, werde ich niemals mehr eine Mahlzeit essen, ein Glas guten Wein trinken, Anne-Marie wieder in den Armen halten. Ich werde Ihnen nicht mehr die Waffe aus der Hand nehmen und eine Mission selbst zu Ende bringen können. Sie müssen jetzt die Zügel in der Hand halten oder doch zumindest Befehle ohne jedes Zögern befolgen. Haben Sie mich verstanden, Mr Putney?«

»Jawohl, Sir«, sagte Cam. Und während ein Teil von ihm vor dem blassen, körperlosen Mann auf dem Bildschirm zurückschreckte, spürte er gleichzeitig, wie ihn eine große Erleichterung überkam, eine Erleichterung, die alle Ängste und Sorgen wegspülte, die er seit Mr Sedges Tod empfunden hatte. Jameson Sedges Existenz, so geisterhaft sie auch sein mochte, gab ihm wieder eine Aufgabe. Die Mission war noch nicht zu Ende. Es gab noch etwas zu tun. Er stand wieder in seinem Dienst. »Klar und deutlich, Sir.«

»Gut«, sagte der Mann auf dem Bildschirm. »Denn es gibt viel zu tun. Wir sind die Zukunft, und die Zukunft ist lang, sehr lang. Eigentlich, mein Junge, ist heute der erste Tag der Ewigkeit.«

ENDE

ANMERKUNG FÜR DEN LESER

Die Rätsel in diesem Roman sind mit Hilfe zweier brillanter Entwickler entstanden: Brendan Emmett Quigley und Huang Wei-Hwa, vierfacher Gewinner der World Puzzle Championship.

Dimitris Lazarou entwarf das Gottesrätsel, das von Abraham Abulafias Zeichnungen aus dem dreizehnten Jahrhundert inspiriert wurde. Der Spiele-Redakteur der *New York Times*, Will Shortz, schenkte mir wertvolle Informationen über das Leben und die Arbeit eines Rätselmeisters und lud mich zu sich nach Hause ein, um mir seine Rätselbibliothek zu zeigen. Das Buch *The Name: A History of the Dual-Gendered Hebrew Name for God* von Rabbi Mark Sameth lieferte die Anregung zu dem religiösen Geheimnis, das im Mittelpunkt des Romans steht.

DANKSAGUNGEN

Vielen Dank an meine hervorragende Agentin Susan Golomb, die diesen Roman in jeder Phase unterstützt hat. Danke an meine Lektorin, die wunderbare Andrea Walker, für ihr Verständnis und ihren Enthusiasmus und dafür, dass sie meine Arbeit in so vieler Hinsicht verbessert hat. Das ganze Team von Random House hat mich völlig geflasht: Andy Ward, Rachel Rokicki, Windy Dorrestyn, Maria Braekel, Karen Fink, Katie Horn, Madison Dettlinger, Noa Shapiro, Caitlin McKenna und Kathy Lord. Vielen Dank auch an das Team des Writers House – Maja Nikolic, Sofia Bolido und Madeline Ticknor – sowie an Sally Willcox von der 3A Artists Agency.

Ich bin den vielen Menschen dankbar, die mir ihr Fachwissen zur Verfügung gestellt haben, darunter Hannah Brooks, die mir geholfen hat, die Kabbala besser zu verstehen; Anne-Marie Richard, die ihr Wissen über Porzellanpuppen mit mir geteilt hat; Adam Harr Horowitz, der mir Einblicke darüber gegeben hat, was während des Träumens im Gehirn geschieht; und Brendan Emmett Quigley, der eine ständige Quelle war für alles, was mit Rätseln zu tun hat.

Ein besonderes Dankeschön an meine Autorengruppe – Janelle Brown, Angie Kim, Jean Kwok, James Han Mattson und Tim Weed. Ich bin auch Briana Lee, Tom Garback, Madeline Wendricks, Tina Bueche, Dennis Donohue und Art und Leona DeFehr für ihre Unterstützung dankbar.

Und schließlich möchte ich meiner Familie, für die ich jeden Tag aufs Neue dankbar bin, ein großes Dankeschön aussprechen.

Ein Unternehmen der
GANSKE VERLAGSGRUPPE

Danielle Trussoni
Invictum
400 Seiten, Klappenbroschur
ISBN 978-3-455-01699-4
Hoffmann und Campe

Mike Brinks kehrt zurück!

Ein perfekt codierter Tresor, ein meisterhafter Rätsellöser, ein skrupelloser Psychopath – und nur einer kann gewinnen.

Das renommierte Rätselgenie Mike Brink wird vom japanischen Kaiser persönlich eingeladen, nach Tokio zu kommen und dort am Wettbewerb um die Lösung der sagenumwobenen Drachen-Rätselbox teilzunehmen. Was diese enthält, ist ein Mysterium, aber gewiss von unschätzbarem Wert. Kaum hat der Wettbewerb begonnen, taucht ein alter Widersacher auf und zwingt Mike zu einer verzwickten Schnitzeljagd quer durch Japan – und zu einer schwierigen Entscheidung, bei der nicht weniger als die Zukunft des Landes, wenn nicht gar der ganzen Menschheit auf dem Spiel steht.

»Nach Dan Brown und Stephen King: Der neue internationale Thriller-Star heißt Danielle Trussoni.« *Kultbote.de*